HEYNE BÜCHER

Das Buch

»Eine wundersame Liebesgeschichte ergibt manchmal einen großen Roman. Wenn aber die Geschichte darüber hinaus wahr ist, ja ebenso wahr wie unwahrscheinlich, wenn sich in ihr der Untergang eines ganzen Weltreichs, einer bewegenden Epoche spiegelt, wenn die Heldin eine Sultanin ist und Istanbul ihr Geburtsort, von wo der Zusammenbruch des Osmanischen Reiches sie ins libanesische Exil nach Beirut zwingt, die Heirat mit einem ihr unbekannten Radscha sie an einen indischen Königshofs führt, und die bevorstehende Geburt ihres Kindes ihr zum ersten Mal ein freies Leben in Paris ermöglicht – dann erwartet man ein außergewöhnliches Buch.« *L'Express*

Der triumphale Erfolg dieses Romans in Frankreich – über 350.000 verkaufte Exemplare – gab der großen Erwartung recht. Kenizé Mourad, Tochter der letzten Sultanin Selma und des indischen Radscha von Badalpur, der das Schicksal keine Zeit ließ, ihre Mutter kennenzulernen, hat ein Buch geschrieben, in dem sich Vorstellungskraft und Einfühlungsvermögen, historische Fakten und vielschichtige, außerordentliche Lebenswirklichkeiten in einem mitreißenden Erzählstrom verdichten.

Die Autorin

Kenizé Mourad, 1939 in Paris geboren, arbeitet als politische Journalistin und Auslandskorrespondentin für den Vorderen Orient. Sie lebt in Paris.

KENIZÉ MOURAD

IM NAMEN DER TOTEN PRINZESSIN

Der Roman der letzten Sultanin

Aus dem Französischen
von Brigitte Weidmann

WILHELM HEYNE VERLAG
MÜNCHEN

HEYNE ALLGEMEINE REIHE
Nr. 01/9370

Titel der Originalausgabe
DE LA PART DE LA PRINCESSE MORTE
Erschienen 1987 bei Editions Robert Laffont, Paris

4. Auflage

Wilhelm Heyne Verlag GmbH & Co. KG, München
Printed in Germany 1995
Umschlagillustration: Archiv für Kunst und Geschichte, unter
Verwendung einer kolorierten Radierung »Hagia Sophia«,
um 1820
Umschlaggestaltung: Atelier Ingrid Schütz, München
Gesamtherstellung: Elsnerdruck, Berlin

ISBN 3-453-50339-2

Den Kindern von Badalpur

Bei dem abenteuerlichen Unternehmen, dieses Buch zu schreiben, haben mich viele Freunde in der Türkei, im Libanon, in Indien und Frankreich unterstützt. Ihre Erinnerungen und Ratschläge haben mir nicht nur ermöglicht, dreißig Jahre Geschichte, die sich oft von der offiziellen Geschichtsschreibung unterscheidet, heraufzubeschwören, sondern auch weniger belangvolle Ereignisse und Handlungen im Bereich des täglichen Lebens wiederaufleben zu lassen.

Ich möchte sie, weil ihnen das ungelegen sein könnte, nicht namentlich nennen, aber sie sollen wissen, wie dankbar ich ihnen bin.

Aus naheliegenden Gründen wurden die Namen einiger lebender oder verstorbener Personen geändert.

Die Handlung beginnt im Januar 1918 in Istanbul, der Hauptstadt des Osmanischen Reiches, vor dem die Christenheit jahrhundertelang gezittert hatte.

Die abendländischen Staaten haben dieses alte Reich, das man schon lange den »kranken Mann am Bosporus« nennt, überwältigt und streiten sich um die Überreste der Macht.

Im Laufe von zweiundvierzig Jahren bestiegen nacheinander drei Brüder den Thron: Sultan Murad, den dann sein Bruder Abdül Hamid entthronte und gefangenhielt, welcher seinerseits durch die »Jungtürkische Revolution« entmachtet wurde, worauf Reşat an seine Stelle trat.

Zu diesem Zeitpunkt ist Reşat nur noch ein konstitioneller Monarch. Die eigentliche Macht wird von einem Triumvirat ausgeübt, das das Land auf der Seite Deutschlands in den Krieg hineingezogen hat.

Erster Teil

Türkei

I

»Onkel Hamid ist tot! Onkel Hamid ist tot!«

Durch die weiße, von Kristallkandelabern erleuchtete Marmorhalle des Ortaköy-Palastes läuft ein kleines Mädchen: Es will seiner Mutter die gute Nachricht als erste überbringen.

In der Eile hätte es fast zwei alte Damen umgerannt, deren Kopfschmuck – edelsteinbesetzte, mit einem Federbusch verzierte Stirnbänder – ihren Reichtum und ihren Rang verraten.

»Was für ein Frechdachs!« entrüstet sich die eine, während ihre Begleiterin noch empörter beipflichtet: »Da sehen Sie es! Die Sultanin* verwöhnt ihre einzige Tochter maßlos. Sie mag ja entzückend sein, aber ich fürchte, daß sie später einmal mit ihrem Gemahl nicht zurechtkommt ... Sie müßte lernen, sich zu benehmen: Mit sieben Jahren ist man schließlich kein Kind mehr, schon gar nicht als Prinzessin.«

Das kleine Mädchen kümmern die Klagen eines künftigen Gemahls nicht, es läuft weiter. Außer Atem erreicht es schließlich die schwere Pforte der Frauengemächer, den Haremlik; er wird von zwei sudanesischen Eunuchen bewacht, die einen scharlachroten Fez tragen. Heute kommt kaum Besuch; sie haben sich hingehockt, um bequemer plaudern zu können. Als sie die »kleine Sultanin« erblicken, springen sie auf, öffnen den bronzenen Türflügel einen Spalt und grüßen sie – befürchtend, sie könnte sich über ihre Nachlässigkeit beklagen – besonders respektvoll. Aber das kleine Mädchen hat etwas ganz anderes im Sinn; ohne sie eines Blickes zu würdigen, überschreitet es die Schwelle, bleibt einen Augenblick vor dem venezianischen Spiegel stehen, um sich zu vergewissern, ob die roten Locken und das blaue Seidenkleid auch ordentlich aussehen, dann schiebt es befriedigt

* Prinzessin von königlichem Geblüt, Tochter des Sultans. Die Ehefrauen des Sultans werden »Kadınlar« genannt.

die Brokatportiere beiseite und betritt den kleinen Salon, in dem sich seine Mutter am späten Nachmittag nach dem Bad aufzuhalten pflegt.

Im Gegensatz zu der Feuchtigkeit auf den Fluren herrscht im Gemach eine wohltuende Wärme, die vom silbernen Kohlenbecken ausgeht, dessen Glut von zwei Sklavinnen überwacht wird. Von ihrem Diwan aus sieht die Sultanin zu, wie die Großmeisterin im Kaffeeausschenken die Flüssigkeit in eine Tasse gießt, die auf einer smaragdbesetzten Schale steht.

In einer Anwandlung von Stolz hält das kleine Mädchen inne und betrachtet die Mutter in ihrem langen Kaftan. In Gesellschaft kleidet die Sultanin sich nach der europäischen Mode, die in Istanbul gegen Ende des 19. Jahrhunderts eingeführt wurde, zu Hause aber möchte sie »türkisch« leben, ohne Mieder, Puffärmel oder enge Röcke, hier trägt sie mit Vorliebe die traditionelle Kleidung, in der sie frei atmen und es sich auf den weichen Sofas in den großen Sälen des Palastes bequem machen kann.

»Kommen Sie, Sultanin Selma.«

Am osmanischen Hof ist ein familiärer Umgangston nicht üblich; die Eltern reden die Kinder mit ihren Titeln an, damit sie von klein auf in ihre Würde und ihre Pflichten hineinwachsen. Während sich die Bedienerinnen in anmutigen Temenahs, der tiefen Verbeugung, ergehen, bei der die rechte Hand vom Boden zum Herzen, dann an die Lippen und an die Stirn geführt wird, was die Aufrichtigkeit der Gefühle, der Gedanken und der Worte bezeugt, küßt Selma rasch die parfümierte Hand der Prinzessin und legt sie zum Zeichen der Hochachtung an die Stirn; dann kann sie ihre Aufregung nicht länger bezähmen und schreit: »Annecim*, Onkel Hamid ist tot!«

Durch die graugrünen Augen fährt ein Blitz, in dem das kleine Mädchen Triumph zu erkennen glaubt, aber sogleich wird es von einer eisigen Stimme zur Ordnung gerufen.

»Ich nehme an, Sie meinen Seine Majestät, den Sultan Ab-

* Liebe, verehrte Mama.

dül Hamid. Allah möge ihn in sein Paradies aufnehmen. Er war ein bedeutender Herrscher. Und wer hat Ihnen diese traurige Nachricht überbracht?«

Traurig ...? Das Kind schaut seine Mutter verwirrt an ... Der Tod dieses grausamen Großonkels, der den eigenen Bruder, Selmas Großvater, entthront und für geisteskrank erklärt hat, sollte etwas Trauriges sein?

Die Geschichte Murads V., eines liebenswürdigen, großzügigen Prinzen, dessen Thronbesteigung vom Volk freudig und mit großer Begeisterung begrüßt worden war, erwartete es doch von ihm weitgehende Reformen, hatte ihr ihre Amme mehr als einmal erzählt. Ach! Murad V. regierte nur drei Monate lang ... Seine sensiblen Nerven hatten unter den Palastintrigen und Morden vor seinem Machtantritt so gelitten, daß er in tiefe Depressionen verfiel. Der seinerzeit beste Spezialist, der österreichische Arzt Liedersdorf, war der Meinung, Seine Majestät werde sich bei entsprechender Ruhe in einigen Wochen erholen. Aber die Umgebung nahm von dieser Diagnose keine Notiz. Murad wurde abgesetzt und mit seiner Familie im Tscheragan-Palast eingesperrt.

Achtundzwanzig Jahre lang lebte Sultan Murad in Gefangenschaft, ständig von Dienern im Sold seines Bruders ausspioniert, denn dieser fürchtete, daß eine Verschwörung Murad wieder auf den Thron bringen könnte. Er war sechsunddreißig, als er das Gefängnis betrat, und erst der Tod befreite ihn daraus.

Immer wenn Selma an ihren armen Großvater dachte, fühlte sie sich solidarisch mit Charlotte Corday, mit dieser Heldin, deren Geschichte ihr Mademoiselle Rose, ihre französische Erzieherin, erzählt hatte. Und heute nun ist dieser Schinder seelenruhig in seinem Bett verschieden ...

Unmöglich, daß Annecim darüber traurig ist, nach fünfundzwanzig Jahren Gefangenschaft in Tscheragan, der sie nur durch eine unerträgliche, von Sultan Hamid aufgezwungene Ehe entgehen konnte.

Warum sagt sie nicht die Wahrheit?

Dieser ehrenrührige Gedanke reißt Selma plötzlich aus ihrer Träumerei. Wie hat sie auch nur einen Augenblick vermuten können, daß ihre wunderbare Mutter sich so weit erniedrigen würde, zu lügen? Der Lüge bedienen sich Sklaven, aus Angst vor Strafe, aber eine Sultanin! In ihrer Verstörung antwortet sie schließlich: »Ich bin durch den Garten gegangen und habe die Ağas* gehört ...«

In diesem Augenblick erscheint ein wohlbeleibter Eunuch – mit weißen Handschuhen, in der klassischen schwarzen Tunika mit Stehkragen – auf der Schwelle. Er führt drei Temenahs aus, wobei er sich bis zum Boden verneigt, richtet sich dann auf, faltet untertänig die Hände über dem Bauch und verkündet mit Falsettstimme: »Hochverehrte Sultanin ...«

»Ich weiß«, unterbricht ihn die Prinzessin. »Die Sultanin Selma ist flinker gewesen als du. Benachrichtige sofort meine Schwestern, Prinzessin Fehime und Prinzessin Fatma, sowie meine Neffen, die Prinzen Nihat und Fuad, daß ich sie diesen Abend hier erwarte.«

Seit dem Tod ihres Bruders, des Prinzen Selaheddin, ist Hatice mit achtundvierzig Jahren das älteste der Kinder Murads V. Dank ihrer Intelligenz und Persönlichkeit genießt sie Autorität innerhalb der Familie, deren Führung sie unbestritten übernommen hat.

Ihre unbeugsame Persönlichkeit wurde von jenem schrecklichen Tag – vor zweiundvierzig Jahren – mitgeprägt, als sie begriff, daß die schweren Pforten des Tscheragan-Palastes sich für immer hinter ihr geschlossen hatten; eine Persönlichkeit, die sie langsam, beharrlich entwickelte. Sie, die man Yıldırım, den »Blitz«, nannte, weil sie mit Vorliebe im Park des Kurbalidere-Palastes herumtobte oder gegen den Wind in einer türkischen Barke den Bosporus befuhr; sie, die nur von Weite und Heldentum träumte, wurde als Sechsjährige zur Gefangenen.

* Eunuchen, die bereits etwas älter sind und deshalb ein gewisses Ansehen genießen. Jedes fürstliche, ja sogar bürgerliche Haus hielt bis zum Untergang des Reiches im Jahre 1924 Eunuchen, die für die Verbindung zwischen den Frauengemächern und der Außenwelt zuständig waren.

Was half es, zu schreien, zu weinen, sich die Hände an den bronzenen Pforten wundzureiben; sie blieben verschlossen. Dann wurde sie schwer krank; man fürchtete um ihr Leben. Der dringend herbeigerufene Arzt mußte drei Tage auf die Erlaubnis Abdül Hamids warten, bis er Tscheragan betreten durfte.

Er setzte dem Kind Blutegel an und flößte ihm einen bitteren Kräutertrunk ein. Waren es nun diese altbewährten Hausmittel, die sie retteten, oder die ununterbrochene Rezitation der neunundneunzig Namen Allahs, die zwei alte Kalfalar* mit ihren Bernsteinkettchen Tag und Nacht herunterleierten? Eine Woche danach hatte die kleine Gefangene das Bewußtsein wiedererlangt. Als sie die Augen aufschlug, blickte sie in das sanfte, wunderschöne Gesicht ihres Vaters, der sich über sie beugte. Aber warum sah er so traurig aus? Dann erinnerte sie sich ... Es war kein Alptraum! Sie rollte sich in ihrem Bett zusammen und begann wieder zu schluchzen.

Da wurde Sultan Murads Gesicht sehr streng.

»Sultanin Hatice, meinen Sie, unsere Familie hätte seit sechs Jahrhunderten ein so großes Reich regieren können, wenn wir bei der geringsten Schwierigkeit gejammert hätten? Sie sind stolz; Ihr Benehmen sollte entsprechend würdevoll sein!«

Wie um die Härte des Tadels zu mildern, fügte er lächelnd hinzu: »Wer soll diesen Palast heiter stimmen, wenn meine Kleine nicht mehr lacht? Wir kommen da schon heraus, mein Yıldırım, hab keine Angst. Dann machen wir eine lange Reise zusammen.«

»Oh, Baba**«, rief sie voller Entzücken – denn noch nie hatte eine kaiserliche Prinzessin die Umgebung von Istanbul, geschweige denn die Türkei verlassen –, »fahren wir nach Paris?«

Der Sultan lachte.

»Schon eine kleine Frau? Also gut, ich verspreche dir,

* Hausdamen im Palast.

** Papa.

mein Liebes, sobald wir hier herauskommen, fahren wir nach Paris …«

Ob er daran glaubte? Er mußte einfach hoffen, um weiterleben zu können … Leben?

Der Blick der Sultanin verschleiert sich, in Erinnerung daran … Achtundzwanzig Jahre lang hat Sultan Murad Tag für Tag in Gefangenschaft seinen Tod gelebt.

Es dämmert schon, da fahren zwei Pferdewagen geräuschvoll in den Innenhof, auf den die Frauengemächer hinausgehen. Aus dem einen taucht eine über und über mit Goldschmuck behängte schlanke Gestalt in einem malvenfarbenen Seidentscharschaf auf, diesem wallenden Umhang, der alle Formen verhüllt. Aus dem andern steigt eine rundliche Person, die einen ganz und gar klassischen schwarzen Çarşaf trägt. Die beiden Çarşaflar umarmen sich einen Augenblick, bevor sie, von ehrfürchtigen Eunuchen eskortiert, ins Innere des Palastes eilen.

Der Palast ist, wie die meisten kaiserlichen Residenzen, ein altehrwürdiger, mit Schnitzereien verzierter Holzbau – eine Vorsichtsmaßnahme in dieser von Erdbeben bedrohten Stadt. Weiß, inmitten eines in Springbrunnen, Rosen und Zypressen schwelgenden Parks, ragt er am Bosporus auf, der zu dieser Stunde im letzten Sonnenlicht aufleuchtet. Seine mit Girlanden und Arabesken geschmückten Balkone, Treppen, Veranden und Terrassen verleihen ihm das Aussehen eines aus Spitzen geklöppelten Gebäudes.

Am Fuß der doppelt geschweiften Treppe, die in die Salons des ersten Stockwerks führt, werden die Besucherinnen von der Privatsekretärin der Sultanin erwartet.

Mit beifälligen Blicken mustert sie die süße Fatma in ihrem elfenbeinfarbenen Taft, der ihre wunderbaren schwarzen Augen um so mehr zur Geltung bringt, und ihre funkelnde Fehime, deren schlanke Taille in ihrem von Schmetterlingen übersäten Kleid mit Schleppe besonders betont wird, das von Adelmüller stammt, dem besten Wiener Couturier – da die Wunderwerke aus Paris leider seit August 1914, als man Frankreich dummerweise den Krieg erklärte, ausbleiben.

Lachend haken sich die beiden Schwestern unter und steigen die Treppe hinauf, da stürzt sich ein kleiner blauer Wirbelwind auf sie, weicht gerade noch aus, bleibt plötzlich vor ihnen stehen und küßt ihnen die Hand.

»Cicim*, Sie erschrecken einen ja zu Tode!« ruft Fehime zärtlich und schließt Selma in die Arme, während die Kalfa etwas Mißbilligendes vor sich hin brummt.

Hinter dem Wirbelwind taucht ein dicker, bleicher Junge auf. Ein pompöses Nichts; er verneigt sich vor seinen Tanten. Es ist Hayri, Selmas Bruder. Obwohl zwei Jahre älter als sie, ist er ihr sklavisch ergeben; zwar hat er immer etwas gegen ihre Waghalsigkeiten einzuwenden, traut sich aber nicht, ihr zu widersprechen.

Die Sultanin Hatice ist jetzt oben an der Treppe erschienen. Sie ist größer als ihre Schwestern, ihr Gang geschmeidig, sinnlich und majestätisch. Sie beeindruckt selbst die Widerstrebendsten, und wenn man in der Familie »die Sultanin« sagt, meint man offensichtlich sie, obwohl ja alle drei Schwestern Sultaninnen sind.

Fatma bleibt reglos, voller Bewunderung, vor ihrer älteren Schwester stehen. Fehime, nach dem Geschmack der Zeit die hübscheste, beeilt sich, den Bann zu brechen.

»Was ist denn geschehen, meine liebe Schwester, daß Sie uns so plötzlich rufen lassen? Ich mußte die Soirée beim österreichisch-ungarischen Botschafter absagen; sie versprach sehr amüsant zu werden.«

»Unser Onkel, Sultan Abdül Hamid, ist soeben gestorben; das ist geschehen«, sagt die Sultanin in feierlichem Ton.

Fehime zieht die Augenbrauen hoch.

»Und ich soll auf meinen Ball verzichten, nur weil dieser … Tyrann das Zeitliche gesegnet hat?«

»Bravo, liebe Tante! Ganz meine Meinung!«

Die Stentorstimme schreckt alle auf. Hinter ihnen ist ein wohlbeleibter, etwa fünfunddreißigjähriger Mann eingetreten; Prinz Nihat, der älteste Sohn des verstorbenen Prinzen Selaheddin. Er ist in Begleitung seines jüngeren Bruders, des

* Liebling (wird für Kinder gebraucht).

Prinzen Fuad, der in seiner Generalsuniform, die er stets trägt, tadellos aussieht. Der »Prinzgeneral«, wie er genannt werden will, denn sein Generalsrang, den er auf den Schlachtfeldern erworben hat, ist ihm wichtiger als sein Prinzentitel, ist vor ein paar Monaten schwer verwundet von der Ostfront zurückgekehrt.

Die beiden Männer verneigen sich vor den Sultaninnen und folgen ihnen in den grünen Salon, wo junge Kalfas gerade die hundertsiebenunddreißig Öllampen eines Kristallleuchters angezündet haben.

Hayri und Selma schleichen auf den Zehenspitzen hinter ihnen her.

Hatice wartet lächelnd, bis alle Platz genommen haben. Sie weiß, daß es sich um eine heikle Angelegenheit handelt. Aber gerade das gefällt ihr.

»Ich wollte für heute abend den Familienrat einberufen, damit wir uns gemeinsam entscheiden können, ob wir an den morgigen Begräbnisfeierlichkeiten zu Ehren des Sultans Abdül Hamid teilnehmen sollen. Die Tradition verlangt, daß die Prinzen dem Leichenzug durch die Stadt folgen. Die Prinzessinnen sind gehalten, den Gattinnen und Töchtern des Verstorbenen einen Kondolenzbesuch abzustatten. Ich bitte Sie« – ihre Stimme nimmt einen feierlichen Klang an –, »ich bitte Sie, Ihre persönlichen Gefühle hintanzustellen und zu bedenken, welchen Eindruck wir beim Volk erwecken.«

Fehime bricht als erste das Schweigen: »Ich gehe auf gar keinen Fall mit! Unser lieber Onkel hat mir fünfundzwanzig Jahre meines Lebens verpfuscht; jetzt wird er mir auch nicht einen einzigen Tag mehr verderben!«

»Haben wir nicht im Gegenteil gerade heute Gelegenheit, zu vergeben?« wendet Fatma schüchtern ein. »Der Ärmste hat schließlich genug gebüßt, da er seinerseits entthront und zehn Jahre lang gefangengehalten wurde. Könnten wir nicht endlich vergessen?«

»Vergessen!«

Prinz Nihat in seinem Sessel ist rot angelaufen. Er fixiert seine junge Tante mit weit aufgerissenen Augen.

»Und wie steht es mit der Treue? Mit der Treue zu Sultan

Murad, meinem verleumdeten, lebendig begrabenen Großvater? Und mit der Treue zu meinem von Neurasthenie dahingerafften Vater? Die Teilnahme an diesem Begräbnis wäre eine Rechtfertigung unseres Verfolgers. Wir sollten Abstand davon nehmen und damit auch auf das nicht wiedergutzumachende Unrecht, das man unserer Familie angetan hat, hinweisen! Unsere Toten erwarten das von uns.«

»Lieber Bruder, ich bitte Sie, lassen wir die Toten …«

Aller Augen richten sich auf den Prinzen Fuad, der genüßlich an seiner Zigarre zieht.

»Entschuldigen Sie bitte; ich möchte mich nicht als Ratgeber aufspielen; schließlich bin ich hier der Jüngste. Aber in den Jahren, die ich mit meinen Soldaten, einfachen Leuten aus Anatolien, aus Izmir und vom Schwarzen Meer, an der Front verbracht habe, ist mir eines klargeworden: Obwohl wir manches falsch gemacht haben, werden wir vom Volk verehrt. Es würde nicht verstehen, daß wir untereinander zerstritten sind. Daß Abdül Hamid Murads Platz eingenommen hat und seinerseits seinem Bruder Reşat weichen mußte, sind in seinen Augen Dinge, die eben vorkommen. Wichtig allein ist, daß unsere Familie immer geschlossen hinter dem Herrscher steht. Gerade in dieser stürmischen Kriegszeit hat das Volk ein starkes Bedürfnis nach einem festen Bezugspunkt. Das ist seit sechs Jahrhunderten die osmanische Familie. Das sollte sie auch bleiben, es könnte sonst sein, daß wir es bitter bereuen…«

In diesem Augenblick tritt ein Eunuch ein und meldet einen Boten des Sultans.

Es ist ein Sudanese mit stattlichen Schultern, und obwohl er ein Sklave ist, haben sich alle erhoben. Nicht aus Achtung vor seiner Person, sondern aus Achtung vor der Botschaft, die er überbringt.

»Seine Kaiserliche Majestät, Sultan Reşat, Beherrscher der Gläubigen, Schatten Gottes auf Erden, Herr beider Meere, des Schwarzen und des Weißen, und Kaiser zweier Kontinente, läßt den versammelten Kaiserlichen Hoheiten folgende Botschaft übermitteln: Aus Anlaß des Ablebens unseres geliebten Bruders, Seiner Kaiserlichen Majestät Sultan Abdül

Hamid II., laden wir die Prinzen und Prinzessinnen des Hauses Seiner Kaiserlichen Majestät, des Sultans Murad V. ein, an den vorgesehenen Stätten und in der Art und Weise, wie es Brauch ist, an der Trauerfeier teilzunehmen. Friede sei mit Ihnen, möge Allah, der Allmächtige, Sie gütigst in seinen Schutz nehmen!«

Sie verneigen sich. Kein Zweifel: Das ist keine Einladung, sondern ein Befehl.

Kaum ist der Bote gegangen, murmelt Prinz Nihat achselzuckend: »Was immer geschieht, ich nehme nicht teil.«

»Nihat«, unterbricht ihn die Sultanin vorwurfsvoll, »ich meine, Fuad hat recht, die Lage ist ernst. Wir müssen unter allen Umständen den Zusammenhalt der Familie wahren.«

»Den Zusammenhalt der Familie! Ja, lassen Sie uns darüber sprechen, liebe Tante. Eine Familie, deren Angehörige sich durch sechs Jahrhunderte hindurch gegenseitig ermordet haben, um an die Macht zu kommen! Wie viele seiner Brüder hat Murad III., unser Vorfahr und ›Besieger der Perser‹, umgebracht? Neunzehn, wenn ich mich nicht irre. Sein Vater war schon bescheidener: Er hat nur fünf getötet.«

»Das verlangte die Staatsräson«, fällt ihm die Sultanin ins Wort ... »In allen Familien, die an der Macht waren, haben sich solche Tragödien abgespielt. Glauben Sir mir, ich selber trage Sultan Abdül Hamid nichts nach. In dieser verzwickten Situation, als England, Frankreich und Rußland unsere Gebiete unter sich aufteilen wollten, war es sicher gut, daß ein Mann wie er regierte. Es ist ihm dreiunddreißig Jahre lang gelungen, das Reich vor den Mächten, die es zerstükkeln wollten, zu schützen. Mein Vater hätte das wahrscheinlich nicht gekonnt; er war zu redlich und zu sensibel.«

Fehime und Fuad zwinkern sich ironisch zu. Die älteste Schwester hatte schon immer strenge moralische Ansichten ... Fehime hingegen will sich vor allem amüsieren, und das tut sie mit zunehmender Exaltiertheit, hat sie doch das Gefühl, ihre schönsten Jahre in der Gefangenschaft verloren zu haben. Sie ist so fröhlich, so leichtlebig, daß man sie »die Schmetterlingssultanin,« nennt. Deshalb hat sie die Schmetterlinge auch zu ihrem Wahrzeichen erhoben und schmückt alle ihre Kleider damit.

Ihr Neffe, Prinz Fuad, ist ihr darin ganz verwandt: der gleiche Lebenshunger, aber dazu noch ein scharfer Sinn für die Realität. Jetzt kann er gar nicht anders, er muß Hatice ein bißchen hänseln: »Wenn ich Sie recht verstehe, Effendemiz*, müssen wir nicht nur an diesem Begräbnis teilnehmen, sondern auch ein paar Tränen vergießen, um eine gute Figur zu machen?«

»Es genügt, wenn Sie teilnehmen. Aber bedenken Sie eins, Fuad, und auch Sie, Nihat: Wenn Sie eines Tages auf den Thron gelangen, so nehmen Sie sich Sultan Abdül Hamid zum Vorbild, nicht Ihren Großvater Murad. Man kann nicht gleichzeitig ein Kind bekommen und Jungfrau bleiben.«

Die Sultanin lacht schallend über die verdutzten Gesichter – man wird sich nie an ihre unverblümte Ausdrucksweise gewöhnen –, erhebt sich und beendet damit das Gespräch.

II

Am nächsten Morgen hat die Sultanin plötzlich Lust, auf den Bazar zu fahren und Haarbänder zu kaufen. Gewöhnlich kommen die griechischen und armenischen Händler in den Palast, um ihren Flitterkram anzubieten, denn es geziemt sich nicht, daß eine Prinzessin diese Volksviertel besucht, selbst wenn sie in ihrer wohlverschlossenen Kalesche vor den Blicken Neugieriger geschützt ist.

Aber heute will sie nicht warten.

Sie läßt Zeynel rufen, ihren Lieblingseunuchen, einen großen, hellhäutigen Albaner. Er ist etwa vierzig Jahre alt, und die Sultanin vermerkt amüsiert, daß ihm das Bäuchlein, das er sich neuerdings zugelegt hat, die Würde eines Paschas verleiht.

* Unsere Herrlichkeit. Wird gegenüber Mitgliedern der kaiserlichen Familie gebraucht.

Sie erinnert sich noch gut an den scheuen jungen Mann, der vor fünfundzwanzig Jahren im Şeragan-Palast auftauchte, wo sie mit ihrem Vater und ihren Schwestern gefangengehalten wurde. Er war ihnen vom Chef der Eunuchen Sultan Abdül Hamids geschickt worden, dem es zupaß kam, ihn auf diese Weise bequem loszuwerden. Denn der junge Mann war zwar besonders begabt – in der Palastschule, wo die für den Dienst am kaiserlichen Hof bestimmten Kinder unterrichtet wurden, zeichnete er sich durch Intelligenz und Lebhaftigkeit aus –, entpuppte sich aber später, was die strenge Disziplin im Harem anging, als äußerst rebellisch.

Doch in Şeragan wurde Zeynel rasch umgänglicher. Fühlte er sich unter diesen Gefangenen freier? Gerührt von seiner Ergebenheit, hatte sich Hatice unmerklich immer mehr auf ihn verlassen: Sie schätzte seine Geschicklichkeit und vor allem sein Zartgefühl, das ihn von den anderen Eunuchen unterschied, die geschwätzig waren wie alte Weiber.

Hier im Palast von Ortaköy ist er ihr Kundschafter. Sie schickt ihn regelmäßig in die Stadt, um in den Cafés Gerüchte und Meinungen in Erfahrung zu bringen. Er berichtet ihr, was die kleinen Leute in Istanbul, die von dem endlosen Krieg und den tagtäglichen Schwierigkeiten des Lebens erschöpft sind, bemängeln und wünschen.

Deshalb ist die Sultanin, obwohl man sie in den umfriedeten Haremlik eingesperrt hat, über die Stimmung im Volk besser unterrichtet als die meisten Mitglieder der kaiserlichen Familie; sie holen oft Erkundigungen bei ihr ein, wissen sie doch ihren Scharfsinn und ihre Ratschläge zu schätzen.

Nachdenklich läßt sie ihren Blick über den Sklaven gleiten, der mit niedergeschlagenen Augen geduldig auf ihre Befehle wartet. Was weiß sie eigentlich von ihm, außer daß er ein ausgezeichneter Diener ist? Wie sieht sein Leben außerhalb des Palastes aus? Ist er glücklich? Sie hat keine Ahnung und findet schließlich, daß sie sich damit nicht zu befassen habe.

»Ağa«, sagte sie zu ihm, »ich möchte, daß du mir einen Mietwagen besorgst. Möglichst schnell.«

Der Eunuch verneigt sich, ohne sich seine Verwunderung anmerken zu lassen. Die beiden Kaleschen und die drei viersitzigen Pferdewagen, die zur Equipage des Palastes gehören, sind nämlich durchaus fahrbereit! Natürlich sind alle diese Wagen mit dem kaiserlichen Wappen geschmückt ... Möchte seine Herrin etwa inkognito ausfahren, gerade jetzt, wo ihr Gatte, Hayri Bey, verreist ist?

Eine Kalfa hilft Hatice in einen dunklen Çarşaf hinein, aber in dem Augenblick, da sie sich zu gehen anschickt, begegnet ihr Selma, die vor der Tür auf sie gewartet hat.

»Annecim«, fleht das kleine Mädchen, »bitte, nehmen Sie mich mit!«

»Aber, Prinzessin, und Ihr Klavier? Ich dachte, Sie sollten Tonleitern üben!«

»Das mache ich dann, wenn wir zurückkommen, ich verspreche es!«

Aus den Augen des Kindes spricht eine solche Verzweiflung, daß die Mutter nicht nein sagen kann. Schließlich hat sie unter ihrem abgeschlossenen Leben selbst so gelitten, daß sie ihrer Tochter jede Freiheit im Rahmen der Schicklichkeit gewähren möchte.

Der Pferdewagen mit seinem feinen Holzgitterwerk vor den Fenstern fährt im leichten Trab aus dem Hof; Zeynel thront würdevoll auf dem Wagenverdeck neben dem Kutscher. Es ist ein schöner, kalter, sonniger Wintertag; Schwärme von Tauben flattern um die Moscheen und Paläste am Bosporus.

»Istanbul, du meine schöne Stadt«, murmelt die Sultanin mit halbgeschlossenen Augen wie eine Verliebte, die von ihrer Geliebten lange getrennt war und sie nun immer wieder von neuem betrachten muß.

Sie fahren zur Galatabrücke über das Goldene Horn, diese schmale Meeresbucht zwischen den beiden Ufern der Hauptstadt. Der Bazar liegt in der Altstadt in der Nähe des majestätischen Topkapi-Palastes. Auf den Straßen herrscht ein ungewöhnliches Treiben. Noch ein paar Meter, und der Wagen muß halten. Zeynels langes Gesicht erscheint am Kutschenschlag.

»Hoheit, wir können nicht weiterfahren: Der Trauerzug kommt hier vorbei.«

Die Sultanin lächelt gefaßt.

»Ach ja? Das hatte ich ganz vergessen. Dann warten wir eben, bis er vorüber ist ...«

Selma streift ihre Mutter mit einem schnellen Blick; hat sie es sich doch gedacht: Die Haarbänder waren nur ein Vorwand! Annecim legt doch gar nicht soviel Wert auf ihre Toilette! Sie wollte der Trauerprozession zuschauen, und da es der Brauch den Frauen nicht gestattet, daran teilzunehmen, hatte sie sich diese Kriegslist ausgedacht.

Vor dem Sarg, der langsam, auf den Schultern von zehn Soldaten, herannaht, marschiert ein schwarzgekleidetes Militärorchester. Die Prinzen gehen zu Fuß hinterher, die ältesten ganz vorn, mit diamantenen Orden auf der Brust. Hinter ihnen die Damadlar, die Ehegatten der Prinzessinnen, dann die Paschas in Galauniform und die Wesire in goldbestickten Gehröcken. Zum Schluß und, bei dieser offiziellen Zeremonie auf gleicher Ebene wie die Minister, der Kislar Ağa, der Hüter der Pforte der Glückseligkeit, das Oberhaupt der schwarzen Eunuchen des Palastes.

Zu beiden Seiten des Leichenzugs, die drei Kilometer von der Hagia Sophia bis zum Mausoleum, wo der Sultan bestattet werden soll, stehen Soldaten in Galauniform stramm. Offenbar war der jungtürkischen Regierung, die Abdül Hamid vor zehn Jahren abgesetzt hatte und zur Zeit unter Sultan Reşats Ägide das Geschick des Reiches lenkte, an einem prunkvollen Begräbnis gelegen. Den Toten gegenüber kann man sich Großzügigkeit gestatten.

Großzügigkeit ... der Mann, dem man heute solche Ehren erweist, hat sie wohl kaum je besessen ... Der Blick der Sultanin trübt sich, und plötzlich hat sie wieder eine eiskalte Nacht vor vierzehn Jahren vor Augen, als ihr Vater, Sultan Murad, auf Anordnung des mißgünstigen Sultans Abdül Hamid in aller Stille beigesetzt wurde.

Hatice schaudert. Der Aufwand beim Begräbnis dieses Schinders schürt ihren Haß aufs Neue. Einem gedemütigten Hamid hätte sie vielleicht verziehen; seine lange Gefangenschaft hatte ihn in ihren Augen teilweise rehabilitiert. Doch diese prunkvollen Feierlichkeiten verleihen ihm wieder Glanz, jenen Glanz, den er seinem Bruder geraubt hat.

Die Sultanin verspürt einen bitteren Geschmack im Munde. Neidisch? – sollte sie etwa neidisch sein auf einen Toten? … Plötzlich begreift sie, weshalb sie, den überkommenen Bräuchen zum Trotz, an diesem Begräbnis teilnehmen wollte. Es war Neugier, so hatte sie sich zuerst eingeredet. Aber nein, es war Rache. Sie ist hierhergekommen, um sich vom Tod dieses Mannes zu überzeugen, ihn einzuatmen, auszukosten, den Tod dieses Mannes, der ihrem Vater achtundzwanzig Jahre lang Tag für Tag den Tod gebracht hat.

Plötzlich ertönen unter den Anwesenden Schreie. Die Sultanin im Innern ihrer Kutsche unterdrückt ein Lächeln. Deshalb also sind so viele Leute hier: Das Volk kümmert sich wenig um die Anstandsregeln, die es verbieten, einen Toten unter Anklage zu stellen – man hat sich versammelt, um dem Tyrannen zu huldigen, wie es ihm gebührt!

Sie horcht auf: Klagen und Schluchzen inmitten des Stimmengewirrs? Unmöglich, sie muß sich täuschen! Doch … Hatice, steif aufgerichtet auf ihrem Sitz, wird leichenblaß: Was sie für haßerfüllte Schreie hielt, sind Schreie der Verzweiflung. Entrüstung überwältigt sie. Wie! Dieses Volk, das früher den Tyrannen verhöhnte, beweint ihn jetzt! Hat es denn die düsteren Jahre vergessen, in denen Polizei und Geheimdienste nach Lust und Laune schalteten? Hat es vergessen, wie sehr es den Staatsstreich der »Jungtürken« begrüßte, wobei Sultan Hamid zugunsten seines Bruders Reşat abdanken mußte? Sie schüttelt verächtlich den Kopf: »Die Menschen haben wirklich ein kurzes Gedächtnis …«

An einem Fenster steht eine Frau und schluchzt: »Vater, warum verläßt du uns? Zu deiner Zeit hatten wir Brot, jetzt sterben wir vor Hunger!«

Weitere Stimmen fallen ein: »Wohin gehst du? Laß uns nicht allein!«

»Allein?« Die Sultanin zittert. Was soll das heißen? Haben sie etwa keinen Herrscher? Den guten Sultan Reşat? Sollten sie das Vertrauen zu ihm verloren haben? Oder ahnen sie, was jeder am Hofe weiß: daß der Sultan nur eine Marionette in den Händen der drei eigentlichen Herren des Landes, Enver, Talat und Cemal ist?

Die drei hatten den Herrscher nicht einmal zu Rate gezogen, als sie vor vier Jahren, 1914, die Türkei auf seiten Deutschlands in den Krieg verwickelten. Seither wird die Mißwirtschaft immer größer, und die Niederlagen, die man zu verheimlichen sucht, lassen nicht auf sich warten. Doch Tag für Tag kommen Hunderte von Verletzten von der Front zurück, und die Schlangen vor den Bäckereien werden immer länger; die Straßen sind voll von Bettlern.

Die Sultanin seufzt. Mit Sultan Abdül Hamid verschwindet das letzte Symbol einer starken, angesehenen Türkei. Das wird es sein, das wird das Volk beweinen.

»Nach Hause«, bedeutete sie Zeynel.

Der Eunuch sieht sie traurig an. Er verbeugt sich und gibt den Befehl in knappem Ton an den Kutscher weiter. Der Fiaker fährt langsam zurück zum Palast.

Die Sonne geht unter über dem Bosporus, Hatice betrachtet durch die hohen verglasten Maueröffnungen den Fluß und, auf dem gegenüberliegenden Ufer, auf dem asiatischen Kontinent, den Beylerbey-Palast. Sie kann nicht umhin, über die Ironie des Schicksals zu lächeln: Gerade dort, ihrem eigenen Wohnsitz gegenüber, hat ihr Kerkermeister dann seinerseits als Gefangener seine letzten Lebensjahre verbracht.

Man sagt ihr, daß die Barke bereit liege: Es ist an der Zeit, den Verwandten des Verstorbenen den Beileidsbesuch abzustatten. Von offiziellen Anlässen abgesehen, bei denen die beiden Familien so zu tun pflegten, als kennten sie sich nicht, wird es das erste Mal seit langen Jahren sein, daß sie sich begegnen.

In Begleitung ihrer beiden Schwestern und ihrer Tochter schreitet die Sultanin Hatice durch den Park auf die bemoosten Steine der Schiffsbrücke zu. Alle sind weiß gekleidet; es ist die Farbe der Trauer.

Von den Eunuchen unterstützt, steigen sie in das Prunkboot und nehmen die Grüße der zehn Ruderer entgegen, die wie zu Zeiten Süleimans des Prächtigen weite Batisthemden und scharlachrote Hosen tragen.

Selma sitzt im Heck und bewundert die Sprünge der Fische, die dem Boot zu folgen scheinen: sie ist entzückt von dem Brauch, daß die Boote lange blaue Musselinbänder hinter sich herziehen, die so wirklichkeitsgetreu mit silbernen Karpfen oder Forellen bestickt sind, daß man die Tiere für lebendig halten könnte.

Die Prinzessinnen treffen, etwas benommen durch den Wind auf dem Meer, im Beylerbey-Palast ein. Die Oberzeremonienmeisterin führt sie in einen mit scharlachrotem Samt ausgeschlagenen Saal. Es ist der Salon der Sultanin Valide, ein Titel, der den Müttern der Sultane verliehen wird. Da Abdül Hamids Mutter bereits verstorben ist, thront an ihrer Stelle die Kadın Musfika, die letzte Gattin des Herrschers, aufrecht und zart in ihrem massiven Sessel aus vergoldetem Holz. Sie hat bis zuletzt an der Seite des königlichen Gefangenen ausgeharrt. Dieser Tag der Trauer ist ihr Ruhmestag: Endlich wird ihr der gerechte Lohn für ihre Ergebenheit zuteil.

Das Erscheinen der drei Sultaninnen löst ein erstauntes Gemurmel unter den Anwesenden aus. Die Kadın lächelt; sie ist klug genug, um den politischen Beweggrund dieses Besuches zu durchschauen, schätzt aber die großzügige Geste trotzdem. Eilfertig erhebt sie sich zur Begrüßung, denn selbst an diesem Tag, wo sie den Gipfel der Ehrungen erklommen hat, würde sie sich hüten, den Respekt, den sie den Prinzessinnen von Geblüt schuldig ist, außer acht zu lassen. Denn schließlich ist sie wie alle Gattinnen des Sultans nur eine von dem allmächtigen Herrscher besonders ausgezeichnete Haremsdame.

Selma muß lauter kleine Knickse machen und den würdevollen Damen im Gefolge der Kadın die Hand küssen. Gerade will sie eine überaus häßliche Person zur Rechten der Kadın grüßen, als ein Paar haßerfüllt funkelnder Augen, das sie anstarrt, sie zurückzucken läßt. Was hat sie nur falsch gemacht?

Verstört blickt sie zu ihrer Mutter auf, die sie energisch vorwärts schiebt.

»Selma, begrüßen Sie Ihre Tante, die Sultanin Naime, die Tochter Seiner verstorbenen Majestät, des Sultans Abdül Hamid.«

Doch zum großen Entsetzen der anwesenden Damen weicht das kleine Mädchen zurück und schüttelt seinen roten Lockenkopf. Hatice schiebt Selma heftig zur Seite und neigt sich der Prinzessin zu.

»Verzeihen Sie dem Kind, es ist ganz außer sich vor Schmerz über den Tod seines Onkels ...«

Die Sultanin Naime wendet sich verächtlich ab, als könnte sie den Anblick derjenigen, die zu ihr spricht, nicht ertragen. Da richtet sich Hatice zu ihrer ganzen Größe auf, läßt einen spöttischen Blick über die Versammelten schweifen und nimmt zur Linken der Kadın, die sie an ihre Seite gerufen hat, Platz. Sie triumphiert; die Unhöflichkeit ihrer Kusine ist eine Ehre für sie; alle Anwesenden können sich nicht darüber hinwegtäuschen: Nach vierzehn Jahren ist die Wunde noch nicht vernarbt!

Hatice hört der Witwe, die zum x-tenmal die Umstände beim Tod Seiner Majestät schildert, kaum zu und erinnert sich ...

Ja, er war schön, Kemaleddin Pascha, Naimes galanter Gatte ... Die beiden Kusinen waren im gleichen Jahr verheiratet worden ... schon siebzehn Jahre sind es jetzt her! Aber während Sultan Abdül Hamid für seine Lieblingstochter Naime, die am Tag seiner Krönung geboren wurde, einen hervorragenden Offizier ausgesucht hatte, zwang er Hatice zur Heirat mit einem obskuren, häßlichen und engstirnigen Beamten.

Diese Heirat war das einzige Mittel, aus dem Palast herauszukommen, in dem Hatice seit ihrer Kindheit wie in einem Gefängnis eingesperrt war. Mit einunddreißig Jahren verzweifelte sie am Leben, war zu allem bereit, um freizukommen. Aber daß die Wahl so erniedrigend ausfallen würde, hatte sie nicht ahnen können. Wochenlang blieb ihre Schlafzimmertür dem Gatten, der sich beim Sultan darüber beklagte, verschlossen. Zuletzt war sie der Streitigkeiten überdrüssig und gab nach.

Sie schaudert, wenn sie an diese erste Nacht denkt ... Noch immer verspürt sie ein körperliches Ekelgefühl ...

Der Palast, den der Sultan ihr – wie jeder jungvermählten Prinzessin – geschenkt hatte, lag neben dem ihrer Kusine Naime. Hatice besuchte die junge Frau, die sich bald mit ihr anfreundete, recht oft. Naime war heftig verliebt in ihren forschen Ehemann. Was lag näher, als daß Hatice sich rächte, indem sie ihn ihr nahm? Gab es ein sichereres Mittel, ihrem Peiniger, dem Schinder ihres angebeteten Vaters, Leid zuzufügen, als die Tochter des Herrschers ins Unglück zu stürzen?

Kalt und berechnend, im Bewußtsein, einer Pflicht ausgleichender Gerechtigkeit nachzukommen, beschloß Hatice, Kemaleddin zu verführen. Das war um so einfacher, als Naime, unvorsichtigerweise und den herrschenden Brauch nicht achtend, darauf bestanden hatte, daß ihr Gatte und ihre beste Freundin sich kennenlernten. Hatice war schön, der Pascha verliebte sich in sie und gestand ihr in leidenschaftlichen Briefen, die sie sorgfältig aufhob, seine Zuneigung.

In dieser Nacht lehnte Naime, die unter Kemaleddins Gleichgültigkeit sehr litt, jede Nahrung ab. Der Sultan, der sich nicht erklären konnte, was seiner Tochter fehlte, war verzweifelt. Hatice, die von der Unglücklichen ins Vertrauen gezogen worden war, befand schließlich, das Spiel habe nun lange genug gedauert: Kemaleddin wurde dringender, und Vassif, ihr Gatte, erlaubte sich sogar, eifersüchtig zu sein, und machte ihr Vorwürfe. Da bündelte sie Kemaleddins Briefe, rief Zeynel und befahl ihm, sie dem Sultan zu überbringen, wobei sie vorgab, sie zufällig gefunden zu haben. Sie hatte sich gerächt und wollte zugleich ihre Freiheit erzwingen: Ein solcher Skandal mußte zweifellos ihre Scheidung nach sich ziehen.

Noch heute, vierzehn Jahre später, wundert sich Hatice über ihre Naivität. Wie hatte sie nur glauben können, Abdül Hamid lasse sich sein Handeln diktieren?

Sie erinnert sich noch, wie der Sultan sie in den Palast kommen ließ. In der Hand hielt er die Briefe des Paschas. Seine kleinen schwarzen Augen funkelten wütend, aber vor allem ironisch, was ihr weit mehr Eindruck machte. Der ganze Hof wartete auf seine Entscheidung. Kemaleddin Pascha wurde nach Bursa verbannt, in die ehemalige, ein paar hundert Kilometer von Istanbul entfernte Hauptstadt. Was aber würde mit der jungen Frau geschehen? Würde auch sie verbannt werden? Da hatte man Sultan Abdül Hamid falsch eingeschätzt. Er machte ihr überhaupt keinen Vorwurf, er begnügte sich damit, höhnisch zu lächeln, und ... schickte sie zu ihrem Gatten zurück.

Hatice konnte sich aus ihrer Ehe erst im Revolutionsjahr 1908 befreien, als Abdül Hamid gestürzt wurde und der ihr wohlgesonnene Sultan Reşat den Thron bestieg. Da er seiner Nichte nichts abschlagen konnte, erlaubte er ihr, sich scheiden zu lassen.

Als Krönung einer so romantischen Liebesgeschichte erwartete man eigentlich die Heirat Kemaleddins mit der Prinzessin. Sobald der Pascha seine Freiheit wiedererlangt hatte, kehrte er, verliebter denn je, augenblicklich nach Istanbul zurück. Die Sultanin empfing ihn äußerst frostig und erklärte ihm, sie habe ihn nie geliebt.

Ein Jahr später, auf einem Spaziergang an den »Süßen Wässern Asiens«, einem kleinen Fluß in der Umgebung von Istanbul, begegnete Hatice einem schönen Diplomaten. Sie verliebte sich in ihn und beschloß, ihn zu heiraten.

Das war Hayri Rauf Bey, der Vater Selmas und des kleinen Hayri.

III

Ein beharrlicher, süßer, melodischer Ton weckt Selma schließlich aus ihrem Schlaf. Sie schlägt die Augen auf und lächelt dem jungen Mädchen zu, das am Fußende des Bettes sitzt und mit einer Feder über ihre Udh*, streicht. Es ist im Orient Brauch, ein zu plötzliches Erwachen zu vermeiden, glaubt man doch, daß die Seele nachts in anderen Welten umherirrt und man ihr Zeit lassen muß, langsam wieder in den Körper zurückzukehren.

* Orientalische Laute.

Selma wird gern von Musik geweckt. An diesem Morgen fühlt sie sich besonders glücklich: Es ist Bayram, das große islamische Fest zu Ehren Abrahams, der seinen Sohn Gott opfern wollte. Deshalb kleidet man sich festlich und tauscht Geschenke aus. Die ganze Stadt dröhnt vom Lärm der Karusselle, von den Schreien der Gaukler und Süßwarenhändler, und an jeder Straßenecke drängen sich die Menschen um Marionetten- und Schattenspiele.

Die Festlichkeit wird im Palast von Dolmabahçe, wo der Sultan drei Tage lang die hohen Würdenträger und seine ganze Familie empfängt, besonders prunkvoll begangen.

Selma verschmäht das Glas Milch, das man ihr jeden Morgen kredenzt, springt aus dem Bett und stürzt in den kleinen Hammam, wo zwei Sklavinnen ihr ein Rosenbad bereiten.

Das lauwarme Wasser rieselt aus großen Kannen über die weiße Haut des Kindes. Die Sklavinnen reiben es mit einem weißen Musselintuch sorgfältig trocken, gießen ihm einen Regen aus Rosenblüten über den Körper und über das Haar und massieren es lange. Selma überläßt sich ihren zarten Händen und hat das Gefühl, sich in eine Blume verwandelt zu haben.

Eine halbe Stunde später sucht sie ihre Mutter auf. Ihr Vater Hayri Rauf Bey ist bereits bei ihr. Er ist schlank, von mittlerer Größe und trägt jene Art von vornehmer Langeweile zur Schau, die für Männer der guten Gesellschaft typisch ist. Gleichgültig, Erfolge bei Frauen gewohnt und ohne jeden persönlichen Ehrgeiz, hat er sich auf diese Heirat mit einer Sultanin eingelassen, ohne es eigentlich zu wollen. Er ist klug genug, um die Schmeicheleien, die ihm sein Titel eines Damad* einträgt, zu durchschauen, scheut aber andererseits alle Anstrengungen, die ihm eine eigenständige Position verschaffen würden. Früher war er ein selbstbewußter, verspielter junger Mann, jetzt ist er ein Mensch, den nichts mehr interessiert. Auch seine Kinder im Grunde nicht. Was seine Frau angeht …

Hatice betritt ihr Boudoir. Hayri Bey erhebt sich und küßt

* Titel der Gatten der Prinzessinnen.

ihr die Hand, macht ihr die üblichen Komplimente und überreicht ihr ein samtenes Schmucketui. Anläßlich des Bayram-Festes und am Geburtstag des Sultans muß jeder Ehemann seiner Frau ein Geschenk machen. Läßt man diesen Brauch außer acht, wird das als Zeichen einer unmittelbar bevorstehenden Scheidung betrachtet. Der Damad seufzt innerlich: Glücklicherweise hat sein Sekretär an alles gedacht! Das Etui enthält ein kostbares Kollier aus tiefblauen Saphiren.

»Welch prächtiger Glanz!« murmelt die Prinzessin.

Er verneigt sich galant.

»Sultanin, für Sie ist mir nichts gut genug!«

Sein Sekretär hat also alles bestens erledigt. Aber wie zum Teufel soll er in diesen Kriegszeiten, wo auch noch die Zivillisten* gekürzt wurden, diesen Schmuck bezahlen? Ach, der Armenier, der die Familie seit langem beliefert, wird ihm schon Kredit gewähren. Jedenfalls denkt er nicht daran, jetzt plötzlich zu geizen.

Dann zieht er ein anderes, kleineres Etui aus der Tasche – das hat er selbst ausgewählt – und legt es Selma in die Hände. Es ist eine Brosche darin, eine feine Goldschmiedearbeit, ein Pfau, dessen Federn mit Smaragden besetzt sind. Daß sie ihm dafür dankte, hatte er zwar erwartet, aber ihre überschwengliche Freude macht ihn stutzig. Ist sie bereits in diesem Alter auf Schmuck so erpicht? Er merkt gar nicht, daß Selma mit ihren vor Erregung glänzenden Augen eigentlich nicht die Brosche, sondern ihn selbst ansieht: Mit seinem Geschenk hat ihr Vater sie zum ersten Mal als richtige Frau anerkannt.

Da sagt die Sultanin beunruhigt: »Mein Lieber, Sie werden zu spät zum Selamlık** kommen.«

Hayri Bey unterbricht sie mit einer Handbewegung: »Das ist mir gleichgültig! Diese Förmlichkeiten machen mich krank. Ich weiß nicht einmal, ob ich teilnehmen soll.«

* Geldsumme, die den Mitgliedern der kaiserlichen Familie für ihre persönlichen Bedürfnisse bewilligt wird.

** Freitagsgebet in der Hagia Sophia-Moschee, wo alle Teilnehmer Platz genommen haben müssen, bevor der Sultan eintrifft.

Natürlich weiß er genau, daß er hingehen wird, und sie weiß es auch. Aber es reizt ihn, seine Gattin zu provozieren. Im Laufe der Jahre ist ihm seine Rolle als Prinzgemahl immer schwerer gefallen. Von Scheidung kann keine Rede sein. Von einer Sultanin läßt man sich nicht scheiden. Nur sie hat dieses Recht, sofern der Herrscher damit einverstanden ist.

Jedenfalls hat ihr Hayri Bey nichts vorzuwerfen. Sie ist untadelig, aber eben Prinzessin ... Sterbenslangweilig denkt er, ohne sich einzugestehen, daß er sich von einer stärkeren Persönlichkeit wie vernichtet fühlt; er hat den Eindruck, ein Schatten geworden zu sein.

Noch lange, nachdem der Vater gegangen ist, macht sich Selma über ihn Gedanken: warum ist er so mißmutig gewesen? Während sie mit schlenkernden Beinen auf einer Bank sitzt und auf ihre Mutter wartet, wirft sie sich vor, daß sie ihn nicht zu trösten versucht hat. Aber was hätte sie sagen sollen? Bestimmt hätte er sich nur über sie lustig gemacht!

Endlich ist die Sultanin fertig. Sie trägt ein perlenbesticktes Kleid mit Zobelschleppe. Das kastanienbraune Haar ist zu Zöpfen gedreht und mit Edelsteinen übersät. Auf ihrer Brust strahlt der diamantene Stern des »Ordens des Mitleids«, der an ausgewählte Damen der Gesellschaft verliehen wird, und das schwere Kollier aus Gold und Email mit den Reichswappen, das nur Prinzen und Prinzessinnen tragen dürfen.

Selma schüttelt vor Freude ihre roten Locken: Ihre Mutter wird immer die Schönste von allen sein!

Von den Kalfalar gestützt, sind sie in die Festkalesche gestiegen, die von einem Kutscher im nachtblauen, silbergesäumten Dolman gelenkt wird. Er knallt mit der Peitsche, langsam setzt sich die Kutsche in Bewegung. Zwei Kilometer sind es bis zum kaiserlichen Palast.

Der Palast von Dolmabahçe, ganz aus weißem Marmor gebaut, streckt sich lang und träge am Ufer des Bosporus aus. Stilelemente aller Epochen und aller Länder finden sich hier üppig wuchernd nebeneinander. Griechische Säulen, maurische Spitzbogen, gotische und romanische Pfeiler, und überall Anklänge an das Rokoko: Blumengebinde und Girlanden, fein ziselierte und vergoldete Rosetten und Medaillons überziehen die Fassaden. Puristen, die dieses Gebäude häßlich finden, haben ihm den Namen »Hochzeitskuchen« verliehen. Aber die verschwenderische Fülle, die Großzügigkeit, die phantastische Eleganz und unschuldige Mißachtung aller Gebote der Architektur lassen es anziehend erscheinen wie ein Kind, das sich mit allen möglichen Kleidungsstücken aus dem Schrank der Mutter geschmückt hat. Nur Poeten haben dafür Verständnis, und das Volk der Türken ist poetisch.

Beim Eintritt in den Palast bleibt Selma, überwältigt von der Lawine aus Gold und Kristall, stehen. Sie ist schon oft hier gewesen, aber jedesmal erstarrt sie aufs neue vor soviel Pracht. Die Lüster und Kandelaber rascheln mit Tausenden von glitzernden Blättern; die Ehrentreppe ist aus Kristall wie die riesigen offenen Kamine, und von den Rauchfängen aus Diamant geht ein irisierendes Leuchten aus, das im Lauf des Tages in verschiedenen Farben spielt.

Das kleine Mädchen liebt solche Festtage. Durch sie wird es in seinem Glauben an die unerschütterliche Macht und den nie endenden Wohlstand des Reiches, an Glück und Schönheit der Welt bestärkt. Natürlich gibt es den Krieg, über den die Freunde des Vaters so ernst miteinander sprechen, und es gibt auch diese Männer und Frauen mit den fiebrigen Augen, die sich jeden Tag an die Gitter des Palastes drängen und um Brot betteln. Aber sie kommen Selma vor wie Bewohner eines anderen Planeten, und der Krieg ist für sie nur ein Wort im ununterbrochenen Redestrom der Erwachsenen.

Nachdem eine Schar von Eunuchen sie begrüßt hat, werden sie von einem Schwarm junger Mädchen umringt, die allesamt entzückend aussehen – Häßlichkeit ist in diesem Palast verpönt –, und während man ihnen hilft, sich ihrer Schleier zu entledigen, serviert ein Kahveci* in Pluderhosen

* Kahveci heißt jede mit dem Amt des Kaffeeausschenkens betraute Person.

und kurzem, von zirkassischen Handwerkern besticktem Wams Cardamomkaffee, bei dessen Genuß sie sich von den Anstrengungen der Reise erholen sollen.

Im kaiserlichen Harem*, sorgfältig von jeglichem Einfluß der Außenwelt abgeschirmt, hütet man ängstlich die alten Gebräuche, und die großen Kalfalar überwachen mit scharfen Augen die Erziehung der Mädchen. Man trägt noch immer die traditionellen Gewänder und wenn man auch neugierig und amüsiert die Kleidung durchreisender Sultane bestaunt, so ist man doch weit davon entfernt, sich ebenso wie sie, »à la franca«, zu kleiden. Ist man hier im Palast nicht erhaben über die Wechselfälle der Mode?

Die große Zeremonienmeisterin ist erschienen, eindrucksvoll in ihrem langen goldbestickten Mantel, der das Zeichen ihres hohen Amtes ist. Sie ist gekommen, um die Prinzessinnen zur Sultanin Valide, der Kaiserinmutter, zu geleiten. Denn jeder Besuch bei Hof hat mit einem Besuch der alten Dame zu beginnen, die nach ihrem Sohn die zweitmächtigste Person des Reiches ist.

Die Sultanin thront in einem Salon, der mit schweren viktorianischen Sesseln möbliert ist und dessen Wände bespannt sind mit mauvefarbener Seide. Es wird behauptet, daß sie sehr schön gewesen sei, aber mit dem Alter und der vorwiegend sitzenden Lebensweise im Harem, ist sie unförmig geworden. Nur ihre herrlichen blauen Augen sind geblieben, was sie waren, und bezeugen ihre zirkassische Herkunft.

Selma und ihre Mutter begrüßen die ehemalige Sklavin voller Respekt.

Wie die meisten Frauen des kaiserlichen Harems wurde

* Der Harem ist der den Frauen vorbehaltene Teil des Hauses. Es können dort mehrere Gemahlinnen und Odalisken wohnen, wie beispielsweise im kaiserlichen Harem. Handelt es sich um den Aufenthaltsort einer einzigen Gemahlin mit ihren Dienerinnen – häufig in der Türkei des 19. und Anfang des 20. Jahrhunderts –, so benutzen wir hier der besseren Unterscheidung wegen das türkische Wort Haremlik.

sie dem Palast als kleines Kind verkauft; ihre Eltern, einfache Leute, hatten sich für ihre Tochter die besten Chancen für einen sozialen Aufstieg erhofft. Seit langem ging das Gerücht von der ausgezeichneten Erziehung um, die die jungen Sklavinnen bei Hof erhalten sollten. Das ruhmreiche Schicksal einiger, die Großwesire oder Erste Gemahlinnen geworden waren, beflügelte die Phantasie. So war es nicht mehr nötig, daß man in die verzweifelten Familien eindrang und ihnen die Kinder entriß, wie in den Anfängen des Kaiserreichs: sie kamen selbst und flehten darum, daß man die Kinder annahm.

Die Sultanin Valide hat ihre Angehörigen nie wiedergesehen. Selma fragt sich, ob sie sie manchmal vermißt hat. In Wahrheit fehlte ihr dazu die Zeit.

Vom ersten Augenblick an wurde sie von der Großmeisterin der Kalfalar an der Hand genommen. Man lehrte sie, wie ihre Kameradinnen, Poesie, Harfenspiel, Gesang, Tanz und vor allem richtige Umgangsformen. Und als man ihre Erziehung für beendet erachtete, trat sie in den Dienst des Kaisers.

Die alte Dame ruft sich gern den Tag ins Gedächtnis, an dem der Sultan sie bemerkte und sie *gueuzdé* wurde – eine, welche den Blick des Herrschers auf sich gezogen hat. Sie bekam das Recht auf ein eigenes Zimmer und neue seidene Kleider. Zufällig wurde der Herrscher ihrer nicht überdrüssig, er ließ sie oft kommen, und sie erhielt den vielbegehrten Titel der Ikbal oder Bevorzugten. Sie zog in einen sehr viel größeren Raum um, und es wurden ihr drei Kalfalar zugewiesen, die sie bedienten. Es wurde Zeit für einen Sohn.

Selma hat oft den Erzählungen alter Hofdamen gelauscht, die sich darum drehten, wie der Sohn Reşat geboren und die schöne Zirkassierin in den Rang einer dritten Kadın erhoben wurde. Um dem Los der Konkubinen zu entgehen und eine solche begehrte Position zu erreichen, reichte es nicht, schön zu sein, man brauchte Intelligenz und Ausdauer. Denn je höher man stieg in der Hierarchie des Harems, desto mehr hatte man sich vor Rivalinnen zu hüten, desto größer wurde die Gefahr. Auf diesen Gipfeln tobte der Kampf erbarmungslos.

Die Söhne von Kadınlar waren nämlich alle kaiserliche Prinzen, also potentielle Sultane. Nach der Regel bestieg immer der älteste Sohn den Thron. Aber im Lauf der sechs Jahrhunderte osmanischer Geschichte ist schon so mancher älteste Sohn verschwunden, ist Unfällen oder mysteriösen Krankheiten zum Opfer gefallen …

Die Kadın hatte ihr Kind keinem anderen Menschen anvertraut, sie kannte ihre ehrgeizigen Rivalinnen zu gut und wußte, daß sie nicht davor zurückschrecken würden, Ammen oder Eunuchen für ihre Zwecke einzuspannen. Sie hatte sich geschworen, daß ihr Sohn Sultan werden würde und sie die Sultanin Valide. Ihr ganzes Leben war auf dieses Ziel hin ausgerichtet. Sie hatte siebzig Jahre alt werden müssen, um es endlich verwirklicht zu sehen.

Und jetzt hat sie der Ehrgeiz verlassen, von dem sie in den letzten sechzig von Ränken und Intrigen angefüllten Jahren angetrieben worden war. Sie ist nur noch eine müde alte Frau.

Mit ihrer fahlweißen Hand hat die Sultanin Valide Selmas Wange getätschelt, was als Zeichen großen Wohlwollens gilt, und der Sultanin Hatidje hat sie Komplimente wegen ihres guten Aussehens gemacht. Dann, nach einem langen Zug aus ihrer goldenen Wasserpfeife, hat sie die Augen geschlossen. Die Audienz ist beendet.

Jetzt kommen die Kadınlar an die Reihe, jede empfängt in ihren eigenen Räumen. Es handelt sich um richtige kleine Höfe innerhalb des Hofes, die von fachkundigen Eunuchen, Sekretären, Intendanten, großen und kleinen Kalfalar unterhalten werden; die Etikette verlangt, daß man sich vor jeder höfischen Zeremonie hier einfindet.

Dieses Jahr hat Selma zum ersten Mal die Prüfungen des Protokolls zu bestehen. Mit vor Aufregung klopfendem Herzen präsentiert sich die kleine Prinzessin der ehrwürdigen Versammlung. Sie wird mit unnachsichtigen Blicken gemustert. Je nach dem Rang der Person, die sie begrüßt, fallen ihre Verbeugungen mehr oder weniger tief aus. Der Rang ist das Ergebnis einer komplizierten Gleichung der Faktoren Geburt, Amt und Alter, sie verlangt von dem Kind die vollkommene und differenzierte Kenntnis des Hofes und seiner Gesetze.

Lächelnde Gesichter wenden sich ihr zu, und Selma atmet auf: Sie hat die Prüfung bestanden.

Plötzlich erhebt sich lautes Stimmengewirr: Der Sultan ist vom Gebet im Selamlik zurückgekehrt, die Zeremonie des Handkusses kann beginnen.

Nun beeilt sich jeder – soweit er es mit seiner Würde vereinbaren kann und unter Mißachtung des reichhaltigen Angebots an Leckereien und Hofklatsch –, die ringförmige Galerie über dem Thronsaal zu erreichen. Versteckt hinter den Muscharabiehs*, wohnen die Frauen einem Schauspiel bei, das zu den großartigsten und amüsantesten des Jahres zählt. Selma, die zwischen zwei korpulenten Damen erdrückt zu werden droht, kann kaum atmen, doch würde sie um nichts in der Welt ihren Beobachtungsposten aufgeben.

Dreißig Meter unter sich erblickt sie einen Wald zinnoberroter Feze und schwarzer oder grauer Gehröcke, da und dort aufgelockert von den Farbflecken der militärischen Uniformen. Geblendet vom tausendfältigen Lichtgeglitzer im Thronsaal – des größten in Europa, wie es heißt –, kann Selma lange kein einzelnes Gesicht unterscheiden.

Am Ende des Saales sitzt der Sultan in feierlich-steifer Haltung auf seinem breiten Thron aus massivem Gold mit Edelstein-Intarsien. Zu seiner Rechten stehen die Prinzen der kaiserlichen Familie in voller Uniform, in einer Reihe vom Jüngsten zum Ältesten.

Auf Zehenspitzen stehend, hat Selma versucht, ihren Lieblingskusin Vassip, der zwei Jahre älter ist als sie, zu erkennen. Aber die Entfernung ist zu groß. Sie kann auch ihren Vater nicht ausmachen, der sich zur Linken des Sultans befinden muß, unter den mit Orden behangenen Damadlar und Wesiren. Ihnen gegenüber stehen die Marschälle, Generäle und höheren Offiziere in Prunkgewändern. Und auf den erhöhten Galerien haben wie lauernde Raben die Mitglieder

* Durchbrochene, hölzerne Trennwände.

des diplomatischen Corps mit all ihren Ehrenzeichen Aufstellung genommen.

Nacheinander nähern sich diese hohen Würdenträger dem Thron und werfen sich dreimal vor ihm nieder; was sie küssen, ist nicht die Hand des Sultans – niemand hat das Recht, sie zu berühren –, sondern das Symbol seiner Macht, einen großen Stern aus rotem Samt, mit goldenen Quasten verziert, der vom Obersten Kammerherrn gehalten wird.

Respektvoll nähern sich sodann die Amtsträger in den schwarzen Gehröcken, die die verschiedenen Ministerien repräsentieren. Und schließlich, mit vor Staunen aufgerissenen Augen, kommen die Notabeln an die Reihe, die ihrer besonders loyalen Haltung wegen an der prächtigen Zeremonie teilnehmen dürfen. Sie sind sich der Ehre bewußt, aber sie haben auch Angst, durch irgendeinen Fehler die heiligen Gesetze des Protokolls zu verletzen, und nachdem sie andächtig den Stern geküßt haben, ziehen sie sich, rückwärts gehend und unter den amüsierten Blicken der Anwesenden immer wieder stolpernd, zurück.

Auf einmal tritt Stille ein, jeder hält den Atem an: Der Träger des höchsten religiösen Amtes im Reich, Scheich ül Islam, im langen weißen Gewand und mit einem Turban aus Brokat, ist vor den Thron getreten, und der Sultan hat sich zum Beweis besonderer Gunst erhoben, um ihn zu begrüßen. Hinter ihm kommen die großen Ulemalar, die Rechtsgelehrten, in grünen, braunen oder mauvefarbigen Tuniken. Ihnen folgen die Repräsentanten der verschiedenen Religionen des Reiches, der Patriarch der griechisch-orthodoxen Kirche, der Primas der Armenier, ganz in Schwarz, und der Oberrabbiner der Juden, der sich seit dem siebzehnten Jahrhundert, als das Reich die überall in Europa verfolgte Gemeinde aufnahm und sich zu ihrem Schutz verpflichtete, eines privilegierten Status erfreut.

Während der Zeremonie, die länger als drei Stunden dauert, spielt das kaiserliche Orchester – in weißen Anzügen mit roten oder goldenen Vorhemden – nacheinander türkische Märsche und mitreißende Sinfonien von Beethoven. Es wird von Lange Bey geleitet, einem französischen Dirigenten, der seine Liebe zum Orient entdeckt hat.

Hinter den Muscharabiehs ertönt das helle Gelächter der Frauen. Man zeigt einander den Chef der deutschen Streitkräfte, General Liman von Sanders, dessen steifes und hochmütiges Aussehen ihn zur Karikatur eines preußischen Offiziers werden läßt. Und den charmanten Marquis Pallavicini, den Botschafter Österreich-Ungarns, dem man abends oft begegnen kann, wenn er auf seinem Fuchs durch Istanbul reitet. Man sagt, er sei über alles informiert; doch zeigt er sich immer überrascht: Er ist der vollkommene Diplomat.

Tatsächlich wollen die Frauen vor allem die drei Herren des Reiches sehen. Den scharfsinnigen Großwesir Talat, mit einem Körperbau wie ein Stier und riesigen roten Händen, die seine bescheidene Herkunft verraten; den kleinen, bleichen Cemal Pascha, Marineminister, der, wie man sagt, hinter leutseligem Verhalten unerbittliche Härte verbirgt – 1915 ist er nach Syrien geschickt worden und hat den Aufstand derer, die für die Unabhängigkeit kämpften, mit solcher Grausamkeit niedergeworfen, daß ihm dies den Beinamen »Schlächter von Damaskus« eingebracht hat.

Aber der Strahlendste von allen ist unbestreitbar der schöne Enver Pascha. Schlank und anmutig, wie er ist, erobert der Kriegsminister und Chef des Triumvirats die Herzen aller Damen. Ebensogroß wie sein Mut ist seine Eitelkeit … Er hält sich für ein militärisches Genie, aber in jenen ersten Monaten des Jahres 1918, als die osmanische Armee sich an allen Fronten zurückziehen muß, beginnt der Stern des Mannes, den manche ironisch »Napoleonik« nennen, zu sinken. Und die Zungen derer, die ihn bewunderten, lösen sich, um ihn zu schmähen.

»Es ist eine Schande, daß er solche Empfänge gibt in diesen schlechten Zeiten«, flüstert eine Dame.

»Ein kleiner Beamtensohn, der stolz darauf ist, daß er eine Prinzessin geheiratet hat; er hat jeden Maßstab verloren«, bemerkt eine andere.

Der Held der Revolution der Jungtürken hat tatsächlich die Sultanin Nadie geheiratet, die Nichte des Sultans Reşat.

Er ist überaus stolz auf seine Gattin und führt sie gern vor, und mitten im Krieg stellt er bei den Abenden, zu denen er einlädt, verschwenderischen Luxus zur Schau. An seiner Tafel wird an nichts gespart, während sogar die Mitglieder des Kaiserhauses sich bei den Mahlzeiten taktvoll beschränken. Das alles würde ihm die Familie verzeihen, wenn er nicht auch noch selbst den Kaiser spielen würde, indem er dem alten Herrscher Befehle gibt und ihn – und dadurch sie alle – demütigt.

»Sehen Sie, wie krank Seine Majestät aussieht, das sind die Nierensteine, sie lassen ihn entsetzlich leiden«, sagen die Prinzessinnen mitleidig; über Enver Pascha sind sie empört, weil er ihn ein paar Monate vorher gezwungen hat, sich zum Bahnhof zu begeben, um Kaiser Wilhelm II. zu empfangen.

Übrigens sind sie weniger über die dem Padişah* auferlegten Strapazen aufgebracht als darüber, daß ihm sein Minister solch schamvolles Tun abverlangt: Seit den Anfängen der Dynastie hat sich ein Sultan niemals von der Stelle bewegt, um irgend jemanden zu empfangen, sei es König oder Kaiser.

Vor allem aber wollen sie nicht vergessen, daß der schöne junge Salih Pascha, Gatte der Sultanin Munira, eine der Lieblingsnichten des Sultans, zum Tod durch den Strang verurteilt und hingerichtet wurde. Enver stellte ihn wegen Verschwörung gegen die Partei der Jungtürken unter Anklage und forderte seinen Kopf. Die Sultanin hatte sich dem Herrscher zu Füßen geworfen, dieser hatte Enver inständig gebeten, den Damad mild zu behandeln: vergebens. Mit gebrochenem Herzen hatte Sultan Reshat das Todesurteil unterschreiben müssen. Es heißt, er hat dreimal zur Unterschrift ansetzen müssen, weil ihm immer wieder Tränen den Blick verschleierten.

Das Gerede und die spitzen Bemerkungen verstummen nicht, und Selma hört aufmerksam zu, als plötzlich das Orchester im Spielen innehält: Der Monarch hat sich erhoben und auf diese Weise die Zeremonie beendet. Gefolgt von den Prinzen verläßt er langsam den Thronsaal, während sich das

* Sultan.

rituelle Geschrei der Ulemalar erhebt: »Padişah, sei demütig und gedenke Allahs, der größer ist als du.«

Schon eilen die Damen in den großen blauen Salon, wo der Herrscher ihnen nun seinen Besuch abstatten wird. Die Zeremonienmeisterinnen walten ihres Amtes und weisen nach Alter und Verdienst jeder den Platz zu, der ihr zukommt, während das Orchester des Harems, das aus etwa sechzig jungen Musikantinnen besteht, im angrenzenden Vestibül Aufstellung nimmt. Beim Erscheinen des Herrschers, dem die Großschatzmeisterin vorangeht, stimmt das Orchester eine Willkommensmelodie an, die eigens für diese Gelegenheit komponiert wurde.

Selma schlägt die Augen nicht ganz nieder und mustert verstohlen den alten Herrn mit dem weißen Haar, dessen prozellanblaue Augen und volle Lippen Gutmütigkeit verraten. Er hat seine Mutter zu sich gewinkt, sie sitzt neben ihm, und er lächelt ein friedvolles Lächeln.

Nun nähern sich die Sultaninnen mit ihren Töchtern, die Hanum Sultaninnen genannt werden. Bei jedem Schritt über die Seidenteppiche rascheln ihre langen Schleppen. In drei anmutigen Temenahs neigen sie sich vor dem Sultan und stellen sich zu seiner Rechten auf. Dann kommen die Kadınlar und Ikbalar und nehmen zu seiner Linken Aufstellung. Schließlich sind die Palastdamen und ältesten Kalfalar an der Reihe, die sich niederwerfen und sich dann bescheiden zum entgegengesetzten Ende des Salons zurückziehen.

Nach dem feierlichen Begrüßungszeremoniell erscheinen zwei Sklaven mit einem Tuch, das mit Goldmünzen, die dieses Jahr geprägt wurden, gefüllt ist. Die Großschatzmeisterin greift mit beiden Händen hinein und wirft die Münzen in Richtung des Orchesters und der kleinen Kalfalar, und diese sammeln sie auf und danken dem Padişah laut und überschwenglich für seine Freigebigkeit.

Nun kann die Konversation beginnen. Seine Majestät bittet Verwandte und Gemahlinnen, Platz zu nehmen, und erkundigt sich höflich nach ihrer Gesundheit. Er hat für jede von ihnen ein freundliches Wort. Da es die Etikette jedoch verbietet, das Wort direkt an den Herrscher zu richten oder sich über die gestellten Fragen hinaus selbstgewählten Themen zuzuwenden, beginnt die Unterhaltung bald zu stocken. Der Herrscher nimmt angesichts der sehr gerade auf den Kanten ihrer Stühle sitzenden Damen seine Zuflucht zu einem Hüsteln hinter vorgehaltener Hand; und Selma bemerkt bei einem flüchtigen Blick zu ihrer größten Überraschung, daß er schüchtern ist. Nach einem scheinbar endlosen Schweigen entschließt er sich endlich, über seine Tauben zu sprechen: er begeistert sich leidenschaftlich für diese Vögel, die er aus Europa importiert; und er wählt dieses Thema, weil er glaubt, daß es auch die Damen interessiert. Wirklich machen alle interessierte Gesichter. Dann spricht er über die schönen Rosen, die er pflückt, wenn er im Park des kleinen Palasts von Ilhamur lustwandelt. Von jedem Strauch dürfe man nicht mehr als eine Blüte pflücken, sagt er, um die Pflanze nicht zu schädigen. Er ist ein Mann von großem Feinsinn.

Man erzählt sich, daß eine einzige Sache ihn ärgerlich stimme, wenn nämlich ein fremder Botschafter sich mit übereinandergeschlagenen Beinen vor ihn setze. »Dieser Ungläubige hat mir wieder seine Beine in die Nase gesteckt«, beklagt er sich dann. Aber er hält seine gute Stimmung aufrecht, indem er eine Koransure rezitiert; denn er ist sehr fromm. Er ist sogar Mitglied eines mystischen Ordens – doch darüber spricht er niemals.

Nach den Tauben und den Rosen meint Seine Majestät alle Themen erschöpft zu haben, die in einer so charmanten Versammlung Anklang finden können, und erhebt sich, freundlich grüßend, um sich in seine Gemächer zurückzuziehen.

Man darf sich entspannen. Die Prinzessinnen zerstreuen sich, begegnen einander in den kleinen Salons, tauschen Komplimente über Kleider und Toiletten aus und geben sich vertraulichen Plaudereien hin. Manche haben sich seit dem letzten Bayram nicht gesehen und haben einander tausend wichtige Dinge zu erzählen. In einem Boudoir spielt eine junge Sultanin auf dem Klavier Mazurken, die gerade in Mode sind, und ihre Kusinen versuchen kichernd, dazu zu tanzen. Nebenan amüsiert man sich bei einer Partie Tricktrack. Bei der Ersten Kadın wird ein Poesiewettbewerb zu einem gegebenen Thema organisiert: Am osmanischen Hof ist die Poesie immer in hohen Ehren gehalten worden, und im Lauf der Jahrhunderte hat es sogar Sultane gegeben, die sich auf diesem Gebiet Lorbeeren erworben haben.

Aber die meisten Gäste werden von dem Salon angezogen, in dem die Miracu, die Erzählerin, residiert. Es ist die beste der Stadt, sie nimmt an jedem Fest teil. Auf der Erde sitzend, das Kinn zwischen den Händen, betrachtet sie Selma: Sie muß mindestens hundert Jahre alt sein! Aber allmählich glätten sich die Falten, die Schultern straffen sich, die Augen glühen in einem dunklen Feuer: Das hier ist nicht länger die alte Miracu, es ist die schöne Leila, für die der junge Majnun den Liebestod stirbt, ihre warme Stimme, ihr Gazellenblick, ihr zauberischer Charme, der in jeder Generation aufs neue die Liebenden träumen und weinen läßt.

Die Nacht zieht herauf, und man begibt sich in die Gärten, um dem traditionellen Feuerwerk beizuwohnen, das Geschenk des Sultans, dem sein Volk am Herzen liegt. Teppiche und Kissen bedecken die Rasenflächen. Schweigende Sklaven bringen das Essen auf vergoldeten Platten. Leise spielt das Orchester eine Komposition von Mozart.

Plötzlich läßt ein Schrei das Publikum auffahren. Aschfahl im Gesicht zeigt eine junge Prinzessin auf die Hortensienbeete, die sich in der Dunkelheit in Bewegung gesetzt haben und auf sie zukommen. Erst als sie sich verneigen, löst sich das Wunder auf, und man sieht, daß es die mit riesigen Blumensträußen beladenen Hofzwerge sind, die gekommen sind, um den Damen ihre Reverenz zu erweisen.

Dieser Scherz wird nicht überall gleich aufgefaßt, Einigkeit aber herrscht beim Genuß des Rosensorbets und der Blätterteigkuchen mit Mandeln und Honig, die von den Palastkonditoren gebacken worden sind, den besten des ganzen Nahen Ostens.

Und wenn schließlich die Lichtergarben im Himmel explodieren und sich in den Rauchwolken Halbmond und Stern abzeichnen, Emblem der ewig währenden Türkei, dann sagt man sich, daß es niemals, nein, wirklich niemals ein gelungeneres Fest gegeben hat!

Auf dem Rückweg zum Palast von Ortaköy fährt die Kalesche am Ufer des mondbeschienenen Bosporus entlang, und Selma denkt an den Tag, der so schön gewesen ist; ist das Leben nicht ebenso schön wie dieser Tag? Warum sollte man den Unglücksvögeln Glauben schenken, die den Untergang dieses so reichen und mächtigen Imperiums verkünden!

IV

Es ist heiß in Istanbul. In diesen ersten Julitagen bringt der Wind vom Bosporus her der Stadt keine Kühlung mehr. Gestern war ein Bote aus dem kaiserlichen Palast Dolmabahçe eingetroffen, worauf die Sultanin Selma rufen ließ.

»Morgen werden Sie zusammen mit Hairi ihre Kusine, die Prinzessin Sadiye, besuchen. Die Enkel Seiner Majestät, die Prinzessin Mukbile und ihr Bruder, Prinz Namuk, sind auch zugegen.«

Selma unterdrückt eine Grimasse. Sie mag Sadiye, die schon mit sechs Jahren ein ausgeprägtes Selbstbewußtsein hat, überhaupt nicht. Ihr Vater, Abdül Mecid, erzählt jedem, der es hören will, seine Tochter sei die Allerschönste; bei jeder Familienversammlung läßt er die Kinder in einer Reihe antreten und stellt voller Stolz fest, sie sei auch die größte. Annecim weiß das alles, warum also schickt sie sie dorthin? Glücklicherweise ist der Park des Prinzen, auf den Anhöhen des asiatischen Ufers gelegen, ein traumhafter Ort zum Versteckenspielen. Und mit Mukbile langweilt man sich nie!

Es ist schon drei Uhr. Selma ist ganz verzweifelt, da erscheint endlich Mademoiselle Rose, ihre Gouvernante. Zeynel wartet geduldig auf der Schiffsbrücke. Er hat Hayri mitgebracht, der in seinem Matrosenanzug wie aus dem Ei gepellt aussieht; sein schwarzes, sorgfältig gescheiteltes Haar duftet nach Brillantine. »Er hat sich offenbar die ganze Flasche auf den Kopf geschüttet!« denkt Selma gereizt. »Als ob er Sadiye damit beeindrucken könnte!« Daß ihr Bruder für ihre Kusine eine Schwäche hat, gehört zu den vielen Streitigkeiten, die sie miteinander haben.

Die Ruderer helfen ihnen in die Barke, die bald am asiatischen Ufer anlegt. Sadiye holt sie ab. Sie schreitet in ihrem rosa Spitzenkleid, das blonde Haar zu braven Hängelocken gerollt, gesetzt die Treppe hinunter, um ihre Gäste zu empfangen. Plötzlich rennt ein kleines, dickes Mädchen mit blitzenden Augen in sie hinein und läuft auf Selma zu. Es ist Mukbile, die sich freut, ihre Kusine wiederzusehen, die für sie eine Art Komplizin bei allen möglichen Streichen ist. Namuk, ihr jüngerer Bruder, trottet hinter ihr her.

Nach ein paar Minuten heftiger Diskussion wird beschlossen, die Eroberung von Byzanz* zu spielen. Namuk, der jüngste, ist natürlich der Belagerte. Aber wer übernimmt die begehrte Rolle des Sultans Fatih? Man zieht Hälmchen, Selma gewinnt.

»Das geht nicht«, wendet Sadiye ein, »du kannst nicht den Sultan spielen, du bist ja nicht einmal Sultanin!«

Selma springt auf.

»Was soll das heißen? Ich bin genausogut Sultanin wie du!«

»Nein«, erklärt ihre Kusine altklug. »Mein Vater hat gesagt, dein Vater sei kein Prinz; also bist du nur eine Hanım Sultanin.«**

Selma hat die größte Lust, Sadiye zu erwürgen; sie steht wie versteinert da, unfähig, ein Wort zu erwidern.

Denn das hochnäsige Mädchen hat recht: Ihr Vater ist nur Damad. Zwar wird sie zu Hause von jedermann »die kleine Sultanin« genannt, aber obwohl niemand je eine Anspielung gemacht hatte, ist ihr doch aufgefallen, daß sie bei Festlichkeiten im Palast von Dolmabahçe protokollarisch nach einigen Prinzessinnen rangierte, die jünger waren als sie. Sie bekam diese oder jene kleine Unterscheidung zu spüren, ohne sie zu verstehen; aber heute, wo man sie so direkt beleidigt, wird ihr ihre mangelnde Würde mit einemmal bewußt.

* Byzanz wurde im Jahre 1453 von Sultan Mehmet Fatih erobert und in Istanbul umbenannt.

** Tochter einer Sultanin.

Der Himmel hat sich mit grauen Wolken bezogen, und die Bäume rauschen in dem leichten, frischen Wind; die Zukunft erscheint ihr plötzlich furchtbar trübe: Sie ist nur eine Hanım Sultanin … Was immer sie tut, sie kommt nach den anderen an die Reihe. Es ist, als hätte man ihr die Flügel gestutzt …

Sie denkt an ihre Mutter, die Sultanin, und empört sich über die Ungerechtigkeit: Ist ihre Mutter nicht den meisten Prinzen der Familie überlegen? Und nur weil sie eine Frau ist, kann sie ihr blaues Blut nicht vererben? Selma findet dies absurd und unerträglich.

Sie blickt auf und starrt Sadiye so hochmütig an, wie es ihr irgend möglich ist, sucht nach einem abschließenden Wort, aber nichts erscheint ihr hart genug. Schließlich dreht sie sich fassungslos zu Hayri um, aber der hat sich davongeschlichen. Mukbile ist neben ihr stehengeblieben und weiß nicht, was sie sagen soll; eine so schwierige Situation hat sie noch nie erlebt. Dann versucht sie zögernd: »Vielleicht könnten wir auch Verstecken spielen?«

Alle sind erleichtert und mit dem Vorschlag einverstanden. Selma und Mukbile machen ganz ungewöhnliche, besonders schwer zugängliche Verstecke ausfindig, klettern auf Bäume und verkriechen sich in Schlammlöchern. Da kommt ihnen ihre Kusine, die für ihre schöne Kleidung fürchtet, nicht auf die Spur. Deshalb ruft sie denn auch immer wieder empört: »Das gilt nicht! So benimmt man sich doch nicht als Prinzessin!« Die beiden andern lachen Tränen.

Es ist schon spät, als Prinz Omer Hilmi, Namuks und Mukbiles Vater, in Galauniform im Park erscheint.

»Oh,warum ist Papa so angezogen?« wundert sich Mukbile. »Es ist doch kein Feiertag!«

Sadiye sieht sie von oben herab an.

»Wie, das weißt du nicht? Dein Großvater, Sultan Reşat, ist gestorben, und mein Vater ist Erbprinz geworden!«

Der sanfte Sultan Reşat wurde in der kleinen Moschee von Eyub, weit von dem prunkvollen Turbeh*, in dem seine Vor-

* Mausoleum.

gänger ruhen, beigesetzt. Er hatte sich diesen stillen, schattigen Ort selbst ausgesucht, denn er wollte, wie er sagte, »weiterhin dem Zwitschern der Vögel und dem Lachen der Kinder lauschen«.

Ein paar Tage später wird die Thronbesteigung Sultan Vahiddedins gefeiert, des letzten der vier Brüder, die sich seit zweiundvierzig Jahren auf dem Thron abgelöst haben. Enver Pascha, der Führer der an der Macht befindlichen jungtürkischen Partei, legte Wert auf ein prunkvolles Krönungszeremoniell und eine große Militärparade, um die Bevölkerung, die diesen endlosen Krieg satt hatte, zu beeindrucken.

Aber die Bevölkerung ist vor allem von den Bomben der britischen Luftwaffe, die gerade an diesem Tag über der Stadt abgeworfen werden, beeindruckt. Soll das eine Art Wink sein für den neuen Herrscher? Dieser macht sich allerdings keine Illusionen über seine tatsächliche Macht. Während der ganzen Zeremonie bleibt seine Miene düster. Und als am nächsten Tag die Familie im Palast erscheint, um ihn zu beglückwünschen, empfängt er sie mit folgenden bitteren Worten: »Wozu beglückwünschen Sie mich eigentlich? Der Thron, auf dem ich Platz nehme, ist ein Dornenthron!«

Worte, die niemanden überraschen. Vahiddedin ist, wie man weiß, ein Pessimist. Die Kinder haben ihm sogar den Spitznamen »der Kauz« gegeben, denn er sieht stets so aus, als wolle er ein Unglück verkünden. Wie gewöhnlich übertreibt er ein bißchen. Gewiß, die Armee hat Schwierigkeiten, aber das kann sich ändern. Das Reich hat schon vieles überstanden. Und die deutschen Verbündeten sind so mächtig …

Die Armee hat Schwierigkeiten, tatsächlich. Von den Hunderttausenden von Deserteuren, die man ja ignorieren kann, abgesehen, füllen Tausende von Verwundeten die Krankenhäuser und öffentlichen Gebäude, die requiriert wurden, um sie unterzubringen.

Hatice besucht jede Woche das Haseki-Krankenhaus im Stadtzentrum, um den verwundeten Soldaten ein bißchen Trost zu spenden und kleine Geschenke zu bringen. Bis jetzt hat sie Selma nicht mitgenommen; sie fürchtete, daß die Eindrücke zu stark sein könnten. Aber nun ist ihre Tochter siebeneinhalb Jahre alt und versteht vieles. Außerdem ist die Sultanin von einem gewissen Stoizismus geprägt. Da sie bereits als Kind schlimmste Erfahrungen machen mußte und gut damit fertig wurde, ist sie der Meinung, daß gerade eine Prüfung den Charakter festigt. Als sie ihrem Gatten ihre Absicht mitteilt, gerät dieser, sonst so gleichgültig, in Zorn.

»Sie bringen die Kleine damit nur durcheinander. Sie hat später noch Zeit genug, dem Unglück ins Auge zu sehen, vielleicht auch, es selbst zu erleben. Lassen Sie ihr doch jetzt Zeit, alles zu genießen!«

Doch über die Erziehung ihrer Tochter hat die Sultanin, wie sie meint, allein zu befinden. Wie übrigens auch über alle häuslichen Angelegenheiten ... Sie läßt es zwar zu, daß sich ihr Gatte um die Erziehung ihres Sohnes Hayri kümmert, denn in islamischen Ländern werden die Jungen vom siebenten Lebensjahr an von den Männern erzogen, aber sie zweifelt an einem Erfolg. Die Zaghaftigkeit ihres Ältesten verletzt ihren Stolz. Wie oft hat sie schon versucht, ihn aus seiner Apathie aufzurütteln und den Ehrgeiz des Jungen anzustacheln. Als sie indes bemerkte, daß alle ihre Versuche ihn noch verstockter machten, gab sie es auf.

Glücklicherweise findet Hatice in Selma das Ungestüm und den Mut ihrer Jugend wieder. Hayri ist nach seinem Vater geraten, und zu guter Letzt betrachtet sie ihren Sohn und ihren Gatten mit der gleichen Illusionslosigkeit.

Dabei hat sie den schönen Hayri Rauf Bey weiß Gott mit der Glut eines achtzehnjährigen Mädchens und den Ansprüchen einer Frau von achtunddreißig Jahren – so alt war sie, als sie ihn kennenlernte – geliebt. Vielleicht hatte sie zuviel von ihm erwartet: Die Erfüllung der Träume eines einsamen Mädchens und einer Frau, die sich von ihrem ersten, gehaßten Mann erniedrigt fühlte.

Heute stellt sie keine Ansprüche mehr an ihn. Seit Selmas Geburt haben sie nicht einmal mehr intime Beziehungen. Trotzdem hat sie das Gefühl, daß er ihr nicht untreu ist. Statt sich jedoch darüber zu freuen, verachtet sie ihn vielmehr, weil sie seine Treue seinem Phlegma zuschreibt. Ihre Beziehungen haben den schalen Geschmack lauwarmen Wassers. Aber Hatice ist jetzt über die Zeit nostalgischer Anwandlungen hinaus. Nur wundert sie sich manchmal, wenn sie ihren Gatten ansieht: Wen hat sie eigentlich geliebt? …

Die Sultanin und ihre Tochter fahren also an einem heißen Julimorgen ins Krankenhaus. Selma hat den Tag zuvor damit verbracht, kleine Päckchen für die Verwundeten zu machen. In jedes kamen ein Beutel Tabak, Süßigkeiten und ein paar Münzen, dann wurde es mit einem schönen blauen Satinband zugeschnürt.

Sie brauchen zwei Wagen. Im ersten nehmen die Sultanin und ihre Tochter Platz, im zweiten die mit den Geschenken beladenen Dienerinnen. Der Weg zum Krankenhaus führt über das Goldene Horn und durch die alten Istanbuler Viertel.

In der Nähe der Galatabrücke müssen die Wagen langsamer fahren, so dicht drängt sich hier die Menge. Das an den Hafen grenzende Galata ist die Stadt der Händler, das lebhafteste Viertel Istanbuls. Griechische Popen in schwarzen Gewändern wandeln an langhaarigen Juden in bestickten Kaftanen vorbei, alte Türken mit Pumphosen und Turbanen an geschniegelten jungen Leuten, die einen roten, mit einer schwarzen Quaste verzierten Fez und einen europäischen Gehrock tragen. Selma späht hinter den Gardinen des Wagens hervor und kommt aus dem Staunen nicht heraus. Ein großer Albanier in leuchtendblauem Umhang sitzt an der Brückenauffahrt und streicht sich unternehmungslustig über den Schnauzbart, wenn schöne Armenierinnen mit milchfarbenem Teint an ihm vorbeistolzieren. Bulgaren, die an ihrem schwerfälligen Gang und der kleinen Pelzmütze zu erkennen sind, ziehen in Gruppen vorbei, und selbst ein paar muslimische Frauen in farbigen Çarşaflar haben sich hier hereingewagt, um Einkäufe zu machen. Dieses kunterbunte, geschäftige Völkchen treibt sein Wesen, ohne sich einen Deut um seine Verschiedenartigkeit zu scheren.

Schließlich erreichen sie das alte Stambul*. Gleichsam eine

* Das alte Viertel Istanbuls.

andere Stadt, ein anderes Land. Nach dem geräuschvollen Gewimmel in Galata ist die Stille der engen Straßen, sind ihnen die hübschen Holzhäuser mit ihren geschlossenen Fensterläden und hohen, von Zypressen überragten Mauern besonders angenehm. Überall steinerne Brückenjoche und Wendeltreppen, die zu kleinen, schattigen Plätzchen führen. Hier, in der Nähe einer Moschee, hat ein Kahveci eine Plane gespannt und mit Schnüren befestigt, unter der Männer schweigsam ihren Kaffee schlürfen und entweder in endlose Tricktrackspiele vertieft sind oder träumerisch an ihrer Wasserpfeife ziehen.

Dann kommt ein kleiner Markt. Wohlbeleibte Händler, die zwischen Pyramiden von Gemüsen und Früchten thronen, bedienen in schwarze Schleier gehüllte Hausfrauen. Unter einem Baum waltet ein öffentlicher Schreiber mit seinen Gerätschaften, nämlich Federn, kleinen Taschenmessern und Tintenfässern, ernst seines Amtes, während alte Weiber, auf den Boden hingehockt, mit Hilfe von Knöchelchen auf einem Stück Teppich die Zukunft lesen. Es gibt auch Bettler; sie sprechen aber die Passanten nie an, sondern begnügen sich damit, den Obolus, den man ihnen spendet, würdig in Empfang zu nehmen, sind sie doch in ihrem Glauben davon überzeugt, daß Allah manche Menschen begünstigt, damit sie mit den Ärmeren teilen.

Als nach zweistündiger Fahrt die Wagen endlich im Hof des Krankenhauses haltmachen, springt Selma, ohne abzuwarten, daß Zeynel ihr den Wagenschlag öffnet, hinaus. Sie brennt vor Ungeduld, die »tapferen Kämpfer« zu sehen, wie Onkel Fuad sie nennt.

Das Krankenhaus ist ein großes graues, im 16. Jahrhundert von Sultan Süleiman dem Prächtigen erbautes Gebäude. Die Sultanin und ihre Tochter betreten die Halle, gefolgt von ihren Dienerinnen. Der Leiter des Hauses erwartet sie schon. Er überschlägt sich fast vor Bücklingen und beharrt darauf, Ihre Hoheiten sollten doch vor ihrem Besuch einen Tee bei ihm zu sich nehmen, aber zu Selmas großer Erleichterung lehnt die Sultanin ab. Der kleine Mann, der bereits überall ausposaunt hat, er stehe bestens mit der kaiserlichen Familie, macht gute Miene zum bösen Spiel und schickt sich an, sie durch die Säle zu führen.

Kaum haben sie den ersten Flur betreten, empfindet Selma etwas wie eine Beklemmung; sie ekelt sich vor einem zugleich herben und süßlichen Geruch. Sie beißt die Zähne zusammen. Aber je weiter sie gehen, desto unerträglicher wird der Geruch. »Merkwürdige Medikamente«, sagt sie sich. Sie sind bereits im zweiten Flur, als sie voller Entsetzen begreift. Am Boden, in allen Ecken, stehen Waschschüsseln, die überquellen von Laken, die mit Blut und Exkrementen verschmiert sind.

Auf Matratzen am Boden oder auch nur auf Decken liegen stöhnende Männer. Manche rufen nach ihrer Mutter, andere haben den Kopf hintenüber geneigt, die Augen geschlossen und scheinen mühsam zu atmen. In diesem ungelüfteten Flur liegen mindestens hundert. Zuweilen, aber das ist schon eine Ausnahme, sitzt am Kopfende des Bettes eine Frau – die Schwester? die Ehefrau? – und stützt einen Nacken, reicht etwas zu trinken, vertreibt die vom Blut angelockten Fliegen.

»Diese Frauen bleiben Tag und Nacht hier«, erläutert der Direktor. »Wir dulden sie, denn wir haben nicht genug Personal, das sich um diese armen Kerle kümmert!«

Eine Krankenschwester, deren Haar in einen blitzsauberen Schleier gehüllt ist, ein junges Mädchen noch, in einem langen weißen Kittel, ist allein zuständig für den ganzen Flur. Zwischen den Spritzen, den Temperaturmessungen und der Verteilung noch vorrätiger Medikamente hat sie keinen Augenblick Ruhe. Trotzdem lächelt sie und findet für jeden ein Wort der Ermutigung. Und plötzlich schämt sich Selma, die nur an eins gedacht hat: fort von hier! Sie muß durchhalten!

Die meisten Verwundeten liegen zu zweit auf den schmalen Pritschen. Dabei haben sie es noch gut, denn die Sterbenden, auf deren letzten Seufzer man eigentlich nur noch wartet, werden unter die Betten verbannt, damit sie die kostbaren Plätze nicht mit Beschlag belegen. Und jeden Morgen findet der gleiche unerbittliche Wechsel statt: Man holt die Leichen ab, übergibt sie der Familie oder wirft sie in ein Massengrab, und die Verwundeten, die man jetzt aufgibt, werden ihrerseits unter die Betten geschoben – während Neuangekommene ihren Platz einnehmen.

Selma zittert, hin und her gerissen zwischen Ekel und Bestürzung. Wo sind eigentlich »unsere tapferen Kämpfer«? Gibt es einen Zusammenhang zwischen den stolzen Soldaten, die sie bei Paraden bewundert hat, und diesen stöhnenden Kreaturen?

Sie fühlt, daß ihre Mutter ihr die Hand drückt.

»Weiter, meine kleine Selma, Mut, ich bin ja da!«

Diese ungewohnte Zärtlichkeit bringt sie noch mehr durcheinander. Sie sagt flehend: »Annecim, ich bitte Sie, gehen wir doch jetzt!«

Die Sultanin schüttelt ernst den Kopf.

»Selma, diesen Männern geht es sehr schlecht. Können Sie sie denn nicht etwas trösten?«

Selma möchte antworten, nein, sie wolle sie nicht mehr sehen, sie hasse sie, weil sie so ohne jede Scham litten … Tiere! Plötzlich empfindet sie kein Mitleid mehr und keine Angst, sondern eine unbändige Wut über diese Verwundeten, über … sie weiß nicht genau, worüber. Es verschlägt ihr den Atem. Trotzdem hört sie sich sagen: »Ja, Annecim.«

Und sie beginnen mit der Verteilung der rosafarbenen und blauen Päckchen. An jedem Bett findet die Sultanin Hatice ein Wort des Trostes. Diejenigen, denen es noch am besten geht, danken ihr mit einem Lächeln, manche versuchen sie aufzuhalten, als ob die Anwesenheit dieser schönen, heiteren Dame in ihrer Welt des Alptraums sie vor dem Tod retten könnte. Andere wenden sich ab.

Selma, voller unguter Gefühle, geht hinter ihr her und starrt auf ihre leichten weißen Schuhe, da wird sie plötzlich angepackt: Ein Mann zieht sie an sein Bett heran. »Necla, mein geliebtes Kind«, murmelt er geistesabwesend. Selma erschrickt und schreit auf. Die Mutter eilt sogleich herbei und befreit sie. Aber sie zieht sie nicht etwa weg, sondern behält sie in der Nähe des Verwundeten schützend im Arm.

»Dieser arme Soldat hält Sie für seine Tochter. Lassen Sie ihn, lassen Sie sich doch anschauen; vielleicht ist das sein letzter glücklicher Augenblick.«

Seine Tochter? Selma richtet sich auf – wie kann er es wagen …?

Eine lange, endlose Minute geht vorüber. Dann, unmerklich, schmilzt unter dem von überschwenglicher Liebe erfüllten Blick dieses Leihvaters ihre Feindseligkeit dahin, und sie kann nicht anders, sie muß mit ihm zusammen weinen.

Zwei Monate danach, am 3o. Oktober 1918, ist die Niederlage offiziell. Das osmanische Reich bittet mit seinen Verbündeten, Deutschland und Österreich-Ungarn, um Waffenstillstand. Der Krieg ist endlich zu Ende, und die erschöpfte Bevölkerung atmet auf.

Selma strahlt: Keine Krankenhäuser, keine Verwundeten, keine Toten mehr. Endlich kann sie diese Schreckensvisionen, die sie seit ihrem Krankenhausbesuch quälen, vergessen. Das Leben wird wieder so unbeschwert sein wie zuvor.

Aber warum sieht ihre Mutter so traurig aus?

V

Wer sich über den Waffenstillstand, den sogenannten »Frieden«, gefreut hat, ist inzwischen recht kleinlaut, denn dreizehn Tage später, an einem kalten, nebligen Novembermorgen, zieht die Flotte der Sieger durch die Dardanellen und fährt in den Bosporus ein.

Was da herannaht, sind sechzig englische, französische, italienische und sogar griechische Kriegsschiffe, wobei letztere im Waffenstillstandsvertrag nicht vorgesehen waren – aber die Türkei ist jetzt zu schwach, um zu protestieren; um so mehr, als das Land keine Regierung mehr hat: Das Triumvirat, das das Land in den Krieg hineingezogen hat, ist am Tag des Waffenstillstandes geflüchtet. Die Schiffe, von Zerstörern angeführt, nähern sich in eindrucksvoller Stille; sie schwenken langsam ins Goldene Horn ein und werfen Anker; ihre Kanonen sind auf den Sultanspalast und auf die Hohe Pforte, den Sitz der Regierung, gerichtet.

Die Sultanin steht reglos an einem der Fenster ihres Salons und beobachtet das alles. »Wie tief sind wir gesunken«, denkt sie. Erstmals seit ihre Vorfahren vor fast fünfhundert Jahren die Stadt eroberten, ist Istanbul besetzt! Dieses Reich, das Europa erzittern ließ, ist nun auf die Gnade Europas angewiesen. Sie ist froh, daß ihr Vater nicht mehr lebt: Wenigstens diese Demütigung ist ihm erspart geblieben. Aber sie wird durch Selma, die auf einen Punkt ganz in der Ferne, in Richtung Galata, weist, aus ihren Gedanken aufgestört.

»Was ist da im Gange, Annecim? Eine Schlacht? Oder ein Fest?«

In der Tat, da ist etwas los. Beunruhigt läßt sich die Sultanin ihr gewichtiges Fernglas reichen. Was sie erblickt, erschreckt sie zutiefst: An den Ufern, auf der Seite des Christenviertels, schwenkt eine bunte Menge allerlei Fahnen: Hatice kann die französischen, englischen und italienischen unterscheiden; aber weit in der Überzahl sind – hellblau mit weißen Streifen – die griechischen Fahnen!

Ungläubig dreht sie an ihrem Fernglas und legt es erzürnt beiseite: Diese Verräter, sie heißen den Feind willkommen!

Sie fühlt sich plötzlich sterbensmüde. »Warum, warum bloß?« fragt sie sich. »Unsere Griechen sind doch, wie alle andern auch, Osmanen*! Gut, sie sind Christen, können aber ihre Religion in völliger Freiheit praktizieren. Als Griechenland vor neunzig Jahren unabhängig wurde, hat sie ja niemand gehindert, auszuwandern; aber sie wollten bleiben, weil es ihnen hier gutgeht. Was wollen sie mehr?«

Im Grunde weiß sie genau, was sie wollen, lehnt es aber ab, so übertriebene Forderungen überhaupt zur Kenntnis zu nehmen. Sie wollen sechs Jahrhunderte ungeschehen machen, die Türken aus Ostthrazien, vor allem aber aus Istan-

* Alle Einwohner des Reiches, Griechen, Bulgaren, Araber, Türken oder Angehörige anderer Nationalität, wurden Osmanen genannt. Das Wort »Türke« hingegen wurde nur für Türken im engeren Sinne gebraucht.

bul vertreiben und das Byzantinische Reich wiedererrichten. Wobei sie darauf setzen, daß die Besatzungsmächte sie bei der Verwirklichung ihres Traumes unterstützen.

Ein paar Tage später wird ein gemeinsames Kommando der Okkupationsmächte eingesetzt. Die Türken verwalten die Stadt theoretisch immer noch selbst, aber der Hafen, die Straßenbahnen und die Polizei stehen unter Aufsicht der Alliierten. Die Franzosen kontrollieren die Altstadt, die Engländer Pera*, die Italiener einen Teil der Ufer des Bosporus.

Die christlichen Viertel Galata und Pera sind von neuem, geräuschvollem Leben erfüllt. Kneipen und Schenken sind voller Matrosen und Soldaten, die sich lautstark unterhalten und Summen verschleudern, die die entzückten Wirte schon lange nicht mehr kassiert haben. Die Offiziere hingegen besuchen elegante Bars, wo schöne Russinnen, von der bolschewistischen Revolution vertriebene Flüchtlinge, sie bedienen. Im Vestibül des schicken Hotels Pera Palace – es ist eines der wenigen, die Elektrizität haben – sieht man die verschiedensten Uniformen; sogar Sikhs der indischen Armee mit pastellfarbenen Turbanen und Spahis in leuchtendroten Umhängen trifft man hier an.

Gegenüber, im muslimischen Stadtteil, herrscht Trauer. Für die Türken, die es gewohnt sind, anderen Völkern ihren Willen aufzuzwingen, ist es eine schwere Demütigung, daß das nun ihnen selbst geschieht. Man vermeidet nach Möglichkeit, wie früher in Pera einzukaufen, denn man kann den hochmütigen Triumph der christlichen Minderheiten, mit denen man bisher in gutem Einvernehmen zusammenlebte, nicht ohne Entrüstung und heimlichem Groll mit ansehen. Aber die Zukunft sieht noch düsterer aus: Geht doch das beunruhigende Gerücht um, Generalissimus Franchet d'Esperey, dem man Arroganz und Brutalität nachsagt, solle zum Kommandanten der verbündeten Mächte ernannt werden. Man sagt auch, er wolle aus Istanbul eine französische Stadt machen und ihre türkischen Einwohner versklaven …

* Europäische Bezeichnung für Beyoğlu.

Das Leben im Palast von Ortaköy geht weiter, aber Selma muß ihren Ärger hinunterschlucken. Bei den Ausflügen, die ihr überhaupt noch gestattet sind, handelt es sich um Besichtigungen alter griechischer oder byzantinischer Baudenkmäler. Die Sultanin hat diese »kulturellen Exkursionen« trotz des Skandals, den sie damit in ihrer Umgebung auslöste, schon seit längerer Zeit erlaubt; sie will ihrer Tochter eine gute Ausbildung vermitteln.

An diesem 8. Februar soll Selma wie jeden Mittwoch mit ihrer Gouvernante, Mademoiselle Rose, ausgehen. Geplant ist die Besichtigung des malerischen Klosters von Akataleptos, das der Patriarch Kyrakos II. im 7. Jahrhundert erbauen ließ. Aber dieser Mittwoch ist ein besonderer Tag: Der französische General wird in der Hauptstadt erwartet. Die Sultanin wollte deshalb aus Furcht vor der Menschenmenge von der Besichtigung absehen, aber Selma war darüber so verzweifelt, daß sie nachgab. Schließlich liegt das Kloster ja in der Altstadt, in der Nähe der Sheyzade-Moschee, und die Parade soll von der Galatabrücke nach Pera führen. Es besteht also keine Gefahr, ihr zu begegnen.

Die Besichtigung des Klosters dauert nicht lange. Selma, die für gewöhnlich unzählige Fragen stellt, um den Ausflug in die Länge zu ziehen, zeigt heute eine gewisse Ungeduld; sie will zurück. Aber im Augenblick, wo der Wagen wendet, um in die Straße nach Ortaköy einzubiegen, ruft sie dem Kutscher zu: »Nach Pera, schnell!«

Der Kutscher hält verwirrt an, und Zeynel taucht am Wagenschlag auf.

»Das geht nicht, Prinzessin, da ist doch das Defilee ...«

»Das will ich mir doch gerade ansehen!« herrscht Selma ihn an. »Ihre Mutter, die Sultanin, würde das nicht gestatten.«

»Sie hat auch die Spazierfahrten nicht gestattet, die wir in letzter Zeit nach unseren Museumsbesuchen unternommen haben ...«

Der Eunuch zieht die Brauen zusammen, und Mademoiselle Rose rutscht auf ihrem Sitz hin und her. In der Tat hat Selma ihre Begleiter zwei- oder dreimal überreden können, nach den Besichtigungen der Baudenkmäler noch etwas in der Umgebung spazierenzufahren. Das kleine Mädchen droht: »Wenn ich das meiner Mutter sage, wer weiß, was dann passiert …«

Mademoiselle Rose wird wahrscheinlich entlassen werden, weil sie das Vertrauen der Sultanin mißbraucht hat. Was Zeynel angeht … er will sich die Enttäuschung seiner Herrin gar nicht ausmalen, er erträgt den Gedanken nicht, daß die besondere Beziehung, die sich zwischen ihnen im Laufe der Jahre entwickelt hat, sich wegen eines kleinen Vergehens trüben könnte. Trotzdem … Er hat dem kleinen Mädchen, dem einzigen Kind, das er je liebte, immer zu sehr nachgegeben …

»Also, ein paar Minuten«, räumt er ein und tauscht mit Mademoiselle Rose einen Blick.

»Ja, nur fünf Minuten, danke, Ağa!« ruft Selma und bedenkt ihn mit ihrem allerlieblichsten Lächeln.

Der Wagen kriecht mühsam durch die von fröhlichen Menschen vollgepferchten Gäßchen die Anhöhen von Pera hinauf. Schließlich erreichen sie die Hauptstraße; hier soll die Parade durchkommen.

Die Geschäfte sind geschlossen, die schönen steinernen Häuser mit Fahnen geschmückt. Auf den Bürgersteigen – es ist die einzige Istanbuler Straße, die Bürgersteige hat – schwenkt eine begeisterte Menge ihre Wimpel. Da sind die Griechen, aber auch die Armenier, eine Minderheit, die in Ostanatolien einen unabhängigen Staat fordert und deren Demonstrationen wiederholt gewaltsam unterdrückt wurden.

Der Pferdewagen weicht in eine Nebenstraße aus, und Selma bahnt sich mit Mademoiselle einen Weg durch die Menge; Zeynel, der sich als einziger der Gefahr bewußt ist, folgt ihnen. Plötzlich erschallen die Zimbeln, und die Trompeten fallen ein. Der General ist da. Hochaufgerichtet auf seinem herrlichen Schimmel, sieht er mit seinem roten Käppi und dem weiten Umhang noch majestätischer aus, als man es erwartet hatte. Die Menge klatscht. Keinem ist die Bedeutung des weißen Pferdes verborgen geblieben: auf einem weißen

Pferd hat Mehmet II., der Eroberer, 1453 Einzug gehalten in Byzanz; und auf einem weißen Pferd nimmt der christliche General die Stadt wieder in Besitz.

Die Zeremonie ist genau organisiert worden, um die bereits ergebene Bevölkerung auch noch durch Prunk zu beeindrucken. An der Spitze des Umzuges Polizeioffiziere in Galauniform; ein paar Meter dahinter, hoch erhobenen Hauptes, der Generalissimus. Die Zügel seines Pferdes werden von zwei französischen Soldaten gehalten, dann folgen sein Fahnenträger und seine Adjutanten sowie, in respektvollem Abstand, eine Abteilung Dragoner mit ihren langen Lanzen, schließlich ein Zug Kavallerie in hellblauer Uniform und eine Kompanie Infanterie. Hinter ihnen der englische General Milne, der von seinen schottischen Highlanders eskortiert wird, dann der italienische General in Begleitung eines Bataillons Bersaglieri, die mit Fasanenfedern geschmückte Mützen tragen. Schließlich, Krönung des Spektakels, ein griechisches Evzonenregiment mit weißen Röcken und roten Troddelmützen; sie versichern den Einwohnern griechischer Herkunft, von denen sie stürmisch gefeiert werden, sie würden sie »von den Türken befreien«.

Kaum ist das Defilee an dem Häuserblock vorbei, wo Selma, Zeynel und Mademoiselle Rose stehen, hört man eine Frau schreien, und daraufhin Beschimpfungen und Gelächter. »Los, sag es, sag es«, kreischt eine schrille Stimme, »du wirst dir dabei ja nicht die Zunge abbrechen!« Das Geschrei wird immer lauter, eine erregte Menschengruppe nähert sich, und Selma erblickt voller Bestürzung eine Frau in einem schwarzen Çarşaf, die sich gegen ein halbes Dutzend aufgeregter Weiber zu wehren versucht. Sie haben ihr den Schleier heruntergerissen und schlagen sie halb tot, wobei sie immer wieder rufen: »Los, grüß unsere Fahne! Sag: Es lebe Venizelos!«* Die Männer rundherum beobachten die Szene spöttisch. Sie würden sich zwar nie an einer Frau vergrei-

* Elefterios Venizelos, geb. 1864, »der Große Kreter« genannt, griechischer Premierminister.

fen – schließlich hat man ein Ehrgefühl –, aber wenn ihre Frauen einer Mus** Manieren beibringen wollen, mischen sie sich nicht ein.

Selma will gerade Hilfe herbeirufen, da drückt ihr Mademoiselle Rose heftig die Hand und flüstert ihr drohend zu: »Ich verbiete Ihnen, etwas zu tun, sonst werden sie uns zusammenschlagen!« Das kleine Mädchen bleibt wie betäubt stehen und wiederholt in einem fort: »Mein Gott, rette sie, bitte, rette sie!«

Und Gott greift in Gestalt französischer Matrosen ein, die auf der Suche nach einer Bar sind. Sie befreien die Unglückliche augenblicklich, beschimpfen sie aber, weil sie sich unvorsichtigerweise in dieses Viertel gewagt hat.

Zitternd steigen Selma und ihre beiden Schutzengel wieder in den Wagen. Der Kutscher, der sie ängstlich erwartet hat, schlägt auf die Pferde ein. Die Sache ist gut abgelaufen, aber Selma schämt sich. Sie kann sich immer wieder sagen, sie habe schließlich nur Mademoiselle Rose gehorcht, und Zeynel wäre gefährdet gewesen, wenn sie geschrien hätte, aber im Grunde weiß sie: Sie hat Angst gehabt.

Ihre Aufrichtigkeit zwingt sie, diese neue Seite ihres Wesens klar zu erkennen: ein Angsthase! Aber ihr Stolz will dies nicht wahrhaben. Sie, die immer von heroischen Taten träumt und sich mit den Heldentaten ihrer Ahnen, der Sultane, brüstet, hat sich erbärmlich benommen. Das bereitet ihr nächtelang Alpträume. Sie sucht nach Entschuldigungen, findet aber keine.

Schließlich überwinden Müdigkeit und Zeit ihre Ängste, und das Leben mit seinen Freuden gewinnt wieder die Oberhand. Aber sie vergißt nie, wie eine einfache Frau aus dem Volk mehr Mut und Stolz gezeigt hat als die Enkelin eines Sultans.

* Verächtliche Abkürzung für Muslimin.

VI

Ebenso wie sich die gute Gesellschaft von Istanbul während der ersten Kriegsmonate, als alle Anzeichen von Niederlage sprachen, sorglos und blind verhielt, so kennt sie nun, seitdem die Stadt besetzt ist, nichts als Pessimismus und Verzweiflung. Man spricht kaum noch über etwas anderes als die Übergriffe der Militärs: Die Brutalität des Engländers, der, hoch zu Roß, die Peitsche auf die Passanten herniedersausen läßt, weil sie nicht schnell genug zur Seite gesprungen sind, die Obszönität des schottischen Soldaten, der vor den Damen seinen Rock hebt, die Zechgelage der Franzosen und Italiener und vor allem die Grobheiten der Senegalesen. Für Türken liegt hierin die größte Beleidigung: daß sich Neger, also Sklaven – im Kaiserreich sind sie nie etwas anderes gewesen – benehmen wie Herren und ihnen Befehle geben, denen zu gehorchen sie gezwungen sind! Überall sind Geschichten über Greueltaten und Vergewaltigungen im Umlauf, die, je länger sie erzählt werden, sich desto schlimmer anhören; man ist fassungslos angesichts der frevelnden Europäer, von denen man immer annahm, sie seien »kultiviert«.

Um der allgemeinen Niedergeschlagenheit entgegenzuwirken, hat die Sultanin Hatice zu einer der in Instanbul sehr geschätzten »Hamam-Parties« gebeten, bei denen man sich, wie in Europa zum Tee, zum Bad einlädt. Sie hat nur eine Bedingung gestellt: Über aktuelle Ereignisse wird man sich nicht unterhalten – die Besatzungsmächte sollen einem nicht alles verderben! In dieser Zeit der Depression wird es zu einer Art Herausforderung, ja fast zu einer patriotischen Pflicht, sich zu amüsieren.

Trotz der Einschränkungen, die überall fühlbar werden, ist die Sultanin strikt darauf bedacht, daß der Empfang mit dem bisher üblichen Luxus stattfinden solle. Die eingeladenen Damen werden im großen Vestibül vom gesamten weiblichen Personal des Palastes, etwa dreißig erwachsenen Kalfalar mit ihren Kindern, empfangen, die sie zur Begrüßung mit einem Regen von Rosenblättern überschütten. Sie nehmen ihnen die Çarşaflar ab und geleiten sie in die mit Spiegeln und Blumen ausgestatteten Boudoirs. Eine Sklavin flicht ihnen mit langen goldenen und silbernen Bändern das Haar und steckt es spiralförmig auf dem Kopf zurecht; dann hüllt sie sie in einen Pestemal, ein großes, feinbesticktes Badetuch, und bietet ihnen perlmuttbesetzte Kothurne an.

So kommen die Frauen in den Rundsaal, wo die Sultanin sie erwartet. Es wird ihnen Cardamomkaffee serviert, den die Araber bei großer Hitze trinken, um sich zu stärken. Dann begeben sie sich in die warmen Baderäume, wobei jede einzelne von zwei Sklavinnen begleitet wird, die beauftragt sind, sie zu baden, zu massieren, Haare zu entfernen und sie vom Kopf bis zu den Füßen zu parfümieren. Drei weiße Marmorsäle mit sprudelnden Quellen liegen hintereinander; der letzte ist voller Dampf, man sieht kaum etwas. Hier halten sie sich stundenlang auf und treffen sich dann wieder am Schwimmbad mit kühlem Wasser in einem Ruhesaal, der mit Grünpflanzen und Diwanen ausgestattet ist. Dann nimmt man, genüßlich ausgestreckt, Veilchen- oder Rosensorbets zu sich, die von jungen, schweigsamen Kalfalar gereicht werden; hinter einem Vorhang spielt, gedämpft, ein Orchester.

Das ist der Zeitpunkt für vertrauliche Gespräche und allerlei Indiskretionen. Mit entspanntem Körper und Geist ergeht man sich in Träumereien und überläßt seinen Nacken oder die Füße geruhsam der Massage einer Sklavin. In dieser von raffinierter Sinnlichkeit erfüllten Atmosphäre fühlen sich sogar die Häßlichsten begehrenswert.

Selma fühlt sich wie im Paradies. In dieser intimen Atmosphäre überwindet das großzügige, der Lust aufgeschlossene orientalische Wesen, das Vorurteile und Schuld nicht kennt, die Schranken einer fremden, wie ein oberflächlicher Firnis übriggebliebenen Schicklichkeit.

Unter diesen Frauen, die sich ihrem Körper überlassen und auf nichts als auf ihr Wohlbefinden bedacht sind, herrscht ein glückliches geheimes Einverständnis, wobei sowohl Erotik wie auch kindliche Freude eine Rolle spielen. Man bewundert sich gegenseitig, streichelt sich, küßt sich zärtlich und lacht; man faßt sich liebevoll um die Taille. Und Selma, ein bißchen betäubt von dem Tuberosenparfüm, verfällt in Träumereien angesichts dieser schönen, schweren Brüste und dieser perlmuttfarbenen, offenbar sehr zarten Bäuche ... Ob sie irgendwann einmal einen Busen haben wird? Jeden Abend streichelt sie sich in ihrem Bett und zerrt an den Brüsten, damit sie wachsen.

Eine junge Frau erzählt von ihrem Gatten, einem hohen Beamten im Außenministerium. Er ist ein modern eingestellter Mann, der sie zu offiziellen Empfängen mitnimmt. Sie berichtet, daß sie zu einem Abendessen in der Schweizerischen Botschaft, eine der wenigen, die neutral geblieben waren, eingeladen war.

»Ich traf da ausschließlich Europäerinnen, sehr elegant, aber mit so tiefem Dekolleté, daß ich mich für sie schämte. Stellen Sie sich vor, das Bestürzendste war, daß offensichtlich keiner der anwesenden Männer irgendwie darauf reagierte: Sie bewegten sich unter diesen gewissermaßen feilen Frauen mit der größten Gleichgültigkeit!«

»Das ist ja bekannt, die Abendländer haben kein so ausgeprägtes Verlangen«, kommentiert ihre Nachbarin wichtigtuerisch. »Deshalb können ihre Frauen halb nackt herumlaufen.«

Sie lachen schallend.

»Mashallah – Gott sei gelobt! – das kann man von unseren Männern nicht sagen. Wenn sie einen Arm, einen Knöchel sehen, macht sie das vollkommen verrückt!«

»Diese armen Europäerinnen, sie müssen ja wahrhaft unglücklich sein«, seufzt eine hübsche Brünette. »An ihrer Stelle würde ich vor Enttäuschung sterben!«

»Sie legen sich darüber ja keine Rechenschaft ab ... Sie glauben, frei zu sein, sagen, die Männer seien tolerant, während sie in Wirklichkeit gleichgültig sind.«

»Vielleicht hängt das mit ihrer Religion zusammen?« wirft eine kleine Dünne ein, die die Intellektuelle spielt. »Der Prophet Jesus, den sie für einen Gott halten – sie sind ja Polytheisten, haben drei Götter: den Vater, den Sohn und den Heiligen Geist –, also, Jesus wollte nichts von den Frauen wissen, war auch nie verheiratet. Die wichtigste christliche Sekte, die katholische, vertritt sogar die Auffassung, daß eine Gott geweihte Keuschheit die höchste Form der Vollkommenheit darstelle. Deshalb bleiben ihre Priester keusch, und auch gewisse junge Mädchen, die man Nonnen nennt.«

»Keusch?«

Die Damen brechen ungläubig in Ausrufe der Verwunderung aus. Für sie ist das Zölibat das Unheil schlechthin. Ist es nicht die wichtigste Pflicht einer Frau, Kinder in die Welt zu setzen? Hatte nicht der Prophet selbst neun Ehefrauen gehabt? Für die Muslime ist das Geschlecht nicht mit der Vorstellung von Sünde verbunden, ganz im Gegenteil. Und alle kennen die Verse Ghasalis, des mystischen Dichters des 11. Jahrhunderts: »Wenn der Gatte die Hand seiner Gattin ergreift und sie die seine, verflüchtigen sich ihre Sünden durch die Zwischenräume der Finger. Schläft er mit ihr, sind sie von der Erde bis zum Zenit von Engeln umgeben. Wollust und Verlangen haben die Schönheit von Gebirgen.«

Ghasali hatte auch versichert, Mohammed habe, im Gegensatz zu Jesus, zahlreiche Gattinnen gehabt, »weil ihm ein so hoher Grad an Geistigkeit eignete, daß weltliche Dinge sein Herz nicht hinderten, in Gottes Gegenwart zu leben. Die Erleuchtung überkam ihn sogar, wenn er sich im Bett seiner Frau Aysha befand.«

Die Seltsamkeiten der Christen sind ein wahrhaft unerschöpfliches Gesprächsthema.

»In Rom sagte man, sie seien Kannibalen«, fuhr die Intellektuelle fort.

»Kannibalen?« Die versammelten Damen erbeben.

»Ja! jeden Morgen bannen ihre Priester ihren Gott durch rituelle Formeln in ein Stück Brot, und das essen sie.«

Die Eingeladenen sperren Mund und Augen auf …

»Vielleicht ist das symbolisch gemeint«, wagt eine zu äußern. »Das dachte ich auch. Aber nein, sie schwören, daß ihr Gott in Fleisch und Blut anwesend ist!«

Allgemeines Schaudern.

»Und dann haben sie noch die Stirn zu behaupten, *wir* seien Fanatiker!«

»So ist es ja immer«, beendet die Intellektuelle naseweis das Gespräch. »Die Starken zwingen den anderen nicht nur ihre Gesetze, sondern auch ihre Gedanken auf.«

Die Gesellschaft wird plötzlich von einer Art Traurigkeit ergriffen. Wieso ist man eigentlich darauf verfallen, über Politik zu sprechen? Man hatte doch abgemacht, alle unangenehmen Themen zu vermeiden. Da sagt eine der Prinzessinnen geheimnisvoll: »Wissen Sie schon das Neueste?«

Alle drehen sich nach ihr um.

»Sagen Sie es gleich, spannen Sie uns nicht auf die Folter!«

»Nun ja, die ›Goldene Rose‹ ...«

Die Augen der Eingeladenen leuchten auf. Was ist mit der »Goldenen Rose«?

»Die ›Goldene Rose‹ hat um die Hand der Sultanin Sabiha angehalten.«

Erregte Ausrufe, durcheinander.

»Was? Die Tochter Seiner Majestät heiraten? Unmöglich!«

Die Aufregung erreicht ihren Höhepunkt: Die schöne Sabiha, die Lieblingstochter Sultan Vahiddedins, und der junge General, der Held von Gallipoli, der mitten im Krieg Istanbul vor den Engländern gerettet hat, die die Dardanellen angriffen! Für sie alle ist die »Goldene Rose« eine sagenhafte Persönlichkeit. Er hat der Meinung seiner Vorgesetzten widersprochen und einer europäischen Armee getrotzt, die größer und besser bewaffnet war. Seine Kühnheit, sein absolutes Selbstvertrauen und das Vertrauen in seine Leute haben ihm einen Triumph verschafft in einer Situation, die alle Fachleute – in Istanbul und an der Front – als aussichtslos betrachteten. Dieser Sieg, der seinem militärischen Genie zu verdanken war, hat ihn berühmt gemacht. Um so mehr, als er ein paar Monate später der russischen Armee die Städte Bitlis und Muş wieder abnahm und damit die einzigen türkischen Erfolge errang angesichts einer ganzen Reihe von Niederlagen.

Die junge Generation, von den Irrtümern ihrer Politiker und den Niederlagen ihrer alten Generäle enttäuscht, feiert ihn stürmisch. Und die Frauen sind ganz hingerissen von ihm. Denn er ist nicht nur mutig, sondern auch schön und arrogant. Er hat einen hellen Teint, ausgeprägte Backenknochen, blaue Augen, die nur so blitzen, manchmal aber auch sehr sanft sein können, und wunderbares blondes Haar – daher sein Spitznahme. Er stammt aus Saloniki und ist offenbar albanischer Herkunft. Sein Vater war ein kleiner Zollbeamter, aber er sieht, schlank in seiner gutsitzenden Uniform, wie ein Prinz aus. Übrigens ist er von seinen Fähigkeiten zutiefst überzeugt, und seine ganze Persönlichkeit strahlt Kraft und Energie, ja fast etwas Wildes aus.

Nach Kriegsende ist er wieder in Istanbul, am Hof. Der Sultan befragt ihn gern über die Stimmung in der Armee und seine nicht konformistischen Meinungen. Er schätzt ihn seit 1917, als er als Erbprinz in Deutschland dem Kaiser einen Besuch abstattete und den jungen Oberst als Adjutanten mitnahm.

Wenn er den Palast betritt, beobachten die Prinzessinnen hinter den Muscharabiehs, wie der schöne, glorreiche Offizier vorbeigeht; und mehr als eine träumt davon, seine Frau zu werden. Er ist von einfacher Herkunft, aber das spielt kaum eine Rolle. In der Türkei gibt es, von der kaiserlichen Familie abgesehen, keine Aristokratie. Die höchsten Ämter erreicht man durch persönliche Verdienste. Und oft sind die Prinzessinnen mit Paschas oder Wesiren verheiratet, die der Sultan auf diese Weise besonders ehren wollte. Ist die Sultanin Nadie fünf Jahre zuvor nicht mit dem Pascha Enver verheiratet worden, dem Kriegsminister, dessen Vater ein kleiner Eisenbahnbeamter gewesen war? Die Goldene Rose ist Envers würdig!

Der Hamam erschauert in freudiger Erregung. Alle diese Frauen, die sich bis jetzt auf ihrem Diwan gerekelt hatten, sind auf den Beinen und stehen um die Prinzessin herum. Diese ist von ihrem Erfolg ganz entzückt und läßt sich nach und nach jede Einzelheit entreißen. Nein, Seine Majestät hat noch nicht geantwortet. Ja, er wird antworten, aber bekanntlich wägt er seine Entscheidungen sehr genau ab.

»Aber was hat der Sultan dem Pascha überhaupt gesagt?«

»Seine Tochter sei noch jung, und er wolle darüber nachdenken.«

»Jung, die Sultanin Sabiha? Sie ist doch mindestens zwanzig!«

Da murmelt die Prinzessin leise: »Der Sultan zögert offenbar. Der Pascha ist sicher der beste General unserer Armee; aber er ist sehr unbeherrscht und trinkt unmäßig. Man sagt übrigens auch … er habe republikanische Ideen …«

Die versammelten Damen schrecken auf.

»Die ›Goldene Rose‹? Republikanisch? Unmöglich!«

Selma kann nicht mehr an sich halten, sie wendet sich an ihre Nachbarin.

»Bitte, sagen Sie mir doch, wer ist diese … ›Goldene Rose‹?«

»Wie, Sultanin, das wissen Sie nicht!« ruft die junge Frau erstaunt aus. »Das ist doch der General Mustafa Kemal!«

VII

»Die griechische Armee besetzt Izmir. – Nach einigen blutigen Gefechten ist die Ruhe wiederhergestellt.«

Hayri Rauf Bey seufzt und läßt sich in seinen Mahagonisessel zurücksinken.

»Wenn das die ausländische Presse schreibt, muß es stimmen.«

Daß die Presse der »freien« Länder einer genauso strengen, aber raffinierteren Kontrolle unterworfen ist – da die Regierungen begriffen haben, daß Verbote oder rücksichtsloses Eingreifen nicht nur gefährlich, sondern auch unwirksam sind –, davon will er nichts wissen und hält alle diejenigen für Verleumder, die behaupten, die Demokratien seien in Sachen Manipulation ganz auf der Höhe. Solche Äußerungen entrüsten Hayri Bey. Und selbst wenn er ihnen Glauben schenken würde, könnte das an seiner Überzeugung nichts ändern, das Heil der Türkei sei von ihrer Verwestlichung abhängig.

Er blättert in anderen Zeitungen und wird auf einen Leitartikel auf der ersten Seite der bekannten französischen Zeitung *Le Journal* vom 17. Mai 1919 aufmerksam: Ein Journalist namens Saint-Brice analysiert die Landung der Alliierten in Smyrna* und äußert sich sehr kritisch dazu: »Der Waffenstillstand gestattet den Alliierten lediglich, Ordnungsmaßnahmen zu ergreifen. Nun haben aber auch recht tendenziöse Berichterstattungen keinen ernsthaften Zwischenfall vermeiden können. (...) Es handelt sich somit um eine wohlüberlegte politische Maßnahme und, mehr noch, um eine politische Handlung von großer Tragweite: die Besetzung Smyrnas ist das Todesurteil für das Osmanische Reich.«

»Was für ein Mut! Gegen die eigene Regierung die Partei des Besiegten zu ergreifen! Wenn das nicht Freiheit, wenn das nicht human ist!« ruft Hayri Bey aus, wobei er in seiner Begeisterung vergißt, den Schluß des Artikels zu beachten: »Der Tod des ›kranken Mannes‹ ließe uns ja recht kalt, wenn er nicht mit dem Verlust des französischen Einflusses im Orient verbunden wäre. Welche Rolle werden wir zwischen den beiden riesigen Mandaten Großbritanniens und der Vereinigten Staaten denn noch spielen können?«

Es kratzt an der Tür seines Arbeitszimmers; im Türspalt erscheint ein Rotschopf.

»Da ist ja meine hübsche Kleine! Was verschafft mir die Ehre? Komm doch herein.«

Wenn sie beide allein sind, ohne die Sultanin oder die Dienstboten, duzt er sie, und das Herz des kleinen Mädchens schlägt jedesmal schneller bei dieser komplizenhaften Vertraulichkeit. Er setzt sie auf sein Knie und mustert sie spöttisch.

»Also, was gibt's? Was willst du denn diesmal?«

Gekränkt, daß man sie so schnell durchschaut, protestiert Selma: »Bitte, Baba, glauben Sie mir doch ...«

Er bricht in Gelächter aus, während sie ihn wie gebannt anstarrt: Wie anders er ist, wenn sie allein zusammen sind, so fröhlich, keine Spur mehr von dieser Abgespanntheit, die

* Griechische, von den Europäern verwendete Bezeichnung für Izmir.

für ihn sonst so typisch ist. Sie mag ihn, weil er glücklich ist, wenn er sie sieht. Sie neigt den Kopf seitwärts, sie sieht bezaubernd aus.

»Baba, Sie haben neulich gesagt, in Europa würden die Kinder freier erzogen und seien deshalb besser darauf vorbereitet, im Leben zurechtzukommen.«

Er zieht die Brauen zusammen: Worauf will sie hinaus?

»Sicher.«

»Meinen Sie nicht, daß ein junges Mädchen die Welt, in der es lebt, verstehen muß?«

Hayri Bey beißt sich auf die Lippen. Woher hat sie diese Phrase? Wahrscheinlich aus einem dieser französischen Romane, die bei ihrer Gouvernante herumliegen; vermutlich hat sie den Satz auswendig gelernt.

»Worum geht es: Was möchten Sie?« fragt er ein wenig gereizt, wobei er instinktiv wieder in einen distanzierteren Ton verfällt.

»Ich möchte« – sie sieht ihn starr an mit ihren großen, bittenden Augen –, »ich möchte, daß Sie mich zu der Demonstration auf dem Sultan Ahmed-Platz mitnehmen.«

»Zu der …«

Hayri Bey verschlägt es die Sprache.

»Sie haben wohl den Verstand verloren! Da werden sich Zehntausende von Menschen versammeln, die weiß der Himmel was grölen. Sie werden da nicht hingehen, ich übrigens auch nicht. Ich denke nicht daran, mich unter diesen Pöbel zu mischen.«

Selmas Augen haben sich mit Tränen gefüllt.

»Aber, Baba, diese schrecklichen Massaker in Izmir … Zeynel sagt, man müsse etwas unternehmen …«

»Zeynel sagt …? Ah, bravo! Dieses Kind hört, scheint mir, vor allem auf die Dienstboten statt auf seine Eltern. Nun möchte ich aber wissen, was Ihre Mutter, die Sultanin, dazu sagt?«

»Annecim? Sie ist ausgegangen …«

»Und natürlich haben Sie gewartet, bis sie ausgeht, um von mir zu verlangen« – er findet keine Worte mehr –, »um von mir eine solche Verrücktheit zu verlangen …«

»Inwiefern ist das eine Verrücktheit, mein lieber Schwager?«

Die Sultanin Fatma, Hatices jüngere Schwester, steht auf der Schwelle. Sie ist aufs Geratewohl vorbeigekommen, um ihre Schwester zu besuchen, hat sie aber nicht angetroffen und sich dann nach ihrer Nichte erkundigt.

»Ich habe selbst die Absicht, an dieser Demonstration teilzunehmen«, erklärt sie. »In einem geschlossenen Wagen. Natürlich steigen wir nicht aus. Aber in diesen Zeiten der Not habe ich das Bedürfnis – ich brauche das einfach –, mit meinem Volk zu beten; es handelt sich ja auch um eine religiöse Demonstration.«

Hayri Bey hat sich rasch erhoben und verneigt sich. Er ist verärgert, daß man ihn in einer solchen Anwandlung von Zorn überrascht hat, begreift auch überhaupt nicht, weshalb er derart gegen sein sprichwörtliches Phlegma verstoßen konnte. Um sich seiner Autorität dem Kind gegenüber zu versichern? Oder weil er den peinlichen Eindruck hatte, daß die Kleine von der Eroberung Izmirs stärker berührt war als er selbst …?

Aber Beten ist ja Frauensache: Es geht ihn also nichts an.

»Sind Sie sicher, Sultanin, daß es sich um Gebete und nicht um unkontrollierte Demonstrationen handelt?«

»Gewiß, Damad; man hat alle Vorsichtsmaßnahmen getroffen.«

Er schüttelt den Kopf.

»Also gut, nehmen Sie das Kind mit. Aber aus Sicherheitsgründen sollte Zeynel mit dabeisein. Man weiß nie bei diesem Pöbel.«

Die Sultan Ahmed-Moschee oder Blaue Moschee – sie ist mit blaugrünen Fayencen verkleidet – liegt mitten in der Altstadt neben dem alten Topkapi-Palast. Man fährt durch ein Labyrinth lärmerfüllter Gäßchen an den Werkstätten von Handwerkern, an kleinen Läden und Cafés vorbei, die von morgens bis abends überfüllt sind.

Doch an diesem Freitag herrscht Grabesstille. Die Geschäfte, die Fensterläden sind geschlossen. Überall weht die osmanische Fahne mit schwarzem Wimpel an der Stange. Aus all den Gäßchen strömen Menschengruppen und bilden einen langen Zug, der langsam, ernst, gemessenen Schrittes vorbeizieht. Es sind Leute jeden Alters, Greise, die nur noch mühsam vorankommen und kräftige Männer mit von Tränen geröteten Augen. Auch Soldaten, Kriegsbeschädigte mit ihren Medaillen, die ein Schluchzen kaum unterdrücken können. Und dann die Schulkinder, ganze Klassen mit einem schwarzen Trauerflor am Ärmel, auf dem in grüner Farbe »Izmir« steht. Und vor allem Frauen. Diese Frauen, die gewöhnlich eingesperrt werden, sind zu Tausenden aufgebrochen.

Aus ihren Augen spricht Haß, aber vor allem Verständnislosigkeit und die Verzweiflung, von der ganzen Welt im Stich gelassen und von denen verraten worden zu sein, denen sie vertrauten. Warum greift man sie an? Der Krieg ist seit sieben Monaten beendet, die Türkei hat das Waffenstillstandsabkommen unterzeichnet, hat demobilisiert, die Waffen abgeliefert und erwartet von den Siegern in Paris und London geduldig, daß sie über ihr Los entscheiden …

Es ist klar, daß vom Osmanischen Reich nicht mehr die Rede sein kann: Die letzten europäischen Besitzungen, die Balkanländer sowie Libyen und alle arabischen Länder im Nahen Osten sind verloren. Die Katastrophe ist total. In sieben Jahren ist ein Reich zerfallen, das in fast sieben Jahrhunderten errichtet worden war. Die Türken nehmen den Verlust dieses allzu großen Reiches mit einem gewissen Fatalismus hin. »Schließlich ist es nur recht und billig«, sagen die Abgeklärtesten. »Diese Völker, die wir unterjocht haben, gewinnen ihre Freiheit zurück. Jedenfalls meinen sie das. Denn die französischen, englischen und italienischen Mandate – das bekommen sie wahrscheinlich bald zu spüren – werden mit ihnen weniger sanft umspringen als die gemächliche Verwaltung durch das weit entfernte Istanbul.«

Die Verletzung der Integrität ihres eigenen Bodens aber, des türkischen Landes, das von Türken – kräftigen Bauern aus Anatolien, Abkömmlingen der großen Nomadenstämme, die im neunten Jahrhundert aus Zentralasien hierher kamen – bewohnt, bestellt und aufgebaut wurde, ist für die Bevölkerung unerträglich; dagegen wehrt sie sich, das ist eine Frage auf Leben und Tod. Die Alliierten haben in ihrem Siegesrausch die Widerstandskraft dieses ins Schlingern geratenen Volkes unterschätzt. Im Grunde hat Lloyd George, der englische Ministerpräsident, gegen den Willen der Franzosen und Italiener dem Drängen der griechischen Regierung nachgegeben und der Besetzung Izmirs, der zweitgrößten Stadt des Landes, zugestimmt. Denn England will Griechenland als Verbündeten und damit als solide Basis innerhalb dieser unberechenbaren islamischen Welt gewinnen, die England von Indien, seinem kostbarsten Juwel, trennt und angeblich auch über reiche Erdölvorkommen verfügt.

Der Wagen bleibt stecken, und die Sultanin Fatma beschließt, in Zeynels Begleitung zu Fuß weiterzugehen. Selma freut sich sehr darüber. Schämt sie sich doch, als Zuschauerin unter all diesen Leuten zu sitzen, die laufen, laufen, als wollten sie nie mehr stehenbleiben, als schickten sie sich an – jetzt, in diesem Augenblick –, zur Rückeroberung Izmirs aufzubrechen.

Schließlich erreichen sie den Sultan Ahmed-Platz. Er wimmelt von Menschen, aber man hört keinen Ton, kein Geräusch – nur die im Wind knatternden Fahnen.

Plötzlich rufen oben auf den Minaretten der Blauen Moschee die Imams in ihren schwarzen Gewändern zum Gebet auf: »Allahu Akbar.« Daraufhin schallt von den sieben Hügeln in der Umgebung der Stadt von Minarett zu Minarett die Anrufung »Allahu Akbar«, »Gott ist groß«, wie ein Echo zurück. Als ob der Himmel über Istanbul erbebte, jäh in rote Glut getaucht durch das Gebet, in das Hunderttausende von schluchzenden Menschen einfallen: »Allahu Akbar, Herr, beschütze uns!«

Selma nimmt nichts mehr wahr, die Tränen laufen ihr über das Gesicht, es verschlägt ihr den Atem. Vor Glück, vor Unglücklichsein, das weiß sie nicht. Sie hat noch nie eine so tiefe Erschütterung empfunden. Eigentlich ist sie nicht mehr Selma, sondern ein Teil dieser Menge, in der sie gleichsam aufgeht.

Da erhebt sich eine zarte junge Frau auf einem provisorischen Podium. Selma sieht ihr zu wie im Traum. Sie trägt keinen Schleier, sondern ein einfaches schwarzes Kleid. Mit klangvoller Stimme erinnert sie an Izmir, diese friedliche, blühende Stadt, wo jahrhundertelang Griechen und Türken bei aller Verschiedenheit in bestem Einvernehmen zusammenlebten. Nur dieser Krieg, sagt sie, und die Intrigen des Auslands haben die beiden friedliebenden Bevölkerungsgruppen gegeneinander aufgehetzt.

»Für Provokateure ist es so einfach, Leidenschaften anzuheizen! Man brennt eine Kirche nieder, ermordet einen Muslim, und sogleich werden Mißtrauen und althergebrachte Ängste und Haßgefühle, die man für überwunden hielt, mit furchtbarer Kraft wieder lebendig. Wer die Taktik durchschaut und die Tragödie zu vermeiden sucht, wird nicht gehört und schweigt schließlich in der Befürchtung, man könnte ihm Feigheit oder Verrat vorwerfen.

Glaubt mir, meine Freunde, die Besetzung Izmirs ist nur der Anfang der Zerstörung unserer Türkei. Der Grieche Venizelos fordert alles Land, was an die Ägäis angrenzt, all unsere Inseln, ja selbst unsere Hauptstadt, Istanbul. Was bleibt da noch von unserem Land? Ein bißchen unfruchtbarer Boden in Zentralanatolien, einer simplen Provinz, die von allen Seiten kontrolliert wird; mit anderen Worten: nichts!

Werden wir uns beugen? Meine Schwestern und Brüder, sagt: Wollen wir diesem Mord tatenlos zusehen?«

Von ihrem Gefühl überwältigt, streckt sie der Menge, die atemlos zuhört, die Arme entgegen; da wogt ein gewaltiges Grollen, gleichsam ein rollendes Donnern, ein innerer Gesang von einem Ende des Platzes zum anderen: »Nein, wir sehen dem nicht tatenlos zu, wir werden dich retten, du schöne, du geliebte Türkei, wir schwören es dir: Wir lassen dich nicht sterben!«

»Wer war denn diese Dame?« fragt Selma mit verweinten Augen im Pferdewagen, der sie zum Palast zurückbringt.

»Das ist die große Halide Edib, eine berühmte Schriftstellerin, die sich für die Rechte der Frauen einsetzt«, antwortet ihr die Tante. »Wie sie die Menschenmenge in Erregung versetzt hat … Schade, Männer, die einem Vergleich standhielten, haben wir leider nicht allzu viele!«

Die Kleine in ihrer Ecke zieht die Brauen zusammen. Also kann eine Frau doch … Nach und nach hellt sich ihr Gesicht auf: So will sie auch werden. Für ihr Land, für ihr Volk leben, ganz leidenschaftlich. Das hat sie jetzt fest beschlossen.

VIII

Der Damad sitzt mit ein paar Freunden, ehemaligen Kollegen vom Außenministerium und Finanzministerium, in seinem Empire-Salon. Selma, die sich oft in Hayri Beys Gemächer schleicht, denn sie ist immer noch so jung, daß sie nicht in der strengen Zurückgezogenheit des Harems leben muß, wird von ihnen – sie kennen sie alle – amüsiert begrüßt.

»Nun, unsere kleine Patriotin«, fragt der Vater, »wie ist die Demonstration abgelaufen?«

Selma merkt, daß alle sie ansehen, und beginnt zu erzählen, übergeht keine Einzelheit. Als sie von Halide Edibs Ansprache und ihrem Aufruf zum Kampf berichtet, fangen die Herren an zu lachen. »Was geht das diese Suffragette eigentlich an?«

»Sollen die Frauen mit oder ohne Schleier an die Front?« Selma verstummt gekränkt, wird aber nicht weiter beachtet: Die durch ihr Eintreten unterbrochene Diskussion ist wieder in vollem Gange.

»Glauben Sie mir doch, das Volk ist erschöpft! Es denkt nicht daran, weiterzukämpfen. Wissen Sie, wie viele Deserteure wir im Juli 1918 hatten? Fünfhunderttausend! Man kann nicht einmal etwas dagegen einwenden: Sie waren am Verhungern, waren krank, hatten keine Schuhe und keine Munition mehr. Heute ist die Lage fast unverändert: Die Ernten sind auf dem Halm verfault, es herrscht eine allgemeine Hungersnot. Es geht zur Zeit nicht darum, den Don Quijote zu spielen, das heißt, den Versuch zu machen, Izmir zurückzuerobern, es geht darum, die Felder zu bestellen, sonst ist die Türkei mit Sicherheit bald am Ende!«

»Zugegeben, wir haben auf die falsche Karte gesetzt«, seufzt ein überaus eleganter Diplomat in einem hochmodernen perlgrauen Gehrock. »Man hatte doch den Eindruck, die Deutschen seien unbesiegbar! Jetzt bleibt uns eben nichts anderes übrig, als einen möglichst günstigen Friedensvertrag auszuhandeln. Noch einmal zu den Waffen greifen wäre reiner Wahnsinn! Der wahre Mut besteht darin, daß man die Realität ins Auge faßt.«

Selma hört aufmerksam zu. Wer könnte die Lage des Landes besser kennen als ihr Vater und seine Freunde! Trotzdem, die erregte Menge heute nachmittag wollte kämpfen …

»Haben Sie schon das Neueste gehört?« fragt ein kleiner fettleibiger Herr, der gerade eingetreten ist. »Seine Majestät hat Mustafa Kemal nach Anatolien geschickt.«

Selma blickt auf. Sie sieht lauter verblüffte Gesichter.

»Nach Anatolien?« fragt jemand. »Was soll er denn da machen?«

»Offiziell soll er den Frieden im Landesinnern wiederherstellen. Seit Kriegsende kommt da nichts zur Ruhe, vielmehr herrscht Mord und Totschlag! Unsere Mitbürger griechischer Herkunft, denen die Besatzungsmacht die Waffen nicht abgenommen hat, brandschatzen die türkischen Dörfer, und die türkischen Soldaten, die in den Maquis gegangen sind, brandschatzen die griechischen Dörfer.«

»Der Sultan befürchtet, daß die fremden Truppen, sofern sie erst einmal ins Innere vorgestoßen sind, dort auch bleiben«, fährt der kleine Herr fort, der Beamter im Verteidigungsministerium ist. »Deshalb steht er mit seiner Person dafür ein, daß das Land befriedet wird. Er hat den Engländern versprochen – in seiner Eigenschaft als Beherrscher der Gläubigen, denn Staatsoberhaupt ist er ja nur noch pro forma –, daß er für Ordnung sorgen werde.«

Die Herren zeigen sich eher skeptisch.

»Spielen denn die Engländer da mit?«

»Sie versuchen es eben mal. Schließlich sind sie nicht daran interessiert, daß ihre Soldaten umkommen. Das würde in

England kein gutes Echo haben, denn an sich ist der Krieg ja zu Ende!«

Seit man von Mustafa Kemal spricht, dieser Goldenen Rose, von der die Prinzessinnen träumen, ist Selma hellwach.

»Und welches sind, streng genommen, Kemals Befugnisse?« fragt Hayri Bey.

»Der Sultan hat ihn zum Generalinspekteur in der Nordzone und zum Gouverneur in den Ostprovinzen ernannt. Er verfügt über nicht genau zu definierende Kompetenzen, die aber gerade aus diesem Grunde sehr weitreichend sein können. Eine vortreffliche Wahl. Mit seinem Ruf als Kriegsheld ist er wahrscheinlich der einzige, der den Entscheidungen, die in der Hauptstadt getroffen werden, Respekt verschaffen kann.«

»Mein Lieber, seien Sie doch nicht so naiv«, unterbricht ihn ein bleicher Mann, ein hoher Beamter im Regierungspalast. »Seine Majestät hätte gar keine schlechtere Wahl treffen können. Als wir ihm die Liste der Generäle vorlegten, die für Anatolien geeignet waren, erklärten wir ihm ausdrücklich, Kemal sei ein ehrgeiziger, geschickter Mann und könnte, statt die Befehle auszuführen, sich im Gegenteil an die Spitze der Rebellion setzen. Der Sultan bestand auf seiner Wahl.«

»Gerade das befürchten ja auch die Engländer«, räumt der Herr vom Verteidigungsministerium ein. General Milne, der Oberbefehlshaber, tobt. Kemals Ernennung ist von seinem Stellvertreter unterzeichnet worden, als er selbst einen Auftrag außerhalb der Hauptstadt erfüllte. Nach seiner Rückkehr hat er versucht, sie rückgängig zu machen, aber Kemal war schon unterwegs.«

»Unter uns, Mehmet Bey«, fragt der bleiche Herr, »sind Sie der Meinung, daß Seine Majestät Kemal etwas anderes aufgetragen hat als die Befriedung dieser Gegend? Das wäre riskant: Denken Sie daran, daß Paragraph 6 des Waffenstillstandsabkommens vorsieht, im Falle einer Revolte werde die Besatzungsmacht Istanbul endgültig besetzen und das Sultanat abschaffen!«

»Wer weiß, was sich der Sultan dabei gedacht hat?«, seufzt Mehmet Bey. »Ich kann Ihnen nur zitieren, was er Mustafa

Kemal gegenüber vor dessen Aufbruch geäußert hat. Es war gerade der Tag der Besetzung Izmirs. ›Pascha‹, sagte er zu ihm, ›Sie haben dem Staat bisher schon große Dienste erwiesen‹. Aber vergessen Sie das jetzt. Denn das ist schon Geschichte, ist vergangen. Die Dienste, die Sie ihm in Zukunft leisten werden, sind wichtiger als alles andere. Pascha, Sie können das Land retten!«*

Der Offizier zieht die Augenbrauen hoch.

»Aber was heißt das nun: ›Sie können das Land retten‹? Man kann diese Äußerung ganz verschieden interpretieren: Stellen Sie den Frieden in diesem Gebiet wieder her, damit die Besatzungsmacht nicht interveniert. Oder: Sammeln Sie die in Anatolien befindlichen Kräfte und setzen Sie sich an die Spitze der Widerstandsbewegung!«

»Die Wahrheit liegt wahrscheinlich, wie immer, in der Mitte«, antwortet Mehmet Bey. Unser Padişah hat zwei Eisen im Feuer: Einerseits erweist er sich gegenüber der Besatzungsmacht als sehr nachgiebig, wobei er auf einen möglichst günstigen Friedensvertrag hofft; andererseits ist er im Grunde nicht gegen eine Revolte in Anatolien. Deshalb hat er unter so vielen fähigen Generälen Kemal Pascha ausgewählt. Seine Majestät will den Besatzern beweisen, daß das türkische Volk ihnen nicht ganz und gar ausgeliefert ist und man ihm nicht alles aufzwingen kann. Die Unruhen in Anatolien werden bei den Friedensverhandlungen ein kostbarer Trumpf sein.«

Man schenkt sich noch einen Kognak ein, während ein Diener in einem langen blauen Kaftan Zigarren anbietet. Jeder hängt seinen Gedanken nach. Eine riskante Sache, gewiß, aber es wäre schon schön, wenn man diesem General Milne, dessen Hochmut einfach unerträglich ist, eins auswischen könnte. Plötzlich richtet sich der Herr mit dem perlgrauen Anzug wieder auf.

»Aber wenn Kemal nun nach Anatolien gegangen ist, was wird dann aus seinem Heiratsplan mit der Sultanin Sabiha?«

»Ah, diese Heirat ...«, antwortet der Damad feinlächelnd.

* Vgl. Lord Kinross: »Atatürk«.

»Der Sultan hat zwar nicht nein gesagt, aber glauben Sie mir, ja sagen wird er nie. Im Grunde paßt es ihm nicht, seine Lieblingstochter mit einem Mann zu verheiraten, der so auf die Flasche und auf die Frauen versessen ist. Und vor allem hat er seinen Freunden anvertraut, er möchte um nichts auf der Welt einen zweiten Enver Pascha, der ihm seine Politik diktiert!«

»Arme Goldene Rose«, denkt Selma, als sie in ihr Zimmer zurückkehrt; »wie wird er sich ärgern!« Nachdenklich zählt sie an den Fingern ab, daß sie in fünf, sechs Jahren so alt ist, daß sie heiraten kann ... Warum ...? Plötzlich findet sie ihren Vetter Vassip, den sie eigentlich heiraten wollte, ganz langweilig. Die Goldene Rose ist viel verführerischer! Vor allem ist er ein großer General, ein Held! Sie wird ihm helfen, sie werden den Feind aus der Türkei hinausjagen. Sie wird die Frauen organisieren, wird eine zweite Halide Edib sein!

An diesem Abend schläft Selma lächelnd ein.

IX

Selma huscht hinüber in die Gemächer der Sultanin. Die Prinzessin ist nicht allein. Ihr gegenüber, auf dem Teppich mit dem rosafarbenen Spiralmuster, beugt sich Memjian Ağa, der armenische Juwelier, über einige mit Samt ausgeschlagene Schmuckkästchen verschiedener Größe.

»Seien Sie mir behilflich, Selma«, fordert die Mutter sie auf.

Selma findet Schmuck faszinierend; mit glänzenden Augen kommt sie näher.

»Ich bin gerade dabei, ein Geschenk für die Sultanin Sabiha auszusuchen«, erklärt die Prinzessin, »das Datum ihrer Hochzeit steht jetzt endlich fest.«

Selma ist entzückt; sie ist ihrer jungen Verwandten sehr zugetan. Aber sie fragt sich, was wohl die Goldene Rose, der in Anatolien kämpfende General, dazu sagen werde. Denn in der Tat ist nicht Mustafa Kemal der glückliche Auserwählte, sondern, der Tradition entgegen, ein Vetter Sabihas, ein osmanischer Prinz.

Diese Angelegenheit hat den ganzen Hof durcheinandergebracht: Ein köstlicher Skandal, eine Liebesgeschichte. Prinz Omer Faruk, unbestritten einer der faszinierendsten Männer des Kaiserreiches, sehr groß, blond, mit feinen, energischen Gesichtszügen und blauen, mandelförmigen Augen, verfügt über eine Grazie, über eine Eleganz, die die jungen Leute der guten Gesellschaft vergeblich nachzuahmen versuchen. Als Offizier der Kaiserlichen Garde des mit der Türkei verbündeten deutschen Kaisers hat er den Krieg an der Westfront auf deutscher Seite mitgemacht. Nach seiner Rückkehr wurde er in Istanbul zum Adjutanten des Sultans ernannt. So lernte er die schöne Sabiha kennen.

Es war Liebe auf den ersten Blick. Omer Faruk war kein Mann halbherziger Entschlüsse; er erklärte seinem Vater, daß er dieses junge Mädchen heiraten oder sich umbringen werde. Und jedermann war überzeugt, daß es ihm ernst war.

Aber der Sultan war gegen diese Heirat. Sie widersprach dem Brauch, demzufolge Mitglieder der osmanischen Familie untereinander nicht heiraten, eine angesichts der Degeneration europäischer Dynastien jahrhundertelang geübte Sitte. Zu guter Letzt ließ er sich aber umstimmen, lag ihm doch das Wohl seiner Tochter am Herzen. Auch zog er in Betracht, daß in so wechselhaften Zeiten ein fester Zusammenhalt der Familie wünschenswert sei …

Selma kauert mitten in all diesem Schmuck, den sie genau kennt, weil sie ihn an ihrer Mutter schon öfter bewundert hat. Sie ist unentschlossen, denn sie möchte für Sabiha das Allerschönste aussuchen, weiß aber, daß das junge Mädchen die pompösen Geschmeide, die von den Älteren getragen werden, nicht so schätzt. Schließlich entscheidet sie sich für ein Smaragdkollier; die Steine sind als vierblättriger Klee gefaßt und mit Diamanten in Tautropfenform kombiniert. Dazu passend ein Diadem, Ohrringe und Armbänder mit dem gleichen Motiv.

»Ganz vorzüglich«, sagt die Sultanin zustimmend, es wird genau zu Sabihas zartem Teint passen. Und nun sagen Sie mir: Welche beiden Ensembles gefallen Ihnen am wenigsten?«

Das kleine Mädchen zögert eine Weile, dann weist es auf zwei Schmuckkästchen: In dem einen glitzert ein Goldschmuck mit Rubinen und Perlen; im anderen ein langes Türkiskollier mit zwei dazu passenden Armbändern und einem breiten Ring.

»,Also gut, Memjian Ağa«, erklärt die Sultanin Hatice lächelnd. »Mir wäre die Entscheidung schwergefallen, aber die Stimme der Unschuld hat ihr Urteil abgegeben. Machen Sie die Einzelheiten mit Zeynel aus.«

Der Juwelier nimmt die beiden Schmuckkästchen und schiebt sie flink in eine große dunkle Ledertasche. Dann verabschiedet er sich mit zahllosen Verbeugungen.

Selma folgt ihm mit den Augen; sie ist ganz fassungslos.

»Annecim, warum hat er Ihren Schmuck mitgenommen? Und wo ist das, was Sie heute gekauft haben?«

Die Sultanin zieht ihre Tochter zu sich heran und sieht ihr ernst in die Augen.

»Selma, ich habe nichts gekauft ... Ich habe den Schmuck, der Ihnen weniger gefallen hat, sogar verkauft ... Sehen Sie, durch den Krieg und die immer noch anhaltende Besetzung ist alles sehr teuer geworden, und wir haben hier etwa sechzig Sklavinnen, die wir schließlich ernähren müssen. Gewiß, ich könnte die Hälfte von ihnen entbehren, aber wohin sollten sie gehen? Viele sind seit ihrer Kindheit bei mir, andere sind schon bei meinem Vater aufgewachsen. Sie haben sich immer als treu erwiesen; ich habe nicht den Mut, sie zu entlassen. Deshalb verkaufe ich meinen Schmuck. Ich habe davon doch mehr als genug!«

»Aber dann, Annecim – sind wir arm?«

Die Sultanin beruhigt sie.

»Aber nein, kleines Dummerchen, wir sind nicht arm.

Aber die Armut um uns herum nimmt immer mehr zu. Deshalb habe ich mich entschlossen, von morgen an eine Fukaramin Şorbası, eine Armensuppe, zu stiften.«

Selma weiß nicht, was eine »Armensuppe« ist. Hingegen weiß sie recht gut, daß morgen im Dolmabahçe-Palast ein großer Empfang stattfindet. Man feiert den ersten Jahrestag der Thronbesteigung des Sultans. Sie hat etwa eine Stunde damit verbracht, das Kleid auszuwählen, das sie tragen will.

»Annecim«, sagt sie beunruhigt, »diese ... Suppe, ist das vor oder nach dem Fest?«

»Es findet kein Fest statt. Seine Majestät ist der Meinung, es sei unangebracht, sich in einem ruinierten, besetzten Land zu amüsieren. Er hat auch das sonst übliche Feuerwerk, die Festbeleuchtung und die Artilleriesalven verboten. Das gesparte Geld soll dazu dienen, das Elend zu lindern. Von nun an werden nur noch religiöse Feste gefeiert.«

Die Sultanin hat sich erhoben und begibt sich in Begleitung einer Kalfa in den Hamam.

Am nächsten Morgen macht sich im eisigen Wind, der vom Schwarzen Meer her weht, eine Handvoll Diener vor den hohen Gittern des Palastes zu schaffen. Sie schleppen Holzplatten herbei, fügen sie aneinander und legen sie auf Blöcke. So entstehen zwei provisorische Tische, die mit ungebleichter Leinwand bedeckt werden. Dann erscheinen im Gänsemarsch die Tablekarnizmetkar, Diener, die auf dem Kopf Tabletts mit riesigen zinnernen Suppenschüsseln tragen, die sie zusammen mit den Körben, die mit dicken Brotscheiben gefüllt sind, auf den Tischen verteilen.

Das großzügige Angebot der Sultanin hat sich rasch in der Umgebung herumgesprochen, und kaum sind die sechs Küchenjungen, die servieren sollen, eingetroffen, da wagen sich die ersten Gruppen bereits heran. Istanbuls ewige Bettler sind zahlreich vertreten, aber Selma entdeckt auch viele Soldaten in geflickten Uniformen. Seit der Demobilisierung, die schon fast ein Jahr zurückliegt, irren sie ohne Sold und Arbeit in diesem durch acht Kriegsjahre verheerten Land herum.* Es gibt auch Flüchtlinge aus dem Landesinnern, die an ihrer bäuerlichen Kleidung zu erkennen sind. Und dann ... die vor kurzem Verarmten in peinlich sauberer Kleidung, die sich dessen schämen. Das sind Handwerker oder kleine Angestellte, die bis zum Krieg bescheiden ihr Brot verdient haben. Weil die wenigen Fabriken zerstört und zahlreiche Bankrotte erfolgt sind, haben sie ihren Arbeitsplatz verloren; ihre Ersparnisse sind erschöpft, und der durch den schwungvollen Schwarzhandel angeheizte starke Preisauftrieb zwingt sie nun, die öffentliche Mildtätigkeit in Anspruch zu nehmen. Mit ihnen hat Selma das größte Mitleid; man merkt, daß sie sich sehr unwohl fühlen und sich verstohlen umschauen, ob jemand aus ihrem Bekanntenkreis Zeuge ihrer Erniedrigung werden könnte.

Nachdem die Suppe ausgegeben ist, bauen die Diener die Platten und Böcke wieder ab; da sieht Selma einen Mann, der ein kleines Mädchen an der Hand führt, herankommen. Er ist sehr groß und trägt eine Pumphose und einen Waffenrock aus grauem Tuch in der Art der Muschiks. Er geht auf einen Küchenjungen zu und fragt ihn in gebrochenem Türkisch, ob er nicht noch ein Stück Brot übrig hat.

»Nein! Für heute ist Schluß!« ruft der Junge, ohne ihn eines Blickes zu würdigen. »Warum sind Sie nicht rechtzeitig gekommen? Da müssen Sie eben morgen wiederkommen!«

Selma sieht, wie der Mann den Kopf schüttelt und sich am Gitter festklammert; offensichtlich ist er dem Zusammenbrechen nahe. Mühsam zieht er ein Bündel Rubel aus der Tasche.

»Ich bitte Sie, es ist für meine kleine Tochter: Sie hat seit zwei Tagen nichts gegessen.«

Der Küchenjunge wirft einen abschätzigen Blick auf das Geld und schimpft: »Was soll ich mit diesen Papierfetzen? Ich habe Ihnen doch gesagt, für heute ist Schluß. Gehen Sie, sonst rufe ich die Wache!«

Der Mann erbleicht bei dieser Drohung. Er nimmt seine ganze Kraft zusammen, richtet sich wieder auf und will gehen, da hält ihn eine helle Stimme zurück: »Warten Sie, bitte!«

* Der Balkankrieg und der Erste Weltkrieg.

Selma rennt, so schnell sie kann, die Treppe hinunter: Mit zornrotem Gesicht fährt sie den Küchenjungen an: »Bring Fleisch, Gebäck und Käse, aber marsch!«

Der Junge verschwindet zitternd in Richtung Küche. Erst jetzt wendet sich Selma ihren Schützlingen zu. Der Mann hat ein feines, von einem blonden Bart eingerahmtes Gesicht. Seine blauen Augen lächeln.

»Danke, kleines Fräulein. Darf ich mich vorstellen: Graf Walenkow, Kavallerieoffizier der zaristischen Armee. Das hier ist meine Tochter Tanja.«

Selma sieht das Mädchen verblüfft an. Sie sind etwa gleich alt, aber die kleine Russin wirkt so schüchtern, so zart, daß sie sich weitaus älter fühlt.

»Ich bin die Sultanin Selma«, sagt sie. »Kommen Sie!«

Selma führt ihre Gäste durch den Park in einen von Rosen umrankten Kiosk aus weißem Marmor unweit des Gitters. Hier ruhen sich manchmal Besucher aus, bevor sie den Palast betreten. Kaum haben sie Platz genommen, erscheint der Küchenjunge mit einem Tablekar, der Verpflegung für gut zehn Personen herbeischafft.

Der Offizier erzählt ihr, er habe sich, als auf der Krim das letzte zaristische Regiment unter General Wrangel aufgerieben wurde, nach Sankt Petersburg durchschlagen können, wo Frau und Tochter ihn erwarteten. Das Haus lag in Trümmern. Nachbarn teilten ihm mit, seine Frau sei von den »Roten« umgebracht worden. Das Kind hatte man gerettet; es lebte bei einer ehemaligen Bediensteten. »Sie hat uns Bauernkleidung verschafft, und in dieser Verkleidung sind wir in Richtung der türkischen Grenze aufgebrochen.« Er berichtet von Hunger, Durst, Angst … Selma hört ihm mit Tränen in den Augen zu. Aber bald nimmt sie gar nicht mehr wahr, was er erzählt: Sie stellt sich vor, daß ihr eigener Palast in Flammen steht, daß sie selbst von Männern umringt wird, die »Es lebe die Revolution!« grölen. Bewegt von ihrem Mitgefühl, hält der Offizier inne.

»Sie haben ein gutes Herz, mein Kind, der Herr wird es Ihnen vergelten.«

Selma schämt sich, daß sie so egoistisch gewesen ist, daß

es zu diesem Mißverständnis kommen konnte, und fährt sich mit der Hand über die Augen.

»Sie essen ja gar nichts«, sagt sie, als sie bemerkt, daß die beiden fast nichts zu sich genommen haben.

»Wir haben seit einem Monat so wenig gegessen, daß wir nicht mehr viel vertragen.«

»Dann nehmen Sie eben alles mit!«

Sie winkt, der Diener verpackt die Nahrungsmittel in weiße Servietten und legt sie in einen großen Weidenkorb.

Aber Selma ist nach wie vor besorgt.

»Was machen Sie denn jetzt?«

»Gott wird helfen.«

Gott? Selma verzieht das Gesicht. Statt Gott sollte man eher die Sultanin konsultieren.

»Bitte warten Sie einen Augenblick.«

Als sie das Boudoir ihrer Mutter betritt, wird sie sehr unwirsch empfangen.

»Was soll das heißen, Sultanin? Ich habe gehört, daß Sie im Pavillon des Parks wildfremde Leute empfangen?«

»Darüber wollte ich mit Ihnen ja gerade sprechen, Annecim«, stottert Selma verwirrt, »die beiden starben fast vor Hunger …«

Und sie erzählt die ganze Geschichte.

»Annecim, können wir ihnen nicht helfen?«

Die Sultanin ist besänftigt.

»Ich möchte ja gerne, aber es gibt hunderttausend russische Flüchtlinge in Istanbul … Und tagtäglich strömen Tausende von türkischen Flüchtlingen aus Anatolien und den ägäischen Provinzen in die Stadt … Ich muß mich in erster Linie um *sie* kümmern. Es tut mir leid, mein Kind, mehr kann ich nicht tun.«

Selma ist bestürzt: Zum ersten Mal lehnt es ihre Mutter ab, Barmherzigkeit zu üben. Offensichtlich wird alles immer schlimmer.

Schweigend küßt sie die Hand der Sultanin und läuft in ihr Zimmer. Sie holt ihr schönstes Kleid hervor, Lackschuhe und eine große Puppe, die aus der Ukraine stammt und kehrt in den Pavillon zurück.

Die kleine Russin nimmt die Geschenke mit einem so traurigen Lächeln entgegen, daß es Selma in der Seele weh tut.

Verstört, weil sie so wenig tun kann, steht sie dann am Gitter und sieht zu, wie Tanja und ihr Vater Hand in Hand verschwinden.

X

Am Morgen des 16. März 1920 trauen die Istanbuler ihren Augen nicht: In einer einzigen Nacht hat sich die Stadt in ein riesiges Heerlager verwandelt. Panzer rollen durch die Straßen; an jeder Kreuzung sind MG-Schützen im Anstand. Die Polizeiwachen, das Kriegs-, das Marine- und das Innenministerium, die Präfektur und der Offiziersklub sind besetzt. Englische Soldaten, denen indische Gurkhas zur Hand gehen, biwakieren im Bahnhof, in den Zollämtern und an den Quais von Galata. Ein Regiment Senegalesen hat das Alte Serail umstellt, und vor den Palästen aller wichtigen Persönlichkeiten schieben Kommandos Wache. »Alliierte« Polizeistreifen, die aus vier Leuten bestehen – einem englischen Polizisten, einem französischen Gendarmen, einem italienischen Karabiniere und einem hinterherschlurfenden osmanischen Polizisten –, sind in jeder Straße eingesetzt. Sie zerstreuen mit ihren Reitgerten auch kleinste Ansammlungen von Menschen, während in der ganzen Stadt Züge der Militärpolizei Häuser durchsuchen und Türken festnehmen, die im Verdacht stehen, mit den Rebellen in Anatolien gemeinsame Sache gemacht zu haben.

General »Tim«, mit offiziellem Namen Sir Charles Harington, Oberkommandierender der englischen Truppen, hatte die sehr zurückhaltende französische und italienische Besatzungsmacht schließlich überzeugen können, es sei an der Zeit, den vorsichtigen, aber wirkungsvollen Widerstand der Istanbuler Bevölkerung zu brechen.

In der Tat verschwinden jede Nacht Waffen und Munition aus den Depots der Alliierten, obwohl sie sorgfältig bewacht werden, und Tag für Tag verlassen türkische Offiziere und Soldaten in verschiedensten Verkleidungen die Stadt, um Mustafa Kemals kleine Armee zu unterstützen. Man muß diese widerspenstige Stadt niederzwingen. Da das englische Oberkommando behauptete, es sei ein Komplott aufgedeckt worden, das sich zum Ziel gesetzt habe, alle Europäer zu ermorden, wurde beschlossen, Istanbul, wo die Militärpräsenz bislang lediglich »diskret« aufgetreten war, einer »disziplinarischen Besetzung«, zu unterwerfen.

Und damit niemand die Ernsthaftigkeit seiner Absichten in Zweifel ziehen würde, ließ General Tim an die Hauswände der Stadt große Bekanntmachungen kleben, auf denen das Wort »TOD« in großen schwarzen Lettern prangte. Tod dem, der einen Rebellen versteckt. Tod dem, der Waffen verschwinden läßt. Tod dem, der diesem Kriminellen namens Mustafa Kemal irgendwelche Unterstützung gewährt.

Im Palast der Sultanin Hatice herrscht Aufregung. Alle männlichen Dienstkräfte sind ausgeschickt worden, um sich nach Neuigkeiten zu erkundigen; und die Zurückkehrenden berichten makabre Einzelheiten: Die Soldaten durchwühlen sogar Gräber nach Waffen; sechzehn Jugendliche einer Blechmusikkapelle sind getötet worden, weil die Besatzungsmacht sie für Soldaten hielt. Dutzende von Mitgliedern des Parlaments, die für ihren Nationalismus bekannt waren, sind festgenommen worden. Sicher werden sie nach Malta in die Verbannung geschickt. Die Polizei fahndet auch nach der Schriftstellerin Halide Edib, deren patriotische Schriften und Reden die öffentliche Meinung gefährlich anheizen.

Ein Eunuch bringt die Zeitungen. Alle veröffentlichen auf der ersten Seite das gemeinsame Kommuniqué der englischen, französischen und italienischen Hochkommissare: »Die Leute der sogenannten nationalen Organisation versuchen, den guten Willen der Zentralregierung zu unterlaufen. Die Entente sieht sich daher gezwungen, Konstantinopel vorübergehend zu besetzen.«

»Was für ein Wahnsinn«, denkt Selma, »dieser Stadt, die

seit fünf Jahrhunderten Istanbul heißt, einen christlichen Namen zu geben.«

»Die Entente will die Autorität des Sultanats nicht untergraben, sondern stützen«, fährt das Kommuniqué fort. »Sie will Konstantinopel den Türken nicht nehmen, doch wenn es zu Unruhen und Massakern kommt, kann diese Entscheidung modifiziert werden. Um auf den Trümmern des alten Kaiserreiches eine neue Türkei aufzubauen, hat jeder die Pflicht, dem Sultanat Gehorsam zu leisten.«

Der Sultanin verschlägt es vor Zorn die Sprache.

»Dem Sultanat Gehorsam zu leisten? Was für eine Heuchelei! ... Als ob nicht jedermann wüßte, daß der Padişah die Geisel der Besatzungsmächte ist, daß er überhaupt nichts unternehmen kann, ohne daß sie ihm drohen, ihn abzusetzen und Istanbul den Griechen auszuliefern!«

Nie hat Selma ihre Mutter so wütend gesehen. Sie schließt daraus, daß die Lage sehr ernst ist. Sie hofft, bei ihrem Vater eine Erklärung zu finden für das alles.

Wie gewöhnlich befindet er sich im Rauchzimmer. Einige Freunde sind mit ihm zusammen. Alle sehen verstört aus: ihre Ministerien sind besetzt, zahlreiche Kollegen verhaftet. Wie bei der Sultanin gehen dauernd Diener aus und ein, die Neuigkeiten bringen. Man wundert sich.

»Sieh an, ich wußte nicht, daß X auch zu den Kemalisten gehört!«

»Vielleicht ist es nicht wahr, aber die ›Brits‹ ärgern sich dermaßen über die geflüchteten Soldaten und die Waffendiebstähle, daß sie einfach jeden verdächtigen.«

»Sie haben recht. Ratet, was die türkischen Wachen des größten Munitionsdepots der Stadt dem englischen Offizier zur Antwort gaben, der sie wegen des Verschwindens von Munition zur Rechenschaft zog! Sie haben beim Koran geschworen, daß es die Ziegen waren, die nachts dort weideten und mit ihren Köpfen die Wachssiegel an den Türen brachen. Wahrscheinlich hat es der Offizier danach unnötig gefunden, sie zu fragen, ob es auch die Ziegen waren, die die Munition gefressen haben!«

Sie lachen schallend.

»Trotzdem gewinnt Kemal durch die letzten Disziplinarmaßnahmen an Popularität. Seit heute morgen ist mir dieser Verrückte beinahe sympathisch.«

»Ist er wirklich verrückt?« Hayri Bey kneift skeptisch die Augen zusammen. »Seine Majestät scheint nicht dieser Meinung zu sein. Die Engländer verdächtigen sogar unseren Padişah, daß er hinter ihrem Rücken mit ihm zusammenarbeitet. Ihr Außenminister Lord Curzon hat kürzlich zugegeben, daß er sich nicht im klaren darüber gewesen sei, wie eng die Beziehung zwischen Mustafa Kemal und dem Sultan sei.«

Wenn es nicht unbedingt notwendig ist, wagt sich niemand mehr aus dem Haus. Selma fährt in ihrer Ecke vor Ungeduld fast aus der Haut: Es ist immer dasselbe! Sobald etwas Interessantes passiert, wird sie eingesperrt. Das Leben tritt gleichsam auf der Stelle.

Eines Nachts, als sie sich in ihrem Bett hin und her wälzt und diese leidige Sache überdenkt, hört sie Schritte im Flur. Vor ihrem Zimmer sagt dann jemand »pst«, und die Schritte entfernen sich. Sie springt im Nu aus dem Bett, öffnet die Tür einen Spalt und sieht gerade noch, wie Zeynel mit einer Laterne in der Hand vor jemandem hergeht, der in einen langen Mantel gehüllt ist. Sie gehen … auf die Gemächer ihrer Mutter zu! Im Schein des Nachtlichtes sieht Selma auf die Uhr. Halb eins! Wer besucht denn die Sultanin noch zu so später Stunde?

Mit klopfendem Herzen schleicht sie aus ihrem Zimmer und tastet sich über den Flur. Sie holt tief Atem, unterdrückt ihre Angst und pirscht sich weiter vor. Am Ende des Flurs dringt durch die Brokatportiere vor dem Boudoir ein Lichtschimmer. Sie geht darauf zu und hört, daß man sich gedämpft unterhält. Nachdem sie sich in den weiten Falten des Vorhangs verborgen hat, zieht sie ihn etwas beiseite und späht hindurch. Was für eine Überraschung!

Ein noch junger Mann sitzt in einem Sessel neben der Sultanin: Er flüstert und legt ihr Papiere vor, die sie gespannt überfliegt; ab und zu blickt er auf und sieht sich ängstlich um. Selma mustert ihn genau: zur Familie gehört er nicht, wohl aber auch nicht zu den Freunden ihres Vaters, denn er ist unrasiert und trägt einen zerknitterten Gehrock. Wer mag dieser Besucher sein, und weshalb empfängt ihn die Mutter in ihren Gemächern, die kein Mann außer ihrem Gatten oder einem Familienmitglied betreten darf? In einer Ecke des Boudoirs bemerkt sie Zeynel; er schlägt die Augen nieder – offenbar ist ihm bei der Sache nicht wohl.

Plötzlich steht die Sultanin auf, weist auf den Eunuchen und bedeutet dem Fremden, ihm zu folgen. Selma muß sich rasch in der Portiere verbergen; die beiden Männer gehen an ihr vorbei auf die Wendeltreppe zu, die ins dritte Stockwerk führt. Aber sie steigen noch höher hinauf. Sie hört die schwere Tür des Dachbodens knarren. Ein paar Minuten später erscheint Zeynel wieder; allein. Selma kommt aus dem Staunen nicht mehr heraus: Ihre Mutter verbirgt einen Fremden im Flügel des Palastes, der den Frauen vorbehalten ist!

Das Licht im Boudoir ist erloschen, die Sultanin hat sich wohl zur Ruhe begeben. Verstohlen schleicht Selma in ihr Zimmer zurück, bestürzt und entzückt zugleich: Endlich geschieht etwas in diesem langweiligen Palast! In ihrem überreizten Kopf jagen sich Fragen, auf die sie keine Antwort weiß: wenn dieser Mann sich versteckt, muß er doch etwas auf dem Kerbholz haben. Aber warum gewährt ihm gerade ihre Mutter Unterschlupf? Ob sie mit Baba darüber spricht? Hayri Bey, der gerade ein paar Tage bei Freunden in Üsküdar, am asiatischen Ufer, verbringt, wäre es sicher nicht recht, daß die Prinzessin in seiner Abwesenheit einen Fremden empfängt.

Sie sieht auf die Uhr: erst zwei. Wie langsam die Zeit vergeht! Sie wünschte, es wäre schon Morgen, dann könnte sie mehr in Erfahrung bringen.

Sie will gerade einschlafen, da wird heftig ans Eingangstor geklopft. Sie fährt hoch, läuft zum Fenster und sieht im Lichtschein der Laternen im Innenhof, wie die Palastwachen drei wild gestikulierende türkische Polizisten zu beschwichtigen suchen. Dann tauchen zwei Eunuchen auf; offenbar sagen sie, der Hausherr sei abwesend und sie müßten sie bitten, sofort zu gehen, denn sie befänden sich unmittelbar bei den Frauengemächern. Die Polizisten entschuldigen sich, erklären aber, sie müßten unbedingt darauf bestehen: Man habe sie benachrichtigt, daß ein gefährlicher Verbrecher den Palast betreten habe. Sie hätten einen Durchsuchungsbefehl.

Die Eunuchen, sehr bleich, gehen vor dem Eingangstor in Stellung, fest entschlossen, ihr Heiligtum zu verteidigen, während die Wachen zögern: Sie haben zwar die Pflicht, den Palast zu bewachen, aber was können sie gegen die eigene Polizei unternehmen?

Plötzlich ertönt eine energische Stimme: »Was geht hier vor?« Es ist die Sultanin. Sie ist in einem dunklen Schleier, der ihr Gesicht zur Hälfte verhüllt, auf der Schwelle erschienen.

»Was haben Sie hier verloren, meine Herren?« fragt sie mit einem Blick von oben herab. »Seit wann wollen Muslime sich gewaltsam Zugang zu einem Haremlik verschaffen?«

Der Offizier, der die kleine Gruppe anführt, ist einen Augenblick sprachlos, dann verbeugt er sich.

»Sultanin, glauben Sie mir, daß es mir äußerst peinlich ist. Aber man hat beobachtet, daß ein Verbrecher Ihren Palast betreten hat, weshalb von Damad Ferid, dem Großwesir, eine Durchsuchung angeordnet worden ist.«

Die Sultanin lächelt verächtlich.

»Diese Marionette will mir einen Befehl erteilen! Es muß Ihnen doch klar sein, daß mir niemand außer Seiner Majestät etwas befehlen kann. Wenn Sie mir einen vom Padişah unterzeichneten Brief vorlegen, werde ich mich beugen.«

Der Offizier stottert verwirrt: »Aber, Sultanin ...«

»Bestehen Sie nicht darauf, Herr Hauptmann, Sie kommen hier nicht herein, es geht um meine Ehre.«

Und da sie sieht, daß er zögert: »Deinen Revolver!« befiehlt sie einem der Wachleute.

Selma beobachtet von ihrem Balkon aus, wie die Polizisten ihre Gewehre in Anschlag bringen, aber bevor sie aufschreien kann, winkt die Sultanin ab. »Fürchten Sie nichts«, sagt sie ironisch, »ich würde nie die Waffe gegen einen türkischen Soldaten erheben. Aber sehen Sie doch ein, daß Sie, solange ich am Leben bin, diesen Harem nicht betreten werden.«

Sie spielt nachlässig mit dem Revolver; die Männer starren sie an und trauen ihren Ohren nicht.

Dann sagt sie mit einem frostigen Lächeln: »Sie haben die Wahl, meine Herren, was ziehen Sie vor: den Zorn dieses Damad Ferid oder den Zorn des Sultans, wenn er erfährt, wie Sie mich zum Äußersten getrieben haben.«

Das Gesicht des Offiziers leuchtet auf vor Bewunderung; er hat nur selten Männer vom Schlag dieser Frau getroffen.

»Ich bitte Sie, mir zu verzeihen, Sultanin«, murmelt er.

Mit einem Augenzwinkern fügt er hinzu: »Ich bin sicher, daß der gesuchte Mann sich hier aufhält, aber selbst wenn ich deswegen degradiert werden sollte, will ich Sie nicht länger belästigen.«

Er schlägt die Hacken zusammen und verschwindet im Dunkeln.

Am Morgen stürzt Selma zu ihrer Mutter. Diese sitzt an ihrem Frisiertisch und blättert zerstreut in der bekannten Pariser Modezeitschrift *Chiffons,* während eine Sklavin ihr das lange Haar bürstet.

»Haben Sie gut geschlafen, Annecim?«, fragt Selma.

»Ausgezeichnet, meine Liebe, und Sie?«

»Ziemlich schlecht. Da war so ein seltsamer Lärm.«

Selma brennt darauf, die ganze Geschichte zu erfahren; sie will unbedingt ins Vertrauen gezogen werden. Vergeblich; die Sultanin äußert in gleichgültigem Ton »Ah ja!« und vertieft sich wieder in ihre Lektüre. Selma drückt sich noch ein paar Minuten im Zimmer herum, dann sieht sie ein, daß sie nichts erreichen kann, und schleicht betrübt davon. Ihre Mutter vertraut ihr also nicht und meint, sie könne ein Geheimnis nicht für sich behalten. Wie ein Kind wird sie noch behandelt, dabei ist sie doch schon neun Jahre alt! Also gut! Sie wird der Angelegenheit auf eigene Faust nachgeben!

Sie schlüpft aus ihrem Zimmer, vergewissert sich, daß niemand im Flur ist, und schleicht sich rasch zur Dachbodentreppe. Sie geht auf den Zehenspitzen und hält den Atem an, aber je mehr sie sich anstrengt, ganz leise zu sein, desto stärker knarrt das alte Parkett.

Vor der Tür zum Dachboden bleibt sie zögernd stehen: Ob sie klopfen soll? Höflicher wäre es schon; aber muß man einem Verbrecher gegenüber höflich sein? Schließlich hustet sie sehr laut und macht dann ganz langsam die Tür auf.

Auf dem Dachboden ist es so finster, daß sie nichts unterscheidet, sie geht vorsichtig weiter und fährt plötzlich zusammen, denn sie hört eine gedämpfte Stimme: »Keine Bewegung, oder ich schieße!« Ihre Augen gewöhnen sich an die Dunkelheit, sie nimmt eine undeutliche Gestalt wahr: Ein Mann kauert ein paar Meter vor ihr auf dem Boden und hat einen Revolver auf sie gerichtet. Aber seine Stimme zittert; kein Zweifel, er hat noch mehr Angst als sie! Selma beruhigt ihn großmütig.

»Keine Angst, ich tue Ihnen nichts.«

Der Mann betrachtet sie verwirrt. Dann wird ihm das Absurde der Situation bewußt, und er beginnt plötzlich zu lachen. Selma hat alles vorausgesehen außer dieser Heiterkeit, die sie bei einem von der Polizei gesuchten Banditen zumindest für unpassend hält. Der Mann holt Atem und fragt: »Wer bist du?«

Offenbar ist diese Unwissenheit auch noch mit einer schlechten Erziehung verbunden; wie käme dieses Subjekt sonst dazu, sie zu duzen? Das kleine Mädchen richtet sich auf und antwortet spitz: »Ich bin die Tochter der Sultanin Hatice, die Sie vergangene Nacht besucht haben.«

Sie erwartet, daß er sich zutiefst beeindruckt zeigt, aber er wirft lediglich spöttisch hin: »Du hast uns also belauscht! Ich wußte nicht, daß kleine Prinzessinnen so indiskret sind!«

»Was für ein Tölpel!« denkt Selma. »Die Erwachsenen sind wirklich unausstehlich: Wenn sie mit Kindern zu tun haben, glauben sie, sie könnten sich alles erlauben.« Ihr Gesicht wird tiefernst.

»Sie werden von der Polizei gesucht. Warum? Wer sind Sie?«

Das Lächeln des Mannes wird immer breiter, und seine Augen leuchten auf.

»Das ist ja ein richtiges Verhör! Es wäre mir ein Vergnügen, Ihnen zu antworten, Prinzessin; haben Sie doch bitte die Güte, Platz zu nehmen.«

Er deutet mit übertriebener Höflichkeit auf einen Haufen Lumpen.

»Er macht sich über mich lustig«, denkt Selma. Aber kann sie ihm jetzt vorwerfen, er benehme sich zu höflich ...? Im übrigen will sie ihn nicht verärgern: Sie ist viel zu gespannt, seine Geschichte zu erfahren. Sie setzt sich etwas indigniert, während er sie aufmerksam betrachtet.

»Sie sind ja recht hübsch geworden«, sagt er anerkennend, »dabei waren Sie weiß Gott ein häßliches Baby!«

Das ist wirklich zuviel! Selma wird rot bis zu den Schläfen, sie sucht nach einer verletzenden Antwort. Der Mann scheint ihre Entrüstung gar nicht zu bemerken und fährt fort: »Ich habe Sie gekannt, als Sie ein Jahr alt waren. Ich war Adjutant Ihres Onkels, des Prinzen Selaheddin. Nach seinem Tod habe ich an der kaukasischen Front gekämpft: Drei furchtbare Kriegsjahre, und dabei war es nicht einmal *unser* Krieg ...«

Selma hat den Eindruck, daß er ihre Anwesenheit vergessen hat. Er spricht ganz leise; sie hat Mühe, ihn zu verstehen.

»Wir wurden besiegt, und unsere Feinde haben sich das Reich geteilt. Und jetzt wollen sie uns von der Landkarte streichen, als sei die Türkei ein Ungeheuer, das man um jeden Preis vernichten muß, damit es den Kopf nicht wieder erhebt. Jahrhundertelang haben sie vor uns gezittert, jetzt rächen sie sich. Aber sie machen einen Fehler, sie treiben es zu weit, sie fordern uns zum letzten Gefecht heraus: Wir haben jetzt nichts mehr zu verlieren.«

»Warum können Erwachsene nie einfach auf einfache Fragen antworten?« fragt sich Selma.

Leise, aber entschieden wiederholt sie ihre Frage.

»Sie werden von der Polizei gesucht. Was haben Sie getan?«

Der Mann sieht sie prüfend an. Sie ist noch so klein, was kann sie schon verstehen.

»Haben Sie schon einmal vom General Mustafa Kemal sprechen hören?« wagt er sich vor.

»Aber natürlich!«

Denkt er eigentlich, sie sei auf den Kopf gefallen?

»Also, ich bin einer seiner Leutnants und habe den Auftrag, mit Offizieren Kontakt aufzunehmen, die sich dem Widerstand in Anatolien anschließen wollen. Ich helfe ihnen, in verschiedensten Verkleidungen und auf den sichersten Wegen aus Istanbul herauszukommen. Aber ich bin denunziert worden. Gestern haben die Engländer das Haus, in dem ich mich versteckt hielt, umzingelt. Ich konnte über die Terrassen fliehen. Da ich nicht wußte wohin, fiel mir ein, daß Prinz Selaheddin einmal erwähnte, für Ihre Mutter habe die Türkei Vorrang vor allem anderen. Ich dachte, daß sie mir vielleicht Zuflucht gewähren und daß die Polizei es nicht wagen würde, das Haus einer Sultanin zu durchsuchen! In diesem Punkt habe ich mich allerdings geirrt. Diese Nacht ist es der Prinzessin gelungen, sie fernzuhalten, aber sie kommen wieder. Sie wissen, daß ich hier bin. Sehen Sie mal!«

Er zieht den Vorhang einer Dachluke zurück und weist auf ein Dutzend Polizisten, die vor der Eingangspforte zum Haremlik Stellung bezogen haben. Selma sieht ihn fassungslos an.

»Vor dem andern Eingang stehen noch mal so viele«, fügt er hinzu; »sie warten auf den Befehl, den Palast zu umstellen. Ich muß sofort verschwinden. Aber wie?«

Ein paar Stunden später verläßt eine Schar von Frauen in schwarzen Çarşaflar den Haremlik in Richtung Markt. Sie tragen große Weidenkörbe und unterhalten sich eifrig darüber, wo man das beste Gemüse und das saftigste Obst bekomme. An den Polizisten, die vor dem Palast Posten stehen, gehen sie vorbei, ohne sie eines Blickes zu würdigen, und biegen schwatzend in die erste Straße rechts ein.

»Allah hat den Frauen eine Zunge verliehen, die so lang ist wie der Schwanz des Teufels, und ein Gehirn, das so groß ist wie ein Reiskorn«, bemerkt boshaft einer der Polizisten.

Alle lachen schallend, um so mehr, als sie schlechter Laune sind: Sie haben den ganzen Morgen im eisigen Wind gestanden und aufgepaßt, wer an der Eingangspforte des Palastes aus und ein gehe. Aber es kam niemand außer diesen geschwätzigen alten Weibern. Wie lange müssen sie noch ausharren? Gewiß lange; die Angelegenheit ist heikel. Da die Sultanin so entschieden auftritt, besteht die Gefahr eines Skandals, den aber das alliierte Kommando vermeiden möchte. Aber wie soll man nachgeben, ohne sich lächerlich zu machen? Die Polizisten überlassen sich trüben Gedanken; ihre Zähne schlagen in der Kälte aufeinander.

Der Frauenschwarm bleibt unter einem Portalvorbau stehen. Sie scharen sich um die Älteste und helfen ihr, ihren Çarşaf zurechtzulegen, wobei sie sie schamhaft vor den Blicken der Passanten schützen ... Plötzlich geht eine Art Zittern durch all diese Schleier; dann taucht ein Mann auf, der aus dem Haus herausgekommen sein muß. Die Frauen scheinen ihn nicht zu beachten und gehen mit ihren Körben schrill lachend und plaudernd weiter. Der Mann geht über die Straße und verliert sich in der Menge.

Der Bürgersteig ist wieder leer. Aber auf dem Boden unter dem Portalvorbau liegt etwas Schwarzes: der Çarşaf der alten Frau ...

Drei Wochen später erhält Selma eine rätselhafte Karte: »Die Dachbodenratte ist wieder in ihrem Bau und dankt ihren guten Feen.«

Voller Freude verkündet sie ihrer Mutter schnellstens die Neuigkeit; diese zieht die Augenbrauen hoch.

»Woher wohl diese merkwürdige Nachricht kommt? Ich habe keine Ahnung. Sie natürlich auch nicht.«

Sie schaut ihrer Tochter komplizenhaft in die Augen, und Selma ist überglücklich: Sie teilen jetzt ein richtiges Geheimnis, ein Geheimnis, das todeswürdig ist, wenn man den Drohungen der Besatzungsmacht Glauben schenkt. Sie denkt an Halide Edib, die sich bei den nationalistischen Kämpfern in Anatolien aufhält, und hat das Gefühl, daß ihre Heldin ihr zulächelt.

XI

Der Pferdewagen holpert über den Weg aus gestampfter Erde. Man hat den Eindruck, er könnte jeden Augenblick umkippen, aber jedesmal reißt der Kutscher die Pferde heftig zurück oder peitscht sie bis aufs Blut und bringt dadurch den Wagen im letzten Augenblick wieder in seine Gewalt.

Selma wird im Wageninnern gegen ihre Tante, die Sultanin Fatma, geschleudert und lacht vor Vergnügen. Diesmal ist es wirklich abenteuerlich: Sie befinden sich weit vom Zentrum Istanbuls in fast verlassenen Vororten; wenn sie einen Unfall hätten, müßten sie die Nacht vielleicht an Ort und Stelle verbringen und, wer weiß, in einer der winzigen baufälligen Hütten um Unterkunft bitten, die das kleine Mädchen bislang nur von fern gesehen hat, die es aber schon immer gern einmal betreten hätte.

Während der mit Mademoiselle Rose unternommenen Spazierfahrten hatte sie oft versucht, diese in die ärmlichen Viertel zu locken, denn sie faszinierten sie, aber die Gouvernante wurde ärgerlich.

»Was wollen Sie denn sehen? Schmutz, Unglück? Glauben Sie mir, das ist gar nicht schön!«

Selma schweigt erstaunt: Was sie sehen will? Das weiß sie nicht genau, sie hat den Eindruck, daß da, weit entfernt vom luxuriösen Kokon, in dem sie aufwächst, das wirkliche Leben wohnt. Bei ihren Ausfahrten in die Stadt hat sie durch die vergitterten Fenster des Wagens hindurch oft halbnackte Kinder beobachtet, die schreiend um die Wette liefen. Sie beneidet sie. Ihre wilden, stürmischen Spiele gefallen ihr.

Der Pferdewagen fährt jetzt auf einer gepflasterten, von Zypressen beschatteten Landstraße; Selma muß sich sagen, daß mit einem Unfall jetzt nicht mehr zu rechnen ist. Das Kloster, das Ziel des Ausfluges, ist schon in der Nähe, und sie hält es vor Neugier fast nicht mehr aus: Ihre Tante, die diese heilige Stätte seit Jahren Woche für Woche aufsucht, nimmt sie zum ersten Mal mit. Von den drei Schwestern ist Hatice sicher die klügste, Fehime dagegen hat eine künstlerische Ader und Fatma eben einen Hang zum Mystischen.

Schon als junges Mädchen verbrachte sie Tage damit, über heiligen Texten zu meditieren und zu träumen. Auf diesem Weg wurde sie durch ihre Heirat noch bestärkt. Ihr Gatte, Refik Bey, ist Mitglied der Bruderschaft der »tanzenden Derwische«, die im 13. Jahrhundert von Djelal od-Din Rumi gegründet wurde; da die Bruderschaft auch den Frauen offenstand, hatte sich Fatma ihr natürlich angeschlossen.

Seit unvordenklichen Zeiten, erklärt sie Selma, wimmelt es in der Türkei von solchen mystischen Orden. Ihre Anhänger nennt man Sufis, was sich vom Wort Suf herleitet, dem weißen Wollstoff, in den sie sich zum Zeichen der Reinheit und des Verzichts auf das Weltliche kleiden. Ein Verzicht, der Handeln nicht ausschließt, im Gegenteil! Sie erzählt ihr von den berühmten Janitscharen, diesen Mönchen, die auch Soldaten waren und jahrhundertelang den harten Kern der osmanischen Armee bildeten. Im vergangenen Jahrhundert wurden sie dann von Sultan Mahmud liquidiert, weil sie eigentlich keine Mönche mehr waren, sondern Soldaten, deren Macht eine Bedrohung für den Thron darstellte.

Selma hört ihrer Tante aufmerksam zu. Sie versteht nicht recht, was Mystik eigentlich bedeutet, aber es gefällt ihr sehr, daß die Sultanin Fatma sie schon für so erwachsen hält, daß man es ihr erklären kann. Jedenfalls findet sie das viel interessanter als die tägliche Lektüre des Korans, zu der man sie anhält. Sie kann nicht Arabisch, und die monotone Stimme des alten Scheichs schläfert sie ein. Aber sie kommt nicht darum herum: Das heilige Buch muß in der Originalsprache gelesen werden, so, wie es Allah dem Propheten Mohammed überliefert hat, denn das Wort Gottes ist nach der Tradition wichtiger als das ohnehin begrenzte Verständnis des Menschen.

Selma träumte schon immer davon, diese berühmten »tanzenden Derwische« zu sehen. Männer, die beim Beten tanzen! Schließlich hat man ihr beigebracht, daß Tanzen unschicklich sei; sie erinnert sich nur zu gut, wie zornig ihre Mutter war, als sie von ihr eines Tages dabei ertappt wurde, wie sie zusammen mit einer kleinen Sklavin den Bauchtanz übte. Dieses Wagnis trug ihr einen dreitägigen Arrest in ihrem Zimmer ein.

Der Wagen fährt durch ein schmiedeeisernes Tor und hält in einem schattigen Garten an. Das bescheidene Holzhaus des Scheichs ist ganz von Efeu überwuchert. Die Sultanin Fatma macht ihre Nichte auf einen kleinen, etwas abseits gelegenen Friedhof mit Gräbern, auf denen fein ziselierte steinerne Turbane stehen, aufmerksam: Das sind die Grabstätten der früheren Scheichs. Sie halten inne, um die Fatihah zu beten, die dem Andenken der Verstorbenen gewidmet ist, und gehen dann durch eine von Rosenstöcken gesäumte Allee; sie führt auf den Tekke zu, ein elegantes steinernes Gebäude mit grüner Kuppel: Hier finden die Gottesdienste statt. Die Sultanin Fatma, die einen Çarşaf trägt, hüllt Selma in einen langen Schleier und führt sie zu einer Ecktür des Klosters, dem Eingang für die Frauen. Sie steigen über eine schmale Treppe auf eine runde, von Muscharabiehs umgebene Empore, wo in dünne Schleier gehüllte Frauen ganz verschiedenen Alters, jede für sich, auf ihrem kleinen Gebetsteppich ihre Gebete verrichten.

Selma rümpft die Nase, weil es so dumpf riecht, nach Schweiß, und schaut sich nach einem freien Platz um, da stürzt eine rundliche Dame herbei und küßt der Sultanin Fatma die Hand. Es ist die Gemahlin des Scheichs. Sie besteht darauf, die Prinzessinnen in die für adlige Personen vorgesehene Loge zu führen. Die Sultanin versucht, sie davon abzuhalten; sie wünscht nicht, daß die Hierarchie an einem Ort, wo sie endlich hätte aufgehoben werden müssen, aufrechterhalten wird. Aber die Gastgeberin würde so etwas nicht verstehen, und um sie nicht zu kränken, nimmt sie diese erzwungene Vorzugsbehandlung seufzend in Kauf.

Selma drückt ihr Gesicht ans Gitter und sieht hinunter in den Saal, in dem die Gottesdienste stattfinden; er ist durch Pilaster gegliedert, die mit Holzschnitzereien verziert sind. Rundherum, hinter zarten Balustraden, sind die Gläubigen versammelt. In der Mitte öffnet sich ein großer leerer Raum auf den Mirhab hin, diese geschwungene, nach Mekka ausgerichtete Mauerfläche, die etwas von einem nie erfüllten Wunsch hat.

Plötzlich wird es ganz still: Die Derwische sind erschienen.

Sie tragen weiße Gewänder mit schwarzen Umhängen und große Filzhüte. Der Scheich kommt als letzter. Sie verneigen sich alle zusammen vor dem Mirhab, und es ertönt ein getragenes Rezitativ: Ein junger Mann singt zum Ruhme des Propheten ein sehr altes Liebesgedicht, dann improvisiert der Flötenspieler eine intensive, helle, von Pauken skandierte Melodie.

Schließlich stampft der Scheich mit dem Fuß auf den Boden, und die Derwische treten vor. Langsam, zu dritt, schreiten sie den Rundsaal ab; dreimal, weil das die drei Stufen symbolisiert, die zu Gott führen: den Weg der Einsicht, den Weg der Eingebung und den Weg der Liebe. Dann lassen sie ihre schwarzen Umhänge, Symbole des Grabes, fallen und stehen in leuchtendem Weiß da. Als unbefleckte Seelen beginnen sie dann zu tanzen, langsam, die rechte Hand zum Himmel erhoben, um Gnade zu erlangen, die linke der Erde zugewandt, damit die Welt an dieser Gnade teilhat.

In diesem Augenblick beginnt auch der Scheich zu tanzen; der Rhythmus wird schneller. Dank der Ausstrahlung seines Wissens ist er die Sonne, und die Derwische drehen sich wie Planeten um sich selbst und um ihn herum; dadurch werden sie mit dem Gesetz des Universums eins. Immer schneller drehen sie sich zum reinen Klang der Ney-Flöte aus Schilfrohr, die denen, die sie verstehen, deren Wesen Hingabe und Ausrichtung auf die mystische Ekstase, auf Vereinigung mit der höchsten Wirklichkeit ist, göttliche Mysterien vermittelt.

Selma staunt sie an, wie verzaubert von der Musik und den wallenden weißen Gewändern. Sie empfindet eine unbändige Lust, mitzutanzen, in diesem Magiertanz aufzugehen; aber sie muß sich hinter den Muscharabiehs verstecken. Plötzlich ist ihr nach Weinen zumute: Da unten geht etwas ganz Wesentliches vor sich, sie aber ist davon ausgeschlossen. Eigentlich haben sie dazu kein Recht! Kein Recht, sie am Atmen zu hindern, kein Recht, sie vom Leben auszuschließen!

Bis jetzt hat sie es ertragen, daß man ihr Istanbuls Straßen, seine Gärten und das bunte Menschengewirr vorenthielt, aber nun, spürt sie, will man ihr auch Gott vorenthalten! Sie ist empört, sie ist unglücklich darüber, aber ihre Auflehnung ist ganz vergeblich …

Nach und nach verklingt die Ney-Flöte, der Wirbel kommt zum Stehen. In Heiterkeit schließen die weißen Blütenkronen sich wieder. Der Gottesdienst ist zu Ende.

Der Scheich hat sich in sein Zimmer zurückgezogen, um dort seine Schüler zu empfangen. Zu Selmas großer Überraschung werden auch die Frauen vorgelassen, und zwar unverschleiert! Der Meister ist der Meinung, daß in der durch den heiligen Tanz geschaffenen Atmosphäre freudiger Unschuld unreine Begierden nicht aufkeimen können.

Die Sultanin Fatma schiebt ihre etwas verschüchterte Nichte auf den heiligen Mann zu. Er hat auf niedrigen Polstern Platz genommen, und einer seiner Schüler wischt ihm respektvoll über die schweißbedeckte Stirn. Er ist dünn und klein und sieht aus wie jedermann. Die Ausstrahlung, die während des Gottesdienstes von ihm auszugehen schien, ist verschwunden. Das kleine Mädchen hat den Eindruck, man habe ihm etwas vorgemacht. Es steht in einem geschmacklos möblierten Zimmer einem ganz gewöhnlichen Mann gegenüber, der von seinen Anhängern mit großen Augen angestarrt wird.

Doch die Tante bedeutet Selma, sie solle dem Scheich die Hand küssen. Selma macht eine Bewegung, als wolle sie zurückweichen, beherrscht sich aber. Schließlich hat sie schon so viele Hände geküßt! Rauhe, zarte, nervöse oder weiche, trockene, parfümierte, feuchte, geizige oder generöse, sinnliche, böse, schwache oder energische, Hände, die sie liebte und respektierte und andere, die sie statt dessen lieber gebissen hätte. Trotzdem hat sie, während sie sich vor den Scheich hinkniet, das Gefühl, dies sei eine viel schlimmere Lüge als die weltlichen Heucheleien, die sie von Kindesbeinen an gewohnt ist.

Die Hand liegt auf einem samtenen Kissen und wartet auf sie, fein, weiß und zart. Selma beugt sich über sie, da dreht sich die Hand plötzlich um und bietet ihr ihre rosige Innenfläche dar. Verwirrt sieht sie zu ihrer Tante auf, die ihr zuflüstert: »Küssen Sie die Handfläche, das ist eine Ehre: Der Meister öffnet sich Ihnen, er möchte, daß Sie seinem Herzen nahestehen.«

Sie streift die Handfläche zart mit den Lippen. Als sie aufsieht, ist sie zutiefst berührt von einem intensiven Licht, das aus den Augen des Greises strahlt, einem so hellen Licht, daß sie ihren Blick nicht abwenden kann. Das übrige Zimmer ist im Dunkel versunken; plötzlich hat sie Angst.

Dann nimmt sie ihre ganze Kraft zusammen und steht schwankend auf. In einer Art Nebel nimmt sie undeutlich ihre Tante wahr und klammert sich krampfhaft an ihren Arm. Die Sultanin Fatma hat nichts bemerkt. Ja, ist eigentlich etwas vorgefallen?

Jetzt sieht der Scheich das kleine Mädchen mit dem wohlwollenden Lächeln eines verständnisvollen, nachsichtigen Großvaters an. In herzlichem Ton fordert er es auf, sich auf einen kleinen Diwan neben ihn zu setzen, wo schon zwei andere Kinder sitzen. Die Sultanin Fatma lächelt glücklich über diesen Empfang: Der Meister duldet nämlich in seiner Nähe nur die, die er schätzt, von denen er spürt, daß sie wirklich über seelische Aufnahmefähigkeit verfügen.

Plötzlich geht die Tür auf, und vier uniformierte türkische Offiziere kommen herein. Die Leute treten zur Seite, um sie vorbeizulassen, und Selma erkennt verblüfft in ihnen einige der Tänzer, die ein paar Augenblicke zuvor in der Kirche tanzten. Sie küssen dem Scheich die Hand und nehmen unmittelbar ihm gegenüber auf Kissen Platz.

Die Frau des Scheichs trägt mit einer Dienerin eine leichte Mahlzeit aus Milchspeisen und Süßigkeiten auf. Das Gespräch wird lebhafter, man diskutiert gewisse Punkte der Lehre. Ein junger Mann wundert sich, daß es das Böse gebe in einer Welt, die von einem unendlich guten Gott erschaffen worden sei. Jeder hat dafür eine andere Erklärung. Die Offiziere werden unruhig auf ihren Kissen. Schließlich hält es einer von ihnen nicht mehr aus und unterbricht: »Ein Grund für das Böse? Ist das wirklich das Problem? Tatsache ist, daß es das Böse gibt! Es wird vom Führer unserer Religion, dem neuen Scheich ül Islam, sogar gefördert!«

Alle verstummen und sehen den Offizier an, der fortfährt: »Unser Land ist in den Händen der Ungläubigen, unser Sultan und Kalif, der Führer der muslimischen Welt, ist ihre Geisel. Haben wir als Gläubige nicht die Pflicht, ihn selbst und die Türkei zu befreien, damit der Islam nicht von den Christen kontrolliert wird?«

Er wirft dem Scheich, der ernst zustimmt, einen eindringlichen Blick zu.

»Du hast recht, mein Sohn, das ist unsere erste Pflicht.«

»Also«, fährt der Offizier fort, »warum hat dann der Scheich ül Islam gerade den von Mustafa Kemal in Anatolien geführten nationalistischen Kampf öffentlich verurteilt? Warum hat er diese Fetva* verkündet, die uns zu Verrätern stempelt und dem Volk befiehlt, die Waffen gegen uns zu ergreifen?«

Es herrscht jetzt bedrückende Stille. Aller Augen sind auf den Scheich gerichtet, der seufzt.

»Du sagst, unser Sultan sei nicht frei; das stimmt ... der Scheich ül Islam ist es sicher auch nicht.«

»Dann hätte er es zumindest ablehnen können, sich überhaupt zu äußern!« entrüstet sich der Offizier.

»Ja, er hätte ... mutig sein können! Aber vielleicht ist er aufrichtig der Meinung – wie übrigens viele unserer Mitbürger –, der nationalistische Kampf sei kein Ausweg und führe nur dazu, daß man uns unvorteilhaftere Friedensbedingungen diktiert.«

»Wir werden siegen, Herr, wir haben gar keine andere Wahl! Seit der disziplinarischen Besetzung Istanbuls stoßen aus allen Landesteilen Partisanen zu uns. Sogar Frauen und junge Mädchen verlassen ihre Familie, um unsere Verwundeten zu pflegen, manche setzen Tag für Tag ihr Leben aufs Spiel, um Nachrichten zu übermitteln oder Munition zu transportieren, die in den Windeln ihrer Säuglinge versteckt ist. Und dann sind da die Patrioten, die uns auf der ganzen Wegstrecke von Istanbul bis zu unserem Hauptquartier in Sinop unterbringen, uns zu essen geben und uns verstecken.

* Religiöses Dekret, das Gesetzeskraft hat.

Dazu gehören zahlreiche Sufi-Klöster, die von der Besatzungsmacht nicht durchsucht werden.«

Er lächelt und verbeugt sich vor dem Scheich.

»Das ist für uns, wie Sie wissen, Herr, eine unendliche moralische Hilfe.«

Selma traut ihren Ohren nicht. Sie befindet sich also in einem der Zentren des nationalistischen Kampfes. Diese tanzenden Derwische, diese unterwürfigen Gläubigen, dieser Scheich, der ihr immer sympathischer wird, sind ... Sie sucht nach dem Wort, das sie am Vorabend bei ihrem Vater gehört hat ... Verschwörer! Das Wort ist für sie von einer faszinierenden Aura des Abenteuers und des Heroismus umgeben. Sie schaudert vor Freude: Das Leben wird plötzlich aufregend.

Ihre Gedanken werden von einem Bediensteten unterbrochen, der mitteilt, die Kisten seien auf Heuwagen geladen worden und die Verkleidungen für die Herren Offiziere lägen bereit.

»Gut«, sagt der Scheich, indem er sich den vier Männern zuwendet. »Ihr brecht gegen Mitternacht auf, da werden die Wachposten schläfrig. Ein Derwisch zeigt euch den sichersten Weg.«

Selma gerät ins Träumen: Kisten? Ganz sicher Waffen! Und ihr zur Seite richtige Helden, die versuchen, an die Front zu kommen! Sie ist stolz, dabeizusein. Bewundernd betrachtet sie die Männer: Wie gut sie aussehen! Es ist ganz sicher, wir werden den Krieg gewinnen!

Als wäre nichts Außergewöhnliches geschehen, wird das Gespräch fortgesetzt. Die Offiziere erzählen lachend, wie die Waffen den Engländern zum Trotz nach Anatolien kommen.

»Das türkische Volk hilft uns, aber stellen Sie sich vor: Die französischen und italienischen Soldaten helfen uns auch. Sie schäumen vor Wut auf die Briten, die alle Vorteile des Sieges für sich und ihre griechischen Schützlinge einheimsen wollen. Izmir zum Beispiel, das sie den Griechen gegeben haben, hatten sie den Italienern versprochen. Und die Franzosen begreifen jetzt allmählich, daß die Engländer, nachdem sie sich den Löwenanteil vorbehalten haben, insbesondere den Irak mit seinem reichen Erdölvorkommen, nun auch die Türkei kontrollieren wollen, von der sie ihnen lediglich Kilikien abgetreten haben! Man sagt, die Regierung Clemenceau sei so erbost, daß sie die Möglichkeit prüfe, Mustafa Kemal diskret zu unterstützen. Sie will unbedingt verhindern, daß England den ganzen Mittleren Osten annektiert. Praktische Konsequenz: Die braven Franzosen tun so, als ob sie nichts sähen, wenn wir nachts in die Waffenlager eindringen!«

»Aber sagen Sie«, fragt jemand, »wie gelangen Waffen und Munition über den Bosporus ans anatolische Ufer?«

»Die Gesellschaft der Eigentümer von Kajiks leiht uns Boote«, antwortet ein Offizier, »wir fahren nachts hinüber. Sie sind zwar fast alle Armenier, unterstützen uns aber in diesem Punkt.«

»Ist das etwa verwunderlich?« fährt ein Mann mit einem dichten weißen Bart auf. »Wir haben doch nach wie vor viele armenische Freunde, vor allem in Istanbul, wo die beiden Volksgruppen jahrhundertelang zusammengelebt haben. Sie wissen genau, daß die Massaker im Jahre 1915 im Osten des Landes zum Teil das Werk der kurdischen Stämme waren, die sich mit den Armeniern um dieselben Landstriche stritten. Aber die europäische Presse hat, offensichtlich weil man das Osmanische Reich zerstören wollte, in Schlagzeilen über einen angeblich von Istanbul ausgegangenen Befehl zum Völkermord, berichtet. In Wirklichkeit war es ein Deportationsbefehl, der allerdings unmenschlich genug war, wenn man an die Frauen und Kinder denkt, die unterwegs an Krankheiten gestorben oder verhungert sind.«

»Aber warum hat man sie deportiert?«, fragt ein junger Mann, der über seine eigene Kühnheit errötet.

»Meinst du etwa, daß eine Regierung mitten im Krieg Teile der Bevölkerung verlegt, wenn nicht zwingende Gründe vorliegen?« empört sich der alte Mann. »Die Armenier lebten in einer strategisch wichtigen Zone, an der Grenze zu Rußland, mit dem wir Krieg führten. Die extremistischen, oder sagen wir nationalistischen Elemente – denn schließlich wollten sie die Unabhängigkeit, und die Russen hatten sie ihnen versprochen – ließen die Armee des Zaren durch und führten sie gegen die türkischen Stellungen. Unsere Ostgrenze war für den russischen Eindringling ein Königsweg geworden. Talat Pascha hat den Befehl zu dieser tragischen Deportation gegeben, um das Eindringen des Feindes zu verhindern.«

Alle schweigen, in düstere Gedanken vertieft, da erhebt sich die heisere Stimme des Scheichs aufs neue: »Du bist sehr optimistisch, Cemal Bey, denn die, die uns helfen, sind nur eine Minderheit. In Wirklichkeit unterstützt die Mehrheit der Armenier die Besatzungsmacht, denn sie hoffen immer noch, dadurch die Unabhängigkeit zu erlangen. Die Armen machen sich Illusionen … Die Besatzungsmacht benutzt sie, aber sobald sie sie nicht mehr braucht, läßt sie sie fallen.«

Selma läßt sich kein Wort der Diskussion entgehen. Erst jetzt begreift sie langsam, daß sich in ihrem Land etwas Schreckliches abgespielt hat, worüber alle Stillschweigen bewahren. Als sie klein war, versteckte sie die Sachen, die sie kaputtgemacht hatte, und dachte, so sei das Problem gelöst. Offenbar verhalten sich die Erwachsenen manchmal ganz ähnlich wie die Kinder, sagt sie sich.

Die Dienerin geht mit einem Tablett herum und bietet den Gästen einen honigfarbenen Kräutertee an, eine Mischung, die hier im Kloster aus Gartenkräutern zusammengestellt und »Heiterkeitstrank« genannt wird.

Aber der Scheich sieht nach wie vor sorgenvoll aus.

»Man sagt, Mustafa Kemal sei ein Freund der bolschewistischen Regierung, er sei sogar selbst Kommunist; stimmt das?«

Einer der Offiziere lächelt ironisch.

»Kemal ist so wenig Kommunist wie ich! Egalitäre Ideen, glauben Sie mir, interessieren ihn überhaupt nicht. Er hat eher das Zeug zum Diktator. Wenn er den Sowjets schöntut, so doch nur, weil er ihre Hilfe braucht: Wir haben zu wenig Geld und Munition. Sie müssen doch zugeben, daß es besonders pikant wäre, wenn man das Kalifat mit dem Gold dieser Atheisten retten könnte!«

Alle lachen schallend, aber der Scheich ist noch nicht befriedigt. »Die Bolschewiken sind geschickt«, hakt er nach, »sie versuchen die russischen Muslime davon zu überzeugen, der Kommunismus und der Islam strebten eigentlich dasselbe an. Sie wollen das mit ein paar Versen aus dem Koran beweisen, die besagen, die Menschen seien alle gleich und die Erde gehöre einzig und allein Gott, ihre Frucht aber demjenigen, der sie bestellt. Sie haben bereits Nordpersien infiltriert, wo sich die Mullahs diese subversiven Ideen allmählich zu eigen machen. Mir scheint, daß gewisse Scheichs in Anatolien, die Kemal Pascha nahestehen, den gleichen Hirngespinsten nachhängen.«

Seine Stimme wird hart.

»Ich möchte Sie bitten, dem General auszurichten, daß er bei keiner Bruderschaft mehr Unterstützung finden wird, wenn er zuläßt, daß sich die kommunistischen Ideen in unserem Volk ausbreiten, auch wenn er dadurch die Türkei retten will.«

»Haben Sie in dieser Hinsicht keine Befürchtungen, Herr. Ich bin überzeugt, daß Kemal Pascha der erste ist, der die Kommunisten in die Schranken weist, wenn sie zu großes Gewicht erlangen.«

Es ist schon spät, und noch immer hat niemand gewagt, die wichtigste Frage zu stellen, mit der alle innerlich beschäftigt sind. Schließlich ergreift der junge Offizier, den die Feigheit des Scheichs ül Islam so empört hatte, das Wort.

»Sagen Sie uns, Herr, was sehen Sie in Ihren Träumen? Werden wir den Krieg gewinnen?«

Der Scheich ist offenbar in Gedanken versunken; Selma zweifelt, ob er die Frage überhaupt gehört hat. Ein paar Augenblicke später sagt er, gleichsam in einem Zustand der Lethargie, mit dumpfer Stimme: »Der Kampf wird lange währen. Die Türkei wird die Ungläubigen vertreiben, wird aber von ihnen besiegt werden.«

Es entsteht ein Gemurmel unter den Anwesenden.

»Wie? Erklären Sie uns das, was bedeutet das?«

»Ich kann nicht mehr darüber sagen. Militärisch wird die Türkei siegen, aber nach diesem Sieg wird Europa hier der Herr sein, es wird die geistige Führung übernehmen …«

Er schweigt erschöpft.

»Aber sollen wir dann überhaupt kämpfen?«, wirft einer der Offiziere ein.

Der Scheich hat sich wieder aufgerichtet; er schüttelt ungeduldig den Kopf.

»Warum all diese Fragen? Heute ist es eure Pflicht, alles zu tun, um das Land zu befreien. Aber morgen, Jahrzehnte später, werden unsere Kinder und Enkel wahrscheinlich mit dem Ausland einen anderen, wichtigeren, wesentlicheren Krieg führen müssen ...«

Es ist schon nach Mitternacht, als Selma und ihre Tante in den Palast zurückkehren.

XII

»Nun, bravo, meine Liebe, Seine Majestät hat endlich einmal Festigkeit an den Tag gelegt: Eben hat er Kemal zum Tode verurteilt! Denjenigen zum Tode verurteilt, den das Volk allmählich als seinen Helden betrachtet, den einzigen, der die Diktate der Besatzungsmacht zurückzuweisen wagt, den einzigen, der wieder eine Armee aufgebaut hat und kämpft! Unglaublich! Man hätte doch eher erwartet, daß unser Padişah ihm eine Auszeichnung verleiht ... Doch nein, der Sultan hört nur auf seinen Schwager, Damad Ferid, diesen Handlanger Englands: Man fragt sich wirklich, ob unsere Regierung den Interessen des türkischen Volkes oder den Interessen der Briten zu dienen gedenkt.«

Die Sultanin Hatice versteht die Beleidigung und wird bleich. Seit ein paar Wochen macht ihr Gatte immer wieder Szenen, zieht sie gleichsam für Handlungen des Herrschers zur Verantwortung. Was will er denn? Daß sie den Sultan verurteilt? Er weiß doch ganz genau, daß sie das nie tun wird. Nicht aus blinder Loyalität gegenüber der Familie, sondern weil sie überzeugt ist, daß der Padişah, dessen Intelligenz und Geschicklichkeit sie kennt, ein Doppelspiel spielt: Die Verurteilung Kemals, der Hunderte von Kilometern außer Reichweite ist, hat rein symbolische Bedeutung ... Und die Kalifatsarmee, die von Istanbul aus gegen die Kemalisten geschickt wurde, ist im Grunde nur eine Bande undisziplinierter Freiwilliger; nach ein paar aufsehenerregenden Siegen steckt sie nun eine Niederlage nach der anderen ein. Alle diese Maßnahmen sind nur dazu da, den Engländern Sand in die Augen zu streuen, damit sie sich weiter gedulden.

Dagegen wäre der Sultan den Großwesir Damad Ferid gerne los. Aber dieser Mann wird von den Briten gestützt.

Hatice bemüht sich, ruhig zu bleiben.

»Wissen Sie«, sagt sie einleitend, »was mir die Sultanin Sabiha vorgestern erzählt hat? Als Damad Ferid wieder in die Regierung berufen wurde, hat sie ihren Vater, den Sultan, aufgesucht. ›Ich verstehe das nicht‹, sagte sie zu ihm. Sie waren doch so froh, als er vor sechs Monaten ausschied?‹ ›Ah, Sabiha‹, antwortete ihr Seine Majestät, ›wenn du wüßtest ... Ich habe darauf gar keinen Einfluß.‹«

Hayri Bey verzieht verächtlich den Mund.

»Es mag sein, daß Ihr Onkel keine Macht mehr hat. Aber er könnte dieser Marionettenregierung zumindest die Anerkennung versagen!«

Selma sitzt in einer Ecke des Boudoirs und traut ihren Ohren nicht. Sie hat das ungute Gefühl, daß ihr Vater nicht auf den Sultan, sondern auf ihre Mutter böse ist. Sie sieht ihre Mutter an. Diese blickt ihrem Gatten ungerührt in die Augen.

»Hayri, glauben Sie wirklich, daß ein Herrscher sich rechtfertigen muß? Meiner Meinung nach schweigt der Padişah, um das Mißtrauen des Feindes einzuschläfern und Kemal Zeit zu verschaffen, seine Armee zu vergrößern. Das Gewicht dieser Armee ist unser größter Trumpf bei den bevorstehenden Friedensverhandlungen. Die Alliierten sind nicht erpicht darauf, wieder zu den Waffen zu greifen: Wenn sie mit einem starken Widerstand in Anatolien konfrontiert werden, sind sie gezwungen, zurückhaltende Forderungen zu stellen.«

Hayri Bey zuckt unwirsch mit den Achseln.

»Sie haben, wie immer, eine Antwort auf alles: In Wirklichkeit ist aber das Verhalten des Sultans unentschuldbar.«

Da mißt ihn die Sultanin Hatice mit einem einzigen Blick.

»Aber, mein Freund, wenn Sie dieser Meinung sind, warum kämpfen Sie dann nicht in Anatolien an der Seite des Generals? Sie könnten dadurch Ihren Mut und Ihren Patriotismus unter Beweis stellen!«

Ein hartes Knacken – der dünne elfenbeinerne Stock in den weißen Händen des Damads ist entzwei. Er wirft der Sultanin die Stücke vor die Füße und geht wortlos hinaus.

Im Laufe der hitzigen Diskussion haben sie Selma vergessen, die sich in einem Sessel verkrochen hat. Mein Gott, wie sie diese Auseinandersetzungen zwischen Vater und Mutter, die immer häufiger werden, haßt! Wenn sie sich wenigstens noch streiten würden, aber diese eisige Ironie ist viel schlimmer. Sie hat den Eindruck, daß sich zwischen den beiden eine Mauer erhebt, die Tag für Tag höher wird.

Zeynel geht mit geballten Fäusten am Westufer des Bosporus entlang, das durch die Gärten und Yalılar* sanft zum Goldenen Horn hinunterführt. Es nieselt, und ein verschwommenes Mondlicht taucht Moscheen und Paläste in ein unbestimmtes, flimmerndes Licht.

Es ist schon zehn Uhr, Mahmud wird auf ihn warten, aber ihm ist nicht mehr danach, ihn zu treffen. Es verschlägt ihm vor Empörung, vor ohnmächtiger Wut den Atem.

Wie immer hatte er sich nach dem Abendessen vor der Tür der Sultanin eingefunden, um sie zu fragen, ob sie ihn noch brauche oder ob er über die Zeit verfügen könne.

Auf der Schwelle hielt ihn eine scharfe Stimme, die er sofort als diejenige Hayri Rauf Beys erkannte, davon ab, einzutreten. Hinter der Samtportiere versteckt, wartete er mit klopfendem Herzen. Aber der Damad gab ihm keine Gelegenheit, seine Ergebenheit unter Beweis zu stellen: Er ergriff die Flucht, während ihm die Sultanin spöttisch nachsah …

»So ein Feigling!« sagt Zeynel erregt und zupft nervös an

* Mit Schnitzereien verzierte Holzhäuser.

einem Magnolienzweig herum. »Wie hat die Sultanin sich nur in einen so unbedeutenden Mann verlieben können, wieso duldet sie seine Unverschämtheit, wo er doch seine Stellung einzig und allein ihr verdankt?«

In der Ferne beginnt die Glocke einer Kirche in Pera zu läuten. Mechanisch zählt Zeynel die Schläge: elf Uhr. Er sieht Mahmuds beunruhigtes Gesicht und seine zarten Finger vor sich, die ungeduldig auf den Marmortisch des Cafés klopfen, wo sie sich gewöhnlich treffen. Zeynel hat dieses Lokal ausgewählt, weil es nur von Bewohnern der umliegenden Gegend besucht wird: sie können also von niemandem erkannt werden.

Sie treffen sich dort ein- oder zweimal wöchentlich. Manchmal aber verfällt der Eunuch in tiefe Traurigkeit, sei es, weil die Sultanin kurz angebunden, sei es, weil sie einfach gleichgültig mit ihm gesprochen hat; dann sagt er sein Rendezvous ab. Mahmud schweigt. Für seinen Geliebten ist er immer frei.

Jetzt muß er sich beeilen auf seinem Weg hinunter nach Galata, dessen rote und blaue Lichter von weitem blinken. Erst wenn er die Brücke, die zu dieser Stunde noch von fröhlichem Leben erfüllt ist, überquert hat, erst wenn er dieses Volksgewimmel hinter sich hat, erreicht er die stillen Gassen des alten Stambul.

Aber er bringt den Mut dazu nicht mehr auf ... oder vielleicht hat er keine Lust mehr. Wenn er sich diesen jungen, fügsamen Körper, diese naiven Augen, die zärtlichen Hände vorstellt, empfindet er eine Art Überdruß. Warum liebt ihn dieser Junge so sehr? Er bringt Mahmud eine gewisse Zärtlichkeit entgegen; aber Liebe, Leidenschaft ... zwischen Menschen wie ihnen! ... Das erscheint ihm lächerlich.

Er zögert. Wenn er nicht hingeht, wird der Junge leiden, was er nicht verdient ... Aber wenn er hingeht ... So erfüllt ist er an diesem Abend vom Bild der Sultanin, daß er das Gefühl hätte, sie zu verraten. Und dafür, das weiß er, würde er sich an Mahmud rächen.

Umkehren ist besser.

Zeynel, erbost über sich selbst, über den Jungen, über die ganze Welt, kehrt um, zurück zum Palast von Ortaköy.

Die Sultanin Hatice hat beschlossen, mit Selma eine Wallfahrt zur Moschee von Eyub zu machen, wo ein Standartenträger des Propheten begraben liegt. Er fiel im Jahre 670 bei der ersten Belagerung Konstantinopels durch die Muslime. Dort befindet sich auch das Schwert des Sultans Osman, des Gründers des osmanischen Herrscherhauses, mit dem sich jeder neue Sultan am Tag seiner Krönung gürtet. Die kleine Moschee an der Spitze des Goldenen Horns gilt also auf doppelte Weise als Symbol des Kampfes des Islams gegen das Christentum, und in Zeiten der Erniedrigung und des Unglücks wie dieser kommen zahlreiche Türken auf der Suche nach Ermutigung und neuer Hoffnung hierher.

Selma gefällt diese friedliche, im Grünen verborgene Kirche und ganz besonders der Friedhof, der sie umgibt und der sich bis auf die Hügel, die sich am Meer erheben, hinaufzieht. Er ist einer der ältesten der Stadt; hier ist jeder Grabstein ein Kunstwerk. Himmelwärts weisend, sind manche von feierlichen steinernen Turbanen gekrönt und besonders hoch, wenn sie alt sind oder der Tote bedeutend war; andere, neuere, tragen einfache Feze. Die Gräber der Frauen hat man mit zierlichen Füllhörnern geschmückt. Es gibt auch ganz kleine, mit einem winzigen Fez oder einer Rosengirlande verzierte Steine: das sind Kindergräber.

Fast eine Stunde lang wandeln die beiden Sultaninnen in den Alleen umher; das Mädchen träumt vor sich hin, während die Mutter auf ihrer alabasterweißen Gebetskette die neunundneunzig Eigenschaften Allahs herunterbetet. Selma hält den Atem an und versucht mit aller Kraft, die Botschaft, die der Verstorbene ihr – das spürt sie – übermitteln möchte, aufzufangen. Es gelingt ihr zwar nicht, aber sie ist überzeugt, daß sie eines Tages, wenn sie sich nur genügend Mühe gibt, verstehen wird, was die Toten den Lebenden zu sagen haben.

Verbindungen zwischen den beiden Welten sind für sie selbstverständlich, ist sie doch eingewiegt worden mit den Liedern einer üppigen Sudanesin, ihrer Amme, die die Angewohnheit hatte, mit Bäumen und Pflanzen, Reinkarnationen der Seelen der Verstorbenen, wie die brave Frau versicherte, zu sprechen. Die meisten, sagte sie, seien wohlwollend, andere aber wollten sie manchmal zu bösen Handlungen verleiten, dann müsse sie ganz laut schreien, um sie zu erschrecken.

Als sie wieder in die Stadt hinunterfahren, hat der Kutscher große Mühe, den Wagen durch die ungewöhnlich verstopften Straßen zu lenken. Die Leute scharen sich mit Zeichen äußerster Erregung um die kleinen Zeitungsverkäufer.

»Was ist denn hier passiert?«

Beunruhigt bittet die Sultanin Zeynel, sich zu erkundigen. Ein paar Minuten später kommt der Eunuch, so verwirrt, daß er kein Wort herausbringt, mit einer schwarz umrandeten Zeitung zurück. Ungeduldig reißt die Sultanin sie ihm aus der Hand: Auf der ersten Seite stehen die von den Siegermächten gestellten Bedingungen für die Unterzeichnung eines Friedensvertrages mit der Türkei. Die Sultanin überfliegt sie rasch und lehnt sich dann wieder, sehr bleich, in die Polster des Wagens zurück.

»Sie haben den Verstand verloren! Sie verlangen von uns, daß wir unser Todesurteil unterschreiben ...«

Während der übrigen Fahrt sitzt sie unbeweglich da, den Kopf zurückgelehnt, die Augen geschlossen. Selma schaut sie an und wagt nicht, sich zu rühren.

Die folgenden Tage sind schlimm. Die Bevölkerung Istanbuls ist schockiert, kann noch gar nicht an ihr Unglück glauben. Selbst die größten Pessimisten hatten sich nicht vorgestellt, daß die Alliierten dem Land so drakonische Bedingungen aufzwingen würden: Sie hatten ganz einfach die Aufteilung der Türkei beschlossen.

Ostthrazien und die blühende Stadt Izmir sowie ihre Umgebung gehen an Griechenland. Aus Ostanatolien wird Armenien; Kurdistan ist von nun an selbständig. Südanatolien wird zum französischen und italienischen Einflußbereich. Der Türkei bleibt nur noch die anatolische Hochebene mit einer Öffnung zum Schwarzen Meer hin, und Istanbul, eine kleine Enklave mit ein paar Dutzend Quadratkilometern Hinterland. Aber diese Enklave ist nicht einmal unabhängig. Und auch die Meerengen nicht, die ihren einzigen Zugang zum Meer darstellen: Sie stehen unter internationaler Aufsicht, und die osmanische Hauptstadt wird einer militärischen und finanziellen Kontrolle durch die alliierten Mächte unterworfen.

Die Lage in der Stadt ist gespannt, es kommt zu zahlreichen Demonstrationen. Diejenigen, die monatelang für eine Politik des Taktierens, der Verhandlungen waren, wagen nicht mehr, sich zu äußern. Dafür sind die Anhänger Mustafa Kemals und des bewaffneten Kampfes, kleine avantgardistische Gruppen, zur großen Mehrheit geworden. Jeden Tag strömen Hunderte von Patrioten in verschiedensten Verkleidungen an die Front. Die Zeitungen werden zensiert und liefern keine Nachrichten über die Ereignisse in Anatolien, aber jedermann spricht nur über die Kämpfe, die sich dort abspielen, und die Erfolge der Kemalisten. Der Bazar mitten im alten Viertel ist das neue Nachrichtenzentrum. Beim Einkaufen sammelt jeder seine Gerüchteernte ein.

Im Palast der Sultanin Hatice wird die Verbindung zur Außenwelt von den Eunuchen hergestellt, die genauestens über all das, worüber man spricht, berichten. Eines Tages, etwa Mitte Juni, kommt Zeynel mit leuchtenden Augen zurück.

»Die Kemalisten haben die Kalifatsarmee aufgerieben. Sie sind nur noch dreißig Kilometer von hier entfernt! … Man sagt, sie hätten die Absicht, in einer Woche in Istanbul einzumarschieren, am letzten Tag des Bayram, am Zuckerfest.«

Die Sultanin unterdrückt ein Zittern.

»Wo hast du das erfahren?«

»Vom Kutscher des wichtigsten Leitartiklers der Zeitung *Alemdar*, der es seinerseits von seiner Frau hat, die die beste Freundin einer Nichte des Großwesirs ist. Der ist offenbar sehr nervös, um so mehr, als die Engländer ihm vorwerfen, er habe sie mit seiner »unbesiegbaren« Kalifatsarmee, die überhaupt nur zwei Monate Bestand hatte, lächerlich gemacht.«

In den Augen der Sultanin flackert es ironisch. Aber ihr Triumphgefühl macht rasch der Unruhe Platz. Wenn die Kemalisten immer näher rücken, werden die feindlichen Armeen nicht tatenlos zusehen! Das würde erneut Krieg bedeuten, der noch schrecklicher wäre als der vorangegangene, denn er wäre gleichzeitig auch ein Bürgerkrieg. Er würde sich auch nicht an einer entfernten Front abspielen und Soldaten den Tod bringen, wie es das Gesetz jedes Krieges ist, er würde sich hier abspielen, sogar in der Hauptstadt selbst … Hatice stellt sich die Straßenkämpfe, die Bombardierungen der Stadt vor, Zehntausende von Toten, selbst Frauen und Kinder.

Sie schließt die Augen, sieht Istanbul, ihre so geliebte Stadt, zerstört. Zerstört der Topkapi-Palast, in dem fünfundzwanzig Sultane regiert hatten … zerstört die Marmorkioske, die Alabaster- und Porzellanspringbrunnen … zerstört Dolmabahçe, der weiße Traum am Bosporus … verbrannt die unzähligen Moscheen, der Stolz der Kalifenstadt, die Karawansereien und ehemaligen Medreseler*, all die im Laufe der Jahrhunderte geschaffenen Wunderwerke … vernichtet die Harmonie … dem Vergessen geweiht der Zauber.

An den folgenden Tagen herrscht in Istanbul eine zwischen Traum und Alptraum schwankende Hektik. Die Menschen sind überreizt, brechen irgendeiner Belanglosigkeit wegen in Gelächter aus oder geraten in Zorn. Auf den Straßen bieten Frauen unter der Hand Kokarden in den nationalistischen Farben an, die man in Erwartung des Sieges vorläufig unter dem Aufschlag des Gehrockes trägt … Die ganze Stadt lebt in äußerster Spannung, doch die Nachrichten sind unverändert: Die Kemalisten ziehen sich in Tuzla zusammen.

Das Zuckerfest beginnt, und die Truppen sind nicht weiter vorgerückt. Im Palast von Ortaköy ist man enttäuscht und erleichtert zugleich, Selma ausgenommen, die so niedergeschlagen ist, daß sie die große Zuckerpuppe, die ihr die Mutter geschenkt hat, vom Kopf bis zu den Füßen verschlingt und sich mit einer Magenverstimmung ins Bett legen muß.

* Theologische Schule, an der der Koran gelehrt wird.

»Kleine Sultanin, Kemal Pascha kommt nicht ... Die Griechen haben sechs Divisionen gegen ihn geschickt ... Seine Truppen sind nicht so stark und zudem schlecht ausgerüstet ... Sie weichen an allen Fronten zurück ...«

Wie, nur weil sie vier Tage im Bett gelegen hat, verändert sich die Welt! Krank wie sie war, hat sie nicht aufgepaßt, hat nicht gebetet, und schon werden wir von Allah verlassen, und die unbesiegbare kemalistische Armee befindet sich im Rückzugsgefecht! Selma fühlt sich verraten. Von Gott? Von den Kemalisten? Von den Griechen? Das weiß sie auch nicht so genau, aber »man« hat jedenfalls ihre Lethargie weidlich ausgenutzt!

Sie umklammert die starke schwarze Hand der Amme, die ihr diese skandalöse Nachricht überbringt.

»Komm, Dadı* wir knien uns hin ... Wir wollen beten, bis Allah gezwungen ist, uns zu erhören. Er, der Mitleidige, der Großzügige, kann doch nicht so ungerecht sein.«

Schnell, schnell die Waschung zur Reinigung des Herzens, und nun her mit dem kleinen Teppich, um den heiligen Raum des Gebetes abzugrenzen, und schon stimmen das zarte rothaarige Mädchen und die üppige Negerin Seite an Seite die rituelle Litanei an: »Es gibt keinen Gott, außer Gott, und Mohammed ist sein Prophet ... Es gibt keine Wirklichkeit als die Wirklichkeit Gottes, und alles geschieht nur durch ihn ...«

Sollte Gott diesem geschwätzigen Krämerpack, den Griechen, und diesen faden, eingebildeten Engländern gewogener sein als dem guten türkischen Volk? Selma kann es nicht glauben! Mit zum Himmel erhobenen Handflächen, der geziemenden Geste der Ergebenheit, die aber jetzt eher wie eine flehentliche Beschwörung wirkt, wiederholt sie immer wieder: »O Allmächtiger, du mußt uns helfen, du mußt Mustafa Kemal Pascha zum Sieg verhelfen!«

Doch die Zeit vergeht, und tagtäglich treffen mit unerbittlicher Regelmäßigkeit schlechte Nachrichten ein. Die Niederlage der nationalistischen Kräfte bestätigt sich, die Griechen

* Amme.

rücken blitzschnell vor. Die Städte fallen, eine nach der anderen, Akhisar, Balikesir, Bandirma ... Und dann Bursa! Die ehemalige Hauptstadt des Osmanischen Reiches, die heilige Stadt mit den Begräbnisstätten der ersten Sultane, Bursa, dieses Meisterwerk der reinsten islamischen Kunst, wo Moscheen und Paläste die Kühnheit und Kraft der Reiter verherrlichen, die vor sechs Jahrhunderten vom Osten her kamen – Bursa ist in den Händen der Ungläubigen.

Das ist für das türkische Volk ein so furchtbarer Schock wie die Einnahme Izmirs. Es war also falsch, so viel von Mustafa Kemal zu erhoffen. Man wendet sich wieder mehr dem Sultankalifen zu. Sicher wird er reagieren, seinen Kindern Trost spenden oder einen Befehl erteilen. Doch die Pforten von Dolmabahçe bleiben geschlossen, und es herrscht nach wie vor Schweigen über dem Marmorpalast.

Selma ist empört. Warum erklärt der Sultan nicht den Krieg? Die Mutter antwortet nicht auf ihre eindringlichen Fragen. Das kleine Mädchen ist so verzweifelt, daß es keinen Appetit und keine Lust mehr an Vergnügungen hat. Schließlich läßt Selma sogar die Versammlungen zum Gebet ausfallen, die sie eingeführt hatte.

Aber eines Morgens ruft sie die Kinder, die zum Palast gehören, doch wieder zusammen. Es sind die Söhne und Töchter der Verwalter und Sekretäre, aber auch der Kutscher, Garköche und Pförtner, deren Familien in kleinen, im Park verborgenen Häusern wohnen. Alle diese Kinder sind Selma treu ergeben, insbesondere Ahmet, der jüngste Sohn des Privatsekretärs Hayri Beys. Er ist erst elf Jahre alt, aber so weit seine Erinnerung zurückreicht, ist er immer heftig verliebt gewesen in die kleine Sultanin. Sobald er sie sieht, wird er rot und ist ihr völlig ausgeliefert, was das Mädchen reizt, ihn als Prügelknaben zu mißbrauchen. Aber je mehr sie ihn in der Hoffnung, auf Widerstand zu stoßen, lächerlich macht, um so trauriger und unterwürfiger sieht er sie an, um so mehr liebt er sie.

An diesem Morgen beschließt Selma vor der vollzählig erschienenen Versammlung, die Zeit der Gebete sei vorüber und von nun an wolle man Krieg spielen. Auf der einen Seite die Türken mit dem Sultan an der Spitze – sie meint damit offensichtlich sich selbst –, auf der anderen Seite die Griechen. Alle sind von dieser neuen Tagesordnung begeistert, und man zerstreut sich im Park, um dünne, geschmeidige Ruten zu suchen, die als Waffen dienen sollen. Aber als der Augenblick kommt, wo man sich für eine der beiden Seiten entschließen muß, sieht sich Selma einer unvorhergesehenen Schwierigkeit gegenüber: Keines der Kinder ist bereit, »den Griechen zu spielen«. Schmeicheleien, Versprechungen, Drohungen, nichts kann sie dazu bringen. Sie könnte heulen vor Zorn. Voller Wut zeichnet sie mit ihrer Gerte zackige Blitze auf den Boden, aber plötzlich läßt eine sanfte Stimme sie aufblicken.

»Ich spiele gern einen Griechen.«

Ahmet sieht sie mit seinen schönen, treuen Augen an. Selma hat eine Anwandlung von Dankbarkeit: Er nimmt nicht nur die Schande auf sich, um ihr zu gefallen, sondern unterdrückt dadurch die sich anbahnende Meuterei, stellt ihre Autorität wieder her. Sie lächelt ihn so gewinnend an, wie sie irgend kann.

»Gut, du bist General Paraveskopoulos. Aber wo ist deine Armee?«

Die Armee, daran hatte der Junge nicht gedacht: Er ist überglücklich, daß seine Sultanin endlich Gefallen an ihm findet; er würde mit Freuden allein gegen alle anderen kämpfen. Natürlich kann gar nicht die Rede davon sein, daß die Griechen die Türken besiegen, und noch weniger, daß er, Ahmet, diejenige, die er liebt, besiegt.

Aber so war es nicht gemeint von Selma: Ein zu leichter Sieg ist kein Sieg. »Wer will Grieche sein zusammen mit Ahmet?« fragt sie noch einmal und läßt einen gebieterischen Blick über die kleine Schar gleiten.

Zu ihrer großen Überraschung melden sich zwei schüchterne kleine Mädchen und ein dicker pausbäckiger Junge.

»Wenn Ahmet Grieche ist, sind wir es eben mit ihm zusammen«, erklären sie.

Selma mustert sie verblüfft: Warum treten sie, nachdem sie sich weder durch ihre Versprechungen noch durch ihre

Wutausbrüche dazu bewegen ließen, spontan auf Ahmets Seite? Was verschafft ihm diese Autorität? Seine Gutgläubigkeit, seine Freundlichkeit? Sie zuckt mit den Achseln: Das wäre ja absurd, das sind doch keine Führungsqualitäten! Doch es sind gerade die Bescheidensten der Bande, die sich dafür entschieden haben, ihren Prügelknaben zu unterstützen … Das irritiert sie; sie hat das Gefühl, daß sie ihr eine Lektion erteilen wollen, ohne etwas zu sagen.

Alle Kinder blicken auf sie und warten auf das Zeichen zum Kampf. Da sie nicht möchte, daß man sagt, die Türken hätten die Griechen dank ihrer Übermacht besiegt, reduziert Selma ihre Armee auf vier Soldaten – allerdings sucht sie sich die kräftigsten aus. Da jetzt endlich alles zum Angriff bereit ist, schwenkt sie ihre Gerte und schreit: »Allahu Akbar – Gott ist groß!«

Und sie stürzt sich mit ihrer Truppe auf den Feind.

Vom ersten Augenblick an ist offenkundig, daß die griechische Armee der Sache nicht gewachsen ist. Sie verteidigt sich mutig, aber die beiden Mädchen und der dicke Junge sind nicht Manns genug, den von Selma ausgewählten Burschen die Stirn zu bieten. Außerdem sind sie Griechen: Es ist also klar, daß sie zerschmettert werden. Nachdem sie sich anstandshalber gewehrt haben, ergeben sie sich unter dem Hohngeschrei der anderen.

Einzig Ahmet kämpft weiter, mit einem Ungestüm, das ihm seine Gefährten nie zugetraut hätten. Selmas Soldaten umringen ihn, aber es gelingt ihnen nicht, seine Verteidigung zu durchbrechen: Seine Gerte wirbelt blitzschnell herum und schlägt unerbittlich auf ein Bein oder eine Wange ein, die sich zu nahe heranwagt. Ahmet hat längst vollkommen vergessen, daß er den General Paraveskopoulos spielt, er ist nur noch der Ritter, der kämpft, um die Bewunderung seiner Schönen zu erzwingen.

Aber Selma ist nicht mehr Selma, sie ist der allmächtige Sultan, der Schatten Gottes auf Erden, sie kann nicht zusehen, wie ihre Truppe von diesem griechischen General in Schach gehalten wird. Sie verläßt ihre Gefangenen, stürmt vor, durchbricht die Linien und steht dem Feind von Angesicht zu Angesicht gegenüber. Sie glüht vor Zorn. Ah! Dieser Paraveskopoulos will sich der Türkei bemächtigen und ihr Volk versklaven! Seine Armee steckt die Dörfer in Brand, massakriert Frauen und Kinder, maßt sich an, Istanbul zu erobern und den Sultan zu stürzen! ... Selma schlägt, schlägt aus Leibeskräften zu. Die Türken befreien sich endlich durch einen Sturmangriff, eine grausame Tracht Prügel von der ganzen Frustration, dem monatelang aufgestauten Groll.

Plötzlich hält Selma inne. Weil ihr Arm weh tut? Oder weil sie merkt, daß das Beifallsgeschrei einer ungewöhnlichen Stille Platz gemacht hat? Der General Paraveskopoulos liegt ihr zu Füßen und hat vor Schmerz den Schluckauf. Er schützt mit seinen kleinen blutenden Händen seinen Kopf, und man sieht durch die zerfetzte Kleidung hindurch seinen von langen Striemen übersäten Körper. »Haben Sie den Verstand verloren?«

Vor Selma steht die Sultanin, kerzengerade und bleich. Sie sieht nicht zornig aus, sondern wirkt wie betäubt, als hätte sie in ihrer Tochter eine Bestie entdeckt. Ganz plötzlich kommt Selma wieder zu sich. Sie ist nicht der Sultan, und hier stöhnt, halb bewußtlos, nicht der General Paraveskopoulos, sondern ihr Freund Ahmet, und sie hat ihn umgebracht. Ganz in Tränen aufgelöst kniet sie neben dem Jungen nieder. Sie legt ihre Wange an sein glühendes Gesicht, sie streicht ihm sanft übers Haar und tröstet ihn mit zärtlichen Worten – was Ahmet nun gänzlich davon überzeugt, daß er tot und bereits im Paradies ist.

Die Kinder sehen der Szene betreten zu. Warum nur hat sich Ahmet, dieser Idiot, töten lassen? Zuerst hat er sich wie ein Löwe gewehrt, und dann, als Selma sich auf ihn stürzte, hat er sie, statt sich zu verteidigen, angestarrt und seinen Degen fallen lassen. Aber sie in ihrem Wahn merkte das gar nicht, sie schlug immer heftiger und verbissener auf den entwaffneten Krieger ein.

Man hört aufs neue die eisige Stimme der Sultanin: »Schluß mit dem Theater, begeben Sie sich sofort in Ihr Zimmer!«

Sie läßt sich nicht auf die Erklärungen Selmas ein, die ihr

schluchzend verständlich zu machen sucht, sie habe nicht Ahmet, sondern den General Paraveskopoulos töten wollen. Sie denkt nur an eines: Ihre Tochter hat einen Untergebenen, der sich nicht wehren konnte, geschlagen. Für diese schändliche Tat muß sie hart bestraft werden. Es geht um die Ehre der Familie.

Der von den Eunuchen gerufene alte Arzt des Palastes nimmt den »Leichnam« rasch in Augenschein und stellt fest, daß er zwar erbärmlich zugerichtet, aber durchaus am Leben sei. Völlige Ruhe, eine Salbe aus Königstigerfett, die gerade aus Indien eingetroffen ist, und das Kind sei bald wieder auf den Beinen.

Die folgenden Tage wird Selma in ihr Zimmer eingesperrt. Man hat ihr alle Bücher weggenommen und nur den Koran dagelassen. Sie sieht nur die Dienerin, die ihr die Mahlzeiten bringt – altbackenes Brot, das man normalerweise an die Pferde verfüttert. Die Frau hat die Anweisung, nicht mit ihr zu sprechen. Da sie aber von Selmas Angst um Ahmet gerührt ist, läßt sie sich dazu herab, beruhigend den Kopf zu schütteln. So vergehen zwei Wochen: Die Sultanin will mit dieser Strafe ein Exempel statuieren.

Eines Morgens wird Selma von einem ungewohnten Singsang geweckt. Sie horcht: Es ist der Totenruf der Muezzins, die von einem Minarett zum andern die Nationaltrauer ausrufen. Sie lehnt sich aus dem Fenster und sieht in der Ferne, wie sich die Menschen durch die Straßen drängen. Was ist geschehen? Ist der Sultan gestorben?

Die Sklavin, die ihr das Brot bringt, hat Tränen in den Augen und lehnt es diesmal nicht ab, zu antworten. Nein, der Sultan ist nicht gestorben, es ist noch viel schlimmer: Die nach Frankreich gesandten osmanischen Bevollmächtigten haben die Alliierten nicht zum Nachgeben bewegen können. Man hat sie gezwungen, in Sèvres diesen ungerechten Vertrag zu unterschreiben, von dem hier schon seit drei Monaten gesprochen wurde, wobei man es für unmöglich hielt, daß er zustande kommen würde. Ein Vertrag, der die vollständige Aufteilung der Türkei besiegelt …

Dieser Trauertag ist für Selma der Tag ihrer Befreiung. Die Sultanin befindet, ihre Tochter sei jetzt genug bestraft und die Ereignisse jedenfalls so schwerwiegend, daß alles andere lächerlich sei.

XIII

Der düsterste Winter, den Selma jemals erlebt hat, ist vorbei; der Frühling vergoldet Istanbuls Kuppeln. Nach eindrucksvollen, durch die Unterzeichnung des Vertrages von Sèvres am 10. August 1920 ausgelösten Demonstrationen gab sich die Stadt ihrer Trauer, ihrer Demütigung hin. Selbst die neuerliche Eviktion der Regierung Damad Ferids, des in der Türkei meistgehaßten Mannes, konnte sie nicht mehr aus der Reserve locken. Dieser rundliche, pompöse kleine Herr war Opfer seiner Anglophilie geworden. Das Volk verzeiht ihm nicht, daß er den niederträchtigen Vertrag unterschrieben hat, und schon gar nicht, daß er versucht hatte, seine Ratifizierung durch den Sultan zu erlangen.

Das Leben in der Stadt wird immer schwieriger. Die Bevölkerung ist ganz und gar entmutigt. Und die kemalistische Armee war zu schwach, um ihren Vorteil zu nutzen. Seit einigen Monaten mußte sie sich nicht nur gegen die Griechen, sondern gegen immer zahlreichere Banden türkischer Bauern zur Wehr setzen. Der vom Scheich ül Islam verkündete Ostrazismus verwirrte die Köpfe. Mustafa Kemal kann lange versichern, er kämpfe für den Sultankalifen; man glaubt ihm nur halb, und seither lehnen viele Dörfer eine Kooperation ab.

Kemal Pascha hatte den Plan, den für seine nationalistischen Sympathien bekannten Erbprinzen an seine Seite zu rufen, um das Vertrauen der Bevölkerung wiederzugewinnen. Aber Abdül Mecid ist ein Träumer, ein Künstler, kein Mann der Tat. Er zögert, sucht da und dort um Rat nach … Schließlich haben die Engländer Wind von der Sache bekommen und allen Ausflüchten dadurch ein Ende bereitet, daß sie das Anwesen des Prinzen durch eine Hundertschaft Soldaten umstellen ließen. Daraufhin entschließt sich sein Sohn, Omer Faruk, mit Kemal in Anatolien zusammenzutreffen. Energisch und ehrgeizig wie er ist, brennt er vor Ungeduld, sich bei der Verteidigung des Landes auszuzeichnen. Aber da er sehr verliebt ist in seine derzeit schwangere Frau Sabiha, will er die Geburt des Kindes abwarten. Als er dann aufbricht, was streng geheimgehalten wird, ist es schon Frühling.

Selma bewundert ihren »Donner-Onkel« leidenschaftlich. Die Kinder nennen den Prinzen so, weil er für seine Wutanfälle ebenso berühmt ist wie für sein angenehmes Äußeres. Mißbilligend betrachtet Selma ihren Bruder Hayri, der unerschütterlich nach wie vor Bonbons lutscht und Geige spielt.

Die besten Familien kommen nach und nach in Bedrängnis: Sie nehmen weder die Pachtzinsen der Landgüter ein, die in den unabhängig gewordenen Gebieten des Reiches liegen, noch die Mieten der von Christen bewohnten Gebäude. Seit Beginn der Besetzung vergessen die Christen zu zahlen. Selbst die Sultanin Hatice muß etwas Schmuck verkaufen, um die Lebenshaltung des Hauses aufrechterhalten zu können, und Selma wundert sich nicht mehr, wenn Memijan Ağa ihnen einen Besuch abstattet und regelmäßig mit einem Schmuckkästchen unter dem Arm verschwindet.

Glücklicherweise kommen im Frühjahr auch die Schneiderinnen. Man muß die Garderobe erneuern, vor allem die von Selma, deren etwas kurze Röcke den alten Kalfalar gar nicht mehr gefallen wollen. Das Mädchen ist bald elf Jahre alt, und diese ehrenwerten Dienerinnen haben die Sultanin davon zu überzeugen versucht, es sei nun an der Zeit, daß sie den Çarşaf tragen müsse. Aber Hatice protestierte: »Selma ist doch noch ein Kind!«

Glaubte sie das wirklich, oder versuchte sie, die Freiheit ihrer Tochter so lange wie möglich zu bewahren? Sehr laut erklärte sie, daß die kleine Sultanin den Schleier erst mit zwölf Jahren tragen werde. Sollte man ruhig deswegen über sie herziehen!

Seit einiger Zeit hat Selma die Gewohnheit, sich zurückzuziehen und zu träumen. Ihr bevorzugter Platz ist ein kleiner Kiosk aus Rosenholz. Er ist von einer Balustrade umgeben, die mit feinen Schnitzereien verziert ist, und heißt »der Pavillon der Nachtigall«, denn er liegt in einer Gegend des Parks, wo der Vogel für gewöhnlich nistet. Sie wird nicht müde, den Trillern dieses nach Liebe durstenden Vogels zu lauschen, von dem die Legende erzählt, daß er, verzweifelt über die Gleichgültigkeit der Rose, sein ganzes Leben lang singe, um sie doch noch zur Liebe zu verführen.

Es ist milde. Selma räkelt sich in ihrer ganzen Länge auf den Kelims, mit denen der Boden ausgelegt ist, und macht sich einen Spaß daraus, die Augen zusammenzukneifen und die Sonne zu zähmen. Plötzlich verdunkeln sich die Sonnenstrahlen, ein Schatten ist vorbeigegangen. Selma öffnet die Augen und sieht eine Silhouette, die auf den Palast zugeht. Sie sieht schlecht, weil sie noch geblendet ist, doch es scheint ihr, daß es ... der Donner-Onkel ist! Doch nein, unmöglich, der Donner-Onkel ist in Anatolien, er kämpft an Mustafa Kemals Seite! Selma reibt sich die Augen. Sie springt auf und schleicht auf Zehenspitzen hinter ihm her.

Als sie den blauen Salon erreicht, hört sie eine schneidende Stimme.

»Er wollte mich nicht, das ist alles!«

Es ist wirklich Prinz Faruk! Die Hände auf dem Rücken verschränkt, geht er verärgert, mit großen Schritten, im Zimmer auf und ab, und die schüchternen Fragen seiner Frau und seiner Tante reizen ihn offenbar in höchstem Maße. Plötzlich bricht es aus ihm heraus: »Wenn wir geglaubt haben, Kemal würde unsere Hilfe akzeptieren, um die Türkei zu retten, haben wir uns etwas vorgemacht! Die Hilfe von Kommunisten und Räuberbanden, ja! Aber nicht die Hilfe der kaiserlichen Prinzen! ... Man muß bedenken, daß dem Volk durchaus bewußt ist, in welchem Maße unsere Familie dem Land zu seiner Größe verholfen hat. Wenn Kemal uns mitkämpfen ließe, würden wir vielleicht einen Schatten auf seinen Ruhm werfen. Er hat uns gerufen, als er sich für verloren hielt, aber der Sieg von Inönü und seine vor kurzem geschlossene Allianz mit den Bolschewiken haben ihm aus der Patsche geholfen. Er ist der Meinung, uns nicht mehr nötig zu haben. Manche vermuten sogar, daß er versucht, uns als Verräter hinzustellen, damit er uns eines Tages ausschalten und die Macht selbst ergreifen kann. Aber das wird ihm nicht so bald gelingen!«

In seiner Empörung schlägt der Prinz mit der Faust auf einen kleinen runden Tisch, der unter dem Schlag zusammenbricht.

Er schenkt dem keine Beachtung und fährt fort: »Das türkische Volk liebt uns. Wenn Sie gesehen hätten, welchen Empfang mir die Einwohner von Inebolu bereitet haben, als ich anlegte! Die guten Leute weinten vor Freude, als ob der Sultan selbst gekommen wäre, um an ihrer Seite zu kämpfen. In den wenigen Tagen, die ich da verbrachte, um Kemals Antwort auf mein Anerbieten abzuwarten, strömten die Bauern aus allen umliegenden Dörfern herbei, um mich zu sehen, mich zu berühren, um sich zu überzeugen, daß ihr Padişah sie nicht im Stich gelassen hatte ...«

»Aber, warum zum Teufel sind Sie dann zurückgekommen?«

Der Prinzgeneral Osman Fuad, der vor ein paar Minuten eingetroffen ist, kann seine Ungeduld nicht mehr bezähmen. Er mag Berichte nicht, in denen er nicht selbst der Held ist.

Omer Faruk dreht sich langsam um und starrt seinen Vetter an.

»Und Sie, Prinz, warum zum Teufel sind Sie nicht hingefahren?« wirft er mit eisiger Stimme hin.

Die Atmosphäre ist gespannt. Die Sultanin Hatice sucht zu vermitteln.

»Ich bitte Sie!«

Sie wendet sich dem Prinzen Faruk zu und fragt mit dem Ausdruck der Bewunderung: »Und dann, Hoheit, was geschah danach?«

»Nach ein paar Tagen habe ich Nachricht von Ankara erhalten. Der General dankte mir überaus höflich, daß ich gekommen sei, und lobte meine Tapferkeit. Aber, schrieb er, er möchte nicht, daß ich mich irgendwelchen Gefahren aussetze. Ich müsse mich im Interesse der Nation für wichtigere Bestimmungen aufsparen … Kurz, eine höfliche, aber deutliche Art und Weise, meine Hilfe abzulehnen und mich nach Hause zu schicken.«

Die junge Frau des Prinzen, die Sultanin Sabiha, seufzt.

»Ich habe Angst. Der Pascha ist zweifellos ein militärisches Genie, aber er ist auch ungeheuer ehrgeizig. Ihr Bericht bestätigt die Befürchtungen meines Vaters, des Sultans. Als Seine Majestät Kemal nach Anatolien schickte, hatte er ihm vertraut. Jetzt traut er ihm alles zu.«

XIV

Die »kleine Sultanin« hat sich in letzter Zeit sehr verändert. Sie ist schon fast ein junges Mädchen. Die vierzehn Tage, die sie zur Strafe in ihrem Zimmer verbracht hatte, waren eine entscheidende Prüfung für sie. Nachdem sie viel geweint und sich gegen die, wie sie meinte, ungerechte Züchtigung aufgelehnt hatte, fand sie schließlich ein gewisses Gefallen daran, allein und unverstanden gegen alle zu stehen. Stundenlang hatte sie sich die bekannten Geschichten der Märtyrer des Islams und der Sufi-Asketen in Erinnerung gerufen, die gleichfalls von einer Gesellschaft, die sie nicht verstand, verurteilt worden waren. Die Ähnlichkeiten mit ihrer eigenen Situation, die sie dabei entdeckt hatte, machten ihr Mut und halfen ihr, die Prüfungen zu überstehen.

Sie mußte all diese Helden an ihre Seite rufen, weil sie nun an derjenigen zweifelte, die sie bis jetzt mehr als alles andere verehrt hatte: an ihrer Mutter. Ihre so vollkommene Mutter, der gegenüber sie sich so unwürdig fühlte, hatte sie ungerechterweise verurteilt …

Und dann, eines Nachts, hatte sie einen Traum. Sie befand sich in einem dunklen Gefängnis, und stieß bei jeder Bewegung mit dem Kopf gegen die Gitterstäbe. Plötzlich hörte sie eine Stimme: »Warum nimmst du diese Binde über den Augen nicht ab; du könntest dann klar sehen und würdest dir nicht mehr weh tun.«

Aber, fragte sie sich, wie sollte sie die Binde abnehmen? Sie war ein Teil ihrer selbst, mit ihren Pupillen verwachsen, so daß sie Gefahr lief, sich die Augen herauszureißen, wenn sie sie entfernte. Und sie fühlte sich verloren, war in der größten Verwirrung: War es besser, endlos, regungslos im Dunkeln zu verweilen, oder sich, ungeachtet der Gefahr, nie mehr sehen zu können, von der Binde zu befreien? Schließlich wählte sie die zweite Lösung und legte voller Entsetzen die Hand an die Binde. Zu ihrer großen Überraschung löste sie sich schon bei der ersten Berührung, und die Welt erschien ihr so, wie sie sie vorher nie wahrgenommen hatte: strahlend, verfügbar.

Am nächsten Morgen fühlte sich Selma viel besser. Die Welt leuchtete wie in ihrem Traum. Sie war nicht mehr auf Annecims Augen angewiesen, um zu sehen.

Ihre allmächtige Mutter hatte sich getäuscht, und sie, Selma, war daran nicht gestorben. Diese Entdeckung eröffnete ihr Ausblicke auf eine unbegrenzte Freiheit...

Den Kemalisten ist es ein zweites Mal gelungen, die Griechen am kleinen Inönü-Fluß zurückzuschlagen, und im Augenblick sind die Feindseligkeiten eingestellt worden. Istanbul, begeistert von diesen wenigen Erfolgen, fühlt sich berechtigt, zu feiern. Es ist Mitte April. Das Licht ist durchsichtig und die Luft seidenweich wie die Lippen eines Jünglings. Die schweren Trauben der Glyzinien, die die Fassaden des Palastes am Bosporus überziehen, verströmen einen berauschenden Duft, und die Straßen zwischen den Mauern der Gärten riechen nach Weißdorn und Jasmin-Düften, die die Sinne träge werden lassen.

Man hat wieder begonnen, die »süßen Wasser Asiens« zu befahren, und die Barken, deren Wände mit goldbesticktem, ein wenig verblichenem Samt ausgelegt sind, gleiten geräuschlos auf dem kleinen Fluß Göksu dahin, wie während der Zeit ihrer größten Pracht. Einziges Zeichen der Veränderung: es gibt weniger Ruderer, viele von ihnen haben ihren

Abschied genommen, um an den Schlachten in Anatolien teilzunehmen.

Der Fluß ist so schmal, daß die Barken, die von einer Seite zur anderen wechseln, sich berühren. Von einem zum anderen Boot werden Grüße ausgetauscht, freundliche Worte fliegen hin und her. Manchmal versucht ein kühner junger Mann den Blick einer Schönen festzuhalten. Diese versteckt sich schnell hinter ihrem Sonnenschirm, wenn sie aber zu den leichtfertigen Personen zählt, läßt sie ihren Blick träumerisch in die Ferne schweifen. Der junge Mann nimmt sodann die Blüte, die sein Knopfloch ziert, und führt sie an die Lippen. Wenn die Schöne lächelt – Zeichen größter Freiheit der Sitten –, wagt er, die Blüte auf ihre Knie zu werfen. Bevor es jedoch zu solch gewagten Gesten kommt, gilt es, eine präzise festgelegte Folge galanter Regeln einzuhalten. Spielt der Verehrer mit einem Stückchen Zucker, so heißt das: »Mein Herz verlangt glühend nach Ihnen.« Mit einer Pflaume: »Ich verzweifle vor Kummer.« Mit einem Taschentuch aus blauer Seide: »Ich liebe Sie leidenschaftlich.«

Zum ersten Mal bemerkt Selma diesen geheimen Austausch von Zeichen. Sie spürt etwas Samtweiches in ihrer Brust, und mit angehaltenem Atem, aufrecht neben ihrer Mutter sitzend, träumt sie vom kommenden Frühling.

Aber die Atempause ist von kurzer Dauer: Am 13. Juni 1921 trifft König Konstantin von Griechenland mit achtzigtausend Mann in Izmir ein. Er landet nicht im Hafen, sondern, auf die Kraft dieses symbolischen Aktes vertrauend, an dem Ort, wo auch die Kreuzfahrer gelandet sind. Sein Ziel: Ankara zu zerstören und Istanbul einzunehmen. Ist Gott nicht mit ihm? Nach einer berühmten Prophezeiung des Polen Johannes wird der allerchristlichste König noch vor Anfang Oktober in der Hauptstadt einziehen, die im Westen immer noch Konstantinopel heißt, und die Barbaren auf immer daraus vertreiben. Voller Zuversicht beginnt Konstantin am 13. August seine große Offensive gegen Ankara.

In der Stadt herrscht Panik. Die Griechen, zahlreicher und besser bewaffnet, stoßen schnell vor, die türkische Armee liefert ihnen Rückzugsgefechte. Ein Teil der Einwohner der kemalistischen Hauptstadt, darunter sogar Abgeordnete, bereiten ihre Flucht vor. Mustafa Kemal schäumt vor Wut angesichts dieser Feigheit und fordert lautstark unbeschränkte Vollmacht und den Titel des Oberkommandierenden der Armee, der bis dahin dem Sultan vorbehalten war; er mobilisiert den ganzen anatolischen Bauernstand und requiriert Männer und Frauen, um die nationalistische Armee zu unterstützen. Sein Plan: die Griechen am Sakarya-Fluß, der letzten natürlichen, weniger als hundert Kilometer von Ankara entfernten Verteidigungslinie, aufzuhalten.

In Istanbul hat die Bevölkerung alle Hoffnung aufgegeben. In den griechisch-levantinischen Vierteln von Pera hingegen läuft das Gerücht um, daß Mustafa Kemal gefangengenommen worden sei, und es wird schon Champagner entkorkt. Die Restaurants und Kabaretts sind Tag und Nacht geöffnet und immer voll. Besonders das berühmte Rose Noire, das luxuriöseste Nachtlokal der Stadt, wo schöne Russinnen – Emigrantinnen mit blauem Blut in den Adern, wie es heißt – in ungemein distinguierter Haltung Getränke servieren und bis zum Morgengrauen mit den Gästen tanzen.

Zweiundzwanzig Tage und Nächte lang bieten die kemalistischen Truppen dem Angreifer die Stirn. Ein wilder, verzweifelter Kampf. Jedermann ist klar, daß die Zukunft des Landes von ihm abhängt. Am 11. September flieht die griechische Armee: Die Türkei ist gerettet!

Aber der Krieg ist noch nicht zu Ende. Außer der Hauptstadt ist die Hälfte der Türkei noch besetzt. Aber die ausländischen Regierungen beginnen zu begreifen, daß der Wind von einer anderen Seite her weht. Paris schickt unverzüglich seinen charmanten Botschafter, Franklin Bouillon, um mit Mustafa Kemal zu verhandeln. Im Gepäck hat er das Versprechen, daß Frankreich seine Truppen aus der Provinz Kilikien abziehen werde, und, zum großen Ärger Londons, ein Friedensangebot.

Es vergehen Monate. Kemal Pascha verstärkt in aller Ruhe seine Armee. Die Griechen treffen ihrerseits Vorbereitungen. Aber die öffentliche Meinung in Athen steht einer Weiterführung des Krieges immer feindlicher gegenüber, und in den Schützengräben macht sich Mutlosigkeit breit.

Endlich, am 26. August 1922, nachdem fast ein Jahr lang kein Schuß gefallen ist, hört man, daß die türkische Armee angegriffen hat. Unter Rufen wie »Soldaten, vorwärts: euer Ziel ist das Mittelmeer«, rückt sie in Richtung Izmir vor; die griechischen Einheiten strömen aufgelöst zurück.

Istanbuls Einwohner wagten kaum daran zu glauben, aber bald trifft die Bestätigung ein, daß die Städte Aydin, Manisa und Usak befreit sind. Da bricht frenetische Begeisterung aus.

Der Sultan, der im Palast von Yildiz residiert, da er den Luxus von Dolmabahçe mißbilligt, verbringt seine Tage im Gebet. Er unterbricht nur, um seinen Privatsekretär nach Neuigkeiten auszuschicken: Wie weit sind die nationalistischen Kräfte vorgestoßen? Nähern sie sich Izmir? Sind sie wirklich auf dem Siegesmarsch?

Am 9. September heißt es, daß die Truppen des Generals in Izmir einmarschiert seien, wo es inzwischen keinen einzigen griechischen Soldaten mehr gibt. Die Menschen umarmen sich schluchzend auf den illuminierten, mit Wimpeln und Fahnen geschmückten Straßen. Nach zwölf Jahren des Unglücks und der Demütigung kann das türkische Volk endlich wieder das Haupt erheben. Diesmal ist der Triumph total, der Krieg ist aus. Vierzehn Tage später verläßt die griechische Flotte Istanbul, und am 11. Oktober wird der Waffenstillstand unterzeichnet, um den diesmal die Besatzungsmächte nachgesucht hatten.

XV

Selma ist schlechter Laune. Gestern hat sie ihren zwölften Geburtstag gefeiert. Der unglücklichste Tag ihres Lebens!

Unter den vielen Geschenken, die sich in ihrem Zimmer anhäuften, hatte sie auch eine große Schachtel gefunden, die ähnlich aussah wie diejenigen, die ihre Mutter aus Paris bekam, wenn sie sich Kleider schicken ließ. In fieberhafter Eile hatte sie mit geschlossenen Augen den Deckel abgehoben und, nachdem sie sie wieder geöffnet hatte, ... einen Çarşaf aus türkischer Seide mit einem dazu passenden Musselinschleier darin gefunden.

Es hatte ihr die Kehle zugeschnürt, und die Tränen waren ihr gekommen. Sie hatte sich abgewandt und es trotz des Zuspruchs der Kalfa, die sie zu dieser Erhebung zur Würde einer Frau beglückwünschten, abgelehnt, dieses »wandernde Gefängnis« anzuprobieren.

Sie nimmt es ihrer Mutter übel, daß sie den Bräuchen gefolgt ist, um so mehr, als der Çarşaf immer weniger getragen wird; zwar nicht in den Kleinstädten, aber zumindest in Istanbul. Die eleganten Damen haben das weite Kleidungsstück in ein knapp anliegendes Deux-pièces umgewandelt, wobei der kokett seitlich geraffte Schleier nichts weiter mehr ist als ein überaus anmutiger Schmuck.

»Das sind liederliche Weiber, Frauen, die ein anrüchiges Leben führen«, empören sich die Kalfalar, »oder, schlimmer noch, Intellektuelle, Revolutionärinnen wie diese Halide Edib und Konsorten ... Unter dem Vorwand, ›die Frau zu befreien‹, laufen sie mit entblößtem Gesicht und in Röcken herum, die die Knöchel oder sogar die Waden freilassen! ... eine Sultanin kann sich zu so etwas nicht hergeben ... Sie hat die Moral und die islamischen Traditionen zu wahren.«

Die Moral! Was hat die Moral mit all dem zu tun? Warum ist es unmoralischer für eine Frau, ihr Gesicht und ihr Haar zu zeigen, als für einen Mann? Selma kann ihren Zorn nicht zügeln.

Sie greift mit dem Eifer eines Neophyten wieder zum Koran – inzwischen kann sie genug Arabisch. Sie verbringt Tage damit, alle Verse nachzulesen, die die Frauen betreffen. Nirgends, absolut nirgends wird gesagt, die Frau solle ihr Gesicht oder ihr Haar verhüllen, während die Scheichs versichern, es zu zeigen sei Sünde! Im Koran wird lediglich ein zurückhaltendes Benehmen gefordert. Selma ist wütend. Selbst der Prophet verlangte von seiner Frau Aysha nicht, sich zu verschleiern, und er nahm sie zu Abendeinladungen mit, bei denen sie sich in aller Freiheit mit Männern unterhielt. Und Sokaina, Mohammeds Urenkelin, weigerte sich standhaft, den Schleier zu tragen: »Das hieße, Gott lästern!« sagte sie. »Wenn er mir Schönheit verliehen hat, so nicht, damit ich sie verberge!«

Um sie herum vibriert die Stadt in einer Atmosphäre der Freiheit. Zum ersten Mal seit langer Zeit atmen Istanbuls Einwohner unbeschwert: Sie können der Zukunft endlich wieder ins Auge sehen.

Das junge Mädchen spürt diese freudige Lebenskraft, die sich in den Menschen regt, in ihrem ganzen Körper wie eine brausende Welle, die gegen die geschlossenen Dämme der Schicklichkeit anrennt, wie einen reißenden Wildbach, der gegen die seidenbespannten Wände des Palastes, gegen die raffinierte Höflichkeit der Kalfalar, das duldsame Lächeln der Mutter brandet. Sie hat das Gefühl, zu ersticken.

Jetzt sitzt sie in einer Ecke des kleinen rosa Salons und läßt sich ihre Probleme durch den Kopf gehen, während die Sultanin sich über ihren Schreibtisch beugt und einen Brief beendet; es hat den Anschein, als bemerke sie die schlechte Laune ihrer Tochter nicht.

Plötzlich hört man eilige Schritte, und Hayri Bey stürzt unangemeldet in den Salon.

»Unglaublich! Es ist unglaublich!« stammelt er.

Die Sultanin wirft ihm einen unruhigen, forschenden Blick zu, während er sich in einen Sessel fallen läßt.

»Stellen Sie sich vor, die Große Nationalversammlung in Ankara hat die Abschaffung des Sultanats beschlossen!«

Hatice springt auf.

»Sie meinen wohl die Absetzung Seiner Majestät, des Sultans Vahiddedin?«

»Nein. Die endgültige Abschaffung des Sultanats!«

Er betont jede Silbe.

»Von nun an gibt es keinen Sultan mehr in der Türkei, es bleibt nur noch ein Kalif übrig, ein religiöser Führer, der gar keine politische Macht mehr hat. Sehen Sie!«

Er hält seiner Frau einen Packen Zeitungen hin, die die

Neuigkeit in Schlagzeilen verkünden. Sie überfliegt sie und zuckt die Schultern.

»Unmöglich! Diese Maßnahme wird niemand akzeptieren. Im Islam sind politische und religiöse Macht nicht voneinander zu trennen.«

»Genau das hat die Mehrheit der Abgeordneten eingewendet«, antwortet Hayri Bey, den die Gelassenheit und Ruhe seiner Frau irritiert. »Die Konservativen, sogar die gemäßigten, teilen Kemals Ansicht nicht. Sie wollen eine von den Nationalisten kontrollierte konstitutionelle Monarchie.«

»Wieso haben sie nicht entsprechend abgestimmt, wenn sie in der Mehrheit sind?«

»Eben ... Angesichts ihrer Opposition hat Kemal zu einem richtigen Gewaltstreich ausgeholt. Er hat die Rednertribüne betreten und ... ich lese Ihnen wörtlich vor, was er gesagt hat: ›Es wäre angebracht, daß alle Mitglieder dieser Versammlung diesem Punkt *(der Abschaffung des Sultanats)* zustimmen. Im gegenteiligen Fall würde sich nichts an den unumstößlichen Gegebenheiten der politischen Realität ändern, aber es könnten Köpfe rollen ...‹* Daraufhin haben seine Gegner geschwiegen. Sie wissen, daß der Pascha es ernst meint. Seit Beginn des Bürgerkrieges sind schon genug Köpfe gerollt. Ein Abgeordneter ist sogar so weit gegangen, zu erklären: ›Entschuldigen Sie, wir hatten die Frage unter einem anderen Gesichtspunkt betrachtet. Jetzt wissen wir, woran wir sind.‹ Die Hunde haben einfach Angst! Ein paar Stunden später hat die Nationalversammlung die Abschaffung der Monarchie beschlossen. Einstimmig.«

Selma hört fassungslos zu. Kein Sultan mehr? Was bedeutet das? Ein Land ohne Herr, wo jeder macht, was er will? Unmöglich! Ein Land, das von Mustafa Kemal regiert wird? Aber dann ... In ihrem Kopf blitzt plötzlich eine Hoffnung auf: Wenn Mustafa Kemal der neue Sultan wird, muß sie vielleicht diesen abscheulichen Çarşaf nicht mehr tragen? Latife Harum, seine Frau, trägt ihn nie, auch seine Freundin Halide Edib nicht, überhaupt keine der Frauen in seiner Um-

* Vgl. Lord Kinross: »Atatürk«.

gebung. Sie sind frei, können sich nach Lust und Laune kleiden, können ausgehen, wann sie wollen.

Und plötzlich wünscht Selma von ganzem Herzen, daß die Nachricht, die ihr Vater gebracht hat, stimmt, daß es nie mehr einen Sultan geben wird und daß Kemal Pascha das Land regiert. Da betritt die Schmetterlings-Sultanin den Salon. Sie kommt aus dem Yildiz-Palast, wo sie der Hauptfrau Seiner Majestät einen Besuch abgestattet hat.

»Die Kadın ist in größter Unruhe. Der neue Gouverneur, Refet Bey, ist heute nachmittag gekommen, um dem Padişah seine Absetzung bekanntzugeben. Seine Majestät hat ihm geantwortet, daß er dem Thron nie entsagen werde. Nun fragen sich alle, was geschehen wird. Mustafa Kemal ist kein Mann, der sich Herausforderungen gefallen läßt. Zu welchen Pressionen wird er greifen? Seine Majestät hält alles für möglich ... Man hat ihm sogar zu verstehen gegeben, sein Leben sei in Gefahr.«

»Die sind imstande und ermorden ihn und uns alle dazu«, unterbricht Hayri Bey düster. Kemals Freunde, die Bolschewiken, haben schließlich auch keine Skrupel gehabt, die russische Kaiserfamilie hinzumorden. Diese Unmenschen haben ja nicht einmal die Kinder verschont!«

Selma traut ihren Ohren nicht. Wie, die Goldene Rose, der Pascha, für den sie und ihre Familie so gebetet haben? Sie ermorden? Unmöglich!

»Aber die Zivillisten werden abgeschafft«, stöhnt die Schmetterlings-Sultanin, »wovon wollen wir denn in Zukunft leben?«

»Dann kaufen Sie eben weniger Spitzen, voilà!« antwortete die Sultanin Hatice trocken. »Im übrigen fürchte ich, daß Sie sie auch nicht mehr brauchen ...«

Und um weiteren Kommentaren vorzubeugen, vertieft sie sich wieder in ihre Stickerei.

Am folgenden Freitag beschließt die Sultanin Hatice, am Selamlik-Gottesdienst in der Hamidie-Moschee teilzunehmen. Der Padişah ließ mitteilen, daß er wie üblich hingehe, und sie legt Wert darauf, sich im Unglück solidarisch zu zeigen.

Als sie sich anschickt, in Begleitung Selmas, die in ihren Çarşaf gehüllt ist, in das dunkelgrüne Kupee mit dem kaiserlichen Wappen zu steigen, wagt der Kutscher Mehmet zu bemerken, in diesen schwierigen Zeiten wäre es vielleicht angebracht, eine Droschke zu benutzen. Die Sultanin wendet sich um und funkelt ihn an.

»Vor ein paar Wochen bist du noch so stolz gewesen, ein kaiserlicher Kutscher zu sein, und jetzt hast du Angst? Gut, geh! Ich halte dich nicht zurück. Der Verwalter wird dir deinen Lohn auszahlen.«

Der Mann versucht sich zu rechtfertigen.

»Entschuldigen Sie, Sultanin, ich habe kleine Kinder, ich kann mir nicht leisten, sie zu Waisen zu machen.«

Die Prinzessin hat sich beruhigt.

»Es ist gut, Mehmet, geh nach Hause, aber schick mir vorher den anderen Kutscher.«

Der Mann wird rot und beginnt immer ärger zu stottern.

»Nämlich, Hoheit, er hat eine alte Mutter und er ist ihre Stütze … Er ist schon gegangen, gestern.«

Hatices Augen blitzen.

»Ohne mich zu benachrichtigen?«

»Er hat es nicht gewagt. Er hat sich geschämt, weil Sie immer so gut zu ihm gewesen sind …«

»Ich sehe, wir haben keinen Kutscher mehr. Glücklicherweise ist Zeynel noch da. Er wird uns fahren.«

Die Sultanin zieht mit einer großen Geste den Schleier über ihrem Haar zurecht und steigt majestätischer denn je in das Kupee.

Die Hamidie-Moschee ist nur zwei Kilometer entfernt. Es ist so Brauch, daß die Frauen in ihrem Wagen, der vor dem Hof hält, an dem Gottesdienst teilnehmen. Als Selma und ihre Mutter eintreffen, haben sich die Pforten des Yildiz-Palastes gerade geöffnet. Der Herrscher erscheint in einem offenen Wagen, der von zwei Pferden gezogen wird, die im Schritt gehen. Ihm folgen zu Fuß drei Adjutanten, vier Sekretäre und ein paar schwarze Eunuchen; kein Minister, kein Würdenträger. Selma beobachtet das alles niedergeschmettert.

Das soll ein Selamlik sein? Sie ruft sich die großartigen Zeremonien von einst in Erinnerung, als die mit Gold und Orden übersäten Wesire und Paschas, die Prinzen, die Damadlar und die hohen Würdenträger zu den leuchtenden Klängen des Kaisermarsches langsam hinter der Kutsche des Sultans herschritten. Heute ist alles grau und trist wie bei einem Begräbnis. Wo ist die Fanfare? Wo sind die Lanzenreiter in ihren schönen blauen Dolmanen, wo die verschiedenen Armeekorps, die Spaliere bildeten und strammstanden beim Eintritt des Herrschers und ihn mit dem traditionellen Ruf begrüßten. »Allah verleihe unserem Padişah langes Leben!«?

Es sind nur ein paar Wachposten da, die schweigen.

Sultan Vahiddedin in Generalsuniform ohne jeden Orden steigt langsam aus dem Wagen, als würde es ihm ungeheure Mühe bereiten, sich zu bewegen. Er ist so abgemagert, sieht so erschöpft aus, daß Selma sich fragt, ob er krank ist. Sie erkennt ihn kaum wieder: Er ist in ein paar Monaten zum Greis geworden.

Er geht in sich selbst versunken auf die Moschee zu. In diesem Augenblick ertönt der Ruf des Muezzins. Der Sultan bleibt stehen: Er horcht auf die Stimme, die die Gläubigen zum Gebet ruft: »Im Namen des obersten Glaubensführers, des Kalifen ...«

Zum ersten Mal seit Jahrhunderten ist der Titel des Herrschers des Osmanischen Reiches nicht erwähnt worden.

Vahiddedin zieht seinen langen Hals zwischen die schmalen Schultern, als wäre ihm plötzlich kalt, und betritt die Moschee.

Bestürzt von der tragischen Erscheinung des abgesetzten Sultans und der unendlichen Traurigkeit der Szene, sitzen Selma und ihre Mutter schweigend im Kupee, das sie zurückbringt. Jedes Wort wäre zuviel.

Sie sind nur noch ein paar hundert Meter vom Palast entfernt, als am Straßenrand zwei Männer auftauchen. Die Pferde scheuen, und Zeynel muß sie aus Leibeskräften an den Zügeln zurückreißen, um sie wieder in die Gewalt zu bekommen. Der Wagen bleibt kreischend stehen. Während einer der Männer einen Revolver auf den Eunuchen richtet, nähert sich der andere, der eine zerrissene Hose und einen Militärkittel trägt, dem vergitterten Fenster des Kupees.

»Verräterinnen! Bald werden wir euch umbringen«, brüllt er den Frauen im Wageninnern zu, die er im übrigen gar nicht sehen kann. »Es lebe Mustafa Kemal!«

Gaffer haben sich versammelt und beobachten die Szene verblüfft, da donnert plötzlich eine Stimme: »Zurück, ihr Strolche!«

Ein etwa sechzigjähriger Mann, ein Riese in weiten Pumphosen und im kurzen Kittel der anatolischen Bauern kommt auf sie zu. Sein Gesicht ist feuerrot vor Wut.

»Ihr Schweine! Wie könnt ihr es wagen, euch an Frauen zu vergreifen, und an der osmanischen Familie, der euer Land und euer Kemal alles verdanken! ... Entschuldigt euch augenblicklich, oder ich murkse euch ab!«

Die Menge nimmt das beifällig auf und schart sich um die beiden Männer. Es sind offensichtlich Nationalisten, die noch nicht lange in der Stadt sind; sie zögern. Zeynel nutzt das aus und schlägt heftig auf die Pferde ein, die davongaloppieren.

Alles hat sich so schnell abgespielt, daß Selma nicht einmal Zeit gehabt hat, zu erschrecken. Aber dieser Mann hat ein Wort gebraucht, das sie zutiefst verletzt hat: Verräterinnen! Diesen Ausdruck der Geringschätzung und des Hasses kennt sie recht gut, denn sie hat ihn in Verbindung mit osmanischen Untergebenen, die mit der Besatzungsmacht gemeinsame Sache gemacht hatten, gehört. Aber sie, Selma, und ihre Familie, Verräter? ... Daß man ihr eine solche Beleidigung ins Gesicht sagen konnte, bringt sie aus der Fassung.

Sie sieht ihre Mutter an.

»Annecim, warum hat er uns ...«

Sie ist selbst überrascht von ihrer rauhen, zitternden, beinah ersterbenden Stimme. Das Wort will ihr nicht über die Lippen. Sie nimmt sich zusammen.

»... ›Verräterinnen‹ genannt?«

Die Sultanin fährt zusammen. Sie sieht ihre Tochter so traurig an, daß diese sich schämt, als ob ihre Frage nach dem Grund der Beleidigung die Beleidigung wiederholt hätte.

Verstört senkt sie den Blick; da hört sie die sehr sanfte Stimme ihrer Mutter: »Wissen Sie, Selma, wenn man stürzt, gibt es immer Schwache, die Beifall klatschen und einem noch einen Fußtritt geben. Aber bedenken Sie auch, daß die osmanische Familie trotz all ihrer Schwächen und Fehler nie Verrat geübt hat. Diese Idee ist ganz absurd: Die Größe der Türkei ist die unsere; wenn wir sie verraten würden, würden wir uns selbst verraten.«

XVI

Am folgenden Freitag regnet es heftig in Istanbul, und Selma vermutet, daß sie mit ihrer Mutter wohl nicht zum Selamlik fahren werde. Sie gähnt ausgiebig, ohne die Hand vor den Mund zu halten; es ist niemand im Vestibül, und sie nutzt das mit Vergnügen aus, um die geheiligten Gesetze der Schicklichkeit zu übertreten. Plötzlich taucht Zeynel auf und läuft auf die Gemächer der Sultanin zu. Selma ist verblüfft, denn sie hat noch nie erlebt, daß sich der Eunuch so würdelos bewegt. Sie springt auf.

»Ağa, was ist los?« ruft sie.

Er hat sie nicht gehört. Sie fängt nun ihrerseits an, hinter der sich entfernenden Gestalt herzulaufen, und kommt in dem Augenblick ganz außer Atem auf der Schwelle des Boudoirs an, als Zeynel gerade schwankend sein drittes Temenah absolviert: »Sehr verehrte Sultanin ...«

Er keucht und rollt verzweifelt die Augen.

»Sehr verehrte Prinzessin ...«

Er öffnet den Mund, aber die Worte wollen nicht heraus; plötzlich bricht er in Schluchzen aus.

Die Sultanin winkt, man solle ihm einen Sessel bringen und ihm das Gesicht mit kühlem Minzenwasser besprengen; dann wartet sie ruhig, bis er sich wieder gefaßt hat.

Ein paar Minuten später hat der Eunuch seine Beherrschung wiedergefunden. Aufrecht, mit vor dem Bauch gefalteten Händen und gesenkten Lidern murmelt er, wobei er noch an allen Gliedern zittert: »Seine Majestät der Sultan ... ist geflohen! Seine Majestät hat Istanbul diesen Morgen zusammen mit seinem Sohn, dem Prinzen Ertuğrul und neun Mitgliedern seines Gefolges verlassen. Sie haben sich auf einen englischen Panzerkreuzer, der Malaya, eingeschifft.«

Er läßt den Kopf hängen, und die Tränen laufen ihm über seine schöne Stambulin aus schwarzem Tuch.

Am folgenden Tag finden sich in den Istanbuler Zeitungen Einzelheiten und Kommentare über die »Flucht«. Die Sultanin liegt auf dem Diwan und läßt sich von einer Sklavin den Nacken massieren. Sie hat Zeynel gebeten, ihr jeden Artikel von der ersten bis zur letzten Zelle vorzulesen.

Fast alle Berichterstatter schreiben, nachdem sie sich in den exaltiertesten Tönen über diese »unwürdige Flucht« auf einem »englischen Schiff« empört haben, die auf unwiderlegbare Weise das heimliche Einverständnis des Padişahs und der Feinde der Türkei beweise, der Herrscher habe in seinen Koffern Juwelen mitgenommen, die zum Staatsschatz gehörten. Der Gouverneur von Istanbul hat übrigens die Pforten des Yildiz-Palastes versiegeln lassen, um eine genaue Inventarisierung dessen vorzunehmen, was etwa verschwunden sein könnte. Manche Journalisten behaupten sogar, der Sultan habe die Reliquien des Propheten Mohammed mitgenommen. Ohne diese Reliquien, klagen sie, verliere die Türkei das Recht, den Kalifen des Islams einzusetzen. Sie verliere dadurch die Vorrangstellung, die sie in der muslimischen Welt seit fünf Jahrhunderten eingenommen habe.

Selma sieht ihre Mutter konsterniert an: Das kann der Sultan doch nicht getan haben? Aber Zeynel zählt mit monotoner Stimme unerbittlich weitere Missetaten auf, die man dem Flüchtling anlastet.

Plötzlich ist es still. Selma öffnet die Augen und erblickt Nessim Ağa, den vom Sultan Vahiddedin besonders geschätzten schwarzen Eunuchen, der gerade hereingekommen ist. Warum ist er nicht mit seinem Herrn zusammen aufgebrochen? Die Sultanin hat sich mit einem Hoffnungsschimmer in den Augen aufgerichtet.

»Gesegnet sei Gott, der dich schickt, Ağa!«

Und um in einer Welt, wo alles aus den Fugen ist, ihre Dankbarkeit gegenüber einem treuen alten Diener zu unterstreichen, bittet sie ihn, sich zu setzen. Aber er bleibt lieber stehen: Gerade jetzt, wo die kaiserliche Familie der Verachtung und Verleumdungen ausgesetzt ist, will er ihr besondere Achtung erweisen.

Der Eunuch erzählt mit Tränen in den Augen: »Am Abend vor seiner Abreise hat mich der Herr gerufen. Er hat mir sein großes Geheimnis anvertraut und mir befohlen, ein paar Koffer zu packen. Ich habe gewagt, ihm ins Gesicht zu blikken; seine Augen waren gerötet. Er sagte zu mir: »Sei sparsam, pack wenig ein.« Ich habe nur sieben Anzüge genommen und, wie er es wünschte, die Galauniform, die er am Tage seiner Krönung trug. Er bat Omer Yaver Pascha um eine Gesamtabrechnung über das Geld, das er besitze, und sagte halb lachend und halb weinend zu mir: »Du wirst in ein paar Tagen nachkommen, mein Nesim, aber mach dich auf große Entbehrungen gefaßt, denn Gott ist mein Zeuge, daß ich nicht Mittel genug habe, um meine ganze Familie zu erhalten. Aber gib mir vor allem dein Wort, daß das niemand erfährt, denn das Volk mißt unsere Ehre an unserem Geld.«

»Seltsam«, denkt Selma, »Annecim sagt immer, die Ehre habe mit Reichtum nichts zu tun.« Was der Sultan da sagte, erstaunt sie aufs Höchste: Ob er vielleicht recht hatte?

Der Eunuch fährt fort: »Erinnern Sie sich, Effendemiz, an das goldene Schreibzeug und die mit Rubinen eingelegte Zigarettenspitze, die unser Padişah gewöhnlich benutzte? Am Abend vor seiner Abreise befahl er Yaver Pascha, sie in den Staatsschatz zurückzulegen und ihm die Quittungen auszuhändigen. Zekki Bey und Hauptmann Richard Maxwell, die anwesend waren, wunderten sich sehr. Sie rieten Seiner Majestät, ein paar kostbare Gegenstände mitzunehmen, um im Ausland überleben zu können. Da wurde unser Herr ganz bleich. »Ich danke Ihnen für Ihre Anteilnahme«, sagte er in eisigem Ton zu dem Hauptmann, »aber was ich bei mir habe, genügt. Die Gegenstände, die sich im Palast befinden, gehören dem Staat!« Am Tag seiner Abreise hatte er nur 35 000 Pfund Sterling in Wechseln bei sich.«*

»Das stimmt, ich kann das bestätigen.«

Alle drehen sich um. Auf der Schwelle steht der Prinzgeneral Osman Fuad in Begleitung eines hochgewachsenen Offiziers in Uniform. Der letztere hat sich auf so unkonventionelle Weise ins Gespräch eingemischt.

Die Sultanin tastet unwillkürlich auf dem Diwan nach einem Musselintuch, um ihre üppige Haarpracht den Augen des Fremden zu entziehen. Da sie es aber nicht findet, zuckt sie unmerklich die Schultern: Welche Bedeutung kann das nach alledem noch haben! Die Ereignisse sind zu gravierend, als daß man auf Förmlichkeiten noch Rücksicht nehmen könnte. Zudem kommt ihr der Mann bekannt vor, der nun mit gesenkten Lidern im Hintergrund des Raumes steht, verwirrt durch seine eigene Kühnheit. Selma hilft ihm aus seiner Verlegenheit.

»Annecim, erinnern Sie sich noch, das ist doch die Dachbodenratte!«

Das junge Mädchen hat zwar einen Augenblick gebraucht, um den kräftigen Mann zu identifizieren, der ihren Onkel begleitet und wenig gemein hat mit dem Flüchtling, dem sie seinerzeit Obdach gewährten. Aber dann hat sie ihn an seinen dunkelgrünen Augen mit den langen schwarzen Wimpern erkannt – Mädchenaugen, hatte sie damals gedacht.

Prinz Fuad kann sich in Entschuldigungen nicht genugtun.

»Verzeihen Sie bitte unser Eindringen, Sultanin, aber der Palast ist vollkommen verlassen, wir haben niemanden gefunden, der uns anmeldet. Und mein Freund, Hauptmann Karim, hat über die Abreise Seiner Majestät erstaunliche Einzelheiten zu berichten, so daß ich Wert darauf legte, daß er sie Ihnen persönlich mitteilt.«

»Sie haben recht gehabt, mein Neffe. Der Hauptmann und

* Nessim Ağa: »Erinnerungen«.

ich sind übrigens alte Bekannte«, lächelt die Sultanin und amüsiert sich über die verdutzte Miene des Prinzen.

Für ihr Leben gern schockiert sie ihr Gegenüber – auch das ist eine Art, wie man den strengen Regeln der osmanischen Gesellschaft ein Schnippchen schlagen kann; sie hat es immer für nötig gehalten, diesen Regeln zu folgen, für ebensonötig aber, sie in einigen Fällen zu verletzen. Sie bittet die beiden Männer, Platz zu nehmen, und beauftragt eine Sklavin, Sorbet zu holen. Auf der Schwelle des Todes, denkt Selma, serviert Annecim ihren letzten Besuchern Sorbet.

Sie selbst ärgert sich über dieses heilige Gesetz der Gastfreundschaft, das noch unter dramatischsten Umständen vor allen anderen Vorrang hat. »Die Riten, die Langsamkeit, das sind die Samtkissen, die die Härte der Schläge abmildern«, hatte ihre Mutter einmal zu ihr gesagt. Das junge Mädchen lehnt eine solche Sichtweise des Daseins ab. Was sie vom Leben verlangt, ist nicht dessen Weichheit, es sind die Ecken und Kanten, der Stachel, der sie reizt.

Der Offizier wirkt verlegen.

»Obwohl ich Hauptmann der nationalistischen Armee bin – er räuspert sich – und den Kampf, den wir geführt haben, nur zu gut kenne, wollte ich Ihnen, Sultanin, sagen, daß viele von uns die Abschaffung der Monarchie beklagen. Wir ahnten Kemal Paschas Absichten schon lange, aber wir mußten zwischen dem Land und der Dynastie w…en. Manche haben ihren Abschied genommen. Ich ha…rotz der Bindungen an Ihre Familie beschlossen, zu …en. Die Türkei braucht alle ihre Soldaten.«

Die Kalfalar halten den Atem an, …end die Sultanin mit ihren Ringen spielt. Plötzlich b…e auf.

»Ich nehme doch an, Herr H…ann, daß Sie nicht gekommen sind, um mit mir …re Gefühle zu sprechen.«

Selma ist zutiefst erstaun… noch nie erlebt, daß ihre Mutter gegenüber einem …enen so scharf reagiert. Aber vielleicht betracht… Hauptmann nicht mehr als Untergebenen, sonde… Vertreter der neuen Macht?

Vielleicht ist es diese Macht, der sie ihre Verachtung entgegenbringt?

Der Hauptmann errötet, und Selma vermutet, daß er aufsteht und geht. Statt dessen verneigt er sich mit bedauerndem Lächeln.

»In der Tat, Sultanin, ist es einzig und allein die Erinnerung an Ihre damalige Güte, die mich veranlaßt hat, Sie zu besuchen. Ich sehe jetzt, daß das falsch war, daß eben leider gewisse Dinge unvereinbar sind.«

Prinz Fuad schaltet sich diplomatisch ein: »Los, mein Freund, erzählen Sie, wir sind alle gespannt darauf.«

Der Hauptmann überwindet die Anwandlung, auf der Stelle zu gehen, und lehnt sich beherrscht in seinem Sessel zurück.

»Zufällig ist der Marineattaché des Sultans ein Jugendfreund von mir. Heute morgen hat er mich ganz verstört aufgesucht. Nach allem, was er mir erzählt hat, kann ich Ihnen versichern, daß Ankara den Sultan zur Flucht genötigt hat.«

Unter den Zuhörern entsteht ein Gemurmel: Macht dieser Mann sich lustig? Der Hauptmann achtet nicht darauf und fährt fort: »Nachdem Seine Majestät sich geweigert hatte, abzudanken, hat die kemalistische Regierung mit allen Mitteln versucht, ihn zu terrorisieren. So wurde das Gerücht verbreitet, die Menge könnte ihn lynchen; man hat sogar dem Gouverneur von Istanbul, Refet Bey, Weisung erteilt, in der Umgebung des Palastes feindliche Demonstrationen zu organisieren, was er aber abgelehnt hat. Man wollte diesen durch vie[...]re der Besetzung, Bedrohung und mancherlei Pressio[...]rschöpften alten Mann zum Äußersten treiben. Und da[...] auch gelungen. Die Flucht des Sultans, stellen Sie sich [...], was für ein Glücksfall für die Kemalisten! Man [...] also keinen Hochverratsprozeß mehr anzustrengen [...] chen Meinung entf[...]nen den größten Teil der öffentlichen [...] hat der Herrscher d[...] hätte! In den Augen des Volkes hat der Herrscher [...] desavouiert, sondern [...]e Flucht nicht nur sich selbst [...]en Familie Schande gemacht. So ist die Frage des S[...] [e]ndgültig geregelt, ohne daß die Kemalisten es nötig hätten, sich die Hände zu beschmutzen.«*

»Die Interessen Ankaras liegen ja auf der Hand«, wirft die Sultanin mit funkelnden Augen hin, »aber trotz aller Pressionen hätte der Padişah nicht fliehen dürfen.«

»Er hat uns alle entehrt!« stellt der Prinzgeneral, wie eh und je übertreibend, fest.

Paradoxerweise wird der Padişah von seiner eigenen Familie mit Vorwürfen überhäuft, während der kemalistische Offizier ihn verteidigt.

»Durch seine Flucht hat der Sultan wahrscheinlich einen Bürgerkrieg vermieden«, bemerkt er. »Refet Bey hatte ihn gewarnt. ›Wenn Sie nicht abdanken, wird noch mehr Blut fließen.‹ Vielleicht setzt der Padişah auch darauf, daß er als Führer der Gläubigen eine Allianz der islamischen Länder gründen und eines Tages zurückkehren kann? Auf jeden Fall ist er mit der Überzeugung aufgebrochen, daß kein Mit-

* In seinem Buch »Atatürk« berichtet Lord Kinross, der wichtigste Biograph Mustafa Kemals, daß der Marineattaché, der die Aufgabe hatte, den Sultan zu bespitzeln, beobachtete, wie dieser am 17. November 1922 um sechs Uhr morgens durch eine Geheimtür den Park verließ und in einen englischen Krankenwagen einstieg. In höchster Aufregung rannte er eineinhalb Kilometer in Pantoffeln hinterher, bevor er eine Droschke fand, die ihn in aller Eile zum vier Kilometer entfernten Palast der Hohen Pforte brachte (all das konnte nicht länger als eine halbe Stunde gedauert haben).
Zur großen Überraschung des Attachés sagte ihm der Gouverneur, er solle wieder ins Bett gehen; er werde mit Mustafa Kemal telefonieren und sich dann auch wieder schlafen legen. Man weiß andererseits anhand eines von der britischen Botschaft nach London gesandten Telegramms, daß das Schiff Malaya, auf dem der Sultan sich einschiffte, erst um 8 Uhr 45 auslief.
Auf Grund dieser Daten dürfte demnach als sicher gelten, daß die Flucht des Sultans von den Kemalisten – im Einverständnis mit den Engländern – begünstigt wurde. Nach der Benachrichtigung des Gouverneurs verstrichen bis zum Auslaufen der Malaya zweieinviertel Stunden, ohne daß Maßnahmen ergriffen worden wären, den Herrscher zurückzuhalten.

glied der osmanischen Familie bereit sein würde, seinen Platz einzunehmen und sich lediglich mit dem Titel des Kalifen zu begnügen.«

»Wirklich?« Die Sultanin Hatice lächelt skeptisch. »Das werden wir ja bald erleben. Aber ich fürchte, daß sich unser Padişah da Illusionen gemacht hat. Unsere Prinzen sind nicht allesamt Helden!«

Am folgenden Tag nimmt der Erbprinz Abdül Mecid das Angebot der kemalistischen Regierung an, anstelle von Vahiddedin Kalif zu werden. Am 24. November 1922 wird er vor den heiligen Reliquien des Propheten und in Gegenwart einer aus Ankara angereisten Delegation im Topkapi-Palast auf den Thron erhoben.

XVII

Selma sitzt in ihrem mit Zobelpelz gefütterten Kaftan reglos da. Auf dem Seidenteppich ihres Zimmers hat sie sorgfältig ihre drei Çarşaflar ausgebreitet, den rosafarbenen, den grünen und den türkisen. Träumerisch betrachtet sie sie längere Zeit: Sie nimmt ihnen nichts mehr übel, jetzt, wo sie beschlossen hat, sie zu opfern, und findet sie eigentlich ganz hübsch ... in ihrer Art.

Ein leichter Schritt, und ein zartes blondes Mädchen ist eingetreten. Sie läßt sich neben Selma nieder. Es ist Sekerbuli, ihre beste Freundin.

Feierlich zückt Selma ihre goldene Schere.

»Muß es wirklich sein?« murmelt Sekerbuli entsetzt.

»Es muß sein.«

Das Zögern ihrer Freundin hat ihre letzten Zweifel zerstreut. Entschlossen beugt sie sich über die drei Çarşaflar. Schneidet sie mit großzügigen Schnitten durch und durch, schlitzt sie auf. »Das ist für dich, für dich, und für dich! Das bekommt ihr dafür, daß ihr es gewagt habt, mich gefangenzuhalten!«

Sekerbuli faßt Mut, nähert sich und hilft mit. Schweigend,

im Bewußtsein, daß sie ein notwendiges Sakrileg begehen, zerfetzen die beiden jungen Mädchen regelrecht den feinen Stoff.

Schließlich legen sie die Scheren beiseite und reißen, wie wahnsinnig lachend und entzückt über diesen nicht wiedergutzumachenden Schaden, die Stücke mit der Hand entzwei. Ah! Herrlich, wie die Seide beim Zerreißen knistert! Wie aufregend ist dieses trockene, scharfe Freiheitsgeräusch! Der Boden zu ihren Füßen ist übersät von bunten Lappen, festlichen Wimpeln …

»Jetzt müssen die Pakete gemacht werden«, sagt Selma … Eins für Halide Edib, das andere für Latife Hanim. Ich glaube, sie werden mit uns zufrieden sein!«

Selma hegt noch immer eine besondere Verehrung für Halide Edib, diese zarte junge Frau, die bei der Einnahme Izmirs die trauernde Menge aufgerüttelt hatte. Aber neuerdings ist es die temperamentvolle Latife, Mustafa Kemals Gattin, die die Aufmerksamkeit der beiden jungen Mädchen auf sich gezogen hat. Latife Hanum hat beschlossen, »ihre Schwestern zu befreien«, und sie gibt dafür ein Beispiel. Als erste Frau, die an den Zusammenkünften der Großen Nationalversammlung teilnahm, hat sie überall Skandal erregt, weil sie die Abgeordneten im Büro ihres Mannes, das an den Versammlungssaal grenzte, empfing. Was macht sie, wenn man ihr vorwirft, sie mische sich in die Politik ein? Sie lacht schallend und antwortet, die Frauen hätten von nun an das Recht, ja sogar die Pflicht, am Schicksal ihres Landes mitzuwirken.

»Die Frauen haben doch schon immer am Schicksal ihres Landes mitgewirkt«, schimpft die Sultanin Hatice, die von der Pedanterie der Gattin des Gazi* gar nichts hält. »Sie sahen eben nur nicht ein, weshalb es notwendig sein sollte, es von den Minaretten herunter zu verkünden! Jahrhundertelang haben unsere großen Kadınlar heimlich, hinter den Muscharabiehs, die Beratungen des Diwan** verfolgt und

* Der Siegreiche.
** Ministerrat.

nicht selten durch Ratschläge, die sie dem Herrscher erteilten, die Politik des Reiches beeinflußt ... Im Orient kann jede intelligente Frau die Entscheidungen ihres Mannes beeinflussen, aber sie ist so klug, sich dessen nicht zu rühmen. Diese Latife Hanim benimmt sich wie die Abendländerinnen, die sich nur verwirklichen können, wenn sie sich offen zeigen und ihre Meinungen überall laut verkünden.«

Selma schüttelt fassungslos den Kopf. Warum versteht ihre Mutter das nicht? Daß Latife Hanim eitel ist, spielt doch keine Rolle! Wichtig ist vielmehr, daß sie mit alten Bräuchen bricht, daß sie Schranken beseitigt, daß durch sie ein bißchen Wind in die geschlossene Welt der Harems hereinweht! *Sind Sie denn nicht auch fast am Ersticken, Annecim, so wie ich? Oder haben Sie resigniert? Resigniert ... Nein, dieses Wort läßt sich mit kaiserlicher Würde nicht in Einklang bringen. Ist Annecim vielleicht mit der Zeit weise geworden? ... Aber ich! Ich bin jung, ich will leben!*

»Und was werden wir schreiben?« erkundigt sich Sekerbuli.

Die Stimme ihrer Freundin holt Selma auf den Boden der Realität zurück. Sie seien erst zwölf Jahre alt, hätten aber schon lange auf sie gewartet; sie seien zu allem bereit, um sie zu unterstützen. Sie würden es in der Einfriedung des Haremliks nicht mehr aushalten, während das Leben rund um sie herum pulsierte, sie wollten hinaus, am Kampf teilnehmen, sonst ... sonst würden sie zugrunde gehen!

»Zugrunde gehen?«, wundert sich Sekerbuli.

»Ganz sicher!« bekräftigt Selma mit strengem Blick.

Was sie in der Zeitung liest, die sie Mademoiselle Rose entwendet, bringt sie ganz außer sich. Ihr Land ist in einer Veränderung begriffen, in Istanbul herrscht eine Revolution, und sie, Selma, wird gezwungen, dazusitzen und zu sticken!

Als sie neulich den Vorschlag machte, in eine dieser neuen Schulen für junge Mädchen zu gehen, die von der Gesellschaft Halide Edibs gegründet worden waren, warf ihr die Sultanin einen durchdringenden Blick zu. Sie beharrte darauf, argumentierte, das Niveau dieser Schulen sei doch offenbar sehr hoch, doch Annedjim würdigte sie nicht einmal einer Antwort. Aber Selma läßt sich nicht entmutigen, schließlich hat sie ihre Ziele stets erreicht. Bald werden Halide Edib und Latife Hanim kommen und mit ihrer Mutter sprechen; inzwischen muß sie sich darauf vorbereiten.

Zusammen mit Sekerbuli hat sie immer wieder die Geschichte jener unerschrockenen Frauen gelesen, die sich im Kampf für ihre Unabhängigkeit ausgezeichnet haben. Sie kennen jede Einzelheit im Leben Munever Saime, die unter dem Namen »Soldat Saime«, bekannt geworden war und für ihre außergewöhnliche Tapferkeit ausgezeichnet wurde; und die Abenteuer Makbules, die noch an ihrem Hochzeitstag mit ihrem Mann in die Berge fuhr, um zu den Guerillas zu stoßen, und die Heldentaten Rahmyies, die an der Spitze eines Kommandos der 9. Division gegen das französische Hauptquartier eine siegreiche Offensive führte, wobei sie den Tod fand.

Die überkommene Vorstellung der Haremsblüte, die zart und nicht verantwortlich ist, erscheint ihnen von nun an überholt, außer Kraft gesetzt durch diese teils unbekannten, teils berühmten Heldinnen, ohne die, wie Mustafa Kemal versichert, er den Krieg nicht hätte gewinnen können.

»Der Krieg ist zu Ende, aber der Kampf geht weiter«, hat Latife Hanim gesagt. In der Tat bringt jeder Tag eine Reihe von Neuerungen, die Selma und Sekerbuli mit Begeisterung verfolgen.

Durch eine Verfügung des Polizeipräfekten wurden die Vorhänge und hölzernen Fensterläden in den Straßenbahnen, Zügen und Fähren, die Frauen und Männer trennten, abgeschafft. Von nun an hat eine verheiratete Frau das Recht, sich neben ihren Mann zu setzen, ohne eine Geldstrafe zu riskieren. So ist es auch in den Restaurants und Theatern. Allerdings nehmen die wenigsten Familien diese Freizügigkeit wahr, weil sie fürchten, von den Traditionalisten, die behaupten, all das widerspreche dem islamischen Glauben, beleidigt oder sogar belästigt zu werden.

Aber der größte Skandal war das Dekret, das besagte, in der Universität Istanbuls würden von nun an die Vorlesungen gemischt abgehalten. Bis jetzt waren die Unterrichtsräume durch schwere Vorhänge getrennt, die die wenigen jungen Mädchen, die überhaupt studierten, abschirmten. Nun sehen sich die Muslim-Familien mit einem dornigen Problem konfrontiert: Sie müssen das Studium ihrer Töchter abbrechen oder sie nahezu mit Sicherheit dazu verdammen, nie einen Mann zu bekommen. Denn auch die fortschrittlichen jungen Männer, sogar diejenigen, die die Freiheit der Frau begeistert und überzeugt verfechten, halten sich an die Wahl, die ihre Mutter trifft, wenn es sich um etwas so Wichtiges wie die Heirat handelt. Und die Mutter sucht sorgfältig und liebevoll ein traditionelles junges Mädchen aus, dem kein Mann nachsagen kann, er habe je sein Gesicht gesehen.

Die Sonne am Horizont ist verblaßt. Es ist schon fünf Uhr. Sekerbuli steht auf, sie muß nach Hause. Selma ist allein und betrachtet die beiden sorgfältig aufgeschichteten bunten Haufen aus Seide. Die Schatten fallen ins Zimmer. In die guten Entschlüsse dieses Nachmittags mischt sich, heimtückisch, die Ungewißheit …

»Was ist geschehen, Cicim? Haben Sie irgendwelchen Kummer?«

»Oh, Baba!«

Selma vergißt die Etikette und wirft sich ihrem Vater in die Arme. Sie hat ihn mindestens eine Woche lang nicht gesehen.

In letzter Zeit werden die Besuche des Damads im Haremlik immer seltener. Früher hatte sich das Mädchen, wenn es sich mit ihm unterhalten wollte, unter irgendeinem Vorwand in seine Gemächer geschlichen. Aber seit dem unheilvollen zwölften Geburtstag darf sie die Schwelle der schweren Tür, die den Bereich der Frauen von der übrigen Welt abschließt, nicht mehr überschreiten.

Sie konnte toben, soviel sie wollte, sagen, sie wolle ihren Baba sehen; die Kalfalar und Eunuchen machten mißbilligend geltend: »Aber, Prinzessin, Sie sind doch kein Kind mehr!«

Kein Kind mehr! Was heißt das eigentlich? Daß sie jetzt zu

alt sei, um das Bedürfnis zu haben, von ihrem Vater geliebt zu werden? Oh, gewiß, er hatte sich nie sonderlich um sie gekümmert, aber allein schon die Tatsache, neben ihm zu sitzen, während er las oder mit seinen Freunden diskutierte, war Selma immer als unendlich kostbares Privileg erschienen ... Sie saß still da und sah ihn an, er war ja so schön! Sie mochte alles an ihm. Sie brauchte ihn: Wenn sie ihn anschaut, ist sie glücklich.

In einer Anwandlung von Vertrauen ergreift sie seine Hand.

»Baba, ich bitte dich, kannst du Annecim nicht sagen ...«

Die Hand wird steif, die eben noch lächelnden Augen haben sich verdunkelt, und mit eisiger Stimme weist er sie zurecht: »Sie sollten wissen, mein Fräulein, daß ich nicht Ihr Bote bin!«

Ihr wird schwer ums Herz. Es verschlägt ihr den Atem, sie zieht die Schultern hoch, läßt den Kopf hängen. Warum ist er so schroff? Was hat sie gesagt? Und plötzlich begreift sie: Wie dumm von ihr! Sie weiß doch genau, daß ihre Eltern seit Wochen nur noch über Zeynel miteinander verkehren! Und jetzt ist sie so ungeschickt gewesen ... Dabei war er so guter Laune! War eigens gekommen, um sie zu besuchen, und nun hat sie alles verdorben ...

Er spricht weiter, mit sanfterer Stimme: »Aber wenn Sie Ihrem Vater etwas zu sagen haben, hört er Ihnen schon zu.«

Sie schweigt. Wenn sie den Mund auftut, fängt sie an zu schluchzen, und er haßt es, wenn man weint. Trotz allem, sie muß etwas sagen, sonst denkt er, sie sei ihm böse oder habe Annecims Partei ergriffen ... Das stimmt zwar nicht, sie hat niemandes Partei ergriffen, sie liebt sie beide, aber auf so verschiedene Weise, daß sie den Eindruck hat, es gebe zwei Selmas, die lieben ... Sie hat oft über dieses Phänomen nachgedacht: Wenn ihre Mutter ihr zulächelt, fühlt sie sich imstande, die Welt zu erobern; wenn ihr Vater ihr zulächelt, vergißt sie die Welt vor Glück. Sie weiß nicht warum, sie weiß nur, daß sie nicht wählen will zwischen diesen beiden Arten zu lächeln.

Sie beherrscht sich und hebt den Kopf. Mit glänzenden

Augen mustert sie prüfend das längliche, bleiche Gesicht, die feinen Lippen und die unzähligen sternenförmigen Fältchen in den Augenwinkeln. Sie betrachtet ihn, als wolle sie alles in sich aufnehmen, es für immer behalten.

Er hat eine Zigarre hervorgeholt und zwinkert ihr komplizenhaft zu.

»Also, Cicim, was haben Sie auf dem Herzen?«

»Baba, ich will zur Schule gehen!«

»Aha. Und sicher hat man Ihnen gesagt, für eine Prinzessin schicke sich das nicht?«

»Aber, Baba, es gehen ja alle«, beharrt Selma, ohne auf die Sultanin anzuspielen. Soreya Ağaoğlu studiert sogar die Rechte, alle Zeitungen haben ihr Foto gebracht, und Kemal Pascha hat ihr gratuliert! Er sagt, die Zukunft der Türkei hänge von der Emanzipation der Frauen ab, und ein Land, in dem die Hälfte der Bevölkerung eingesperrt sei, sei ein halb gelähmtes Land!«

Hayri Bey streicht sich ungezwungen über den Schnurrbart. »Hm ... Das ist einer der wenigen Punkte, wo dieser Bandit vielleicht nicht unrecht hat!«

»Also darf ich gehen?«

»Wohin?«

»Eben, Baba, in die Schule!«

Hayri Bey zuckt die Achseln.

»Sagen Sie mir, seit wann kümmern sich die Väter um die Erziehung ihrer Töchter, vor allem ... vor allem wenn die Mutter eine Sultanin ist? Kommen Sie nicht darauf zurück, ich kann nichts für Sie tun.«

»O doch! Sie könnten es, wenn Sie wollten!«

Selma ist vor Ärger ganz rot geworden.

»Ich kann nicht mehr, Baba. Alles in unserem Land verändert sich, alles lebt! Nur wir schlafen weiter, als ob nichts geschehen wäre. Ich will hinaus aus diesem Palast. HINAUS!«

»Beruhigen Sie sich, meine gute Selma«, seufzt er, »vielleicht sind Sie viel schneller hier heraus, als Sie denken ... und ich fürchte, dann werden Sie es bereuen ...«

Weder Latife Hanim noch Halide Edib haben auf die Botschaften reagiert, die eine Händlerin, die dazu bereit war, in ihrem Korb mitgenommen hatte. Selma und Sekerbuli haben jede Hoffnung aufgegeben. Was die Çarşaflar anging, hatte die Sultanin sich nicht einmal die Mühe genommen, zu fragen, wo sie geblieben seien, und hatte bei den Schneiderinnen neue bestellt. Schwarze.

Im Ortaköy-Palast geht das Leben weiter wie zuvor. Aber der Aufwand im Haus ist nicht mehr so groß, denn der neue Gouverneur hat die fürstlichen Listen gestrichen und zahlt nur noch eine lächerliche Zulage aus, die von der Großen Nationalversammlung festgesetzt worden ist. Man leidet kaum darunter, denn die Verwandten und Freunde, die ihre Ämter verloren haben, sind mit den gleichen Schwierigkeiten konfrontiert; man scherzt sogar darüber. So sagt die Sultanin Hatice: »Es ist trotz allem besser, zu den Neuarmen als zu den Neureichen zu gehören!«

Sie hat sich von einigen Dienerinnen trennen müssen, aber es bleiben ihr die Kinder des Hauses, die Sklaven, die schon immer zur Familie gehörten. Das einzige, was ihr wirklich wehtut, ist, daß es nun keine »Armensuppe« mehr geben darf. Nicht etwa, weil sie sparen müßte – ohne zu zögern würde sie sich bei Tisch auf einen einzigen Gang beschränken, nur um nicht mitansehen zu müssen, wie um sie herum die Menschen hungern –, sondern weil man in der Regierung solche freigebigen Gesten nicht gern sieht: Die Mitglieder der osmanischen Familie sollen sich möglichst wenig bemerkbar machen. Die Sultanin hat deswegen angeordnet, daß all denen, die an ihre Tür klopfen, heimlich geholfen wird. Und es sind nicht wenige.

In diesem Jahr 1923 ist die Lage sowohl in Istanbul wie in der ganzen Türkei dramatisch. Zehn Jahre Krieg und Besatzung haben ihre Spuren hinterlassen, die Bevölkerung lebt im größten Elend. Das Kilo Brot, das vor dem Krieg einen Piaster kostete, kostet nun neun Piaster, Fleisch hat sich um mehr als das Zehnfache verteuert und ist daher nur für einige Privilegierte erschwinglich. Zu Hunderten sterben die Menschen vor Hunger und Kälte.

Die Schwierigkeiten haben zugenommen durch das in Ankara herrschende Chaos. Hier hat die neue Regierung ihren Sitz. Alle zuvor in Istanbul angesiedelten Institutionen sind jetzt in diesem großen Marktflecken in Zentralanatolien konzentriert, den Mustafa Kemal zur Hauptstadt ausersehen hat. Er will der Vergangenheit abschwören und nach dem Beispiel der großen europäischen Nationen ein modernes Land schaffen. Das republikanische, weltliche Frankreich, das seit fast einem Jahrhundert die türkische Intelligenz beeinflußt, soll als Muster dienen.

»Republikanisch und weltlich ...« Da hapert es allerdings! Denn der von seinem Sieg verklärte oberste General und Präsident der Großen Nationalversammlung ist zwar zur Zeit allmächtig, aber viele seiner Kampfgefährten sind über seine despotischen Neigungen beunruhigt. Sie haben nicht vergessen, wie ihnen die Abschaffung des Sultanats aufgezwungen wurde, während doch die öffentliche Meinung eine konstitutionelle Monarchie mit Mustafa Kemal als Premierminister wünschte.

In der Tat mißtraut die gesamte Nationalversammlung, mißtrauen insbesondere die Gefährten der ersten Stunde dem Gazi. Während des Krieges haben sie sich in Anerkennung seines militärischen Genies um ihn geschart; aber nun, wo es gilt, eine legale Regierung einzusetzen, sind die Abgeordneten gar nicht darauf erpicht, einen Mann an der Spitze zu sehen, dessen Gewaltsamkeit und Skrupellosigkeit sie auf ihre Kosten zur Genüge erfahren haben.

Da Kemal spürt, daß die Opposition stärker wird, selbst im Schoße seiner Fraktion im Parlament, macht er sich daran, eine solide Basis im Volk zu schaffen. Die im Jahre 1919 überall im Land gebildeten Komitees im Dienste des nationalistischen Kampfes sind von ihm abhängig, denn er ist Oberbefehlshaber der Armee. Diese paramilitärische Organisation wandelt er in eine politische Partei, die »Volkspartei«, um, die in jedem Dorf ihre Zweigstelle hat. Zu diesem Zweck unternimmt er eine Reise durch die ganze Türkei: »Das Land ist voller Verräter«, sagt er zu den Vertretern der Komitees, »seid wachsam! Ihr, die Volkspartei, ihr sollt regieren!«

Zu dieser Zeit haben ein paar Journalisten in Istanbul, die die neue »Diktatur« kritisieren, die Kühnheit gehabt, eine baldige Wiederherstellung des Sultanats vorauszusagen. Nach seiner Rückkehr läßt ihnen Mustafa Kemal mitteilen, wenn sie so weitermachten, würden sie gehenkt. Er untersagt jede öffentliche Diskussion und versucht sogar, die Immunität der Abgeordneten aufzuheben, denn er ist nicht bereit, die Opposition von Abgeordneten zu dulden, die er für Reaktionäre oder Dummköpfe hält. In letzterem Punkt scheitert er: Die »Dummköpfe« lassen sich immerhin den Ast, auf dem sie sitzen, nicht absägen ... Die herausragendsten Männer des nationalistischen Kampfes rücken von Kemal ab. Glücklicherweise hat er die Armee hinter sich, und die Volkspartei verzweigt sich über das ganze Land hinweg.

Und vor allem, vor allem ... der Friedensvertrag ist unterzeichnet!

An diesem 24. Juli 1923, nach acht langen Verhandlungsmonaten, wird die Konferenz von Lausanne mit einem deutlichen Erfolg abgeschlossen: Die Türkei hat ihr Reich verloren, aber sie ist von nun an eine freie, autonome Nation. Das Volk weiß, daß es das in erster Linie Mustafa Kemal verdankt.

Selma wird den Abzug der letzten Besatzungstruppen nie vergessen. Sie begleitet ihre Mutter in den Palast von Dolmabahçe, vor dem das militärische Zeremoniell stattfinden soll, und drängt sich mit ihren Kusinen und Tanten hinter den hohen Fenstern über dem an den Bosporus grenzenden Platz.

Um 10 Uhr 30 marschiert eine türkische Infanterieabteilung auf, angeführt vom Orchester der Marine. Sie schwenkt die rote Fahne mit dem weißen Halbmond und dem Stern. Ein paar Minuten später treffen die Franzosen mit ihrer im Kampf zerfetzten Fahne und dann die italienischen und englischen Abteilungen ein. Sie stellen sich den Türken gegenüber in Reih und Glied auf. Daneben steht das diplomatische Korps in voller Besetzung gleichsam stramm.

Dann ertönen die Fanfaren. Nacheinander werden die Hymnen Englands, Frankreichs und Italiens gespielt.

Schließlich erklingt auch die türkische Hymne, während sich die riesige weißrote Fahne im Wind entfaltet. Langsam defilieren die alliierten Abteilungen grüßend vorbei, dann verlassen sie würdevoll den weißen Platz, um sich einzuschiffen.

Die Kriegsschiffe verlassen den türkischen Boden, wo sie vor fünf Jahren als Herren gelandet waren. Stumm blickt ihnen die Menge nach, bis sie, kleine graue Punkte auf den blauen Wellen des Bosporus, verschwunden sind.

In einer Fensteröffnung des Palastes von Domabahçe hat ein junges Mädchen die Hand seiner Mutter ergriffen: Sie weinen – und lächeln sich zu.

Ein paar Tage später wird Selma von Kanonenschüssen aus dem Schlaf geholt. Hatte sie es doch geahnt: »Sie« haben so getan, als würden sie aufbrechen, und jetzt kommen »sie«, in beträchtlicher Truppenstärke zurück! Mit nackten Füßen springt sie ans Fenster und sucht den Horizont mit den Augen ab: Kein einziges Kriegsschiff, nur ein paar Barken und kleinere Fischerboote, die im hellen Morgenlicht auf dem Bosporus kreuzen. Doch die Kannonade geht weiter, regelmäßig, unerbittlich. Selma spürt, wie ihr vor Empörung das Blut ins Gesicht steigt. Ihr Kaftan, schnell! Zwei Minuten später ist sie im Zimmer der Sultanin.

»Nein, Cicim, das sind weder die Engländer noch die Franzosen noch die Italiener, und Gott sei Dank auch nicht die Griechen! Es ist die Republik!«

»Die Republik? Wie in Frankreich?« fragt Selma.

Die Sultanin verzieht skeptisch das Gesicht.

»Für viele Türken bedeutet die Republik in der Tat Freiheit, Gleichheit, Brüderlichkeit ... Nur fürchte ich, daß es damit nichts auf sich hat. Ich habe gerade gehört, daß Rauf Bey wütend ist: die Entscheidung wurde in wenigen Stunden getroffen. Er ist nicht einmal davon unterrichtet worden, und etwa hundert andere Abgeordnete der Opposition auch nicht. Man sagt, es sei ein neuer Gewaltstreich Kemals, der sich gleichzeitig zum Präsidenten habe wählen lassen!«

Das meldet denn auch die Istanbuler Presse. Die Schlagzeilen der Zeitungen sprechen in bezug auf den Drahtzieher dessen, was viele als einen echten Staatsstreich betrachten, eine deutliche Sprache: »Die Republik ist eingeführt worden, indem man der Nation einen Revolver an die Schläfe drückte.« »Die Vollmachten, die der Gazi jetzt hat, sind weiterreichend, als jemals ein Sultan sie hatte!« Man vergleicht Mustafa Kemal mit der »Heiligen Dreifaltigkeit« der Christen, mit dem Vater, dem Sohn und dem Heiligen Geist. In der Tat vereint er in sich alle Ämter: Er ist Präsident der Republik, Regierungschef, Vorsitzender des Parlaments, Oberbefehlshaber der Armee und Führer der türkischen Einheitspartei. Für diejenigen, die von einer konstitutionellen Monarchie träumten, und auch für die, die eine Demokratie westlicher Prägung anstrebten, ist das ein Schock. Sie wissen, daß von nun an nichts und niemand sich den Entscheidungen des Gazis widersetzen kann.

Aber auf der Straße herrscht Begeisterung. Die Bevölkerung feiert die Nachricht mit Musik und Fackelzügen in allen Vierteln. Man weiß zwar eigentlich nicht, was eine »Republik« ist, aber man erwartet alles von ihr!

Für Selma spielt es keine Rolle, ob die Türkei eine Republik oder eine Monarchie ist, denn auf jeden Fall ist Mustafa Kemal der Chef. Aber einige seiner Entscheidungen – sie nennt ihn für sich immer noch die »Goldene Rose« – beginnen sie zu irritieren. Insbesondere diese Schrulle, Ankara anstelle des aristokratischen Istanbul zur Hauptstadt zu erklären. Kann dieser kleine Marktflecken irgendwo in der unfruchtbaren anatolischen Hochebene die prunkvolle Stadt, den Stolz des Landes ersetzen? Istanbul, von zwei Kontinenten eingefaßt, war dreizehn Jahrhunderte vor der Hedschra aus einem Apollonorakel hervorgegangen, war durchdrungen von allen Kulturen, allen Zivilisationen, war ein einzigartiger Kreuzweg zwischen Orient und Okzident. Aber für einen Mann wie Mustafa Kemal sind Fragen ein Luxus, er gibt lieber Antworten. Am 13. Oktober 1923 verliert Istanbul den uralten Status, der es zu einem der Weltzentren gemacht hat.

In dieser Zeit entschließt sich Ahmets Vater, seinen Posten als Sekretär des Damad aufzugeben – solche Posten genossen in der Epoche des alles beherrschenden Kemalismus wenig Ansehen – und in Ankara eine neue Stellung zu suchen. Seit Monaten hat Selma Ahmet nicht mehr gesehen, genauer gesagt seit ihrem zwölften Geburtstag. Aber sie schreiben einander lange Briefe, und Zeynel hat sich überreden lassen, als Zwischenträger zu fungieren – er kann seiner kleinen Sultanin einfach nichts abschlagen. Als sie ihn aber bittet, ein Treffen zu arrangieren, zieht er die Brauen hoch.

»Du bist die Krone auf meinem Haupt, aber das, wirklich, du weißt genau, daß ich das nicht kann!«

»Aha, du bist der einzige, der mir helfen kann! Er geht weg, ich muß ihn unbedingt sehen, ein letztes Mal!«

Sie hat so geweint, daß der Eunuch nachgegeben hat. So sehr liebt er sie, sein kleines Mädchen, und so sehr braucht er ihre Liebe! Ein einziges Lächeln von ihr reißt ihn hin … sie lächelt wie die Sultanin.

Im Pavillon der Nachtigall haben sie sich voneinander verabschiedet. Zeynel wachte vor der Tür. Er hat ihnen eine Viertelstunde Zeit gegeben, nicht mehr.

Ahmet trägt seine schönsten Kleider; er ist ganz bleich, und er hält den Blick gesenkt.

Was ist das für ein verrückter Gedanke gewesen, ihn sehen zu wollen, er sieht nicht glücklich aus … Wenn ich das gewußt hätte! … Und doch, wie schön sind seine Briefe … Warum sagt er nichts? … Warum wird er jetzt rot? … Der Arme, er ist nie hartnäckig genug gewesen! … Ich bin ungerecht … Er ist unglücklich … Aber ich bin auch unglücklich! Sehr unglücklich. Schließlich ist er es, der mich verläßt! … Mein Gott, nie hätte ich geglaubt, daß eine Viertelstunde so lang dauert … Rede mit mir, Ahmet, rede mit mir, oder ich platze …

»Ahmet!«

Das Kind hat den Kopf gehoben. Es weint.

»Ahmet, ich bitte dich, weine nicht, ich verbiete es dir! … Wenn jemand weinen darf, dann bin ich es!«

»Du? Warum du, meine Prinzessin?«

»Weil du mich im Stich läßt!«

Nie hätte ich so etwas sagen dürfen. Wie traurig er aussieht ... Er sagt nichts, er versucht nicht einmal, sich zu rechtfertigen ... Wie könnte er? Er müßte seinen eigenen Vater anklagen ... So ist es immer, die Erwachsenen reden dauernd von ihren Prinzipien, und wenn es ihnen paßt, vergessen sie sie! Glücklicherweise ist Annedjim ganz anders ... Und Baba ... bestimmt!

»Sei nicht traurig, Ahmet, du wirst viele Freunde finden in Ankara ... Du wirst mich vergessen.

»Ich, meine Prinzessin, dich vergessen ...?«

Er sieht sie so vorwurfsvoll an, daß sie sich schämt, sie schämt sich, weil sie die Ursache dieses Leides ist, das sie nicht teilt. Und doch ist ihr, als sie von seinem bevorstehenden Weggang erfuhr, das Herz schwer gewesen, und sie dachte: Das ist also die Liebe. Sie hat sogar davon geträumt, daß er sie fragt, ob sie mit ihm zusammen fliehen wolle ... Vielleicht hätte sie ja gesagt ...

Und nun sitzt er statt dessen da und weint ... Nicht einmal ihre Hand hat er genommen ... Ihre Kehle schnürt sich zusammen, nicht weil Ahmet nun fortgehen muß, sondern weil sie plötzlich versteht – daß sie ihn nicht liebt.

Mit einem Griff hat sie sich das blaue Samtband, das ihr Haar zusammenhält, vom Kopf gezogen und ihm hingestreckt. Ahmets Gesicht hellt sich auf, er sieht so glücklich aus, daß es ihr weh tut, es kommt ihr vor, als löge sie ... Vielleicht sollte sie ihm sagen, daß das Band nur ein Band ist, nichts anderes ...? Aber was weiß sie schon davon?

Der neue Kalif, Abdül Mecid, führt in seinem Palast in Dolmabahçe ein geruhsames Leben. Dieser fünfundfünfzigjährige Mann mit liebenswürdigen Umgangsformen widmet sich der Malerei, der Musik und der Theologie. Er will sich nicht in die Politik einmischen, nimmt aber seine Rolle als Beherrscher der Gläubigen, der für 350 Millionen Muslime verantwortlich ist, überaus ernst.

Er geht nur einmal die Woche aus, zum Selamlik-Gebet, und legt Wert darauf, dieser Zeremonie wieder ihren einstigen Prunk zu verleihen. Deshalb begibt er sich jeden Freitag mit großer Equipage in die Hagia Sophia-Moschee oder eine der anderen größeren Moscheen der Stadt. Manchmal läßt er seine Kalesche stehen und reitet, von einem Trupp Husaren eskortiert, ein wunderbares weißes Schlachtroß. Wo er vorbeikommt, strömen die Menschen herbei und klatschen Beifall. Wie stolz er aussieht mit seinem langen, schneeweißen Bart und den seltsam ins Violette spielenden Augen!

Manchmal fährt der Kalif in der weißgoldenen kaiserlichen Barke über den Bosporus und betet in der großen Moschee von Üsküdar. Zwei- oder dreimal hat er sich sogar mit dem Mantel und dem hohen Turban seines Ahnen Mehmet Fatih gezeigt, dieses achtzehnjährigen Sultans, der 1453 Byzanz eroberte.

Solche demonstrativen Akte und die offensichtliche Beliebtheit des Kalifen ärgern den neuen Herrn der Türkei zutiefst. Um so mehr, als Abdül Mecid in seinem Palast ausländische Botschafter und Würdenträger empfängt sowie türkische Politiker, insbesondere Rauf Pascha und Refet Bey, Helden des Unabhängigkeitskrieges, die ihn nach wie vor »Majestät« nennen. Refet hat ihm sogar einen prächtigen Zuchthengst geschenkt, was die Istanbuler Presse bis in alle Einzelheiten kommentierte, wie sie überhaupt alles, was der Kalif tut, genau registriert.

Ohne es zu wollen, zieht Abdül Mecid die Unzufriedenen im Lande wie ein Magnet an. Und die sind sehr zahlreich: Die vornehmen Familien, die pensionierten Generäle, die entlassenen Beamten, die ehemaligen Würdenträger des Palastes und vor allem den Klerus!

Seit seinem Sieg hat Mustafa Kemal seine religiösen Prätentionen abgelegt. Vor kurzem versetzte er alle Muslime in Empörung, weil er dem Scheich ül Islam die Tür wies und ihm einen Koran hinterherwarf. Man berichtet, die Frauen in Ankara seien gehalten, ohne Schleier auszugehen, und das werde bald im ganzen Land eingeführt.

Nach und nach rückt die Opposition im Namen des Islams wieder zusammen. In den Moscheen und auf öffentlichen Plätzen beginnen die Hocalar und Scheichs gegen diese »Heidenregierung« zu predigen. Man wirft dem Staatschef nicht nur seinen Despotismus, sondern ebensosehr seine Unmoral vor. Er hat sich, über Latife Hanims Eifersucht erzürnt, scheiden lassen und seine Junggesellengewohnheiten wiederaufgenommen. Seither verbringt er ganze Nächte in Bars, spielt und trinkt und läßt sich in aller Öffentlichkeit mit Prostituierten sehen.

Nun blicken nicht nur die Monarchisten und Kleriker, sondern auch zahlreiche Demokraten, die alle dieser Exzesse überdrüssig sind, auf den Kalifen. Letztlich wäre Abdül Mecid ein ausgezeichneter konstitutioneller Herrscher: Er ist ein ehrlicher und besonnener Mann, und er besitzt nicht genug Charakter, um mit seinen möglichen Ministern aneinanderzugeraten.

Mustafa Kemal spürt die Gefahr. Bis jetzt hat er nicht gewagt, das Volk durch eine Abschaffung des Kalifats, das er in seinem engeren Bekanntenkreis als »mittelalterlichen Tumor« apostrophiert, vor den Kopf zu stoßen. Aber er weiß, daß er erst Herr und Meister ist, wenn er es abgeschafft hat.

Abdül Mecid selbst liefert ihm den Vorwand, indem er die Erhöhung seiner Zivilliste fordert, die ihm jetzt, wie er sagt, nicht gestatte, seine Funktion als Kalif standesgemäß auszuüben. Kemal sagt ihm daraufhin ins Gesicht, ein Kalif sei sich schuldig, bescheiden zu leben, und er halte das Kalifat für ein Überbleibsel der Geschichte, dessen Existenz durch nichts mehr zu rechtfertigen sei.

Seither herrscht offene Feindseligkeit. Auf Betreiben des Gazi tobt und schreit die offizielle Presse: »Wozu ist das Kalifat noch gut? Es ist ein Amt, das den Staat teuer zu stehen kommt und möglicherweise gar als Sprungbrett dient, um das Sultanat wieder einzuführen!« Worauf gemäßigtere Zeitungen einwenden, das Kalifat sei ein kostbarer Schatz für das Land. »Würde man es abschaffen, verlöre die Türkei in der muslimischen Welt alles Gewicht und wäre aus europäischer Sicht mit ihren zehn Millionen Einwohnern ein kleiner, unbedeutender Staat.«

Am 5. Dezember geht die Bombe hoch in Form eines Briefes des Ağa Khans, der von drei Istanbuler Zeitungen veröffentlicht wird. Der Führer der ismaelitischen Gemeinschaft protestiert gegen die Schikanen, denen der Beherrscher der

Gläubigen ausgesetzt sei, und fordert, diesem solle seine Position eingeräumt werden, die ihm die Wertschätzung und das Vertrauen aller muslimischen Nationen sichere«.

Die Botschaft ist harmlos, wurde aber von London aus abgeschickt: Die Gelegenheit ist zu günstig! Mustafa Kemal spricht von einer Verschwörung und denunziert den Ağa Khan als Agenten ausländischer Mächte, die das türkische Volk spalten möchten. Die Herausgeber der Zeitungen, die den Brief veröffentlicht haben, werden verhaftet und verurteilt. Man verabschiedet ein »Hochverratsgesetz«, das vorsieht, diejenigen mit dem Tode zu bestrafen, die gegen die Republik oder zugunsten der früheren Regierung demonstrieren. Dem Kommissar für religiöse Angelegenheiten, der es gewagt hat, für den Kalifen ein gutes Wort einzulegen, erklärt Kemal, falls er noch einmal davon anfange, werde er gehenkt. Im ganzen Land kommt es zu Verhaftungen von Offizieren, Beamten und kirchlichen Würdenträgern. Die Türkei ist gewissermaßen am Rande eines Putsches.

In seinem Palast läßt Abdül Mecid den Sturm schweigend an sich vorüberziehen. Aber der Gazi ist jetzt entschlossen, die Sache zu Ende zu bringen. Er gibt dem Gouverneur Istanbuls Order, das Selamlik-Zeremoniell zu verbieten. Wenn der Kalif in der Moschee beten wolle, könne er sich einen Mietwagen nehmen; die Husareneskorte wird aufgelöst, die kaiserliche Barke konfisziert.

Zwei Monate gehen ins Land. Mustafa Kemal ist unterwegs, um die jährlich stattfindenden großen Manöver in der Gegend von Izmir zu überwachen. In Wirklichkeit ist der Gazi allerdings zu Konsultationen mit seinen militärischen Führern aufgebrochen. Nach tagelangen Diskussionen kann er sie davon überzeugen, daß der religiösen Macht der osmanischen Familie ein Riegel vorgeschoben werden müsse.

Am 27. Februar 1924 findet der letzte Ansturm statt. Die kemalistische Gruppe denunziert Intrigen von Anhängern der ehemaligen Regierung und verlangt die Abschaffung des Kalifats. Und am 3. März, nach einer Woche der Proteste und des Streits, fügt sich die Große Nationalversammlung von Ankara: Sie stimmt durch Handaufheben für die sofortige Verbannung nicht nur Abdül Mecids, sondern auch der Prinzen und Prinzessinnen der osmanischen Familie.

»In drei Tagen müssen wir alle aufgebrochen sein!«

Der Prinzgeneral Osman Fuad ist an diesem Morgen um neun Uhr in den Gemächern der Sultanin Hatice erschienen; er hat gerade erfahren, daß der Kalif, seine beiden Frauen und seine Kinder im Morgengrauen mit dem Orientexpreß in Richtung Schweiz abgereist sind.

»Der Gouverneur und der Polizeipräfekt sind mitten in der Nacht aufgetaucht, als der Kalif in seiner Bibliothek las. Das hat mir sein Kammerherr berichtet. Sie hatten in der Befürchtung, er könnte fliehen, sogar den Palast umzingeln lassen! Der Kalif zeigte sich sehr gefaßt, fragte lediglich, ob er ein paar Tage Zeit habe, um seine Angelegenheiten zu ordnen. Die Kerle haben das abgelehnt! Sie haben ja solche Angst vor einer Reaktion des Volkes; außerdem wurden die Zeitungen angewiesen, die Meldung erst vierundzwanzig Stunden später zu bringen. Der Prinz mußte sofort aufbrechen. Er hatte kaum Zeit, seine Koffer zu packen.

Um fünf Uhr morgens wurde das Personal im Vestibül versammelt; alle weinten. Der Kalif war sehr bewegt. Er drückte einigen die Hand und sagte: Ich habe meiner Nation nie etwas zuleide getan und werde es niemals tun. Dann hat ihn der Sicherheitschef in einen Wagen gedrängt. Sie haben ihn nicht zum Sirkeci-Hauptbahnhof gebracht, sondern, um jede Demonstration zu vermeiden, in einen kleinen Bahnhof fünfundzwanzig Kilometer von der Stadt entfernt.«

Selma sperrt Mund und Augen auf. Sie begreift es nicht. Jahrelang mußte man vor den Truppen der Besatzungsmächte Angst haben: Die Engländer und die Griechen waren ja zu allem imstande! Und jetzt, wo man den Krieg gewonnen hat, jagen die Türken selbst den Kalifen davon und wollen uns vertreiben ... Sie haben den Verstand verloren! Sicher ist es ein Mißverständnis. Wie immer wird Annecim Onkel Fuad beruhigen, wird alles wieder ins Lot bringen ... Das junge Mädchen sieht seine Mutter fragend an, aber die Sultanin hat die Hände vors Gesicht geschlagen.

Selma versteht kaum, was sie flüstert: »Ins Exil? ... das ist unmöglich ...«

Der Prinzgeneral geht in dem mit Tuberosen geschmückten Boudoir wie ein sprungbereiter Löwe auf und ab.

»Unsere Nationalität wird uns aberkannt, und wir haben die Auflage, nie mehr einen Fuß in unser Land zu setzen. Unsere Güter werden konfisziert, wir haben lediglich das Recht, unsere persönlichen Dinge mitzunehmen. Das ist die Lage, liebe Tante: Wir werden wie Verbrecher verbannt! Sogar und vor allem diejenigen unter uns, die Blut für die Türkei gelassen haben!«

Er legt die Hand auf seine Brust; sie ist mit Orden übersät, die er sich auf den Schlachtfeldern verdient hat. Seine Lippen zittern; Selma hat den Eindruck, er werde gleich in Tränen ausbrechen. Ihr dreht sich alles im Kopf. Nein, wirklich, sie kann es nicht fassen ... Ausreisen? Warum? Wohin? Für wie lange ...? Onkel Fuad hat gesagt »für immer« ...

»Was heißt das, ›für immer‹?«

Ohne es zu wollen, schreit sie auf. Ihre Mutter sieht sie an ... Wie bleich sie ist ...

»Annecim!«

Selma wirft sich der Sultanin zu Füßen.

»Das kann doch nicht wahr sein; sagen Sie mir, daß es nicht wahr ist! ... Was werfen sie uns denn vor? ... Bitte, Annecim, Onkel Fuad, antworten Sie mir doch!«

»Mustafa Kemal hat angeordnet ...«

Warum wendet ihre Mutter sich ab, warum zuckt Onkel Fuad die Schultern? Niemand hört ihr zu.

»Sultanin, denken Sie daran, wir haben nur drei Tage«, sagt der Prinzgeneral.

Er verbeugt sich rasch und verläßt das Boudoir.

Ein Nebel ... Selma erinnert sich später nur noch an einen Nebel aus Seufzern, Verzweiflung, Tränen, Gemeinheiten und Ergebenheit, an unerwartete Anhänglichkeit und Verrat ...

Drei Tage lang irrt sie umher, wird von den Dienerinnen und Eunuchen, die Kleider zusammentragen, falten, verpacken und sich dabei streiten, von Zimmer zu Zimmer geschoben. Drei Tage lang ist sie auf der Flucht vor diesem Lärm, dieser Verwirrung, den Klagen der Kalfalar und vor allem den Tränen von Mademoiselle Rose. Mademoiselle verfolgt sie, um sie zu trösten. In diesem Tohuwabohu ist ihr friedlicher, wie mit Klöppelspitzen verzierter Palast nicht wiederzuerkennen; sie fühlt sich hier schon nicht mehr zu Hause: Der Tumult und das laute Geschrei haben sie vor der Zeit daraus vertrieben.

Aus diesem Nebel um sie herum tauchen dennoch einige Bilder auf, kleine farbige Inseln: Die Schneiderinnen, die sich über Kleider ihrer Mutter beugen und Schmuck in die Säume einnähen; sie sagen, die Sultanin habe ja das Recht, ihn mitzunehmen, aber man wisse nie, ob nicht ein Zollbeamter übereifrig sei! Und mitten in diesem Getümmel die Sultanin, die nun wieder lächelt, da und dort herumgeht und tröstet und beruhigt.

»Keine Angst, meine Guten, es ist nur eine Frage von Monaten; das Volk wird uns zurückrufen ...«

Im Augenblick schweigt das Volk. Die Regierung hat dafür gesorgt. In allen großen Städten sind Sondergerichte eingesetzt worden, die befugt sind, Todesurteile zu fällen. Das »Hochverratsgesetz« gilt jetzt auch für alle, die sich zur Verbannung des Kalifen und der Prinzen überhaupt äußern.

Drei Tage lang sprechen Freundinnen im Ortaköy-Palast vor. Drei Tage lang hat man sich gefragt: Wohin soll man fahren? Nie zuvor hat eine osmanische Prinzessin ihr Land verlassen. Schließlich entscheidet sich die Sultanin für Beirut, »weil es so nah ist und wir dann schneller zurückkehren können!«

Selma fragt sich, was ihr Vater zu alledem sagt. Seit der Nachricht von der Verbannung hat sie ihn nicht mehr gesehen. Plötzlich hat sie große Lust, sich mit ihm zu unterhalten. An der Pforte zum Haremlik gibt es keine Wachen mehr. Sie läuft ins Vestibül bis zu den Gemächern des Beys. Das Arbeitszimmer ist leer, der Vater ist auch nicht im Salon, in seinem Zimmer sind die Schubladen herausgezogen ... leer.

Wie ein Pfeil fliegt Selma wieder durch das Vestibül zurück. Sie stürzt auf ihre Mutter zu.

»Annecim! Baba? Wo ist Baba?«

Die Sultanin streicht ihr mit ungewohnter Milde über das Haar.

»Seien Sie tapfer, meine kleine Selma. Die Damadlar hatten das Recht, sich frei zu entscheiden ... Ihr Vater wird nicht mitkommen.«

Die Worte verklingen im Leeren ... In einer Leere, die sich in ihrem Innern, in ihrer Brust, in ihrem Bauch, bis in die Fingerspitzen eisig ausbreitet ... »wird ... nicht ... mitkommen«.

Sie versteht nichts mehr ... Ihr ganzer Körper wankt unter einer Last, aber im Kopf wird es so leicht, so schwebend ... Sie versteht nichts mehr.

Er ist gegangen, ohne ihr Lebewohl zu sagen.

An diesem 7. März 1924 betrachtet Selma im Zug, der Istanbul verläßt, auf der Bank zusammengekauert ihr Land, von dem sie verlassen wird ... Hohe Kiefernwälder, glitzernde Flüsse und Frauen mit weißen Brusttüchern, die auf den Rapsfeldern arbeiten.

Vor ihren Augen ein Schleier.

ZWEITER TEIL

Libanon

I

Sie kann mich ohrfeigen, soviel sie will, ich werde die Augen nicht niederschlagen. Ein Klagelaut, und sie hätte ihre Genugtuung, brauchte nicht mehr zuzuschlagen, könnte vergeben. Diese Freude mache ich ihr aber nicht. Dadurch würde ich ja anerkennen, daß sie recht hat …

Schweigend scharen sich die Schülerinnen im Pausenhof um die schwarzgekleidete Frau und das junge, rotgelockte Mädchen. Was wie ein Hauptspaß begonnen hat – endlich wird sie mal heulen, dieses hochnäsige Ding! –, entwickelt sich jetzt zu einem Drama. Mutter Achillée schlägt überaus heftig zu … Warum schreit sie nicht, die dumme Gans? Weiß sie nicht, daß man schreien muß, ehe es weh tut? Die »Mütter« sind empfindsam, sie ertragen nicht, wenn man schreit.

Die Nonne hält erschöpft inne. Selma schiebt das Kinn wieder vor, und sucht ihrem Gesicht den Ausdruck der Verachtung zu geben – eine Märtyrerin vor ihrer Peinigerin.

»Sie werden die Lektion hundertmal abschreiben!«

»Nein.«

Die Schülerinnen sind verblüfft: Mut hat sie ja, die kleine Türkin! Mutter Achillée ist bleich geworden.

»Sie sind ein Teufel! Wir werden ja sehen, was die ehrwürdige Mutter dazu sagt!«

Sie wendet sich mit fliegenden Röcken und Ärmeln um und rauscht auf das Büro der Oberin zu.

Schüchtern wendet sich ein dunkelhaariges junges Mädchen an Selma. Es ist Amal, die aus einer jener vornehmen Drusenfamilien stammt, die jahrhundertelang in feudalen Gemeinschaften das libanesische Gebirge beherrscht hatten. Ihr Name bedeutet »Hoffnung«.

»Sie könnten womöglich von der Schule verwiesen werden. Was sagt dann Ihre Mutter dazu?«

»Sie wird mich beglückwünschen! Meine Mutter würde

nie zulassen, daß man unsere Familie beleidigt. Diese sogenannte Geschichtslehrerin ist eine Lügnerin!«

Eine Nonne als Lügnerin zu bezeichnen! Die Schülerinnen trauen ihren Ohren nicht. Einige laufen davon, um anderen von dieser unerhörten Blasphemie zu berichten. Man wagt sich gar nicht vorzustellen, was jetzt geschieht, aber spannend wird es bestimmt.

Mutter Marc sieht in ihrem mit dunklem Holz getäfelten Büro zum Kruzifix auf und bittet den Herrn um die richtige Eingebung. Es handelt sich eindeutig um einen Fall von Rebellion, und sie ist verpflichtet, streng vorzugehen; aber kann sie diese Kleine zwingen, über ihre eigenen Leute Schlechtes zu sagen? Im vergangenen Jahr war sie nach einer Lektion über die Kreuzzüge mit einem ähnlichen Problem konfrontiert: In der Klasse saßen zwei Musliminnen, die von ihren Vätern, die weiter kein Wort darüber verloren, aus der Schule geholt wurden.

Institutionen wie diese von Mutter Marc in Beirut geleitete der »Schwestern von Besançon« sind für Kinder aller Religionen zugänglich; denn man hat nicht die Absicht, die »verlorenen Schäfchen« zu bekehren, sondern hofft, daß das Wort des Herrn eines Tages keimen werde wie der Samen, der dem Wind anvertraut wird.

Da wird dreimal zaghaft an die Tür geklopft. Ein wilder, feuriger Haarschopf über einem weißen Spitzenkragen, der die strenge marineblaue Schulkleidung etwas auflockert, niedergeschlagene Augen und eine eigensinnige Stirn. Dann eine tiefe Verbeugung.

»Schon gut, Mademoiselle.«

Mutter Marc klopft mit ihren langen elfenbeinfarbenen Fingern auf den Schreibtisch.

»Ich bin noch unentschlossen, mein Kind. Was würden Sie an meiner Stelle tun?«

Sie ist nicht gefaßt auf den tief vorwurfsvollen Blick und die bei aller Höflichkeit scharfe Antwort.

»Ich habe nicht die Ehre, an Ihrer Stelle zu sein, ehrwürdige Mutter.«

»*Meine!*«
»Wie bitte?«
»*Meine* ehrwürdige Mutter!«
»Ja, ehrwürdige Mutter.«
Mutter Marc beschließt, diese Auslassung einer unvollständigen Kenntnis der französischen Sprache zuzuschreiben, und fährt mit sanfter Stimme fort: »Mutter Achillée fordert Ihre Verweisung von der Schule. Sie versichert, es gehe um die Disziplin der ganzen Klasse.«
Selma schweigt. Sie denkt an ihre Mutter. Arme Annecim! Nach Hayri, der sich weigert, in die Schule zu gehen, weil seine Gefährten ihn statt »Hoheit« »Doofheit« nennen, wird nun auch sie ihr noch Kummer bereiten ... Bei der Vorstellung, daß die Sultanin ihretwegen Ungelegenheiten haben könnte, wird sie schwach.
»Ehrwürdige Mutter, was würden Sie tun, wenn man Sie zwingen würde« – ihr Atem stockt – »zu wiederholen, daß Ihr Großvater wahnsinnig war ... Ihr Großonkel ein blutrünstiges Ungeheuer ... der andere Großonkel ein Schwachkopf und der dritte ein Feigling?«*
Mutter Marc blickt erneut zum Kruzifix auf. Dann wendet sie sich dem jungen Mädchen zu; ihre Augen leuchten.
»Unser Herr Jesus Christus ist gekreuzigt worden, weil seine Zeitgenossen ihn für einen Betrüger hielten. Sie sehen, die Urteile der Menschen zeigen ihre Beschränktheit: Es gibt keine Geschichte, es gibt nur Standpunkte. Der einzige, der die Wahrheit kennt, ist derjenige, der keinen Standpunkt hat, weil er nirgendwo steht. Er ist überall. Ich meine Gott.«
Mutter Marc, die Nachfahrin einer berühmten Kreuzfahrerfamilie, die für die Wahrheit kämpfte und starb, ist irgendwie irritiert, als hätte sie sie soeben verraten. Plötzlich hat sie es eilig, zu einem Ende zu kommen, und sie entscheidet mit etwas zitternder Stimme folgendes: »Sie gehen eben nicht mehr in die Geschichtsstunde, sondern studieren das

* Gemeint sind die vier letzten türkischen Sultane, nämlich Murad V., Abdül Hamid II., Reşat und Vahiddedin.

Pensum allein … ich finde nicht, daß es notwendig ist, diesen Vorfall der Sultanin mitzuteilen.

»Oh! Danke, meine ehrwürdige Mutter!«

Spontan küßt Selma der Oberin die Hand und führt sie nach Sitte am osmanischen Hof an die Stirn.

Die Nonne murmelt erstaunt: »Gehen Sie in Frieden, mein Kind!«

Und ohne weiter darüber nachzudenken, antwortet Selma nach muslimischem Brauch: »Und Friede sei auch mit Ihnen, meine Mutter!«

Mutter Marc schien es, als habe Christus ihr von seinem Kreuz herunter zugelächelt.

Gemessen an der osmanischen Hauptstadt ist Beirut eine reizvolle Provinzstadt von etwa fünfzigtausend Einwohnern. Ihre von schattigen Gärten umgebenen Häuser strahlen mit ihren roten Ziegeldächern weiß in der Sonne.

Im Westen, im Viertel von Ras Beirut, wo die Sultanin sich niedergelassen hat, sieht man vom Balkon aus das Meer, über dessen tiefes Blau Selma zuerst wie über etwas Ungehöriges richtig erschrocken war. Nach und nach hatte das Mädchen dann begriffen, daß ganz Beirut wie dieses fröhliche, von Leben überbordende Mittelmeer war, ganz anders als Istanbul mit seinem Bosporus, dessen schillernde, von Träumen und Sehnsüchten erfüllte Transparenz Tränen eines süßen Glücksgefühls hervorlockte.

Die libanesische Dame, die ihnen ihren neuen Wohnsitz vermietet hat, verehrt die Türkei und die Türken! – »Wie alle Bewohner dieses Viertels«, sagt sie.

Stolz zeigt sie ihnen das kleine, von Feigenbäumen und Dickblattgewächsen malerisch umgebene Haus, ohne sich lange bei den lecken Dachrinnen, den mit großen Schimmelflecken überzogenen Mauern oder den Fenstertüren aufzuhalten, durch die der Wind bläst.

»In Ras Beirut«, erklärt sie, »wohnen die ältesten sunnitischen Familien, die in der osmanischen Epoche bis zur Ankunft der Franzosen die Stadt beherrschten. Vier Jahrhunderte lang …!«

Sie erwähnt auch, daß diese tonangebende sunnitische Gesellschaft sich bestens mit einer einflußreichen Minderheit, den vornehmen griechisch-orthodoxen Familien, versteht. Man besucht sich fast täglich, um Karten zu spielen – die Herren Poker und die Damen eine Art Canasta. Und am späten Nachmittag reitet man aus über die umliegenden Hügel, vor allem im Frühjahr, wenn sie nach Thymian und Weißdorn duften.

Die Sultanin schüttelt höflich den Kopf, was ihre Gastgeberin für eine Aufforderung hält, fortzufahren. So erklärt sie eifrig, die Sursoks, die Trads und die Tuenis, Inhaber von Banken, gäben die prachtvollsten Empfänge.

»Da trifft sich das ganze christliche und muslimische Beirut. Griechisch-orthodoxe Christen natürlich; denn es gibt, von ein paar Familien abgesehen, die seit Generationen in der Stadt wohnen, hier in der Stadt nicht sehr viele Maroniten. Die meisten leben als Bauern im Gebirge und hängen an ihrem Land und ihrer Kirche.

Im Gegensatz zu den anderen Libanesen betrachten sich viele Maroniten nicht als Araber«, erläutert sie weiter, »sondern als direkte Nachkommen der Phönizier und ihrer ruhmreichen Seemacht, die die Meere jahrhundertelang beherrscht hatte, bis sie von Ptolemäus, einem Offizier Alexanders des Großen, zerschlagen wurde. Als Beweis für ihre andersgeartete Herkunft führen sie an, daß sie bis ins 17. Jahrhundert kein Wort Arabisch, sondern ausschließlich Aramäisch sprachen!«

Und in der Tat stützt sich dann das französische Mandat, das Istanbul die Herrschaft über das Gebiet entzogen, Beirut zur Hauptstadt gemacht und den Großlibanon geschaffen hat, wie selbstverständlich auf diese maronitischen Christen, die seit 1860 von Frankreich protegiert wurden. Um so mehr, als die meisten von ihnen in den im Libanon niedergelassenen Missionsschulen erzogen wurden und ausgezeichnet Französisch sprechen. Das Mandat bietet ihnen zahlreiche Posten in der neuen Verwaltung an und schafft Erleichterungen für sie im Geschäftsbereich, damit sie Anreize haben, nach und nach vermehrt in die Stadt zu ziehen. Sie bilden

Frankreichs loyalste Basis. Diese Neustädter bauen ihre Häuser mit Vorliebe in Achrafieh, weil das Land da noch fast unberührt, also nicht so teuer ist wie in Westbeirut, wo es an der Küste bereits von herrlichen Wohnsitzen wimmelt.

Beirut, eine Oase der Ruhe zwischen Meer und Gebirge, ist eine Stadt, in der man sich vor allem dem Vergnügen überläßt. Doch bei aller gegenseitigen Toleranz der verschiedenen Gemeinschaften herrscht ein gesellschaftlicher Ostrazismus. Die alten Familien, die mit ansehen müssen, wie diese vom Mandat begünstigten Bauern aus dem Gebirge in die Stadt ziehen und in ein paar Jahren zu »Neureichen« ohne Überlieferungen und Umgangsformen werden, sind darüber erbittert.

Aus diesem Grunde wird die Kluft zwischen Alt- und Neubeirutern immer größer. Allerdings fördert die französische Verwaltung nicht nur die Maroniten, sie ist auch auf zuverlässige Unterstützung durch die muslimische Gemeinschaft angewiesen. Von der sunnitischen Großbourgeoisie hat sie nicht viel Zustimmung zu erwarten, denn mit ihrer Konzeption des Staates Libanon hat sie diese Schicht um das arabische Königreich betrogen, das ihr von England versprochen worden war und in dessen Schoß Syrien, Libanon und Palästina hätten vereinigt werden sollen. Zudem standen der sunnitischen Großbourgeoisie bei ihrer Etablierung die ökonomischen Privilegien der reichen Sunniten im Wege. Ihre Beziehungen sind indessen nach wie vor korrekt, manchmal sogar gut, weil die Libanesen immer Sinn für Diplomatie hatten. Doch wenn sie unter sich sind, werfen sie Frankreich vor, den Reichtum des Landes beschnitten zu haben. Und sie sind darüber empört, daß fast alle leitenden Posten in der Politik, in der Verwaltung und in der Armee den Christen vorbehalten bleiben. Dafür gibt es wiederum eine bourgeoise Mittelschicht, muslimische Sunniten, die unter den Osmanen keine Aussichten auf wichtige Ämter hatten. Auf einige dieser Familien haben sich dann die Franzosen gestützt, sie gefördert und sich dadurch ihrer Ergebenheit versichert.

Diese in voller Veränderung begriffene, dem Einfluß der neuen Herren und »Freunde« ausgesetzte Beiruter Gesellschaft ist nun für die Sultanin Hatice mit ihren beiden Kindern, Zeynel und zwei Kalfalar der neue Lebensraum.

Es wird ihnen viel Neugier, ja sogar Sympathie entgegengebracht. Schließlich hat Murad V. nie jemanden unterdrückt, aus dem einfachen Grund, weil der Arme nur drei Monate regiert hat ... Und seine unglückliche Tochter! Dreißig Jahre lang in Gefangenschaft, dann zwanzig Jahre mit zwei Gatten, wobei der erste sie wahrscheinlich schlug und der zweite sie sicher betrog; dann der Krieg, die Revolution, und jetzt das Exil! Die Damen der guten Gesellschaft sind begierig auf pathetische Enthüllungen, auf unerhörte Details über die skandalöse Art und Weise, wie die kaiserliche Familie behandelt worden ist, oder einfach auf ein paar Seufzer, einen traurigen Blick, worauf man die Hand der Prinzessin drücken und ewige Freundschaft hätte geloben können. Aber sie werden enttäuscht.

Die Sultanin empfängt sie in ihrem Salon mit den etwas ausgebleichten gelben Seidentapeten; sie tut es mit dem liebenswürdigen Lächeln und der zurückhaltenden Würde einer Herrscherin, der ihre Untertanen eine Aufwartung machen. Auf die Fragen der Besucherinnen, die zuerst förmlich sind, dann aber, unter dem Einfluß ungeduldiger Neugier, immer indiskreter werden, antwortet sie mit unerschütterlicher Ruhe. Nein, wirklich, sie habe ihnen nichts Interessantes zu erzählen; Kemal habe nur getan, was er für seine Pflicht hielt. Möglichkeiten einer Konterrevolution, einer Wiedereinsetzung der ehemaligen Regierung? Das liege in Allahs Macht! Wer zum neuen Kalifen ernannt werden könnte? Das habe sie selbst sie gerade fragen wollen ... Und die Besucherinnen verabschieden sich ratlos, mit dem vagen Gefühl, man habe sie zum besten gehabt, wogegen aber wiederum die außerordentliche Höflichkeit der Sultanin spricht. Ein paar Damen, und zwar gerade die vornehmsten, haben sie zu sich zum Tee eingeladen »an einem Nachmittag, der Ihnen recht ist; ich möchte Sie ein paar Freundinnen vorstellen«. Die Sultanin lehnt bedauernd ab.

»Es ist sehr liebenswürdig von Ihnen, aber ich gehe nicht mehr aus ... Wenn Sie dagegen zu mir kommen, würde ich mich darüber immer sehr freuen.« Ein paar Wochen lang ist der gelbe Salon überlaufen, dann werden die Besuche immer seltener. Diese angeblich so intelligente Prinzessin, deren starke Persönlichkeit gerühmt wurde, hat letztlich überhaupt nichts zu berichten!

In der endlich wiedereingekehrten Ruhe lacht die Sultanin still vor sich hin.

»Diesen dummen Gänsen, die sich wichtig machen, die herumerzählen wollten, sie würden mit einer Sultanin auf bestem Fuße stehen, habe ich eine Lektion erteilt! *Mich* einladen! Die haben wirklich keine Ahnung! Als ob eine kaiserliche Prinzessin in meinem Alter Besuche machen würde. Merken Sie sich das, Selma: Wir brauchen unser Verhalten nicht zu ändern, nur weil wir kein Geld mehr haben. Vergessen Sie nie, daß Sie Prinzessin sind.«

Selma stößt einen Seufzer aus ... *Eine Lumpenprinzessin, was ist das schon? Die ganze Klasse spottet über mich, ich werde »die Hoheit mit den gestopften Strümpfen« genannt.*

Sie sagt aber nur: »Es würde mir schwerfallen, das zu vergessen, Annecim.«

Hatice sieht sie verwundert an.

»Ist etwas nicht in Ordnung? In der Schule vielleicht?«

»O nein, Annecim, in der Schule geht es recht gut.«

Sie muß die Mutter um jeden Preis schonen. Die Sultanin bewahrt Haltung, aber in den vergangenen Monaten hat ihr früher so lebhafter, so scharfer Blick sich schmerzlich verschleiert. Sie versteht das Schweigen ihres Volkes nicht und kann sich nicht damit abfinden.

Jeden Morgen und Abend versucht sie am Radio die Nachrichten aus der Türkei zu bekommen. Die Abschaffung der religiösen Schulen und Stiftungen, die Schließung der Klöster hat sie zwar empört; dagegen empfand sie eine Art Triumph, als sie vernahm, daß die Frauen gewaltsam gezwungen wurden, den Schleier abzulegen, und daß die Männer keinen Fes, dieses Symbol der Zugehörigkeit zum Islam, mehr tragen durften, und zwar unter Androhung, daß sie sonst gehenkt würden! Diesmal würden die Türken gewiß aufbegehren!

Aber auch diesmal haben sich die Türken damit abgefunden ... Tag für Tag werden die Falten um Hatices Mundwinkel etwas tiefer. Als sie ihr Land verließ, war sie überzeugt, daß das Volk sie zurückrufen würde. Nun sind sie schon fast ein Jahr im Exil, und das Volk schweigt.

Gewiß, die Sondergerichte sind allgegenwärtig, die Opposition und die Presse werden kontrolliert, aber, quält sich die Sultanin, die Türken ... ist es denn möglich, zehn Millionen Türken zu kontrollieren?

Der Verlust ihres Gatten hat eine gewisse Verbitterung in ihr zurückgelassen, aber was an ihr nagt, ist die Gleichgültigkeit ihres Volkes.

Selma hat sich wie ein tapferer Ritter geschworen, ihre Prinzessin zu verteidigen. In letzter Zeit ist die Verehrung, die sie für sie empfand, einer besorgten Zärtlichkeit gewichen, als ob sie Angst hätte, ein neuerliches Unglück könnte für ihre jetzt so anfällige Mutter verhängnisvoll sein.

Deshalb geht sie nach der Schule nie fort – wohin sollte sie auch gehen, sie hat keine Freundinnen –, sondern direkt nach Hause, setzt sich der Sultanin auf einem Kissen stundenlang zu Füßen und erfindet unzählige Geschichten, um ihre Mutter zu zerstreuen. Sie hat noch nie so viel Zeit in ihrer Nähe zugebracht. Im Ortaköy-Palast machte das Zeremoniell und die ständige Anwesenheit der Kalfas eine solche Vertraulichkeit unmöglich. Manchmal sagt sie sich selbst zum Trost, das Exil habe sie einander wenigstens nähergebracht. Aber sie weiß, daß das eigentlich gar nicht stimmt; nie ist ihr die Sultanin so unerreichbar erschienen.

Eines Tages ist die Mathematikstunde ausgefallen, und Selma ist eine Stunde früher nach Hause gekommen. Auf der Schwelle bleibt sie verdutzt stehen: Sie hört schallendes Gelächter! Langsam nähert sie sich und sieht ... Annecim ... Annecim, sie lacht, wie sie sie seit ihrer Abreise von Istanbul nie mehr hat lachen sehen! Und ihr zu Füßen, auf ihrem, Selmas, Kissen, Zeynel, der hochvergnügt irgend etwas zum besten gibt.

Das junge Mädchen spürt, wie ihm etwas die Kehle zuschnürt. Sie hat das Gefühl, betrogen worden zu sein: Warum findet ihre Mutter, die ihr nur noch ein melancholisches Gesicht zeigt, gerade mit Zeynel zu ihrer einstigen Fröhlichkeit zurück?

Ganz bleich nähert sie sich. Der Eunuch ist aufgestanden, die Sultanin lacht nicht mehr.

»Was ist, Selma, sind Sie krank?«

... Sie tut so, als sei sie beunruhigt, aber ich könnte ohne weiteres sterben, wenn sie nur ihren Zeynel hat ...

Hayri, den Selma übersehen hat, grinst.

»Eifersüchtig ist sie, nichts weiter! Sehen Sie nicht, Annecim, daß Mademoiselle es nicht erträgt, wenn Sie sich für irgend jemand anderes interessieren, zum Beispiel für mich? Wenn Sie mir zulächeln, wird sie grün und blau vor Wut!«

Selma wirft ihrem Bruder einen giftigen Blick zu. Offenbar hat sie die Beobachtungsgabe dieses Einfaltspinsels unterschätzt. Dafür wird er büßen müssen. Vorerst muß die Situation gerettet werden.

»Eifersüchtig? Was für eine Idee! Wieso sollte ich eifersüchtig sein? Ich war nur erstaunt ... und glücklich, Annecim, Sie lachen zu hören.«

Sie spürt, daß das nicht überzeugend klingt. Um abzubrechen, schützt sie vor, sie müsse ihre Bücher in ihr Zimmer bringen, und zieht sich zurück.

Die Sultanin Hatice folgt ihr beunruhigt.

»Was ist denn, Selma?«

Das junge Mädchen hat Tränen in den Augen.

»Oh! Annecim, ich liebe Sie so sehr, mehr als alles andere, und ich habe das Bedürfnis, von Ihnen auch geliebt zu werden ...

»Mehr als alles andere? Aber Selma, ich liebe Sie und Hayri doch auch mehr als alles andere!«

Ihr Ton ist eisig geworden.

»Aber ich ertrage es nicht, mit Gefühlen erpreßt zu werden, auch dann nicht, wenn es sich dabei um meine Kinder handelt. Was die Leidenschaft angeht, denn davon sprechen Sie offenbar, ist sie mir immer unpassend erschienen. Ausgenommen die Leidenschaft fürs Vaterland!«

Selma läßt den Kopf hängen ... Warum ist ihre Mutter, die

doch so gut ist, manchmal so hart …? *Baba sagte, wenn sie zornig sei, lege sie sich über ihre Grausamkeit keine Rechenschaft ab … Baba … den ich angebetet habe … und der mich verlassen hat … Und jetzt sie!* Selma beißt sich auf die Lippen: Um jeden Preis seine Verwirrung verbergen … *Ah! Wenn ich sie doch weniger lieben könnte, nicht so ungeschickt wäre, so begierig darauf, ihr zu gefallen, wenn ich mich doch gleichgültiger zeigen könnte … Dann, da bin ich ganz sicher, würde sie mich lieben. Aber ich bin gewissermaßen eine Last für sie … Wie oft hat sie mir schon vorgeworfen, daß ich sie bedränge!*

Selma atmet tief ein; sie will die Fassung nicht verlieren.

»Annecim … Ihren Vater, haben Sie ihn nicht leidenschaftlich geliebt?«

»Meinen Vater …?«

Ein ganz sanftes Lächeln huscht über Hatices Gesicht. Sie sieht plötzlich wie ein junges Mädchen aus.

»Ja, ich liebte ihn leidenschaftlich … Er war ein außerordentlicher Mensch, eins der wenigen Wesen, die man leidenschaftlich lieben kann, ohne sich etwas zu vergeben.«

Selma sieht sie schweigend an.

… *Das ist es ja, Annecim, genau das empfinde ich für Sie, warum lehnen Sie es ab? … Sie haben einmal gesagt, es müßte die Hölle sein, wenn man Gott wäre. Die ganze Hoffnung, die ganze Liebe der Menschheit würde sich an einen klammern, was für eine Last! Bitte ein bißchen Gleichgültigkeit, ein bißchen Haltung! Ich hatte darüber wie über einen Scherz gelacht. Jetzt verstehe ich, wie aufrichtig Sie waren …*

Ah! Man macht immer etwas falsch, entweder weil man nicht genug liebt oder weil man zu sehr liebt.

II

»Sie töten die Unseren zu Hunderten!«

Amal hat Selma in eine Ecke des Pausenhofes gezogen. Ihr Gesicht ist noch bleicher als sonst.

»Im Djebel haben die Franzosen ganze Dörfer in Brand gesteckt, ohne Frauen und Kinder zu schonen. Das werden sie bereuen: Die Rache der Drusen wird fürchterlich sein!«

Selma hat Amals Hand ergriffen. Bei den Schwestern von Besançon ist die kleine Drusin ihre einzige Freundin, die einzige, die es gewagt hat, die Isolation, in der man sie gefangenhielt, zu durchbrechen. Das junge Mädchen verstand Selmas Verzweiflung; sie hatte das selber auch durchgemacht, hatten doch die Nonnen von ihr gesagt: »Amal ist hübsch und intelligent, wie schade, daß das arme Ding Muslimin ist!« Zuerst wollte sie nicht bleiben, weinte Tag für Tag, aber ihr Vater hatte nicht nachgegeben: Im Libanon sind die besten Schulen eben christliche Schulen, und es ist für gute muslimische Familien ein Ehrenpunkt, ihre Töchter dahin zu schicken.

»Amal, sagen Sie mir«, fragt Selma sanft, »die anderen Libanesen haben doch das französische Mandat akzeptiert, warum kämpfen die Drusen dagegen?«

»Das ist Ehrensache!«

Ihre blauen Augen funkeln.

»Am Anfang waren wir nicht gegen die Franzosen, aber der Hochkommissar, General Sarrail, hat unsere Führer beleidigt.«

Im Frühling dieses Jahres 1925 war eine Delegation aus Syrien eingetroffen, um den Status der Drusen zu diskutieren. Sie protestierte gegen die Initiativen des französischen Gouverneurs Carbillet, die gegen altüberlieferte Traditionen verstießen, und verlangte, wie es die Vereinbarung von 1921 vorsah, einen drusischen Gouverneur.

Der Hochkommissar hatte sie kühl empfangen und geantwortet, er befürworte Carbillets Reformen voll und ganz, und die Vereinbarung von 1921 zeige ein heute überholtes Denken. Daraufhin waren weitere Delegationen in Beirut eingetroffen, denen es nicht gelang, Sarrail zu treffen. Für diesen rationalistischen, antiklerikalen »linken General« sind die Drusen Wilde wie die Schwarzafrikaner, mit denen er schließlich Erfahrung hat. Er will keine Zeit mit ihnen verlieren.

Zwischen ihnen und den Franzosen herrscht von nun an Krieg. Um alles ins Lot zu bringen, befiehlt der Hochkommissar seinem Delegierten in Damaskus, die wichtigsten drusischen Führer unter dem Vorwand, ihre Forderungen prüfen zu wollen, einzuberufen und sie zu verhaften. Drei der Ranghöchsten gehen in die Falle.

Diesmal ist das Maß voll. Am 17. Juli bricht unter Führung des schrecklichen Sultans El Atrach der Aufstand aus. Mehrere Kolonnen französischer Soldaten, die ihn niederwerfen sollen, werden dezimiert.

»Und damit ist es noch nicht zu Ende!« verspricht Amal und zieht ihre feinen Augenbrauen kriegerisch zusammen. »Die Drusen des libanesischen Schuf haben sich mit den Drusen des syrischen Djebel vereinigt. Sie sind jetzt mehr als fünfzigtausend!«

»Also, sehen Sie, sie werden siegen!« sagt Selma. »Warum sind Sie denn so beunruhigt?«

»Weil die französische Regierung eben auch vermutet, wir könnten siegen«, seufzt Amal ... »Deshalb hat sie General Gemalin an der Spitze einer zirkassischen Kavallerie mit tunesischen Schwadronen und sieben Infanteriebataillonen losgeschickt. Sie sind mit modernster Artillerie ausgerüstet und bombardieren unsere Dörfer, bis sie in Staub und Asche liegen. Unsere Drusen kämpfen wie die Löwen. Aber was können sie mit ihren Gewehren schon ausrichten gegen Kanonen ...?«

Selma hat den Arm um die Schulter des jungen Mädchens gelegt. »Ihr werdet siegen, Amal, ich bin ganz davon überzeugt, so wie wir in der Türkei die ausländischen Armeen besiegt haben!«

Wir ... Wer, wir ...? Es sind nun schon Jahre vergangen, und Selma gelingt es immer noch nicht, wird es nie gelingen, sich mit diesem – wie sie meint – unglaublichen Paradoxen abzufinden: mit dem Sieg ihres Landes und der Vertreibung ihrer Familie. Irgendwo muß sich die Geschichte geirrt haben ...

»Das Schlimmste ist aber«, fährt Amal fort, »daß die Franzosen überzeugt sind, im Recht zu sein. Sie teilen unser Land auf, spalten unser Volk, behaupten aber, in Wirklichkeit ...«

»Was ist das denn für eine Wirklichkeit?« bricht es aus Selma heraus. »Die Wirklichkeit, die sie zwingt, euch zu töten?

Die Wirklichkeit, die Mustafa Kemal gezwungen hat, uns zu vertreiben? Ich habe auch lange geglaubt, es handle sich um ein Mißverständnis, man müsse es ihnen nur erklären; ich habe es meiner Mutter übelgenommen, daß sie schwieg, statt unsere Unschuld laut hinauszuschreien. Wie dumm von mir! Ich war zu jung, um zu begreifen … Lächeln Sie nicht! Ich bin erst vierzehn, das stimmt, aber so darf man nicht rechnen.

Es hat mich reifer gemacht, als ich entdeckte, daß Gutgläubigkeit zu nichts führt, daß es sich nicht um die Frage ›Was ist wahr?‹ sondern um die Frage ›Wer ist der Stärkere?‹ handelt. Von diesem Augenblick an habe ich nicht mehr gejammert, aber ich habe mir geschworen, daß eines Tages *ich* die Stärkere sein werde.«

»Aha, eine Verschwörung?«

Spöttisch haben sich zwei Schülerinnen herangemacht: Marie-Laure und Marie-Agnès, die Unzertrennlichen, hübsch, hochmütig, Töchter höherer Offiziere der französischen Armee.

Amal hat sich angriffslustig aufgerichtet.

»Wie scharfsinnig! Wir diskutieren tatsächlich, welches das wirksamste Mittel sei, euch aus dem Libanon hinauszuwerfen.« Marie-Laure sieht sie herablassend an.

»Oh! Oh! beruhigen Sie sich, meine Kleine! Schließlich wäre Ihr Land ohne uns noch eine von den Osmanen versklavte Provinz!«

»Hören Sie auf mit diesen Geschichten«, versucht Marie-Agnès einzulenken, »man hört uns vielleicht. Wenn es den Müttern zu Ohren kommt, daß wir über Politik reden, werden wir alle von der Schule verwiesen.«

»Sie machen es sich recht einfach, jetzt den Rückzug anzutreten, nachdem Sie uns beleidigt haben!« protestiert Selma trocken.

»Ei, ei! Die Prinzessin fordert Genugtuung!« sagt Marie-Laure ironisch. »Prima! Ich schlage vor, daß wir den Konflikt auf gymnastischer Ebene regeln, und lasse Ihnen die Wahl der Waffen: um die Wette laufen oder springen.«

»Springen.«

Marie-Laure ist mindestens zehn Zentimeter größer; Selma weiß, daß sie beim Laufen keine Chance hätte.

Der Turnplatz liegt ein bißchen abseits der Hauptgebäude. Rechts befindet sich ein breiter Sandkasten und ein Gerüst mit kleinen Eisenträgern, die man in gewünschter Höhe befestigen kann.

»Beginnen wir mit zwei Metern?« schlägt Marie-Laure vor.

»Gut.«

»Dann sind Sie jetzt dran, da Sie sich für die Beleidigte halten!«

Die Schülerinnen haben sich gespannt um sie versammelt. Zwei von ihnen bieten sich an, den Eisenträger jeweils zwanzig Zentimeter höher zu befestigen.

Erster Sprung, ein Kinderspiel, eine weiche Landung.

»2 Meter 20!« verkündet die Schülerin, die den Schiedsrichter spielt.

Selma stürzt sich leichtfüßig hinunter, Marie-Laure mit ihren muskulösen, kräftigen Beinen hinterher.

»2 Meter 40!«

Jetzt wird es langsam ernst. Beide gehen in die Hocke und springen, ganz auf sich selbst konzentriert, hinunter.

»2 Meter 60!« verkündet die Schiedsrichterin.

Selma steht auf dem Eisenträger und vernimmt ein Gemurmel. Unter den jungen Mädchen, die versammelt sind, entdeckt sie Amals kleines Gesicht. Die Freundin winkt ihr ermutigend zu. Selma ist ein bißchen nervös, aus solcher Höhe ist sie noch nie hinuntergesprungen. Aber bei dem vielen Sand sollte das kein Problem sein. Sie geht in die Knie, eins, zwei, drei, hopp … Geschafft!

Sie ist noch nicht aufgestanden, da landet Marie-Laure hinter ihr. Sie sehen sich einen Augenblick in die Augen, zögern, blicken dann wieder weg.

»2 Meter 80.«

Selma steigt mit einem seltsamen Zittern in der Brust langsam die Sprossen hinauf. Unten herrscht Schweigen: Zwanzig Augenpaare sind auf sie gerichtet. Man kann nicht kneifen.

Sie atmet tief ein: Los!

Kaum hat sie sich abgestoßen, weiß sie Bescheid. Sie fühlt sich gleichsam entzweigerissen – hört etwas knacken, ein Brennen wie von einem Peitschenhieb, ein unerträglicher Schmerz, und gleichzeitig spürt sie etwas wie Erleichterung: Nun ist es zu Ende, sie braucht keine Angst mehr zu haben.

Um sie herum Schreie, alles dreht sich, nein, sie wird nicht erbrechen, sie …

Wo ist sie, was ist geschehen? Warum besprengt ihr Mutter Jeanne das Gesicht mit Eiswasser? Warum macht sie dabei ein so bestürztes Gesicht?

Ein Schmerz im rechten Bein ruft sie in die Wirklichkeit zurück.

»Rühren Sie sich nicht, meine Kleine, die Ambulanz ist unterwegs. Aber wie unvorsichtig, Sie hätten sich umbringen können! Warum sind Sie denn aus solcher Höhe hinuntergesprungen?«

Selma verzieht das Gesicht zu einer leichten Grimasse.

»Ich habe trainiert … für die Olympischen Spiele.«

Die ängstlichen Mienen der Schülerinnen hellen sich auf, es wird sogar gelacht. Das ist zuviel für Marie-Laure:

»Ich bin schuld, meine Mutter, ich habe …«

»Sie haben mich angespornt, Sport zu treiben«, unterbricht Selma lebhaft, »aber ich hätte mir im klaren sein müssen, daß ich nicht das Format hatte, mich mit Ihnen zu messen.«

»Mein armes Kind«, seufzt Mutter Jeanne, »da sehen Sie, wohin Stolz führen kann.«

Endlich kommt die Ambulanz. Die Verletzte wird mit äußerster Vorsicht untergebracht, die ganze Klasse drängt sich, um ihr auf Wiedersehen zu sagen, Amal schluchzt, und neben ihr steht, sehr bleich, Marie-Laure.

»Bis bald, Selma, kommen Sie möglichst schnell wieder.«

Sie sehen sich an, lächeln sich schüchtern zu. Selma ist, wie sie merkt, eigentlich ganz froh darüber, daß sie sich das Bein gebrochen hat.

Es ist ein komplizierter Bruch. Der Arzt hat sechs Wochen strikte Bettruhe zu Hause verordnet. Jeden Tag nach der Schule kommt Amal zu Besuch.

»Ich werde nie vergessen, was Sie für mich getan haben. In der Schule spricht man nur von Ihrem Mut, und vor allem ist man Ihnen dankbar, daß Sie nichts gesagt haben. Denen haben Sie eine schöne Lektion erteilt!«

Sie schließt Selma in die Arme, legt zärtlich eine Locke auf der schweißbedeckten Stirn zurecht, übersät die Hände mit Küßchen. Sie haben die Hefte auf dem Bett ausgebreitet – Amal faßt für Selma, die zu Hause weiterlernen soll, die Unterrichtsstunden des jeweiligen Tages zusammen – und erzählen sich unendlich viel.

Amal hat ihre Mutter im Alter von zwei Jahren verloren und erinnert sich nicht mehr an sie. Sie wurde von ihrer Tante erzogen, einer Kusine Sid Naziras, der Herrscherin der Drusen.

»Ich habe Sid Nazira nur einmal gesehen, in ihrem Palast in Mukhtara, tief im Innern des Schuf-Gebirges, aber ich werde das nie vergessen ... Sie saß in einem einfachen schwarzen Kleid auf einem niedrigen Diwan und hatte das Haar wie unsere Bäuerinnen mit einem weißen Schleier verhüllt, aber sie sah aus wie eine Königin.«

Amal weiß noch, daß etwa zwanzig Stammeshäuptlinge dort waren, die ihre Herrin um einen Rat ersuchten. Aus Respekt vor ihr hatten sie ihre Gewehre und Patronentaschen abgelegt; sie lagen vor dem Eingang des Salons auf einem großen Haufen. Sie erinnert sich an diese rauhen, scharf geschnittenen Gesichter, Männergesichter, wie man sie in den Städten nicht mehr sieht. Trotzdem waren sie in Gegenwart dieser zarten Frau schüchtern wie Kinder.

»Sid Nazira sprach lange mit ihnen, dann stellte sie jedem einzelnen die gleiche Frage und sah sie dabei mit ihren strahlenden Augen scharf an. Einer nach dem andern stimmten sie zu, warfen sich ihr zum Zeichen ihrer äußersten Verehrung zu Füßen und küßten den Saum ihres Kleides. Mir fiel auf, daß sie keinen Augenblick die Stimme erhoben oder eine Handbewegung gemacht hatte.«

»Das erinnert mich an meine Mutter«, murmelt Selma nachdenklich, »oder vielmehr an das, was meine Mutter einmal war. Arme Annecim! Seit der Verbannung hat sie sich sehr verändert ...«

»Und Ihr Vater?«

Selmas Augen werden dunkelgrau.

»Ich habe keinen Vater mehr.«

»Entschuldigen Sie«, sagt Amal bedauernd, »ich wußte nicht ...«

»Das weiß niemand außer mir.«

Zwei Monate später kommt Selma, auf ihre Krücken gestützt, wieder in die Schule. Sie wird herzlich empfangen; Schülerinnen, die nie ein Wort mit ihr gesprochen hatten, bemühen sich eifrig um sie.

Von hinten im Hof her taucht Marie-Laure auf, lässig wie immer. »Ich freue mich, daß Sie wieder da sind«, sagt sie.

Ein ganz banaler Satz, aber allen ist klar: Da er von der francomaronitischen Chefin ausgesprochen wurde, besiegelt er die Versöhnung.

Am Abend schlägt ihr Marie-Laure vor, sie nach Hause zu bringen. Wie die meisten französischen Schülerinnen verfügt sie über ein Auto mit Chauffeur, der sie am Ausgang der Schule erwartet. Selma ist versucht, anzunehmen, da sieht sie Amals traurigen Blick.

»Das ist nett, danke, aber ich möchte ein bißchen an die frische Luft. Und Amal hat mir angeboten, mir die Bücher zu tragen.«

Marie-Laure, nicht dumm, zuckt die Schultern.

»Schade, ich dachte, wir hätten uns einiges zu sagen! Aber Sie haben recht«, fügt sie in gleichgültigem Ton hinzu, der ihre Enttäuschung aber nur schlecht kaschiert, »die Treue geht vor!«

Selma sieht zu, wie sie weggeht, und es tut ihr weh, daß sie diese ausgestreckte Hand zurückgestoßen hat; sie hat den Eindruck, daß sie etwas falsch gemacht hat.

Und als die junge Drusin ironisch anmerkt: »Ei, ei, sollte unsere Schöne, die immer so gleichgültig ist, eifersüchtig sein?«, bricht es gereizt aus ihr heraus: »Ach! behalten Sie ihre Kommentare bitte für sich!«

Aber als sie dann das kleine verletzte Gesicht sieht, bereut sie es gleich wieder: »jetzt habe ich auch ihr noch unrecht getan. Was ist denn los? Warum schließen Freundschaften einander aus? Warum muß man um jeden Preis Partei ergreifen?«

Ein paar Tage später geht während einer Literaturstunde die Tür auf, und herein kommt die Oberin mit einem sehr vornehmen Herrn, der eine Art Fes und ein Stöckchen mit Silberknauf trägt.

»Würden Sie bitte entschuldigen, Mutter Térésina, daß wir Ihre Stunde unterbrechen«, flötet Mutter Marc mit ihrer melodiösen Stimme, »aber Seine Exzellenz der Damad Ahmet Nami Bey, Gouverneur von Syrien, erweist uns die unschätzbare Ehre, unsere Lehranstalt zu besuchen. Seine Nichte ist übrigens in Ihrer Klasse. Kommen Sie, Selma, begrüßen Sie Ihren Onkel.«

Errötend steht das junge Mädchen auf und deutet, auf ihre Krücken gestützt, eine ungeschickte Verneigung an, die durch das schallende Gelächter des Gouverneurs unterbrochen wird.

»Als kleines Mädchen waren Sie nicht so schüchtern! Bitte, liebe Nichte, machen Sie nicht soviel Umstände, sonst brechen Sie sich auch noch das andere Bein.«

Er kneift sie väterlich in die Wange.

»Aber nun sagen Sie mal, wie ist denn das passiert?«

Selma möchte in den Erdboden versinken. Daß sie gerade jetzt, wo sie von den anderen langsam akzeptiert wird, diese Aufmerksamkeit auf sich ziehen muß! Sie stottert: »Es ist nichts, Exzellenz, ich bin aus etwas zu großer Höhe hinuntergesprungen.«

»Ein Wettbewerb?«

»In gewisser Weise ...«

»Bravo!« ruft der Gouverneur, und fügt an die Adresse der Nonnen maliziös hinzu: »Da erkennt man doch das osmanische Blut auf Anhieb! Machen Sie so weiter, liebe Nichte!«

Selma ist puterrot. Zu ihrer Verwirrung tragen außerdem zwei Fotografen bei, die Seine Exzellenz überallhin begleiten und ein Foto nach dem andern schießen, wobei der Damad sich in Positur stellt und seine Hand gönnerhaft auf die

Schulter des jungen Mädchens legt. Sie könnte vor Wut heulen. Alle ihre Anstrengungen sind umsonst: Morgen wird sie machen können, was sie will, ihre Gefährtinnen werden sie wieder als hochnäsig bezeichnen.

Aber am folgenden Tag sind die Schülerinnen zu ihrer großen Überraschung eher beeindruckt. Die Morgenzeitung *L'Orient* hat in ihrer Rubrik »Nachrichten aus dem gesellschaftlichen Leben« ein Foto mit Selma und dem Gouverneur gebracht, mit der Legende: »Die unerschrockene kleine Prinzessin.« Die Eltern sind neugierig geworden auf die Nichte dieses Mannes, auf den heute soviel Hoffnung gesetzt wird, und haben ihre Töchter befragt. In der Tat ist der Damad vom neuen französischen Hochkommissar, Henri de Jouvenel, gerade zum Gouverneur von Syrien ernannt worden. Dieser ist nämlich der Meinung, Ahmet Nami Bey sei als Osmane und Verwandter der drusischen Führer, aber auch als Freund Frankreichs am besten geeignet, eine Lösung in dem entsetzlichen Djebel-Krieg auszuhandeln.

So gab es an den Frühstückstischen lebhafte Diskussionen. »Warum laden Sie diese Kleine nicht ein?« fragte mancher Vater seine Tochter. »Das ist eine Beziehung, die man nicht vernachlässigen sollte!« Während die Mütter zustimmend äußerten: »Sie ist zwar Muslimin, aber schließlich auch Prinzessin …«

Im Verlauf einer Woche erhält Selma, die seit einem Jahr ihre Schulkameradinnen von ihren Besuchen und Empfängen hatte sprechen hören, ohne jemals eingeladen worden zu sein, ein halbes Dutzend Einladungen. Sie dankt höflich, hat Lust, zu brüskieren, begnügt sich aber damit, zu antworten, sie werde ihre Mutter fragen.

Und ich? Ich existiere nicht? Ich bin also in ihren Augen nur ein Titel. Wenn man bedenkt, daß ich auch nur einen Augenblick glauben konnte, ihre Sympathie gewonnen zu haben! Wie dumm von mir!

Selma traktiert die Steine auf dem Weg mit wütenden Krückenschlägen, achtet nicht mehr auf Amal, die sie untergefaßt hat, ganz verwirrt darüber, zum ersten Mal Tränen in den Augen ihrer Freundin zu sehen.

»Seien Sie nicht traurig, so viel Ehre verdienen die doch gar nicht!«

»Ich weiß, sie sind es gar nicht wert. Aber, Amal, ich kann nichts dafür, ich habe einfach ein starkes Bedürfnis, geliebt zu werden ...«

»Ich liebe Sie, Selma«, sagt das junge Mädchen schüchtern. »Ich weiß, das ist nicht viel.«

»Aber Amal, das ist viel, und ich weiß es zu schätzen!«

Selma bemüht sich, zu lächeln, verzieht ihre zitternden Lippen zu einer erbärmlichen Grimasse, drückt die Hand ihrer Freundin ... *Das stimmt ja, Amal, du liebst mich, aber warum ...? Weil ich in dieser Klasse, genau wie du, ein häßliches junges Entchen bin? ... Weil wir Musliminnen sind im Gegensatz zu diesen Christinnen, die uns verachten?*

In den folgenden Wochen kommen die Einladungen haufenweise, aber Selma lehnt es zur großen Verwunderung ihrer Mutter ab, sie überhaupt zu lesen. Sie behauptet, solche Zusammenkünfte, wo jede nur darauf bedacht sei, sich möglichst gut angezogen zu präsentieren, und wo das Hauptthema der Konversation darin bestehe, Schlechtes über nicht Anwesende zu sagen, würden sie langweilen.

Die Sultanin drängt sie nicht. Ihre Tochter muß sich, das schließt sie aus ihrer eigensinnigen Miene, irgendwie verletzt fühlen. Sie weiß aber, daß Selma nicht spricht, bevor sie sich nicht aus freien Stücken dazu entschlossen hat. »Sie, die mir so viel Vertrauen entgegengebracht hat«, denkt sie, »ist so verschwiegen geworden! Manchmal sage ich mir, ich sei schuld daran, ich widme ihr, ihr und Hayri so wenig Aufmerksamkeit ... Ich habe den Mut dazu nicht mehr ... Habe auch keine Lust mehr ... Übrigens, was sollte ich ihnen sagen? Ich kann lange nachforschen in meinem Innern, ich stoße nur auf Schweigen ...«

Selma sitzt zwischen Zeynel und den Kalfalar und starrt auf die Arabesken des Teppichs. Man sagt, daß getanzt wird! Von Marie-Agnès hat sie gehört, zu ihrem Fünfuhrtee käme ein Lehrer, der ihnen den Charleston beibringe. Sie stellt sich das Gelächter, die Musik vor, und es kribbelt ihr in den Beinen ... Aber warum davon träumen? Sie wird nicht dabeisein.

Außerdem hat sie nicht einmal ein Kleid für derartige Anlässe, und dann müßte man eine solche Einladung auch erwidern, und woher das Geld nehmen?

Die Familie lebt bereits von einem winzigen Budget. Alle zwei oder drei Monate kommt durch Vermittlung ihres Kusins Memijan Ağa ein kleiner armenischer Juwelier ins Haus, der seine Jugend in Istanbul verbracht hat und ihnen ganz ergeben ist; die Sultanin verkauft dann ein Schmuckstück, um das sich die Damen der maronitischen Gesellschaft, die Neureichen, reißen. Weniger wegen der Schönheit der Edelsteine, sondern aus Stolz, die Überbleibsel dieser osmanischen Familie zur Schau zu tragen, deren Herrschaft man vier Jahrhunderte lang hatte erdulden müssen.

Aber der Vorrat an Schmuckstücken ist nicht unerschöpflich, und es kommt vor, daß die Sultanin in strengem Ton von Sparen spricht, was alle im Hause zum Lächeln bringt, denn die Prinzessin hat nicht die mindeste Vorstellung von Geld.

Also muß Zeynel die Finanzen des Hauses verwalten. Die Sultanin läßt ihm jede Freiheit; sie macht keinerlei Bemerkungen und übergeht, daß man bei Tisch eher kärglich ißt.

Andererseits kann sie die Armen nicht abweisen, die an die Tür klopfen. Ihre Großzügigkeit ist im ganzen Viertel bekannt.

Niemand denkt daran, sie darauf hinzuweisen, daß die Zeiten sich geändert hätten und sie weniger freigebig sein sollte. Selma schon gar nicht. Sie hat erlebt, wie überallhin Geschenke gemacht wurden, an Freunde, Hausangestellte, Sklaven, an die Armen. Man schenkte, das war selbstverständlich, gehörte zur Ordnung der Dinge.

Heute ist kein Geld mehr da; ist das ein Grund, seine Gewohnheiten zu ändern? Sie ist so wenig imstande, flehenden Augen zu widerstehen, wie ihre Mutter. Es macht sie glücklich, Freude zu bereiten.

Einmal sagte eine Schülerin, die beobachtete, wie Selma jedesmal ihr Portemonnaie leerte, wenn ein Bettler die Hand hinhielt, gereizt: »Hören Sie doch endlich auf, die Prinzessin zu spielen!«

Im ersten Augenblick war Selma verblüfft. Dann fragte sie sich, ob sie tatsächlich schenke, um sich die Illusion einer Überlegenheit zu bewahren, eines Status, den sie gar nicht mehr hatte? Diese Frage quälte sie eine Zeitlang, bis sie sich sagte, daß sie nichts anderes tue, als ihrem Instinkt zu folgen: Wie der Soldat seiner Rolle entspricht, indem er kämpft, und der Arzt, indem er heilt, so entspricht es der Prinzennatur, dachte sie, sich nach Prinzenart zu benehmen.

Ein Afrikaner hat eine Botschaft gebracht. Er ist stolz auf seine rote Uniform, die seine dunkle Haut zur Geltung bringt, und wartet in untadeliger Haltung am Eingang des Salons, während die Sultanin den mit einer goldenen Krone verzierten Brief entsiegelt.

»Ja, wirklich«, denkt sie belustigt, »dank der Engländer darf sich der Khedive jetzt König von Ägypten nennen; und wenn er weiter so unterwürfig ist, bekommt er eines Tages vielleicht den Titel Kaiser!« Doch heute ist die ironische Nachsicht, mit der sie die kleinen Eitelkeiten ihrer Mitmenschen zu behandeln pflegt, von Enttäuschung geprägt: sie kann nicht vergessen, daß der kleinmütige Herrscher sich im Frühjahr 1924 weigerte, die osmanische Familie im Exil aufzunehmen.

Die große und schwerfällige Handschrift verrät eine Persönlichkeit, die durchdrungen ist vom Gefühl der eigenen Wichtigkeit. Eine Nichte von König Fuad, Prinzessin Zubeyda, ist in Beirut auf der Durchreise und bittet um »das Vergnügen« einer Unterhaltung mit der Sultanin.

»Vergnügen? Als wir ihre Lehensherren waren, vor nicht langer Zeit, zwölf Jahren, baten sie um die Ehre, empfangen zu werden! Gut, wir werden sie würdig empfangen, aber ob sie es als Vergnügen empfinden … das ist noch nicht sicher?«

Mit einem spitzbübischen Lächeln nimmt die Sultanin einen ihrer letzten Pergamentbogen mit den eingeprägten Reichswappen und lädt in wenigen Worten die Prinzessin für den folgenden Tag zu sich ein, zur Teestunde.

Das schwere Smaragdkollier funkelt, in der Mitte hängt ein Diamant, groß wie ein Wachtelei, schillernd in allen Farben des Regenbogens.

Prinzessin Zubeyda ist auf der Schwelle stehengeblieben, geblendet kann sie ihren Blick nicht vom Hals der Sultanin abwenden.

»Treten Sie doch ein, meine Liebe, ich bitte Sie.«

Gleich erkannte Zubeyda den herrscherlichen Ton wieder, in dem sich ausgesuchte Höflichkeit und Hochmut auf die natürlichste Weise mischen, dieser Ton, der sie als junges Mädchen vor Bewunderung und Groll erstarren ließ und den zu imitieren ihr trotz aller Bemühungen nie gelang.

Im Lehnsessel am entgegengesetzten Ende des Salons wartet bewegungslos eine dunkle Gestalt.

Schnell faßt sich die Prinzessin und neigt sich anmutig in einem tiefen Temenah, indem ihre Hand zuerst das Herz, dann die Lippen und die Stirn berührt. Während sie sich aufrichtet, begegnet sie einem kalten, prüfenden Blick. Offenbar erwartet die Gastgeberin, daß sie drei Temenahs vollführt, wie es die Etikette des osmanischen Hofes verlangte. Mehr denn je ist sie hier, in den beengten Räumlichkeiten ihres bescheidenen Beiruter Hauses, »die Sultanin«. Mit Mühe fügt sich die junge Frau, macht, rot im Gesicht, im begrenzten Raum ihre Verbeugungen, und ebenso still wie deutlich wird ihr der Platz zugewiesen, der ihr gebührt.

Zuletzt lächelt die Sultanin ihr zu und zeigt freundlich auf einen kleinen Sessel neben ihr. Erst im Sitzen bemerkt man es: der kleine Sessel, niedriger als der Lehnstuhl, zwingt zum Heben des Kopfes, wenn man mit der Gastgeberin sprechen will: so war es, als es noch den Thron gab, und ihm zu Füßen die Schemel der Herzoginnen …

Die Prinzessin fühlt sich immer unwohler und fragt sich, ob sie das Ganze als Beleidigung auffassen und entsprechend reagieren soll, doch dann dankt ihr die Sultanin im freundlichsten Ton dafür, daß sie ihre kostbare Zeit einer armen Emigrantin widmet. Macht sie sich über sie lustig? Wie aber könnte man sich diesen Augen aus Porzellan, diesen honigsüßen Worten gegenüber undankbar zeigen?

Die folgende Stunde ist eine der längsten, die Zubeyda je durchleben mußte. Sie, die gekommen ist, umgeben vom Nimbus ihres Reichtums und ihrer Macht, um sich am Unglück einer Familie zu weiden, die sie immer beneidete, sie, die gekommen ist, um zu bedauern, mitzufühlen und später taktvoll eine kleine, im Innern ihrer Handtasche gut verwahrte Geldsumme anzubieten, sie wird mit noch mehr Würde und kaum verhohlenem Hochmut empfangen als zu Zeiten der Herrschaft dieser Familie.

All der Klatsch über ihre Armut – ist nicht sogar von Elend gesprochen worden? –, wie hatte sie sich davon verwirren lassen können? Nein, das Haus ist nicht groß, aber der Schmuck der Sultanin, der üppige Empfang, die auf goldenen Platten von drei Dienern stilgerecht servierten Sorbets und Gebäcke sprechen nicht von Verlegenheit. Wie schafft sie das nur? Höchst irritierende Frage – unmöglich, sie zu stellen.

Sobald es der Anstand erlaubte, begann die Prinzessin, überströmende Dankesbezeigungen anzubringen, und zog sich dann zurück – dieses Mal, ohne die Temenahs zu vergessen, drei an der Zahl, rückwärtsgehend ausgeführt; und die Sultanin, die aufrecht in ihrem Lehnstuhl sitzenbleibt, lächelt in all ihrer herrscherlichen Güte.

Was die unglückselige Zubeyda nicht zu hören bekommt, was sie sich nicht im entferntesten vorstellt, ist das schallende Gelächter der Sultanin Hatice nach diesem Besuch.

»Die Dame hat ihren Augen nicht getraut! Das wird ihr eine Lehre gewesen sein. So schnell werden wir von keinem solchen Besuch mehr behelligt werden. Kommt Kinder, diese Kuchen sind köstlich!«

Selma, Hayri, Zeynel und die zwei Kalfalar, die noch immer als Kammerzofen verkleidet sind, greifen zu. Sie sind entzückt von dem Streich, den die Sultanin ihrem Gast gespielt hat, und freuen sich mit ihr. Ein kleiner Mann folgt ihnen, Hatice setzt ihn zu ihrer Rechten und legt ihm selbst die Speisen vor. Es ist ihr treuer armenischer Juwelier. Eine

Stunde später reist er ab und nimmt in seiner großen ledernen Tasche das prachtvolle Kollier und das goldene Service wieder mit, das man sich für diese außergewöhnliche Gelegenheit ausgeliehen hatte.

III

»Ein Brief für mich?« Selma betrachtet erstaunt die Briefmarke aus Irak. Wer könnte ihr denn geschrieben haben? Sie kennt doch gar niemanden dort.

Der Briefträger, der die Post gewöhnlich in den grünen Briefkasten steckt, den Zeynel dann aufschließt und leert, sprach das junge Mädchen an, als es gerade zur Schule ging.

»Es ist ein Zuschlag von zehn Piastern zu entrichten. Unterschreiben Sie bitte. Danke, Mademoiselle.«

Und pfeifend fuhr er auf seinem Fahrrad davon in das goldene Licht dieses Maimorgens hinein.

Selma wiegt den Umschlag neugierig in der Hand; die feine, steile Schrift kommt ihr bekannt vor, und doch ... entschlossen steckt sie ihn in die Tasche: Sie ist bereits zu spät dran für die Prüfungsarbeit in Geometrie.

Die Aufgabe war einfach. Beim Hinausgehen diskutieren die Schülerinnen über die gefundenen Lösungen. Aber heute hat Selma keine Geduld für die gleichschenkligen Dreiecke und die rechtwinkligen Parallelepipede.

»Entschuldigen Sie mich, ich bin verabredet.«

»Ohne Erklärung läßt sie Amal stehen, die ihre Lösungen überprüfen möchte.«

»Ich bin verabredet.« Warum hat sie das gesagt, sie, die es haßt, zu lügen? Mit wem ist sie denn verabredet, es sei denn mit diesem Brief in ihrer Tasche?

Statt nach Hause zu gehen, schlägt sie den Weg zur Küstenstraße ein. Sie hat es nicht eilig, genießt die Sonne, nimmt sich Zeit. In der Nähe des alten Hôtel Bassoul gibt es eine ruhige Ecke.

Sie setzt sich auf eine Holzbank und spielt mit dem Brief. Vorher, das ist immer der schönste Moment. Selma reißt den Umschlag auf.

Bagdad, 1. Mai 1926

Meine liebe kleine Tochter,

ich schicke Ihnen diese Zeilen wie eine Art Flaschenpost, denn seit zwei Jahren habe ich Ihnen viele Male geschrieben, vergeblich. Sind meine Briefe verlorengegangen oder wollten Sie mir nicht antworten?

Glauben Sie mir, Ihr Vater ist sehr unglücklich darüber, seine hübsche Selma verloren zu haben. Natürlich bin ich selbst schuld: Ich habe mich für mein Land entschieden, weil ich dachte, es brauche mich. Was für ein Irrtum ...

Seither vergeht kein Tag, an dem ich meine Entscheidung nicht bereue. Verstehen Sie das ... und können Sie verzeihen? Ich fühle mich so allein, ich hätte gerne miterlebt, wie Sie erwachsen werden. Sie sind ein entzückendes Kind gewesen, sicher sind Sie jetzt ein schönes junges Mädchen.

Ich habe gedacht, daß vielleicht auch Sie nach so langer Zeit Ihren alten Vater wiedersehen möchten. Ich bin zur Zeit Konsul in Bagdad. Es ist eine wunderbare Stadt, würden Sie sie gerne kennenlernen? Wenn ja, so lassen Sie es mich wissen, ich sende Ihnen umgehend das Fahrgeld für Sie und Ihre Kalfa. Sie könnten ein paar Monate bleiben, auch länger, falls Sie möchten: Nichts würde mich mehr freuen.

Ich warte mit Ungeduld auf Ihre Antwort ...

Ihr Sie liebender Vater.

P.S.: Natürlich möchte ich auch Hayri sehen, aber er sollte vorher sein Studium abschließen. Ich bitte Sie, der Sultanin meine Ergebenheit zu übermitteln. Allah möge sie beschützen!

Mein Vater ...! Mein Vater?

Selma ist von Groll und von Glück wie betäubt ... *Warum tun Sie mir das an? Was habe ich Ihnen getan? Sie verlassen mich, dann wollen Sie mich wiederhaben, Sie lieben mich, Sie lieben mich nicht mehr, dann lieben Sie mich wieder ... Was bedeute ich Ihnen eigentlich?*

Die kleine Gestalt auf der Bank umarmt den Brief, krümmt sich unter bitter-süßem Schluchzen ... *Ich habe Sie so geliebt und unendlich gehaßt, weil Sie mich nicht mehr liebten!*

Ihr Gesicht hat sich zu einem stummen Schrei verzerrt.

... »Ich habe Ihnen gefehlt?« – Und ich? Haben Sie daran gedacht, wie »Ihre liebe kleine Tochter« Ihren Verrat ertragen werde? Denn Sie haben mich verraten. Sie hatten schon lange gewünscht, sich zurückzuziehen, ich spürte das. Sie blieben immer länger fort, zu Hause war Ihnen alles eine Last, Sie wollten Ihre Freiheit zurückhaben. Der Verbannungsbefehl war für Sie nur ein Vorwand.

Mein Vater ...

Besonders übelgenommen habe ich Ihnen, daß Sie gegangen sind, ohne sich von mir zu verabschieden ... Wenn Sie mit mir gesprochen hätten, wäre alles so viel einfacher gewesen.

Haben Sie gedacht, ich hätte es nicht verstanden? Kannten Sie mich denn so wenig? Mit dreizehn Jahren ist man kein Kind mehr, man versteht die Dinge oft besser als die Erwachsenen, die aus Selbstschutz etwas nicht einsehen wollen.

Ich selbst hatte mich nicht abgeschirmt, ich wollte mit meinen Nerven fühlen, die Lügen, die Ausflüchte ergründen, ich wollte dahin gelangen ... wohin? Ich weiß nicht. Ich weiß nur, daß das bedeutet, zu leben. Daß es keinen anderen Weg gibt.

Das ist hart, man braucht Kraft dazu ... Und ich bin stark, wenn ich spüre, daß man mich liebt. Sie haben mir meine Kraft genommen, als Sie mich verließen, ohne mir etwas zu sagen ... Ich habe so darunter gelitten, Baba, wenn Sie wüßten ...

Wie lange hat sie auf dieser Bank gesessen? Über dem Meer liegt schon ein roter Schimmer, als sie sich entschließt, nach Hause zu gehen.

Erschreckte Ausrufe empfangen sie. »Wo sind Sie gewesen? Was ist passiert? Sind Sie verletzt?« Die beiden Kalfalar tanzen wie um ein wiedergefundenes Küken um sie herum. Im Salon sperrt Zeynel, der mit dem Telefonhörer in der Hand zum x-ten Mal versucht, das Polizeikommissariat anzurufen, Mund und Augen auf, während Hayri in schallendes Gelächter ausbricht.

»Habe ich es euch nicht gesagt, sie ist einfach spazierengegangen! Die ganze Aufregung ist umsonst gewesen!«

An dem seltsamen Blick ihrer Tochter erkennt die Sultanin, daß etwas Schwerwiegendes vorgefallen ist.

»Was ist, Selma?«

Das junge Mädchen beachtet sie nicht, sondern wendet sich Zeynel zu und starrt ihn böse an.

»Wer hat die Briefe verschwinden lassen, die mir mein Vater in den letzten zwei Jahren geschrieben hat?«

Entsetzte Stille: Es ist das erste Mal seit der Verbannung, daß jemand wagt, Hayri Rauf Bey in Anwesenheit der Sultanin zu erwähnen. Aber Selma ist es jetzt nicht danach, sich um Konventionen zu kümmern; wütend betont sie jedes einzelne Wort ihrer Frage: »Wer hat die Briefe meines Vaters verschwinden lassen? Wer?«

Die Sultanin unterbricht sie mit schneidender Stimme.

»Fassen Sie sich, Prinzessin, und machen Sie Zeynel keine Vorwürfe. Ich habe die Briefe an mich genommen und sie vernichten lassen.«

Selma sieht ihre Mutter fassungslos an.

»Sie, Annecim? Aber warum denn? Sie wußten doch, wie sehr ich unter seinem Schweigen litt!«

»Sie hätten sonst noch viel mehr gelitten!«

Die Sultanin ist besänftigt, sie ergreift Selmas Hände.

»Sie hätten sich gequält, mein kleines Mädchen, Sie hätten sich unzählige Fragen gestellt. Ich dachte, es sei besser für Sie, wenn die Trennung, denn es war ja eine Trennung, endgültig sei. Am Anfang war es schlimm, ich weiß, aber nach und nach haben Sie sich in das Unvermeidliche geschickt, haben allmählich vergessen können.«

»Vergessen? Oh, Annecim, haben Sie wirklich geglaubt, daß ich meinen Vater vergessen konnte?«

Die Sultanin zögert.

»Ich habe Ihr Bestes gewollt, und … ich glaube nach wie vor, daß ich recht hatte: Sie sehen doch selbst, in welchem Zustand Sie sich jetzt befinden!«

… *Das ist Ihre Schuld, daran ist Ihre Verblendung schuld!* Selmas Augen funkeln, sie preßt die Lippen aufeinander. Nur nichts sagen, was nicht wiedergutzumachen ist … Fliehen … Es kommt ihr vor, als sei die Tür unendlich weit entfernt … Noch bis in ihr Zimmer kommen … Den Schlüssel umdrehen … Niemanden, niemanden mehr sehen … Sie bricht auf dem Fußboden zusammen.

»Du wirst deinen Vater und deine Mutter töten!« Was sagte Mutter Barnabé, ob das das sechste oder das siebente Gebot sei?

»Sie haben wirklich einen Kopf wie ein Sieb.«

»Ja, Mutter Achillée.«

Doch wenn Großvater kommt,
der hängt euch auf an den Beinen
dann steht es euch frei
allüberall zu erzählen
der Sultan sei übergeschnappt.

… Mir ist so kalt …

Wie ein Kobold
Kalt der Morgen
Warm der Abend
Erwürgt im Schrank.

… All die Leute! Wer sind diese weißgekleideten, weinenden Frauen? Und dieses Loch da, das immer größer wird, ist das …? NEIN! Begrabt mich nicht, ich bin nicht tot, haltet ein!«

»Die Arme, sie hat nicht einmal gemerkt, daß sie tot ist.«

»Aber ich bin nicht tot!«

»Und jetzt wird sie auch noch verrückt! Was für Leid sie ihrer bewundernswürdigen Mutter bereitet! Vernünftig ist sie ja nie gewesen.«

»Ihr Vater ist übrigens vor Kummer gestorben: Sie hat ihn umgebracht.«

»Das stimmt nicht! Mein Vater liebt mich! Ich bin seine ›liebe Kleine‹.«

… Die ganze Klasse bricht in Gelächter aus. »Du auch, Amal, bist du auch auf ihrer Seite?«

Was singen sie jetzt? »God save the Queen«? Das ist schon besser! Was? Das gilt nicht mir? Ich sei nicht Königin? Doch, ich bin die Königin, weil mein Vater der König ist. Meine Mutter? Arme Mutter, sie ist ganz jung verstorben; ich habe sie nicht getötet.

»Ich bitte Sie, Herr Doktor, sagen Sie mir die Wahrheit, wird sie wieder gesund?«

Die Sultanin Hatice ist leichenblaß. Seit einer Woche wacht sie an Selmas Bett und lehnt es ab, sie einen Augenblick allein zu lassen, als ob einzig ihre Anwesenheit eine Verschlimmerung der Krankheit verhindern könnte.

»Ich weiß nicht, Sultanin. Ein Schock auf einer mit Sicherheit schon fragilen Basis. Gibt es Präzedenzfälle in der Familie?«

»Nicht eigentlich, aber mein Vater hatte ... Anflüge von Melancholie.«

»Entschuldigen Sie, Sultanin, ich muß die Wahrheit wissen: Hatte Ihr Vater auch solche Wahnsinnsanfälle?«

»Das weiß ich nicht, Herr Doktor«, – der Sultanin Hatice ist, als werde sie gleich ohnmächtig –, »ich war damals sehr jung; wenn es meinem Vater nicht gut ging, hielt man die Kinder fern. Er wurde dann gesund.«

Der Arzt hat sich aufgerichtet, den Daumen in der Weste über seinem Schmerbauch.

»Also haben Sie nie gewußt, ob Ihr Vater Wahnsinnsanfälle hatte oder nicht, und Ihre Tochter weiß das Ihrer Meinung nach auch nicht. Das erklärt alles!«

»Ich verstehe nicht ...

Er rückt mit bedeutsamer Miene seinen Zwicker zurecht.

»Ich nehme nicht an, daß Sie schon einmal von Sigmund Freud gehört haben. Ein österreichischer Psychiater, dessen Theorien das Fachgebiet der Geisteskrankheiten revolutioniert haben. Ich habe sie studiert, sie mit meinen eigenen Beobachtungen verglichen und gewisse praktische Schlußfolgerungen daraus gezogen.«

Seine Stimme schwillt an, und er hebt jede Silbe einzeln hervor: »Mit Freud – das ist auch meine Meinung – kann man sagen, daß Ihr Kind mit einem Problem konfrontiert ist, das es nicht zu lösen vermag. Eine banale Situation, und jeder zieht sich auf seine Weise aus der Affäre, indem er sich mit Vergnügen, mit Arbeit, mit Alkohol oder wer weiß was betäubt! Aber andere, möglicherweise Sensiblere, entscheiden sich für eine Flucht in den Wahnsinn.«

»*Entscheiden* sich dafür?«

»Ja, Prinzessin, man kann sagen, daß es sich um eine Entscheidung handelt, selbst wenn sie nicht wirklich bewußt getroffen wird.«

»Aber ... meine Tochter ...?«

Der Arzt ist so sehr auf seine Darlegungen konzentriert, daß er nicht auf die Sultanin eingeht.

»Ich sagte also: Warum *diese* Entscheidung und keine andere, ›vernünftigere‹? Nun gut, dafür gibt es zahlreiche Beweggründe, und manchmal bestehen da Einflüsse von jemandem, den man bewundert und mit dem man sich identifiziert. Deshalb habe ich Sie gefragt, ob Ihre Tochter gewußt habe, daß ihr Großvater möglicherweise Wahnsinnsanfälle hatte. Falls ja, was wahrscheinlich ist – durch die Hausangestellten kommt alles heraus –, kann man hoffen, daß die Identifikation nicht von Dauer ist. Denn sie hat keine Basis, gründet einzig auf einem Vielleicht. Wenn die Spannungen nachlassen, kann ich, Doktor Ukhan, Ihnen versichern, daß diese krankhafte Identifikation von selbst verschwinden wird.«

Seine Stimme ist ernst geworden.

»Aber dabei müssen Sie mithelfen, Sultanin.«

»Ich mache alles, Herr Doktor, sagen Sie mir ...«

»Machen Sie vor allem nichts! Ruhen Sie sich aus, überlassen Sie anderen die Sorge um ihre Tochter. Denn selbst in ihrem jetzigen Zustand, ja vielleicht gerade in diesem Zustand, nimmt sie Ihre Angst wahr, und das verstärkt ihr Schuldgefühl in bezug auf Ihre werte Person. Sie weiß nicht, wie sie Ihnen gefallen kann, ohne ihren Vater zu verraten, und umgekehrt. Deshalb flüchtet sie sich immer mehr in die Unwirklichkeit. Mein Rezept: Lassen Sie Ihr Kind in Ruhe.«

»Deuten Sie damit an, meine Anwesenheit am Krankenbett könnte unheilvoll für sie sein?«

»Ich deute es nicht an, ich versichere es Ihnen. Ich empfehle mich, Sultanin.«

»Dieser Arzt ist ein Esel und außerdem ein Flegel! Wie könnte die Liebe einer Mutter ihrer Tochter schaden?«

Entrüstet geht die Sultanin mit großen Schritten in ihrem Salon auf und ab.

»Und der gilt als bester Psychiater der Stadt! ... Was soll ich nun tun?«

»Wenn ich mir erlauben darf, Sultanin«, wagt Zeynel einzuwerfen, ohne daß er sich getraut hätte, seiner Herrin in die Augen zu sehen, »seinen Rat befolgen! Ich glaube keinen Augenblick an seinen Unsinn, aber Sie selbst haben Ruhe nötig, Sie machen einen sehr erschöpften Eindruck. Beunruhigen Sie sich nicht, ich werde am Bett der Prinzessin wachen und Sie benachrichtigen, wenn irgend etwas Alarmierendes passiert.«

»Du wirst büßen!« Formlose Schatten sickern aus den Wänden und scharen sich um Selma.

»Aber was habe ich denn getan?«

»Ha, ha, ha! Sie fragt, was sie getan habe!«

... Was für ein idiotisches Gelächter! ... Aber sie nur nicht wütend machen.

»Ich schwöre euch« – sie spricht mit möglichst sanfter Stimme –, »ich weiß es nicht.«

»Du wirst es nie wissen, das ist gerade die Bestrafung: Wissen, daß du ein schreckliches Verbrechen begangen hast, aber nicht wissen, was für eins.«

»Ich verstehe das nicht ...«

»Es ist doch ganz klar: Wenn du dein Vergehen kennst und wenn man dich bestraft, ist die Bestrafung ein Mittel zu deiner Erlösung. Du rechnest dann das Böse, was du begangen hast, wie eine Krämerseele gegen das auf, was du erleidest, und nach einer gewissen Zeit bist du überzeugt, daß du quitt und ledig bist. Das wäre allzu einfach: Dank der Bestrafung keine Ängste, eine hübsche kleine, wohlgeordnete Welt! Nun also! Wir werden dich nicht bestrafen: Du verdienst die Hölle, und die Hölle ist, wenn man nicht bestraft wird.«

»Nein, bitte, das nicht!« fleht Selma entsetzt.

Sie versucht, ein Stück Schatten zu greifen, aber trotz all ihrer Anstrengungen kann sie sich nicht bewegen.

»Ich will sterben«, stöhnt sie.

»Was hat man dir nun gerade erklärt?«

Die Stimmen gehen in ein gereiztes Pfeifen über. »In unserer Welt, der wahren, nicht in deiner elenden Kammer und noch weniger in deinem erbärmlichen Land, stirbt man nicht. Es gibt weder Tod noch Leben, nichts Wahres und nichts Falsches, keinen Anfang und kein Ende. Und was du verbrochen hast, ist eigentlich ganz unwichtig, denn in unserer Welt gibt es weder Gut noch Böse, nichts Gerechtes und nichts Ungerechtes. Es ist eine unendliche Welt, die keine Regeln kennt.«

»Aber«, unterbricht Selma »wenn das,was ich verbrochen habe, eigentlich ganz unwichtig ist, könntet ihr mir doch vergeben?«

»Das ist wirklich eine fixe Idee! Begreif doch, selbst wenn wir das wollten, könnten wir es nicht. Sieh, wir haben das Privileg, vollkommen frei zu sein, und diese Freiheit hindert uns daran, die geringste Entscheidung zu treffen. Wir sind wie Waagen, auf denen nichts ein Gewicht hat.«

Erzürnt wühlt sich Selma wieder in ihr Kissen.

»All das besagt überhaupt nichts!« protestiert sie.

»Vielleicht; aber kennst du selbst Worte, die jemals etwas besagt haben? Wie könnten eure armseligen, von beschränkten Geistern gebildeten Worte die Wirklichkeit erfassen? Daran ist gar nicht zu denken, zerstreut euch weiterhin und versucht nicht, aus eurem dreidimensionalen Kasten hinauszukommen. Diejenigen, die es versucht haben, sind von ihren eigenen Brüdern hinter Gitter gebracht und für verrückt erklärt worden, es sei denn, man hat sie verbrannt oder gekreuzigt; wir mußten da gar nicht eingreifen.

Glaub mir, es ist besser, du hältst ruhig in deiner Ecke aus. Sie ist langweilig, begrenzt? Das stimmt. Aber weißt du, das Unendliche ist auch sehr eintönig, endlose Räume, keine Mauer, um sich anzulehnen, keine Tür, die schließt, und man stirbt vor Kälte; nirgends ein Schutz, grenzenlose Weite: Das ist so ermüdend!«

»… Endlich ist sie eingeschlafen! Wie gerötet und feucht sie ist, mein kleines Mädchen! …« Zart zieht Zeynel das Laken über Selmas kleinen Körper; nicht um ihn vor Kühle zu schützen, sondern vor den schlechten Einflüssen, die spürbar ihr Wesen treiben. Soeben, als sie schrie, sich gegen Phantome verteidigte, nahm der Eunuch den Koran in die rechte Hand, schraubte die Lichter ganz hoch und schaute in allen Schränken nach. Man kann heutzutage ruhig behaupten, die Geister seien Ammenmärchen, er, Zeynel, erinnert sich sehr gut, daß man in seinem Dorf in Albanien nie schlafen ging, ohne Brot und ein paar Früchte vor die Tür gelegt zu haben, damit die von Hunger geplagten Geister nicht auf die unglückliche Idee verfielen, hereinzukommen. Und in der Regel war am Morgen nichts mehr da.

Er streichelt, über seine Kühnheit zitternd, mit seinem rundlichen Zeigefinger zart über die Wange des jungen Mädchens. Sollte ihn jemand überraschen, wie würde er diesen Verstoß gegen den Respekt erklären? Ein Augenblick der Abwesenheit, oder ein seniles Verlangen nach Berührung von junger Haut? Selbst unter der Folter würde er nie die Wahrheit sagen! ... Dieses schreckliche, köstliche Geheimnis, das ihm keine Ruhe läßt und ihn entzückt, das ihn im schlimmsten Unglück wiederaufrichtet wie einen König, wie einen Gott, wie einen Mann!

»Baba!«

Selma hat sich aufgerichtet und schreit mit vor Entsetzen geweiteten Augen: »Töte mich nicht! Leg diesen Dolch beiseite, ich bin dein kleines Mädchen. Du erkennst mich nicht wieder? Schau! Ich ziehe diese Haut hier ab!«

Sie zerkratzt sich wild das Gesicht und stößt den Eunuchen, der sie festzuhalten sucht, gewaltsam zurück.

»Schau, ich bin's! Erkennst du dein Baby nicht mehr? Dein kleines Baby ...«

Sie hat sich zusammengekrümmt, die Knie unterm Kinn, die Arme um die Schultern gekrampft.

»Siehst du mich noch? Ich ziehe mich ganz schnell zusammen, bald werde ich nur noch eine rosa Muschel sein, die du in deine Tasche stecken kannst. Ich will dich nicht stören, das verspreche ich dir. Nur, sag, von Zeit zu Zeit ... wirst du mich streicheln?«

»Ja, mein kleines Mädchen, ich werde dich streicheln, keine Angst …«

Mit unendlichem Zartgefühl hat Zeynel seine Hand auf die Stirn des stöhnenden jungen Mädchens gelegt.

»Sie schlagen mir Nägel in den Kopf, um mich am Denken zu hindern. Baba, verlaß mich nicht!«

»Ich bin bei dir, Cicim, beruhige dich, ich werde dich nie verlassen.«

Zitternd schmiegt sie sich in seine Arme.

»Ich liebe dich so, ich liebe nur dich!«

Er drückt sie an seine Brust und wiegt sie zärtlich; seine großen Augen sind feucht vor Erregung: »Und ich, wenn du wüßtest, wie sehr ich dich liebe; so hat vor mir noch kein Vater sein Kind geliebt.«

Vater … Er, über den sich die Dienerinnen heimlich lustig machen … Hat er es geträumt, hat er es erlebt, diese gesegnete Nacht … vor sechzehn Jahren?

Seine Sultanin schlief in einem großen, von Nebelschleiern umwogten Bett. Es hatte sich ein sehr starker Wind erhoben und ihn unwiderstehlich zu ihr, seiner Herrin, seiner Königin getrieben. Ein Zeynel, den es sonst nicht gab, freier und seiner selbst sicherer, als er es jemals gewesen war, hatte seine Lippen auf die weiße Stirn gedrückt. Er empfand eine Art Schwindel. Danach … er erinnerte sich an nichts mehr.

Neun Monate später kam Selma zur Welt. Jedermann war begeistert, wie ähnlich sie Hayri Bey sah. Zeynel schwieg. Aber sein ganzer Körper rief nach diesem kleinen Wesen, etwas, das ihm durch Seele und Fleisch ging, etwas wie ein Wiedererkennen.

Er hatte diese wahnsinnige Vorstellung lange von sich gewiesen, aber sie drängte sich ihm immer öfter auf, vor allem in diesen letzten Jahren, wo die Verbannung aus ihnen … eine Familie gemacht hatte.

Und heute schreit sie, seine kleine Tochter, nach ihm. Verwirrt löst er sich ein wenig von ihr, um sie besser betrachten zu können.

»Meine Selma! … Du bist mein Wunder, du bist mein

Morgenrot, unglaubliches Geschenk der Götter, eine Träne, die Allah über mein Elend vergossen hat ...«

Sie hört ihm entzückt zu.

»Weiter, Baba! Erzähl mir etwas Schönes ...«

»Arme kleine Blume, ein einziger Sonnenstrahl, und du erblühst ... Da, ruh dich an der Schulter deines Baba aus. Verstehst du jetzt?«

»Ja«, murmelt sie mit halbgeschlossenen Augen.

»Was für eine Tortur, aber was sollte ich dir schon sagen? Du hättest mir nie geglaubt. Du mußtest unser Geheimnis allein ergründen.«

»Unser Geheimnis ...«

Sie schmiegt sich noch enger an, seufzt vor Wohlbehagen.

»Versprich mir, niemandem etwas zu sagen, sie würden uns für verrückt halten! Würden die Ungläubigen glauben, daß der Allmächtige Unmögliches vermag?«

Der Eunuch richtet sich unwillig auf. Eine Anspielung auf diese Ruchlosigkeit bringt sein Blut in Wallung. Selma öffnet erstaunt die Augen: Wie rot er plötzlich ist, und warum spricht er so laut?

Er hat Selmas Hand ergriffen.

»Mein Kind, segne mit mir zusammen den Wahnsinn; er ist der Königsweg zum Unendlichen, zum äußersten Punkt, wo alles verschmilzt, wo alles klar ist ... Er soll sich vervielfachen, in tausend Phosphoreszenzen zerspringen!«

»Ich habe so einen komischen Traum gehabt, Zeynel, wenn du wüßtest ...«

Selma reckt sich mit rosigem Teint und gähnt voller Wonne.

»Wie spät ist es? Ich habe einen furchtbaren Hunger. Ist es schön draußen? Guten Tag, Leila Hanım, könnten Sie mir Erdbeerkonfitüre bringen?«

»Erdbee ...«

Die Kalfa stammelt mit weit aufgerissenen Augen: »Erkennen Sie mich denn, Prinzessin«

»Ob ich Sie erkenne? ... Aber Leila Hanım, fühlen Sie sich nicht wohl?« fragt Selma beunruhigt.

»Allah! Allah!«

Zitternd vor Erregung stürzt die Kalfa aus dem Zimmer.

»Sultanin! Die Prinzessin ... Die Prinzessin ist wieder gesund!«

»Was hat sie denn nur? Bin ich krank gewesen? Was habe ich denn gehabt, Zeynel?«

»Äh ... es war nicht so schlimm, nur eine kleine ... eine kleine, ja, eine Art von Grippe, das ist alles.«

»Mein armer Zeynel, du kannst aber schlecht lügen! Eine Schande für einen Mann, der bei Hofe gedient hat!«

»Annecim, warum sehen Sie mich so an?«

Die Sultanin ist gerade eingetreten.

»Sagen Sie mir, was ist vorgefallen?«

Warum schließt ihre Mutter sie mit so ungewöhnlicher Zärtlichkeit in die Arme?

»Eine Art Fieber, Selma, das ist alles.«

Das Mädchen schweigt. Wenn die Sultanin sich zu etwas nicht äußert, muß es ernsthafte Gründe geben. Sie versucht, sich mit aller Kraft zu erinnern: Nichts, sie erinnert sich an nichts ... Bis auf diesen Traum, wo Zeynel sagte ... Was sagte er eigentlich?

Selma entschließt sich erst zwei Monate danach, ihrem Vater zu antworten. Sie sagt ihm, sie könne nicht nach Bagdad kommen ihrer Studien wegen ... aber er könnte sie doch in Beirut besuchen? »Das würde mich freuen«, schreibt sie. Freuen ... Ist das das richtige Wort, um auszudrücken, daß sie Herzklopfen hat, daß sie in Tränen ausbricht? Andere Worte will sie aber nicht niederschreiben ... Dieses »freuen« der Einladungskarten, die zu Hunderten gedruckt werden, hat das erwünschte Unpersönliche und Mehrdeutige. Ihr Vater wird es so verstehen, wie er es verstehen will.

Ein paar Wochen später kommt ihr Brief aus dem Irak mit einem Begleitschreiben des Botschafters zurück: Hayri Bey hat seinen Posten aufgegeben und das Land verlassen. Seine neue Adresse ist nicht bekannt.

Vernichtet starrt Selma auf die schwarzen Schriftzeichen

auf dem eleganten elfenbeinfarbenen Velinpapier ... Zu spät ... Sie hat zu spät geschrieben ... Er ist abgereist, er dachte, sie wolle ihn nicht mehr sehen! ... Sie hat ihn aufs neue verloren, und diesmal ist *sie* daran schuld.

Sie hat keine Lust zu weinen. Ihr ist nur so kalt.

IV

Von einem überhängenden Felsen am Strand von Minet El Hosn herunter kann man in aller Ruhe den Hafen von Beirut betrachten.

Jeden Donnerstag schifft die von Istanbul kommende Pierre Loti ihre Ladung an Passagieren aus, und ein paar Stunden später, wenn der große weiße Dampfer neue Handelswaren und Reisende aufgenommen hat, sticht er wieder in See Richtung Hauptstadt. Auch die Träume eines jungen Mädchens nimmt er mit, das sich an die Felswand lehnt und ihm sehnsüchtig nachschaut, bis er am Horizont verschwindet.

Anfangs ging Selma noch zum Hafen hinunter und ließ sich auf der Suche nach den Geräuschen und Gerüchen ihres Landes mit geschlossenen Augen von der Menge herumstoßen und wiegen. Ihr war, als seien ihr alle diese Gesichter bekannt; sie erforschte sie eifrig, eins nach dem anderen, um in den Blicken Bilder zu erhaschen, die ihr von ihrer Stadt berichten würden, oder um in einem Lächeln die wehmütige Pracht der Sonnenuntergänge über dem Goldenen Horn aufzuspüren.

Dann zog sie es vor, sich auf die Felsen an diesem verlassenen Strand zu flüchten. Fern von der Menge, die ihr Geheimnis nicht preisgibt, fern von diesem Ungeheuer mit seinem einladenden, friedlichen Bauch findet sie leichter zu ihrem Traum zurück. Monatelang pilgert sie immer wieder dahin, sie will nicht vergessen: Sie hat kein Recht dazu ...

Bis zu dem Tag, wo die Pierre Loti unmerklich ihren Reiz verliert und ein Passagierdampfer wie jeder andere wird, dessen Passagiere für Selma das banale, zufriedene Gesicht von Reisenden haben, die aus irgendeinem Winkel der Welt eintreffen. Ein paar Wochen lang bemüht sie sich, wieder in diese leidvolle Erregung hineinzufinden, die ihr Kraft gibt und sie mit der Selma von einst verbindet. Umsonst. Jetzt, wo sie sogar ihren Kummer verloren hat, kommt es ihr vor, als habe sie wirklich alles verloren.

Zu Hause weiß niemand von diesen wöchentlichen Spaziergängen. Am Donnerstag ist schulfrei, und Selma verbringt ihn angeblich bei Amal. Eine Kalfa begleitet sie am Morgen hin und holt sie erst am späten Nachmittag wieder ab.

Amal lebt mit ihrem drei Jahre älteren Bruder Marwan allein in einem prächtigen Haus im drusischen Viertel. Sie waren noch Kinder, als ihre Mutter an einer Angina pectoris starb. Ein paar Jahre danach verstarb ihr Vater nach einem Sturz vom Pferd. Jetzt wohnt eine Tante bei ihnen in dem großen Gebäude an der Mar Elias-Straße und kümmert sich um die Waisen. Aber sie ist schon alt, und ihre bis zum frühen Abend ausgedehnte Nachmittagsruhe gewährt ihren Schützlingen eine gewisse Freiheit.

Amal, die selber einsam ist, versteht Selmas Bedürfnis nach Alleinsein. Sie hat ihr, was ihre geheimnisvollen Spaziergänge betrifft, nie Fragen gestellt; sie nimmt ihre Freundin einfach bei der Hand, wenn diese manchmal mit geröteten Augen und geschwollenen Lidern zurückkehrt, und umarmt sie schweigend. Weil Amal nichts fragt, vertraut sich ihr Selma nach und nach an. Sie erzählt ihr von ihrem Vater, der nicht gestorben ist, wie sie angedeutet hatte, sondern sich alle paar Monate mit einer Karte vom andern Ende der Welt in Erinnerung bringt, seit er den Irak verlassen hat.

»Die erste kam aus Brasilien, die zweite aus Venezuela, gestern habe ich eine aus Mexiko bekommen. Ich kann ihm nicht einmal antworten, ich habe seine Adresse nicht. Er verspricht, sie mir zu geben, sobald er sich endgültig niedergelassen hat; im Augenblick ist er ununterbrochen geschäftlich unterwegs. Er schreibt, Südamerika sei ein außerordentlicher Kontinent, wo Wagemutige ihr Glück machen könnten;

er wolle bald jemanden herschicken und mir wieder ein Leben ermöglichen, wie es einer Prinzessin angemessen sei … Er fragt nie, was *ich* möchte.«

Ja, weiß sie eigentlich selbst, was sie möchte? Ihr kommt alles so unwirklich vor, diese Briefe, die nicht mit einer Antwort rechnen, dieser unerreichbare Vater, diese grandiosen Pläne, diese Versprechungen …

»Manchmal wünsche ich mir, daß er nicht mehr schreibt, damit ich nicht mehr hoffen und ununterbrochen verzweifeln muß … Aber wenn er wirklich nicht mehr schreiben würde, glaube ich, daß …«

Mit kaum hörbarer Stimme fügt sie hinzu: »Sehen Sie, Amal, ich liebe ihn … Aber ich weiß, daß er imstande wäre, mich morgen wieder zu verlassen … Dann ertappe ich mich dabei, daß ich ihn hasse und ihm den Tod wünsche.«

Sie greift sich heftig mit beiden Händen an den Kopf.

»Ich kann es nicht ertragen, daß er mich nicht liebt! Ich weiß nicht mehr, woran ich bin, ich weiß nicht mehr, was ich denken soll!«

Ein Arm legt sich ihr um die Schultern, blühende Lippen berühren ihre Stirn. Sie verbringen den ganzen Nachmittag umschlungen auf dem weichen Diwan. Amal schweigt; ihr Instinkt sagt ihr, daß Worte die Wunde nur aufreißen würden. Was ihre Freundin braucht und was sie ihr auch geben kann, ist ihre Liebe.

Am frühen Abend, als eine Kalfa die Prinzessin abholt, ist ihr nichts mehr anzumerken. Sie ist entspannt und heiter. Amals Zärtlichkeit hat ihr neue Kraft geschenkt.

Vor der Gittertür des kleinen Gartens hält ein Fiaker. Wer besucht die Sultanin? Sie hat so wenig Besuch, seit sie dem Snobismus der Beiruter Damen entgegengetreten ist. Selma ist stolz darauf, daß ihre Mutter sich zu diesem Spiel nicht hergegeben hat, aber sie fragt sich manchmal, ob sie nicht zu teuer dafür bezahlt. Sie ist so allein …

Sie, deren Palast in Ortaköy nie leer war, die ihre Zeit mit Mildtätigkeiten, politischen Diskussionen und Familienzusammenkünften, mit Freundinnen und Empfängen verbracht hatte, sie, die über eine Schar von Sklavinnen und Dienerinnen verfügte und sich persönlich darum bemühte, jedermanns Probleme zu lösen, ist nun seit zwei Jahren mit lediglich zwei ebenso traurigen wie ergebenen Kalfas und einem Eunuchen in diesem Haus eingesperrt ... Oh, natürlich, Zeynel ist viel mehr als ein Eunuch, er ist zum Verwalter, Sekretär und Ratgeber für alles geworden, was das tägliche Leben angeht; aber ein Freund, ein Vertrauter? ... Selma kennt ihre Mutter, sie weiß, daß sie sich, selbst wenn sie verzweifelt ist, nie gehenlassen würde ... vor einem Untergebenen. Es handelt sich dabei nicht um Stolz – die Sultanin schätzt Zeynel mehr als die meisten Prinzen ihrer Familie –, sondern um ein so tief eingewurzeltes Wertsystem, daß es von keiner Katastrophe erschüttert werden kann: Von denjenigen, die man der Tradition gemäß beschützen muß, fordert man keine Hilfe; man teilt seine Freuden, doch niemals seine Leiden mit ihnen.

Im Salon sitzt eine majestätische schwarzhaarige Person: die Sultanin Naile, die Tochter des Sultans Abdül Hamid. In Istanbul besuchten sich die beiden Familien so gut wie nie, aber im Exil rückt man zusammen. Hier in Beirut sind sowieso nicht viele. Die meisten Prinzen und Prinzessinnen halten sich mit dem Kalifen in Nizza auf, wo sich ein kleiner Hof gebildet hat. Dort leben auch Onkel Fuad und die Schmetterlingssultanin, die immer davon geträumt hatte, die Côte d'Azur kennenzulernen. Selma denkt oft an diese so fröhliche, so elegante Tante. Was ist aus ihr geworden? Ist sie glücklich in Frankreich? Das junge Mädchen kann sich ihr Leben dort nicht vorstellen, die Sultanin Fehime schreibt selten. Dafür schreibt Fatma regelmäßig. Sie lebt mit ihrem Mann und ihren drei Kindern in Sofia, führt ein friedliches Leben, das vom Wirken eines Derwisch-Großmeisters, den sie mehrere Male die Woche zusammen mit Refik Bey aufsucht, erleuchtet wird. »Wir machen Fortschritte auf unserem Weg«, schreibt sie, »mir wird immer klarer, daß alles andere fast belanglos ist ...«

Das »andere« – das Exil, eine mögliche Rückkehr –, darüber unterhalten sich nun die Sultanin Hatice und ihre Kusine, die Prinzessin Naile. Schlechte Nachrichten aus Istanbul. Mustafa Kemal hat unter dem Vorwand eines gegen sein Leben gerichteten Komplotts seine wichtigsten Widersacher festnehmen lassen. Nach einem lächerlichen Prozeß, in dessen Verlauf der Richter »Ali der Kahle« den Journalisten erklärt hatte, die Angeklagten seien auf jeden Fall schuldig und die Galgen schon aufgebaut, finden nun an diesem Morgen, dem 27. August 1926, die Hinrichtungen statt. Die Nachricht wurde über den Londoner Rundfunk verbreitet, der auch meldete, es herrsche Ruhe im Lande: Die »Unabhängigkeitsgerichte« walten in allen Städten ihres Amtes.

»Arme Türkei!« seufzt die Sultanin ... »Ich habe lange eine Reaktion unseres Volkes erwartet, aber jetzt sehe ich ein, daß es vollkommen gefesselt ist ...«

Ihre Stimme bricht.

»Ich frage mich jetzt, ob wir jemals wieder zurückkehren können ...«

Es ist das erste Mal, daß die Sultanin solche Zweifel äußert. Selma geht verwirrt auf sie zu, küßt die Hand ihrer Tante und nimmt auf dem Kissen neben ihrer Mutter Platz.

»Annecim! Natürlich kehren wir zurück! Alle Leute in Istanbul sind unzufrieden, die Studenten und die Intellektuellen, die Kirchenleute und vor allem die Geschäftsleute! Erinnern Sie sich daran, was Memjian Ağa seinem Vetter geschrieben hat: Der ganze Bazar läßt kein gutes Haar an der neuen Regierung, und wenn es im Bazar rumort, ist es um diese Herren schlecht bestellt. Wir werden bald wieder in der Türkei sein, Annecim, glauben Sie mir!«

Das junge Mädchen hat alle Überzeugungskraft, die ihr zu Gebote steht, in ihren Blick gelegt: Ihre Mutter darf die Hoffnung nicht verlieren. Die Sultanin streichelt zärtlich über den roten Lockenkopf.

»Sie haben recht, mein Kind, ich habe eben manchmal Anflüge von Melancholie, man darf dem keine Aufmerksamkeit schenken.« Selma wird es schwer ums Herz: Ihre Mutter stimmt zu, damit sie nicht traurig ist, sie spielen sich beide etwas vor, aber im Grunde wissen sie ... wissen? ... sie richtet sich empört auf – was wissen sie? Nichts! Sie sind einfach drauf und dran, die Niederlage zu akzeptieren. Aber sie, Selma, lehnt das ab!

Von einer außerordentlichen Erregung gepackt, steht sie auf, sie fühlt ein wildes Bedürfnis zu kämpfen, eine Hitze im Innern ihrer Brust, die nach Ausdruck verlangt und sie zu ersticken droht. Und wenn sie sich mit Halide Edib und Rauf Pascha zusammentäte? Wenn sie mit falschen Pässen in die Türkei zurückzukehren versuchten? Wenn sie, zusammen mit Tausenden von Unzufriedenen, die Opposition gegen das Regime aufbauten? Alles ist möglich! …

Bis spät in die Nacht entwirft Selma Schlachtpläne. An ihrem kleinen Schreibtisch schreibt sie Seite um Seite ihres Tagebuchs voll. Wie oft hat man ihr versichert, daß es, um ein Ziel zu erreichen, genüge, es fest erreichen zu wollen! Sie will nach Istanbul zurück, will es mehr als alles, sie weigert sich, aufzugeben!

Durch das offene Fenster weht der betäubende Duft von Jasmin, den sie in vollen Zügen einatmet, sie atmet die heiße Nacht ein, läßt sich vom weichen Zephyr umsäuseln und lauscht hingebungsvoll dem Gesang der Grillen. Ihr Körper löst sich unmerklich auf in der blauen Finsternis, weitet sich ins Unermeßliche … Sie erreicht das Meer der Sterne, badet im vibrierenden, fröhlichen Geglitzer; sie spürt keine Trennung mehr, ist eins mit dieser Schönheit …

Erst im Morgengrauen schläft sie ein, erfüllt und voller Frieden.

Die nächsten Tage erlebt Selma wie in einem Traum. Die Probleme des täglichen Lebens kommen ihr lächerlich vor, jetzt, da sie »weiß«! In der Schule und zu Hause ist man über ihre Fröhlichkeit erstaunt; sie, die nicht die kleinste kritische Bemerkung vertragen konnte, ist tolerant geworden, sie, die in ihrer Ungeduld alle Regeln überspringen wollte, schien die Ewigkeit vor sich zu haben. Sogar Amal errät nicht, was sich hinter ihrem ungewöhnlich süßen Lächeln verbirgt; es ist, als ob die Freundin abwesend wäre.

Doch eines Morgens, ohne daß es voraussehbar gewesen wäre, erwacht Selma erschöpft und entmutigt. Sie sieht sich in ihrem ganz banal möblierten Zimmer um und denkt: »Das ist die Realität!« Mit einemmal wird sie von Verzweiflung übermannt, sie wirft sich wieder auf ihr Kopfkissen und schluchzt. Oh, wie sie den Libanon haßt! Immer dieses blaue Meer, die hartnäckige Sonne, diese Fröhlichkeit! Wie sie alle diese Leute haßt, die sie »bei sich zu Hause« empfangen, alle die, die sagen können: »die Unsern, unser Land, unsere Heimat«, ohne daß ihnen dabei zum Weinen zumute wäre, alle die, die dazugehören ... Sie wird nie mehr nach Istanbul zurückkehren können, sie wird nie mehr dazugehören ... Sie hat sich die ganze Zeit etwas vorgemacht: Man kann nur kämpfen, wenn man Boden unter den Füßen hat, auf dem man Schritt für Schritt vorankommt, Boden, auf den man fallen und von dem man sich wieder aufrichten kann. Doch wenn das, was einen umgibt, im eigenen Innern kein Echo hervorruft, wenn man nichts in Händen hat, was einem gehört, wenn das, was man spricht, weiter nichts als Geräusch ist ... Wie soll man da kämpfen? Wogegen? Gegen wen?

Sie hatte sich in falschen Hoffnungen gewiegt: Für Jemanden, der im Exil lebt, sind Träume keine Pläne, sondern Ausflüchte. Daß sie sich für mutig gehalten, daß sie diejenigen, die sich an die »Realität« anpaßten, verachtet hatte ... Traf es etwa zu, was sie sagten? Daß der wahre Mut darin bestehe, ja dazu zu sagen? Sie weiß nicht mehr, versteht nicht mehr, wozu man mutig sein soll und warum man lächeln muß, wenn man Lust hat zu weinen. Alles, was sie weiß, ist, daß sogar die Tiere ihre Höhle haben, ihr Stück Land, ohne das sie sterben.

»Wer hat denn meiner hübschen Kusine ihr Lächeln gestohlen?«

Seine Kaiserliche Hoheit, Prinz Orkhan, ein Enkel des Sultans Abdül Hamid, ist am Steuer eines prachtvollen weißen Delahaye vorgefahren. Er arbeitet als Taxifahrer, was seine Art und Weise ist, jedermann und also niemandem zu Diensten zu sein. Er ist klein und schlank und von herkulischer Körperkraft, verbunden mit einem lebhaften Temperament; wenn ein Kunde einen Ton anschlägt, der ihm nicht paßt, packt er ihn ohne weiteres beim Kragen und wirft ihn aus dem Wagen. So kam es vor, daß manche plötzlich auf der Straße standen und nicht wußten, wie ihnen geschehen war: Seine Hoheit hatte sich eben beleidigt gefühlt.

Selma verehrt ihn, er ist unterhaltsam und vollkommen unkonventionell, ganz im Gegensatz zu seinem Vetter Hayri, der mit achtzehn Jahren nur dunkle Anzüge mit Stehkragen trägt, sogar im Hochsommer. Orkhan ist zwanzig Jahre alt und nimmt nichts ernst. Er lehnt es ab, über die Türkei zu sprechen, und macht sich über die Launen seiner kleinen Kusine lustig.

»Das ist dein slawisches Blut! Alle diese schönen Ukrainerinnen und Tscherkessinnen, diese Schmuckstücke in den Harems unserer Vorfahren, haben uns ein bißchen davon vererbt! Los, Prinzessin, nutz deine Freiheit! Du weißt doch, in Istanbul wärst du eingesperrt! Mach dich schön, wir fahren aus.«

Sie steigen lachend in den weißen Wagen und biegen in die Landstraße nach Damaskus ein, die durch die Jacarandas mit ihren violetten Blüten, die Caesalpinien und Wacholdersträucher in Serpentinen ansteigt. Selma sagt bittend, mit besonders einschmeichelnder Stimme, sie möchte sehr schnell und sehr weit fahren. Dabei seufzt sie vor Wohlbehagen, schraubt das Fenster herunter und hält das Gesicht in den Wind. Je höher sie kommen, um so kühler wird die Luft, das Licht ist transparent, statt der Schirmpinien und Zypressen wachsen hier majestätische Tannen und Johannisbrotbäume mit glattem Stamm und grün-bronzenen Blättern, die so seidig sind, daß man Lust hat, sich mit ihnen zu streicheln.

Schon sind sie über Bhamdun hinaus; vor ihnen erhebt sich zartbläulich im Nebel die Bergkette des Libanon und, von einem Sonnenstrahl beleuchtet, der schneebedeckte Gipfel des Sannin.

Selma springt aus dem Wagen, läuft auf dem Weg mitten durch das hohe Gras und die Ginsterbüsche, das Gesicht zum Himmel gewandt, breitet sie die Arme aus, als wolle sie diese ganze Pracht umarmen, in sich einsaugen, sich ganz zu eigen machen, sie läuft, kann nicht mehr innehalten. Sie hört, schon weit weg, Orkhan, der nach ihr ruft, aber sie dreht sich nicht um, sie will allein sein mit dieser Natur, in der sie wieder zu sich selbst findet, die ihr vertrauter ist als die liebste Freundin, mit dieser Natur, der sie sich ohne die Befürchtung, verlassen zu werden, hingeben kann, die durch alle Poren in sie eindringt und ihr neue Lebenskraft gibt.

Sie wirft sich ins Gras, zieht begierig seinen feuchten Duft ein, ihr dreht sich alles im Kopf; die warmen Schwingungen der Erde erfassen ihre Beine, ihren Leib, sie spürt, wie sie mit ihr verschmilzt. Sie ist nicht mehr Selma, sie ist weit mehr, ist dieser Grashalm, diese Blätter und der Ast da, der sich reckt, um eine Wolke zu berühren, sie ist dieser Baum, der seine Wurzeln in die dunkle, geheimnisvolle Höhlung seiner Geburt taucht, das Plätschern der Quelle und ihr klares Wasser, das stets im Fluß und doch stets da ist, sie ist Liebkosung der Sonne und wirbelnder Wind, sie ist nicht mehr Selma: Sie *ist* einfach.

Auf der Rückfahrt sagt das junge Mädchen kein Wort. Sie will ihre Freude, diese zarte Flamme, bewahren. Orkhan glaubt, daß sie traurig sei und sucht sie mit allen Mitteln abzulenken, indem er mit unzähligen Geschichten aufwartet, die sie gar nicht hören will. Es wäre ihr lieber, er schwiege ... Aber wie soll sie ihm klarmachen, daß die Stille eine ganz besondere, herzliche, aufmerksame, großzügige Gefährtin sein kann und daß für sie im Wort »Alleinsein« die Sonne aufgeht?

Es ist ein Jammer. Die Sultanin verfällt jeden Tag ein bißchen mehr. Mustafa Kemals Wiederwahl zum Präsidenten der Republik im November 1927 war für sie ein Schock, von dem sie sich nicht mehr erholt. Jetzt kann sie sich der Tatsache nicht mehr verschließen, daß das türkische Volk sich nicht für eine Rückkehr der osmanischen Familie einsetzt ... Ihr Gesundheitszustand wird immer kritischer. Der Arzt hat eine Herzerkrankung festgestellt. »Es betrifft tatsächlich das Herz, Herr Doktor«, lächelt sie, und zur Beruhigung Zeynels und der Kalfalar nimmt sie bereitwillig jeden Tag die Pillen und Tropfen aus den Fläschchen, die in Reih und Glied auf ihrem Nachttisch stehen.

Mehr noch als über die Krankheit ist Selma über diese ungewohnte Fügsamkeit beunruhigt, spürt sie doch nur zu gut, daß nicht Hoffnung auf Genesung, sondern tiefe Gleichgültigkeit und Resignation dahintersteckt. Das junge Mädchen leidet um seiner Mutter willen und nimmt ihr gleichzeitig übel, daß sie sich nicht wehrt. Sie, deren Kraft bei allen Widrigkeiten ungebrochen blieb, darf sich nicht gehenlassen, hat kein Recht, sich zu verleugnen! Sie darf sich nicht schwach zeigen wie irgendeine gewöhnliche Sterbliche, sie muß weiterhin »die Sultanin« sein. Wenn ein Idol Sprünge bekommt, stürzt rundherum die ganze Welt zusammen.

Heute, am 30. Juni 1928, ist Schulschluß. Die älteren Schülerinnen, die das Institut von Besançon endgültig verlassen, stehen grüppchenweise mit den Müttern im Hof. Ihre Augen funkeln vor Erregung, daß sie der Schule nun endlich entwachsen sind und »in die Welt eintreten«, aber auch vor Rührung ... Sie hatten es hier ja gut, wurden gehegt und gepflegt, manchmal getadelt, aber immer unter die Fittiche genommen. Selbst die strengsten Nonnen waren gutherzig, man bedauert fast, sie nun zu verlieren und verspricht, öfter mal vorbeizukommen; man dankt und weiß nicht so recht, was man sagen soll, hat den Eindruck, undankbar zu sein, weil man so froh darüber ist, daß es jetzt endlich losgeht.

Mit siebzehn Jahren, da beginnt das Leben!

Manche bleiben nicht im Libanon. Marie-Agnès kehrt nach Frankreich zurück; Marie-Laure zieht nach Buenos Aires, wo ihr Vater zum Militärattaché ernannt worden ist.

»Buenos Aires?«

»Phantastisch, nicht wahr? Man sagt, es sei eine strahlende, unendlich fröhliche Stadt!«

»Ja, das sagt man ...«

Aus Buenos Aires hat Selma vor mehr als einem Jahr den letzten Brief ihres Vaters erhalten. Er hatte ihr geschrieben, er habe ein Traumland entdeckt und beschlossen, sein unstetes Leben aufzugeben. Nun suche er ein schönes Haus für seine hübsche Prinzessin, er werde ihr schreiben, sobald er soweit sei. Seither hatte sie nichts mehr von ihm gehört. War er krank? War ihm etwas zugestoßen? ... Selma hatte sich in Vermutungen ergangen, hatte sich sogar gefragt, ob ... Nein, das war ausgeschlossen! Aber wie sollte sie ihn finden?

Und jetzt zieht Marie-Laure in diese Stadt, in der Selma seit Monaten in Gedanken weilt. Sie könnte ihr behilflich sein. Seit der Konfrontation beim »Springen« sind die beiden jungen Mädchen Freundinnen. Nicht enge Freundinnen; was sie verbindet, ist ein echtes Gefühl der Hochachtung. Selma ist drauf und dran, Marie-Laure in eine Ecke des Hofes zu ziehen und ihr alles zu erklären, sobald sie ihr Gespräch mit Mutter Achillée beendet hat. Sie will ihr alles erklären, erzählen. Was eigentlich? ... Daß ihr Vater sie im Stich gelassen hat? Daß er in Buenos Aires wohnt, ihr aber seine Adresse nicht mitteilt? Daß er nicht mehr schreibt? ... Die Worte bleiben ihr im Hals stecken, sie sieht im Geiste bereits diese unmerklich zusammengepreßten Lippen, diesen Ausdruck nicht gerade des Mitleids, nein, aber der Verständnislosigkeit angesichts eines solchen Bittgesuchs.

Selma sagt also nichts, nicht so sehr aus Stolz, sondern weil ihr einleuchtet, daß es im Grunde keinen Sinn hätte: Marie-Laure hat die Kraft derer, die das Unglück nie kennengelernt haben, für sie ist Schwäche etwas Unerträgliches.

Später wird sich Selma oft fragen, ob es richtig gewesen war, zu schweigen. Marie-Laure war vielleicht ihre letzte Chance ...

Von ihrem Vater wird sie nie mehr hören.

Wenn man siebzehn Jahre alt, Prinzessin und arm ist, sind die Möglichkeiten der Zerstreuung in Beirut sehr beschränkt. Selma hatte ungeduldig darauf gewartet, daß die Schulzeit ein Ende nehme, daß es keine strenge Zeiteinteilung, keine Schulkleidung und Zeugnisse mehr geben würde; mit Begeisterung hatte sie sich ausgemalt, was sie alles unternehmen würde, wenn sie endlich frei sein und das Leben, das wirkliche Leben beginnen würde. Und nun, wo ein unendlicher Horizont sich vor ihr auftut, überläßt sie sich einfach diesem unmerklichen Ablauf der Zeit, genießt sie dieses an Möglichkeiten reiche Vakuum. Erstaunt entdeckt sie, daß ihre bevorzugte Tätigkeit eigentlich darin besteht, nichts zu tun. Nichts tun, um desto mehr zu leben, um das Leben in seiner Unmittelbarkeit, ohne diese Geschäftigkeiten, die es verwässern und verfälschen, auszukosten, offen zu sein für den Atem der Welt und der Ewigkeit in jedem Augenblick hingegeben.

Die Sultanin, die den größten Teil des Tages in ihrem Sessel verbringt, beobachtet ihre Tochter. Die Untätigkeit dieses früher so lebhaften Kindes bereitet ihr Sorgen: Ob es wie sein Bruder das phlegmatische Temperament ihres Vaters geerbt hat? ... Sie dringt darauf, daß Selma sich beschäftigt.

»Sie müssen Ihr Englisch und Ihr Italienisch vervollkommnen, Ihre Aussprache ist beklagenswert. Auch muß ich feststellen, daß Sie die arabische Kalligraphie, für die Sie doch eine gewisse Begabung hatten, vernachlässigen ... Sie sind schön, Selma, intelligent, und Sie sind Prinzessin: Sie gehen einer glänzenden Zukunft entgegen. Aber man muß etwas dazu tun, Sie können nicht einfach die Hände in den Schoß legen!«

Selma würde sich am liebsten die Ohren zuhalten, sie erträgt dieses »Man muß, man soll nicht« nicht mehr. Warum bringt ihre Mutter dafür kein Verständnis auf? Ist sie nicht auch einmal jung gewesen?

Glücklicherweise bringen die häufigen Besuche Amals und ihres Bruders Marwan etwas Ablenkung. Die Sultanin hat diese beiden jungen Leute in ihr Herz geschlossen: Sie sind außerordentlich gut erzogen! Ja, sie bringt Marwan, der mit seinen zwanzig Jahren bereits die Reife eines erwachsenen Mannes zeigt, ein solches Vertrauen entgegen, daß sie ihnen sogar gestattet, ohne Zeynels Oberaufsicht nachmittags in der Stadt spazierenzugehen. Sie ist durchaus dafür, daß Selma hin und wieder ausgeht, denn sie ist beunruhigt über die jähen Gefühlsschwankungen ihrer Tochter, über ihr Schweigen, ihren Hang, sich ins Unwirkliche zu flüchten. Lange hatte sich die Sultanin nicht eingestehen wollen, daß das junge Mädchen sie weniger an ihren Gatten, Hayri Bey, als an Sultan Murad, ihren Vater, erinnert. Wenn sie mit ansehen muß, wie es stundenlang gedankenverloren am Klavier sitzt, wenn sie spürt, wie die Begeisterung plötzlich in Verzweiflung übergeht, drängt sich ihr die schmerzliche Erinnerung an jene Mischung von Kraft und Verletzbarkeit auf, die eines Tages, sofern sie keinen Ausweg, kein Betätigungsfeld findet, umschlagen kann in …

Deshalb hat sie auch nichts gegen Selmas Schwärmerei für das Kino einzuwenden. Sie sagt sich, daß es immerhin besser sei, wenn die Phantasie ihrer Tochter um diese Melodramen kreise, als um die Einsamkeit eines ganz von Vergangenheit beherrschten Hauses.

Selma und Amal haben es sich zur Gewohnheit gemacht, jeden Freitag ins Kino zu gehen, um 15 Uhr, da findet die Vorstellung ausschließlich für Frauen statt. Marwan bringt sie in seinem Cabriolet Chenard et Walcker mit dem berühmten vergoldeten Adler bis vor die Tür und holt sie dann wieder ab.

Dieses Viertel der Altstadt, in dem alle Kinos liegen, ist schon an sich ein Erlebnis. Es beginnt an der Place des Canons, die seit 1915, als der türkische Gouverneur, Cemal Pascha, hier elf nationalistische Oppositionelle hängen ließ, auch Place des Martyrs genannt wird und Beiruts belebtester Platz ist. An den Tischchen der arabischen Cafés sitzen den lieben langen Tag Männer im Tarbusch, ziehen an ihrer Wasserpfeife und spielen mit ernsten Gesichtern Tricktrack. Es gibt hier auch Restaurants und übelbeleumdete Nachtbars, in denen, wie Ras Beiruts muslimische Damen raunen, die Frauen nackt tanzen. Klopfenden Herzens ergreift Selma Amals Hand: An solchen Orten vorbeizugehen, bedeutet eigentlich schon fast, von der verbotenen Frucht zu kosten.

Eines Tages gehen sie in Richtung des Petit-Sérail; dieses lange, ockergelbe steinerne Bauwerk mit bogenförmigen Fenstern und Türen ist der Sitz der libanesischen Regierung. Doch abgesehen von ein paar verschlafenen Chauchs* steht das Gebäude leer. Wer wollte da schon seine Zeit vertun, weiß man doch, daß alle Entscheidungen auf dem Hügel

* Gerichtsdiener.

über der Stadt, in den Büros des Hochkommissars Henri Ponsot im Grand-Sérail fallen. Da nun aber eine Gruppe französischer Soldaten in angeregter Stimmung hinter diesen beiden jungen Mädchen, die allein unterwegs sind, herzieht, müssen sie ihre Schritte beschleunigen und so tun, als würden sie die recht anzüglichen Komplimente nicht verstehen. Erst auf dem Bazar gelingt es ihnen, ihre Verfolger abzuschütteln, im unentwirrbaren Durcheinander der Gäßchen des »Suk el-Franj«. So heißt der freie Suk oder Suk der Fremden, ein Paradies der Früchte und Blumen, aber auch der europäischen Handelswaren, wo die Damen der libanesischen Bourgeoisie in Begleitung eines Jungen, der mit einem Tragkorb auf dem Rücken hinter ihnen hergeht, mit Vorliebe ihre Einkäufe machen. Aber noch lieber ist den jungen Mädchen der Schmuck-Suk, wo kleine Handwerker an ihren Verkaufsständen mit flinken Fingern goldene und silberne Fäden ineinanderflechten. Nicht weit davon liegt der Tawile-Suk mit seinen armenischen Schneidern und Schustern, die wie sonst niemand die neuesten Pariser Modelle zu kopieren verstehen, wo aber auch die Verkäufer von Kuriositäten allerlei unnütze, sogenannte »echte« Kinkerlitzchen unter die Leute zu bringen suchen!

Die Sonne geht unter. Zu dieser Stunde verlassen die Frauen ihre Häuser, um Einkäufe zu machen oder einfach die frischere Luft zu atmen. Der Händler, der Orangenblütenwasser verkauft, und der mit den Nadeln und Broschen, sie alle rufen laut ihre Waren aus, die Stadt feiert ihr alltägliches Fest. Es ist mild.

Selma genießt, an Amals Seite im Gewühl verloren, ihre Freiheit: Istanbul? Das hat sie vergessen.

Die Familie von Amal und Marwan gehört zu den alteingesessenen im Libanon. Sie beherrscht noch einen großen Teil des Schuf. Deshalb werden die beiden Waisen in den glänzenden Beiruter Kreisen mit offenen Armen empfangen. Amal, die gerade achtzehn Jahre alt geworden ist, beginnt sich für das gesellschaftliche Leben zu interessieren und möchte, daß auch Selma daran teilnimmt; ihre Freundin ist so schön … Aber wie soll man die Sultanin davon überzeugen, daß eine osmanische Prinzessin gewisse alteingesessene Familien besuchen kann, ohne sich etwas zu vergeben?

Dann bietet sich bei einem Tanztee, den Linda Sursok in ihrem Palast in Achrafieh gibt, eine Gelegenheit. Die beiden jungen Mädchen haben alles durchgesprochen: Ein Tanztee ist für den Anfang eine gute Idee, weniger schockierend als ein Ball, den die Sultanin ganz gewiß ablehnen würde. Und außerdem ist Linda Sursok fast eine Verwandte, jedenfalls besteht sie darauf, daß Marwan und Amal sie »Tante« nennen: Man könnte also diesen Tee als Familientreffen ausgeben!

Als die Einladungskarte eintrifft, ist Amal wie zufällig bei ihrer Freundin.

»Aber wer sind denn diese Sursoks?« fragt die Sultanin in unduldsamem Ton, »wahrscheinlich Kaufleute?«

»O nein, Hoheit!« widerspricht Amal liebenswürdig, »es ist eine der vornehmsten Familien in Beirut; sie leben hier seit Jahrhunderten, sind Inhaber von Banken, von Großunternehmen, von …«

»Also eben doch Kaufleute!« unterbricht die Sultanin trokken.

Glücklicherweise ist gerade Madame Ghazavi zu Besuch, eine in Istanbul geborene, mit einem hohen Beamten verheiratete Libanesin. Mit viel Geduld versucht sie zu erklären, daß die Sursoks »zum Allerfeinsten, was der Libanon zu bieten habe«, gehören.

»Griechisch-orthodox, gewiß, aber so raffiniert wie die vornehmste sunnitische Bourgeoisie. In ihren Salons trifft man nur die Creme der Beiruter Gesellschaft. Wenn Prinzessin Selma eines Tages in die Gesellschaft eingeführt werden wird, kann es für sie gar keinen angemesseneren Ort geben als den Palast Sursok. Aber wenn Ihre Hoheit der Meinung sein sollten, daß sie zu Hause besser aufgehoben wäre, dann …«

Die Sultanin zögert: Madame Ghazavi kennt sich sehr gut aus in den besten Kreisen der libanesischen Gesellschaft; ihre Ratschläge haben sich stets als wertvoll erwiesen. Insbesondere macht aber die letzte Bemerkung auf die Sultanin einen gewissen Eindruck, denn sie berührt die Sorge, die sie selbst schon lange hegt und die ihr sogar manchmal den Schlaf raubt: Was wird aus Selma?

Man müßte einen Mann für sie finden. Natürlich einen Muslim, reich und mindestens fürstlichen Geblütes. Drei Bedingungen, die in diesem Beirut unerfüllbar sind, da selbst die vornehmsten sunnitischen Familien sich nicht unterfangen könnten, an eine Verbindung mit der osmanischen Familie zu denken. Vielleicht die ägyptische Königsfamilie oder indische Fürstentümer ...?

Bis dahin, Madame Ghazavi hat ganz recht, darf Selma nicht eingesperrt werden, sie muß jetzt lernen, ihre Rolle in der Gesellschaft wahrzunehmen.

Liebenswürdig wendet sich die Sultanin Amal zu: »Wenn Sie morgen wiederkommen könnten, mein Kind; bis dahin habe ich einen Entschluß gefaßt.«

Im Grunde hat sie sich bereits entschlossen: Selma soll zu diesen Sursoks gehen. Nur bleibt da noch ein heikles Problem: Was wird sie anziehen? Geld, um ihr ein passendes Kleid zu kaufen, ist nicht vorhanden. Und ihre Tochter muß doch neben diesen mit Schmuck behängten, von den großen Pariser Couturiers ausgestatteten Libanesinnen bestehen können! Madame Ghazavi, eine Frau, die sich zu helfen weiß, hat eine Idee.

»Wenn ich mir erlauben darf, Hoheit, warum sollte Leila Hanım mit ihren geschickten Fingern nicht eine Ihrer ehemaligen Hofroben ändern? Diese prunkvollen durchwirkten Gewebe verkommen ja nur in Ihren Schränken.«

Der Vorschlag findet Beifall. In die Vorbereitungen fällt der Besuch Suren Ağas, und man unterrichtet ihn über die Lage der Dinge. Der Armenier ist so gut wie ein Freund der Familie seit dem Tag, als er der Sultanin gegen seine eigenen Interessen den Vorschlag gemacht hatte, Papiere zu erwerben, die ihr eine kleine Rente einbringen würden, statt nach und nach mit dem Verkauf ihres Schmucks ihr Vermögen zu veräußern. Er war sogar bereit gewesen, Zeynel in dieser heiklen Angelegenheit zu beraten. Seine Ergebenheit und Treue trugen ihm das Vertrauen des ganzen Hauses ein.

An diesem Nachmittag ist er irgendwie in Gedanken versunken, geht mit großen Schritten auf und ab und sieht den Kalfalar zu, die an dem Seidenkleid arbeiten. Man hat den Eindruck, er möchte etwas sagen, traue sich aber nicht. Schließlich wendet er sich errötend an die Sultanin: »Entschuldigen Sie meine Kühnheit, Sultanin, aber die Prinzessin ist so schön, sie muß die Allerschönste sein! Wäre sie vielleicht damit einverstanden, unter den Schmuckstücken, über die ich verfügen kann, das auszuwählen, was ihr am besten gefällt? Alles, was ich habe, steht ihr zu Gebote, sooft sie will. Ja, ich würde das als eine sehr große Ehre betrachten!«

Die Sultanin lächelt dem kleinen Mann gerührt zu und reicht ihm die Hand, die er schüchtern ergreift und inbrünstig küßt.

V

»Fräulein Amal El Daruzi! Fräulein Selma Rauf! Herr Marwan El Daruzi!«

Der Diener in seinem steifen schwarzen Anzug, der die Gäste anzumelden hat, wirft einen raschen, irritierten Blick auf die junge Person in Begleitung der Daruzis. Er ist seit zweiunddreißig Jahren im Beruf und stolz darauf, mit untrüglicher Sicherheit in der Robe einer Herzogin eine Neureiche und hinter der Midinette-Verkleidung einer Herzogin ihre geschmacklose Absicht, jünger zu erscheinen, zu erkennen. Jetzt hingegen zögert er: Diese junge Frau weiß sich zweifellos zu bewegen, ihre Haltung verrät ein ausgeprägtes Selbstbewußtsein, das auf blaues Blut schließen läßt, aber dieses Kleid mit seinen üppigen Rüschen stammt wohl direkt von einer kleinen Schneiderin in Bab-e-Driss und paßt nicht zu dem Saphirkollier; für den Nachmittag ist das gänzlich unangebracht!

Da stürzt schon die Gastgeberin herbei.

»Amal, Marwan! Meine Lieben, was für eine Freude, euch zu sehen! Und eure Freundin, Fräulein ... Rauf? Seien Sie willkommen! Da diese lieben jungen Leute Sie mitgebracht haben, können Sie sich ruhig wie zu Hause fühlen. Ihre Mutter war meine beste Freundin, meine Schwester ...«

Ein Seufzer, sie wirft ihre berühmte rote Mähne in den Nacken, deren Locken unter dem nicht minder stadtbekannten golddurchwirkten Turban hervorquellen ... Linda Sursok ist mit ihren vierzig Jahren eine der verführerischsten Frauen von Beirut, nicht so sehr ihrer Schönheit, sondern ihres Geistes wegen, ihres Charmes und einer Lebensfreude, die, wie böse Zungen behaupten, sich beträchtlich steigerte, nachdem die Ärmste mit vierundzwanzig Jahren Witwe geworden war. Jedermann schätzt ihr offenes Haus; ihr Salon ist der gefragteste der Stadt.

»Entschuldigen Sie mich, ich muß gehen, da ist Seine Eminenz der Erzbischof!«

Mit raschelnden Röcken stürzt sie davon, um als erste den funkelnden Ring an der parfümierten Hand zu küssen.

»Sie haben ihr gefallen«, sagt Marwan. »Übrigens«, fügt er mit einem kleinen Lächeln hinzu, »bewundert sie ja die Türken!«

Selma begreift nicht, warum Amal ihrem Bruder einen so vernichtenden Blick zuwirft. Erst viel später, als sie selbst in der Beiruter Gesellschaft ihren Platz hat, kommt ihr zu Ohren, daß die funkelnde Linda die intime Freundin Cemal Paschas, des osmanischen Gouverneurs, gewesen ist, der während des Krieges damit betraut war, im Libanon Ordnung zu schaffen.

In den mit Buketts aus hellrosa Gardenien geschmückten Zimmerfluchten drängen sich die eleganten Gäste. Ganz hinten bildet ein prächtiger maurischer Salon mit einem plätschernden, in ein Marmorbecken gefaßten Springbrunnen eine kühle Oase. Die Diener haben die verglasten Türflügel geöffnet, die auf einen weiten Park hinausgehen, aus dem der Duft von Orangenbäumen, arabischem Jasmin und Mimosen hereinströmt.

Marwan führt die beiden jungen Mädchen auf die Terrasse, den idealen Beobachtungspunkt, um sich ungestört an dem Schauspiel satt sehen zu können, das dieses bunte Publikum bietet. Er spielt den Mentor für Selma, weist sie auf bekannte Persönlichkeiten hin.

»Dieser temperamentvolle Herr mit der weißen Nelke im Knopfloch ist Nicolas Bustros; er stammt gleichfalls aus einer vornehmen griechisch-orthodoxen Familie und wetteifert, was den Luxus der Empfänge angeht, mit den Sursoks ... Daneben die Marquise Jean de Freige, von bösen Zungen »Marquise neueren Datums« tituliert. Dann dort der Herr, sehen Sie, mit dem Weinfleck am Kinn, das ist Henri Pharaon, der Präsident des Literarischen Klubs. Er sieht nach nichts aus, aber das täuscht, er besitzt die prächtigste Sammlung von Kunstgegenständen im ganzen Libanon und zweifellos auch Syriens! Er kauft alle Paläste in Damaskus und Aleppo auf, läßt die Holztäfelungen und Kamine demontieren und baut sie in seine Salons ein. Sein Haus in der Nähe des Grand-Sérail ist eine veritable Höhle Ali Babas.

Ah! Dort kommt gerade die Gattin des Emirs Chehab, sie entstammt der ältesten Adelsfamilie im Gebirge; und da ist auch die schöne Lucile Trad in Begleitung von Jean Tuéni, eines distinguierten Herrn, der Botschafter des Osmanischen Reiches beim Zaren und ein persönlicher Freund Eduards VII. war. Sehen Sie, da links, diesen rothaarigen Mann? Das ist Nicolas Sursok, eine unserer originellsten Persönlichkeiten, der Maler Van Dongen war versessen darauf, von ihm ein Porträt anzufertigen ... Dies nur nebenbei, ansonsten ist er ein etwas ungeschlachter Bursche; zu fürchten haben Sie nichts von ihm, denn er hat nichts übrig für junge Mädchen!«

Sie kichern, ohne zu bemerken, daß sie seit einiger Zeit von zwei Männern auf der anderen Seite der Terrasse interessiert beobachtet werden.

»Ich lege die Hand ins Feuer, wenn das keine Französin ist! Schau dir doch diese Wespentaille und den weißen Teint an, phantastisch!«

»Du bist kein wirklicher Kenner, Octave! Diese schmachtenden Augen, die unschuldigen und doch sinnlich vollen Lippen, das kann nur eine Orientalin sein.«

»Also gut, wetten wir, Alexis! Aber nicht nur auf die Herkunft der Schönen, sondern darum, wem es von uns beiden gelingt, sie zu betören.«

»Was kann man anderes erwarten von einem französischen Offizier? Immer zum Angriff bereit, nicht wahr? Aber Vorsicht! Ich habe einen Blick auf ihre Hand geworfen, sie ist nicht verheiratet, und ich warne dich, was unsere jungen Mädchen angeht … Aber vielleicht fühlt sie sich geschmeichelt, wenn sie von zwei so illustren Mitgliedern dieses Kreises beachtet wird … Recht hast du, Octave, versuchen wir es!«

Sie nähern sich ganz ungezwungen.

»Ach, mein lieber Marwan!«

Sie klopfen dem jungen Mann vertraulich auf die Schulter und verbeugen sich vor seiner Schwester. Dann ein Zögern Selma gegenüber.

»Fräulein …?«

»Fräulein Rauf«, sagt Amal rasch, »Selma, darf ich dir Alexis, den Großkusin unserer Gastgeberin, und den Hauptmann Octave de Verprès vorstellen?«

Es kommt ein lebhaftes Gespräch in Gang. Die beiden Neuankömmlinge sind geistreich und sehen, was ihnen zustatten kommt, gut aus. Selma lebt unter ihren bewundernden Blicken förmlich auf. Unbegreiflich, daß sie gezögert hatte, überhaupt hinzugehen, aus Schüchternheit, aber auch, weil sie befürchtet hatte, sich zu langweilen! Es wird von allem, also von nichts gesprochen. Alexis forscht Selma behutsam aus.

»Ah! Sie wohnen also in Beirut! Wahrscheinlich ist Ihr Vater Diplomat? … Nein? Ist er … gestorben?

Er setzt eine mitfühlende Miene auf.

»Entschuldigen Sie. Da muß sich Ihre Frau Mutter ja sehr einsam fühlen; ich bin überzeugt, daß meine Mutter entzückt wäre, sie zum Tee bitten zu dürfen. Sie geht nicht aus? Sie ist leidend? Wie traurig! Da sind Sie ja ein hübsches einsames Blümchen …«

Selma errötet; so hat noch nie ein Mann mit ihr gesprochen. Ihr Herz schlägt ein bißchen schneller: Ob das etwa das ist, was man flirten nennt?

In diesem Augenblick erinnert sich Marwan, nicht ahnend, was sich da anbahnt, daß er Tante Emilie noch seine Aufwartung machen muß.

»Selma, sehen Sie da hinten in der Ecke des Salons die reizende alte Dame? Das ist die Doyenne des Sursok-Clans. Sie erzählt mit Vorliebe, wie sie als junges Mädchen mit Napoleon III. getanzt hat! Amal und ich müssen sie begrüßen, sie würde es sonst als Majestätsbeleidigung empfinden. Sie sind ja in guter Obhut. Entschuldigen Sie uns einen Augenblick.«

»Dieser Marwan ist wirklich ein Gentleman«, lächelt Alexis und sieht ihm nach.

»Ja, das kann man sagen«, sagt Selma, ohne die Anspielung zu begreifen, worüber sich Octave wiederum sehr amüsiert.

»Finden Sie nicht, Fräulein Rauf, daß diese Abendgesellschaft etwas schleppend verläuft?« wagt Alexis sich vor, »nicht einmal die Musik taugt etwas. Übrigens, tanzen Sie gern?«

»Sehr gern«, antwortet Selma, die sich eher in Stücke reißen lassen als eingestehen würde, daß sie, von ihren Klassenkameradinnen abgesehen, noch nie mit jemandem getanzt hat.

»Dann möchte ich Ihnen etwas weit Amüsanteres vorschlagen als diesen steifen Empfang. Wir könnten bei mir zu Hause mit ein paar Freunden und charmanten jungen Frauen ein kleines Fest arrangieren. Ich habe die allerneuesten Schallplatten aus Paris. Glauben Sie mir, Sie werden sich keinen Augenblick langweilen.«

Selma wird purpurrot und verflucht ihre Eitelkeit: Wie ist sie nur dazu gekommen, zu behaupten, sie könne tanzen? Wenn ihre Mutter das wüßte! Ausgeschlossen, daß sie da hingeht.

»Aber«, stottert sie, »ich weiß nicht, ob Marwan und Amal ...«

Octave zwinkert ihr zu.

»Oh! Die sind so altmodisch, denen sagen Sie besser nichts. Wir schlagen einfach vor, Sie nach Hause zu bringen, denn wir haben ja denselben Weg, und die Sache ist erledigt!«

Alexis spürt zwar, daß sie etwas forsch vorgehen, doch die Zeit drängt, Marwan kann jeden Augenblick zurückkommen. Er entschließt sich, aufs ganze zu gehen.

»Sie werden uns doch nicht etwa mißtrauen!« haucht er mit beleidigter Miene.

Im Grunde hat er nichts dagegen, daß sie sich bitten läßt, denn er schätzt leichte Eroberungen nicht. Aber allzu lange sollte sie sich auch nicht zieren. Er hat Erfahrung mit Frauen, und die da, mit diesen Augen und Lippen, ist auf keinen Fall unschuldig, falls sie überhaupt noch Jungfrau ist! Welch ein Glück, daß die Mutter behindert und ein Vater, dem man Rechenschaft ablegen müßte, nicht vorhanden ist! So riskiert man nichts.

»Nun, meine Schöne, sind wir Ihnen denn so unsympathisch?« Octave de Verprès hat sich dem jungen Mädchen genähert und legt mit einer Bewegung, die sich schon des öfteren bewährt hat, schmeichlerisch den Arm um ihre Hüften.

»Lassen Sie mich los!«

Mit einem Ruck hat ihn Selma, zitternd vor Entrüstung, abgeschüttelt.

»Sie abscheulicher Kerl!«

Das steckte also hinter der Liebenswürdigkeit, der Galanterie! Wieso hatte sie das nicht gleich gemerkt? Aber wie hätte sie auch ahnen können, daß sie sie für ... für eine Dirne hielten!

Sie fühlt sich besudelt, gedemütigt, ihr ist zum Weinen zumute.

»Nanu, nicht möglich! Was machen Sie denn hier, Prinzessin?«

Eine hochgewachsene Gestalt kommt über die Terrasse auf sie zu, und Selma erkennt verblüfft ihre Tante, die Sultanin Naile. Sie macht einen tiefen Knicks und küßt die dargebotene Hand, während sich die beiden jungen Männer konsterniert verbeugen: »Hoheit ...«

Sie wirft ihnen einen mißtrauischen Blick zu und bemerkt trocken: »Ich entführe Ihnen meine Nichte, meine Herren, ich habe sie nämlich so lange nicht gesehen ...«

Sie nimmt Selma beim Arm und zieht sie energisch mit sich fort.

»Haben Sie denn den Verstand verloren, meine Kleine? Allein auf einer schlecht beleuchteten Terrasse mit zwei Männern, die, wie ich ihnen versichern kann, nicht den allerbesten Ruf genießen! Sollte ihnen nichts an Ihrer Ehre gelegen sein, so liegt zumindest mir die Ehre unserer Familie am Herzen! Versprechen Sie mir, sich in Zukunft würdiger zu verhalten. Wenn nicht, sähe ich mich gezwungen, Ihre arme Mutter zu informieren und ihr zu raten, Sie so lange auf Ihr Zimmer zu verbannen, bis man einen Gatten für Sie gefunden hat!«

»Aber Selma, warum bringen Sie uns in diese unmögliche Situation?« fragt Amal ganz empört auf dem Nachhauseweg, »weshalb bestehen Sie darauf, als Fräulein Rauf vorgestellt zu werden? Tante Linda war wütend, und Alexis hat mir eine Szene gemacht und mir vorgeworfen, ich hätte ihn in eine lächerliche Situation gebracht. Also sagen Sie mir bitte, warum bestehen Sie darauf, inkognito zu bleiben?«

Selma drückt sich auf dem Rücksitz in eine Ecke und sieht starr vor sich hin. Sie sehnt sich nach Ruhe, aber Amal insistiert, sie muß ihr antworten.

»Amal, haben Sie von Harun Al Raschid gehört, der im 8. Jahrhundert Kalif von Bagdad war? Er hatte die Leidenschaft, sich als ganz gewöhnlicher Mensch zu kleiden und nachts in der Stadt herumzuwandern. Angeblich, um so zu erfahren, was das Volk von seiner Regierung hielt. Ich glaube aber, daß er eigentlich auf der Suche nach sich selbst war. Er begegnete anderen Menschen, ohne daß ihre Beziehungen durch Interesse, Schmeichelei oder Furcht verfälscht wurden. Er gewann Freunde, die ihn um seiner selbst willen schätzten, und machte sich Feinde, die ihm schonungslos seine Fehler vorwarfen, und traf viele, die sich nicht für ihn interessierten, weil sie nichts Bemerkenswertes an ihm fanden. Er lernte sich in den Augen der Leute kennen, die ihn nicht kannten, fand endlich den Spiegel, der ihm immer vorenthalten worden war … An diesem Abend, Amal, habe auch ich viel gelernt.«

Nach dieser schmerzlichen Erfahrung zieht sich Selma zurück. Sie nimmt es der ganzen Welt übel, daß sie von ihr nicht geliebt wird, wobei sie sich insofern täuscht, als sie vielleicht nicht geliebt, aber bereits bewundert wird. Es hat sich rasch herumgesprochen, es gebe da eine junge Prinzessin mit mandelförmigen, smaragdgrünen Augen, unzugänglich und stolz, und es vergeht kein Tag, an dem nicht Einladungskarten aus vornehmen Häusern eintreffen.

Selma hat sich geschworen, überhaupt nicht mehr auszugehen, aber nach einiger Zeit läßt sie sich zögernd doch wieder dazu herbei, denn schließlich ist sie gerade achtzehn Jahre alt geworden und will sich amüsieren. Nach wenigen Monaten hat sie sich einen festen Platz in der vornehmen Beiruter Gesellschaft erobert, um den sie von manchen beneidet wird. Nicht als ob sie die Allerschönste wäre – ihre Neiderinnen weisen auf die etwas zu lange Nase und das dreieckige Kinn hin –, die Männer hingegen achten nicht auf solche Kleinigkeiten. Sie sind allesamt von ihrem zugleich kindlichen und provozierenden Lächeln, von ihrer etwas linkischen Anmut, ihrem zwischen Schüchternheit und Hochmut schillernden, leicht distanzierten Wesen entzückt.

Sie hat sich dazu entschlossen, von ihrem Titel Gebrauch zu machen – da sie keine Gegeneinladungen machen kann, kommt sie den eitlen Dummköpfen, die selig sind, wenn sie eine »Hoheit« zu Tische laden dürfen, auf diese Art und Weise entgegen. Manchmal geht ihr die Frage durch den Kopf, ob sie sich dadurch nicht selbst erniedrige, aber solche lästigen Erwägungen sind rasch wieder verflogen: Hat sie eine andere Wahl? So braust sie denn auch heftig auf, als Amal mit sorgenvoller Miene bemerkt: »Wie Sie sich verändert haben, Selma! Sind Sie wirklich glücklich?«

Natürlich ist sie glücklich! jeden Tag erprobt sie ihre Macht ein bißchen mehr. Es macht ihr Spaß, zu verführen: Sie hätte nie gedacht, daß das so berauschend sein könnte!

Die Sultanin, die sie zunächst ermuntert hatte, auszugehen, beginnt sich zu sorgen, ist doch unter dieser Beiruter Jeunesse dorée weit und breit keine angemessene Partie in

Sicht. Was für ein Skandal, wenn ihre Tochter sich in einen Christen oder einen x-beliebigen Sunniten verlieben würde!

»Aber sagen Sie mir doch«, erkundigt sie sich, als Selma ihr von ihren Bällen berichtet, »ist denn wirklich kein einziger unter all den jungen Männern, der Sie interessiert?«

Selma beruhigt sie lachend.

»Keine Angst, Annecim, ich habe ein Herz von Stein!«

Sie verschweigt, daß sie sich geschworen hat, nie zu lieben, weil sie nie mehr leiden möchte. Hinter der gelangweilten Maske der Prinzessin verbirgt sich das dreizehnjährige Mädchen, das vom Mann ihres Lebens verlassen worden ist und weint.

In der Nachbarschaft kritisiert man die Sultanin, weil sie ihrer Tochter soviel Freiheit läßt. In den Augen dieser sunnitischen Kleinbürgerfamilien, deren Frauen ihr Gesicht noch immer mit einem schwarzen Schleier verhüllen, stellt die schnelle Verbreitung der von den Franzosen eingeführten Lebensgewohnheiten eine Bedrohung der Tugend ihrer Töchter, des Gleichgewichts überlieferter Formen und letzten Endes der Gesellschaft insgesamt dar.

Es sei ja, äußern manche unverhohlen, schon des öfteren vorgekommen, daß ein Volk unter europäischer Oberhoheit der Korruption in die Arme getrieben und dadurch zum Vorteil der Herrschenden immer mehr geschwächt worden sei. Dem Einwand, die Franzosen lebten eben so, wie sie wollten, und würden niemanden zu irgend etwas zwingen, begegnet man prompt mit der Antwort, für junge Menschen sei bereits das schlechte Beispiel eine große Gefahr.

Die Frauen insbesondere finden, die Sultanin sei eigentlich schon auf Grund ihrer Stellung verpflichtet, die Traditionen zu bewahren. »Wenn ihre Herzkrankheit sie daran hindert, ihre Tochter zu überwachen, könnte sie doch wenigstens Sie damit betrauen!« ließ sogar einmal eine dieser Damen Zeynel gegenüber fallen, wobei sie sich gerade noch enthalten konnte hinzuzufügen: »Schließlich muß man ja seine guten Gründe gehabt haben, Sie zu verschneiden!«

»Die Sultanin weiß recht wohl, was sie zu tun hat!« antwortete Zeynel trocken und drehte der Unverschämten den Rücken zu.

Im Grunde findet er aber auch, daß Selma zu selbständig wird. Zwar geht sie immer nur in Hayris Gesellschaft aus, der seine Rolle als Anstandskavalier sehr ernst nimmt, oder mit ihren »Adoptivgeschwistern« Marwan und Amal. Passieren kann ihr nichts. Am Anfang hatte er sie noch selbst zu einigen dieser Bälle begleitet. Aber abgesehen davon, daß er eine solche Situation als demütigend empfand – schließlich war er kein Bediensteter –, begriff er rasch, daß seine Anwesenheit überflüssig war. Denn die jungen Mädchen wurden von ihren Müttern, die um die Tanzfläche herum saßen und den neuesten Klatsch austauschten, keinen Augenblick aus dem Auge gelassen.

Aber Zeynel hat prinzipiell etwas gegen solche Soireen. Er kann sich mit diesen abendländischen Tänzen, dieser körperlichen Nähe von Mann und Frau in aller Öffentlichkeit nicht abfinden. Bei der Vorstellung, daß irgendein Mann seine Hände auf die Arme oder um die Hüften seiner Prinzessin zu legen wagte, sträubt sich alles in ihm. Sie ist so unschuldig, sie hat keine Ahnung, was unter dem Firnis der guten Erziehung all diesen Männern vorschwebt. Aber er, er weiß es. Sein kleines Mädchen ... Es ist nur seine Pflicht und Schuldigkeit, sie davor zu bewahren, selbst gegen ihren Willen. Er muß mit ihr sprechen.

Sobald der Eunuch den Mund aufgemacht hat, wirft ihm Selma einen fassungslosen Blick zu. Aber bald schon gewinnt die Entrüstung die Oberhand über die Verblüffung. Wie kommt er dazu, so mit ihr zu sprechen? Maßregelungen hat sie immer nur von ihrer Mutter entgegengenommen, und manchmal – aber das ist sehr lange her – von ihrem Vater. Aber von Zeynel! ... Offenbar hat er auf Grund seiner neuen Verantwortungen und des Vertrauens, das die Sultanin ihm schenkt, alle Maßstäbe verloren ... Er vergißt, was er ist, er vergißt, wer sie ist!

Sie denkt nicht daran, ihm zu antworten, ihm zu erklären, daß ihr unbekümmertes Verhalten ihrer Verteidigung dient, daß sie dahinter ihre allzu große Empfindlichkeit verbirgt –

nein, sie wird sich nicht so weit erniedrigen, ihr Verhalten ihm gegenüber zu rechtfertigen. Die bloße Tatsache, daß er sich ein Urteil über sie anmaßt, bringt sie außer sich; sie empfindet dies als Beleidigung und, noch schmerzlicher, als Mangel an Pflichttreue seitens eines alten Dieners, von dem sie erwartet hat, daß er ihr voll rückhaltloser Bewunderung und Ergebenheit zu Diensten ist.

Mit herausfordernder Geste schlüpft sie in ihren Mantel, drückt sich den grünen Glockenhut aus Filz auf den Kopf und geht türenschlagend davon.

»Was ist denn, Ağa?«

Die Sultanin hat vom kleinen Salon her, wo sie ihre Nachmittage verbringt, Geräusche gehört, die in diesem stillen Haus, wo alles nahezu lautlos vor sich geht, wo man kaum einen Schritt oder einen Atemzug vernimmt, ungewöhnlich sind. Zeynels Niedergeschlagenheit läßt auf ein Drama schließen, aber der Eunuch zögert; sie muß ihm befehlen, mit der Sprache herauszurücken.

Dann erzählt Zeynel in einem Zug von den Nörgeleien der Nachbarinnen, von dem Gerede, den gemeinen Anspielungen und auch von seinen eigenen Bedenken: Darf denn eine osmanische Prinzessin das Leben eines x-beliebigen jungen Mädchens der libanesischen Gesellschaft führen? Muß sie nicht Distanz wahren, sollte sie es nicht ablehnen, sich unter diese Leute zu mischen, in diese Welt, die nicht »ihre Welt« ist? Wenn er mitansehen müsse, wie Selma mit jungen Leuten lacht und tanzt, die – sofern die Geschichte ihren gewohnten Gang genommen hätte – niemals der Ehre teilhaftig geworden wären, sie überhaupt zu Gesicht zu bekommen, das, gesteht er, bringe ihn auf.

Er erwartet, daß die Sultanin ihm zustimmt oder ihm zumindest Verständnis entgegenbringt. Ist nicht der Stolz das einzige, was einem noch bleibt, wenn man schon arm ist? Auf den erzürnten Blick, die eisige Stimme war er nicht gefaßt.

»Du verstehst das nicht! Was den Tratsch der Nachbarinnen angeht, kann ich auf ihn verzichten, und ich muß gestehen, daß ich nicht angenommen habe, daß du ihnen so bereitwillig Gehör schenkst!«

Zeynel ist ganz bleich geworden; die Sultanin schlägt einen sanfteren Ton an.

»Mein guter Zeynel, du hast doch erlebt, wie man mich im Şeragan-Palast eingesperrt hat ... erinnerst du dich nicht, wie unglücklich ich gewesen bin? Sterbensunglücklich! Wenn man wie ich seine Jugend in solcher Abgeschlossenheit verbracht hat, weiß man die Freiheit zu schätzen. In Ortaköy war ich frei, selbst wenn ich kaum ausging. Ich will, daß Selma sich auch frei fühlt, und du mußt einsehen, daß Freiheit in Beirut etwas anderes ist als Freiheit in Istanbul. Wenn meine Tochter sich vergnügen will, sofern gewisse Grenzen gewahrt bleiben – und in dieser Hinsicht habe ich Vertrauen zu ihr –, bin ich froh darüber, daß sie es tut.«

Hatice erwähnt einen anderen Grund ihrer Duldsamkeit nicht, einen Grund, der unmittelbar mit ihrer Krankheit zusammenhängt. Ihr ist klar, daß sie vielleicht noch zwanzig Jahre zu leben hat, aber auch von einem Tag auf den anderen an einem Herzanfall sterben kann. Wenn ihr Kind eine Mimose bleibt wie all diese allzu fürsorglich gehegten Töchter, wenn es die Welt nicht kennenlernt, was soll dann aus ihm werden? Die Dramen, die sie seit ihrer Kindheit erlebt hat, ihre beiden Scheidungen, der Zusammenbruch des Reiches, der Ruin, das Exil haben die Sultanin von vielen Vorurteilen befreit. Es mißfällt ihr keineswegs, daß Selma Einblick in das Leben gewinnt: Wenn sie eines Tages gezwungen sein sollte, auf eigenen Beinen zu stehen, muß sie dafür gewappnet sein.

VI

»*Veladetin tedrik ederim!* Gesegnet sei der Tag deiner Geburt! Auf daß die Rosen deiner Wangen lange blühen, auf daß die Düfte des Paradieses dich einhüllen: Möge dein Leben wie Milch und Honig dahinfließen!«

Die Familie hat sich im gelben Salon versammelt, den die Kalfalar mit Hibiskus- und Stechapfelbuketts geschmückt haben, denn heute wird Selmas zwanzigster Geburtstag gefeiert. Die sorgfältig in Glanzpapier eingewickelten Geschenke liegen auf dem vergoldeten Holztisch. Von Nervin und Leila Hanım feine Batisttaschentücher, die sie mit dem Anfangsbuchstaben »S« und einer Krone darüber bestickt haben. Von Zeynel ein Fläschchen – »Crêpe de Chine« von Millot, das Parfüm, das sie besonders mag – der gute Zeynel! Sicher hat er wochenlang auf seine Zigaretten verzichtet, um ihr das zu kaufen ... Hayri, praktisch wie er ist, hat seiner Schwester eine Schachtel kandierte Früchte verehrt, die allen zustatten kommen werden. Was die Sultanin angeht ... Über einem Sessel hängt ihr langer Zobelpelzmantel, ein wunderbares Stück, das die Sultanin, wie Selma sich erinnert, früher zu Empfängen in Dolmabahçe trug.

»Aber Annecim«, protestiert sie, warum ...?«

»Ich kann ihn nicht mehr brauchen, meine Liebe, ich bin doch froh, wenn Sie ihn tragen, jedenfalls bin ich immer der Meinung gewesen«, fügt sie lächelnd hinzu, um alle Dankesworte abzuwehren, »daß man einem schönen Pelz kein faltiges Gesicht zumuten kann; dagegen wird er gewinnen, wenn er einem blühenden Teint zum Schmuck gereicht!«

Nervin Hanım hat die zwanzig Kerzen des großen Schokoladenkuchens angezündet. Selma blickt träumerisch in die züngelnden Flammen, und nach und nach verwandeln sie sich, werden größer und zahlreicher; Hunderte von Flammen sind es jetzt, die in den Kristallüstern des Palastes von Ortaköy flackern. In ihrer Kindheit zündete man sie an den Geburtstagen ihr zu Ehren alle an. Sie kann sich noch an jede Einzelheit dieser prunkvollen Feste erinnern: Das Frauenorchester, von dem sie mit Musik geweckt wurde und das ihre Lieblingsmelodien spielte, während die Sklavinnen sie zurechtmachten; die zwölf kleinen Kalfalar, die sie in ihren neuen, von der Sultanin gestifteten Kleidern abholten und in den Spiegelsalon geleiteten, wo ihr Vater und ihre Mutter und das gesamte Personal des Haremliks sie erwarteten. Bei Selmas Erscheinen stimmte das Orchester die Geburtstagsweise an – es wurde jedes Jahr eine neue komponiert –, und die Kalfalar überschütteten sie mit einem Regen winziger Jasminblüten, die den ganzen Raum mit ihrem Duft erfüllten.

Dann begann die Verteilung der Geschenke, der Geschenke, die Selma zusammen mit der Sultanin für jede Sklavin, jede Dame im Palast ausgesucht hatte. Denn im Orient weiß man darum, daß Schenken doch weit mehr beglückt als Empfangen, und daß ein Geburtstag für alle Anwesenden ein Festtag sein soll. Wenn dann die Verteilung unter allgemeinen Freudenbezeigungen zu Ende gegangen war, rafften zwei Sklavinnen feierlich einen Seidenvorhang zur Seite, der einen Berg von Paketen verschiedener Form und Farbe verborgen hatte.

Selma brauchte gut und gerne zwei oder drei Stunden, um alles auszupacken, alles zu betrachten. Da waren die kleinen Geschenke der Kalfalar, der Dienerinnen, ja, sogar der jungen Sklavinnen, da waren Hayris Scherzartikel und die herrlichen Geschenke der Sultanin und Rauf Beys. Selma erinnert sich besonders deutlich an ihren dreizehnten Geburtstag, den letzten ... Ihr Vater hatte für sie bei dem bekannten Pariser Juwelier Cartier eine so ungewöhnliche kleine Pendeluhr gekauft, daß sie zuerst gar nicht begriff, worum es sich eigentlich handelte. Das Zifferblatt bestand aus Kristallglas, das von Perlen und Diamanten eingefaßt war, die Zeiger waren gleichfalls mit Diamanten bestückt, während das zwischen zwei kleinen Rosenquarzsäulen hängende goldene Pendel sich in einem Sockel aus Bergkristall spiegelte.

Als sie Istanbul verließen, hatte Selma die kleine Uhr schweren Herzens einer Freundin geschenkt: Von einem Vater, der sie nicht mehr liebte, wollte sie nichts aufheben. Wie sie heute dieses köstliche Schmuckstück vermißt, ein Zeugnis für das Raffinement Rauf Beys, den sie einfach nicht vergessen kann. Was er ihr wohl zu ihrem zwanzigsten Geburtstag geschenkt hätte?

Durch die flackernden Flammen hindurch sieht Selma sich plötzlich in einem langen Kleid mit Schleppe, um die Stirn ein Diadem. Feuergarben, Feuerblumen tauchen den Park ihres Palastes mit seinem Klöppelspitzenmuster in rote Glut, während im Gebüsch verborgene Orchester romantische Walzer spielen. So schreitet sie dahin, das Gesicht dem kühlen Wind vom Bosporus her zugewandt, und um sie herum bemühen sich lauter lachende, glückliche Frauen in goldbestickten Kaftanen …

Das Wachs tropft auf den Schokoladenkuchen. Selma bläst die Kerzen kurz entschlossen aus, worauf die Kalfalar Beifall klatschen: Das bedeute, sagen sie, daß die Prinzessin im Laufe des kommenden Jahres heiraten werde.

Heiraten? Wen denn? Selma weiß, daß ihre Mutter mit einigen fürstlichen Familien, ehemaligen Vasallen des Reiches, in Kontakt getreten ist, und ahnt, daß es dabei um sie geht, aber sie tut so, als würde sie das nicht interessieren. Auch findet sie, sie sei noch zu jung, um zu heiraten, sie hat ja doch gerade erst entdeckt, wie schön es ist, wenn man hofiert wird, und möchte nicht, daß das so schnell ein Ende nimmt!

In diesem Frühjahr 1931 lähmen Streiks und Demonstrationen die Stadt. Unter zuweilen fadenscheinigen Vorwänden kommt es zu Auseinandersetzungen zwischen den Massen und der Polizei. Ein Boykott der Straßenbahnen und der Elektrizität, der von einem aus Kaufleuten, Studenten und angesehenen Persönlichkeiten bestehenden Komitee organisiert wurde, dauert bis Ende Juni. Zum Zeichen der Solidarität hält selbst das Parlament einige Sitzungen bei Kerzenlicht ab. Im Grunde protestieren die Libanesen gegen die ausländischen Monopole. Sie machen Frankreich den Vorwurf, seine Präsenz habe einzig und allein den Zweck, unmäßige Steuern zu erheben, um eine »Armee untätiger Beamter durchzufüttern«. Ansonsten exportiere es in dem Maße, wie das libanesische Pfund vom Franc abhängig sei, seine Inflation und respektiere im übrigen nicht einmal die Verfassung, die es dem Land im Jahre 1926 selbst gegeben habe.

Marwan, der an der amerikanischen Universität Jura studiert, kommt jeden Tag ganz aufgeregt nach Hause. Selbst seine maronitischen Freunde lehnen sich allmählich gegen die Bevormundung ihres Landes auf. Mit gedämpfter Stimme berichtet er den beiden Mädchen von einem gewissen Antun Saadeh, einem etwa dreißigjährigen libanesischen Christen, der in Brasilien und Deutschland aufgewachsen und jetzt nach Beirut zurückgekehrt sei. Er habe an der Universität eine Geheimgesellschaft gegründet, in der junge Leute aller Konfessionen zusammenkamen: Ihr Ziel sei, die Herrschaft der Franzosen abzuschütteln und eine große syrische Nation zu schaffen, die – wie sie sagen – auch den Libanon und Palästina umfassen soll, ein vereinigtes Syrien also, das eine führende Rolle in der arabischen Welt spielen und jeder Einmischung des Auslandes die Stirn bieten könnte. Alle beschäftigen sich jetzt mit Politik: Im nächsten Jahr können anläßlich der Wahlen tiefgreifende Änderungen bevorstehen.

Die meisten der für eine Präsidentschaft in Frage kommenden Kandidaten sind Maroniten. Zu den angesehensten zählen Emile Eddé, ein siebenundvierzigjähriger kleiner Mann, der für seine Integrität und seine pro-französische Haltung bekannt ist, und Bechara El Khury, ein brillanter Advokat, der der arabischen Welt aufgeschlossener gegenübersteht und das Mandat empfindlich kritisiert. Ihr Widerpart ist zum ersten Mal ein Muslim, nämlich Scheich Mohammed El Jisr, der Präsident der Kammer. Da die Christen zerstritten sind, hat er große Chancen. Ein Muslim an der Spitze des Libanons! Für viele libanesische Christen und für Frankreich, das ihnen in der Absicht, sich selbst im Mittleren Osten einen verläßlichen Verbündeten heranzuziehen, ein Land nach Maß zurechtgeschneidert hat, ist das schlechthin undenkbar, denn dadurch könnte der Libanon in den syrisch-arabischen Einflußbereich geraten!

So undenkbar, daß ein Jahr später, im Mai 1932, der Hochkommissar Henri Ponsot, der mit der Wahl des Scheichs El Jisr rechnen muß, die Vorsichtsmaßnahme ergreift, drei Tage vor den Wahlen die Verfassung außer Kraft zu setzen. Doch in diesem Sommer 1931 ist ein solcher Gewaltakt noch nicht vorhersehbar. Im Gegenteil, man stellt, ermutigt von den

Streikerfolgen, die angemaßten Amtsbefugnisse des Mandats immer mehr in Frage.

Selma diskutiert stundenlang mit Marwan und Amal. Sie ist auf der Seite der kompromißlosesten Anhänger des Scheichs. Bis zu dem Tag, wo Orkhan, der zusammen mit Hairi in der Mar Elias-Straße aufgetaucht ist, ihr den Kopf zurechtrückt.

»Davon läßt du die Finger, Prinzessin, misch dich da nicht ein!«

Auf dem Nachhauseweg liest er ihr gründlich die Leviten.

»Hast du eigentlich den Verstand verloren, Selma? Willst du etwa, daß man uns alle noch einmal zum Teufel jagt? Wo sollen wir denn hin? Ich bitte dich um etwas mehr Zurückhaltung, erinnere dich, daß wir nicht in unserem Lande leben!«

Als ob sie das je vergessen könnte! Aber sie muß zugeben, daß Orkhan recht hat; da die Mitglieder der osmanischen Familie noch als die ehemaligen Herren gelten, können sie sich nicht erlauben, Partei zu ergreifen. »Selbst Freunden gegenüber mußt du dich neutral verhalten«, erklärt ihr Orkhan, »es kommt ja doch alles unter die Leute.«

Obwohl Selma weiß, daß dies die einzig vernünftige Einstellung ist, fällt es ihr dennoch schwer, sie zu akzeptieren. Sie hat von ihrer Mutter, der Sultanin, und all ihren Vorfahren die Leidenschaft für Politik geerbt, das Bedürfnis, sich für eine große Sache einzusetzen. Diese Leidenschaft, der sie sich im Alter von neun Jahren bewußt wurde, als sie auf dem Sultan Ahmed-Platz inmitten der weinenden Menge den Wunsch hatte, die Türkei zu retten, ist nun heimatlos, da auch sie keine Heimat mehr hat und hier nur ein Gast ist ...

Ihr bleibt die mondäne Gesellschaft, ihre Diners und Bälle, und es macht ihr Spaß, dort zu glänzen. Und am Tag das Kino. Denn sie haßt es, Karten zu spielen oder Freundinnen zu besuchen, um beim Tee den neuesten Klatsch auszutauschen, und sie hat auch nicht genug Geld, um ihre Zeit bei der Schneiderin oder beim Friseur zu verbringen. Ohne die Vorstellungen im »Rialto« oder im »Majestic« würden die Nachmittage lang sein.

Seit zehn Jahren hat sich Hollywood als Hauptstadt der »siebenten Kunst« durchgesetzt. In einem Artikel in der *Réveil*, einer der großen libanesischen Zeitungen, beschreibt Winston Churchill, der sich in den Vereinigten Staaten zu einem privaten Besuch aufhält, diese neue Stadt als »Karneval im Feenreich«: »In den überaus geräumigen Studios arbeiten Tausende sehr gut bezahlter Schauspieler und Fachleute. Heerscharen von Arbeitern bauen in Windeseile Straßen in China, London oder Indien nach. Man ist gleichzeitig mit den Dreharbeiten an zwanzig Filmen beschäftigt. Hier herrscht die Jugend, herrscht die Schönheit.«

In jedem Fall aber herrschen da die Stars, die für die Damenmode auf der ganzen Welt Maßstäbe setzen und mit ihrer Leinwandexistenz die Masse außer Rand und Band bringen. Nie zuvor hat eine Herrscherin, so bekannt sie gewesen sein mochte, eine solche Berühmtheit erreicht wie der »Blaue Engel«, oder die »Göttliche« …

Selma sieht sich alle ihre Filme an, und mehr als einmal. Marlene schockiert und fasziniert sie; ihre rauhe Stimme, ihre Sinnlichkeit, wenn sie als »Lola« singt: »Ich bin von Kopf bis Fuß auf Liebe eingestellt«, ist für das junge Mädchen geradezu eine Offenbarung. Kann man den Männern wirklich derart den Kopf verdrehen? Noch schöner ist Marlene aber eigentlich in »Marokko«, wenn sie in Smoking und Zylinder den Legionär Gary Cooper bezaubert. Oder wenn sie in »Mata Hari«, Fliegerin in Uniform und Femme fatale, angesichts des Todes das Rouge ihrer schönen Lippen ein letztes Mal nachzieht – in Anwesenheit des mit ihrer Hinrichtung betrauten Offiziers.

Doch am faszinierendsten findet sie die Garbo. Es ist ihr Traum, so auszusehen wie sie. Sie hat sich deshalb die Augenbrauen gezupft und frisiert sich von nun an wie sie. Und stundenlang versucht sie vor dem Spiegel, die etwas brüsken Gesten, den geschmeidigen Gang und den gelangweilten Gesichtsausdruck nachzuahmen, hinter dem sich, das weiß sie, Selma, doch von sich selbst, lodernde Leidenschaftlichkeit verbirgt!

Eines Abends fällt ihr auf einem Empfang bei den Trads,

einer der angesehensten Beiruter Bankiersfamilien, ein etwa fünfzigjähriger Mann auf, der sie während des Abendessens unverwandt ansieht. Als man zum Kaffee in den Salon hinübergeht, kommt er auf sie zu.

»Wir sind einander nicht vorgestellt worden ... Ich bin Richard Murphy, künstlerischer Leiter von Metro Goldwin Mayer, und halte mich für ein paar Wochen in Ihrem schönen Lande auf. Entschuldigen Sie meine Indiskretion, aber ich beobachte Sie schon den ganzen Abend: Sind Sie vielleicht Schauspielerin?«

Selma läßt sich geschmeichelt zu einem Lächeln herbei.

»Sehe ich denn danach aus?«

»Sie sind schön, wer würde das schon bestreiten, aber für mich ist etwas anderes entscheidend: Sie verfügen, was außerordentlich selten ist, über eine gewisse Ausstrahlung. Haben Sie jemals mit dem Gedanken gespielt, zum Film zu gehen?

»Das könnte ich doch gar nicht ...

»Nanu, seien Sie nicht so bescheiden! Sich vor einer Kamera zu bewegen, ist ein Handwerk, das man lernen kann. Aber woran es in Hollywood fehlt, sind gerade junge Frauen wie Sie, die lebhaft und anmutig, vor allem aber eine Persönlichkeit sind! Ich will Ihnen jetzt etwas sagen, was ich sonst selten ausspreche: Sie haben das Zeug zu einem Star. Wie heißen Sie?«

»Selma ...«

»Phantastisch! In einem Jahr wird dieser Name der ganzen Welt ein Begriff sein! Glauben Sie mir, Fräulein Selma, ich kann Sie dem Ruhm in die Arme führen! Darf ich mit Ihrer Zustimmung rechnen?«

Richard Murphy verschweigt, daß er Erkundigungen eingezogen hat, daß er durchaus über Selmas Herkunft im Bilde ist, daß ihn gerade diese interessiert. Das junge Mädchen, so hübsch es ist, wäre wahrscheinlich eine erbärmliche Schauspielerin ... wichtig hingegen ist, daß es sich um eine Prinzessin handelt! Eine Prinzessin in Hollywood! ... Er hat schon die Schlagzeilen der Zeitungen vor Augen. Die Amerikaner haben ja eine Schwäche für alles irgendwie Aristokratische. Mit einer Sultansenkelin wird die MGM, selbst wenn sie Schnulzen produziert, die Columbia, Warner Brothers und die Fox ausstechen!

Doch die Sache ist nicht so ohne weiteres ins Werk zu setzen. Er ist über den strengen Charakter der Sultanin informiert; sie wird ihrer Tochter nie erlauben, eine Laufbahn zu ergreifen, die sie selber wahrscheinlich als eine Art gehobene Prostitution betrachtet. Und dann auch noch am andern Ende der Welt, in Hollywood, diesem Sündenbabel! Richard Murphy lächelt vor sich hin: »Und wenn man die Mutter mitnähme, damit sie ein Auge auf die Tochter haben kann? ... Eine in Schleier gehüllte alte Sultanin in Hollywood? Ein genialer Einfall ... aber man muß auf dem Teppich bleiben, muß die Kleine überzeugen, verführen, mit der Aussicht auf Ruhm so betören, daß sie sich schlimmstenfalls über ein Verbot ihrer Mutter hinwegsetzt. Schließlich ist sie volljährig! Das Glück reicht ihr die Hand, ihr ganzes Leben steht auf dem Spiel!«

In dieser Richtung will Richard Murphy auf Selma einwirken. Er wohnt bei den Trads und lädt sie jeden Tag dorthin zum Tee ein. Man darf ihr keine Zeit lassen, sich die Sache zu überlegen. Er weiß, welche Taktik man solchen ehrgeizigen, naiven jungen Mädchen gegenüber einschlagen muß. Bis jetzt hat es immer geklappt.

»Selma, ich habe den Eindruck, Sie haben vollkommen den Verstand verloren!«

Die Sultanin sitzt kerzengerade in ihrem Sessel und betrachtet mit zusammengezogenen Augenbrauen ihre Tochter, als würde sie versuchen, die fremde Person, die da mit ihr spricht, zu verstehen.

Selma setzt zum dritten Mal zu einer Erklärung an.

»Annecim, ich bitte Sie, versuchen Sie mich doch zu begreifen: Die MGM ist die größte Filmproduzentin der Welt, sie wollen mich unbedingt engagieren und bieten mir einen phantastischen Vertrag an! Fünf Filme pro Jahr, und in jedem die Hauptrolle! Und wissen Sie, wieviel sie mir anbieten? 100 000 Dollar pro Jahr! Stellen Sie sich vor, Annecim, wir könnten uns wieder einen Palast kaufen, und Sie hätten bis an Ihr Lebensende ausgesorgt!«

»Sie sind ein Kind. Sie haben keine Ahnung von der Unmoral, der Korruption in diesen Schauspielerkreisen ...«

»Oh, ich werde mir schon Achtung zu verschaffen wissen!« stößt Selma mit trotzig vorgeschobenem Kinn hervor. »Ich habe übrigens klargestellt, daß ich es rundweg ablehne, in gewagten Szenen aufzutreten: Das ist auch akzeptiert worden.«

»Gewagte Szenen! ... Das ist auch akzeptiert worden! ... Nett von den Leuten! Ich habe wirklich den Eindruck, daß ich nun meinerseits den Verstand verliere! Kein weiteres Wort mehr über diesen unsinnigen Plan.«

Selma steigen die Tränen in die Augen; sie nimmt sich nicht einmal die Mühe, es zu verbergen. Sie ist aufgestanden und geht mit großen Schritten wütend im Zimmer auf und ab.

»Ich habe allmählich genug von dem Leben, das ich führe! Tanztees, Diners, Bälle und nochmals Bälle ... Vor vier Jahren habe ich die Schule verlassen, ich bin jetzt einundzwanzig, die Zeit vergeht, und ich habe noch nichts aus meinem Leben gemacht!«

In diesem Ausbruch jugendlicher Heftigkeit liegt eine Bitterkeit, eine Verzweiflung, die die Sultanin rührt; sie hatte längst vermutet, daß sich ihre Tochter mit diesen Soireen der oberen Zehntausend auf die Dauer nicht zufriedengeben würde.

»Nun, meine liebe Selma«, sagt sie mit bewußt zärtlicher Stimme, nehmen Sie die Dinge nicht so tragisch ... Sie sind in der Tat eine zu starke Persönlichkeit, als daß Sie weiterhin so dahinleben könnten ... Sie sollten heiraten.«

Selma bleibt stehen.

»Und wo ist der Märchenprinz?« fragt sie spöttisch.

»Ich habe mir gedacht« antwortet die Sultanin, ohne sich aus der Ruhe bringen zu lassen, »daß für Sie ein König das richtige wäre.

Selma sieht sie verblüfft an: Ihre Mutter hat schließlich nicht die Gewohnheit, zu scherzen!

»Ein König? Aber ...«

Die Sultanin scheint die Überraschung ihrer Tochter nicht zu bemerken und fährt in unverändertem Ton fort: »Dem Himmel sei Dank, es gibt noch ein paar auf diesem Planeten. Derjenige, an den ich für Sie gedacht habe, ist König Zogu von Albanien. Ich habe seit einiger Zeit Kontakte aufgenommen, sehr diskret natürlich. Sie wissen doch, daß seine Schwester vor kurzem Ihren Onkel, den Prinzen Abid, den jüngsten Sohn des Sultans Abdül Hamid, geheiratet hat. Das erleichtert die Verhandlungen ... Ich will Ihnen nicht verheimlichen, daß König Zogu kein großer Monarch ist, er regiert über nicht mehr als eine Million Untertanen. Aber er ist noch jung, er ist schön und hat offenbar sehr gute Manieren, auch ist nicht bekannt, daß er irgendeinem Laster frönte, das einer Verbindung entgegenstehen würde. Außerdem spricht er fließend Türkisch, denn er hat in Istanbul studiert, und bezeigt unserer Familie auch öffentlich den allergrößten Respekt.

Man sagt, König Zogu, der eigentlich Ahmed Zogu heißt, sei ein Emporkömmling. Seine Familie ist in der Tat von recht niederem Adel, und er ist durch eine Art Staatsstreich auf den Thron gekommen. Aber zumindest hat er wieder Ordnung geschaffen in diesem armen Land, das seit seiner Unabhängigkeit im Jahre 1913 in verschiedene Parteien gespalten war. Auf jeden Fall ist er ein Mann der Tat! Man deutet an, er sei nicht sonderlich intelligent, aber das ist letztlich nur von Vorteil: Sie werden um so größeren Einfluß auf ihn haben.

Was sagen Sie dazu! Möchten Sie gern Königin werden?«

»Was für eine Rolle!« Selma hat sich, zu aufgeregt, um Schlaf zu finden, die ganze Nacht in ihrem Bett hin und her gewälzt. Hollywoods Lichter verblassen plötzlich: Sie wird Königin werden, nicht nur auf der Leinwand! Schon morgen wird sie dem Produzenten der Metro Goldwin Mayer mitteilen, daß sie den Vertrag nicht zu unterzeichnen gedenkt, weil sie ein besseres Angebot hat! Wie verblüfft er sein wird! Wird den Mund so weit aufreißen wie der Löwe, der als

Markenzeichen der Gesellschaft figuriert, und wird ihr zahllose Fragen stellen. Natürlich wird sie kein Sterbenswörtchen verraten.

In den folgenden Wochen vertieft sich Selma in alle Bücher, alle Zeitschriften, in denen etwas über Albanien steht. Mit Amal zusammen, der einzigen, die sie ins Vertrauen gezogen hat, veranstaltet sie eine wahre Razzia in den Buchhandlungen und Bibliotheken der Stadt. Und ganze Nachmittage lang verbringen die beiden begeistert lesend und diskutierend auf Amals großem Bett. Was sie entdecken, ist nicht gar so rosig. Das kleine gebirgige Königreich ist zweifellos sehr schön; seine Einwohner, bodenständige, ehrliche Bauern, haben sich ihre überlieferten Bräuche und einen bewundernswürdigen Ehrenkodex erhalten. Aber die Ruhe in diesem Land, das lange von Kämpfen rivalisierender Feudalfamilien zerrissen war, ist nach Meinung mancher Zeitungen darauf zurückzuführen, daß König Zogu diejenigen, die ihm nicht genehm sind, ohne Bedenken unterdrückt. Andere zeigen sich zwar begeistert von der Großzügigkeit des Herrschers, deuten aber an, er halte sein privates und das staatliche Vermögen nicht immer klar auseinander, wenn er seinen Freunden und seiner Familie Geschenke mache.

Selma glaubt davon kein Wort. Sagt man von denen, die an der Macht sind, nicht immer das Schlimmste? Ihre Erfahrung mit den Verleumdungen, die in den letzten Jahren ihres Aufenthaltes in der Türkei über ihre Familie verbreitet worden waren – hatte man nicht geschrieben, der Sultan habe einen Teil des Staatsschatzes und die Reliquien des Propheten mitgenommen? – war Beweis genug, daß Tatsachen, die als unbezweifelbar hingestellt werden, oft reine Erfindung sind.

Von nun an schließt sich Selma jeden Abend, wenn sie nach Hause kommt, mit Zeynel ein. Sie sprechen stundenlang von »ihrem Land«, von den riesigen Wäldern, den Wasserfällen, den hübschen, in die Bergflanken hineingebauten Dörfern aus weißem Stein und von langen Abenden am häuslichen Herd, wo man sich Legenden von tapferen Rittern und guten Feen oder das Märchen von der kleinen Wunderziege erzählt, die der Königssohn heiratete, denn unter ihrem Fell und ihren Hörnern verbarg sich »die Schöne der Erde« oder auch die Geschichte vom »Bären, der ein neues Leben angefangen hat« und vom »Zauberfüllen« …

Zeynel war dreizehn Jahre alt, als ihn die Soldaten des Sultans aus seinem Dorf in Albanien in die Hauptstadt des Reiches verschleppten. Es war ihm gelungen, manches zu vergessen. Aber heute ist ihm jede Kleinigkeit wieder gegenwärtig, als ob es gestern gewesen wäre …

Für den Eunuchen ist diese Heirat ein Zeichen des Himmels. Er sieht sich in der wahnwitzigen Gewißheit bestärkt, daß in jener Nacht in Istanbul, im Ortaköy-Palast, die Sultanin … und er …

So wird seine Kleine zum Quell ihres Blutes zurückkehren. Sie weiß es zwar nicht, aber ihr ganzes Wesen treibt sie diesem unbekannten Land entgegen, dem sie entstammt. Und er, der Bauernjunge, der barfuß im Gebirge herumstrolchte, er, der oft fror und immer Hunger hatte, er, der niemals gewagt hätte, dem Mukhtar, dem Dorfältesten, ins Gesicht zu sehen, er, Zeynel, wird nun Schwiegervater seines Königs!

In seiner Freude, in seinem Stolz überkommt ihn die Lust, zu singen. Und seinem Kind, seiner künftigen Königin zuliebe erwachen tief in seiner Erinnerung, bruchstückhaft, alte Kinderreime. Und er reiht mit seiner Falsettstimme Worte aneinander, die einst seine Mutter gesummt hatte:

Will zu dir kommen, Schäflein mit schwarzumrandeten Lidern,
Will zu dir kommen, Pummelchen,
Setze mich da, Schäflein, auf einen Stuhl,
Trinke da meinen Wein, Pummelchen,
Aus einem rosa Glas, mein Schäflein,
Auf daß du immer und ewig glücklich seist, Schäflein,
Immer und ewig, Pummelchen.

»Noch einmal, Ağa, noch einmal!«

Wenn er sieht, wie Selma an seinen Lippen hängt, ergreift ihn namenloses Entzücken. Daß sie diese Fragmente so schön findet! Er sagt sich, daß sie diese Lieder in ihrem tiefsten Innern als die ihren erkennt.

Zwei Monate sind ins Land gegangen. Aus Albanien hat man nichts mehr gehört. Doch eines Tages trifft dann der sehnlich erwartete Brief, versiegelt mit dem Petschaft des königlichen Wappens, endlich ein. Geschrieben hat ihn der Privatsekretär des Herrschers, ein sehr distinguierter Herr, den die Sultanin in Istanbul, wo er tätig war, kennengelernt hatte. Nach den üblichen Komplimenten und den besten Wünschen für die Gesundheit der kaiserlichen Familie schreibt er:

»Wie Sie wissen, Sultanin, hat Präsident Mustafa Kemal nach der Vermählung der Schwester Seiner Majestät und Seiner Hoheit des Prinzen Abid die Beziehungen zu Albanien abgebrochen. Der König sieht sich aber aus verschiedenen Gründen, die Ihnen sicher einsichtig sind, gezwungen, die Verbindungen mit der Türkei wieder anzuknüpfen. Eine Heirat mit einer osmanischen Prinzessin aber würde das gute Einvernehmen zwischen den beiden Ländern endgültig belasten.

Deshalb muß Seine Majestät zu seinem großen Bedauern auf diesen Plan verzichten, der ihm sehr am Herzen lag. Aber die persönlichen Wünsche eines Herrschers müssen der Staatsräson weichen …«

Die Sultanin ist sehr bleich geworden und überreicht Selma den Brief, die ihn liest, in schallendes Gelächter ausbricht und ihn bedächtig zerreißt.

VII

Scharen von hellen und aschfahlen Wolken ziehen in gedrängten Formationen gegen Westen zu auf. Die Sonne geht unter. Wie toll wirbeln ihr die Vögel am Himmel hinterher. Die Erde atmet, endlich befreit von den Schritten der Menschen, auf; aus ihren Tiefen quellen Säfte, dringt Wohlgeruch.

Selma hat sich mit den Ellenbogen auf den Balkon ihres Zimmers gestützt und horcht auf den Gesang des Muezzin, der von den Glocken der Kirche Saint-Louts-des-Français in der Nähe der Moschee skandiert wird; sie läuten das Angelusgebet ein. Sie muß sich zum Ausgehen fertig machen. Heute abend geben die Tabets, eine der reichsten maronitischen Familien im Libanon, ein Diner zu Ehren des neuen Hochkommissars, des Grafen Damien de Martel. Die vornehmste Beiruter Gesellschaft, sowohl aus der Politik wie auch der Wirtschaft, was übrigens auf eins herauskommt, wird anwesend sein. Wenn Beirut verführen will, ist es von grenzenloser Großzügigkeit. Es bietet dem Auserwählten die schönsten Kleinode in Hülle und Fülle an, betört durch seine Fröhlichkeit, bezaubert durch seine schillernde, subtile Intelligenz, verwirrt, indem es mit unzähligen so spontanen wie ewigen – oder auch flüchtigen – Freundschaftsbezeigungen bestrickt, was im Grunde dasselbe ist, denn die Libanesen haben als echte Orientalen die Einsicht, daß die Ewigkeit im Augenblick beschlossen liege.

An diesem Abend ist der Auserwählte, den Beirut in sein glänzendes Netz verstricken will, sein neuer Herr, und Selma ist als eines der Elemente dieses glitzernden Spinnennetzes, das ihn einfangen, das ihn vereinnahmen soll, eingeladen.

Sie macht sich darüber lustig, daß sie sich noch vor zwei Jahren dagegen aufgelehnt, ja daß sie es zurückgewiesen hätte, als Rädchen im Getriebe eingesetzt zu werden, weil sie noch um ihrer selbst willen eingeladen, um ihrer selbst willen geliebt werden wollte! »Um ihrer selbst willen …« Sie weiß heute nicht mehr, was das heißt; so viele Spiegel sind inzwischen zerbrochen … Der Spiegel aus vielfarbenen Lichtern und Straß, in dem sich die bezaubernde Gestalt der Königin von Hollywood abbildete, der Spiegel aus abblätterndem Gold, der das weiche und ernste Gesicht der jungen Königin von Albanien zurückwarf, und sogar die Spiegel im Palast von Ortaköy, vor dem eine kühne kleine Sultanin sich die Locken flocht, bevor sie ausging, um die Welt zu erobern.

Selma wirft mit einer jähen Kopfbewegung das Haar aus der Stirn zurück; sie ist zweiundzwanzig, ist nicht mehr das junge Mädchen, das mühsam auf der Suche nach seiner Wahrheit war und sich fragte, was hinter dieser osmanischen Prinzessin steckte, und dann, als sie eine gewisse Selma entdeckt hatte, was es mit dieser Selma auf sich habe! Es war wie das Spiel mit der russischen Puppe: Wenn man sie aufschraubt, kommt darin eine andere zum Vorschein, dann wieder eine andere, und so fort: Man findet nur Hüllen, nie die ursprüngliche Puppe. Aber gibt es die überhaupt? Und wer weiß, ob es, über die Rollen hinaus, die sie spielt, die wahre Selma gibt? Sie jedenfalls will sich mit dieser sinnlosen Suche nicht weiter befassen.

»Mein Gott, Selma, sind Sie noch nicht fertig? Es ist neun Uhr!« Amal kommt herein. »Ich habe geklopft, und da niemand geantwortet hat, bin ich hereingekommen. Was ist denn? Sind Sie krank? Sie wissen doch, daß wir alle um 9 Uhr 30, vor Ankunft des Hochkommissars, bei den Tabets sein müssen!«

»Und in Habachtstellung, nehme ich an!« wirft Selma hin. »Nein, Amal, ich bin nicht krank ... Aber heute abend habe ich Lust, zu spät zu kommen.«

Sie hat eine so hochmütige Miene aufgesetzt, ihre Stimme klingt so herausfordernd, daß Amal lieber schweigt. Ist das ihre Freundin, diese arrogante Fremde? Nach dem zwiefachen Scheitern einer möglichen Karriere in Hollywood und der albanischen Heirat ist in Selma, die so empfindsam, so zart gewesen war, etwas zerbrochen. Sie spricht von diesen grandiosen Plänen nur noch ironisch, denn sie ist viel zu stolz, um ihre Enttäuschung zu zeigen. Sie nimmt es sich selber übel, sich in Träume verloren zu haben, und nimmt es Amal übel, daß sie Zeugin dieser Träume gewesen ist. Sie hat den Entschluß gefaßt, sich nie mehr in flagranti bei einer Naivität ertappen zu lassen, und gibt sich provozierend, ja abweisend, damit die anderen gar keine Gelegenheit haben, sie in irgendeiner Hinsicht zu verschmähen.

Gerade deshalb wird ihr aber Aufmerksamkeit zuteil in dieser kleinen Welt, wo alles – die Liebe, das Geld, der Erfolg – belanglos, da so leicht zu erreichen ist. Die Männer in Selmas Bekanntenkreis beobachten sie: Welcher von ihnen wird die Gunst der Grausamen gewinnen? Ihre Kälte ist sprichwörtlich; noch kann sich keiner rühmen, ihr einen Kuß geraubt oder wenigstens ihre Hand ergriffen zu haben. Im Grunde sind sie ihr aber dankbar, in der Überzeugung, daß sich hinter ihrer Gleichgültigkeit einfach eine Taktik der Verführung verbirgt: der Sieg wird dann um so triumphaler sein.

»Sie täuschen sich alle«, denkt Amal, die Selmas verschlossene Miene mustert, »diese Gleichgültigkeit ist nicht gespielt ... Selbst wenn sie sich vergnügt, habe ich den Eindruck, daß es für sie eine Pflichtübung ist.«

Es klopft, Hayri und Marwan kommen herein. Selma stellt amüsiert fest, daß Hayri sich in Schale geworfen hat – Smoking aus cremefarbener Schantungseide und rote Nelke im Knopfloch –, um Amal zu beeindrucken.

»Ich bin verliebt!« hatte er seiner Schwester neulich gestanden, »meinen Sie, daß Amal gerne Prinzessin werden würde?«

»Ich glaube, das ist ihre geringste Sorge«, gab Selma zur Antwort, was Hayri natürlich für reine Bosheit hielt.

Er hatte also beschlossen, Amal den Hof zu machen. Seit einer Woche schickt er nun jeden Tag einen Strauß roter Rosen in die Mar Elias-Straße; diesen Abend erwartet er, mit einem Lächeln dafür belohnt zu werden, worauf er das junge Mädchen zu bitten gedenkt, doch sämtliche Walzer für ihn zu reservieren, denn nach dem Diner wird getanzt.

Doch Amal lächelt nicht, was Hayri ihrer charmanten Schüchternheit zuschreibt. Und als ihn dann später Marwan beiseite nimmt und ihm sagt, seine Schwester könne Rosen nicht ausstehen, weil deren intensiver Duft des öfteren Migräne bei ihr verursacht habe, ist er beeindruckt von solcher Empfindsamkeit und verliebt sich nur noch mehr.

Jetzt zeigt er sich entrüstet über Selma, die mit Absicht zu spät komme, um Aufsehen zu erregen!

»Aber geht doch, ich komme später!« wirft sie mißmutig hin. »Zeynel wird mich im Arraba* hinbegleiten!«

Marwan zögert, dieser Schimmer in Selmas Augen gefällt

* Eine Art offene Kalesche.

ihm nicht, noch weniger aber ihr neuestes Lachen, das zu jäh, zu gezwungen klingt. Er hatte eigentlich die Absicht, an diesem Abend mit ihr zu sprechen, aber vielleicht ist es besser, zunächst einen »Botschafter« für sich sprechen zu lassen. Er zieht ein winziges Päckchen aus der Tasche.

»Ich habe Ihnen ein Buch von Fariduddin Attar, dem größten mystischen Dichter der Drusen, mitgebracht. Sollten Sie nicht kommen wollen, wird es Ihnen Gesellschaft leisten.«

»Die Vögel der ganzen Welt«, so wird in dem Buch erzählt, »haben sich versammelt, um sich auf die Suche nach ihrem König, dem Simurgh, zu begeben, der seit langem verschwunden ist. Niemand weiß, wo er sich aufhält, außer einem ganz alten Vogel. Aber er kann ihn nicht allein finden, denn der Weg ist mit Fallen bestückt, sie müssen alle zusammen aufbrechen. Der Simurgh wohnt in der Tat im Qaf, einer Gebirgskette, die die Erde umgibt, und um dort hinzugelangen, muß man Wälle aus Feuer überwinden, entfesselte Wildbäche durchschwimmen und Horden von grimmigen Drachen bekämpfen.

Sie sind zu Tausenden losgezogen, aber im Verlauf der Reise, die Jahre dauert, gehen die meisten zugrunde. Nur dreißig Vögel, die weisesten, erreichen nach großer Mühsal den Hof des Simurgh in den Bergen des Qaf. Da gehen unzählige Sonnen, Monde und Sterne vor ihnen auf, und sie sind wie geblendet. Und im Widerschein aller dieser Gestirne erkennen sie sich selbst, aber auch den Simurgh. Sie wissen nicht mehr, ob sie noch sie selber oder ob sie zum Simurgh geworden sind. Schließlich begreifen sie jedoch, daß *sie* den Simurgh verkörpern und daß der Simurgh sie verkörpert, daß sie ein und dasselbe Wesen sind. Und daß ihr König, der Gott, den sie so fern gesucht hatten, in ihnen war ...«

Selma gleitet das Buch aus der Hand.

... In einem Tekke in der Umgebung Istanbuls küßt ein kleines Mädchen die dargebotene Hand eines alten Scheichs ... plötzlich wird es von einem Licht geblendet und weiß, daß es in ihm aufgehen wird, wenn es die Augen nicht schließt; das will es aber nicht, es hat Angst ... Es schließt die Augen, und die Dinge nehmen wieder ihren gewohnten Platz innerhalb einer beruhigenden Ordnung ein.

Selma hat sich immer bedauernd an diese Lichterscheinung erinnert und sich ihrer Angst geschämt. Aber auf dieses Sich-Schämen ist sie paradoxerweise auch wiederum stolz; sie hegt und pflegt es, denn wer sich schämt, stellt gleichzeitig seine seelische Überlegenheit unter Beweis, weil er ununterbrochen bestrebt ist, über sich selbst hinauszugehen.

Seit langer Zeit schon ist sie auf der Suche nach Einheit, aber sie hat auf der Schwelle immer gezögert. Sie hat Angst, sich darauf einzulassen und ganz vereinnahmt zu werden, sie spürt, daß es auf der Suche nach dem Absoluten keine Grenzen gibt, daß man Gefahr läuft, sich zu verlieren wie diese unzähligen Vögel des Simurgh, die starben, bevor sie das Licht erblickten.

Läßt man, wenn man sich in strenge Religiosität flüchtet, nicht außer acht, daß Unsicherheit auch fruchtbar sein kann? Marwan, der in der drusischen Hierarchie als Akkal, als Eingeweihter gilt, hat einmal zu ihr gesagt, Religion und Moral seien die sichersten Mittel, Gott nie zu finden. »Gebote und Verbote«, sagte er, »sind hohe Mauern, die man aufbaut, um den Himmel zu erreichen, aber je höher sie reichen, desto mehr verkleinert sich der Himmel, und bald sieht man nur noch ein armseliges blaues Viereck, das kein Himmel mehr ist, sondern eben nur noch ein blaues Viereck. Da will man uns etwas weismachen von Marmortreppen und einem goldenen Thron, einer Welt, die so tot ist wie die Moral. Der Himmel, das ist das Leben in seiner unendlichen Vielfalt; wie könnte der Weg zum Unendlichen von Mauern umgeben sein?«

Selma spürt, wie ein Taumel sie ergreift. Warum hat ihr Marwan dieses Buch gebracht? Sie hatte ihre Ruhe, berauschte sich daran, von ihrer Umgebung vergöttert zu werden – warum hat Marwan nun alles verdorben? Warum soll sie nicht ein Leben führen wie jedermann, ein glückliches Leben?

Glücklich ... Das Wort setzt sich, mit seiner nahezu obszönen Banalität, in ihrem Bewußtsein fest ... Wirklich, sie wird immer wieder Überraschungen erleben! Sie ist imstande, sich einfach etwas einzureden! Trotzdem ist sie noch nicht so tief gesunken, daß sie sich mit diesem erbärmlichen Glück begnügen würde!

In den Palästen Istanbuls hat sie Frauen mit leerem, unstetem Blick gesehen; solche gibt es auch unter den eleganten Damen der Beiruter Salons. Ist sie auf dem besten Weg, auch so zu werden? ... Sie fröstelt. Die Worte des Sufi-Meisters Djelal ad-Din Rumi kommen ihr wieder in den Sinn. »Daß ich dich nie verlieren möge, du seliger Schmerz; kostbarer als Wasser bist du, brennende Wunde der Seele, ohne die wir nur mehr dürres Holz wären!«

Selma ist in den kleinen Garten hinuntergegangen. Die Nacht ist lind, die Sterne sind ihr nicht mehr fremd, und sie hat das Gefühl, nach langer Abwesenheit wieder zu sich selbst zu finden.

Munter rattert der Arraba die Allee hinunter; der Kutscher schnalzt mit der Zunge und treibt das Pferd mit der Peitsche an. Er ist überaus stolz, mit zwei so hübschen jungen Damen auszufahren. Alle Leute auf der Straße sehen ihnen nach!

Amal ist auf die Idee gekommen: Vor ein paar Wochen hat sie von einer Frau sprechen hören, die erstaunliche Kräfte besitze, eine neue Pythia, raunt man, eine Gesandte Gottes oder vielleicht auch des Teufels. Sie haben beschlossen, sie zu besuchen, ohne Marwan ins Vertrauen zu ziehen, denn er wäre wahrscheinlich dagegen gewesen.

Ein abgezehrter junger Mann läßt sie in das Haus mit den geschlossenen Fensterläden ein und führt sie wortlos zu einer dunklen Kammer, wo der aus Räucherpfannen strömende Wohlgeruch vergeblich gegen die sauren und süßlichen Schwaden von verbrauchter Luft und Schweiß ankämpft.

Eine Alte thront mit ihrem breiten Hinterteil auf einem von Gläubigen umlagerten hohen Bett und verbreitet Tropfen für Tropfen den erlösenden und todbringenden Trank ihrer Reden, ihres Schweigens. Ab und zu träufeln ein paar

Worte, erst Säure, dann Honig, über ihre schmalen Lippen, wobei sie mit ihrem stechenden Blick Augen durchbohrt und Körper aufreißt, um in die Herzen einzudringen.

Die beiden jungen Mädchen sind in der Nähe der Tür im Dunkeln stehengeblieben. Aber die Alte hat sie bereits erspäht, ihr Instinkt wittert edles Wild. Sie winkt sie mit ihrer fetten Hand herbei, in den Kreis der Auserwählten an ihrem Lager. Aber sie weigern sich, diese Racker!

Die Alte grinst. So etwas mag sie, solche, die noch ohne Scham und hochgemut sind wie Kinder, die am hellichten Tag nackt herumstolzieren. Auf die ist sie gierig, auf diese noch im Unbewußten tappenden Jugendlichen, die sich für Lieblinge Gottes halten; die saugt sie aus, das gibt ihr Kraft. Die Herde von Sklaven hingegen, die sich ihr zu Füßen geworfen haben und ihr huldigen, würdigt sie keines Blickes mehr, hat sie sie doch schon bis ins innerste Mark verzehrt und benutzt sie nur noch als Fangarme, die ihr Wort in der Stadt verbreiten und ihr neue Beute zuführen, Leute, die begierig sind, sie, die Inspirierte, zu vernehmen.

Aber manche zögern am Rande des Bettes: Von welchen Geistern, göttlichen oder teuflischen, ist diese schreckliche, würdig thronende Matrone beherrscht? Aber nach und nach drängt sich der Gedanke auf, daß letztlich diese Geister ein und dieselben sind und daß Gott jenes befreite Licht sei, aus dessen Schlacken, aus dessen warmem Brodem der Teufel hervorgehe. Und die Mutigsten – oder die Ahnungslosesten – lassen sich auf diese Reise ohne Rückkehr ein, wobei ihre einzige Gewißheit darin besteht, daß sie sich im Unendlichen verzehren werden – in den Flammen der Hölle oder im Feuer göttlicher Liebe …

Wer immer und ewig zurückweicht, wird das fade, eklige Gefühl nicht los, er sei nicht imstande, Letztes, Äußerstes zu erreichen, ob es sich nun um Glück oder um Unglück handelt, was eigentlich eins ist. Allen aber, ob sie die erste Pforte der Angst durchschritten haben oder davor zurückgeschreckt sind, hat die Alte das gleiche königliche Geschenk anzubieten: ewige Rastlosigkeit.

Das rothaarige junge Mädchen auf der Schwelle des Zimmers wendet sich ab. »Gehen wir«, flüstert sie ihrer Freundin zu, »hier ist das Licht so schwarz.«

Hat das die Alte gehört? Sie richtet sich auf, und ihr dunkler Mund stößt einen Fluch aus: »Du wirst noch den Nacken beugen, du Stolze! In zwei Nächten, erinnere dich, in zwei Nächten komm' ich zu dir!«

So gut hat sich Selma schon seit langem nicht mehr unterhalten. Der Kostümball bei Jean Tuéni steht unter dem Motto »Les Indes galantes« nach der Oper von Rameau. Sie hat sich in einen Maharadscha verkleidet; weiße Satinreithosen und Turban mit Federbusch – die Federn hat sie von Nervin Hanims Staubwedel abgezweigt –, und sie trägt ein sechsreihiges, von Suren Ağa geliehenes Perlenhalsband. Sie ist unter der schwarzen Halbmaske, die Bedingung war, von niemandem erkannt worden. Und so hat sie am Ende des Abends, als man die Masken abnahm, wieder einmal alle überrascht.

Dabei hätte sie im letzten Augenblick fast abgesagt. Die Drohungen der Hexe quälten sie, und sie hatte umsonst versucht, sie zu verdrängen, sie tauchten immer wieder auf. Amal hatte den lieben langen Tag alle Schätze ihrer Überredungskunst aufgeboten, um sie davon zu überzeugen, daß die Macht dieser Alten nur auf der Unterwürfigkeit ihrer Umgebung beruhe: Da sie aber gespürt hatte, daß Selma nicht darauf reagierte, hatte sie etwas x-beliebiges gesagt, um sie zu erschrecken.

»Überlegen Sie doch einmal! Sie konnte es sich nicht gefallen lassen, daß ihr jemand vor ihrer blökenden Herde die Stirn bot! Aber wie sollte sie zu Ihnen kommen? Sie ist doch viel zu dick, um sich vom Platz zu bewegen.«

Und als Selma zögernd einwendet, in der Türkei seien manche Frauen im Besitz unheilvoller Kräfte, gerät sogar die sanfte Amal in Wut.

»Sie enttäuschen mich wirklich! Sie sind so leichtgläubig wie die Bäuerinnen in unseren Dörfern!«

Schließlich gelingt es Marwan, dem man von dem Abenteuer berichtet hat, Selma davon zu überzeugen, es sei im Gegenteil besser, wenn sie nicht zu Hause bleibe. Und vor allem solle sie Zeynel und den Kalfalar einschärfen, unter keinen Umständen zu öffnen!

Das Orchester hat einen letzten Tango intoniert, es ist vier Uhr morgens, die meisten Gäste sind schon gegangen. Die Kerzen in den silbernen Kandelabern sind heruntergebrannt und werfen tanzende Schatten auf die gleichsam lebendig gewordenen Tapeten. Selma läßt sich im Arm des schönen Ibrahim Sursok dahintragen. Es ist eine besonders köstliche Stunde, da sie jetzt nur noch ein kleiner Kreis von Freunden sind und ein neuer, intimerer Abschnitt des Abends beginnt.

Da der Tag anbricht und die Bediensteten einen wohlschmeckenden heißen Kaffee servieren, beschließt man bedauernd, auseinanderzugehen. Selma ist noch nie so spät nach Hause gekommen; gewöhnlich gibt Hayri gegen zwei Uhr das Zeichen zum Aufbruch. Aber diese Nacht waren ihm von Amal nach Absprache mit Selma mehrere Tänze gewährt worden, was ihn alle seine Prinzipien vergessen ließ.

Vor dem Gartentor ist eine schwarze 5 CV geparkt. Die Haustür steht weit offen. Selma stürzt durch das Vestibül. Es ist überall Licht, aber kein Mensch zu sehen. Sie rennt die Treppe hinauf, nimmt vier Stufen auf einmal und bleibt vor dem Zimmer ihrer Mutter stehen: Es ist ein Unglück passiert, wußte sie es doch … die Hexe …

Zitternd stößt sie die Tür auf. Das Zimmer liegt im Halbdunkel, Selma sieht zuerst nur einen breiten, mit einem grauen Gehrock bekleideten Rücken, dann macht sie nach und nach Zeynel und die beiden Kalfalar aus, die den Finger an die Lippen gelegt haben und ihr bedeuten, sie solle sich ruhig verhalten.

Sie nähert sich langsam, sucht mit den Augen ihre Mutter, während der graue Gehrock sich umgedreht hat und diesen seltsamen Epheben mit Turban durch sein Monokel mißtrauisch mustert. Selma hat keinen Blick für ihn, sie geht näher heran und nimmt mit einemmal eine steif auf dem Boden ausgestreckte, eine tote Gestalt wahr! …

»Annecim!« schreit sie auf und stürzt auf sie zu, aber bevor sie ihre Mutter erreicht hat, wird sie von einer kräftigen Hand zurückgerissen.

»Ruhe! Es ist jetzt nicht der Zeitpunkt für irgendein Theater!«

Der Arzt macht nicht viel Umstände und schiebt sie in Zeynels Arme, kniet sich dann hin und nimmt seine Untersuchung wieder auf. Nach einigen Stunden oder Minuten, Selma hätte nicht sagen können, wie lange es dauerte, steht er auf und verlangt Decken.

»Im Augenblick muß man sie hier lassen, aber sie muß warm liegen.«

... Warm liegen? ... Also ...

Hayri tritt bedächtig heran, und zum ersten Mal in ihrem Leben bewundert ihn Selma, denn er sagt mit ernster Stimme: »Ich bin der Sohn, Herr Doktor, sagen Sie mir die Wahrheit.«

Der Arzt sieht ihn an und schüttelt den Kopf.

»Ihre Mutter hat einen sehr schweren Anfall gehabt, junger Mann. Das Herz hat glücklicherweise standgehalten. Sie wird überleben, aber ...«

»Aber?«

»Ich fürchte, daß sie für immer gelähmt sein wird.«

Selma sitzt reglos vor dem Klavier. Sie hat soeben Schuberts Impromptus gespielt, das zweite und das fünfte, die Annecim besonders gerne mag, und auch die Variationen von Liszt über ein Thema von Haydn. Die Sultanin, bewegungslos in ihrem Rollstuhl, an den sie seither gefesselt ist, außer wenn Zeynel sie auf seinen Armen ins Bett bringt, hat ihr mit halb geschlossenen Augen und mit einem Ausdruck tiefer Glückseligkeit zugehört.

Seit nun schon sechs Monaten sind ihre Beine gelähmt, und Selma hat nicht ein einziges Mal erlebt, daß sie sich beklagt hätte, und nicht ein einziges Mal hat sie den Eindruck gehabt, ihre Mutter sei ungeduldig und deprimiert. Im Gegenteil. Zum ersten Mal seit dem Exil – das sind jetzt schon elf Jahre – wirkt sie fast fröhlich und gleichsam besänftigt.

Und trotzdem ... Angesichts dieser gealterten, hilfsbedürftigen Frau erinnert sich Selma schmerzlich an »die Sultanin«. Sie hat sie wieder vor Augen als strahlende Prinzessin in ihrem mit Zobel verbrämten Schleppenkleid und dem breiten kaiserlichen Band über der Brust, eine eiskalte, großartige Herrscherin, die der Polizei den Einlaß ins Haus verwehrt und ihr Leben aufs Spiel setzt für einen Unbekannten; hat sie vor Augen als barmherzige Göttin angesichts menschlicher Schwächen, der es aber um nichts anderes ging, als um die Ehre. Ah, sanftmütig war sie nicht gewesen, aber so bewunderungswürdig! …

Selma geht seit sechs Monaten nicht mehr aus, sie findet daran kein Vergnügen mehr. Zuerst hatte sie gedacht, das sei eben so, weil sie ihrer Mutter Gesellschaft leisten wollte, aber dann war ihr der Verdacht gekommen, daß es eine Art Wiedergutmachung war: Sie weiß zwar, daß eine Herzkrankheit zu Anfällen disponiert, aber im Grunde ist sie nach wie vor überzeugt, daß die Hexe Rache genommen hat.

Und vor allem ist sie beunruhigt. Der Arzt hat sie informiert, eine zweite Attacke »könnte verhängnisvoll werden«. Langsam trat da dieser unfaßbare, aufwühlende Gedanke in ihr Bewußtsein, bis sie schließlich bestürzt begriff, daß ihre Mutter sterblich war, daß dieser Fels, der sie getragen hatte, der ein nicht wegzudenkendes Lebenselement für sie darstellte, vielleicht nachgeben und sie, Selma, taumelnd am Rande eines Abgrundes zurücklassen würde. Noch nie in ihrem Leben hatte ein solcher Gedanke sie auch nur gestreift. Bis jetzt war der Tod immer der Tod der anderen gewesen. Aber der Tod ihrer Mutter? … Es war, als sollte der beste Teil ihrer selbst dahingehen.

Zuerst, nachdem sich die Nachricht von der Erkrankung der Sultanin verbreitet hatte, hatten Selmas Freundinnen ihr geschrieben und einige hatten sie auch besucht. Nach einem Monat, einer Zeitspanne, die man ihrer Trauer zugestand, wurde sie auch wieder eingeladen. Doch da sie nicht antwortete, war man es müde geworden.

Einzig Marwan und Amal kommen regelmäßig in das Haus in der Rustem Pascha-Straße. Sie machen sich Sorgen, daß Selma sich so in sich verschließt und ganze Nachmittage damit verbringt, melancholische Sonatinen und Balladen zu komponieren. Eines Tages nimmt die Sultanin Marwan beiseite.

»Sie muß unbedingt ausgehen! Ich bitte Sie, finden Sie Mittel und Wege, sonst wird sie krank. Und zwei Kranke in diesem Haus sind zuviel«, fügt sie lächelnd hinzu, »schließlich muß ich mein Privileg hüten!«

Die Saison der Bälle unter freiem Himmel hat gerade begonnen. Es ist Frühling. In den schönen Besitzungen des Sursok-Viertels ist ein Heer von Gärtnern damit beschäftigt, die Beete mit den aus Europa eingeführten Hortensien herzurichten und die Oleander- und Weißdornhecken zu schneiden.

Doch der originellste, amüsanteste Ball ist zweifellos der Admiralitätsball, der jedes Jahr auf der Jeanne d'Arc, dem französischen Schulschiff, stattfindet. Die Gäste werden sorgfältig ausgesucht. Amal und Marwan sind auf der Liste der Auserwählten: Der Drusisch-Französische Krieg ist schon fast vergessen; seit dem Jahre 1930 hat der Djebel eine autonome Verfassung, und sowohl im Libanon wie in Syrien achtet das französische Mandat sehr darauf, die Herrschaften aus dem Gebirge nicht zu verärgern.

Marwan hat dafür gesorgt, daß Selma auch eine Einladung bekam. Zwar hat er ihre Ablehnung vorausgesehen, tut aber, als sei er empört darüber: »Das können Sie mir nicht antun! Es ist ein Diner an separaten Tischen, alle Plätze sind seit einem Monat reserviert.«

»So ein Ball auf dem Wasser hat eine ganz besondere Atmosphäre«, versichert Amal, »es ist wie auf einer Kreuzfahrt. Und dann möchte ich auch gerne, daß Sie meinen Vetter Wahid kennenlernen, der ausnahmsweise geruht hat, von seinen Bergen herunterzukommen. Er ist auch ein entfernter Verwandter von Sid Nazira. Sie werden sehen, er ist ein merkwürdiger, aber liebenswerter Mensch!«

Selma läßt sich schließlich überreden.

VIII

Im dunklen, nur von ein paar Laternen erleuchteten Hafen zeichnet sich die Jeanne d'Arc wie ein mit Lichtgirlanden behängter Weihnachtsbaum ab. Auf der Schiffsbrücke steht, von seinen Offizieren in Galauniform umgeben, der Admiral; im Hintergrund spielt das Orchester »Marine Levant« die Ouvertüre von Offenbachs »Pariser Leben«.

Die Damen in Stöckelschuhen und langen Abendkleidern wagen sich, indem sie leise, erschreckte oder entzückte Schreie ausstoßen, im Gefolge ihrer hilfreichen Begleiter auf die schmale Brücke. Der Admiral, ein Mann von Welt, begrüßt sie und hat für jede ein liebenswürdiges Wort. Er ist zufrieden, denn der Abend scheint ein Erfolg zu werden: Auf rund dreihundert Quadratmetern ist alles versammelt, was in Beirut Rang und Namen hat. Junge Kadetten führen die Gäste zuvorkommend an ihren Platz.

Der Tisch der Daruzis ist recht weit vom Orchester entfernt. Sie kommen zu spät. Alles ist schon um die mit damastenen Tüchern bedeckten Tische versammelt, die unter einer Fülle von Rosen, Silbergeschirr und Porzellan aus Limoges verschwinden. Man empfängt sie mit Ausrufen wie: »Wir haben nicht mehr mit Ihnen gerechnet!«

»Die gute Amal! Nur eine Stunde zu spät, das heißt, Sie machen Fortschritte!« läßt ein lang aufgeschossener junger Mann fallen.

»Wahid, Sie werden mir sicher vergeben, wenn Sie sehen, wen ich mitbringe. Selma, darf ich Ihnen meinen Vetter vorstellen? Glauben Sie mir, er ist gar nicht so unangenehm, wie es zuerst den Anschein hat.«

Die hohe Gestalt erhebt sich mit höflicher Lässigkeit, verbeugt sich und ruft in theatralischem Ton, so daß die Tafelnden an den Nebentischen sich umdrehen: »Ah, Prinzessin! Wenn meine Ahnen von Ihnen hätten träumen können, wären unseren beiden Familien jahrhundertelange Kriege erspart geblieben. Diese wilden Krieger hätten sich stracks ergeben.«

Der Blick dieser halb demütigen, halb spöttischen Augen

fasziniert Selma. Wahid läßt eigenmächtig die Tafelordnung ändern, um das junge Mädchen an seiner Seite zu haben. Er vernachlässigt seine Tischnachbarn, sieht nur sie an, bedrängt sie mit Fragen über ihr Leben, ihre Tätigkeiten, ihre Vorlieben. Er ist offenbar vollkommen überwältigt und scheint die Verlegenheit seiner Tischdame, die nicht weiß, wie sie jemanden mäßigen soll, der ihr so unverhohlen den Hof macht, überhaupt nicht zu bemerken.

Selmas Pein dauert nur eine Viertelstunde. Als ob seine Neugier gestillt wäre und sein Interesse nachließe, dreht ihr Wahid Bey plötzlich den Rücken zu und verstrickt sich in eine leidenschaftliche politische Diskussion mit seinen Freunden.

Das Diner ist zu Ende. Die Kellner flitzen zwischen den Tischen hin und her und bieten Kaffee und Liköre an. Das Orchester »Marine Levant«, das bis jetzt gedämpft gespielt hatte, nimmt munter einen griechischen Tango in Angriff.

Die ersten Paare begeben sich auf die Tanzfläche. Selma sieht ihnen neugierig zu. Sie würde sich auch gerne darin versuchen, hat aber ihrer Mutter versprochen, an solchen »Hüftverrenkungen« nicht teilzunehmen. Die Sultanin gestattet ihr lediglich, Walzer zu tanzen, weshalb die Freundinnen des jungen Mädchens scherzend bemerken, sie dürfe nur mithalten bei »Tänzen, wo es einem schwindlig wird.«

Das Orchester spielt jetzt einen Walzer von Strauß. Selma klopft mit dem Fuß den Takt und wirft ihrem Nachbarn verstohlene Blicke zu. Wird er sie auffordern? Er sieht sie nicht einmal an, er hat sich wieder in die Diskussion mit seinen Freunden vertieft.

»Geben Sie mir die Ehre, Prinzessin?«

Vor ihr verbeugt sich ein französischer Offizier. Er sieht ausgezeichnet aus in seiner weißen Uniform, ist schlank, braungebrannt und lächelt betörend.

»Sie erinnern sich nicht mehr an mich, aber wir sind einander bei den Bustros vorgestellt worden: Georges Buis, Hauptmann der Kavallerie.«

Es ist zwar nicht üblich, die Aufforderung von jemandem, den man nicht kennt, anzunehmen, aber was ist dabei! Sie hat solche Lust zu tanzen … und vor allem diesem Wahid zu zeigen, daß sie sich um seine Launen nicht kümmert.

Selma läßt sich mit Wonne vom langsamen Rhythmus der Musik dahintragen. Das Orchester spielt drei Walzer hintereinander. Sie weiß, daß der Klatsch nicht ausbleiben wird, aber mit diesem schönen Offizier will sie bis ganz zum Schluß tanzen.

Kaum ist sie, etwas schwindlig, an ihren Tisch zurückgekehrt, dreht sich Wahid wütend um.

»Man wundert sich wirklich, wenn man sieht, wie ein muslimisches junges Mädchen, das dazu noch eine osmanische Prinzessin ist, mit einem französischen Offizier tanzt. Beachtlich, dieser Weitblick, diese Noblesse im Vergessen!«

Selma errötet. Die anderen Tischgenossen starren Wahid konsterniert an. Verzweifelt versucht Marwan, die Situation zu retten.

»Ah! Wahid Bey spielt den Moralisten! Das ist wohl Ihr neuester Trick! Ich wußte zwar, daß Sie ein Spaßvogel sind, aber nicht, in welchem Maße!«

»Es handelt sich hier durchaus nicht um einen Spaß!« läßt Wahid eisig fallen.

Marwan beißt sich auf die Lippen. Er kann seinen Freund nicht beschimpfen, das verbietet die Stammessolidarität, aber er kann auch nicht hinnehmen, daß man die Dame, die er mitgebracht hat, verhöhnt.

»Selma, meine Liebe, würden Sie mir die große Freude machen, mir diesen Tanz zu gönnen?«

Sie steht mechanisch auf. Wahid sieht ihnen erbost nach.

Die Gespräche am Tisch gehen weiter, das Geplauder verdeckt die allgemeine Betroffenheit. Wahid hat schweigend zu trinken begonnen. Er muß schon beim vierten oder fünften Kognak sein, als er plötzlich sein Glas so heftig absetzt, daß es zerbricht.

»Herr Ober, dieser Kognak ist ja grauenhaft. Bringen Sie mir einen anderen!«

Der Kellner nähert sich verdutzt.

»Aber, mein Herr, es ist ein sehr edler Kognak, wir haben keinen anderen.«

»Der einzige, den man uns anzubieten geruht! Zweifellos halten die Herren Franzosen uns Libanesen für zu unzivilisiert, als daß wir Unterschiede erkennen könnten!«

Er hat die Stimme erhoben. Aller Augen sind jetzt auf ihn gerichtet.

»Ein schlechter Kognak, eine Marionettenregierung, eine Scheinverfassung, für Primitive tut's das ja auch! Die werden doch nicht etwa den Anspruch erheben, sich selbst zu regieren! ... Nun gut, meine Herren, ich versichere Ihnen, daß wir es satt haben; wir wünschen, daß Sie verschwinden! Und zwar schleunigst! Denn so liebenswürdig werden wir Sie nicht immer darum bitten!«

Im Saal herrscht Stille. Als wäre es Absicht, hat das Orchester gerade Pause gemacht. Niemand wagt sich zu rühren. Da dreht sich der junge Drusenführer mit schallendem Gelächter auf seinem Stuhl um und hebt das Glas.

»Ich trinke auf die Freiheit, auf die Unabhängigkeit des Libanon!«

»Mein Gott«, flüstert Selma Marwan zu, der sie zum Tisch zurückführt, »der ist ja vollkommen betrunken!«

»O nein! Er ist nie betrunken. Ich kenne niemanden, der Alkohol so gut verträgt wie Wahid. Je mehr er trinkt, desto scharfsinniger und zynischer wird er. Was er jetzt ausgesprochen hat, denken wir doch alle, bis auf ein paar Familien, die dem Mandat ihren sozialen Aufstieg verdanken. Vor dem Krieg hatte uns Frankreich die Unabhängigkeit versprochen. Und was macht es? Es zieht zwangsweise künstliche Grenzen zwischen dem Libanon und Syrien, wo doch diese beiden Gebiete jahrhundertelang eine politische, wirtschaftliche und finanzielle Einheit bildeten, und stellt uns unter Vormundschaft! Eine sanfte Vormundschaft zwar, aber nur, weil wir Libanesen friedfertig sind und es vorziehen, Probleme durch Diskussion, nicht durch Kampf zu lösen. Aber wir diskutieren jetzt schon fünfzehn Jahre lang, ohne etwas zu erreichen. Sogar die Maroniten haben langsam genug davon.«

»Aber ... Auf einem französischen Schiff solche Reden zu führen!«

»Wahid ist eben so. Er ist versessen darauf, zu provozieren. Und es amüsiert ihn um so mehr, als er weiß, daß man so tut, als hielte man ihn für betrunken, damit man ihn nicht vor die Tür setzen muß. Solange es sich um verbale Invektiven handelt, hüten sich die Franzosen, sich an einem Drusenführer zu vergreifen. Der blutige Djebelkrieg ist ihnen noch in Erinnerung! Aber ich hatte angenommen, daß Wahid sich diesen Abend ruhig verhalten würde ... Im Grunde glaube ich«, lächelt er und sieht Selma dabei vielsagend an, »daß wir dieses kleine Ärgernis Ihnen zu verdanken haben.«

»Sie scherzen wohl?«

»Überhaupt nicht. Wahid ist außer sich geraten, weil Sie mit diesem französischen Offizier getanzt haben. Unter seinem modernen, lässigen Benehmen verbirgt sich der alte Feudalherr, der der Überlieferung und einem weltlichen Ehrenkodex mehr verhaftet ist, als er selber weiß. Seine hochkarätige Erziehung und seine eklektische Lektüre haben daran nichts verändert.«

Am folgenden Morgen klingelt es an der Tür des Hauses in Ras Beirut. Ein bärtiger Mann mit geschultertem Gewehr steht auf der Schwelle, halb verdeckt von einem riesigen Strauß roter Gladiolen.

»Der Chef hat gesagt, ich solle das der Prinzessin bringen«, sagt er zu Zeynel, der sprachlos ist angesichts der ungewohnten Erscheinung.

»Welcher Chef?

»Eben ... der Chef! Wahid Bey!« gibt der Mann unwirsch zurück. Nachdem er sich seiner Bürde entledigt, dem Eunuchen den Strauß übergeben hat, rückt er seinen Patronengürtel zurecht, schlägt die Hacken zusammen und entfernt sich würdevoll.

In den folgenden Wochen geht Selma oft aus: Sie gesteht es sich zwar nicht ein, aber sie möchte Wahid wiedersehen. Zwar gibt es kaum ein Diner, kaum einen Empfang, wo sie den jungen Bey nicht antrifft. Er grüßt sie jedesmal überaus höflich, versucht aber nie, das persönliche Gespräch, das sie bei ihrer ersten Begegnung geführt hatten, wiederaufzunehmen.

Er wird übrigens von den Damen, die sich von seiner Gleichgültigkeit angezogen fühlen, mit Beschlag belegt. Manche finden zwar, er sei eher häßlich mit seiner hohen, vorzeitig kahlen Stirn, seiner Adlernase und den merkwürdig starren blauen Augen, aber alle sind sich darüber einig, daß er unglaublich charmant ist. Sie sind gerührt von seinem schüchternen, jungenhaften Lächeln, von diesem erstaunten, entzückten Blick beim geringsten liebenswürdigen Wort, als könnte er nicht glauben, daß man ihm freundschaftlich begegnet. Wenn aber eine in ihrem Entzücken sich dazu hinreißen läßt, etwas vertraulich zu werden, hat sein Lächeln plötzlich etwas ironisches, und eine schneidende Bemerkung weist solche Indiskretion in die Schranken.

Manchmal spürt Selma, wie sein Blick auf ihr ruht. Wie jede Frau, die verführen will, kokettiert sie dann um so mehr mit den jungen Männern in ihrer Umgebung, die gar nicht an ihr Glück glauben können.

Endlich, eines Abends, kommt Wahid auf sie zu und fragt sie in bewußt trostlosem Ton: »Prinzessin, warum weichen Sie mir aus? Sind Sie mir noch böse? Haben Sie nicht gemerkt, daß meine Flegelei neulich beim Admiralitätsball einfach auf furchtbare Eifersucht zurückzuführen war?«

Einmal mehr widerspricht ein ironisches Lächeln dem Ernst seiner Worte. Doch er blickt sie ängstlich an. Selma merkt zu ihrem Erstaunen, daß dieser unverschämte große Junge schüchtern ist, daß er sich, gerade wenn er es ehrlich meint, aus Schamhaftigkeit immer so gibt, als würde er sich lustig machen.

Sie kann sich eine kleine Rache nicht verkneifen.

»Ihnen böse? Wieso denn? Der Empfang bei der Admiralität? Das ist so lange her … Ich habe ihn längst vergessen!«

»Sie werden mir also diesen Walzer nicht abschlagen?«

Scherzt er? Sie sehen sich an, lachen schallend. Er führt sie auf die Tanzfläche … Mein Gott, wie schlecht er tanzt!

IX

Es ist Sommer geworden, und die Hitze verursacht eine Massenflucht aus der stickigen Stadt. Alle, die irgendwie können, verbringen die nächsten vier Monate im Gebirge, in den Grands Hôtels von Sofar, Alley und Bikfaya oder in ihren von terrassierten Gärten umgebenen luxuriösen Besitztümern. Sogar die Regierung zieht um.

Amal hat Selma nach Ras el-Metn eingeladen, in ihren alten Familiensitz hoch über dem Tal. Dieser schmucklose Palast, in dem sich ein Teil der Geschichte des drusischen Volkes entschieden hatte, dient jetzt nur noch als Sommerresidenz.

Man führt ein ländlich-geselliges Leben, das noch beschwingter ist als in der Hauptstadt, denn hier hat man nichts anderes zu tun, als seinen Vergnügungen nachzugehen. Die Nachbarn laden sich gegenseitig auf »ländlich-sittlich« ein. Tagsüber fährt man im Arraba auf den engen Landstraßen im Gebirge spazieren und trifft sich zu üppigen Picknicks an einer kristallklaren Quelle oder in einem jener ländlichen Gasthäuser, die man gleich als ganze mietet, damit man nicht gestört wird. Wenn man dagegen eher sportlich veranlagt oder auf Abenteuer aus ist, reitet man den ganzen Tag über durch das Gebirge.

Aber jeden Abend, das ist die Regel, trifft man sich. Überall werden Feste gefeiert. Da man niemanden beleidigen will, legt man ohne mit der Wimper zu zucken auf gewundenen Straßen Dutzende von Kilometern zurück, um von einem Fest zum andern zu eilen. Dann wird bis zum Morgengrauen getanzt, und wenn der Tag anbricht, legen die Bediensteten in jedem Zimmer Baumwollmatratzen aus. Denn auf dem Lande ist man nicht für Förmlichkeiten: Die Häuser sind groß genug, um alle Gäste unterzubringen.

Wahids Palast befindet sich ganz in der Nähe von Ras el-Metn, aber von innen haben ihn die wenigsten Libanesen gesehen. Seine Mutter, die das ganze Jahr über dort wohnt, führt ein sehr zurückgezogenes Leben. Angeblich werden nur die drusischen Bauern aus der Umgebung und ein paar der Familie ergebene Scheichs vorgelassen.

Zu Selmas großer Verwunderung ist sie von dem jungen Bey, der fast jeden Tag bei Amal und Marwan verbringt, nie eingeladen worden.

»Weil wir keinen Schleier tragen«, macht sich Amal lustig, »er befürchtet, daß wir seine Getreuen schockieren.«

Sie tut so, als scherze sie, aber Selma hat den Eindruck, daß sie die Wahrheit sagt. Jedenfalls hat man Wahid noch nie so oft in Ras el-Metn gesehen. Kommt er Selmas wegen, wie Marwan behauptet? Das wäre aber eine recht seltsame Art und Weise, einer Dame den Hof zu machen! Denn er richtet kaum das Wort an das junge Mädchen. Die meiste Zeit über ist er mit Schießwettkämpfen beschäftigt oder in endlose politische Diskussionen verstrickt; er scheint sich in männlicher Gesellschaft bei weitem wohler zu fühlen. Aber sobald sich ein Mann etwas intensiver um Selma bemüht, als es die simple Höflichkeit gebietet, ist er zur Stelle und mischt sich in die Konversation ein, ohne auf die wütenden Blicke zu achten, die man ihm zuwirft. Manchmal tut er auch so, als sei er in Gedanken, und fährt plötzlich dazwischen: »Entschuldigen Sie, mein Lieber«, sagt er dann. »Selma, ich muß mit Ihnen sprechen.« Und er nimmt sie ungefragt beim Arm und zieht sie beiseite.

Als er sie das erste Mal auf diese Weise »entführt« hatte, begehrte sie auf.

»Aber Wahid, was fällt Ihnen denn ein? Sie tun so, als gehörte ich Ihnen!«

Er sah sie an.

»Wäre Ihnen das denn so zuwider?«

Da sie nichts sagte, ergriff er sie zärtlich bei der Hand und küßte die innere Handfläche. Ein Schauer überlief sie, so etwas hatte sie noch nie empfunden. Sie schloß die Augen und dachte: »Ja, ich werde dein sein.«

»Selma«, fügte er sehr leise hinzu, »Sie müssen wissen, wie wichtig Sie mir sind. Flirten Sie nicht mit diesen Dummköpfen!«

Und dann ging er plötzlich wieder davon zu seinen Freunden.

»Nehmen Sie sich in acht, Selma«, sagt Amal warnend; sie ist beunruhigt, weil sie sieht, wie ihre Freundin von Tag zu Tag nachdenklicher wird, »Wahid hat nie gewußt, was er eigentlich will. Ich möchte nicht, daß Sie darunter zu leiden haben.«

Aber eine Frau, die verliebt ist, glaubt immer, bei ihr sei alles anders, und Selma ist zum ersten Mal verliebt. Der Panzer, den sie sich in den letzten Jahren geschmiedet hatte, wobei sie mit etwas verächtlichem Mitleid die Verheerungen beobachtete, die die Liebe um sie herum anrichtete, ist mit einemmal geschmolzen. Sie hat den Eindruck, gewissermaßen nackt dazustehen, und wundert sich, daß sie darüber auch noch glücklich ist.

Wahid scheint an ihrer Seite zahm zu werden. Von nun an vergißt er, wenn er sie ansieht, sein ironisches Lächeln; aus seinen Augen spricht nichts als Zärtlichkeit. Oft begleitet sie ihn auf langen Spaziergängen, wobei ihr der unvermeidliche Klatsch gleichgültig ist. Er erzählt ihr von seiner Kindheit, von seinem Vater, der ihn, sogar noch nach seinem Tod, lange daran gehindert hatte, richtig zu leben.

»Ich wünsche niemandem, der Sohn eines Helden zu sein. Kein Tag, an dem nicht irgend jemand in bester Absicht ausruft: Ah, Ihr Vater, was für ein Mann!« wobei er mich mustert und denkt: ›Der da kann ihm nicht das Wasser reichen!‹«

Er fährt sich mit seinen schlanken Fingern durchs Haar – eine Geste, die man häufig an ihm sieht.

»Ich habe lange gebraucht, um mich von seinem Schatten zu befreien; manchmal denke ich sogar, daß es mir noch nicht ganz und gar gelungen ist.«

In solchen Augenblicken wirkt er so verloren, daß es Selma schwer ums Herz wird. Sie nimmt seine Hand, sieht ihm in die Augen.

»Wahid, ich bin überzeugt, daß sie Großes vollbringen werden. Das Wichtigste ist, daß Sie Vertrauen zu sich selber haben.«

Er lächelt ihr dankbar zu.

»Sie sind so anders als die meisten Frauen, Sie wirken so zart und sind so stark ...«

Selma will widersprechen, aber er läßt sie nicht zu Wort kommen.

»Ich weiß, daß Sie stark sind, gerade das liebe ich an Ihnen.«

Er will sie selbstbewußt, entschlossen, ohne Ängste, während sie nichts sehnlicher wünscht, als sich endlich so zeigen zu können, wie sie ist, befreit von ihrer Rolle einer hochmütigen Prinzessin, die ihrer selbst sicher ist. Aber sooft sie versucht, ihm anzuvertrauen, was ihr eigentliches Wesen ist, was in ihr an Zartem schlummert, weicht er aus. Als ob er Angst hätte. Als ob er wollte, daß sie ein Fels ohne Sprung sei, damit er träumen konnte, daß es einen solchen Fels gebe und daß er selbst eines Tages so werden könnte …

Dann schweigt sie und hört ihm zu, überrascht von dieser ihrer neuen, weiblichen Geduld – ist das Stärke, oder ist es Schwäche?

»Hat er wenigstens vom Heiraten gesprochen?«

Mein Gott, wie entnervend Amal sein kann mit ihren Fragen!

»Wenn Sie es unbedingt wissen wollen, er hat nicht direkt davon gesprochen, aber alle seine Äußerungen, seine ganze Haltung deuten darauf hin.«

»Sie wissen doch, daß die Drusen, mit ganz wenigen Ausnahmen, nur untereinander heiraten. Wahids Mutter ist sehr konservativ, sie würde eine Fremde nie akzeptieren. Um so mehr, als sie Wert darauf legt, die Legitimität ihres Sohnes und ihrer Nachkommenschaft im Hinblick auf die Möglichkeit, daß eines Tages ihre Sippe wieder an die Macht kommen könnte, zu festigen.«

»Aber Amal, was sagen Sie denn da, Wahid ist der unabhängigste Mann, dem ich je begegnet bin. Glauben Sie wirklich, daß er sich seine Entscheidungen von seiner Mutter diktieren läßt?«

Amal schüttelt entmutigt den Kopf.

»Entweder macht die Liebe Sie blind, oder Sie haben wirklich keine Ahnung, wie unsere Männer sind! …«

Dieses Gespräch hinterläßt in Selma ein unangenehmes Gefühl. Warum warnt ihre beste Freundin sie ununterbrochen, statt sich über ihr Glück zu freuen? Warum zweifelt sie daran, daß Wahid sie lieben könnte? Ob sie eifersüchtig war? Amal kennt den jungen Bey seit ihrer Kindheit – er ist nur vier Jahre älter als sie –, sie haben, mit Marwan, zusammen gespielt. Wahrscheinlich hat sie unbewußt das Gefühl, daß er eigentlich ihr gehöre.

Selma kann nicht anders, sie muß mit Wahid darüber sprechen. In scherzhaftem Ton berichtet sie ihm von der Unterhaltung und teilt ihm ihre Bedenken mit.

»Eifersüchtig? Natürlich ist sie eifersüchtig!« ruft er sarkastisch aus, »doch ich glaube, Sie täuschen sich in bezug auf den Gegenstand ihrer Eifersucht. Nicht in mich ist sie verliebt, meine Liebe, sondern in Sie!«

Selma wäre nicht so schockiert gewesen, wenn er sie geohrfeigt hätte. Sie sieht ihn ganz entgeistert an, und die Röte steigt ihr ins Gesicht: Wie kann er auf so entsetzliche Unterstellungen verfallen? Sie liebt Amal, und Amal liebt sie. Es handelt sich um eine ganz reine Liebe, die er nicht beschmutzen darf!

Sie weicht empört vor ihm zurück.

»Offenbar macht es Ihnen Spaß, alles zu zerstören!«

»Wieso denn?« gibt Wahid entrüstet zurück, »Sie können mir doch meine Offenheit nicht zum Vorwurf machen! Ich liebe ja gerade an Ihnen, daß Sie in der Lage sind, der Wirklichkeit ins Gesicht zu sehen, daß Sie ...«

»Daß ich stark bin? Jaja, ich weiß. Kurz und gut, ich habe es satt, stark zu sein! Auch ich habe das Bedürfnis, daß man mir Zartgefühl entgegenbringt und nicht unter dem Vorwand der Offenheit mit Füßen tritt, was mir teuer ist.«

Sie dreht ihm den Rücken zu. Sie will keinen Augenblick länger mit diesem Mann zusammensein! Nach Hause will sie. Aber wohin? Sie hat keine Lust, Amal zu sehen, sie will überhaupt niemanden sehen; allein will sie sein.

Selma reist am nächsten Tag ab, ohne Wahid wiedergesehen zu haben. Zumindest das ist sie Amal schuldig, die sie einen Augenblick lang fast verraten hätte. Sie will die empörenden Äußerungen vergessen, mit welchen sich der Druse weit mehr selber bloßgestellt hat. Zwar war sie sich über seinen Egoismus im klaren, aber sie hätte nie gedacht, daß er so schäbiger Verleumdungen fähig wäre. Sie weinte die ganze Nacht lang vor Wut und Enttäuschung. Jetzt steht fest: Sie will ihn nicht mehr sehen.

Und trotzdem, als sie Amal im Augenblick ihres Aufbruches umarmt, schämt sie sich irgendwie. Sie hat ihre Freundin mit dem unerträglichen Gefühl, sie zu belügen, in die Arme geschlossen. Und als Amal ihr beunruhigtes Gesicht zu ihr erhob, hat sie sich auf die Lippen gebissen, um nicht zu schreien: »Aber hören Sie doch auf, mich zu lieben!«

Hat sie wegen eines Satzes, der nie hätte ausgesprochen werden dürfen, alle beide verloren?

Selma ist erst seit drei Tagen wieder in Beirut, da stellt sich der Mann mit dem Gewehr am Schulterriemen mit einer Botschaft ein:

»Ich ertrage es nicht, von Ihnen getrennt zu sein. Ich habe doch nur so irgend etwas dahergeredet. Können Sie mir vergeben? Ich erwarte Sie diesen Nachmittag von vier Uhr an in der Teestube des Hotels Saint-Georges. Ich flehe Sie an, kommen Sie!

Ihr Wahid«

Was stellt er sich eigentlich vor? Daß er sich alles erlauben kann, und daß es genügt, um Entschuldigung zu bitten, damit sie herbeieilt? Da hat er sich aber geirrt! Natürlich wird sie nicht hingehen! Die Sache zwischen ihnen ist aus. Ja, aus. Sie bringt ihm keinerlei Gefühle mehr entgegen, sie begreift überhaupt nicht mehr, daß sie ihn verführerisch hatte finden können!

Sie macht sich den ganzen Tag über im Hause zu schaffen, summt vor sich hin; so fröhlich ist sie schon lange nicht mehr gewesen. Mit einem Lächeln auf den Lippen stellt sie sich vor, wie Wahid auf sie wartet: Er wird unglücklich, verzweifelt sein, wird sie mit Briefen und Blumen überhäufen. Sie wird ihm nicht antworten. Sie hat ihn jetzt durchschaut, sie wird sich nicht mehr täuschen lassen!

Um fünf Minuten nach vier Uhr stößt Selma in einem grünen Schantung-Jackenkleid die Tür zum Hotel Saint-Georges auf.

Sie glaubten, sich zu verlieren und sind sich noch nie so nah gewesen. Wahid verzichtet auf seine endlosen Monologe; zum ersten Mal hört er Selma richtig zu, worüber sie sehr glücklich ist.

Sie sehen sich jeden Tag: Ihrer Mutter sagt sie, sie gehe zu Amal. Stundenlang spazieren sie den roten Sandstrand entlang und ruhen sich dann in einer dieser kleinen Kneipen auf Pfählen aus, wo Matze und gegrillte Paprikaschoten serviert werden. Eines Tages, als sie durch die Avenue Weygand zurückkehren, müssen sie einem im Galopp heranreitenden Schwarm schwarzer Burnusse ausweichen. Das sind die Spahis des Hochkommissars auf ihren kleinen arabischen Pferden; gut und gern etwa dreißig, die seinen Dienstwagen bei allen Fahrten eskortieren. Wahid kann einen Fluch nicht unterdrücken und fügt halblaut hinzu: »Die Dummköpfe! Sie ahnen nicht, daß wir sie bald los sein werden!«

Er sagt das im Ton der Gewißheit. Selma sieht ihn überrascht an. Er betrachtet sie lange und kneift die Augen zusammen.

»Wenn Sie mir Ihr Wort geben, zu schweigen, nehme ich Sie morgen abend mit«, sagt er schließlich. »Dann werden Sie mich verstehen.«

Die Bar des Aeroklubs – Ledersessel und dunkle Holztäfelung – ist der bevorzugte Ort aller Verschwörer der Stadt. Man meidet das Saint-Georges, seit das Gerücht umging, Pierre, der beste Barkeeper der Stadt, nehme Geld von allen Geheimdiensten des Mittleren Ostens, die ihr Hauptquartier in Beirut aufgeschlagen haben.

Wahids Ankunft in Begleitung Selmas erregt Aufsehen. An diesem Abend findet nämlich eine außerordentliche Sitzung statt: Die Vertreter verschiedener oppositioneller Gruppen wollen über eine gemeinsame Aktion gegen das Mandat beraten. Man wirft sich zweifelnde Blicke zu: Ist es klug, daß eine Ausländerin anwesend ist? Aber wie soll man eine so charmante Person abweisen? Im Libanon kennt die Galanterie keine Grenzen: Und außerdem, wenn Wahid Bey für gut befunden hat, sie mitzunehmen, würde man ihm eine schwere Beleidigung zufügen, indem man Mißtrauen äußerte! Man rückt deshalb zur Seite, um dem jungen Mädchen den Ehrenplatz einzuräumen, und bei einem feinen Champagner kommt die Diskussion in Gang.

Wahid weist Selma leise auf die anwesenden Persönlichkeiten hin.

»Dieser Mann mit dem lockigen Haar ist ein Freimaurer, Abgesandter seiner Loge, die erst kürzlich deutlich gegen das Mandat Stellung bezogen hat. Neben ihm, als Beobachter anwesend, Gebran Tuéni, der Herausgeber von *Al Nahar*, der führenden libanesischen Zeitung gegen das Mandat. Er ist ein gründlicher Kenner der politischen Welt Frankreichs; sein Rat kann uns von großem Nutzen sein. Der Mann gegenüber mit den energischen Gesichtszügen ist der bekannte Antun Saadeh, der Gründer der syrischen Volkspartei, die ein Großsyrien anstrebt, welches den Libanon und Palästina einschließen soll; rechts von ihm zwei Verfechter des Panarabismus, für welche Großsyrien nur eine Etappe auf dem Weg zu einer Einigung der ganzen arabischen Welt darstellt.«

Selma erforscht beeindruckt die Gesichter dieser Helden, die vielleicht schon morgen ihr Leben für die »Befreiung ihres Landes aus den Klauen der Ausländer« hingeben. Sie hatte sie sich weniger weltmännisch vorgestellt! Ihre Hemden – ein gestärkter weißer Kragen über einer farbigen Hemdenbrust –, die direkt von Sulka aus Paris kamen, ihre dreiteiligen Anzüge von raffinierter Eleganz setzen sie in Erstaunen. Es hätte ihr besser gefallen, wenn sie etwas mehr nach Revolutionären ausgesehen hätten. Aber das war natürlich ein kindischer Gedanke! Schließlich dürfen gerade Verschwörer nicht wie Verschwörer aussehen. Was nicht hindert, daß die Eleganz des Ortes, die gedämpfte Atmosphäre, die dicken Zigarren ihr unpassend erscheinen angesichts der radikalen Positionen, die vertreten werden. Sie findet, daß nur Antun Saadeh den fanatischen Blick eines

Mannes hat, der bereit ist, seinen Ideen alles zu opfern. Ihm würde sie vertrauen. Und natürlich Wahid. Dieser hat gerade im Namen seiner Drusen das Wort ergriffen.

»Wir sind in ständigem Kontakt mit unseren syrischen Brüdern, wir verfügen auch über Waffen. Aber viele unserer Bauern zögern. Sie fürchten, daß sie, wenn das große arabische Königreich Syrien das Licht der Welt erblickt, als Minderheit ohne Einfluß und Rechte im muslimisch-sunnitischen Ozean untergehen. Sie haben nämlich nicht vergessen, daß letzten Endes das französische Mandat der drusischen Religion einen offiziellen Status verliehen hat. Sit Nazira ist dabei, es ihnen in Erinnerung zu rufen!

Aber natürlich sind sie für die Unabhängigkeit. Das Wichtigste ist, daß wir alle unsere Kräfte gegen eine französische Präsenz vereinen: die Bevölkerung ist erbittert, die Situation ist reif.«

Die Streiks in diesem Frühjahr 1935 waren in der Tat sehr hart. Die wirtschaftliche Flaute und die von Europa ausgegangene Inflation leerten die Säckel und lieferten den Politikern Argumente. In Zahle artete der Streik der Fleischer, der als Antwort auf eine neue Fleisch-Steuer organisiert worden war, in allgemeinen Aufruhr aus: Die Büros der Regierung wurden von Demonstranten besetzt, die Polizei griff ein und schoß auch, wobei es zahlreiche Verletzte gab. In Beirut dauerte der angeblich von kommunistischen Gruppen initiierte Streik der Taxifahrer mehrere Wochen. Er wurde abgelöst von einem Streik der Rechtsanwälte, die dagegen protestierten, daß französische Rechtsanwälte Zutritt zur libanesischen Anwaltskammer erhalten hatten.

Doch das größte Ärgernis für die muslimische wie auch für die christliche Bourgeoisie war die Affäre um die Tabakregie. Da die im Jahre 1920 von Frankreich konfiszierte Konzession der Regie in diesem Jahr auslief, bestanden die libanesischen Geschäftskreise darauf, daß sie an sie zurückfallen sollte. Man hatte sogar einen Tabakboykott organisiert. Ungerührt davon erteilte daraufhin der Hochkommissar die Konzession wiederum einem französischen Konzern, und zwar auf fünfundzwanzig Jahre!

Die Verschwörer reiben sich in der Bar mit dem gedämpften Licht die Hände: Die Verärgerung über das Mandat wird immer stärker, man muß sie lediglich kanalisieren.

Die darauffolgende Diskussion – wen versammeln? wo sich versammeln? welche neuen Aktionsformen schaffen? – verfolgt Selma nur noch mit halbem Ohr. Bewundernd blickt sie auf Wahid, der mit Antun Saadeh zusammen die Leitung der Maßnahmen in die Hand genommen hat. Sie begreift jetzt, warum sie ihn liebt.

Und als er ihr beim Nachhausefahren mit ernster Stimme sagt: »Der Kampf wird hart sein, sind Sie bereit, an meiner Seite zu kämpfen?«, legt sie begeistert ihre Hand in die seine.

Es ist schon fast Mitternacht, als Selma auf den Zehenspitzen das Haus betritt. Ihre Mutter erwartet sie im Salon. Sie erkundigt sich mit schneidender Stimme nach Amals Gesundheit, doch bevor das junge Mädchen dazu kommt, ihr zu antworten, unterbricht sie: »Verschonen Sie mich mit Ihren Lügen. Es ist nun schon das zweite Mal, daß ich darauf hingewiesen worden bin, man habe Sie allein mit diesem Drusen gesehen. Gibt es etwas zwischen Ihnen und ihm?«

Selma kann nicht mehr drum herum reden. Im Grunde ist sie ganz froh darüber; dieses ewige Schwindeln war ihr äußerst zuwider. »Annecim, wir lieben uns.«

Die Sultanin zieht ungeduldig die Brauen hoch.

»Das habe ich nicht gefragt. Will er Sie heiraten?«

»Sicher …«

Sie hatte einen Augenblick gezögert. Wahid hat sie nie förmlich darum gebeten, aber es ist doch klar, daß er sie heiraten will!

»Warum ist dann seine Mutter nie zu mir gekommen, um es mit mir zu besprechen?«

»Sie wohnt sehr weit weg, in Ain Zalta, einem Gebirgsdorf, und ich nehme an, daß es ihr Gesundheitszustand nicht erlaubt, zu reisen.«

»Gut. Morgen bringen Sie den jungen Mann zum Tee hierher.«

»Aber, Annecim…«

»Es gibt kein Aber. Entweder gehorchen Sie, oder Sie verlassen das Haus nur noch in Begleitung Zeynels oder einer Kalfa. Und schätzen Sie sich glücklich, daß ich diesen jungen Mann überhaupt empfange; ich tue das nur, weil Sie sich kompromittiert haben. Allah ist mein Zeuge, daß ich mir für meine einzige Tochter eine andere Verbindung vorgestellt hatte! Wenn ich bedenke ... ein Druse! Nicht einmal ein Muslim!«

»Aber Annecim, die Drusen sind doch Muslime!«

»Das behaupten sie zwar. Aber die fünf Säulen des Islams sind für sie nicht verbindlich, und sie glauben wie die Hindus an die Reinkarnation! Rasch, gehen Sie, oder ich werde wütend!«

Die Unterredung verläuft katastrophal. Wahid meint es, was seine Heiratspläne mit Selma angeht, zwar ehrlich, aber er läßt sich nicht in die Enge treiben. Auf die Fragen der Sultanin in bezug auf sein Leben, seine Pläne antwortet er ausweichend und einsilbig, in einem Maße, daß man es für unhöflich halten könnte. Selmas Name wird überhaupt nicht erwähnt. Mechanisch streichelt er die Perserkatze, die schnurrend an seinem Bein entlanggleitet. Die Sultanin beißt sich auf die Lippen; es fällt ihr überaus schwer, ihre Verärgerung zu unterdrücken.

Sie hat auf den ersten Blick ihr Urteil über ihn gefällt: ein Unberechenbarer, ein Träumer! Er hingegen haßt autoritäre Frauen und fragt sich jetzt, ob das, was ihm an Selma heute als Charakterstärke erscheint, nicht ein Vorzeichen sei für ... Auch fühlt er sich in diesem Haus entschieden unbehaglich. Luxus hatte er nicht erwartet – er weiß ja, daß sie alles verloren haben –, aber immerhin doch ein paar kostbare Gegenstände, Zeugnis vergangener Größe: alte Bilder, schönes Silbergeschirr, was gewissermaßen eine Art Visitenkarte gewesen wäre. Doch auf diese dürftige bürgerliche Einrichtung war er nicht gefaßt gewesen; er hatte sich seine Prinzessin nicht in diesem Rahmen vorgestellt ... Da er die banale Einrichtung auf ihre Bewohnerinnen projiziert, hat er das unbestimmte Gefühl, man habe ihn getäuscht. Sobald die Höflichkeit es zuläßt, verabschiedet er sich.

Selma begleitet ihn bis zur Tür, und er sagt ihr, daß er am folgenden Tag ins Gebirge reise: wichtige Entscheidungen ... seine Anwesenheit sei erforderlich. Sie wundert sich: Warum hat er ihr das nicht schon früher gesagt?

»Ich habe es eben erst erfahren ... Eine Nachricht, die heute morgen eingetroffen ist ... Nun, seien Sie nicht traurig, der Schuf liegt ja nicht am anderen Ende der Welt!«

»Und wann kommen Sie zurück?«

»Das weiß ich noch nicht. Wahrscheinlich in drei oder vier Wochen. Ich lasse von mir hören, sobald ich zurück bin.«

Selma hat den Eindruck, daß er lügt.

»Wahid, bitte, sagen Sie mir die Wahrheit: Lieben Sie mich nicht mehr?«

Er lacht, charmant wie eh und je, ein spöttischer Schlawiner.

»Sie haben zuviel Phantasie, meine Liebe; Sie wissen doch, was Sie mir bedeuten.«

Er drückt einen flüchtigen Kuß in die Mulde ihrer Hand – eine Geste, die inzwischen zu ihrem vertraulichen Umgang gehört.

»Bis bald, kleine Prinzessin!«

Sie steht auf der Schwelle und sieht zu, wie er geht, folgt ihm mit den Augen bis ans Ende der Straße.

Er hat sich nicht umgedreht.

Ein Monat geht ins Land. Selma hat keinerlei Nachrichten. Sie weiß, daß Wahid nicht gern schreibt, trotzdem beginnt sie sich zu sorgen: Vielleicht ist er krank oder verwundet? Im Gebirge hat man immer den Finger am Abzug, und Wahid ist vielen ein Dorn im Auge.

Oder ... oder ist er wieder unter den Einfluß seiner Mutter geraten? Vielleicht hat sie ihn überzeugt, er habe zuallererst seine Pflicht dem Stamm gegenüber zu erfüllen, und hat eine drusische Verlobte für ihn ausgesucht ...

Eines Abends hört Selma bei einem Diner, wo sie zu ihrer Freude Marwan und Amal getroffen hat, die von ihr in letzter Zeit ein bißchen vernachlässigt worden waren, amüsiert den neuesten Stadtklatsch. Wahids Name wird genannt, und sie fährt zusammen. Eine blonde Frau, die sie noch nie gesehen hat, sagt mit hoher, gekünstelter Stimme: »Wissen Sie schon das Neueste? Er heiratet!«

Sie schweigt einen Augenblick, um die Wirkung auszukosten. Die Gespräche sind verstummt.

»Sie werden ja nie erraten, wen: eine junge amerikanische Milliardärin, die Tochter des Präsidenten der Air Am, einer großen Luftfahrtgesellschaft. Man muß wirklich zugeben, daß er sich zu helfen gewußt hat, denn schließlich braucht er Geld, um sich in die Politik zu stürzen!«

Wahid? … Eine Amerikanerin? … Selma ist es, als stehe ihr Herz still. Marwan, ihr gegenüber, sieht sie starr an, flehentlich und gebieterisch.

Keine Angst, Marwan, ich weiß, daß man sich nach mir umblickt, ich gebe mir keine Blöße. Im übrigen ist all das ganz unmöglich, diese Frau muß sich irren, das ist wieder einmal so ein Scherz von Wahid, es macht ihm Spaß, falsche Nachrichten in Umlauf zu bringen, damit darüber geklatscht wird … Aber … Sie sagt, sie habe ihn gesehen. Er ist in Beirut und hat mich nicht angerufen … Wahid, mein Wahid! …

Selma schließt die Augen, ihr dreht sich alles im Kopf, sie kann ihre Gedanken nicht zusammenhalten, weiß plötzlich, daß das, was die Frau erzählt, wahr ist.

Marwan und Amal begleiten sie schweigend nach Hause. Was hätten sie sagen sollen? Man kann wirklich nichts dazu sagen.

Am folgenden Tag sitzt Selma den ganzen Tag am Telefon. Er wird anrufen … Es kann einfach nicht sein, daß er sie nicht anruft, er muß sich doch wenigstens erklären … Dann ruft aber nur Amal an: Sie bestätigt bedrückt die Nachricht. »Danke«, antwortet Selma, ohne eigentlich zu wissen, wofür sie ihrer Freundin dankt, und wankt wie eine Nachtwandlerin über den Flur in ihr Zimmer zurück.

Sie liegt ausgestreckt mit weit aufgerissenen Augen auf ihrem Bett und hat das Gefühl, zu schweben. Sie leidet nicht, fragt sich nur, weshalb er das getan hat. Sie hätte ja verstanden, wenn er aus politischen Gründen eine Drusin heiraten würde. Aber diese Amerikanerin ... Diese Milliardärin ... Ob er ein ganz gewöhnlicher Mitgiftjäger war? Aber was hätte er dann von ihr zu erwarten gehabt? Sie ruft sich jedes seiner Worte, vor allem aber sein Schweigen ins Gedächtnis zurück, die kleinsten Einzelheiten dieser Monate, die sie Tag für Tag zusammen verbracht haben. Sie ist sich sicher, daß er jeweils im Augenblick aufrichtig war. Ist es denn möglich, daß er sie gleich nach seiner Abreise vergessen hat? Oder hat er ihre Liebe geopfert, weil er Geld brauchte, um seinen Kampf zu führen?

Wäre er gekommen und hätte ihr all das auseinandergesetzt, hätte sie ihm ganz sicher geglaubt und es akzeptiert ... Sie hätte alles verstanden, nur nicht dieses Schweigen, diese Feigheit. Sie versteht nicht, daß er sie wortlos verläßt.

Selma verspürt einen Schmerz, der ihr bekannt vorkommt, gleichsam den Schmerz einer alten Wunde, einer Wunde, die – wie mit morbider Neugier, mit stiller Resignation erwartet – eines Tages wieder aufbrechen mußte.

Wahids Gesicht verschwimmt ... Hayri Bey betrachtet Selma mit amüsierter Gleichgültigkeit.

»Warum immer den anderen Vorwürfe machen? Wenn man dich verläßt, bist wahrscheinlich du selber schuld!«

Wahrscheinlich ... aber sie kann lange grübeln, sie sieht nicht, weichen Fehler sie gemacht haben sollte und warum Wahid sie verlassen hat, wie vor ihm der Vater sie verlassen hat.

Wieso ist sie schuld? Welches Gesetz hat sie übertreten? Sie schlägt sich mit der geballten Faust an die Stirn: Sicher gibt es einen Grund, es gibt immer einen Grund, es sei denn, die Welt hat durchgedreht, ist aus den Fugen und ohne Gesetz. Aber das kann, das will sie nicht in Betracht ziehen. Lieber sieht sie der unbegreiflichen, aber beruhigenden Tatsache ins Gesicht, daß *sie* im Unrecht ist.

Die Sultanin beobachtet von ihrem Sessel aus ihre Tochter mit Besorgnis. Selma lehnt es seit mehreren Tagen ab, etwas zu essen. Sie schließt sich in ihr Zimmer ein oder irrt leeren

Blickes in den Gängen umher. Man muß etwas tun, bevor sie wirklich krank wird.

»Selma«, sagt sie eines Morgens zu ihr, als das junge Mädchen nicht gar so abwesend wirkt, »denken Sie nicht etwa, der junge Mann habe Sie angelogen: Er war offensichtlich verliebt. Ich bewundere ihn um so mehr, daß er die Einsicht gehabt hat, zu brechen.«

Selma blickt vorwurfsvoll zu ihrer Mutter auf.

»Annecim, mir ist nicht zum Spaßen zumute.«

»Ich sage Ihnen noch einmal, daß er Sie geliebt hat. Aber er hatte nicht genug Selbstvertrauen, um es mit einer Frau Ihrer Willenskraft aufzunehmen. Was er braucht, ist eine Frau, die sich unterordnet, die keinerlei Fragen stellt, wenn er acht Tage in geheimer Mission verschwindet oder mit Freunden auf die Jagd oder zu einer Geliebten geht, und die ihn bei seiner Rückkehr lächelnd empfängt. Sie hätten es in dieser Rolle einer nachsichtigen Gattin keinen Monat ausgehalten. Die Frauen unserer Familie sind immer starke Persönlichkeiten gewesen.«

Hatice beobachtet, während sie spricht, ihre Tochter: Selma starrt mit verschlossenem Gesicht auf ihre Finger. Sie muß, selbst um den Preis einer Halbwahrheit, ihr Selbstvertrauen zurückgewinnen. Die Sultanin fährt fort: »Der junge Mann hat Angst gehabt. Wenn er Sie ›verlassen‹ hat, wie Sie es möglicherweise nennen, dann nicht etwa, weil er Sie nicht mehr liebte, sondern im Gegenteil, weil er Sie zu sehr liebte!

X

In diesem Frühjahr 1936 hat die Volksfront die Wahlen in Frankreich gewonnen und unter Leon Blums Präsidentschaft eine Regierung gebildet. In Beirut, wo man die Ereignisse mit Interesse verfolgt, fragt man sich, ob diese neue »sozialistische« Mannschaft den Libanon endlich in die Unabhängigkeit entlassen werde.

Ein erster Schritt ist schon getan: Seit dem 20. Januar hat

das Land einen rechtmäßigen Präsidenten, seit zehn Jahren den ersten, der durch Wahl an die Macht kam: Emile Eddé. Der Hochkommissar Damien de Martel, der im Jahre 1934 die Verfassung nach seinem Gutdünken dahingehend modifiziert hatte, daß der Staatschef von ihm ernannt und das Parlament zu einer bloßen Registrierungsbehörde degradiert wurde, sah sich angesichts der allgemeinen Unzufriedenheit gezwungen, Wahlen zu gestatten.

Doch das genügt den Libanesen nicht. Von nun an fühlen sie sich stark genug, sich selbst zu regieren, und stehen den vom Mandat verfügten Einschränkungen ablehnend gegenüber. Im Februar 1936 beruft der maronitische Patriarch Monsignore Arida einen Kongreß kirchlicher Würdenträger ein, der ein Manifest zu Händen des Hochkommissars aufsetzt, das die tatsächliche Unabhängigkeit des Libanons und, für die Übergangszeit, die Inkraftsetzung einer neuen Verfassung fordert, welche die Presse- und Versammlungsfreiheit sowie das Recht zur Gründung politischer Parteien garantiert.

Sogar der Präsident Emile Eddé, ein Befürworter des Mandats, stößt sich am autoritären Stil des Grafen Martel, obwohl er der Meinung ist, daß das in libanesische Nationalisten und in arabische, die Vereinigung mit Syrien anstrebende Nationalisten gespaltene Land noch nicht stabil genug sei, um auf die französische Präsenz verzichten zu können.

»Im Grunde«, bemerkt Amal spöttisch, »liegen sie sich ja Raiskas wegen in den Haaren.«

Raiska de Kerchove, die Gattin des belgischen Konsuls, ist eine strahlend schöne Weißrussin, in die sich der Graf sterblich verliebt hat. Die kleine gesellschaftliche Welt, die die Politik bestimmt, ist über diese Leidenschaft im Bilde und verfolgt begierig das ständige Auf und Ab der verschiedenen Phasen dieser Beziehung. Denn Raiska ist launisch und springt mit dem Grafen, der fast verzweifelt, nicht selten unsanft um. Nur der Ehegatte, der nette »Robertito«, und die so würdige wie abgrundtief häßliche Gräfin Martel scheinen von der Affäre nichts zu wissen.

Nun fühlt sich aber Raiska von Emile Eddé schwer gekränkt! Offenbar hat sie nämlich enorm zur Unterstützung seiner Kandidatur beigetragen, insbesondere in diesem Sinne auf den Grafen Martel eingewirkt. Und – was für ein Skandal! – der Undankbare hat sie nicht zu dem Essen eingeladen, das er am Tag nach der Wahl für alles, was in Beirut Rang und Namen hat, gab! So etwas verzeiht man nicht, und es wird gemunkelt, der Hochkommissar fasse das nicht weniger als seine schöne Geliebte als Beleidigung auf.

Selma kennt Raiska recht gut, und bei einem Diner in ihrem Haus hat sie neulich Wahid zum ersten Mal wiedergesehen. Nicht als ob sie sich in ihrem Kummer vor der Welt verschlossen hätte; im Gegenteil, sie hat, gewissermaßen zum Trotz, keinen Ball ausgelassen. Und die guten Freundinnen, die sich anschickten, ihr ein paar tröstende Worte zuzuraunen, hatten sich umsonst bemüht: Das junge Mädchen schien mehr denn je aufzublühen!

Als Selma an diesem Abend, wie immer zu spät, den Salon der Kerchoves betrat, erblickte sie seine hohe, schlanke, ihr so vertraute Gestalt, die sich mit den Ellbogen auf den Kamin stützte. Sie hatte das Gefühl, ihr Herz höre auf zu schlagen. Raiska, die mit Wahid plauderte, begrüßte sie und sagte, vielleicht etwas unbesonnen: »Ich glaube, Sie kennen sich.«

Um sie herum war allgemeine Stille eingetreten. Selma nahm sich zusammen, lächelte und streckte Wahid die Hand entgegen.

»Herzliche Glückwünsche«, sagte sie und unterdrückte das Zittern ihrer Stimme, »ich habe gehört, daß Sie geheiratet haben!«

Er war bleich geworden, dankte stammelnd und wagte nicht einmal, sie anzusehen. Sie fand plötzlich, daß er ein Feigling war, daß er kein Format hatte, und drehte sich um. Sie hatte beinahe Lust, zu lachen, wandte sich ihrem Kavalier wieder zu, der ihr den Arm bot, um sie ins Speisezimmer zu begleiten, und sagte sich, wobei ein ganz neues Glücksgefühl sie leicht wie Schwanengefieder umfing, daß das Leben doch schön sei.

Amal hat heute eine große Neuigkeit mitzuteilen: Sie wird sich mit einem ihrer Vettern el-Atrach, einem Mitglied der mächtigsten Drusenfamilie in Syrien, verloben. Gesehen haben sie sich nur zweimal, vor Jahren; sie erinnert sich an einen großen Mann mit breiten Schultern und einem vertrauenerweckenden Lächeln, der achtzehn Jahre älter ist als sie. Sie werden in Damaskus wohnen, dem Kleinod des Mittleren Ostens, dem Herzen der arabischen Welt und lebenden Zeugnis des Glanzes der omaijadischen Kalifen.

»Wie dem auch sei, zu guter Letzt muß man doch irgendwie einen Entschluß fassen und heiraten«, sagt Amal abschließend mit einem feinen Lächeln.

Doch dann besinnt sie sich sogleich und betrachtet ihre Freundin mit zusammengezogenen Augenbrauen.

»Und Sie, Selma?«

»Ich? ... Nun, Amal, die Welt steht mir doch offen ... Ich sage mir manchmal, daß ich Autorennfahrerin oder Pflegerin für Leprakranke werden könnte ... Das Dumme ist nur, daß ich vor der Schnelligkeit Angst habe und daß Krankheiten mir Entsetzen einjagen ... Königin? Habe ich versucht, hat nicht geklappt ... Star? Auch nicht ... Verliebt? Noch weniger! ... Wenn Ihnen noch etwas anderes einfällt, will ich es gerne versuchen.«

Sie redet irgend etwas daher, um ihre Verwirrung zu verbergen. Denn sie fühlt sich von Amal im Stich gelassen. Im Grunde wird sie durch diese Heirat gezwungen, einer Realität ins Auge zu sehen, der sie bis dahin ausgewichen ist: Sie ist bereits fünfundzwanzig und von der Gruppe der Freundinnen ihres Alters die einzige noch nicht Verheiratete. Nicht als ob sie Lust hätte, zu heiraten. Sie hat sich die Finger schon zur Genüge verbrannt ... Sei es aus Stolz oder aus Angst, zu leiden, sie will nichts riskieren und womöglich ein drittes Mal scheitern. Und ihre Freiheit aufzugeben, einfach, wie Amal sagt, »um einen Entschluß zu fassen«, das lehnt sie ab.

Trotzdem, so kann sie nicht weiterleben ... Wenn sie an diese letzten Jahre zurückdenkt, ist ihr, als hätte sie sich im Kreise gedreht und sich in Ermangelung eines Besseren mit

Empfängen und unzähligen Nichtigkeiten betäubt. Sie hat immer größere Lust, Beirut den Rücken zu kehren. Es hat zwar die Allüren einer Hauptstadt, ist aber im Grunde ein Dorf, das ihr nichts mehr zu bieten hat.

Wenn sie doch wenigstens Geld hätte ... Dann könnte sie nach Paris, New York und Hollywood reisen! Natürlich nicht allein, sondern in Zeynels Begleitung. Ach, ihre finanzielle Lage ist nicht nur prekär, sondern allmählich trostlos: Das Leben wird immer teurer, und trotz der von Suren Ağa so klug verwalteten Geldanlagen fallen die Renten von Monat zu Monat geringer aus.

Selma hat sich manchmal bei dem Gedanken ertappt, sie könnte doch ... arbeiten! Es soll Frauen aus der Bourgeoisie geben, die arbeiten; sie kennt zwar keine persönlich, hat aber davon reden hören. Wenn sie der Sultanin vorschlagen würde ... Sie wagt sich nicht auszumalen, wie die Reaktion ausfiele. Und im übrigen, wie dem auch sei, was hat sie denn schon gelernt?

»Glauben Sie, daß man mich als Zimmermädchen anstellen würde?« fragte sie in provozierendem Ton, »ich kann sticken, wunderbare Blumenbuketts zusammenstellen ...«

Amal ist aufgesprungen und schließt Selma in die Arme.

»Meine Liebe, seien Sie nicht so verbittert! Es gibt hier mindestens ein Dutzend Männer, die sich nichts sehnlicher wünschen, als Sie zu heiraten. Gefällt Ihnen denn keiner?«

»Nein, keiner.«

Und weil das anmaßend klingen könnte, fügt sie abschwächend hinzu: »Im Grunde halte ich es hier in Beirut nicht mehr aus; ich habe Lust, ans andere Ende der Welt zu reisen, nach Amerika zum Beispiel, da ich ja nicht nach Istanbul zurückkehren kann.«

»Entschuldigen Sie meine Frage«, beginnt Amal vorsichtig und tut so, als interessiere sie sich für die Spangen ihrer Schuhe, »aber ... ist es wegen Wahid?«

Selma bricht in schallendes Gelächter aus.

»Aber nein, was für eine Idee! Wahid ist mir so gleichgültig wie ein abgelegtes Kleidungsstück, und zwar in einem Maße, daß ich mich frage, ob ich ihn wirklich geliebt habe oder nicht vielmehr den Kampf, den ich an seiner Seite hatte führen wollen. Nein, seien Sie unbesorgt, ich bin nicht so sentimental … Aber mit einem Mann, der mir den Vorschlag machen würde, gemeinsam einen großen Plan zu verwirklichen, ginge ich durch dick und dünn … Nicht dem Mann, sondern dem Plan zuliebe!«

Amal lächelt.

»Ich bewundere Sie. Einer so romantischen Person wie Ihnen bin ich noch nie begegnet!«

Sie läßt Selma keine Zeit, zornig zu werden, drückt ihr einen Kuß auf die Wange und ist verschwunden.

Heute ist Marwan in seinem roten Kabriolett vorgefahren, um mit Selma in der Stadt Besorgungen zu machen. Seit ein paar Wochen muß sie auf ihren bestallten Chauffeur verzichten: Orkhan hat sich eingeschifft … nach Albanien. Denn Mustafa Kemals Verstimmung hat sich gelegt und die Beziehungen mit der Türkei sind wiederhergestellt, weshalb Prinz Abid, der Schwager des Königs, seinem Neffen vorschlug, als strammer Adjutant in die Dienste seiner Majestät Zog I. zu treten, statt wie bisher in Beirut als Taxifahrer zu arbeiten.

Selma verfolgte mit einer gewissen Nostalgie, wie ihr Lieblingsvetter nach diesem Albanien aufbrach, von dem sie so geträumt hatte. Sie kramte die Bücher und Zeitschriften wieder hervor, die sie vor vier Jahren mit der Begeisterung einer Neophytin durchgeblättert hatte und die sie nie hatte wegwerfen können.

»Das wird meine Schublade entlasten«, sagte sie und bemühte sich, einen gleichgültigen Ton anzuschlagen, während Zeynel, der über diese mißglückte Heirat nie hinweggekommen war, einmal mehr Allahs Blitze auf das Haupt dieses Tyrannen zu lenken versuchte, der sein kleines Mädchen daran gehindert hatte, seine Bestimmung als Königin zu erfüllen.

Doch an diesem schönen Herbstnachmittag erscheint ihr Albanien sehr fern. Kaum sind sie um die Ecke gebogen, nimmt sie ihren Hut ab und lehnt den Kopf an die lederne Rückenlehne. Wie sie es liebt, wenn ihr der Wind durch die

Locken fährt! Wie schön, mit Marwan zusammenzusein! Er zumindest ist kein Prinzipienreiter; wenn Hayri gewußt hätte, daß sie ohne Hut ausgeht, hätte er ihr eine Szene gemacht und alles sofort der Sultanin hinterbracht.

»Ich habe mir immer einen Bruder wie Sie gewünscht«, seufzt sie, »meiner ist nie auch nur ein bißchen nett zu mir.«

»Sie sind ungerecht«, protestiert Marwan, »merken Sie denn nicht, wie unsanft Sie mit ihm umspringen?«

»*Ich* springe unsanft mit ihm um?« entrüstet sich Selma. »Bin ich etwa schuld daran, daß er so langsam wie eine Schnecke ist?«

Marwan lächelt. Eine Diskussion ist sinnlos, denn natürlich hat es keinen Zweck, ein Windspiel davon überzeugen zu wollen, daß ein Faultier auch seine guten Seiten hat. Er selbst findet Hayri auch nicht besonders sympathisch, aber neulich, als Amal ihre Verlobung bekanntgab und er sich, obwohl es ihn traf, sehr zusammennahm, hatte er Mitleid mit ihm.

Sie kaufen in Bab-e-Driss, im Stadtzentrum, ein; dann schlägt Marwan vor, zu Ajami zu gehen, wo es die besten Sorbets von Beirut gibt. Als sie über die Place des Canons fahren, werden sie von einer Demonstration aufgehalten: Etwa fünfzig junge Leute in Shorts und dunkelblauen Hemden ziehen mit martialischem Gehabe vorbei.

»Das sehen wir uns an!« schlägt Selma vor.

Sie steigen aus und mischen sich unter die Zuschauer, die ironische Bemerkungen fallenlassen.

»Wieder die Milizen von Gemayel Junior! Seit er die Olympischen Spiele in Berlin besucht hat, treibt er es entschieden zu bunt!«

»Wissen Sie, wie er sie bezeichnet? Die ›Phalangen‹! Der Führer ist sein Idol. Er behauptet, es handle sich um einen rein sportlichen Verband mit sozialen Zielsetzungen, aber im Grunde will er aus diesen jungen Libanesen eine reine, harte, ultranationalistische Jugend nach Art der Hitlerjugend schmieden.«

»Wie meinen Sie das? Sind wir nicht alle nationalistisch?«

»Weit gefehlt! Diese jungen Leute betrachten diejenigen, die einen Zusammenschluß mit Syrien befürworten, also gut und gern die Hälfte der Bevölkerung, als Libanesen zweiter Wahl. Deshalb rekrutieren sie sich fast ausschließlich aus Maroniten, obwohl es ihnen auch gelungen ist, einige Muslime vom Dienst auf ihre Seite zu ziehen.«

»Lächerlich! Der täte besser daran, seinem Vater in der Apotheke an die Hand zu gehen.«

»Apotheke?«

»Die da drüben, am Eingang zum Dirnenviertel. Wegen ihres ... idealen Standortes wird ja Gemayel senior auch ›Pariserfürst‹ genannt!«

Alle lachen schallend.

»Wovon sprechen sie eigentlich?« erkundigt sich Selma bei Marwan.

»Ach was. Kommen Sie.«

Er zieht sie rasch, mit besorgtem Gesicht, beiseite.

In der Rustem Pascha-Straße werden sie von der Sultanin schon ungeduldig erwartet. Selma, die manchmal findet, daß die Gastfreundlichkeit ihrer Mutter ans Manische grenzt, wundert sich sehr, daß Marwan nicht zum Tee eingeladen wird. Nach ein paar Minuten höflicher Konversation verabschiedet sich der junge Mann.

Kaum hat er die Tür hinter sich zugezogen, ruft die Sultanin ihre Tochter und verkündet ihr mit ungewöhnlich lebhafter Stimme, sie habe Ernsthaftes mit ihr zu besprechen. Nach Selmas Erfahrung hat eine solche Einführung meist nichts Gutes zu bedeuten, aber heute ist Annecim offenbar glänzender Laune.

»Sie können sich ja denken, mein kleines Mädchen, daß Ihre Mutter sich sehr um Ihre Zukunft sorgt ... Nein, unterbrechen Sie mich nicht! Alle Ihre Freundinnen sind schon verheiratet, auch Amal wird uns bald verlassen ... Kurz und gut, ich habe in den letzten Jahren mehrere Anfragen erhalten, wovon ich Ihnen keine Mitteilung gemacht habe, denn ich war nicht bereit, mich für Sie mit irgendeinem Adligen zu begnügen. Ich war auf der Suche nach einem Gatten, der Ihrer Geburt und Ihrer Schönheit würdig ist. Ich habe lange gesucht, aber jetzt, vielleicht ...«

Sie läßt den Satz in der Schwebe wie ein Schauspieler, der seine Effekte geschickt anbringt, dann fährt sie, da Selma schweigt, mit einer gewissen eindringlichen Betonung fort: »Vielleicht habe ich ihn jetzt gefunden!«

Sie erwartet eine Frage, zumindest ein Anzeichen von Neugier, aber Selma schweigt weiterhin. Wirklich, ihre Tochter hat immer eine Überraschung für sie bereit und fällt, unvorhersehbar, von einem Extrem ins andere! Ein bißchen verärgert fragt sie: »Nun, was sagen Sie dazu?«

»Annecim, seufzt Selma, »muß ich mich wirklich verheiraten?«

»Was für eine Frage! Natürlich müssen Sie, es sei denn, Sie ziehen es vor, eine alte Jungfer zu werden! Und sagen Sie mir jetzt nicht, daß Sie immer noch diesem jungen Drusen nachweinen! Bitte, Selma, etwas mehr Ernsthaftigkeit! Sie sind nicht mehr in einem Alter, wo man seinen Stimmungen ausgeliefert ist, Sie müssen Ihr Leben bewußt in die Hand nehmen, und Sie wissen genau, daß das einer Frau nur durch Heirat möglich ist.«

Sie zieht aus der Handtasche einen länglichen blauen Umschlag.

»Das ist der Brief, ich nehme an, er interessiert Sie. Er stammt von Seiner Exzellenz dem Maulana* Chaukat Ali, dem Begründer der indischen Bewegung zugunsten des Kalifats. Der Maulana ist diskret und unserer Familie treu ergeben. Deshalb habe ich vor einem Jahr Verbindung mit ihm aufgenommen. Ich habe ihm sogar Ihr Foto geschickt, aber da ich weiter nichts von ihm hörte, hatte ich die Angelegenheit fast vergessen. Und heute morgen habe ich nun eine Antwort erhalten. Möchten Sie wissen, wie sie lautet?«

»Natürlich, Annecim«, antwortet Selma in einem so wenig überzeugenden Ton, daß ihre Mutter ihr einen mißbilligenden Blick zuwirft.

Aber die Sultanin hütet sich, eine Bemerkung fallenzulassen, die ihre Tochter aufbringen könnte. Entscheidend ist, daß sie sich alles anhört. Dann muß sie dazu gebracht wer-

* Religiöse Persönlichkeit im muslimischen Indien.

den, den jungen Mann zu treffen; bei ihrer gegenwärtigen Verfassung sicher kein leichtes Unterfangen!

»Seine Exzellenz spricht von einem dreißigjährigen Radscha, der offenbar reich und schön, aber auch kultiviert und modern ist. Er hat die Hälfte seines Lebens in England zugebracht, zuerst in Eton, dann an der Universität von Cambridge. Er heißt Amir und regiert den Staat Badalpur, nicht weit von der nepalesischen Grenze. Aber er residiert die meiste Zeit über in seinem Palast in Lucknow, einer der wichtigsten Städte Indiens. Seine Exzellenz führt an, daß er einer berühmten Familie entstammt, die sich in gerader Linie von Hazrat Hussein, dem Enkel des Propheten, herleitet. Seine Ahnen zählen zu den ersten arabischen Eroberern Indiens im 6. Jahrhundert.

Was soll ich Ihnen weiter sagen, als daß er Ihr Foto gesehen hat und entzückt davon ist; er hat einen Heiratsantrag in gebührender Form gestellt. Ich habe natürlich geantwortet, daß vorher eine Begegnung stattfinden sollte. Im Augenblick ist er mit seinem Wahlfeldzug beschäftigt, denn zum ersten Mal, seit Indien englische Kolonie ist, können Wahlen abgehalten werden, und zwar Ende des Jahres. Er will danach sofort nach Beirut kommen.«

»Das braucht er nicht«, äußert Selma in entschiedenem Ton.

»Ich bitte Sie, nehmen Sie doch Vernunft an, Sie könnten ihn sich wenigstens einmal ansehen. Wir sprechen mit niemandem darüber, so daß Sie, wenn er ihnen nicht gefallen sollte, jederzeit die Freiheit haben, nein zu sagen. Aber vielleicht gefällt er Ihnen ja. Es ist recht selten, daß ein Mann so viele Trümpfe auf sich vereinigt. Die meisten dieser indischen Fürsten sind in ihrem Denken vollkommen rückständig, aber dieser, dank seiner Erziehung in Europa ...«

»Annecim, Sie haben mich mißverstanden. Ich habe gesagt, er braucht nicht zu kommen: Ich bin ja bereit, ihn zu heiraten.«

Selma ist durch nichts von ihrer Entscheidung abzubringen, weder durch die Einwände der Sultanin, die sich von diesem so plötzlichen Entschluß beunruhigt zeigt, noch durch Zeynels Bitten, noch durch die Tränen der Kalfalar. Sie bleibt fest und wundert sich um so mehr über Befürchtungen dieser Art, als die Frauen ihrer Familie meistens gestiftete Ehen eingegangen waren und die wenigen Ausnahmen nicht besonders erfolgreich verliefen – nicht wahr? …

Die Sultanin überhört diese Spitze, sie spürt, daß Selma nicht mehr aus noch ein weiß: Wenn sie erreichen will, daß sie ihre Entscheidung überdenkt, ist es besser, ihr nicht zu widersprechen. Sie, die Zeit ihres Lebens nie zweimal um etwas zu bitten pflegte, entwickelt jetzt eine unsägliche Geduld, um ihre Tochter zu überzeugen.

»Hören Sie einmal, Selma, ich habe den Radscha nur erwähnt, um Sie aus Ihrer Melancholie aufzurütteln und Sie darauf aufmerksam zu machen, daß es Männer gibt, die des Interesses wirklich würdig sind … Ich möchte nicht, daß Sie sich unbedacht in eine Ehe am anderen Ende der Welt stürzen, noch dazu in einem Land, das Sie nicht kennen.«

»Ich habe darüber nachgedacht, Annecim. Wenn ich in Beirut bleibe, werde ich wahnsinnig. Mein Leben muß sich ändern. Sie hatten mir damals, als es Wahid betraf, gesagt, Liebe und Ehe seien zweierlei. Und alles, was Sie mir von diesem Radscha berichten, klingt überzeugend. Warum also Ausflüchte suchen?«

Hatice hört ihr wie vernichtet zu. Sie kennt das leidenschaftliche Naturell ihrer Tochter, ihre übertriebene Empfindlichkeit und den verderblichen Hang, von einem Extrem ins andere zu fallen, ohne sich um die Folgen zu kümmern. Sie fürchtet, daß Selma aus einer Laune heraus ihr Leben verpfuscht. Aber was soll sie der kalten Logik von Überlegungen entgegensetzen, die Punkt für Punkt die Argumente aufnimmt, die sie selber ins Feld geführt hatte?

»Nun gut!« räumt sie schließlich ein. »Wenn Sie unbedingt wollen … Mit fünfundzwanzig müssen Sie wissen, was Sie tun. Aber schreiben Sie einander zumindest während der paar Monate, in denen der Radscha unabkömmlich ist; versuchen Sie sich kennenzulernen. Wir werden mit niemandem darüber sprechen. Aber bedenken Sie eins, Selma:

Wenn Sie verheiratet sind, können Sie nicht mehr zurück. Sie haben dann ihr Wort aus freiem Willen gegeben und müssen es halten. Selbst wenn Sie merken sollten, daß Sie sich geirrt haben.«

Der Radscha schreibt alle vierzehn Tage, mit einer Regelmäßigkeit, der es, so findet Selma, an Spontaneität mangelt, die aber die Sultanin für ein gutes Vorzeichen hält. Es handelt sich um eine Art Logbuch der politischen Ereignisse in einem Indien, das vom Fieber der Unabhängigkeit geschüttelt wird. Man spürt, daß es ihm in erster Linie darum geht, das junge Mädchen auf die ungeheuren Probleme seines Landes hinzuweisen, auf die Schwierigkeiten und Freuden, die mit seiner Stellung an der Spitze des Staates verbunden sind, so wie auf seine Hoffnung, zusammen mit einigen Freunden, die wie er ihre Ausbildung im Ausland erhalten hatten, dem Obskurantismus und den Vorurteilen entgegenzuwirken und eines Tages eine moderne Nation zu schaffen.

Von seinen Vorlieben, seinem persönlichen Leben spricht er kaum, als ob das angesichts dessen, was für sein Land auf dem Spiel steht, nicht so wichtig wäre. Selma, die seine Briefe zuerst eher mit skeptischer Neugierde las, beginnt sich für diese fremde Welt zu interessieren, die er ihr mit solcher Eindringlichkeit beschreibt, und sie ertappt sich dabei, wie sie sich ausmalt, welche Rolle sie an seiner Seite spielen könnte.

Sie ist ihm dankbar, daß er keine Leidenschaft heuchelt. Bei einer konventionell gestifteten Heirat wäre das fehl am Platze. Auch macht sie sich keine Illusionen über die »Liebe auf den ersten Blick« die er aufgrund ihres Fotos angeblich empfunden hat. Was ihn verführt hat, ist wahrscheinlich vor allem der Gedanke, eine osmanische Prinzessin zu heiraten. Für die Muslime Indiens ist die kaiserliche Familie, selbst jetzt, nach ihrem Sturz, immer noch die Familie des Kalifen, des Vertreters Allahs auf Erden, und wenn sich jemand der Politik verschreibt, ist eine solche Verbindung ein beachtlicher Trumpf. Er seinerseits wird sich darüber im klaren sein, daß seine Stellung und sein Vermögen für das junge Mädchen ausschlaggebend waren.

Mit einer Ironie, in die sich eine gewisse Verärgerung mischt, ruft sich Selma die Prinzipien ins Gedächtnis, nach denen sie sowohl in der Familie wie auch bei den Schwestern von Besançon erzogen worden war: »Es ist nicht von Belang, wenn man sein Vermögen oder seine Stellung einbüßt, sofern man seine Ehre bewahrt.« Bis zu diesen Erfahrungen der letzten Monate hatte sie daran geglaubt ... Eins wenigstens verdankt sie Wahid: Sie hat durch ihn – wenn auch schmerzlich – wieder Kontakt zur Realität bekommen.

Der Winter ist ruhig ins Land gegangen. Selma bereitet ihre Abreise vor. Den Ratschlägen ihrer Mutter zum Trotz hat sie einigen Freundinnen anvertraut, sie habe sich mit einem Radscha verlobt, und die Nachricht hat sich in Windeseile verbreitet. Indien, seine Fürsten und märchenhaften Reichtümer erwecken Sehnsüchte. Sie wird nun nicht mehr bemitleidet, sondern beneidet. Ja, sie hat sogar einen Brief von Wahid erhalten, der sie beglückwünscht. Er fügte hinzu: »Ich hoffe, Sie haben mir vergeben. Sie können sich nicht vorstellen, wie schwer mir diese von Notwendigkeiten diktierte Entscheidung gefallen ist. Sie sind die einzige Frau, die ich jemals geliebt habe. Ich erhole mich nicht mehr von dem Unglück, Sie verloren zu haben.«

Ganz der alte: Wieder einmal sprach er nur von sich ... Langsam verbrannte sie den Brief, mit ein wenig Trauer und viel Geringschätzung.

Obwohl die Heirat wegen der öffentlichen Funktion des Radschas in Indien stattfinden sollte, hatte die Sultanin damit gerechnet, daß er seine Verlobte wenigstens in Beirut abholen würde. Aber dann hatte er in langen Briefen voller Entschuldigungen die besonders heikle politische Lage geschildert, die ihm noch mehrere Monate lang nicht gestatte, sein Land zu verlassen. Die Heirat war für April vorgesehen. Ob man sie verschieben solle?

Selma lehnt das sehr entschieden ab, trotz der Einwände ihrer Mutter, die sich ängstigt bei dem Gedanken, daß ihre Tochter einem solchen Abenteuer entgegengeht, ohne daß sie den Mann, mit dem sie ihr Leben teilen soll, überhaupt gesehen hat. Aber Selma will sich jeder Möglichkeit berauben, ihren Entschluß rückgängig zu machen. Da der Radscha nicht kommen kann, wird sie eben mit Zeynel und Madame Ghazavi, die sich ihr als Gesellschafterin angeboten hat, allein aufbrechen. Die Sultanin fühlt, daß ihr kleines Mädchen vor dieser fernen Welt, wo es in Zukunft leben soll, genauso Angst hat wie sie selbst, daß aber von nun an nichts und niemand seinen Entschluß würde umstoßen können.

Die letzten Tage vergehen im Fieber der Vorbereitungen; es bleibt gar keine Zeit, sich irgendwelchen Gefühlen hinzugeben. Doch im Augenblick des Aufbruchs, als Selma in den Salon tritt, um sich zu verabschieden, kann die Sultanin die Tränen nicht mehr zurückhalten: Sie ist alt und krank, wird sie ihr Kind je wiedersehen? …

Sie schließt Selma heftig in die Arme.

»Meine Liebe, sind Sie sich Ihrer Sache absolut sicher?«

»Oh, Annecim!«

Selma drückt den Kopf an die Schulter ihrer Mutter und verhält da, atmet zitternd das leichte Tuberosenparfüm ein, das ihre ganze Kindheit begleitet hat.

»Annecim, Sie wissen doch, daß es sein muß … Ich habe keine andere Wahl.«

Sie hat sich aufgerichtet. Die beiden Frauen sehen sich lange an, so intensiv, daß die Jahre wie aufgehoben scheinen und sie sich, wie am Anfang, vollkommen miteinander verschmolzen fühlen.

»Mein kleines Mädchen …«

Selma schließt die Augen. Sich jetzt nur nicht der Rührung überlassen.

Sanft löst sie die Umarmung und küßt inbrünstig die schönen Hände ihrer Mutter.

»Ich komme wieder, Annecim, sorgen Sie sich nicht! Warten Sie auf mich!«

Dann geht sie, rasch, wie auf der Flucht.

DRITTER TEIL

Indien

I

»Aber wo ist denn nur der Zug des Maharadschas?«

Selma hat das Gefühl, sie gehe schon stundenlang in der prallen Sonne durch diesen Gestank, durch dieses Spektakel von Farben und Schreien, dieses tolle Tohuwabohu, von dem sie augenblicklich mitgerissen würde, wäre da nicht der feste Wall eines Dutzends großer, schnauzbärtiger Wächter um sie herum, die ausgiebig von der Peitsche und dem Stock Gebrauch machen, um ihr einen Weg zu bahnen. Es ist März und sehr warm; der Bahnhof von Bombay ähnelt eher einem durchgedrehten Karussell als der ersten Eisenbahnstation des ehrwürdigen, allmächtigen britischen Weltreiches. Unter den hohen gotischen Bogen, zwischen den mit Steinkapitellen und Blumenornamenten verzierten Säulen drängt sich eine lärmende Menge, die nicht auf die Angebote der schnatternden kleinen Verkäufer von Kichererbsen achtet und sich nicht im geringsten an dem ekelhaften Geruch, einer Mischung aus Schweiß, Urin und dem Duft der Jasmingirlanden, zu stören scheint.

Selma bekommt kaum noch Luft, aber um nichts in der Welt möchte sie anderswo sein: Also, das ist nun ihre neue Heimat! Schon weit entfernt von den weißmarmornen Salons und den Springbrunnen des Hotels Taj Mahal, wo sie untergebracht worden war, um sich von der Fahrt auf dem Passagierdampfer auszuruhen, faßt sie jetzt wirklich Fuß in Indien. Sie versucht die vorbeifliehenden Bilder, die im Sonnenlicht mit heftigen farblichen Mißklängen aufeinanderprallen, festzuhalten: das Scharlachrot der mächtigen Turbane der Träger, die unter den zusammenstürzenden Bergen von Gepäck fast verschwinden; das Safrangelb der Kleider der »Verzichtenden«; das Rot und Gold der Saris jungverheirateter Frauen; das Grau in Grau der Bettlerscharen, die sich um die weiten Inseln der fleckenlosen Kurtahs* der Reisenden erster Klasse drängen.

* Langes Musselinhemd.

Diese Überfülle an Schönheit, an Häßlichkeit ist einfach unfaßbar … Was soll man sagen angesichts dieses stolz zur Schau gestellten Elends und dieser Menge, die sanft und grausam zugleich ist? Ist da nicht gerade ein Greis zusammengebrochen? Die Menge strömt ungerührt an ihm vorbei, wie im Traum, wie blind.

Was geht hinter diesen dunklen Stirnen vor, was drücken diese Augen aus, die starr auf sie gerichtet sind? Verwirrt wendet sie sich zu Rashid Khan um, dem Vertrauensmann des Radschas, der sie bei ihrer Ankunft von Beirut abgeholt hat. Er begegnet ihrer stummen Frage – wie könnte man eine so weitreichende Frage schon formulieren – mit einem beruhigenden Lächeln.

»Keine Angst, Hoheit. Indien ist für jeden Neuankömmling ein Schock. Sie werden sich daran gewöhnen.«

Dann mehr zu sich selbst: »Sofern man sich ans Unerklärliche gewöhnen kann …«

Ganz am Ende des Bahnsteigs steht, bewacht von bewaffneten Männern in der indigoblauen Uniform mit dem Wappen des Staates von Badalpur, ein Privatwaggon für sie bereit, den ganze Trauben von Menschen vergeblich zu stürmen versuchen.

Selma unterdrückt ihren Unmut, hatte sie doch einen Extrazug erwartet; so wurden seinerzeit ihre Kusinen Nilufer und Duruchehvar, die Gattinnen der Fürsten von Hyderabad, abgeholt. Jetzt wird ihr auch klar, weshalb Rashid Khan ihr für die dreitausend Kilometer von Bombay bis Lucknow eine Reise von drei Tagen und zwei Nächten angekündigt hatte: Dieser Bummelzug, pompös Expreß genannt, hält offenbar in jedem Dorf!

Sie fühlt sich beleidigt wie am Tag zuvor, als sie bei ihrer Ankunft feststellen mußte, daß der Radscha nicht anwesend war.

Sie mustert ihren Begleiter, der aus allen Wolken fallen würde, wenn er ahnte, was für ein Gewitter sich in ihr zusammenbraut, und ihr gutmütig zulächelt. Aber gerade seine Sanftheit ist ein Grund mehr, sich zu beunruhigen: Der Sekretär des Radschas findet das alles offenbar gar nicht ungewöhnlich.

Sollte sie sich geirrt haben? Sie hatte angenommen, daß sie wie eine Königin empfangen werde – ihr Verlobter ist schließlich Herrscher über einen Staat, der fast so groß ist wie der Libanon. Der Abgesandte des Maulanas Chaukat Ali hatte ihr in Beirut ausführlich vom sagenhaften Reichtum der indischen Fürsten, von zahlreichen Palästen und Truhen voller Edelsteine erzählt ... Diese Beschreibungen, die sie an den Prunk ihrer Kindheit erinnerten, hatten sie zu Träumereien verführt und in ihrem Entschluß bestärkt.

Und jetzt verflüchtigt sich all das im Staub dieses Bahnhofs, angesichts dieses schaukelnden Wagens, dieser lächerlichen Karosse, die sie dem Ruhm entgegentragen sollte ...

Im Wageninnern rumort es. Diener mit Turbanen haben sich in ihrer Ungeduld, ihre neue Rani* zu sehen, aufs Trittbrett gestürzt; hinter ihnen werden schrille Frauenstimmen laut, kaum gedämpft von den dicken schwarzen Schleiern, in die diese Frauen gehüllt sind.

»Das sind Ihre Dienerinnen, Hoheit. Der Radscha hat Wert darauf gelegt, daß sie dabei sind, um Ihnen Gesellschaft zu leisten. Es ist ihnen aber nicht gestattet, auszusteigen. Bitte steigen Sie ein, der Zug fährt gleich ab.«

Während der Zug anfährt, atmet Selma im Halbdunkel des Abteils auf. Alles macht einen recht komfortablen Eindruck: die von funkelndem Kupfer aufgehellte Täfelung aus Mahagoniholz und die Kristalleuchter. Gewiß, die Samtbänke und schweren Seidenvorhänge sind wohl eher für das neblige England als für dieses heiße Klima geeignet; aber in diesen Regionen kommen alle Ausstattungsstücke aus der Hauptstadt, die das, was sie für altmodisch erachtet, großzügig in die Kolonien abschiebt.

Auf einem über den Boden gebreiteten weißen Tuch sitzen ein halbes Dutzend Frauen, starren das junge Mädchen an und tauschen in ihrer etwas kehligen Sprache Bemerkungen aus. Sie haben ihre Burkahs, die schwarzen Segeltuchumhänge, in denen sie wie Raben aussehen, abgelegt, tragen bunte Kleider und sind um den Hals, an den Ohren und Ar-

* Gattin des Radschas.

men über und über mit Goldschmuck behängt. Erstaunt und mißbilligend machen sie sich gegenseitig darauf aufmerksam, daß ihre Herrin an den Händen überhaupt keinen Schmuck und um den Hals nur eine einfache Perlenkette trägt. Selma lächelt ein wenig verstimmt: Wie soll man diesen etwas aufdringlichen Damen erklären, daß bei ihr zu Hause eine solche Überladenheit … Doch sie lassen ihr dazu gar keine Zeit: Im Handumdrehen hat die eine ihr Armband, die andere ihre goldenen Ringe abgestreift, und da steht sie nun, wie ein Götzenbild geschmückt. Sie klatschen entzückt.

»*Rupsurat, baot rupsurat!* – schön, sehr schön!«

Das ist das einzige Urdu-Wort*, das Selma versteht, weil sie es seit ihrer Ankunft auf ihrem Weg unzählige Male zu hören bekam. Dieses Kompliment mindert keineswegs ihre Verärgerung darüber, daß man mit ihr wie mit einer Puppe umspringt, doch die Dienerinnen sind so unbefangen, daß sie sich entschließt, mit ihnen zusammen zu lachen.

Wenn ihre Mutter, die Sultanin, das sähe! Und ihre Kalfalar! Was für abgrundtiefe Unterschiede! Diese stolzen Ehrendamen des osmanischen Hofes hätten sich, selbst wenn sie einen seit der Kindheit kannten, solche Freiheiten nie herausgenommen! Aber ihre neuen Gefährtinnen sind noch lange nicht zufrieden: Selmas weißseidenes Jackenkleid, ein Pariser Modell vom letzten Schick, erscheint ihnen als schlechtes Vorzeichen: Weiß ist die Farbe der Witwen! Die Jüngste, ein pausbackiges Mädchen, hat sich erhoben und kramt aus einem Koffer ein langes, fuchsiafarbenes, silberbesticktes Kleid hervor. Ihre Initiative wird von einem beifälligen Gemurmel begrüßt: Endlich ein Kleid, das einer Braut würdig ist. Trotz Selmas Protesten, die als Schüchternheit ausgelegt werden, schicken sie sich an, sie zu entkleiden, doch da wird an die Tür geklopft. Im Nu fliegt daraufhin der bunt geblümte Schwarm zu seinen Burkhas und verwandelt sich in Raben.

* Sprache, die in der nördlichen Hälfte Indiens gesprochen wird. Sie besteht zu etwa gleichen Teilen aus Persisch, Türkisch und Arabisch.

Rashid Khan bleibt auf der Schwelle stehen; in seinen Augen ein rasch verhülltes, bewunderndes Aufleuchten. Er erkundigt sich respektvoll: »Haben Sie irgendwelche Wünsche, Hoheit? Ihre Begleiterin, Frau Ghazavi, und Zeynel Ağa sind nebenan untergebracht. Sie möchten wissen, ob sie Ihnen zu Diensten sein können.«

»Danke, Khan Sahab.«

Das Verhalten des Sekretärs des Radschas läßt insgesamt auf eine aristokratische Herkunft schließen, und Selma, die von Kindesbeinen an mit den höfischen Regeln vertraut ist, würde sich hüten, ihn einfach als Angestellten zu behandeln.

»Wenn es möglich ist, möchte ich mich ein bißchen ausruhen.«

Die skurrilen Einfälle ihrer Gesellschafterinnen haben sie ermüdet. Sie wäre gern allein, aber wie soll sie ihnen das klarmachen, ohne sie zu kränken? Rashid Khan lächelt.

»Ich werde ihnen sagen, daß Sie etwas schlafen möchten.«

Und obwohl die Dienerinnen ganz empört sind – undenkbar, daß ihre Rani mutterseelenallein ist wie irgendeine armselige Kreatur; wenn sie schläft, wollen sie selbstverständlich zugegen sein und über ihren Schlaf wachen –, setzt er sie höflich vor die Tür.

Selma streckt sich in ihrer ganzen Länge aus; befreit von den schweren Ohrringen und dem Halsband, das sie gezwungen hatte, den Nacken zu beugen, schüttelt sie ihre roten Locken und reckt ihre feuchte Stirn dem schlecht funktionierenden Ventilator entgegen.

Durchs Fenster sieht sie von der Sonne verbrannte Felder vorbeiziehen, auf denen halbnackte Bauern hinter ausgemergelten Ochsen die Pflugschar urtümlicher Schwingpflüge lenken. In den Dörfern mit ihren strohgedeckten Häusern kauern kleine, dunkelhäutige Frauen und formen große flache Kuchen, die sie zum Trocknen auf den Mauern auslegen; dann tragen sie sie in tiefen Körben, die sie auf dem Kopf balancieren, davon. Zart, aufrecht und stolz schreiten sie in ihren bunten Saris dahin; Selma sagt sich, daß Königinnen allen Grund hätten, diese Frauen um ihren Gang zu beneiden. In etwas größerer Entfernung waten neben weißen Kühen mit rotgefärbten Hörnern riesige schwarze Büffel in einem Pfuhl herum: wie die Eunuchen des Palastes von Dolmabahçe, die um die schneeweißen Haremsblüten herum Wache halten …

Istanbul, meine schöne Stadt, werde ich dich jemals wiedersehen? In Beirut war ich dir nah, träumte nachts, daß ich zurückkehrte; heute entferne ich mich von dir, werde in einer fremden Welt leben, als hätte ich die Hoffnung aufgegeben, jemals zurückzukehren …

Die Äcker und Reisfelder hinter der Scheibe verschwimmen. Andere Landschaften, andere Dörfer ziehen vorbei, und ein kleines rothaariges Mädchen drückt sich in einem andern Zug, der vor dreizehn Jahren quer durch die Türkei fuhr, um sie ins Exil zu bringen, in die Ecke …

Selma richtet sich jäh auf. Sie will nicht ewig jammern wie diese alten Prinzessinnen, ihre Tanten! Sie ist jung, verführerisch, sie hat mehr Kraft als alle ihre Vettern zusammen, die ihre Zeit damit vertun, zu trinken und dabei Spekulationen über eine – wohl doch sehr unwahrscheinliche – Revolution anzustellen. Sie wird gewinnen! Aber was? Das weiß sie nicht. Sie weiß nur, daß sie wieder festen Boden unter den Füßen haben muß. Schließlich ist sie von niemandem gezwungen worden, die schläfrige Lieblichkeit des Libanons zu verlassen. Sie selbst hat entschieden, daß sie wieder Wurzeln schlagen, daß sie wieder ein Land haben müsse, ein Königreich, in dem sie Herrscherin sein und geliebt werden würde.

An die Liebe eines Mannes glaubt sie schon lange nicht mehr – sie hat sich vom Verrat ihres Vaters nie mehr erholt, und als Wahid sie verließ, ist die alte Wunde wieder aufgebrochen –, sie möchte von einem ganzen Volk geliebt werden. Dann, ja dann ist man wirklich Königin, nicht etwa, wie irgendwelche dummen Menschen glauben, wenn man in Ehren und Reichtum schwimmt: Selma möchte, daß man ihr Liebe entgegenbringt.

»Der Prunk hat nur insofern Sinn«, merkte die Sultanin einmal an, »als er den Unglücklichen einen Traum von Schönheit beschert, als ob eine gute Fee sich über ihr Leiden beugte; das ist viel heilsamer als ein trockener Beamter oder eine barmherzige Schwester, die eine so trübselige Miene zur Schau tragen, daß diejenigen, denen sie angeblich helfen wollen, die Verpflichtung verspüren, sie zu trösten! Die Armen machen sich gar nicht klar, welch ungeheures Geschenk sie den Fürsten machen: Sie brauchen uns! So verschaffen sie uns das Gefühl, daß wir zu etwas nütze sind!«

Selma schaudert es, obwohl es so heiß ist: Wie wird das Volk von Badalpur sie empfangen?

Der Zug nähert sich den Ghats, dieser Hügelkette, die Indien vom Westen bis in den Osten hinein durchzieht. Das Gras wird grüner; Herden von Schafen und Ziegen weiden in der Hut eines Hirten mit purpurfarbenem Turban. In der Ferne, wie verloren inmitten der Felder, ein kleiner weißer Steintempel mit flatternden Wimpeln, die der Wind, irgendwie gespenstisch, nach Lust und Laune dreht.

Es ist die Stunde vor Sonnenuntergang – Ruhe und Wohlbehagen, Erholung. Selma drückt ihr Gesicht an die Eisenstangen vor dem Fenster. Begierig saugt sie die erste Kühle ein. Sie kostet jeden Augenblick aus, jeden neuen Eindruck, und verdrängt den Gedanken an das Gesicht, das am Ende dieser Reise auf sie wartet.

Die Enttäuschung, die sie bei ihrer Ankunft empfunden hatte, als sie merkte, daß Amir nicht da war, hat sich noch nicht gelegt. Hat er es gar nicht so eilig, ihr zu begegnen, genügt es ihm schon, daß sie Sultanin ist? Ist die Heirat einfach ein Geschäft?

Aber was kann ich ihm vorwerfen? Ich heirate schließlich auch sein Geld! Nervös zieht sie ihre Locken durch die Lippen. Möchte weinen. *Das ist ja absurd. Wir haben uns nie gesehen, da werden wir uns doch nicht etwa eine Liebeskomödie vorspielen!* Aber sie kann sich noch so sehr vernünftig zureden; diese Seufzer, die ihr den Hals zuschnüren, sind nicht zu unterdrücken: Sie fühlt sich so allein … Was nützt es, sich etwas vorzumachen, Zynismus zur Schau zu tragen? Im Grunde ist sie eine unverbesserliche Romantikerin …

Sie hat von diesem strahlenden, mutigen Radscha geträumt, hat gezittert, als er ihr in seinen Briefen von seinen ehrgeizigen Plänen und Reformen für sein Land berichtete. Und schließlich – warum soll sie es sich verheimlichen – hat seine Schönheit sie verführt.

Sie holt aus einem samtenen Etui ein Medaillon hervor, betrachtet es ernst und lange: Seine dunklen Augen ziehen sich mandelförmig bis hin zu den Schläfen, die feine Nase ist leicht nach unten gebogen, und diese vollen, zarten Lippen über dem lustigen kleinen Grübchen ... Als ihr vor zwei Monaten ein Abgesandter von Badalpur dieses Porträt übergab, empfand sie einen lustvollen Schauder. Sie, die sich kalt und berechnend gab, weiß genau, daß der fremde Zauber dieses Gesichtes eines orientalischen Gottes schließlich ausschlaggebend für sie war.

Warum hatte er nur seinen Sekretär geschickt?

Armer Rashid Khan! Er war so nett und so komisch. Hinter einem riesigen Blumenbukett verborgen, haspelte er als Willkommensgruß einen offensichtlich auswendig gelernten Satz auf türkisch herunter. Aber statt einer »höchsten Ehrerbietung« hatte er Selma sein »feuriges Herz zu Füßen gelegt«. An der verblüfften Miene des jungen Mädchens erkannte er sogleich, daß seine Freunde ihm einen Streich gespielt hatten, und wurde so rot, daß Selma in Lachen ausbrach. Von diesem Augenblick an waren sie Freunde.

Diese Erinnerung gibt Selma die gute Laune zurück. Die Heirat wird ein Erfolg werden. Haben sie nicht alles und jedes, um glücklich zu sein?

Sechzig Stunden Reise ... Stickige Tage und eiskalte Nächte, Dutzende von Bahnhöfen, alle ähnlich mit ihrem bunten Menschengewimmel, den kleinen Tee- und Krapfenverkäufern und, vor allem, mit diesen Bettlern, die sie durch die Gitterstäbe hindurch am Ärmel packen und mit glühenden Augen anstarren. Und sie befragt mit zugeschnürter Kehle diese irren Augen, die einer Welt entstammen, die sie nicht kennt. Blicke von Irren, von Weisen? Wer weiß? Um sich der Faszination, die sie ergreift, zu entziehen, wirft sie ein paar Münzen in die ausgestreckten Hände. Aber auch danach betrachten sie ununterbrochen mit großen Augen diese weißgoldene Göttin, die einem höheren Nirwana* zu entstammen

* Der Himmel der Hindus.

scheint, und stehen immer noch da, reglos, wenn sie schon lange am Horizont verschwunden ist …

»In zwei Stunden sind wir in Lucknow.«

Rashid Khans hohe Gestalt in der Türöffnung schreckt Selma auf. Die Reise hat so lange gedauert, daß sie jedes Zeitgefühl verloren hat. *Schon Lucknow?* Ihr Herz beginnt plötzlich sehr stark zu klopfen. Sie sieht den Sekretär des Radschas flehentlich an. Er ist ganz gerührt von diesem verängstigten Gesichtchen und beruhigt sie noch einmal.

»Glauben Sie mir, es wird alles gutgehen.«

Wie freundlich er ist! Sie bedenkt ihn dafür mit ihrem verführerischsten Lächeln, möchte aber in seinen Augen auch diese kleine Flamme aufleuchten sehen, die ihr bestätigt, daß sie entzückend ist und zu bezaubern weiß.

»Seien Sie so nett und rufen Sie gleich Frau Ghazavi.«

Draußen zittern die ersten Sonnenstrahlen über die Kornfelder. Es ist jetzt nicht die Zeit, zu träumen, sie hat nur noch zwei Stunden, um sich zurechtzumachen: Schließlich will sie ihren Märchenprinzen betören. Selma hat selten so viel Zeit darauf verwendet, sich frisieren und schminken zu lassen, und trotz allem, trotz der Anstrengungen ihrer Gesellschafterin, findet sie sich häßlich! Noch nie hat sie angesichts der verschiedenen vor ihr ausgebreiteten Kleider so gezögert, bis sie schließlich ausruft: »Aber wo habe ich denn nur meine Gedanken, ich muß doch einen Sari tragen!«

Einen Sari, natürlich, das Nationalkostüm ihrer neuen Heimat: um ihrem Verlobten, der sie mit seinem ganzen Gefolge am Bahnhof erwartet, Ehre zu erweisen, und um den dort versammelten Journalisten und der neugierigen Menge zu zeigen, daß sie von nun an Inderin ist …

Der Zug fährt in den Bahnhof ein. Draußen der übliche Tumult, das gewohnte Geschrei. Selma spitzt die Ohren; sie ist ungeduldig. Es fällt ihr schwer, in diesem Abteil sitzenzubleiben, dessen Rollvorhänge Rashid Khan merkwürdigerweise heruntergelassen hat. Plötzlich ein lautes Stimmengewirr im Waggon. Amir? Ihr steht fast das Herz still. Es ist nur Rashid.

»Noch einen Augenblick, Hoheit, man macht den Purdah* zurecht.«

»Den was?«

Er zieht ein verlegenes Gesicht und antwortet nicht. Madame Ghazavi neben ihr murmelt, all das sei recht merkwürdig. Selma bittet sie gereizt, den Mund zu halten.

Seit ihrer Ankunft in Indien beklagt sich die Libanesin ununterbrochen; zweifellos ist sie gekränkt, weil man ihr nicht genügend Aufmerksamkeit schenkt.

Aber nun tauchen Selmas indische Gesellschafterinnen auf; sie nehmen jetzt wieder ihre Rechte in Anspruch, die man ihnen während der Reise so schmählich abgesprochen hatte. Mit Gesichtern, die von jenem furchterregenden Wohlwollen geprägt sind, das Nonnen der Novizin, die sie in ihren Kreis aufnehmen, entgegenbringen, bieten sie Selma eine lange schwarze Kutte an, die ganz ähnlich ist wie diejenige, von der sie vom Kopf bis zu den Füßen eingehüllt sind. Da die junge Frau sie fassungslos anblickt, umringen sie sie kurz entschlossen.

»Nein!!!«

Der gellende Schrei ist weithin zu hören. Rashid Khan stürzt vom anderen Ende des Waggons herbei. Selma macht sich in einer Ecke des Abteils, zitternd vor Entrüstung, daran, den schwarzen Umhang zu zerreißen; ihr gegenüber beraten die verdutzten Frauen, wie man nun vorzugehen habe. Dem Sekretär das Radschas gelingt es nur mit Mühe, einen kühlen Kopf zu bewahren: Die Reise ist so gut verlaufen, und nun sind diese Närrinnen drauf und dran, im letzten Augenblick alles zu verderben! Was wird man im Palast denken, wenn die Verlobte in Tränen aufgelöst eintrifft!

Mit schneidender Stimme erteilt er, der sonst so Höfliche, den Befehl, sich schleunigst zurückzuziehen. Nach einem schwachen Versuch, zu rebellieren, gehorchen sie schließlich beleidigt und unter lauten Protesten, daß sie schon wieder

* Behang, der die Frauen von den Männern trennt. Im weiteren Sinn bedeutet Purdah die Tatsache, daß man eingeschlossen ist.

daran gehindert würden, ihre Pflicht zu erfüllen. Sobald Rashid mit Selma allein ist, redet er ihr gut zu.

»Das ist ganz unwichtig, Hoheit, ich flehe Sie an, beruhigen Sie sich; Sie brauchen diesen Burkah* nicht zu tragen. Fühlen Sie sich wohl genug, um jetzt auszusteigen? Es ist alles bereit zu Ihrem Empfang.«

Man hat zur Waggontür hin rechts und links zwei farbige Tuchbahnen gespannt; am Ende dieses Ganges wartet ein Auto. So kann die Prinzessin durch den Bahnhof gehen, ohne gesehen zu werden.

Bestürzt sieht Selma, wie Rashid Khan sich verneigt.

»Auf Wiedersehen, Hoheit. Allah möge sie beschützen.«

Sie wendet sich um, er ist schon verschwunden. Statt dessen taucht eine kleine dicke Dame auf, die sich als Begum Nusrat vorstellt und Selmas Hände mit Küssen bedeckt.

»Hozur, Euer Gnaden, das ist der schönste Tag meines Lebens«, stammelt die wohlbeleibte Person in gebrochenem Englisch; Selma glaubt verstanden zu haben, sie sei die Gattin des Gouverneurs des Staates Badalpur.

Aber ihr geht etwas ganz anderes durch den Kopf. Sie weiß, daß sie schweigen sollte, doch sie hält es nicht mehr aus.

»Wo ist der Radscha?«

»Wie, Euer Gnaden?« Die kleine Frau ist überaus schokkiert. »Sie sollten wissen, daß Sie ihn vor der Heirat nicht zu Gesicht bekommen! Aber beruhigen Sie sich«, fügt sie angesichts der enttäuschten Miene des jungen Mädchens eilig hinzu, »die Feierlichkeiten werden sehr bald stattfinden, genauer gesagt, in einer Woche. Inzwischen wohnen Sie im Palast, bei der älteren Schwester unseres Herrschers, bei Rani Aziza.«

Selma sitzt fassungslos in einer Ecke des riesigen Isota Fraschini und kann ihre Enttäuschung nicht mehr verbergen.

* Lange schwarze Kutte, die bis zu den Füßen reicht und in Höhe der Augen mit einem kleinen Gitter versehen ist. Die Kleidung, die die muslimischen Inderinnen beim Ausgehen tragen mußten. Viele tragen sie noch heute.

Was ihr an diesem luxuriösen weißen Auto mit goldbeschlagenen Stoßstangen und Scheinwerfern vor allem auffällt, sind die Vorhänge an den Fenstern. Das erinnert sie an die Kutschen ihrer Kindheit in Istanbul. Ihr Groll wächst immer mehr an: Sollte sie etwa nach all diesen Jahren der Freiheit das, was sie schon mit zwölf Jahren zurückgewiesen hatte, jetzt akzeptieren? Das kann gar nicht in Frage kommen! Aber wahrscheinlich ist all das falscher Alarm: Hat sie nicht Fotos in den Zeitungen gesehen, wo Nilufer und Duruchehvar, ihre Kusinen, ständig Ausstellungen eröffnen und bei Diners den Vorsitz haben? Das hat sie doch nicht geträumt! Sie versucht, sich zu beruhigen, die langsam aufkommende Panik zu unterdrücken, aber irgend etwas schnürt ihr die Kehle zu. Plötzlich erinnert sie sich auch wieder an das Mitleid in Rashid Khans Augen und an sein verlegenes Schweigen auf manche ihrer Fragen ... Zum ersten Mal seit ihrer Ankunft in Indien hat sie das Gefühl, sich furchtbar geirrt zu haben ...

Der Wagen fährt jetzt ganz langsam. Sie schiebt, ohne auf die Einwände ihrer Begleiterin zu achten, die Vorhänge beiseite und sieht Kaisarbagh, den »Garten des Königs«. Ein riesiges Viereck mit Rasen und Blumenbeeten – größer, sagt man, als der Louvre und die Tuilerien zusammen –, von fürstlichen Palästen gerahmt.

Kaisarbagh ... Hervorgegangen aus dem Traum Wajid Ali Shas, des letzten Königs von Oudh, eines Malerpoeten, den die Engländer im Jahre 1856 absetzten, ohne ihm mitzuteilen, weshalb. Er neigte weit mehr den Künsten als der Politik zu und war bestrebt, seine Hauptstadt zum achten Weltwunder und aus Kaisarbagh sein Versailles zu machen. So ließ er für sich und seine vierhundert Frauen diese Front großer Gartenschlösser aus ockerfarbenem Gestein errichten, die mit Balkonen und girlandengeschmückten Brückenbogen sowie mit einer Überfülle von weißen, strohgelben oder sienabraunen Stuckarbeiten im reinsten Rokokostil verziert waren.

Im Grunde ist das der Gipfel der Geschmacklosigkeit, denkt Selma, sieht aber doch phantastisch aus! Fein und raffiniert, im Stil jener Gesellschaft, die sich, statt sich zu wehren, nach und nach von den Leuten im roten Jackett, diesen Barbaren aus dem Westen, hatten beherrschen lassen.

Der Palast von Badalpur, auf den Selma nun zufährt, ist eins dieser barocken Gartenschlösser.

»Das ist die Stadtresidenz des Radschas«, erklärt Begum Nusrat, »sein Wohnsitz hier in Lucknow, das jetzt das britische Verwaltungszentrum ist, von dem etwa fünfzig Staaten abhängen. Neben uns residiert der Nawab von Dalior, er besitzt den schönsten Rennstall der Stadt; und unweit der Radscha von Dilwani, der für seine extravaganten Wachtelkämpfe bekannt ist; gegenüber der Maharadscha von Mahdabad, ein großer Liebhaber klassischer Poesie.«

Begum Nusrat findet großes Gefallen daran, die Namen dieser wichtigen Persönlichkeiten anzuführen, als ob die Tatsache, daß sie dieselbe Luft einatmet und die Gewohnheiten dieser Leute kennt, sie gewissermaßen in den Rang eines Familienmitgliedes erheben würde.

Gott sei Dank hält der Wagen. Selma hat das ununterbrochene Geschwätz satt – an der Schwelle ihres neuen Lebens verspürt sie das Bedürfnis, sich zu sammeln. Links und rechts neben ihr werden die farbigen Tuchbahnen wieder aufgespannt, und ganz am Ende, in einem Loch voller Licht, vor einer massiven Pforte, fegen zwei kniende schwarze Eunuchen den Boden mit ihrem Turban.

Die Eunuchen ihrer Kindheit! ... Selma kommt es plötzlich so vor, als werde ihr Leben fünfzehn Jahre zurückgedreht. Wenn nicht statt der strengen schwarzen Stambuline diese weiten Şalvalar* und indigoblauen Kurtah wären, hätte sie den Eindruck, in Dolmabahçe zu sein ...

Doch sobald sie die prächtige Steintreppe hinaufgeschritten ist, läßt das Gefühl der Vertrautheit nach. Hier herrscht wieder das typische Indien mit seinen Steinbalkonen wie aus gehäkelter Spitze, diesen Veranden, die auf Innenhöfe mit plätschernden Springbrunnen hinausgehen, und mit diesen Scharen sich drängender Frauen, die die Hände der neuen

* Lange Pluderhosen.

Rani küssen oder demütig den Saum ihres Saris ergreifen wollen, während halbnackte Kinder sie mit ihren großen schwarzen, mit Khol umrandeten Augen anstarren. Begum Nusrat schiebt sie ungeduldig beiseite: Sie hat es eilig, denn sie werden von Rani Aziza erwartet.

Rani Aziza ... Selma wünscht nähere Auskunft über ihre künftige Schwägerin, und Begum Nusrat ist entzückt, sich des längeren darüber verbreiten zu können.

»Die Rani ist die Halbschwester des Radschas; sie haben verschiedene Mütter. Sie ist fünfzehn Jahre älter als er, und nachdem er als kleiner Junge durch einen mysteriösen Unfall beide Eltern verloren hatte, nahm sie bei ihm Mutterstelle ein. Sie ist eine Dame von Format, so klug wie ein Mann! Nachdem unser Prinz mit vierzehn Jahren beinahe zu Tode gekommen wäre – wahrscheinlich versuchte ihn sein Onkel, der bis zu seiner Volljährigkeit die Regentschaft führte, zu vergiften –, schickte ihn Rani Aziza nach England und nahm die Geschäfte im Palast selbst in die Hand. Die Verwalter fürchten sie weit mehr als den alten Radscha, der Zeit seines Lebens nie über irgend etwas Rechenschaft gefordert hatte, weil er das für unter seiner Würde hielt.«

Begum Nusrat dämpft ihre Stimme.

»Die Verwalter hoffen übrigens, daß unser junger Herr nicht so streng ist. Der Arme ist nach zwölf Jahren aus dem Ausland zurückgekehrt, und diese Lumpen planen bereits, ihn auszunehmen! Wie gut, daß die Rani nach dem Rechten sieht!«

Und ich zähle überhaupt nicht! Noch bevor Selma Rani Aziza kennt, hat sie das Gefühl, sie werde mit ihr nicht gut auskommen.

Es dauert über eine Viertelstunde, bis sie endlich in ein sehr geräumiges Zimmer kommen: Hier sitzen ein Dutzend Frauen auf dem Boden, schwatzen und knacken mit ihren kleinen silbernen Zangen Betelnüsse. Selmas Erscheinen löst einen Freudentaumel aus; sie umringen und umarmen sie, geraten in Verzückung über ihre Schönheit.

Das junge Mädchen läßt sich, von der Herzlichkeit des Empfangs benommen und erfreut zugleich, mitreißen; es wird eine weitere Seidenportiere aufgezogen, und sie stehen in einem großen Saal, der mit Perlmuttmosaiken und Spiegeln in Form von Vögeln oder Blumen geschmückt ist. Hier ruhen plaudernde Frauen auf geflochtenen Matten mit silbernen Füßen und kauen dabei den Pân, das typisch indische Genußmittel aus Betelnüssen und bitteren Blättern, oder berauschen sich mit einem wohlriechenden Tabak, den sie durch das lange Rohr ihrer Hookah* aus Kristallglas einatmen. Ganz im Hintergrund, auf einem erhöhten Bett, dessen goldene Füße im Halbdunkel funkeln, thront eine Frau auf ihren Kissen; hinter ihr schwenken zwei Sklavinnen riesige Fächer aus Pfauenfedern.

An ihrer herrischen Miene erkennt Selma sogleich die Rani. Noch ist sie schön: scharfe Züge, tiefliegende Augen, ein trotz des Lächelns hochmütiger Mund.

»Nehmen Sie neben mir Platz, mein Kind.«

Ihre Stimme klingt melodiös, die Umarmung ist eisig. Sie erkundigt sich in einem Englisch mit seltsamem Akzent, wie Selma gereist sei, und mustert dabei das junge Mädchen vom Kopf bis zu den Füßen.

»Sie sind sehr hübsch«, sagt sie abschließend, »aber« – sie spricht lauter, als ob sie von allen gehört werden wolle – »Sie müssen sich angewöhnen, die Gharara** zu tragen. Der Sari ist die Kleidung der Hindufrauen***: Wir hier sind Musliminnen.«

Selma ist puterrot geworden: Ausgerechnet ihr in Erinnerung rufen, daß sie Muslimin ist, ihr, der Enkelin des Kalifen! Eine Ohrfeige hätte sie nicht so gedemütigt.

Die Blicke der beiden Frauen treffen sich: Von diesem Augenblick an wissen sie, daß sie Feindinnen sind.

Es wird Mandel- und Honiggebäck und ein sirupähnlicher Tee gereicht. »Wahrscheinlich, um den sauren Empfang zu versüßen«, denkt Selma, während sie an der Tasse nippt.

* Urdu-Wort für »Wasserpfeife«.

** Langer, sehr weiter Rock der indischen Muslimfrauen.

*** Hindu bezeichnet die Zugehörigkeit zur Hindu-Religion. In Indien gibt es Hindus, Muslime usw.

Zerstreut antwortet sie auf ein paar Höflichkeitsfragen nach der Gesundheit der Sultanin, ihrer Mutter, und ihrem Leben in Beirut. Da die Konversation kein Ende nehmen will, wagt sie schließlich zu fragen: »Verzeihen Sie, aber die Reise hat mich ermüdet. Kann ich mich in mein Zimmer zurückziehen?«

Ihre Frage wird mit einem Hochziehen der Augenbrauen beantwortet.

»Aber Ihr Zimmer ist doch hier, mein Kind; Sie wohnen eine Woche lang bei mir. Haben Sie etwas dagegen? Ist es nicht groß genug?«

Die Dienerinnen schaffen eine smaragdgrüne Gharara herbei, wodurch Selma die Antwort erspart bleibt.

»Nehmen Sie das, ziehen Sie sich um, diese Farbe wird Ihnen sehr gut stehen. Im übrigen ist es die Farbe des Islams …«

»Ich weiß«, gibt das junge Mädchen bissig zurück.

»Dann wissen Sie sicher auch, daß unsere Familie über den Enkel des Propheten, Hussein, direkt von diesem abstammt. Wir sind Schiiten. Sie sind natürlich Sunnitin«, – sie stößt einen einstudierten Seufzer aus –, »aber schließlich sind wir ja alle Muslime!«

Diese Schlange … Was meint sie damit? Daß ich nur eine Ausländerin bin, und daß sie hier die Herrin bleibt?

Doch Selmas schlechte Laune weicht bald der Freude über ein Bad. Dieses warme, parfümierte Wasser in den silbernen Wasserkannen, der zartfarbene Schaum, die nach Ambra duftenden Öle in den Fläschchen aus Kristallglas: das ganze Zeremoniell ihrer Kindheit. Was für ein Genuß nach dem ganz gewöhnlichen Badezimmer in ihrem Haus in Beirut! Mit geschlossenen Augen überläßt sie sich den kundigen Händen der Sklavinnen, vergißt sogar, wo sie sich befindet. Enthaart, massiert, frisiert, geschminkt, ist sie zufrieden mit dem Bild, das ihr der Spiegel zeigt, bis auf … diese Locken! Wo ist eigentlich Madame Ghazavi?

»Beunruhigen Sie sich nicht«, sagt die Rani sanft, als Selma sich nach ihrer Begleiterin erkundigt. »Man hat sie, damit sie sich ausruhen kann, in einem Zimmer auf der anderen Seite des Vestibüls, hinter dem zweiten Frauengemach, untergebracht.«

»Wieso? Sie ist doch meine Gesellschafterin! Ich möchte, daß sie bei mir bleibt!«

»Haben Sie nicht genug Dienerinnen? Sie können zehn haben, zwanzig, so viele Sie wollen. Wenn sie Ihnen nicht gefallen, schicken wir sie weg und teilen Ihnen andere zu.«

Selma ist den Tränen nahe. Madame Ghazavi und Zeynel sind ihre einzige Verbindung zur Vergangenheit, ohne sie fühlt sie sich verloren. Aber sie würde sich lieber auf der Stelle umbringen lassen, als diese ihre Schwäche einzugestehen. Um die schmalen Lippen der Rani schwebt ein Lächeln.

»Gefällt es Ihnen nicht bei uns? Wir sind von nun an Ihre Familie: Das andere müssen Sie vergessen.«

Selma schweigt. Ihre Widersacherin ist sehr deutlich geworden. Ob sie es ertragen würde, acht Tage neben dieser Frau, unter ihrer scharfen, böswilligen Aufsicht zu verbringen? Acht Tage aushalten. Dann ist Amir da, sie wird ihm alles erklären, und er wird ihr helfen. Inzwischen könnte Rashid Khan ... Natürlich! Das ist die Lösung! Wieso hat sie nicht schon eher daran gedacht?

Selma richtet sich auf und fragt in sehr bestimmtem Ton: »Kann man Rashid Khan benachrichtigen, daß ich ihn sprechen möchte?«

»Wen ...? Aber, Sie verstehen doch, Prinzessin, daß der Sekretär meines Bruders Sie zwar in Bombay abgeholt hat, weil Sie natürlich männliche Begleitung brauchten. Doch von nun an steht überhaupt nicht mehr zur Debatte, daß Sie ihn wiedersehen. Die Männer dürfen das Zenana* nicht betreten ... und die Frauen verlassen es nie ...«

Selma schützt ein Unwohlsein vor und flüchtet sich in den Garten. Sie hat das Tuch über ihrer Brust gelockert, hat das Gefühl, zu ersticken. Gefangen, sie ist gefangen! Sie ist blindlings in diese Falle getappt ...! Aber noch ist es nicht zu spät. Sie kommt da schon wieder heraus, wird ihren Entschluß

* Frauengemächer.

überdenken. Schließlich kann man sie ja nicht mit Gewalt zurückhalten! Sie sitzt im Grünen und versucht, wieder zu Atem zu kommen, da spürt sie, wie sich eine Hand über die ihre legt.

»Keine Angst, Hozur, die Rani ist gar nicht so schlecht. Sie will nur, daß die Traditionen gewahrt bleiben, sonst kommt die ganze Gesellschaft ins Wanken.«

Die mollige Frau des Gouverneurs sieht sie liebevoll an.

»Haben Sie Geduld, es ist lediglich für eine Woche. Ihr künftiger Gatte ist ein moderner Mann, fast ein Engländer! Mit ihm können Sie ein freies Leben führen; *Sie* werden die Herrin sein, und Rani Aziza hat nichts mehr zu sagen. Das weiß sie, deshalb ist sie so verbittert. Eine Woche, Hozur ... Das ist doch auszuhalten?«

Sie hat recht, ich lasse mich von dieser Frau nicht verdrängen. Selma setzt tapfer zu einem Lächeln an, aber die Anspannung dieses Tages ist zu stark gewesen. Ihre Lippen zittern ... Sie vergißt, daß sich eine kaiserliche Prinzessin würdevoll zu benehmen hat, und beginnt zu weinen.

II

Im Laufe dieser Woche vor der Hochzeit ist Selma hundertmal drauf und dran, alles aufzugeben. Was sie davon abhält – vielleicht noch stärker als der Gedanke an Amir –, ist ihr Eindruck, daß die Rani mit ihr spielt, daß sie versucht, sie zum Äußersten zu treiben, sie zu vertreiben.

Selma spürt, daß diese Frau sie haßt, und hat beschlossen, mit Begum Nusrat darüber zu sprechen. Außer der Rani ist sie hier die einzige, die Englisch spricht, und Selma hat entdeckt, daß sie bei all ihren Eitelkeiten und Oberflächlichkeiten auch Urteilskraft und gesunden Menschenverstand besitzt.

Die Frau des Gouverneurs zögert; sprechen bedeutet, Partei ergreifen. Da sie das junge Mädchen als erste Willkommen hieß, betrachtet sie sie als ihren Schützling; aber die Rani ist mächtig und nachtragend. Von der Entscheidung, die Begum Nusrat in diesem Augenblick treffen muß, hängt ihre eigene künftige Stellung und die Stellung ihres Gatten ab. Ob die Prinzessin geschickt genug war, die Rani an die Wand zu spielen? Schließlich ist eine Ehefrau einflußreicher als eine Schwester. Begum Nusrat haßt es, Risiken einzugehen; andererseits merkt sie angesichts der Beharrlichkeit, die Selma an den Tag legt, daß sie sich zu etwas entschließen muß.

»Es ist wahrscheinlich wegen Parvin«, seufzt sie.

»Parvin?«

»Rani Azizas Nichte mütterlicherseits. Die Rani hat sie wie ihre eigene Tochter im Palast erzogen. Ich habe mich oft gefragt, ob es aus einem gewissen mütterlichen Gefühl heraus geschah – schließlich hat sie es selbst vorgezogen, unverheiratet zu bleiben, um ganz für ihren Bruder zu leben und auf den guten Ablauf aller Angelegenheiten im Palast bedacht zu sein –, oder ob Parvin nur ein gefügiges Werkzeug in ihrer Hand war, das sie zurechtschliff, um sich seiner eines Tages zu bedienen.«

Sie sieht Selmas Verwunderung und erklärt: »Ja, so ist es nun einmal! Jeder hier wußte, daß Parvin den Radscha heiraten sollte, und man fand allgemein, das sei eine kluge Wahl. Das junge Mädchen ist hübsch, gut erzogen und stammt gleichfalls aus einer fürstlichen Familie. Sie ist in diesem Palast aufgewachsen und kennt seine Hierarchien und Bräuche. Probleme, die unausbleiblich sind, wenn eine Ehefrau aus einem anderen Haus oder, noch schlimmer, aus einer anderen Stadt kommt, hätte es nicht gegeben. Und vor allem war sich die Rani darüber im klaren, daß sie durch diese Nichte, die ihr alles verdankte, weiterhin Einfluß nehmen konnte. Nun aber ...«

Begum Nusrat zögert; sie fürchtet, Selma zu verletzen, aber schließlich wollte sie ja wissen ...

»Nun aber ist der Maulana Chaukat Ali unvermutet dazwischengetreten. Oh, ich will ja nichts sagen, der Begründer der Kalifatsbewegung ist eine bedeutende Persönlichkeit, aber er hat alle Pläne durchkreuzt. Weil es sein Traum ist, die Verbindungen zwischen den indischen Muslimen und den osmanischen Kalifen enger zu gestalten, setzte er sich in den Kopf, Sie mit unserem Radscha zu verheiraten, den er für eine der politischen Hoffnungen seiner Generation hält. Das ist zweifellos eine große Ehre für das Haus von Badalpur, aber für Rani Aziza ist es ein Unglück. Nicht nur ist ihre Nichte gewissermaßen verschmäht worden, sondern die neue Rani von Badalpur ist auch noch eine Ausländerin, die sie nicht kontrollieren oder ausschalten kann, wie sie es sicher getan hätte, wenn der Radscha sich in irgendeine kleine Engländerin verliebt hätte. Aber sie weiß, daß Sie – mit Ihrem Titel, Ihrer familiären Herkunft und … Ihrem entschiedenen Charakter, der trotz Ihrer großen Höflichkeit nicht zu übersehen ist – sie sehr rasch aus ihrer Stellung verdrängen können.«

Selma wird es schwer ums Herz; sie, die geglaubt hatte, man erwarte sie sehnlichst, muß nun einsehen, in welchem Maße sie als störend empfunden wird … nicht nur von der Rani, sondern von dieser ganzen kleinen Gesellschaft, die nach Gesetzen, die seit Jahrhunderten unverändert Geltung hatten, gleichsam im Traum dahinlebt. Also wieder dieses nur zu wohlbekannte Gefühl, sie werde abgewiesen … Ob ihr bestimmt war, immer, überall fremd zu bleiben?

Glücklicherweise sind Zeynel und Madame Ghazavi erschienen, das lenkt sie ab. Einen Tag nach ihrer Ankunft tauchten sie plötzlich wieder auf, offenbar auf Weisung Rashid Khans. Wie hatte er erfahren, daß Selma sie sehen wollte? Wie spricht sich in diesem riesigen Palast alles herum?

Alle drei haben seither den größten Teil ihrer Zeit damit verbracht, in einer Ecke des großen Saales zusammen zu lachen und türkisch zu parlieren, was die Rani sehr verstimmt, weil sie das Gefühl hat, daß man ihr trotzt. Rashid Khan hat durch Zeynels Vermittlung versucht, dem jungen Mädchen gut zuzureden: »In Indien beruht alles auf Geduld und Toleranz. Aufbegehren führt zu nichts: Zeigen Sie sich schlau, seien Sie geschickter als Ihre Widersacher.«

»Warum sollte ich irgend etwas verheimlichen? Ich bin es gewohnt, offen zu kämpfen, wie es die Türken seit jeher getan haben!« Der Eunuch ist aufgesprungen.

»Sie wollen sagen, wie diejenigen, die an der Macht sind, wie alle, die Forderungen stellen können, weil sie die Stärkeren sind, während die Schwachen, wenn sie überleben möchten, erfinderisch und nachgiebig, manchmal sogar unredlich sein müssen. Das ist weniger ruhmvoll, aber sie haben keine andere Wahl. Und ich bin mir nicht so sicher, Prinzessin, ob Sie noch die Wahl haben!«

Selma meint, in der Stimme des alten Dieners Genugtuung mitschwingen zu hören. Doch nein! Was bildet sie sich da ein? Der gute Zeynel ist einfach nervös geworden, in dieser von der Rani geschaffenen feindlichen Atmosphäre.

Die Rani zeigt sich allerdings großzügig, und Selma, abgelenkt durch den prachtvollen Schmuck, den die besten Juweliere der Stadt ihr vorlegen, vergißt darüber ihren Groll. Im Libanon hatte sie erlebt, wie nach und nach ein Schmuckstück nach dem anderen, das sie an ihrer Mutter in den glücklichen Tagen in Istanbul bewundert hatte, verschwunden war, und nie hätte sie geglaubt, daß sie je wieder etwas so Schönes besitzen würde. Und nun beginnt das Märchen aufs neue, vor ihr öffnen sich Schmuckkästchen, in denen ein Meer von reinsten blauen Diamanten, Perlen und Smaragden darauf wartet, ihr zu gefallen.

Sie probiert nacheinander dies und das, Halsketten und Anhänger, und ist außerstande, ihre Wahl zu treffen. Glücklicherweise kann Madame Ghazavi sie beraten. Ihre Gesellschafterin, die ganz praktisch denkt, wirft ihr Auge auf die kostbarsten Schmuckstücke, die schönsten Edelsteine, und scheidet einfachere Stücke, denen Selma aus Gründen des Geschmacks und aus Bescheidenheit eher zuneigt, einfach aus.

»Seien Sie kein Kind, Prinzessin«, flüstert sie streng. »Schmuck ist für eine Frau die einzige Sicherheit. Das müßten Sie doch eigentlich wissen.«

Selma seufzt und schickt sich darein, statt der kleinen ziselierten Wunder, die ihr soviel besser gefallen hätten, ihr Bankkonto um den Hals und an den Handgelenken zu tragen.

»Wollen Sie wirklich sonst nichts weiter?« flötet die Rani, während die Schmuckkästchen sich stapeln.

Madame Ghazavi, die nicht auf den spöttischen Ton achtet, zögert, aber das junge Mädchen gerät in Harnisch.

»Ich brauche diesen Schmuck nicht, Sie können das alles wieder zurücknehmen!«

»Beruhigen Sie sich, meine Kleine. Ob Sie diesen Schmuck brauchen oder nicht, Sie werden ihn tragen. Ich dulde nicht, daß die Frau meines Bruders wie eine Bettlerin herumläuft.«

Selma ist außer sich.

»Dann sagen Sie bitte Ihrem Bruder, er solle sich eine andere Frau suchen. Ich bin nicht mehr bereit, Ihre giftigen Bemerkungen hinzunehmen.«

Sie wendet sich an Zeynel: »Benachrichtige bitte Rashid Khan: Ich will einen Platz im nächsten Schiff nach Beirut. Und inzwischen soll er ein Hotel für mich besorgen!«

Die kaum verhüllte Befriedigung der Rani zeigt ihr deutlich, daß sie ihr keine größere Freude hätte bereiten können. Sie hat diesen Nervenkrieg verloren. Aber das ist ihr gleichgültig; sie hat nur noch *einen* Wunsch: flüchten, zurück nach Beirut in die Einfachheit und Würde des mütterlichen Hauses. Diese Spiele um Macht und Geld sind ihr unerträglich.

Am folgenden Tag heißt es, Rani Aziza sei krank, man habe sie am anderen Ende des Zenana untergebracht und sie wolle niemanden sehen. Selma erfährt zwar nie genau, was sich zugetragen hat, doch immerhin so viel, daß der Radscha in Zorn geraten sei und daß seine ältere Schwester zum ersten Male habe nachgeben müssen.

Selmas Aufbegehren trägt weit mehr zu ihrem Ansehen bei als alle Liebenswürdigkeit, die sie bis dahin an den Tag gelegt hatte. Die Frauen, die nur die Rani anerkannt und ihre Sympathien und Antipathien blind geteilt haben, beginnen nun, der Tradition zum Trotz – nach der eine jungverheiratete Frau kein Wörtchen mitzureden hat –, Selma als ihre neue Herrin zu betrachten.

Nach den Juwelieren kamen die Stoffhändler mit Brokat, Seide und Spitzen. Im Salon ist eine ganze kleine Welt damit beschäftigt, zu schneidern, zu nähen und zu sticken. In fünf Tagen muß die Aussteuer der Braut fertig sein, für die man gewöhnlich Jahre braucht. Da sind die Ghararas mit Schleppe, die Chikan Kurtahs, diese Tuniken aus so feinem Leinen, daß man sie durch einen Ring schieben kann; und hier die Rupurtahs, mit Gold und Perlen verbrämte Stolen, die die Körperformen verhüllen.

Noch nie haben diese Frauen, die meist sehr träge sind, eine solche Aktivität entwickelt. Es werden Verwandte und Nachbarinnen zu Hilfe gerufen, das Zenana hat sich in eine einzige Werkstatt verwandelt. Hundert Ensembles müssen als Grundlage einer Aussteuer mindestens vorhanden sein, aber ob dreihundert für diese Märchenprinzessin, deren Schönheit sie immer wieder rühmen, genügen werden? Die älteren Frauen erzählen mit hochmütiger Miene, die Großmutter des jetzigen Radschas habe nie zweimal die gleiche Kleidung getragen, und als sie nach zwanzigjähriger Ehe verstarb, waren dennoch Dutzende von Koffern, in denen ihre Aussteuer aufbewahrt wurde, gar nicht erst geöffnet worden: Dreihundert Ghararas, was ist das schon!

Die Diskussionen sind in vollem Gange: Hätte man die Heirat verschieben sollen, um unsere künftige Rani auszustatten, wie sie es verdient? Eine Sultanin, Enkelin eines Kalifen, erweist uns die Ehre, in unsere Familie einzuheiraten, und man bedenkt sie mit einer so dürftigen Aussteuer! Was soll man machen? Der Radscha weigert sich, auch nur einen Tag länger zu warten, er ist so ungeduldig geworden wie ein »Ingrese«*. Man jammert zwar, ist aber gleichzeitig ungeheuer stolz: Diese Heirat erhebt das Haus von Badalpur in den gleichen Rang wie die Residenz des Nizam** von Hyderabad, des reichsten und mächtigsten Herrschers im Lande. Alle diese Frauen wissen genauestens Bescheid über das Leben der Prinzessinnen Nilufer und Duruchehvar; bald wird man auch alles über die Prinzessin Selma wissen.

In der Tat betrachteten die indischen Muslime, seit die Mogul-Dynastie vor zwei Jahrhunderten von den Briten aus

* Engländer.

* Herrscher. Es gab in Indien jeweils nur einen Nizam, denjenigen von Hyderabad.

Delhi vertrieben wurde, die osmanische Familie als ihre Königsfamilie. Der Ruhm des mit dem Mogul-Sultanat vergleichbaren türkischen Reiches tröstete sie lange über die Demütigungen in ihrem eigenen Land hinweg. Und als im Jahre 1921 das türkische Kalifat bedroht war, erhoben sich die muslimischen Volksmengen mit nie dagewesener Heftigkeit gegen die britische Besatzungsmacht in Indien. Diese von Gandhi und den Hindus unterstützte Bewegung war der Anfang der gewaltigen Demonstrationen für die Unabhängigkeit.

Nur ein junges Mädchen hält sich von all dieser Geschäftigkeit fern. Sie ist mollig, hat eine milchweiße Haut und schwarzes, gut eingeöltes Haar, das ihr bis zu den Hüften reicht; trotz der etwas gebogenen Nase und des starken Kinns ist sie etwa das, was man hierzulande eine Schönheit nennt. Selma begriff erst nach einiger Zeit, daß in diesen Breiten die weiße Haut das wichtigste ästhetische Kriterium war und daß eine Frau, sie konnte noch so schön sein, als häßlich galt, sofern sie einen dunklen Teint hatte. Eine extrem auf die Hautfarbe ausgerichtete Betrachtungsweise also, die angeblich den Adel, beziehungsweise eine niedere Herkunft, sicherer enthüllt als irgendein Stammbaum. Denn die Eroberer Indiens – Arier, Araber, Mongolen – hatten eine helle Haut, während die Ureinwohner, die von ihnen unterworfen wurden, dunkelhäutig waren. Deshalb diese in den Köpfen wohlverankerte Gleichung: Weiß die Rasse der Herren; Schwarz die Rasse der Sklaven.

Wenn Selma das junge Mädchen anblickt, wendet es sich ostentativ ab.

Ist das? … Ja, natürlich, das muß Parvin sein. In den vergangenen Tagen habe ich mich gewundert, daß sie mich, im Gegensatz zu den andern, nie angesprochen hat. Arme Kleine! Sie ist in der Erwartung aufgewachsen, daß sie den schönen Radscha heiraten wird, und zweifellos ist sie in ihn verliebt … Und dann kommt eine andere, die nichts vorzuweisen hat als den ungerechten Vorteil ihrer Geburt, und zerstört alle ihre Träume!

Was soll aus ihr werden? Einem Mann versprochen, dann ver-

schmäht, wer will sie nun noch haben? Welche angesehene Familie würde jetzt noch ein Heiratsgesuch an sie richten, da sie, wie man das hier betrachtet, durch ihr Begehren nach einem anderen bereits »befleckt« ist? Dieser vorgefaßten Meinung nach ist sie eigentlich keine Jungfrau mehr!

Selma versucht vergeblich, sich dem jungen Mädchen zu nähern, ihr zuzulächeln, ein Gespräch anzuknüpfen; es wird ihr kein Blick zuteil: Mitleid ist nicht nach Parvins Geschmack. Also gibt sie es schließlich auf, mit dem guten Gewissen von Menschen, die es nicht nötig haben und die sich daran stoßen, daß man ihre Freundlichkeit nicht zu würdigen weiß.

Auch hat sie andere Sorgen. Als sie durch die Flure ging, stellte sie mit Entsetzen fest, daß das Brautgemach mitten im Zenana vorbereitet wurde, genau neben dem Zimmer der Rani. Diese wird also die jungverheirateten nach Belieben kontrollieren können.

»Heirate ich eigentlich die Rani oder den Radscha?« explodiert Selma eines Morgens, indem sie sich der Frau des Gouverneurs zuwendet. »Gibt es in diesem Land keine Privatsphäre? Wenn sich in der Türkei eine Sultanin verheiratete, hatte sie ihren eigenen Palast, ihre Bediensteten und war unabhängig!«

»Ich bitte Sie, Hozur, das sind doch Nebensächlichkeiten, über die man sich verständigen kann. Danken Sie Gott, daß Sie nur diese Schwägerin haben; hätten Sie eine Schwiegermutter, vermöchte selbst der liebevollste Gatte nichts gegen deren Willen ... Aber wieso wollen Sie allein sein? Es gibt doch nichts Tristeres im Leben! Bei uns in Indien ist die Familie zur Stelle, wenn wir Probleme haben, und hilft uns, löst sie für uns ...«

»Nein! Ich will zumindest meine Probleme selber lösen!« erwidert Selma gereizt.

Die Begum hält es für geraten, sich zurückzuziehen.

In geistigen oder körperlichen Krisenzuständen ist die Massage ein Wundermittel. Davon kann sich Selma nun einmal mehr überzeugen. Unter den sanften, zarten Händen verfliegen ihre Sorgen, kommen ihr geradezu lächerlich vor. Mit großem Genuß läßt sie sich mit einer dicken gelben, wohlriechenden Paste einreiben, die aus in Milch eingelegten Senfkörnern, sechs fein zerstoßenen Kräutern sowie pulverisiertem Sandelholz und köstlichen Parfüms besteht. Sie wird von den Zehen bis zum Haaransatz kräftig eingerieben, bis jeder Millimeter ihrer Haut zart ist wie Satin und aus ihren Poren ein himmlischer Duft strömt. Fünf Tage lang soll sie sich nicht waschen; ihre Proteste sind umsonst: Die Wundersalbe, ausschließlich für jungverheiratete bestimmt, müsse, so erklärt man ihr, durch die Haut ins Blut eindringen und es reinigen. Am Morgen vor der Hochzeit, wenn sie dann endlich ein Bad nehmen darf, werde sie so strahlend wie der Schmetterling, der nach langsamer Wandlung aus seinem Kokon schlüpft, daraus hervorgehen.

Selma hat im Schneidersitz auf Rani Azizas Bett mit den goldenen Füßen Platz genommen (ihre zukünftige Schwägerin ist an diesem Morgen lächelnd wieder aufgetaucht – »Was für eine Freude, meine hübsche Prinzessin wiederzusehen!« –) und träumt vor sich hin. Wie sollte sie die langen Tage bis zu ihrer Hochzeit sonst ertragen, vor allem aber die neugierigen Blicke und Bemerkungen der Frauen, die ihr ihre Aufwartung machen? Alles, was in Lucknow Rang und Namen hat, läßt sich sehen, um die junge Sultanin zu mustern, die stundenlang reglos mit gesenkten Augenlidern dasitzt. Zuerst hatte sie gedacht, sie werde den Verstand verlieren, worauf sie, wie seinerzeit anläßlich des endlosen Zeremoniells im Palast von Dolmabahçe, sich Geschichten zu erzählen begann. Oder vielmehr ihre eigene Geschichte, denn neben dem, was sie jetzt erlebt, erschiene ihr jede andere Geschichte langweilig. So kann sie sich den Augenblick, wo sie Amir zum ersten Mal begegnet, nicht oft genug ausmalen: Er wird sie in die Arme schließen und so lange küssen, daß sie dahinschmilzt. Seine Augen werden schimmern wie dunkle Seen, und seine etwas rauhe Stimme, wenn er ihr gesteht, daß er sie liebt …

»Rani Bitia* ist da!«

* Das »junge Mädchen« im Haus.

Der Salon hallt wider von freudigen Ausrufen. Was gibt es denn nun schon wieder? In ihren Traum versunken, an Amirs Schulter geschmiegt, der ihr übers Haar streicht, schließt Selma die Augen und klammert sich beharrlich an diese glückselige Vorstellung; sie spürt kaum, wie eine leichte Hand sich auf ihren Arm legt und jemand in fließendem Englisch sagt: »Sehen Sie mich an, Apa*, ich bin Zahra, Ihre kleine Schwester.«

Vor ihr kniet ein schlankes junges Mädchen und lächelt ihr zu. Selma zuckt zusammen: Ja, man hatte ihr von einer Schwester des Radschas erzählt, die zehn Jahre jünger war als er und sich in Badalpur um eine kranke Großmutter hatte kümmern müssen. Sie mustert das edle Gesicht, die nachdenklichen Augen. Wie hübsch sie ist! Und Amirs Porträt so ähnlich! Auch Zahra verbirgt ihre Bewunderung nicht.

»Sie sind schön!«

Begeistert küßt sie Selmas Hände. Die junge Frau ist etwas verwirrt, aber die Herzlichkeit, mit der man ihr begegnet, und das Wohlgefühl, das die Spannung der letzten Tage gelöst hat, läßt sie ahnen, daß sie in dieser fremden Welt endlich eine Freundin gefunden hat.

Während der folgenden Tage erspart ihr Zahra durch ihren Charme und ihre Fröhlichkeit viele Schwierigkeiten. Zahra wurde auf Amirs Wunsch, ohne Rücksicht auf die Tradition, die eine zu anspruchsvolle Erziehung der Mädchen für ein Unglück hält, von einer englischen Lehrerin erzogen und schwärmt von fremdsprachiger Literatur. Sie hat Keats, Byron, Stendhal und den ganzen Balzac gelesen, und obwohl sie nie aus dem Zenana herausgekommen ist, es sei denn in einem geschlossenen Wagen, der sie in ein anderes Zenana brachte, scheint sie das Leben zu kennen.

Das junge Mädchen hatte sofort begriffen, wie ärgerlich es für Selma sein mußte, mitten unter diese Frauen verbannt zu sein, und es erreichte, daß sie ohne die geschwätzigen Dienerinnen zu zweit in den grünen Innenhöfen spazierengehen durften, lediglich von einem Eunuchen begleitet, der einen

* Die »ältere Schwester«.

respektvollen Abstand einhielt. Befreit von ihren Musselinschleiern, die selbst an diesem abgeschiedenen Ort offenbar obligatorisch waren, lebte Selma richtig auf.

In ihrer Ratlosigkeit hatte sie daran gedacht, sich diesem jungen Mädchen, das so außerordentlich reif wirkte, anzuvertrauen, ihm von Amir, von ihren Ängsten und Hoffnungen zu sprechen, merkte aber schnell, daß Zahras Erfahrungen nur auf Lektüre beruhten und sich dahinter die Unschuld schlechthin verbarg. Das junge Mädchen trieb fast einen Kult mit seinem Bruder und war überzeugt, daß Selma beim bloßen Gedanken, seine Gattin zu werden, die glücklichste Frau der Welt sein mußte. Die geringsten Bedenken wären für Zahra unverständlich gewesen, ja sie hätte sie als Beleidigung empfunden. Selma war nicht so egoistisch, den Frieden dieses Kindes zu stören, und behielt ihre Gedanken für sich.

In der Morgendämmerung wird sie vom Lachen junger Mädchen geweckt. Es ist noch kühl, und der Jasmin duftet von der Veranda her. Warum ist sie so traurig? Es ist ein so schöner Tag!

»Apa, wachen Sie auf, überlassen Sie uns ihre Hände und Füße, damit wir mit Henna alle Zeichen des Glücks darauf drücken. Öffnen Sie bitte, am glücklichsten Tag Ihres Lebens, die Augen!«

Freudig machen sie sich um das Bett herum zu schaffen, summen die Liebeslieder, die der Überlieferung gemäß die Toilette der Braut begleiten. Während sie in die Innenflächen ihrer Hände rote Arabesken malen, was mit äußerster Sorgfalt zu geschehen hat, sieht Selma sie an, als wohne sie einem Schauspiel bei, das sie nichts anginge ... je mehr sie sich bemüht, sich den Festlichkeiten zu widmen, deren Protagonistin sie sein soll, desto stärker wird die Empfindung, es sei alles so unwirklich.

Wie im Traum nimmt sie wahr, wie Rani Aziza sich ihr nähert und ihr ein zart geflochtenes Armband übers Handgelenk streift, wobei sie langsam eine durch Jahrhunderte geheiligte Formel spricht: »Ich überreiche dir dieses Armband.

In ihm ist Reis, der dir Wohlstand bringen wird, sind Kräuter, die dir Fruchtbarkeit bescheren, und der eiserne Ring ist die Bürgschaft deiner Treue.«

Die Frauen schweigen gerührt: Sie erinnern sich …

Plötzlich wird kräftig an die bronzene Tür geklopft, die das Zenana von den Männergemächern trennt. Unter Freudenschreien stürzen die jungen Mädchen mit einer Rose in der Hand hinaus: Das ist der Verlobte, der einzudringen versucht, um die Schöne zu betören, und sie haben jetzt die Pflicht, ihn zu vertreiben, indem sie mit den Blumen unerbittlich nach ihm schlagen. Nach ein, zwei Versuchen, die von einigen gewagten Bemerkungen begleitet werden, zieht er sich zu seinen Verwandten und Bekannten zurück, die im Immambara der Familie versammelt sind, einem dem Palast angegliederten, mit Marmor und Mosaiken geschmückten Heiligtum, wo die religiöse Zeremonie stattfinden soll.

Man hat Selma in einem Zimmer über dem Frauensalon allein gelassen. Hier pflegt die Braut im Kreise ihrer besten Freundinnen über ihre Mädchenzeit nachzudenken und ein paar Tränen über ihr bisheriges Leben zu vergießen. Aber Selmas Freundinnen sind weit weg … und weinen mag sie nicht.

Im unteren Stockwerk treffen die eingeladenen Damen ein. Man hört bis in Selmas Zimmer hinauf, wie sie angesichts der prachtvolllen Geschenke, die in allen fünf Salons ausliegen, in Bewunderungsrufe ausbrechen. Der Brauch will es nämlich, daß alle sich von der Großzügigkeit der Familie des Bräutigams gegenüber der jungverheirateten Frau überzeugen können. Schmuck, Silberbesteck, Kristall- und Seidenwaren türmen sich, Denkmäler der Eitelkeit. Die Frauen begutachten alles mit kühlem Blick und wägen ab; ein solches Hochzeitszeremoniell wird später noch jahrelang, über Generationen hinweg, kommentiert: Bei dieser Gelegenheit kann man Ansehen erwerben oder verlieren.

Wie lange muß Selma noch warten? Sie hat keine Ahnung. Madame Ghazavi, die neben ihr sitzt, ist schon ganz ungeduldig, um so mehr, als man das Klirren von Geschirr hört; es wird also bereits ein Essen vorbereitet.

»Unglaublich!« stöhnt sie. »Alle sind vergnügt und schmausen, und Sie läßt man hier allein sitzen! Diese Barbaren! Prinzessin, nehmen Sie, ich flehe Sie an, von dieser unsinnigen Hochzeit Abstand, noch ist es nicht zu spät.«

»Schweigen Sie!«

Selma ist nicht in der Stimmung, das Gejammer ihrer Gesellschafterin mitanzuhören, obwohl sie selbst diese offenbar landesüblichen Bräuche auch sehr seltsam findet. *Warum ist niemand da, der mir hilft, mich zurechtzumachen? Der Nikkah* wird sogleich stattfinden. Wann wird man mich baden, mich anziehen, mich schminken? Alle diese Frauen sind so erfreut darüber, sich zu treffen und zu schwatzen; möglicherweise haben sie die Braut einfach vergessen? …*

»Wachen Sie auf, Apa, der Maulvi** wird gleich erscheinen«, verkündet plötzlich Zahras helle Stimme.

Die Frauen spannen riesige Tuchbahnen um Selma herum auf, damit der heilige Mann sie nicht sehen kann. Aber wo ist der Bräutigam? Selma ist so offensichtlich beunruhigt, daß Zahra ein Lachen nicht unterdrücken kann.

»Aber Selma, den bekommen Sie doch erst morgen zu Gesicht.« Morgen? Selma versteht überhaupt nichts mehr; aber man läßt ihr keine Zeit, Fragen zu stellen. Auf der anderen Seite der Tuchbahnen ist ein reges Hin und Her im Gange, es wird gemurmelt, gehustet. In die dann eintretende Stille hinein erhebt sich eine ernste Stimme, die in psalmodierendem Ton Verse aus dem Koran zitiert und nach einer Pause plötzlich, wobei jede einzelne Silbe betont wird, die Frage gestellt: »Selma, Tochter des Hayri Rauf und der Hatice Murad, willst du Amir, den Sohn des Amir Ali von Badalpur und der Aysha Salimabad zum Gatten nehmen? Willst du?«

»Nein … ich will nicht!«

Selma hat das Gefühl, sie habe das herausgeschrien, doch die Frauen um sie herum zucken nicht mit der Wimper. Verwirrt sucht sie Zahras Augen, trifft aber nur auf Rani Azizas strenges Gesicht. Sie muß antworten. Plötzlich wird ihr klar,

* Das Heiratszeremoniell.

** Muslimischer Mönch, der verschiedene Zeremonien vollzieht.

daß sie bis jetzt gespielt hat, daß sie die Braut gespielt hat, aber in ihrem tiefsten Innern die Entscheidung bis zum letzten Augenblick hinausgeschoben hat, bis zu dem Augenblick, wo sie Amir endlich sehen, in seinen Augen lesen würde ...

Sie ist getäuscht worden! ... Oder hat sie sich etwa selber getäuscht? Sie strengt ihr Gedächtnis an und erinnert sich ungläubig: Ja, damit hat es seine Richtigkeit. Der ursprünglichen islamischen Tradition gemäß werden die Verlobten erst nach dem Nikkah zusammengeführt: Beide geben dem Scheich ihr Wort, bevor sie den Menschen, mit dem sie zusammenleben werden, gesehen haben. Am osmanischen Hof war das anders, deshalb hatte sie gedacht ...

»Selma, willst du Amir zum Gatten nehmen ...«, wiederholt die Stimme.

Kann man sie nicht einen Augenblick in Ruhe überlegen lassen? Sie hat den Eindruck, daß all die Frauen um sie herum ihr spöttisch zulächeln. »Die denken wohl gar, ich hätte Angst?«

»Ja, ich will.«

Hat sie, Selma, das gesagt? Der Scheich wiederholt die Frage dreimal, und sie hört sich dreimal in so entschiedenem Ton »ja« sagen, daß die Frauen sich erstaunte Blicke zuwerfen: Diese Braut verhält sich wirklich seltsam! Insgesamt hat die ganze Zeremonie kaum fünf Minuten gedauert. Dann begibt sich der Scheich rasch in das Immambara, wo ihn der Bräutigam mit seinen Verwandten und Freunden zum zeremoniellen »Shirwani« erwartet. Die Frauen strömen neugierig hinter ihm her. Über Geheimtreppen betreten sie dann die runde, mit Muscharabiehs verhängte Galerie über dem Altarraum, von wo aus sie alles verfolgen können, ohne gesehen zu werden.

Nur Zahra ist bei Selma geblieben. Sie hat ihre Hand ergriffen, schweigend, verständnisvoll. So verstreichen Stunden wie im Traum. Als dann viel später die Schatten ins Zimmer einfallen, zündet Zahra eine kupferne Lampe an und beginnt leise Gedichte des Mystikers Djelal ad-Din Rumi zu rezitieren, Gedichte, die Selma seit ihrer Abreise von

Istanbul nicht mehr gelesen hat und die sie nun gerührt, Vers für Vers, wiedererkennt.

Wie eine Orgel hallt deine Liebe wider in mir,
Offen meine Geheimnisse in deiner fastenden Hand.
Mein ganzes Wesen, eine ermattete Harfe, seufzt,
Schlägst du auch nur eine einzige Saite an.

Aus der Öde geboren, schwer von Liebe, unsere Karawane,
Ewig erhellt vom Wein der Vereinigung unsere Nacht.

Feucht werden unsere Lippen sein bis zur Morgenröte des Nichts,
Von einem Wein, der Liebenden nicht verboten und heilig ist.

Sind wir, du und ich, nicht eine einzige Seele?
Wir erscheinen, verbergen uns, du in mir, ich in dir.

Das ist der tiefe Sinn meiner Liebe zu dir:
Weder für mich noch für dich gibt es ein Du, ein Ich.

Das Licht der Öllampe flackert. Es ist ganz still, in der Luft ein leichter Hauch. Selma hat ihre Ruhe wiedergefunden, sie schläft.

»Endlich Wasser!« Sie kann gar nicht genug bekommen von diesem frischen, kühlen Wasser, das ihr über den Körper rinnt. Seit Tagen schon hat sie davon geträumt; sie fühlt sich wie neugeboren und schaudert vor Lust. Ganz durcheinander ist sie; ist es das Wasser oder der Gedanke an Amir?

Man hat ihren Körper aufs neue mit Parfüm gesalbt und sie mit der rotgoldenen Gharara der Verheirateten bekleidet. Ihr Hals und die Ohren sind mit unzähligen Diamanten behängt, die schlanken Arme von den Handgelenken bis zu den Ellbogen mit Dutzenden von goldenen Armbändern geschmückt. Sogar die Knöchel werden mit goldenen Ketten beschwert, und an den Zehen glitzern Edelsteine. Was jetzt noch fehlt, ist der Solitär, der in ihr rechtes Nasenloch hätte eingesetzt werden sollen; ohne ihn ist eine verheiratete Frau nicht vollkommen schön. Doch vor ein paar Tagen hatte Selma so heftig protestiert, als ihr die Frauen die Nase durchbohren wollten, daß sie davon Abstand nehmen mußten.

Die Sonne steht schon recht hoch. Geschminkt, geschmückt wie ein Götzenbild, in ihre von Stickereien steife Gharara gezwängt, sitzt Selma da und wartet. Sie ist bereit. Wird ihr schöner Radscha nun endlich erscheinen?

Bereit ... Noch nicht ganz. Eine Frau nähert sich ihr und bietet ihr zeremoniell ein rotes Musselintuch dar, über dem ein mit goldenen Bändern verschlungenes Geflecht aus Rosen und Jasmin hängt. Es ist der Brautschleier, den sie während des ganzen Zeremoniells zu tragen hat. Selma kann kaum mehr Atem holen unter dieser dreifachen Pracht, weiß aber, daß sie heute dieses Symbol der Jungfräulichkeit nicht ablehnen darf.

Die jungen Mädchen stimmen ein Lied an, während Selma, dieses kleine, fleischrot und golden verpackte Geschöpf, von zwei kräftigen Armen zum Aufstehen ermuntert und behutsam hinweggeführt wird, offenbar in den großen Hof des Zenana. Durch ihre Schleier hindurch erblickt sie ein auf einer Estrade aufgebautes Prunkbett. Man bedeutet ihr mit äußerster Höflichkeit, sie solle sich darauf niederlassen. Von nun an darf sie keine Bewegung mehr machen und auch nicht den leisesten Seufzer ausstoßen. Es wird vorausgesetzt, daß sie ganz Liebenswürdigkeit, Zartsinn, Ergebenheit und Erwartung ist.

Um sie herum drängen sich Frauen und Kinder. Rani Aziza hebt in ihrer Eigenschaft als Oberzeremonienmeisterin manchmal Selmas Schleier ein wenig an, damit die Frauen ihre Schönheit würdigen können. Man drängelt, äußert sich lautstark, gibt sein Urteil ab. Selma schämt sich zu Tode und wird rot; sie hat den Eindruck, sich auf einem Viehmarkt zu befinden, unter Pferdehändlern, die sie taxieren. Dies um so mehr, als jede Frau, von der sie in Augenschein genommen worden ist, ihr zu Füßen, so will es der Brauch, eine ungerade Anzahl von Goldmünzen hinterläßt, um das Unglück zu bannen.

Selma kämpft gegen eine Ohnmacht und zwingt sich zu einem schwachen Lächeln.

»Schlagen Sie die Augen nieder, einer ordentlichen verheirateten Frau ziemt es nicht, zu lächeln!«

Rani Aziza ist verärgert: »Dieses dumme junge Ding stürzt uns in lauter Ungelegenheiten. Begreift sie denn nicht, daß es unpassend ist, sich glücklich zu zeigen, wo sie doch von ihrem Leben als Jungfrau Abschied nimmt, um Frau zu werden, daß es andererseits aber für ihre neue Familie genauso beleidigend wäre, eine unglückliche Miene zur Schau zu tragen? Das muß doch jeder einsehen!« Es wird immer stickiger. Selma atmet mühsam: Das Geschrei, das Gedränge, diese schweren Parfüms und der Schweißgeruch, sie kann nicht mehr, ihr wird schwindlig …

Wie lange war sie abwesend? Sie kommt wieder zu sich, hat den Eindruck, ihr zerspringe der Kopf, hört grelle Töne und dumpfe Schläge, um sie herum ist es dämmrig geworden. Krampfhaft überwindet sie einen Brechreiz und öffnet wieder die Augen: In nur ein paar Metern Entfernung versperrt ein riesiger Körper, auf dem ganz oben ein Punkt glitzert, den Eingang in den Hof des Zenana. Es herrscht Stille, der graue Riese geht in wiegendem Schritt langsam in die Knie. Selma nutzt die Gelegenheit, da nun niemand mehr auf sie achtet, und hebt einen Zipfel ihres Schleiers. Ihr gegenüber kniet sich der mit buntem Schmuck und Brokatdecken behängte, an den Füßen mit goldenen Ketten gefesselte Elefant des Fürsten schwerfällig hin, während sich im Tragsessel eine hohe Gestalt erhebt, deren Antlitz von einem Schleier aus Tüll, Jasmin und Rosen bedeckt ist.

… Amir!

Die Frauen schütten zu Füßen des jungen Radschas das Badewasser der Braut aus und ziehen sich dann ehrfürchtig zurück. Er kommt beschwingten Schrittes auf das Prunkbett zu, wo Selma ihn erwartet, und setzt sich neben sie, wobei er darauf achtet, sie nicht zu berühren. Sie sieht ihn nicht, hört aber, daß er etwas kurz atmet. Ob er auch so aufgeregt ist wie sie?

Sie sind mit einem scharlachfarbenen Tuch bedeckt worden, das sie den Blicken der Menge entzieht; eine Frau hält einen Koran über sie, und zu ihren Füßen hat man einen

Spiegel aufgestellt. In ihm werden sie sich gegenseitig zum ersten Mal erblicken.

... Meinen Schleier lüften; er wartet, dann lüftet er den seinen. Ich werde ihn endlich sehen. Wovor habe ich Angst?

Vor Selmas Augen tauchen schreckliche Bilder auf: Unter dem Schleier Ihres Gatten versteckt sich vielleicht ein affenähnliches, von Blatternarben durchfurchtes, mit Pusteln bedecktes Gesicht ... ein Ungeheuer! Sie ahnt es, sie weiß es! Wieso hat sie nicht schon früher daran gedacht? Aus diesem Grunde hat er es abgelehnt, sie vor der Hochzeit zu sehen! Das Porträt? Eine Fälschung, die man ihr hat zukommen lassen, um sie zu überzeugen ...

Noch nie ist ihre Hand so bleischwer gewesen wie jetzt, wo sie alle ihre Kraft zusammennehmen muß, um ihren Schleier zu ergreifen.

Da deckt sich Amir, als hätte er nur auf dieses Zeichen gewartet, mit einer raschen Handbewegung auf. Im Spiegel nimmt sein schönes, feuriges Gesicht Besitz von zwei smaragdgrünen, tränenfeuchten Augen ...

Selma hat das Ende des Gebetes nicht wahrgenommen. Sie merkt kaum, daß die Zeremonie zu Ende ist, da wird sie von zwei Frauen gestützt und auf den Tragsessel neben ihren Gatten gesetzt.

Durch die Vorhänge, von denen sie abgeschirmt werden, erblickt sie jetzt die lange Schlange der von Edelsteinen funkelnden geladenen Gäste: Nawabs* und Radschas auf ihren mit Decken behängten Elefanten, gefolgt von ihren Fahnenträgern, Lanzenreitern und Dienern in Galauniform; dahinter dann, stolz auf ihren Vollbluthengsten, der niedere Adel aus der ganzen Provinz. Schließlich ein indisches Orchester, das wie für eine Hetzjagd mit roten Jacken und weißen Kniehosen ausstaffiert ist. Auf einen Wink des Maestros, der eine gepuderte Perücke trägt, intonieren Trommeln und Zimbeln, Flöten, lange silberne Trompeten und Dudelsäcke eine selt-

* Die muslimischen indischen Herrscher wurden zumeist Nawabs genannt. In der Provinz Oudh hingegen nannte man viele auch Radschas wie die Herrscher hinduistischen Glaubens.

same Symphonie, die einheimische Musik mit Rhythmen vermengt, welche aus dem hintersten Winkel Schottlands zu stammen scheinen ...

Unter dem Beifall der Menge, die zusammengeströmt ist, um dem Schauspiel beizuwohnen, setzt sich der Zug in angeregter Stimmung in Bewegung. Für gewöhnlich ist das der rührendste Augenblick, derjenige nämlich, wo die junge Frau das Heim ihrer Eltern für immer verläßt und in dasjenige ihres Gatten zieht. Aber Selma hat kein solches Heim, deshalb begnügt sich der Umzug damit, symbolisch fünfmal um den Park des Palastes zu ziehen und wieder an seinen Ausgangspunkt zurückzukehren.

Auf dem Elefanten lüftet Selma, aller Neugier und Kritik entzogen, ihren Schleier. Erstaunt und glücklich betrachtet sie ihren Mann. Auch er hat diese Atempause dazu benutzt, sich seiner aufwendigen Kopfbedeckung zu entledigen. Er lächelt ihr komplizenhaft zu. Die junge Frau ist selig: Er versteht sie, weiß, wie schwierig all das für sie ist!

Der Elefant steht still. Langsam kniet er sich hin, während man an seiner Flanke eine goldene Leiter aufstellt. Am Boden wird Selma von einer Gruppe von Dienerinnen in Empfang genommen, die sie in ihre Gemächer tragen wollen. Sie versucht sich loszumachen, möchte lieber zu Fuß gehen. Aber Amir, der hinter ihr herkommt, greift vermittelnd ein: »Sie müssen die Sitten und Bräuche respektieren!«

Der erste Satz, der zwischen ihnen fällt. Sie wird ihn nicht vergessen.

Das Brautgemach ist über und über mit Blumen geschmückt; Berge von Früchten und Süßigkeiten stapeln sich pyramidenförmig auf silbernen Tabletts. Aus den Räucherpfannen in den vier Ecken des Saales strömt Moschus- und Sandelholzduft. In der Mitte steht ein riesiges, mit weißem Satin und Spitzenbändern verziertes Bett. »Ein richtiges Kurtisanenbett«, denkt Selma in Erinnerung an die Superproduktionen aus Hollywood.

Um sie herum machen sich die Frauen zu schaffen. Sie haben sie mit einem seidenen Kaftan bedeckt und bürsten unermüdlich ihr rotes Haar, das immer wieder ihr Entzücken weckt. »Die untergehende Sonne, die den Mond mit einem Hof umgibt«, sagen sie immer wieder, auf Selmas weißen Teint anspielend, »so schimmernd weiß wie das Nachtgestirn.«

Die Braut ist schon lange bereit. Sie wartet, auf ihre Kopfkissen gestützt. Was macht Amir?

Die Frauen sitzen auf dem Boden herum, schwatzen und kauen den Pân, den sie in langen rötlichen Bogen in da und dort aufgestellte Gefäße spucken. Selma zuckt jedesmal zusammen: Daran wird sie sich nie gewöhnen können! Die Frauen lachen. Machen sie sich etwa über sie lustig?

Die Zeit verstreicht. – Was macht das für einen Eindruck, sie, allein, in diesem großen Bett! – Selma preßt gedemütigt die Lippen aufeinander: nur nicht ihre Irritation zeigen!

Endlich, nach einer Stunde, erscheint Amir. Er war bei seiner Schwester, Rani Aziza, die ein dringendes Problem mit ihm zu besprechen hatte. Selma ärgert sich. Ein dringendes Problem … natürlich ein Vorwand, um ihren Bruder aufzuhalten und der jungvermählten ihre Macht vor Augen zu führen. Während die Frauen sich zurückziehen, wobei sie ihre Späße über die kommende Nacht machen, fängt sie an zu schluchzen.

»Was ist denn, meine Liebe?« Amir bleibt am Bettrand stehen und betrachtet seine junge Frau beunruhigt.

»Ist Ihnen nicht gut?«

Selma drückt den Kopf in die Kissen, es schüttelt sie.

»Ich rufe einen Arzt.«

»Nein!«

Sie hat sich mit gerötetem Gesicht wieder aufgerichtet. Er begreift aber auch gar nichts!

Amir zögert. Was soll er machen? Sie ist offenbar zornig. Hat er etwas Beleidigendes geäußert? Noch vor kurzem, während der Trauung, wirkte sie so glücklich. Was ist geschehen? Er hat Lust, sie in die Arme zu schließen, sie zu trösten, aber er traut sich nicht.

… Warum sieht er mich so an? Mir ist kalt. Wenn er mich in die Arme nehmen, mich küssen, mich wärmen würde …

»... Wie dumm von mir!« denkt er. »Die Ärmste hat einfach Angst. Sie denkt wahrscheinlich, daß ich mich jetzt auf sie stürze, von meinen Rechten Gebrauch mache ... Sie ahnt nicht, daß ich ihr Achtung entgegenbringe. Ich werde warten, bis sie sich an mich gewöhnt hat. Ich habe ja Zeit.«

Er setzt sich ans Bett.

»Dieser Tag ist anstrengend gewesen, Sie müssen sich ausruhen. Ich werde Sie nicht behelligen.«

Selma sieht ihn verblüfft an: Macht er sich über sie lustig? Ist sie so wenig begehrenswert? Wo sie doch von diesem Augenblick so viel erhofft hatte ... Wie dumm von ihr! Sie wußte ja, daß es keine Liebesheirat war: Er will damit zum Ausdruck bringen, daß sie ihm nicht gefällt!

Sie richtet sich trotzig auf und wirft mit gleichgültiger Stimme hin: »Ja, ich bin müde. Gute Nacht.«

Sie rollt sich am anderen Bettrand zusammen. Amir seufzt. Er hatte wenigstens auf ein Lächeln, ein liebevolles Wort gehofft, auf ein Zeichen, daß sie seinen Zartsinn würdigte. Dann legt er sich seinerseits hin, sachte, um sie nicht zu stören. Seit Monaten hatte er ihr Foto betrachtet, sich danach gesehnt, mit ihr zusammenzusein ... So hatte er sich ihre Hochzeitsnacht nicht vorgestellt.

III

Die Sonne scheint durch die Vorhänge des Zimmers; um das Bett herum machen sich schweigsame, schattenhafte Wesen zu schaffen.

»Annecim? Leila Hanım?« murmelt Selma im Halbschlaf.

Als einzige Antwort Geflüster und unterdrücktes Lachen. Allmählich erinnert sie sich, daß sie nicht in ihrem rosafarbenen Zimmer in Beirut ist, sondern in Indien, und daß sie seit gestern ... eine verheiratete Frau ist. Aber was haben diese Dienerinnen hier verloren? Warum läßt man sie nicht allein mit Amir?

Zögernd streckt sie den Arm aus und tastet über die Laken.

»Amir!«

Dann richtet sie sich auf, vollends erwacht.

»Wo ist Amir?«

Die Frauen nähern sich ihr, wobei sie sich zuzwinkern und amüsierte Kommentare austauschen. Selma spürt, wie sie rot wird: Wie hat sie sich so gehenlassen können? Schon in Istanbul wurde sie von den Kalfalar gescholten, sie fanden, sie sei zu impulsiv: »Eine edle Seele bleibt im Glück wie im Unglück gelassen«, sagten sie und führten als Beispiel die Sultanin Hatice an. Dann dachte das kleine Mädchen bei aller Bewunderung für seine Mutter zuweilen, eine edle Seele habe vielleicht mehr Noblesse als Seele.

Daß Amir nicht da ist, beunruhigt sie: Ob er ihr böse war? Indessen, als gestern abend das Licht gelöscht wurde, hatte er sich zu ihr umgedreht und ihr sacht übers Haar gestrichen. Durch diese Geste löste sich die ganze Spannung, die sich in ihr angestaut hatte, sie stieß einen tiefen Seufzer aus und legte den Kopf auf die Schulter ihres Gatten. So blieben sie lange, und man hörte in der Stille das Geräusch des Ventilators. Und dann … dann ist sie wohl eingeschlafen?

Aber er … Hat er sie weiter gestreichelt? Hat er etwa? … Ihr stockt der Atem: Ob er etwa, während sie schlief? … Verstohlen schiebt sie die Hand unter die Decke, betastet ihren Bauch, streicht über ihr Geschlecht, untersucht ängstlich ihren Körper. Sie kann nichts Ungewöhnliches entdecken, und trotzdem … *Mein Gott, wie mich diese Frauen stören, die immer mit etwas um mich herum beschäftigt sind; ich kann nicht einmal nachsehen, ob …*

Die Dienerinnen ihrerseits sind nicht so zimperlich. Sie machen nicht viel Federlesens, schieben Selma beiseite, ziehen an diesem und an jenem Zipfel und bemächtigen sich des Lakens der Hochzeitsnacht: Es ist unbefleckt!

Ausrufe, enttäuschte Kommentare, schiefe Blicke. Selma flüchtet sich puterrot an ihren Frisiertisch und tut so, als nähme sie nichts wahr. Sie entfernen sich schnatternd und tragen das Corpus delicti in Rani Azizas Gemächer.

Die junge Frau, die zwischen Scham und Wut schwankt, wirft nervös ihre Bürsten, Parfümfläschchen und Puderdosen durcheinander. Was wird man denken? Daß sie ihrem Gatten nicht gefallen hat? Oder, noch schlimmer, daß sie nicht mehr Jungfrau war? Verwirrt zerrt sie an den Spitzen, die den Frisiertisch bedecken, und zerreißt sie zerstreut in feine Streifen.

»Apa! Was machen Sie da?«

Zahra ist auf der Schwelle erschienen und läuft ihr entgegen. »Was ist geschehen?«

Besorgt mustert sie die smaragdgrünen Augen – warum blicken sie so traurig?

»Wo ist Amir?« fragt Selma.

Zahra ist beruhigt und unterdrückt ein Lächeln. »Also ist es nur das! Wie sie ihn schon liebt!«

»Er ist, wie jeden Morgen, zwischen sechs und acht Uhr, bevor es heiß wird, ausgeritten.«

»Wie jeden Morgen!«

Selma fährt auf.

»Ich hatte angenommen, daß er an seinem Hochzeitstag …«

Ihre Augen funkeln. Zahra ist ganz verblüfft.

»Ein Mann hat doch das Recht dazu, wenn er will …«

Sie betrachtet Selma mit offenem Mund, nicht so sehr, weil sie erstaunt ist, sondern voller Bewunderung: »Wie schön sie ist; die beleidigte Herrscherin in Person!«

»Vielleicht könnten Sie mit mir zusammen das Zenana besichtigen«, schlägt sie vor, um das Gewitter abzuwenden. »Sie kennen noch nicht einmal die Hälfte davon.«

Selma zögert. Sie möchte ja gern hinaus, aus diesem Zimmer hinaus, traut sich aber nicht, weil sie überzeugt ist, daß alle nur von diesem verfluchten Laken sprechen … Nein, wirklich, sie hat keine Lust, all diese spöttischen, mitleidigen, vorwurfsvollen Gesichter zu sehen …

»Unsere Gäste würden sich sehr freuen, Ihnen zu begegnen«, fährt Zahra beharrlich fort, »sie sind nicht in den Gemächern der Rani, sondern im gegenüberliegenden Flügel untergebracht«, fügt sie maliziös hinzu. »Kommen Sie doch!«

Sie nimmt Selma bei der Hand und zieht sie durch endlose

Flure in einen Teil des Palastes, den diese noch nicht kennt. Es ist ein Labyrinth von Galerien, die durch Innenhöfe und Terrassen voneinander getrennt sind; man ersteigt sie über Wendeltreppen. Schließlich erreichen sie einen großen Rundbau mit Spitzbogen, von dem einzelne Räume abgehen.

In jedem wohnt eine Familie. Seit wann leben sie hier? Wer sind sie, diese alten Frauen mit hennarotem Haar und die jungen Frauen, die von lauter Kindern umringt sind?

Selmas Besuch ist für sie ein ganz großes Ereignis: Man umringt sie, drängt sich an sie heran. Die Kinder, die von der Wichtigkeit ihrer Botschaft überzeugt sind, stieben in alle Himmelsrichtungen, um die Neuigkeit zu verbreiten. Und bald strömen aus den benachbarten Galerien ganze Scharen von Frauen herbei; sie streiten sich um die Ehre, die Rani zu einem Tee einladen zu dürfen. Wäre nicht Zahra, die diese tyrannische Gastfreundschaft äußerst diplomatisch in die Schranken weist, müßte Selma ein gutes Hundert Imbisse über sich ergehen lassen.

Aber das junge Mädchen zieht sie weiter. Vor jedem Raum bleiben sie mehr oder weniger lange stehen, je nach der Stellung seiner Bewohnerin. Sie betreten ihn nur, wenn die reglos auf einem Lager thronende Gestalt eine Verwandte oder sonst adlig ist.

Manche sind erst vor einigen Tagen zur Hochzeit gekommen; aber viele wohnen schon seit Monaten, manchmal seit Jahren hier. Sie sind zu einem Fest hergereist und dann geblieben, weil sie sich wohl fühlten und weil die Tatsache, daß man jemandem einen Besuch abstattet, wie überall im Orient bedeutet, daß man ihm eine Ehre erweist. Und je länger sich der Besuch hinzieht, um so größer ist die erwiesene Ehre. Manche, meistens alte Damen oder Witwen, richten sich auf Dauer hier ein. In der ersten Zeit erwähnten sie bei ihrem täglichen Gespräch mit der Hausherrin gelegentlich noch ihre bevorstehende Abreise. Worauf die Rani sich entrüstet: Ob sie hier etwa nicht glücklich seien? Hat man sich zu wenig um sie gekümmert? Um ihr entgegenzukommen, bleiben sie noch ein Weilchen. Nach ein paar Monaten gehören sie dann gewissermaßen zum Haus: jetzt wäre es erst recht unschicklich, ja sogar beleidigend, wenn sie gingen.

Hier leben auch die armen Verwandten mit ihren Kindern. Das ist übrigens ihr gutes Recht. In diesen fürstlichen Familien, wo das Erbe nicht geteilt wird und der älteste Sohn einen ganzen Bundesstaat erbt, befinden sich die entfernteren Vettern manchmal tatsächlich in einer Notlage. Es ist deshalb die Pflicht des Radschas, ihre Bedürfnisse zu befriedigen: die Söhne studieren zu lassen, die Töchter mit einer Aussteuer zu versehen und, falls sie das wünschen, sie in diesem Palast aufzunehmen, der, wenn Allah es so gewollt hätte, der ihrige gewesen wäre.

Für alle diese Frauen ist Selma mit ihrem unkomplizierten, entgegenkommenden Wesen bald mehr als nur die neue Rani, nämlich so etwas wie ein Kind. Sie drücken sie an die Brust, legen ihr die Hände an die Schläfen, fordern sie beharrlich auf, sich doch zu setzen. Aber Zahra läßt sich nicht beirren. Man soll die Rangordnung wahren.

Einen Tee nehmen sie nur an bei der alten Rani von Karimpur, deren Sohn über einen der größten Bundesstaaten der »Vereinigten Provinzen« regiert, und bei Amirs Amme, einer strahlenden Matrone, deren Umgänglichkeit Selma auf den ersten Blick für sie einnimmt.

Der Rundgang dauert an die vier Stunden. Dank Zahra, die ihr ständig zuflüstert, wie sie sich zu verhalten habe, passieren Selma nicht allzu viele Ungeschicklichkeiten. In der Tat, wie kann man angesichts dieser Lawine von Namen, Titeln, Verwandtschafts- oder alten Freundschaftsverhältnissen wissen, wen man besonders achtungsvoll grüßen, wen man mit einem liebenswürdigen Lächeln und wen man mit einem wohlwollenden Nicken bedenken soll?

Als sie dann endlich wieder in ihren Gemächern ist, läßt sie sich erschöpft nieder. So viel Wertschätzung und Spontaneität haben ihr gutgetan. Wie sehr sie es liebt, geliebt zu werden! Seit sie im Exil ist, hat sie das nie mehr erlebt …

Amir ist noch nicht zurück.

»Staatsgeschäfte halten ihn fest. Es gibt im Augenblick einige Schwierigkeiten«, erklärt ihr Zahra.

Sie will Selma, die enttäuscht ist, besänftigen, sie aber auch nicht beunruhigen. Sie sagt ihr also nicht, daß in ganz Nordindien die von der Kongreßpartei ermutigten Bauern gegen die Großgrundbesitzer rebellieren, die fast alle die Politik Gandhis, den sie für einen Kommunisten halten, ablehnen.

Aber heute sind für Selma Staatsgeschäfte keine Entschuldigung: Ihre Freude ist zerronnen, am Tag nach ihrer Hochzeit läßt ihr Gatte sie allein.

Sie wartet den ganzen Nachmittag auf ihn. Überzeugt davon, er werde wenigstens zur Siesta dasein, hat sie ein Bad genommen und sich sorgfältig parfümiert; aber zur Stunde, wo man den Tee zu sich nimmt, ist er immer noch nicht erschienen. Sie ist schwer gekränkt und tut so, als lese sie. Um nichts in der Welt würde sie fragen, wo er sich aufhalte.

Es hat sich ein frischer Wind erhoben.

»Zahra, ich möchte ein wenig mit dir ausgehen, die Moscheen und Immambaras besichtigen.«

Entzückt von diesem frommen Eifer, den sie ihrer Schwägerin gar nicht zugetraut hätte, ist das junge Mädchen sofort bereit.

»Salim! Erkundige dich bei Rani Aziza, welche Kalesche frei ist« befiehlt sie dem Eunuchen, ohne zu begreifen, warum Selma ihr einen so wütenden Blick zuwirft.

Die Kalesche steht erst in etwa einer Stunde bereit. Die Rani fand den Wunsch der Prinzessin »seltsam«, ließ aber für alle hörbar verlauten, sie wolle der jungen Frau nichts abschlagen. Nur müsse sie eben warten, denn unter dem Dutzend Wagen, über die der Palast verfügt – die Autos werden nur mit Erlaubnis des Radschas benutzt –, einen freien zu finden, erweist sich als fast unmöglich.

Es ist schon dämmrig, als sie endlich aufbrechen können. Paläste und Moscheen sind in ein goldenes Licht getaucht, und der von einem Heer von Gärtnern gesprengte Rasen duftet. Die Springbrunnen aus weißem Marmor und die von zarten Kolonnaden durchbrochenen Kioske zwischen blühenden Blumenbeeten und Baumgruppen, die in Form phantastischer Tiere zurechtgestutzt sind, scheinen geradezu Ausschau zu halten nach unvermuteten Spaziergängern.

Der Wagen fährt langsam an den prunkvollen Mausoleen des Nawabs Tikka Khan und seiner Gattin vorbei, dann an Lal Baraden, dem roten Sandsteinpalast, wo die Könige von Oudh Fürsten und Botschafter empfingen, dann an dem kleinen Immambara mit seinen zierlichen Kuppeln, und an all diesen mit künstlerischer Sensibilität erbauten Palästen, die sich, von stillen Gärten umgeben, wie die Noten einer romantischen Sonate aneinanderreihen.

Die »Freitagsmoschee«, die auf einem Hügel inmitten von Rapsfeldern steht, überragt die ganze Stadt. Selma ist von der Ruhe und Schönheit dieser Stätte so beeindruckt, daß sie vorschlägt, hier anzuhalten und zu beten.

»Unmöglich, Apa, das dürfen wir nicht.«

»Wir dürfen nicht beten?«

»Wir dürfen nicht eintreten. Die Moschee wird nur von Männern betreten. Die Frauen beten zu Hause.«

Was sollen diese Albernheiten? Selma springt aus dem Wagen, zieht sich den Schleier übers Gesicht und weicht wie eine Märtyrerin, die beschlossen hat, ihren Glauben gegen die irrgläubigen Ansichten der Gesetzeshüter zu verteidigen, ihren Dienerinnen aus, die versuchen, sich ihr in den Weg zu stellen: Das wäre ja noch schöner, wenn man die Enkelin des Kalifen daran hindern würde, eine Moschee zu betreten!

Der große Innenhof ist völlig leer. Die Sonne ist untergegangen, und der klare Himmel umgibt Selma mit wohliger Süße. Die Vögel zwitschern in ihrer Freude über die erste Kühle. Und da funkelt schon der erste Stern.

»La Illah Illalah … Es gibt keinen Gott außer Dir, mein Gott, denn Du bist das Unendliche und Ewige. Es gibt nichts außerhalb von Dir.«

Selma hat sich hingekniet. In dieser Schönheit, dieser Stille haben die so oft wiederholten Worte eine besondere Ausstrahlungskraft, hüllen sie ein in ihr Licht. Sie überläßt sich ganz dem Augenblick.

Sie sieht nicht, daß sich neben ihr ein Schatten regt, sie hört nichts. Plötzlich spürt sie, daß man sie am Ärmel zupft. Da, in nächster Nähe, zappelt eine dicke schwarze Fliege. Sie schließt die Augen: in diese Stille zurückfinden. Doch der Maulvi beginnt empört zu brüllen.

Selma richtet sich auf: Was nimmt dieser Kerl sich heraus? Wieso stört er sie in ihrer Meditation?

»Wirst du den Mund halten, du Teufel? In allen muslimischen Ländern können auch Frauen die Moscheen betreten! Du weißt wohl nicht, daß Fatimah, die Tochter unseres Propheten, in der Kaaba* an der Seite der Männer gebetet hat? Was Mohammed großzügig gestattete, das willst du, du Elender, mir verbieten?«

Der Maulvi starrt diese weiße Teufelin, diese Ungläubige, die durch ihre bloße Gegenwart die heilige Stätte entweiht, fassungslos an. Was schreit sie da?

»Bitte übersetz es, Zahra, übersetz es Wort für Wort!«

Selma packt das junge Mädchen in höchster Entrüstung am Arm. »Sag ihm, daß er und alle seinesgleichen unsere Religion durch ihre Engstirnigkeit, Heuchelei und Dummheit in Mißkredit bringen. Sie selbst haben überdies keine Existenzberechtigung. Im Islam gibt es keinen Mittler zwischen Gott und seinem Geschöpf, es gibt keinen Klerus. Die einzigen anerkannten Führer sind die Heilige Schrift und die Worte des Propheten. Maulvis, Mullahs**, Imams***, lauter Schwindler, die die Unwissenheit des Volkes ausnutzen, um sich eine Machtposition zu verschaffen!«

Eine ganze Woche lang hat sie ihren Zorn hinunterschlucken müssen, aber was sie jetzt vorbringt, ist nicht zu widerlegen!

Der Maulvi erbleicht und zieht sich zurück, während sie ihre Wut voll und ganz auskostet.

Selma sucht nach ihrer Rückkehr ihre Gemächer auf, ohne auf ihrem Weg dorthin die Rani zu begrüßen, die von den

* Wichtigstes Heiligtum in Mekka, das den »schwarzen Stein« birgt. Dieser Stein ist muslimischer Überlieferung zufolge ein Überrest des ersten Tempels, den Adam baute, um Gott anzubeten. Die Sünden der Menschen haben ihn schwarz gefärbt.

** Schiitischer Geistlicher.

*** Hochgestellter schiitischer Geistlicher.

Anstandsdamen natürlich sofort über den Skandal ins Bild gesetzt worden war. In ihrem Zimmer begegnet sie Amir, der auf und ab geht.

»Wo sind Sie gewesen?« fragt er in einem Ton, dem man die Verärgerung anhört, obwohl er sie zu unterdrücken versucht. »Ich habe auf Sie gewartet.«

»Und ich habe den ganzen Tag auf Sie gewartet. Ich war nur eine Stunde weg.«

Amir schweigt, zutiefst gekränkt, daß Selma ihn – vor aller Augen – nicht geduldig erwartet hat, wie es sich für eine jungverheiratete Frau gehört. Die schweren Probleme, die ihn beschäftigen, erwähnt er nicht: Das sind Dinge, über die man mit einer Frau nicht spricht. Auch ist er es nicht gewohnt, darüber Rechenschaft abzulegen, wie er seine Zeit verbringt! Selmas Ungeduld beleidigt ihn; sie erscheint ihm als ein Mangel an Vertrauen.

... Warum habe ich das zu ihm gesagt? Er sieht plötzlich aus wie ein Kind, das man gescholten hat ... Ich habe den ganzen Tag von ihm geträumt, und jetzt, wo er da ist, beleidige ich ihn. Ah, ich müßte mich entschuldigen, ihm sagen, wie sehr er mir gefehlt hat! ... Sie starrt auf die Spitzen ihrer Schuhe ... Wie soll ich es ihm klarmachen? Ist meine Ungeduld nicht ein deutlicher Liebesbeweis?

»Sie war so hübsch, in der vergangenen Nacht, als sie schlief«, denkt Amir. »Eine kindliche Schönheit, ganz anders als die düstere Schönheit der hiesigen Frauen.« Er war noch wach geblieben und hatte diese süße Unschuld betrachtet. Jetzt ist sie zornig, und er weiß nicht einmal, weshalb ... Man hatte ihm gesagt, die Türkinnen hätten einen wetterwendischen Charakter, seien nicht so fügsam wie die Inderinnen ... Aber warum es ergründen wollen? Sie ist einfach nervös, alles ist so neu für sie. Man muß ihr Zeit lassen, sich einzugewöhnen ...

Er, der seine Geschäfte hinausgeschoben hat, um endlich zu seiner jungen Frau zu kommen, glücklich in der Hoffnung, einen langen Abend mit ihr zu verbringen, eine Nacht, wo sie sich vielleicht, aneinandergeschmiegt, umarmen würden ...

Gegen seinen Willen steht er auf.

»Sie sind müde, ruhen Sie sich aus. Möchten Sie, daß man Ihnen das Abendessen hier serviert oder wünschen Sie, es bei meiner Schwester einzunehmen, die Sie dazu einlädt?«

Selma ist fassungslos, ist auf dem Punkt, herauszuschreien: »Aber wohin müssen Sie nun schon wieder? »Doch sie beherrscht sich, preßt die Lippen aufeinander.

»Ich werde hier essen, danke.«

Und schon ist er fort. Reglos starrt sie auf die weiße Wand ihr gegenüber, diese dicke Wand, die sie von Amir trennt. Ach, dieses Gefühl, daß alles anders läuft, als man will, daß man ganz umsonst leidet. Warum ist es so schwierig, sich zu treffen?

»Meine arme Prinzessin, meine wunderbare Nachtigall, wie diese Barbaren Sie vernachlässigen!«

Madame Ghazavi seufzt tief. Hatte sie nicht vorausgesagt, daß diese Heirat schiefgehen würde? Vom ersten Tag an wußte sie das. Was kann eine Sultansenkelin gemeinsam haben mit Leuten, die sich nicht einmal einen Zug leisten können? Selma weiß, daß Madame Ghazavi alles dramatisiert, daß sie Indien haßt, vor allem aber die Inder selbst, die ihr in ihrer Eigenschaft als Weiße nicht den Respekt zollen, auf den sie Anspruch zu haben glaubt. Gewöhnlich sagt sie ihr, sie solle schweigen; aber heute abend ist es ihr recht, bemitleidet zu werden.

Zeynel steht in einer Ecke des Zimmers, hat die Hände ehrfurchtsvoll über dem Bauch gefaltet und beobachtet sie. »Was für ein Fehlgriff, diese Querulantin mitgenommen zu haben, alles, was sie sagt und tut, stiftet Unheil, sie gerät mit allen aneinander. Ich hatte die Sultanin gewarnt ... Aber Selma bestand darauf. Sie hängt an dieser Intrigantin, die die Schwäche unserer Kleinen nur zu gut kennt: Sie will, daß man ihr schmeichelt, sie vergöttert, als wäre sie noch die kaiserliche Prinzessin am osmanischen Hof. Wenn man hier nicht einschreitet, wird diese Ghazavi ihr Ziel erreichen, die Ehe zerstören und mit Selma nach Beirut zurückkehren. Das werde ich nicht zulassen: Meine Sultanin würde es nicht überleben.«

»Jetzt essen wir alle drei zu Abend in meinem Boudoir.«

Selma hat beschlossen, nicht mehr an Amir zu denken und sich zu amüsieren. Sie sind zum ersten Mal allein, den gehässigen Blicken und Kommentaren entzogen, und es ist das erste Mal seit ihrer Ankunft in Indien, daß sie sich frei fühlt.

»Heute abend wollen wir Spaß miteinander haben: Es ist nicht gestattet, ernst oder gar traurig zu sein!«

»Bravo! Darin erkenne ich meine tapfere Prinzessin!« applaudiert Madame Ghazavi. »Ach Gott, das arme Ding ist nur Sunnitin, während wir ja Schiiten sind ...«, fügt sie hinzu, wobei sie Rani Azizas Stimme nachahmt.

Alle drei lachen schallend: Die Libanesin ist eine begabte Imitatorin.

Man ist sehr ausgelassen beim Abendessen, tauscht angenehme Erinnerungen aus und schmiedet Reisepläne: zuerst Beirut, um die Sultanin zu besuchen, dann Paris. Jetzt, da Geld kein Hindernis mehr ist, scheint sich für Selma eine Welt der Vergnügungen zu öffnen. Amir? Sie wird ihn schon dafür gewinnen: Wenn sie jemanden bezaubern will, kann ihr niemand widerstehen.

Sie fühlt sich plötzlich wieder jung und sorglos, versteht gar nicht mehr, weshalb sie soeben noch unglücklich war ... Sie hat Lust zu singen, zu tanzen.

»Ich will ein Klavier hierherschaffen lassen. Dann werden wir Musikabende veranstalten. Nun aber, Zeynel, rasch, meine Gitarre!«

Es ist ein feines, edles Instrument, das ihr ein andalusischer Gitarrist eines Abends im Cristal, einem eleganten Beiruter Lokal, geschenkt hatte. Verträumt denkt Selma an die Zeiten zurück, wo Männer ihrer Schönheit gehuldigt hatten. Wie weit das jetzt alles zurückliegt ...

»Singen wir, zum Teufel mit der Melancholie!«

Stehend, den Fuß auf einen Sessel gestützt, schlägt Selma ein paar Akkorde an. Und dann ihre warme, helle Stimme: »Ich bin in zwei Dinge verliebt, in mein Land und in Paris ...« Joséphine Baker, Tino Rossi: Sie hat sie zwar nur im Kino erlebt, aber so oft, daß sie alle ihre Lieder auswendig kann. »Ah Catarinetta bella, tschi tschi« – mit schmeichlerischer Stimme –, »hör doch, die Liebe ruft, tschi, tschi, warum willst du denn nicht, ahaah ... aaah, ah meine schöne Catarinetta!« ... Entzückt klatschen ihre beiden Tischgenossen im Takt Beifall.

»Pst!«

Hinter der Bespannung tauchen zwei verblüffte Gesichter auf, zwei Dienerinnen der Rani. Als sie die Prinzessin singen hören, machen sie große Augen, können es gar nicht glauben. Entsetzt bedeuten sie ihr, innezuhalten.

Spöttisch wiederholt Selma nun ganz besonders ausdrucksvoll: »Wenn ich damals gewußt hätte, aaaah, aaah, ah, meine schöne Catarinettaaa!«

Sie sind geflüchtet. Dann kommen zwei andere, die versuchen, Selma zum Schweigen zu bringen, dann noch zwei, mit dem Erfolg, daß sie die junge Frau zu immer angeregterem Spielen und Singen animieren: An diesem Abend will sie über die Stränge schlagen, sie würde die ganze Welt herausfordern!

»Was geht hier vor?«

Eine gellende Stimme. Selma erstarrt. Die Rani ist eingetreten und mustert sie.

»Ich amüsiere mich heute abend, Schwester. Es gehört zu meinen liebsten Gewohnheiten, Gitarre zu spielen und zu singen. Ich hoffe doch, Sie finden nichts Ungehöriges dabei?«

»Nein, ich nicht. Aber Sie müssen daran denken, daß wir von einfachen Leuten umgeben sind. Für sie sind Musik und Gesang Zeichen von Haltlosigkeit. Daß Professionelle, Frauen, die von ganz unten kommen, sich dazu hergeben, wird geduldet – Lucknow ist eine Stadt, die etwas übrig hat für die Künste –, aber daß ihre Herrin, die Rani, es tut, ist skandalös!«

»Dann sollen sie sich eben darüber aufregen, ich tue doch nichts Ungehöriges.«

»Das Ungehörige ist ein relativer Begriff, der je nach den Breiten, in denen man lebt, verschiedene Bedeutungen hat. Ich wiederhole, es ist unmöglich, daß Sie hier Musik machen: Sie erregen Anstoß. Die Leute werden Ihnen keine

Achtung mehr entgegenbringen, und diese mangelnde Achtung wird sich auf Amir übertragen, dies aber ... das dulde ich nicht.«

Die Drohung könnte nicht deutlicher sein. Wählen Sie: Ihre Gitarre oder Ihre Ehe.

»Ich bitte Sie, seien Sie doch vernünftig« – Rani Aziza gibt sich katzenfreundlich –, »in Ihrem Leben ändert sich jetzt eben manches. Nutzen Sie doch die Vorteile, die beachtlich sind, und nehmen Sie ein paar Dinge in Kauf, die Ihnen mißfallen.«

Sie ist fort, bevor Selma überhaupt antworten kann.

Was hätte sie auch sagen sollen? Obwohl sie die Rani haßt, muß sie zugeben, daß sie in diesem Punkt vielleicht recht hat. Aber was meinte sie, als sie die »beachtlichen Vorteile« dieser Ehe erwähnte? War das eine Anspielung aufs Finanzielle? Ist das immer und immer wieder die Waffe, die man gegen sie einsetzt?

Die Freude dieses Abends ist dahin, niemand hat mehr Lust, sich zu vergnügen. Selma entläßt ihre Freunde. Sie möchte nur noch eins: schlafen.

Sie träumt davon ... daß ihr schöner Mann neben ihr ins Bett schlüpft, daß er sie flüchtig auf die Stirn küßt. Daß sie sich dann aufrafft und sich in seine Arme schmiegt. Wie glatt sein Körper ist, wie gut er riecht! Und dann streichelt er sie, küßt ihre Wangen, den Hals, die Schultern, flüstert ihr zu, daß er sie liebt. Wild und rührend wie ein junger Hund, denkt sie. Sie hat Lust zu lachen. Lacht man, wenn man schläft? Aber ...

Sie schlägt die Augen auf: Amir ist da, über sie gebeugt, mit angespanntem Gesicht, in dem zwei glitzernde Spalte aufleuchten. Er sieht aus wie ein düsterer Erzengel. »Amir!«

Sie versucht doch, ihm eine Brücke zu bauen! Sieht er sie überhaupt? Seine Augen sind so merkwürdig, beschlagen wie Spiegel, die nichts als sich selbst widerspiegeln. Warum umarmt er sie nicht? Warum steht er reglos da?

»Amir, liebe mich«, murmelt sie klagend.

Sie weiß nicht genau, was sie damit sagen will, sie weiß nur, daß sie bestärkt werden, daß sie durch zärtliche Worte das Ungewitter, das sich offensichtlich zusammenbraut, abwenden will.

Seine langen, feinen Hände legen sich um ihren Nacken, die Finger spielen an ihrem zarten Hals, tasten sich langsam weiter vor, schieben die Spitzen beiseite, umspannen ihre Brüste, streicheln sie, dann …

»Nein!«

Selma hat sich jäh aufgerichtet. Auf ihrer Brust fünf rote Kratzer. Sie sieht ihren Mann an: Ein Irrer! Sie hat einen Irren geheiratet!

Amir hat die Lider geschlossen. Dann öffnet er sie wieder; seine Augen haben ihren metallischen Glanz verloren, sind von einem warmen Lächeln erleuchtet. Verwirrt stammelt er: »Entschuldigen Sie, meine Liebe. Ich habe den Kopf verloren. Ihre Schönheit – ich träume schon so lange von Ihnen …«

Er schließt sie in die Arme, wiegt sie und übersät die Kratzer zart, fast schüchtern, mit Küssen.

»Seien Sie mir nicht böse, diese Spuren sind Spuren der Leidenschaft. Es können sich nicht viele Frauen rühmen, solche Orkane auszulösen! Ich schäme mich, und gleichzeitig bin ich zutiefst glücklich … so etwas habe ich noch nie empfunden.«

Selma mustert ihn durch ihre langen Wimpern hindurch. Er ist offenbar ehrlich verwirrt …

Nach und nach, da sie immer und immer wieder gestreichelt wird, entspannt sie sich. Er sieht sie so liebevoll an, daß sie sich schämt, gezweifelt zu haben.

»Ich liebe dich«, lächelt sie ihm zu.

Er drückt sie heftig an sich, als ob er fürchten würde, sie zu verlieren. Sie dürstet nach Zärtlichkeit … Als Kind wurde sie von den Kalfalar zurechtgewiesen, wenn sie sich auf sie stürzte, um sie abzuküssen. Solche Vertraulichkeiten waren am osmanischen Hof nicht üblich. Ihr Vater begnügte sich damit, ihr die Wangen zu tätscheln, was schon außerordentlich war, und für ihre Mutter war schon ein Kuß auf die Stirn ihrer Kinder der höchste Ausdruck ihrer Liebesbezeigung.

Sacht überläßt sich Selma dem Strom, läßt sich dahintragen von dem langsamen Taumel. Ein lauer Wind hat sich erhoben, der ihr in die Locken fährt, ihr Nachthemd hebt, ihren Bauch streichelt. Es ist Nacht, Sterne tanzen ihr vor den Augen.

Ein heftiger Schmerz reißt sie aus ihrem Traum. Über ihr Amir, mit verzerrtem Gesicht und geschlossenen Augen. Tut es ihm auch weh? Sie versucht, sich zu befreien. Was macht er denn? Wieso macht er weiter? Es tut ihr so weh!

»Hören Sie auf!« schreit sie.

Er achtet nicht darauf. Sie gerät in Panik, versucht mit Faustschlägen und mit den Fingernägeln die Umarmung aufzulösen. Er scheint es nicht zu spüren. Erschöpft läßt sie sich in ihre Kissen zurückfallen, tränenüberströmt, mehr noch aus Verblüffung denn aus Schmerz: Zum ersten Mal in ihrem Leben muß sie der Gewalt weichen.

Ein Ächzen: Amir hat sich fallen lassen. Wie rasend versucht sich Selma von diesem großen Körper, der sie fast erdrückt, zu befreien. Sie hat nur eins im Sinn: Fliehen, sich waschen, das Blut, den Schweiß, den Schmutz abwaschen.

Sie stößt ihn zurück, eilt ins Badezimmer, dreht alle Wasserhähne auf, wäscht sich zornentbrannt, als wollte sie diese Schande mit Gewalt von ihrer Haut wegschwemmen. Wird sie sich jemals davon reinigen können? Und das soll die Liebe sein? Nein, das ist unmöglich, ein Mann, der eine Frau liebt, blickt ihr in die Augen, spricht zärtlich mit ihr, fragt sich, was sie empfindet, und ist ihr jederzeit nahe. Selma hat die verbotenen französischen Romane gelesen, sie kennt die vertraulichen Aussagen verheirateter Frauen, weiß also Bescheid.

Ein Ekelgefühl, doch keine Lust, zu weinen.

Und immer dieses Bluten, es hört einfach nicht auf. Sie hat das Gefühl, sie müsse ihren Körper ununterbrochen waschen; er ist ihr plötzlich unangenehm, sie möchte ihn wahnsinnig gern bestrafen, verstümmeln, da er Anlaß dieses Gräßlichen ist …

War sie etwa am Sterben? Am Verbluten? Vielleicht hatte ihr Amir den Tod beigebracht? Einen Augenblick lang überläßt sie sich dieser köstlichen Vorstellung. Was für eine Rache! Wie schön! Weiß in ihrem makellosen Laken, ihre Mutter in Tränen aufgelöst, und sie, Selma, sieht schweren Herzens zu, wie sie weint.

»Entschuldigen Sie, Annecim, ich kann nichts dafür ...« Wie sie leiden würden ... die Armen ...

Hinter dem Vorhang eine beunruhigte Stimme: »Liebling, fühlen Sie sich nicht wohl?«

»Doch doch, ich komme.«

Rasch ein Wattebausch, ein frisches Nachthemd, vor allem die Wunde verstecken. Sie wird trotzdem nicht um Liebe betteln.

Er liegt ausgestreckt auf dem Bett, lächelt ihr wollüstig zu, ahnungslos, welches Drama er ausgelöst hat.

»Sind sie glücklich?«

Sie schüttelt den Kopf und wendet die Augen ab, was er für eine charmante Schüchternheit hält.

»Kommen Sie zu mir.«

Er zieht sie rasch an sich, sie läßt es geschehen, fügsam, träge, als hätten ihre Muskeln und Nerven sie im Stich gelassen. Er streicht ihr mit der Hand über den Bauch, ihr schaudert. Er lacht, weil er denkt, er habe ihr Verlangen wieder geweckt.

»Einen Augenblick, lassen Sie mich ein bißchen ausruhen!«

Sie wird rot, stammelt: »Aber ich ...«

Er lacht noch mehr. Wie sehr sie diese Überheblichkeit haßt! »Dieser hübsche Bauch wird uns lauter schöne Jungen bescheren, nicht wahr?«

Unendlich müde, nicht einmal mehr die Kraft, zu leiden; nur noch soviel Kraft, um zu begreifen, was sie von nun an sein wird: ein Bauch, der für den Staat Badalpur Erben fabriziert ... Sie rebelliert nicht; doch ihr ist unbegreiflich, wie sie, Selma, sich zu so etwas hatte hergeben können. Wie von fern hört sie ihr ehemaliges »Ich« – als wolle es sich rächen – antworten: »Schöne Jungen ... oder hübsche Mädchen.«

Der Mann neben ihr lacht wieder.

»Auch Mädchen, wenn Ihnen das Spaß macht, aber erst später.«

Sie hat das bestimmte Gefühl, daß das kein Scherz, sondern ein Befehl ist.

Fasziniert betrachtet sie diese Augen, die unmerklich immer mandelförmiger und schmaler werden, dieses Gesicht, das immer spitzer wird, bis es fast dreieckig ist … plötzlich stößt sie einen Schrei aus: Ihr gegenüber hat sich mit einer Drohgebärde der Gott Cobra aufgerichtet.

Unfähig, sich zu regen, spürt sie den Blick, der sie insgeheim anzieht. – Widerstand leisten. – Sich im eigenen Innern verbergen. Sie nimmt ihre ganze Kraft zusammen, ballt die Fäuste, und es gelingt ihr, wobei sie vor Anstrengung zittert, die Augen zu schließen. Gerettet!

Von weither eine ironische Stimme: »Sie scheinen müde zu sein, meine Liebe. Erlauben Sie, daß ich mich zurückziehe.«

Ein anmutiges Kopfnicken. Der Radscha ist verschwunden.

Und der Gott Cobra? Hat sie geträumt? Oder verliert sie den Verstand? …

IV

Ein Vorgeschmack der Ewigkeit, ein Vorgeschmack der Hölle …

Zwei Wochen lang empfängt Selma, auf dem Bett mit den goldenen Füßen thronend, die Besuche der unzähligen Verwandten, Freundinnen, Nachbarinnen und Gevatterinnen, die ihr Glück persönlich in Augenschein nehmen wollen. Diejenigen, denen sie schon vor der Hochzeit begegnet war, können die Bemerkung nicht unterlassen, in welchem Maße sie schöner geworden sei: »Sie war ganz blaß; sehen Sie jetzt die rosigen Wangen, die leuchtenden Augen, die vollen Lippen. Sogar rundlicher ist sie geworden! Wirklich, die Liebe vollbringt Wunder, und unser schöner Radscha ist in dieser Hinsicht sicher ein Meister!«

Man lacht, scherzt, man beneidet sie. Während die Frauen den mit einem feinen Silberhäutchen überzogenen Pân kauen, geben sie ihre Kommentare über Selmas Schmuckstücke und Putz zum besten. Tatsächlich muß eine jungverheiratete Frau die schönsten Stücke ihrer Aussteuer zur Schau stellen und – wenn auch bescheiden – sich selber auch. Selma muß sich also mehrmals täglich umziehen, damit der aufdringlichen Neugier der Frauen Genüge getan ist.

Strahlend, als würde ihr persönlicher Triumph gefeiert, erteilt Rani Aziza Weisungen: Auf feuervergoldeten Silbertabletts werden kunstvoll angeordnete Pyramiden aus Balaiki gilorian aufgetragen, Kegel aus dicker Crème fraîche, die mit Nüssen gefüllt und mit Cardamom gewürzt sind, worauf die verschiedenen Halvalar* und Mutanjan** an der Reihe sind, alles Leckerbissen, die den Hochzeitsmählern vorbehalten bleiben.

Nachdem die Damen sich siebenmal haben bitten lassen – Lucknow ist stolz auf die strengste Etikette unter allen indischen Staaten –, fangen sie an, kräftig zuzulangen. Aus ihren entzückten Mienen spricht, daß die Köche des Palastes ihrem Ruf gerecht geworden sind. Etwas neidisch, aber ohne Illusionen läßt Selma diese Köstlichkeiten an sich vorbeitragen: Eine jungverheiratete Frau ist nämlich, wie man annimmt, so von Glück gesättigt, daß sie keinen Appetit haben darf.

Sie empfindet es indessen als Glücksfall, daß die Festlichkeiten verkürzt werden müssen, weil bald die Trauerzeit beginnt, der Moharram, das Angedenken an den Tod Husseins, des Enkels des Propheten, der im Jahre 680 mit seiner ganzen Familie von der Armee des Tyrannen Yazid umgebracht worden war. Siebenundsechzig Tage lang werden die schiitischen Muslime denjenigen beweinen, den sie als geistigen Erben Mohammeds betrachten, da die drei ersten Kalifen und Nachfolger des Propheten, die von den Sunniten verehrt werden, in ihren Augen Usurpatoren waren.

Siebenundsechzig Tage lang keine Feste, kein Schmuck, keine farbigen Kleider, nur Trauerzüge und Majlis, Betge-

* Süßes Gebäck aus Honig, Mehl und Dörrobst.

** Paste aus Ziegenfleisch.

meinschaften, wo Psalmisten, Virtuosen für Trauerfälle, den Anwesenden durch ihre Schilderung der Tragödie von Kerbela und der Tugenden der Märtyrer Ströme von Tränen entlocken. Lucknow ist in ganz Indien für die hinreißende Schönheit seiner Zeremonien bekannt.

Dieses Jahr macht sich Sir Harry Waig, Gouverneur der »Vereinigten Provinzen«, Sorgen: Der neunte und der zehnte Moharram, der Gipfel der Trauerfeierlichkeiten, fallen in die Zeit, in der der Holi, das große hinduistische Frühlingsfest, ein Farbenfestival, gefeiert wird. Er befürchtet Auseinandersetzungen zwischen den beiden Religionsgemeinschaften.

Zwar sind die Einwohner von Lucknow tolerante Menschen. Sie haben einen ausgesprochenen Hang zum Vergnügen und eine ebenso ausgeprägte Skepsis gegenüber allem, was Gefahr bringen könnte – insbesondere gegenüber der Politik. Die Aufstände, die Indien seit einigen Jahren erschüttern, sind nicht bis hierher gedrungen. Im Grunde bedauern sogar zahlreiche Muslime dieses unglückliche Zusammentreffen, weil sie dadurch nicht, wie jedes Jahr, am Fest der Hindus teilnehmen können, wo man einander mit roter oder rosaroter Farbe – Farben, die ein günstiges Vorzeichen sind – bespritzt. Ein auch von vielen Hindus beklagtes Zusammentreffen, da sie die Gewohnheit hatten, an der Moharram-Prozession teilzunehmen, teils wegen des Schauspiels an sich, teils aus Ehrfurcht vor einem großen Märtyrer des Glaubens. Daß es nicht ihr eigener Glaube ist, stört sie nicht im mindesten: Sie sind überzeugt, daß die verschiedenen Religionen nichts weiter als »unterschiedliche Wege in Richtung auf die gleiche Wirklichkeit hin« sind.

Doch in diesem Frühjahr 1937, wo die ersten Wahlen für autonome Provinzialregierungen das ganze Land in Wallung gebracht hatten, und in Anbetracht dessen, daß Jawaharlal Nehrus Kongreß und Mohammed Ali Jinnahs Muslimliga sich hinsichtlich der Zusammensetzung dieser Regierungen nicht einig sind, kann der kleinste Zwischenfall eine Explosion bewirken.

Deshalb hat Sir Harry Waig beschlossen, den Erlaß 144 anzuwenden – das Verbot, Waffen oder Stöcke mitzuführen; Verstärkung des Polizeiaufgebotes; Verbot von Versammlungen und Demonstrationen. Da die religiösen Prozessionen natürlich nicht untersagt werden können, hat er den gloriosen Einfall gehabt, bei der Armee mehrere Tonnen Stacheldrahtverhau anzufordern, wodurch er die Aktivitäten der beiden Religionsgemeinschaften einzudämmen und unter Kontrolle zu halten hofft. Eine geniale Idee, bestätigten ihm seine indischen Untergebenen, die er natürlich zu Rate gezogen hatte.

Sir Harry kennt Indien, wo er seit zwanzig Jahren im Dienst ist, recht gut. Im Gegensatz zu den meisten seiner Landsleute, die die Hitze, die Feuchtigkeit und vor allem den Anblick dieser ausgemergelten Menschen mit ihren intensiven Augen schwer ertragen, liebt er dieses seltsame Land, das er eines Abends in einer poetischen Anwandlung den »schwarzen Diamanten im Herzen des Empire« genannt hatte.

Seine Ernennung zum Gouverneur in Lucknow ist zwar eine Ehre und ein Vertrauensbeweis – die Vereinigten Provinzen mit Allahabad, der Stadt der Nehrus, und Alighar, der großen muslimischen Universität, stehen im Zentrum des politischen Lebens in Indien –, auf gesellschaftlicher Ebene hingegen eine Art Beerdigung. Sir Harry, vor allem aber seine Gattin, Lady Violet, hätten Bombay, Delhi oder sogar Kalkutta vorgezogen. In diesen Großstädten hatten sich die Engländer eine ihnen gemäße, heimische Atmosphäre schaffen können, die mit einem gewissen, erwünschten Maß an Exotismus versetzt war, und selbst die Inder – das heißt, diejenigen, mit denen man umging und die größtenteils an britischen Universitäten ausgebildet worden waren – waren da mehr oder weniger ... ja, eher weniger ... Inder!

Lucknow dagegen ist schrecklich »einheimisch« geblieben, und seltsamerweise scheint es gerade darauf stolz zu sein. Sir Harry bedauert das um so mehr, als diese Stadt früher ein kultureller Brennpunkt im Norden Indiens gewesen war und gewissermaßen Delhi ersetzt hatte, dessen Herrscher, der »Großmogul«, von der britischen Armee abgesetzt worden war. Lucknow, berühmt für seine grandiosen Feste, wo die angesehensten Künstler auftraten, in Anspielung auf die beiden Flüsse, die durch die Stadt fließen, den Ganges und die Jamna, den Gold- und den Silberfluß, als Perle der »Ganga-Jamni«-Zivilisation gefeiert, symbolisierte die Verschmelzung der hinduistischen und der muslimischen Traditionen, die von der herrschenden schiitischen Klasse befürwortet wurde.

Heute ist es nur noch eine Provinzstadt, selbst wenn seine Radschas und Nawabs, die viel für poetischen Wettstreit und für Konzerte übrig haben, ihm noch einen köstlichen, dekadenten Glanz verleihen.

Der Herr Gouverneur nimmt nicht an solchen Veranstaltungen teil, wo unendlich lang Musik gemacht wird und wo improvisierte, von einer eintönigen Stimme rezitierte Gedichte die ausschließlich männlichen Zuhörer in Begeisterung versetzen.

Zu Beginn seines Aufenthaltes in Indien wollte sich Sir Harry aus Wißbegierde und auch aus gutem Willen, über den seine Landsleute lächelten, da hineinfinden. Doch obwohl er solide Kenntnisse in Urdu hatte, blieb ihm diese Poesie fremd; sei es, daß die verwendeten Ausdrücke zu gelehrt waren, sei es, daß ihm die Metaphern nichts sagten oder ihm sogar lächerlich vorkamen. Was die Musik anging, rief sie bei ihm eine unwiderstehliche Lust hervor, zu schlafen …

Vor allem merkte er sehr schnell, daß man die Freundschaft der Inder nicht dadurch gewinnt, schon gar nicht aber die Achtung, daß man ihre Vorlieben, Interessen und ihre Lebensweise zu verstehen sucht. War das eine Folge der hundertundfünfzig Jahre Kolonisierung, in deren Verlauf sie die abendländischen Werte und Bräuche zu bewundern und zu beneiden begannen – selbst wenn sie sich manchmal ganz unvorhersehbar gegen diese geistige Knechtschaft auflehnten? Oder war es eher auf einen ingrimmigen Stolz zurückzuführen, der ihnen, vielleicht zu Recht, eingab, Ausländer könnten das, was in ihrer innersten Seele vor sich gehe, was einer jahrtausendealten Tradition und einer ganz anderen Denkungsart verpflichtet sei, ohnehin nicht verstehen?

Jeder an seinem Platz: Das ist das Prinzip, das in der indischen Gesellschaft von jeher seine Geltung hatte.

Das anschaulichste Beispiel dafür ist das Kastenwesen, dem kein Hindu, selbst wenn er es möchte, entgeht. Sir Harry hat es längst aufgegeben, diesen »Fatalismus« begreifen zu wollen. In einer vornehmen Kaste, als Priester oder als Krieger, geboren zu werden, oder als Unberührbarer, ist den Weden – den heiligen Schriften – zufolge eine Konsequenz der Handlungen, die man in einem früheren Leben begangen hat: Es ist also gerecht. Sich dagegen aufzulehnen, wäre ein Sakrileg und würde nur ein noch schlimmeres Schicksal nach sich ziehen, zum Beispiel, als Küchenschabe oder Regenwurm wiedergeboren zu werden. Wenn man aber seinem Status als Unberührbarer gewissenhaft nachkommt und Schande und Elend mit Gleichmut akzeptiert, ist dadurch in einem späteren Leben eine höhere Kaste gewährleistet.

Diese Haltung ist in der indischen Mentalität so verankert, daß die indischen Muslime – deren Religion ja, wie das Christentum, auf Gleichheit beruht – sich davon beeinflussen ließen, so daß bei ihnen auch eine Art Einteilung in Kasten beobachtet werden kann: Man ist entweder ein Ashraf, ein Vornehmer, oder ein Ajlaf, ein Mensch von niederer Herkunft, je nachdem, ob man von den Eroberern oder von hinduistischen Konvertiten niederer Kaste abstammt.

Der Idealismus und die demokratischen Ideen des jungen Harry Waig waren also in Indien fehl am Platze, und der Gouverneur Sir Harry Waig kommt zu dem Schluß, es sei eigentlich besser so: Zumindest garantiert es die Stabilität einer Gesellschaft, die sonst allen Anlaß hätte, zu explodieren.

Jeder an seinem Platz: Es hat keinen Sinn, wenn ein Vertreter Seiner Majestät versucht, einen Inder zu verstehen, so wie es früher wenig Sinn hatte, wenn der Herr seinen Sklaven zu verstehen suchte. Es ist nicht nur sinnlos, es ist auch gefährlich. Das schließt jedoch Beziehungen nicht aus, die um so »freundschaftlicher« sind, als jeder die Spielregeln und die Grenzen kennt. Und Gott sei Dank gibt es viele Inder der guten Gesellschaft, die sich diese Lebensweise angeeignet haben!

Sir Harry ist stolz darauf, sich in Lucknow ein wichtiges Netz persönlicher Beziehungen geschaffen zu haben, im Gegensatz zu vielen seiner Kollegen, die, von der Arbeit und offiziellen Empfängen abgesehen, lieber vermeiden, mit den Einheimischen zu verkehren. Als aufgeschlossener Geist entrüstet er sich über diesen Rassismus, »um so mehr, als man bei vielen, wäre nicht ihre Hautfarbe, vergessen könnte, daß sie Inder sind!« Es handelt sich dabei meistens um in England erzogene Aristokraten, wie zum Beispiel den Radscha von Jehrabad, der Präsident einer Partei der Großgrundbesitzer ist, einen Gentleman vom Scheitel bis zur Sohle, der phantastische Tigerjagden veranstaltet, oder um den Nawab von Sarpur, bei dem zum Essen nie etwas anderes als französischer Champagner ausgeschenkt wird, oder auch um den jungen Radscha von Badalpur, einen hochintelligenten Mann, der es unlängst fertiggebracht hat, sowohl in die Gesetzgebende Versammlung gewählt zu werden als auch eine osmanische Prinzessin zu heiraten!

Der Herr Gouverneur zieht genüßlich an seiner Pfeife: »Dieser Amir, was für ein Tausendsassa! Ich muß ihn einladen, ich bin neugierig, seine Sultanin kennenzulernen ...«

Die Sänfte verschwindet in düsteren Straßen; der schnelle, geschmeidige Schritt der Träger bringt sie ein bißchen zum Schwanken. Hinter den schwarzen, mit Silbertränen bestickten Vorhängen späht Selma hinaus: Diese Nacht ist die neunte des Moharram Monats, die Nacht, als Hussein und seine letzten Mitkämpfer von Kerbela starben, und die halbe Stadt strömt zu dem großen Immambara, um sich all das in Erinnerung zu rufen, zu weinen und zu beten. Aus den Dörfern und Marktflecken der Umgebung sind gleichfalls Tausende von Gläubigen herbeigeeilt. Denn nirgendwo in Indien feiert man den Moharram mit solchem Prunk, mit solcher Inbrunst wie in Lucknow, dem Zentrum des schiitischen Islams, seit im Jahre 1724 die Herrscher von Oudh, die iranischen Ursprungs waren, es zu ihrer Hauptstadt erkoren.

Ein paar hundert Meter vom großen Immambara entfernt drängt sich die Menge derart, daß die Träger gezwungen sind, stehenzubleiben. Sie haben sich mit lauten Rufen, Fußtritten und Ellbogenstößen alle Mühe gegeben, sich einen Weg zu bahnen, aber in dieser Nacht haben ungerechte Bevorzugungen keine Geltung: Man ist nicht mehr Fürst oder Wasserträger, nur noch ein Gläubiger unter anderen Gläubigen. Ihre Rani und die vornehme Begum, die sie begleitet, werden zu Fuß gehen müssen …

Entzückt von dieser Gelegenheit, schickt sich Selma an, aus der Sänfte zu springen, da ruft sie eine besorgte Stimme in die Wirklichkeit zurück: »Ihr Burkah, Prinzessin!«

Begum Yasmin hat sie gerade noch erwischt. Was für ein Skandal: Hier, unter all diesen Männern, war sie drauf und dran, ihr Gesicht zu zeigen! Gleichzeitig verärgert und verwirrt, stammelt Selma: »Ich habe nicht mehr daran gedacht, ich bin es eben nicht gewohnt.«

Ihre Begleiterin lächelt.

»Sie werden sich bald daran gewöhnen, vor allem wenn sie begriffen haben, daß unser Burkah im Grunde unserer Freiheit dienlich ist.«

Der Freiheit dienlich, dieser schwarzseidene Sack, der überhaupt alles verhüllt bis auf das vergitterte Viereck in Augenhöhe? Seltsam, was kann sie denn meinen?

Die Begum hat Selmas Hand ergriffen.

»Haben Sie Vertrauen zu mir. Ich weiß, wie schwierig dieses neue Leben für Sie ist, aber ich bin ja da und helfe Ihnen. Wir könnten doch Freundinnen werden?«

Sie sieht sie eindringlich an. Ihre blaugrauen Augen kontrastieren zu dem dunklen Gesicht. Ist sie schön? Eindrucksvoll ganz gewiß. Etwa fünfunddreißig Jahre alt, groß, schlank; ganz anders als die hiesigen Frauen, die schon bald nach der Hochzeit doppelt so dick sind wie vorher, strahlt sie eine Kraft aus, von der Selma nicht sagen könnte, ob sie sie fasziniert oder beunruhigt, Amir scheint sie sehr zu schätzen; sie ist die Frau seines besten Freundes.

Die Träger haben ihnen mit ihren Körpern einen Weg gebahnt bis zur Schwelle des riesigen Hofes, der heiligen Stätte, wo Männer und Frauen sich wie zwei schwarze Ströme trennen, um zu beten.

Im Hintergrund erhebt sich der in seinen Glanzlichtern funkelnde Immambara. Durch seine von Hunderten von Arkaden durchbrochene Fassade glitzern goldene Lüster und Kristallkandelaber. Einmal im Jahr erwacht das riesige Mausoleum aus seiner Starre. Es macht sich fein, putzt sich heraus, schmückt sich wie ein König am Tage seiner Krönung, um den Sieg des Opfers und des Todes zu verherrlichen.

»Imam Hussein! Imam Hussein!«

Aus der in Trauer gehüllten Menge erhebt sich die Beschwörung, rauh wie ein Schluchzen, wild wie Kriegsgeschrei. Sie schlagen sich mit den Fäusten auf die Brust, alle gleichzeitig, in einem Rhythmus, der sich allmählich – zuerst langsam, dann schnell – steigert, sich überschlägt, sich befreit: Keuchende Körper, ekstatische Gesichter, plötzlich entfesselte Leidenschaft.

»Imam Hussein! Imam Hussein!«

Rasch, ruckartig schwillt das Geschrei an, wirbelt hoch bis zu den Erkern der Minarette, bis zu den Sternen, dringt zutiefst in die Herzen. Gelassen, als würden sie einen Seidenteppich betreten, schreiten die Büßer langsam über einen mit glühenden Kohlen bestreuten Weg. Ein Wunder des Glaubens; die Menge hält fasziniert den Atem an.

Von seinem Minbar* herunter fordert der Maulana nun zum Schweigen auf, versammelt die Anwesenden gleichsam in seiner hohlen Hand. Mit kräftiger Stimme erinnert er an die letzten Augenblicke des Enkels des Propheten, an die letzte Schlacht, das Heldentum, das aus tausend Wunden strömende Blut, an den Lanzenstoß, dieses grauenhafte Verbrechen, an den Schrecken ... Die Menge hängt an seinen Lippen und seufzt, stöhnt, fängt an zu schluchzen, kommt kaum mehr zu Atem. Da beruhigt, besänftigt er sie, versetzt sie dann aufs neue in krampfartige Zustände, treibt sie in den äußersten Schmerz.

Dann werden Kamele mit schwarzem Zaumzeug herangeführt. Was für ein Jammer! Es sind die Kamele der Märtyrerkarawane: Alle Männer sind tot, nicht einmal ein Kind von

* Kanzel in einer Moschee.

sechs Monaten hat man verschont, und die Frauen, die Frauen der Familie des Propheten sind gefangengenommen worden …

»Ya Hussein!« Der litaneiartige Gesang setzt dumpf, wild wieder ein; Fäuste schlagen auf die Brust, Fingernägel zerfetzen das Fleisch, das Drama erreicht seinen Höhepunkt – kein Leiden kann jemals so groß sein wie jenes Leiden …

Selma hat mit aller Kraft gegen all das angekämpft. Zuerst geringschätzig: »Der typische, absurde, hysterische Wahnsinn der Schiiten; glücklicherweise gibt es bei uns, den Sunniten, so etwas nicht.« Dann spöttisch: »Wenn meine französischen Freundinnen mich sähen!« Gegen den heimlichen Schauder, der sie überwältigt, ruft sie die schönen Erinnerungen an Beirut zu Hilfe, verausgabt allen Sarkasmus, der ihr zu Gebote steht, treibt die Respektlosigkeit bis zur Blasphemie. Umsonst. Sie kann die Tränen nicht mehr zurückhalten, alles verschwimmt ihr vor den Augen. Warum, warum bloß? Was geht dieser Hussein sie eigentlich an? Sie hat ihn nie besonders verehrt; wenn Jesus oder Buddha mit dieser Inbrunst von der Menge gefeiert würden, kämen ihr gewiß genauso die Tränen … Sie versucht gar nicht mehr, sich zu beherrschen, verzichtet auf jede Überlegung, das Gefühl überwältigt sie, überschwemmt die Vernunft wie eine Sturmflut. Sie fühlt sich nicht mehr als Fremde, ist Teil dieser Menge, verschmilzt mit diesem großen, zuckenden Körper, weit fortgetragen von sich selbst, in Frieden.

Der Tag dämmert herauf, beleuchtet die bleichen, erschöpften Gesichter. Das Fest ist vorbei, man muß sich ausruhen, ein paar Stunden nur, dann beginnt es aufs neue.

»Meine Liebe, es kann gar nicht die Rede davon sein, daß Sie ausgehen. Vergangene Nacht, das war etwas anderes: In der Dunkelheit konnten Sie von niemandem erkannt werden. Und außerdem habe ich, das will ich gern einräumen, nur nachgegeben, weil Begum Yasmin Sie begleitet hat. Sie ist eine vernünftige Frau, ich wußte, daß Ihnen mit ihr nichts zustoßen konnte. Aber heute wird sich weder sie noch eine andere Dame der guten Gesellschaft auf die Straße wagen.«

»Aber der Umzug soll doch so prächtig sein?«

»Ja, die Umzüge der Fürstentümer, insbesondere des unseren sind herrlich; aber das Schauspiel wird durch wilde Horden, primitive Kreaturen, die unmittelbar danach ihr Unwesen treiben, beeinträchtigt. Nun gut, wenn Sie so sehr Wert darauf legen, können Sie sich in aller Bequemlichkeit auf der großen Veranda niederlassen und hinter den Muscharabiehs alles unbehelligt mit ansehen. Meine ältere Schwester wird sicher auch kommen; es wird mir immer unverständlich sein, wieso die Frauen den Anblick von Blut so lieben ...«

Bevor Selma irgend etwas antworten kann, ist der Radscha verschwunden. Sie zuckt mit den Achseln; wenn er gesehen hätte, wie sie vergangene Nacht in Tränen ausbrach, hätte er sie sicher für verrückt gehalten! Was für ein seltsamer Mensch! Ist ihm das, was sein Volk bewegt, wirklich so fremd, hat er dafür einfach keinen Sinn? Seine Äußerungen deuten darauf hin.

Die Veranda ist von den Dienerinnen der Rani Aziza schon voll besetzt. Bereits in den ersten Morgenstunden haben sie sie mit Beschlag belegt, damit ihnen nichts von dem Schauspiel entgeht. Sie warten mit glänzenden Augen und begierigen Lippen. Der Ehrenplatz neben der Rani ist für Selma freigehalten worden, was ihr zwar nicht recht ist, doch kann sie, als diese, ganz in Schwarz, erscheint, der stummen Aufforderung nur Folge leisten.

Von weitem hört man schon den Klang der Totentrommeln. In einer Staubwolke stampfen die mit dunklen Decken behängten Elefanten heran; die Fahnenträger auf ihrem Rücken schwenken die Wimpel der Fürstentümer sowie die auf den Schlachtfeldern eroberten und von einer Generation zur andern ehrfurchtsvoll überlieferten Standarten.

Ihnen folgen, auf den langsam dahinschreitenden Kamelen schwankend, die Reiter; sie hissen die heiligen Banner, die mit Versen aus dem Koran bestickt und an der Spitze mit einer weit gespreizten bronzenen Hand geschmückt sind. Ist es die Hand von Abbas, Husseins Halbbruder, dem beide Hände abgeschlagen wurden, weil er Wasser geholt hatte, um den Durst der Belagerten zu löschen? Oder sind es die fünf Finger einer einzigen Hand, ein Symbol für die schiitische Pentarchie: für den Propheten Mohammed, seine Tochter Fatimah, seinen Schwiegersohn Ali und ihre beiden Söhne Hassan und Hussein? Wer weiß das schon, wen kümmert das angesichts der inbrünstig wogenden Menge?

Jetzt eine farbige Note: Die Orchester in roten Jacken und schwarzen Musselinturbanen. Sie stimmen ihren makabren Singsang an, eine eintönige, beharrliche Klage, und machen den Weg frei für Zulzinah, Husseins herrliches, einzigartiges Pferd. Es schreitet unter seiner blutbefleckten Decke erschöpft und verzweifelt mit hängendem Kopf dahin.

Gerührt drängt die Menge herbei, um diesen letzten Gefährten des Imams zu berühren, sie will über die hohen Tazzias, die Nachahmungen des Grabmals in Kerbela, die aus buntem Wachs oder Gold- und Silberpapier gefertigt sind, streichen oder die blutige Wiege des ermordeten Kindes und die vom Blut der Märtyrer befleckten Banner mit eigenen Händen greifen. Sie hat das Bedürfnis, den Todeskampf ihrer Helden ganz in sich aufzunehmen, sich das Opfer, das sie gebracht haben, einzuverleiben, und während Deklamatoren ihren Tod darstellen und besingen, stöhnen die Menschen auf und schlagen sich auf die Brust.

Und dann die Büßer, erwachsene Männer, Jünglinge, Kinder. Ihr Oberkörper ist nackt, in der Hand halten sie eine Kettenpeitsche, die in fünf scharf geschliffene Stahlklingen ausläuft.

Vor der Veranda bleiben sie stehen. »Imam Hussein!« schreit die Menge. »Ya Hussein!« antworten sie.

Dann klatschten die Ketten alle gleichzeitig in einem einzigen Schwung auf die nackten Rücken herunter, die Messer zerfetzen das Fleisch, das Blut spritzt heraus.

»Ya Hussein!« Sie peitschen sich im Rhythmus ihres Gesanges immer schneller, immer heftiger. Die Schnitte werden zu Wunden, das Blut fließt ihnen an den Beinen herunter, bildet dunkle Lachen auf dem Pflaster.

»Ya Hussein!«

Ein Mann bricht leichenblaß zusammen, dann noch einer, der fast noch ein Kind ist. Man schafft sie rasch auf behelfsmäßigen Tragbahren beiseite. Die Schläge werden immer härter, die Büßer peitschen sich jetzt wie wahnsinnig, keuchend, blind und taub für alles, was nicht ihr Leiden ist, ihr verrückter, verzweifelter Versuch, den Körper zu zerstören, den letzten, äußersten Zustand zu erreichen, wo sie eins werden mit dem EINEN.

Wann werden sie endlich aufhören? Selma krümmt sich zusammen, ihre Nerven sind bis zum Äußersten angespannt, aber sie muß zuschauen, sie kann den Blick nicht abwenden. Es ist ihr, als hätte sie Blut im Mund, sie hat das Gefühl, ihr werde übel; ob sie etwa ohnmächtig wird? Die Rani neben ihr nippt ungerührt an einer Tasse Tee, während ihre Dienerinnen das Schauspiel kommentieren, wobei sie Bonbons und kandierte Früchte in Mengen verzehren. Selma steht auf, sie will gehen. Doch die Rani zwingt sie, ohne den Kopf zu wenden, mit festem Griff, sich wieder zu setzen.

»Das ist noch nicht alles. Man muß das Ende auch gesehen haben.«

Sie hatte das mit halb geschlossenen Augen gesagt, es klang wie ein Befehl. Um ihren Mund spielte ein seltsames Lächeln.

Die Menge ist verstummt. Taumelnd ziehen die Flagellanten weiter, so lange, bis sie wieder zu Atem gekommen sind und ihre Wunden abgerieben haben. Dann wiederholen sie die schreckliche Zeremonie am Fuße einer anderen Veranda, wo andere Frauen, die ihre Süßigkeiten knabbern, sie neugierig betrachten.

»Imam Hussein!«

Diesmal ist es kein triumphaler Schrei, kein Kriegsgeschrei; durch die Menge geht ein Gemurmel, ein langsames, von Achtung und Angst erfülltes Beben. Eine kleine Gruppe von Männern mit blankgezogenen Säbeln tritt auf. Die Menge schweigt, die Männer scheinen sich zu sammeln.

»Heil dir, Caesar, die Todgeweihten begrüßen dich!« Selma schüttelt irritiert den Kopf: Warum drängt sich ihr gerade jetzt dieser Satz auf?

Dann prallen die mit einer präzisen Bewegung nach oben geschleuderten Säbel auf die Schädel, schlitzen die Kopfhaut auf; das Blut rinnt herunter, verklebt die Augen, die Nase. Es ist totenstill. Und noch einmal erheben sie die Arme, schlagen erneut zu; die Blutlache wird immer größer. Die Gesichter mit ihren weitaufgerissenen Augen sind furchtbar entstellt. Einem ist der Säbel abgerutscht, er hat sich ein Ohr abgeschnitten, aus dem schwarzen Loch spritzt das Blut heraus. Wie erstarrt halten die Zuschauer den Atem an.

Beim dritten Säbelschlag bricht einer, nur noch ein Klumpen, mit gespaltenem Schädel, das Gesicht zum Boden hin, zusammen.

Gellende Pfeifentöne. Mit Schlägen ihrer Reitgerten treiben Militärpolizisten in khakifarbenen Uniformen die Menge auseinander, stürzen sich auf die Gruppe, entwaffnen die stumpfen, fügsamen Männer, legen ihnen Handschellen an und stoßen sie in Militärfahrzeuge, die losfahren, bevor die überraschte Menge irgendwie reagieren kann.

»Das wollte ich eben noch sehen«, kommentiert die Rani. »Die Regierung hat es verboten; es gibt jedes Jahr so viele Tote. Aber kann man es den Leuten verbieten, wenn sie sterben wollen?«

Eine Bemerkung, die Selma nicht mehr hört, denn sie beugt sich gerade leichenblaß über den damaszierten Spucknapf und übergibt sich …

»Wie eigenartig, uns gerade für heute abend einzuladen! Sir Harry muß doch wissen, daß wir noch große Trauer haben!«

Selma sitzt an ihrem Frisiertisch, pudert sich, überprüft ihre Wimperntusche, parfümiert ihr Dekolleté. Sie ist überaus guter Laune, geht sie doch seit ihrer Hochzeit zum ersten Mal aus!

»Vielleicht ist das eine besondere Form des englischen Humors«, bemerkt Amir ironisch, wobei er zum x-ten Mal seinen Schlips neu bindet.

An diesem Abend kleidet er sich europäisch, weil es sich nicht um einen offiziellen Empfang, sondern um ein Abendessen mit Freunden handelt, und er sich in dieser Kleidung wohler fühlt. Selma dagegen trägt einen in Benares gefertigten Sari aus schwerer blauer Seide. Die Gharara, selbst wenn sie noch so prunkvoll ist, wäre deplaziert, würde zu traditionell, ja fast altmodisch wirken. Die modernen Musliminnen in den großen Städten tragen sie übrigens ohnehin nicht mehr, sondern bevorzugen die hinduistische Tracht, ein Zeichen ihrer liberalen Gesinnung, was Amir als moderner und weltlich gesinnter Mann befürwortet.

Die in der Tiefe eines weiten Parks gelegene Residenz des Gouverneurs ist hell erleuchtet. Auf der Freitreppe stehen Wächter im Turban mit Gesichtern wie aus dunklem Marmor Spalier. Das sind die Cipayes* der indischen Armee, Nachkommen derjenigen, die hier in Lucknow im Jahre 1857 einen Aufstand gemacht und die englische Besatzung massakriert hatten, womit sie jene Kämpfe auslösten, die den ganzen Norden des Landes in Mitleidenschaft ziehen sollten.

»Was in ihnen wohl vorgeht?« fragt sich Selma und mustert prüfend die ganz und gar ausdruckslosen Gesichter. »Mit wem sind sie solidarisch? Wie können sie heute, im Jahre 1937, wo ganz Indien die Unabhängigkeit fordert, noch unter britischer Oberhoheit dienen?«

Sir Harry hat da gar keine Bedenken.

»Diese Leute sind uns treu ergeben. Im übrigen sind die Inder an sich friedfertig, und wenn sie kämpfen, tun sie das lieber unter sich«, fügt er mit einem spöttischen Lächeln hinzu.

Selma wundert sich, daß keiner der Anwesenden widerspricht. Sie begnügen sich damit, zu lachen: Irgendwie schämt sie sich für sie.

Dabei hatte der Abend gut begonnen: Gänseleberpastete, Sauternes, Fasan, der mit einem schweren Burgunder begossen wurde. Der Herr Gouverneur hat Stil. Und ist sehr galant! Selma hatte schon fast vergessen, wie angenehm die Gesellschaft von Männern ist, vor allem, wenn ihre Augen ein bißchen zu funkeln beginnen. Sie fühlt sich wieder als Frau.

Wie war man nur auf die Politik gekommen? Sir Harry, den sie noch vor ein paar Minuten intelligent, ja sogar char-

* Einheimische Soldaten der britischen Armee in Indien.

mant fand, kommt ihr plötzlich überheblich und selbstgefällig vor. So läßt er sich beispielsweise jetzt über den Moharram aus, wobei er sich nicht scheut, in Anwesenheit dieser muslimischen Fürsten nicht nur die Schiiten, sondern den Islam insgesamt als »fanatisch« abzutun.

Der Radscha von Jehrabad, der sich etwas darauf einbildet, mit der Zunge die genaue Herkunft eines Whiskys ergründen zu können, wird ihm sicher nicht widersprechen; aber der Radscha von Dilwani, der Nawah von Sahrpur? Diese perfekten Gentlemen, die sich alle britischen Ticks angeeignet haben, aber ihre Ehefrauen strengstens im Purdah einsperren, schweigen geniert.

»Und Sie, Amir – Sie sind doch, glaube ich, dem Rationalismus nicht abgeneigt –, wie denken Sie darüber?«

»Unser Volk ist ungebildet, Sir, deshalb klammert es sich so an seine Religion; es hat keine anderen Bezugspunkte ... oder ... es hatte keine, die letzten Jahre ausgenommen.«

Er schweigt. Sollte er noch deutlicher werden?

Die beiden Männer messen sich mit Blicken. Der Gouverneur zögert und entschließt sich dann, zu lachen.

»Mein Lieber, wenn diejenigen, die die Unabhängigkeit wünschen, so wären wie Sie, würden wir uns stracks zurückziehen, und zwar in der Überzeugung, daß unsere beiden Länder freundschaftliche Beziehungen unterhalten und die gleichen Interessen, die gleichen Ideale vertreten würden. Aber angesichts dieser Wirrköpfe, die gegenwärtig die sogenannte nationalistische Bewegung anführen, haben wir die Pflicht, Ihr Volk vor sich selbst zu schützen.«

Amir neigt leicht den Kopf.

»Das ist wirklich gütig von Ihnen, Herr Gouverneur.«

Ein junger Mann am Ende des Tisches, der Selma schon aufgefallen ist, weil er als einziger den Shirwani trägt, greift in die Diskussion ein.

»Sir, wir haben die Vorsichtsmaßnahmen bewundert, die Sie ergriffen haben, um Auseinandersetzungen zwischen Hindus und Muslims zu vermeiden. Aber haben Sie auch bedacht, daß in zwei Tagen das christliche Osterfest stattfindet? Wird man den Weg Ihrer Prozession auch mit Stacheldraht abschirmen?«

Er hat seine Meinung überaus höflich und ganz unschuldig zum Ausdruck gebracht.

Der Gouverneur ist puterrot geworden.

»Das hat nichts miteinander zu tun«, gibt er trocken zurück.

Selma beißt sich auf die Lippen. Sie sieht den jungen Mann am Ende der Tafel an, lächelt ihm zu und mischt sich mit sanfter Stimme in die Kontroverse ein.

»Exzellenz, stimmt es eigentlich, daß in Spanien die Büßer sich jedes Jahr auf offener Straße bis aufs Blut peitschen, um an Christi Tod zu erinnern, wie man hierzulande des Todes von Hussein gedenkt?«

Sir Harry stottert vor Entrüstung.

»Das Geheimnis liegt in der Nuance, Prinzessin, und ich fürchte, daß diese Ihnen im vorliegenden Falle entgeht.«

Wirklich erstaunlich, eine Diskussion auf diese Weise abzublocken. Das ist die Grundlage, auf der die britische Kaltblütigkeit gedeiht: ein solches Bewußtsein seiner eigenen Überlegenheit, daß man nicht einmal mehr das Bedürfnis verspürt, zu diskutieren, Ein Franzose – Selma denkt an die, die sie in Beirut kennengelernt hat – wäre explodiert. Er hätte nicht über diese Selbstsicherheit verfügt, hätte einen Streit vom Zaun gebrochen und zu überzeugen versucht; er wäre vielleicht lächerlich gewesen, aber doch so viel sympathischer …

»Und was sagen Sie zum letzten Polomatch?«

Das Polo … Aber ja, das hatte man ganz vergessen über dieser albernen Diskussion. Plötzlich sind alle begeistert dabei, und der Gouverneur vergißt seine Verärgerung.

Das Diner ist zu Ende. Wie üblich ziehen sich die Herren ins Rauchzimmer und die Damen in den Salon zurück, wo Lady Violet den Kamillentee auftragen läßt.

Bis auf die Hausherrin weiß keine dieser Damen, wer diese entzückende junge Frau mit französischem Akzent ist, die der Gouverneur so zuvorkommend begrüßt hat. Jedenfalls hat er sie »Prinzessin« genannt, was genügt, daß man sie reizend findet. Vielleicht könnte man sie einladen, es gibt hier ja so wenig Abwechslung!

Eine kleine Blondine, die kesser oder neugieriger ist als alle andern, wagt sich schließlich vor: »Haben Sie, Prinzessin« – wie angenehm, das Wort in den Mund zu nehmen! –, »Frankreich schon lange verlassen?«

Selma sieht sie verblüfft an.

»Aber, ich bin noch nie in Frankreich gewesen.«

Da alle so erstaunte Gesichter machen, fügt sie hinzu: »Ich nehme an, Sie schließen das aus meinem Akzent. Ich bin nämlich in Beirut zur Schule gegangen.«

»Ah! Beirut!« seufzt eine Dame, »das kleine Paris des Ostens! Die Franzosen haben es wirklich verstanden, diese Stadt zu zivilisieren. Ihr Herr Vater war dort sicherlich ein hoher Beamter, Diplomat oder Offizier?«

»Ich nehme an, daß mein Vater nie viel gemacht hat; eigentlich hat er sich nur um seine Pferde gekümmert«, antwortet Selma, ohne so richtig zu begreifen, worauf dieses Gespräch hinauslaufen soll.

Die Damen pflichten ihr bei: Natürlich, ein Prinz …

»Er ist nur Damad; meine Mutter ist Sultanin.«

Damad, Sultanin? Irgend etwas stimmt da nicht, sie macht sich über uns lustig! …

»Sie sind also gar nicht Französin?«

»Natürlich nicht, ich bin Türkin.«

Türkin! Sie verziehen geringschätzig den Mund: eine Türkin! Die hat uns schön an der Nase herumgeführt. Aber woher hat sie diesen porzellanweißen Teint; die Türken sind doch, wie jedermann weiß, dunkelhäutig. Wahrscheinlich ist ihre Mutter als wir Istanbul besetzt hatten mit einem unserer Soldaten fremdgegangen …

In einer Anwandlung von Mitleid versucht eine Dame, die arme Kleine aus dieser peinlichen Situation zu befreien.

»Sie wollen wohl andeuten, daß Sie Türkin griechisch-orthodoxer Herkunft sind?«

»Nein, ganz und gar nicht«, erwidert Selma empört. »Ich bin reinblütige Türkin und Muslimin. Der Sultan Murad war mein Großvater.«

Das beeindruckt die Anwesenden keineswegs: Für diese Engländerinnen bürgerlicher Herkunft kann ein muslimischer Türke, und wäre es der Sultan selbst, einem Briten niemals das Wasser reichen.

»Und was machen Sie hier so allein?« fragt die barmherzige Dame bedauernd.

»Ich bin nicht allein, ich bin verheiratet.«

Aha, vielleicht kann man mit ihr doch verkehren. Ihr Mann ist wahrscheinlich Franzose …

»Ich bin mit dem Radscha von Badalpur verheiratet.«

Mit einem Eingeborenen verheiratet! Nun ja … eine Türkin … Muslimin obendrein, was konnte man da anderes erwarten? Man kehrt ihr den Rücken, hat sich plötzlich eine Menge höchstpersönlicher Dinge zu erzählen. Die freundliche Dame, die nicht mehr wagt, sich weiter mit Selma zu unterhalten, da sie ihre Freundinnen nicht vor den Kopf stoßen will, vertieft sich in ihre Stickerei.

Selbst in der französischen Schule in Beirut war Selma nie mit einem so offenkundigen Rassismus konfrontiert worden. Zu guter Letzt muß sie, trotz ihrer anfänglichen Verblüffung, ein Lächeln unterdrücken, wenn sie daran denkt, daß in Istanbul diese Beamtengattinnen nicht die geringste Chance gehabt hätten, sie überhaupt zu Gesicht zu bekommen. All das ist wirklich komisch …

Komisch?

Sie ist sich da plötzlich nicht mehr so sicher … Sie selbst hat zwar Glück gehabt, weil man sie so erzogen hat, daß sie auf ihren Rang, auf ihre Rasse stolz ist. Aber wie steht es mit denjenigen, denen man Generation für Generation das Gefühl ihrer Unterlegenheit eingehämmert hat? Die man davon überzeugt hat, daß ihre Hautfarbe, ihr Glaube, ihre andersgeartete Lebensweise sie als Untermenschen abstempelte …?

Selma ist das Lachen vergangen. Bis jetzt war ein Europäer für sie ein Gegner gewesen, den man mit ebenbürtigen oder nahezu ebenbürtigen Waffen bekämpfte, und wenn man geschlagen wurde, war das auf konkrete, einschätzbare Tatsachen zurückzuführen, wie etwa auf eine schlechtere Ausrüstung, eine ruinierte Wirtschaft, politische und strategische

Fehler: Alles akzeptable Dinge. Aber an diesem Abend ist ihr diese unannehmbare, skandalöse Schande erst richtig bewußt geworden: Ein Volk, das sich unterwirft, weil es in seinem tiefsten Innern davon überzeugt ist, unterlegen zu sein, selbst wenn es das Gegenteil behauptet; ein Volk, das angeblich die Unabhängigkeit will, aber seiner Seele verlustig gegangen und nur noch bestrebt ist, diesen Herren ähnlich zu sein, von denen es sich, wie es behauptet, befreien will.

Sie haßt sie alle: Amir und seine so durch und durch britischen Freunde, Sir Harry, der sie mit seiner Freundschaft beehrt, und Lady Violet, die sich gerade herbeiläßt, mit ihr zu plaudern.

»Seien Sie vorsichtig, meine Liebe«, sagt Amir im Auto, das sie in den Palast zurückbringt, zu ihr. »Sie haben diesem jungen Inder zugelächelt. Ohne Hintergedanken, ich weiß, aber Sie kennen diese Leute nicht, die denken sich gleich etwas dabei.«

Diese Leute …

In Lucknow kommt es während der Holi-Festlichkeiten nicht zu Krawallen. Dagegen nimmt in den Städten und Dörfern der Umgebung der Aufruhr immer mehr zu. Überall, in Patna, Ratnagari, Bareilly, befehden sich die beiden religiösen Gruppen; hier, weil ein Hindu-Orchester vor einer Moschee zum Zeitpunkt, wo die trauernden Gläubigen beteten, »absichtlich« Flöte und Trommel gespielt hat; dort, weil jugendliche im Taumel des Frühlingsfestes die Tazzias mit Farben besprühten. Der schwerste Zwischenfall ereignete sich in Aurangabad, als achthundert mit Stöcken und Gabeln bewaffnete Hindus ein Muslim-Dorf umzingelten, wo man zum Abschluß des Moharram-Festes einen Ochsen geopfert hatte. Das Dorf wurde im letzten Augenblick von Polizeikräften gerettet, aber einige zwanzig Männer waren dabei getötet oder verletzt worden. Die muslimisch orientierte öffentliche Meinung schiebt Nehru die Schuld dafür zu, weil er erklärt hatte, »er finde Schlachthäuser unerträglich und unterstütze alle sensiblen Leute, die davor einen Horror hätten«; auch wirft sie in ihrer Erbitterung Gandhi vor, er schweige zu alledem und predige Gewaltlosigkeit nur gegenüber den Engländern.

Auf beiden Seiten wächst der Groll. Die Intoleranz steht in Blüte.

V

Die untergehende Sonne vergoldet die Springbrunnen; Selma genießt, auf dem weißen Marmor ausgestreckt, die erste Kühle. In diesem Binnengarten, dem letzten nach den Frauenhöfen, wird sie von ihren Dienerinnen jetzt nicht mehr gestört. Er ist ihr Zufluchtsort geworden. Hier träumt sie vor sich hin, weint und schreibt ihrer Mutter Briefe, in denen sie schildert, wie glücklich sie sei.

Heute sind es schon zwei Monate, daß sie verheiratet ist, oder, wie man auch sagen könnte, erst zwei Monate! ... Plötzlich packt sie die Angst, sie richtet sich auf, fragt sich, was sie hier eigentlich soll, was sie aus ihrem Leben macht ... Tees und noch mal Tees, Scharen von liebenswürdigen Frauen, mit denen man sich nicht unterhalten kann, Zahras Lächeln, das bissige Geplänkel mit der Rani, und dann ... Amir. Amir am Tage, Amir des Nachts, der verführerische Radscha, der perfekte Gentleman, den Politik und Staatsgeschäfte ganz ausfüllen, und dieser große, dunkle, schweigsame, begierige, gleichgültige Körper. Nach dem Schock der ersten Nacht hat sie sich daran gewöhnt. Ein schreckliches Wort ... aber was soll sie schon machen, wenn ihr Gatte taub, stumm und blind ist?

Schritte auf den Fliesen. Wer nimmt sich denn heraus ...?

»Ah, Zeynel! Mein guter Zeynel, warum machst du ein so trauriges Gesicht?«

»Ich sorge mich, Prinzessin. Die Sultanin ist allein in Beirut, und ihre Gesundheit ...«

Armer Zeynel, was er sich für Sorgen macht! Annecim hat ihre beiden Kalfalar, die sich Tag und Nacht um sie kümmern, aber er hat ja recht, denn seit ihrer Erkrankung ist die

Sultanin gleichsam wieder zum Kind geworden. Die junge Frau kann nicht umhin, ihn ein bißchen zu necken.

»Du willst mich also im Stich lassen? Liebst deine Selma nicht mehr?«

Er ist rot geworden, beißt sich auf die Lippen. Da bereut sie es schon.

»Ach, ich habe nur Spaß gemacht. Ich finde auch, daß du nach Beirut zurückkehren solltest. Wenn ich dich bei meiner Mutter weiß, bin ich ruhiger.«

Er sieht sie ganz verzweifelt an.

»Aber Sie, Prinzessin?«

»Ich? Wieso? Der alte anmaßende Zeynel! Du glaubst wohl, du seist unentbehrlich?«

Sie lacht gezwungen.

»Siehst du nicht, wie ich gehegt und gepflegt werde, wie man mich verwöhnt? Du berichtest also Annecim, daß ich eine wunschlos glückliche Ehefrau bin.«

Zeynel hat Tränen in den Augen.

»Versprechen Sie mir wenigstens, mir mitzuteilen, wenn Sie nicht weiter wissen. Ich komme dann sofort zurück.«

»Gut, das verspreche ich dir. Aber jetzt quäl dich nicht länger, sonst werde ich böse. Und wenn ich böse werde ... Oh, Zeynel, erinnerst du dich noch an meine Wutanfälle, als ich ein Kind war? Du sagtest dann, meine Nase würde dadurch lang und länger, ich sei auf dem besten Weg, dem Sultan Abdül Hamid ähnlich zu sehen ... Das hat seine Wirkung nicht verfehlt, ich beruhigte mich ... Komm, setz dich neben mich, sag mal: Glaubst du, daß wir eines Tages nach Istanbul zurückkehren werden?«

Er schweigt, denn er weiß, daß sie keine Antwort erwartet, daß sie einfach das Bedürfnis hat, mit jemandem ihre Erinnerungen zu teilen. Er ist hier ihre einzige Verbindung zur Vergangenheit, deshalb wird er ihr fehlen, und gerade aus diesem Grunde ist es vielleicht besser, wenn er geht.

»Ich habe ganz vergessen, Madame Ghazavi möchte Sie sprechen.«

»Möchte Sie auch gehen? Sie hat recht, es gibt hier nichts mehr zu tun für sie.«

Selma ist der ständigen Kritteleien und Klagen der Libanesin allmählich überdrüssig geworden. Und seitdem Zahra ihr einen energischen Verweis erteilt und ihr vorgeworfen hat, Zwietracht zu säen, schmollt sie. Im Grunde ist Selma lieber allein. Ihr Leben findet von nun an hier statt, die Nostalgie überläßt sie den Schwachen und Dummen. Sie, sie will kämpfen; es gibt soviel zu tun in diesem Land, soviel zu tun für dieses Volk. Rani Aziza ist ihr gleichgültig! Von nun an ist *sie* die Rani.

Fast hätten sie den Zug versäumt. Ein Koffer, der abhanden kam und im letzten Augenblick wiederauftauchte, hat allzu große Gefühlsaufwallungen verhindert. Jetzt sitzen sie im Abteil. Selma steht kerzengerade auf dem Bahnsteig, lächelt ihnen zu. Amir hat überhaupt nicht verstanden, warum sie ein solches Bedürfnis empfand, ihre »Bediensteten« zum Bahnhof zu begleiten. Armer Amir!

»Auf Wiedersehen, Prinzessin ...« Zeynel winkt mit dem Taschentuch aus dem Fenster. Seine Augenlider sind geschwollen. Der Zug fährt ab, immer schneller. »Auf Wiedersehen! Auf Wiedersehen!« Selmas Kehle ist wie zugeschnürt. Weil die beiden wegfahren oder weil sie selbst nicht wegfährt ...?

»Seien Sie nicht traurig, Sie haben hier auch Ihre Freunde.«

Begum Yasmin ergreift ihre Hand und drückt sie sanft. Selma dreht sich um, sie hatte sie vergessen. Dabei verdankt sie es der Begum, die über ihren Gatten auf den Radscha eingewirkt hatte, daß sie überhaupt auf den Bahnhof durfte.

»Ich verstehe Ihre Verwirrung, alles ist so neu für Sie. Amir ist ein sehr gütiger Mensch, aber kein einfacher Charakter. Kommen Sie immer zu mir, wenn Sie sich allein fühlen, ich freue mich darüber.«

In den folgenden Tagen geht sie öfter zu Begum Yasmin, zuerst, weil sie nichts anderes zu tun hat, und dann, weil es ihr wirklich Spaß macht. Die Atmosphäre ist viel entspannter als im Palast, und es ist auch interessanter.

Die Begum, intelligent und wissensdurstig, hat einen Kreis gebildeter Frauen um sich versammelt, ohne sich um ihre gesellschaftliche Stellung zu kümmern. Sie selbst gehört der Aristokratie nicht an, sondern stammt aus einer Familie bekannter Universitätsprofessoren und Schriftsteller; ihr Gatte, unbestritten der beste Rechtsanwalt in Lucknow, hat sein Vermögen selbst zusammengebracht. Jetzt sind sie, jede Einzelheit in ihrem luxuriösen Wohnsitz beweist das, sehr reich, aber auf die moderne, bequeme Weise einer Bourgeoisie, die sich nicht mit der Vergangenheit zu belasten braucht. Würde die Begum nicht ein strenges Purdah befolgen – man trifft bei ihr nur Frauen an –, hätte Selma den Eindruck, sie befinde sich in Beirut.

Amir ist begeistert von dieser neuen Freundschaft: Seine junge Frau beginnt sich einzugewöhnen, nimmt den Rhythmus, die Gewohnheiten seiner Gesellschaft an. Er selbst hat in diesen Tagen kaum Zeit, sich um sie zu kümmern, die Staatsgeschäfte nehmen ihn völlig in Anspruch.

Der Kongreß stachelt nämlich die Bauern, um ihre Stimmen zu gewinnen, dazu an, sich gegen die Fürsten, die er als Gegner der Unabhängigkeit denunziert, aufzulehnen. Besonders intensiv ist seine Propaganda in den Provinzen, wo die herrschende Klasse, in der Mehrheit Muslime, eine Politik ablehnt, die ihrer Meinung nach einseitig auf den Hinduismus gegründet ist, weshalb sie sich, in Reaktion darauf, Ali Jinnahs Muslim-Liga annähert.

Viele Bauern haben sich gegen die Gutsverwalter erhoben und weigern sich, Steuern zu zahlen. In einem Badalpur benachbarten Staat haben sie sogar die Getreidevorräte geplündert. In Badalpur sieht zur Zeit alles ruhig aus, aber der Radscha ist von seiner Geheimpolizei davon in Kenntnis gesetzt worden, daß in den Dörfern heimliche Versammlungen stattfinden, die von Fremden organisiert werden.

»Warum gehen Sie nicht hin, um die Lage selbst zu beurteilen und mit den Bauern zu sprechen?« wundert sich Selma, nachdem ihr Gatte ihr seine Sorgen schließlich anvertraut hat.

Er lacht über ihre Naivität.

»Mit den Bauern sprechen? Was soll ich ihnen denn sagen? Daß sie manipuliert werden? Das würden sie mir nicht glauben. Außerdem würde es das noch bestehende Gleichgewicht zerstören und wäre für sie der Beweis, daß ich mir nicht mehr sicher bin. Sie würden sogleich davon profitieren: Die unterwürfigsten Leute werden zu Wilden, wenn der Herr Schwäche zeigt. Ich dachte, die Geschichte des Osmanischen Reiches hätte Ihnen das zur Genüge deutlich gemacht.«

»Sie hat mir vor allem deutlich gemacht, daß das Volk diesem Kemal nicht gestattet hätte, den Sultan zu stürzen, wenn dieser sich mehr um seine Untertanen gekümmert hätte ... Ich fürchte, daß Sie hier den gleichen Fehler machen!«

In einer plötzlichen zärtlichen Gefühlsaufwallung beugt er sich über Selma.

»Sie halten mich für einen Tyrannen? Dabei war ich früher noch weit idealistischer gesinnt als Sie ...«

Ein paar konfessionelle Auseinandersetzungen und Bauernaufstände sind nicht dazu angetan, die Gesellschaft von Lucknow von ihren Vergnügungen abzuhalten; dazu wären viel schwererwiegende Ereignisse notwendig, Ereignisse, die man sich gar nicht ausdenken kann. Zur Zeit bricht die Saison der Papierdrachen-Schlachten an. Seit zwei Wochen spielt sich am Himmel ein verbissener Kampf ab, der von der ganzen Stadt begeistert verfolgt wird. Keine fürstliche Familie, kein aristokratisches Haus, das nicht daran teilnähme. Lucknow ist bekannt für diese Wettkämpfe, die manchmal Monate dauern, und man kommt von weit her, um sie zu sehen.

Auf der mit Khorassan ausgelegten Terrasse der Begum Yasmin betrachten die Frauen prüfend den Himmel und sind in einer lebhaften Diskussion begriffen. So angeregt hat Selma sie noch nie erlebt. Man macht sich gegenseitig auf den Papierdrachen des Radschas von Mehrar aufmerksam, der von goldenen Fransen gesäumt und mit Zehn-Rupien-Scheinen geschmückt ist: Wer ihn erwischt, kann ihn behalten, das ist die Regel. Der Radscha hat in dieser Saison schon an die fünfzig davon verloren. Die auf diese Weise ausgestatteten Drachen sind zwangsläufig schwerer und weniger wendig als die anderen; das macht dem Radscha allerdings gar nichts aus: Seine Drachen sollen nicht gewinnen, sondern die schönsten sein und seinen Reichtum, seine Großzügigkeit vor aller Augen demonstrieren.

»Man sagt, er sei fast ruiniert«, wirft eine Dame ein, »und er werde noch enden wie der Nawab Yussuf Ali Khan.«

Yussuf Ali Khan! Er ist gewissermaßen zur Legende geworden, seit er vor fünfzehn Jahren achtundvierzig Dörfer verkaufte, damit er seinen »Rennstall« beibehalten konnte: Er besaß hunderttausend Papierdrachen und forderte jedes Jahr ganz Lucknow heraus, gegen ihn allein anzutreten. Der berühmteste Wettkampf hatte sechs Monate gedauert. Der Nawab war darauf verfallen, an den Schwänzen der Drachen kleine Kerzenstümpfe anzubringen, damit auch nachts weitergekämpft werden konnte.

Durch dieses Spiel haben sich schon viele ruiniert. Die Anfertigung so kunstvoller Drachen ist sehr teuer, und obwohl der Islam Wetten verbietet, wird um enorme Summen gewettet. Diejenigen, die sich dabei ruinieren, nehmen das gelassen hin, denn sie haben dadurch Popularität erlangt, man bringt ihnen Achtung entgegen, ja sie werden ihr ganzes Leben lang in vornehmsten Kreisen hochgeschätzt.

»Das grenzt wirklich ans Lächerliche«, denkt Selma. Trotzdem ist sie fasziniert von dem Schauspiel dieser großen bunten Vögel, die so anmutig am Himmel dahinschweben, sich aber dann plötzlich auf den Gegner stürzen und mit einer geschickten Bewegung die Schnur, die ihn mit dem Boden verbindet, durchtrennen.

Sie bekommt die inzwischen raffinierte Technik erklärt: Die Konstruktionen werden von Jahr zu Jahr solider und gleichzeitig leichter, vor allem aber wird die Schnur immer mörderischer: sie wird in Eiweiß eingelegt und mit Glasstückchen versetzt, die so scharf wie Rasierklingen und entsprechend wirksam sind.

»Früher begnügte man sich damit, sie einfach fliegen zu lassen«, sagt die Begum, »es ging nur um die Schönheit. Manche waren so geformt, daß man in ihnen berühmte Persönlichkeiten erkannte. Die Hindus stellten ihre Götter dar.

Dann aber haben wir diese Mode der ›Schlachten‹ von Delhi übernommen. Wahrscheinlich weil es die einzigen Schlachten waren, die wir schlagen konnten ...«

Die heute bei der Begum versammelte Gesellschaft unterscheidet sich von derjenigen, die Selma sonst antrifft. Es sind Frauen und junge Mädchen des höchsten Adels von Oudh. Selma findet es bewundernswert, daß die Begum sich in so verschiedenen Kreisen zu bewegen weiß. Amir hatte ihr gesagt, die Begum sei ungeheuer diplomatisch und deshalb eine unschätzbare Hilfe für ihren Mann. Woher weiß er das eigentlich? Als Selma ihn das fragt, fängt er an zu lachen.

»Das Telefon, meine Liebe, dieses von unseren Maulvis verdammte Instrument, das von wirklich frommen Frauen nicht benutzt wird. Sie haben übrigens zweifellos recht: Eine Stimme kann manchmal viel mehr verraten als ein Gesicht, sie kann uns zum Träumen anregen ... Keine Angst, meine Beziehungen mit der Begum und ihrer Stimme sind rein professionell ... Sie wissen ja, daß ich ständig in Kontakt mit ihrem Gatten bin, der nicht nur mein bester Freund, sondern auch mein offizieller Berater ist.«

Natürlich, Selma weiß das alles, trotzdem ist sie ein bißchen eifersüchtig. Manche dieser im Purdah gehaltenen Frauen haben eine Kraft, haben einen Einfluß, um den viele Frauen im Abendland sie beneiden könnten. Ihre Männer spielen im öffentlichen Leben eine aktive, glänzende Rolle, treffen wichtige Entscheidungen, aber im Grunde sind sie es, die alles im Griff haben. Als Gegnerinnen, die man nicht kennt, die sich hinter ihrem Schleier verstecken, sind sie um so gefährlicher. Ihr Verlangen nach Macht ist ungeheuerlich, denn sie leben in einer Traumwelt, die von der Wirklichkeit kaum berührt wird. Ihr Gatte ist für sie ein Instrument, mit dessen Hilfe sie die reale Welt regieren.

Die Begum läßt sich ein silbernes, mit Gold eingelegtes Kästchen bringen, das Pân-Kästchen, dieses am dringendsten notwendige Utensil in einem indischen Haus. Es ist in mehrere Fächer aufgeteilt und enthält die verschiedenen Ingredienzen, die zur Zubereitung dieses von der ganzen Nation konsumierten Genußmittels notwendig sind. Die Inder können darauf nicht verzichten, und es geht die Rede, wenn die Engländer die Unabhängigkeitsbewegung wirksam lahmlegen wollten, müßten sie lediglich die Betelfelder abmähen: Innerhalb von vierundzwanzig Stunden würde sich die gesamte Bevölkerung ergeben.

Selma schmeckt diese faserige, bittere Pflanze nicht. Sie beobachtet, wie die Rani sorgfältig die frischesten Blätter auswählt, sie mit ein bißchen Kalk, dann mit Katha, einer pflanzlichen Paste, die aus einer Rinde gewonnen wird und dem Pân seine rote Farbe und die enorme Bitterkeit verleiht, bestreut, dazu kommen dann noch einige Betelnüsse, eine Prise Tabak, zwei Cardamomkörner und, für diese und jene, ein bißchen Opium; zu guter Letzt wird das Betelblatt kegelförmig zusammengedreht und den Eingeladenen, denen man eine besondere Ehre erweisen will, mit spitzen Fingern gereicht.

Der Hookah ist schon eher nach Selmas Geschmack. Sie ruht in ihren Kissen und kostet diesen einzigartigen Genuß so richtig aus. Sie hat noch nie eine so herrliche Mischung geraucht. Der Tabak ist mit Melasse vermischt, was ihm einen leichten Geschmack nach Honig verleiht, und enthält noch verschiedene Gewürze und Parfüms, über deren Zusammensetzung die Fachleute strengstes Stillschweigen bewahren.

Durch ihre halb geschlossenen Augenlider beobachtet Selma die neben ihr ruhenden Frauen. Weil es so heiß ist, haben sie sich halb entkleidet; manche sehen entzückend aus. Sie kämmen ihr langes, eingeöltes Haar, und mit einer Freiheit, die nur der Abwesenheit männlicher Blicke zu verdanken ist, massieren sie sich gegenseitig die Beine, die Arme und die Schultern; dabei scherzen sie, tauschen Vertraulichkeiten aus und fühlen sich glücklich.

Eine ganz junge Frau – sie sitzt ein bißchen abseits – beobachtet das alles mit großem Vergnügen. Sie hat einen hellen Teint und blaue Augen. Selma erfährt, das sei die neue Frau des Radschas von Nampur; er habe sie geheiratet, weil sie so schön sei, obwohl sie nicht aus einem fürstlichen Haus stamme. Ihre Mutter sei Engländerin, wird mit geringschätziger

Miene erwähnt. Die junge Frau spürt Selmas Blick, steht auf und setzt sich neben sie.

»Ich hatte Lust, Sie kennenzulernen«, sagt sie. »Wie kommen Sie hier zurecht? Ich hoffe, Sie fühlen sich nicht allzu fremd?«

Die junge Rani ist Selma auf den ersten Blick sympathisch. Gerade weil sie von den anderen geschnitten wird; dabei hat sie ein so liebenswürdiges, offenes Gesicht. Eigentlich möchte Selma sie fragen, ob es nicht schwierig sei, wenn man von einem Elternteil her Engländerin ist, ob sie sich nicht irgendwie hin und her gerissen fühle, aber sie hat schon Erfahrung genug, um zu wissen, daß man in Indien äußerst empfindlich reagiert, wenn es um Rassenfragen geht, und möchte sie nicht verletzen.

»Sie sollten mich einmal besuchen. Meine Schwiegermutter ist nämlich eine außerordentliche, an der Politik interessierte Frau; sie bewundert Mohammed Ali Jinnah und seine Muslim-Liga. Sie vergeudet ihre Zeit nicht mit Anlässen wie diesen hier, denn sie ist der Ansicht, wir Frauen hätten, was die Zukunft des Landes betrifft, auch unsere Aufgaben.«

»Sie hält also den, Purdah nicht ein?« fragt Selma.

»Doch, natürlich. Aber das ist ja nicht von Bedeutung.«

Selma begreift das nicht. Die Begum, die jetzt gerade auf sie zukommt, hat ihr neulich dasselbe gesagt.

»Das ist aber gar nicht schön von Ihnen, daß Sie meinen Gast, auf den ich soviel Wert lege, so in Anspruch nehmen! Setzen Sie sich doch ein bißchen zu mir, Prinzessin!«

Aus dem liebenswürdigen Ton ihrer Stimme ist eine gewisse Verärgerung herauszuhören. Ob sie etwa eifersüchtig ist?

Es wird Abend; die Dienerinnen stellen Öllampen auf und verteilen große kupferne Tabletts für das Essen. Die Drachen am Himmel wirken jetzt wie Feuerkugeln.

»Sehen Sie doch, wie schön sie sind!«

Die Begum ist so begeistert, daß sie Selma um die Taille faßt: »Dort, dieser Kleine, wie wendig er ist, er wird sicher gegen den großen gewinnen! Da haben wir's schon! Habe ich es nicht vorausgesagt?«

Sie zittert vor Begeisterung. Selma ist etwas verstört und versucht sich diskret loszumachen, aber die Begum hält sie umschlungen, und sie möchte sie nicht verletzen. Insgeheim macht sie sich Vorwürfe wegen ihres übertriebenen Schamgefühls: Ist sie durch die Erziehung in der Schwesternschule so puritanisch geworden, daß ihr jede Berührung als indezent erscheint? Hierzulande ist diese körperliche Ungezwungenheit, sind zärtliche Gesten zwischen Frauen ganz natürlich! Das Christentum hat wirklich alles verdorben; der Islam schämt sich der Körperlichkeit nicht: Das wäre eine Beleidigung gegenüber dem Schöpfer ...

Die Begum hat sich leichtfüßig erhoben und kümmert sich um andere Gäste. Und Selma schämt sich, daß sie auch nur für einen Augenblick an der Reinheit dieser Freundschaft gezweifelt hat.

Trabt, meine schönen Pferde, schnell, noch schneller!

Die elegante Kalesche saust in der betäubenden Hitze des Nachmittags durch die ruhigen Alleen von Kaisarbagh, an den blühenden Gärten und schläfrigen Palästen vorbei. Schnell, nicht um irgend etwas zu erledigen, einfach um durch die Jalousien den Wind zu spüren. Es ist erst vier Uhr, der Nachmittag ist also noch lang, Selma fährt zum Markt von Aminabad, um Rosengirlanden zu kaufen, denn da sind sie besonders frisch.

Der Markt von Aminabad ist ein großer, von ockerfarbenen Häusern mit überladen verzierten Balkonen umgebener Platz; unter seinen Arkaden betreiben Hunderte von Krämern ihr Geschäft. Er ist der wichtigste Umschlagplatz der Stadt mit dem stärksten Zulauf, sofern man von Hazerganj absieht, wo sich die eleganten Geschäfte angesiedelt haben, die importierte Handelsware verkaufen, und wo fast nur Engländer verkehren.

Selma genießt es, von einer Bude zur anderen zu flanieren, wühlt in den Waren herum, läßt sich alles zeigen und kauft manchmal überhaupt nichts. Daran nimmt niemand Anstoß, das ist hier so der Brauch: Die weibliche Kundschaft ist eben wählerisch, das ist ihr anerkanntes Recht, und die Großhändler sind geradezu entzückt, wenn sie ihre Schätze vor einer Dame ausbreiten können, die einen so hellen Teint hat.

Selma hat zwar akzeptiert, den Burkah zu tragen, aber sobald sie um die Ecke des Palastes herum ist, knüpft sie die Kordeln auf, schlägt den Schleier zurück und verwandelt den scheußlichen schwarzen Sack in einen langen Umhang, der sogar recht elegant aussieht. Die Dienerin, von der sie auf ihren Spaziergängen begleitet wird, hütet ihre Zunge: sie weiß, daß sie sofort entlassen würde, Selma hatte sie für ihre persönliche Bedienung ausgewählt, weil sie neu war und noch nicht unter dem Einfluß der Rani Aziza stand. So kommt nichts heraus, und die Prinzessin macht die junge Frau durch kleine Zuwendungen überglücklich.

Heute sind wenig Leute auf dem Markt, die Hälfte der Geschäfte ist geschlossen. Selma hatte nicht daran gedacht, daß Feiertag war, denn der Moharram ist erst morgen zu Ende. In einem kleinen Park, nicht weit von der Moschee, hält ein Mann, der von zahlreichen Menschen umgeben ist, eine Rede.

Plötzlich hört man vom anderen Ende des Platzes her Schreie, etwa hundert mit Stöcken bewaffnete Menschen nähern sich, stürzen laut rufend heran, werfen die Auslagen um, schlagen blindlings auf alte Männer, Frauen und Kinder ein, die ihnen im Wege stehen. Die Gruppe in dem kleinen Park ist aufmerksam geworden. Sie bezieht in aller Ruhe Stellung und erwartet den Angriff.

»Hozur! Kommen Sie, schnell!«

Der Kutscher packt seine Herrin entsetzt am Ärmel. Selma sieht sich um und stellt fest, daß sie ganz allein sind. Der Platz hat sich in Sekundenschnelle geleert, die Händler haben ihre Geschäfte geschlossen. Sie stürzt auf die Kalesche zu. Es war auch höchste Zeit: Schon fliegen Steine, und es wird auch geschossen. Die Pferde geraten in Panik, bäumen sich auf, der Kutscher brüllt, läßt seine Peitsche mit voller Wucht niedersausen. Durch das vergitterte Fenster sieht Selma brennende Häuser und Leute, die in allen Richtungen, wie vom Wahnsinn gepackt, auseinanderlaufen. Der Platz hat sich in ein paar Augenblicken in ein Schlachtfeld verwandelt.

Die Pferde scheuen, schäumen, der Kutscher kann sie nicht mehr im Zaum halten. Auf der Straße drücken sich erschreckte Passanten an die Häuserwände. Selma schließt die Augen, ist auf das Schlimmste gefaßt. Die Kalesche hält mit einem plötzlichen Ruck endlich an. Am Fenster erscheint das leichenblasse, schweißüberströmte Gesicht des Kutschers. Die Dienerin drückt sich schluchzend in eine Ecke, um Fragen und Vorwürfen auszuweichen, sollte man es vorziehen, in diesem Zustand nicht in den Palast zurückzukehren.

»Wir gehen zu der Begum«, beschließt Selma, »ihr Haus liegt ja ganz in der Nähe. Aber sag mir zuerst, Ahmed Ali, wer hat eigentlich angegriffen? Die Muslime oder die Hindus?«

Der Kutscher läßt verzweifelt den Kopf hängen.

»Nun?«

»Muslime, Hozur, nur Muslime, Hindus waren gar nicht dabei.«

Selma wird ungeduldig, wiederholt ihre Frage. Der Mann ist so verstört, daß er nicht mehr weiß, was er sagt.

»Muslime, Hozur, glauben Sie mir doch, aber keine wirklich gläubigen. Sie bekämpfen sich jetzt doch schon seit zwei Tagen in den alten Vierteln des Tschoq*; ich hätte aber niemals angenommen, daß sie bis Aminabad, in die Nähe der Paläste kommen.«

»Weshalb streiten sie sich denn?«

»Die Sunniten haben angefangen. Sie haben eine religöse Demonstration der Schiiten angegriffen, weil sie ihrer Meinung nach Hazrat Omer, den zweiten Kalifen, beleidigte. Es gab wohl etwa zwanzig Tote und Hunderte von Verletzten, weder Frauen noch Kinder wurden geschont ... Ein Teil des Tschoq ist in Flammen aufgegangen ... Natürlich haben sich die Schiiten entsprechend gewehrt! Im Augenblick ist über den Tschoq eine Ausgangssperre verhängt, aber es ist trotzdem unverständlich, daß die Polizei so spät eingegriffen hat ...«

Selma drückt sich verzweifelt in eine Ecke des Wagens:

* Der Tschoq ist Lucknows Volksviertel.

Als hätte man an den Auseinandersetzungen zwischen Indern und Engländern, zwischen Hindus und Muslimen nicht schon mehr als genug! Muslime gegen Muslime! Das hatte gerade noch gefehlt.

An diesem späten Nachmittag geht es im Salon der Begum Yasmin wie in einem Taubenschlag zu. Die Zeitungen sind voll von Berichten über den Abschluß der Liebesaffäre, die seit Monaten vom Osten bis zum Westen des Weltreiches in aller Munde ist, Freunde und Familien entzweit, zu Tränen rührt, zum Träumen verleitet, Begeisterungs- wie Entrüstungsstürme hervorruft: Es geht um diesen Mut – oder diese Feigheit –, es geht um eine Ehrenbezeigung gegenüber den edelsten menschlichen Gefühlen, aber auch um eine Herausforderung Gottes und des Pflichtgefühls, es geht um den Thronverzicht Eduards VIII., des Kaisers und Königs, wegen einer zweimal geschiedenen schönen Amerikanerin, der nun endgültig besiegelt wird durch die »in aller Stille« stattfindende Heirat am 3. Juni im Schloß Candé in Frankreich.

Als Selma eintritt, ist eine kleine mollige Dame gerade dabei, darzulegen, daß die Liebe ... die Liebe ...!

»Was weiß sie schon von Liebe?« sagt sich Selma verärgert, »und was weiß ich eigentlich davon?« Sie setzt sich ein bißchen abseits hin und wundert sich, wie diese Inderinnen sich über das Privatleben einer Familie begeistern oder aufregen können, die ihr Land nicht nur seit hundertfünfzig Jahren systematisch ausbeutet, sondern da auch eine Armee unterhält, Menschen verhaftet, einsperrt und diejenigen, die sich gegen ihre Herrschaft auflehnen, unter Umständen auch tötet.

Diese englische Liebesgeschichte war in der letzten Zeit Hauptthema der Diskussionen, während in der ganzen Provinz blutige Zusammenstöße zwischen Hindus und Muslimen stattfanden. Selma war darüber entsetzt, schwieg aber aus Höflichkeit. Heute kann sie sich nicht mehr beherrschen: »Was soll eigentlich dieser Unsinn! Sehen Sie sich doch in Ihrer Nähe um, in Ihrer Stadt, schauen Sie aus dem Fenster: die

Leute bringen sich gegenseitig um! Ich komme gerade von Aminabad, wo man mich um ein Haar gelyncht hätte!«

Sie verliert die Nerven, ihr Atem stockt, man kümmert sich um sie, rasch etwas kaltes Wasser und Salz ... Schließlich beruhigt sie sich und berichtet. »Muslime untereinander?« Man wundert sich, entrüstet sich. Was geht hier vor? Wie kommt es zu solchen Unruhen?

Begum Yasmin wirft der jungen Rani von Nampur einen giftigen Blick zu.

»Wieder eine Machenschaft der Engländer, nehme ich an: Sie schüren die Uneinigkeit der Inder, um dann sagen zu können, sie würden uns die Unabhängigkeit ja gerne gewähren, aber vorher müßten wir uns selbst einig sein.«

»Meiner Meinung nach ist das eher ein Schachzug der Kongreßpartei«, gibt die Rani ruhig zurück, »sie ist nämlich daran interessiert, daß die Muslime zerstritten und dadurch unfähig sind, ihre Interessen gegenüber der hinduistischen Mehrheit durch eine entsprechende Organisation zu vertreten.«

Rani Shahinas Gatte ist einer der führenden Männer der MuslimLiga, der Gatte der Begum dagegen einer der wenigen Muslime, die der Kongreßpartei angehören. Er ist der Meinung, man müßte zu allererst die Engländer loswerden und anschließend die Probleme der verschiedenen Religionsgemeinschaften regeln. In den politischen Argumentationen der Frauen spiegeln sich die persönlichen Rivalitäten der Männer.

Zur Entspannung der Atmosphäre wirft eine Dame die Frage auf, welche Fürsten sich denn zur Krönung des neuen Königs nach London begeben würden. Augenblicks ist die Politik vergessen, und man zählt mit glänzenden Augen die großen Maharadschas auf, Gwalior, Patiala, Jaipur, Indore, Kapurtala, der Nizam von Hyderabad natürlich, eine ganze Delegation, die von dem alten Maharadscha von Baroda angeführt wird. »Nilüfer und Duruchehvar werden sicher auch mit dabeisein«, denkt Selma. Sie wünscht sich, die Engländer würden sie einladen, damit sie ihnen eine Absage erteilen könnte. Aber sie weiß schon, daß ihr diese Genugtuung nicht zuteil wird. Und sie nimmt es Amir plötzlich übel, daß er nur Fürst eines kleinen Staates ist.

Am 12. Mai, dem Tag der Krönung Georgs VI., der seinem Bruder Eduard VIII. auf dem Throne folgt, glänzt Lucknow von Lichtern und Girlanden. Der Gouverneur gibt heute abend einen prunkvollen Empfang, es werden alle anwesend sein, die Aristokratie und die Würdenträger, um ihn zu beglückwünschen und dem neuen König und Kaiser ihre Huldigung darzubringen.

Amir, in einem Gala-Shirwani, klopft an Selmas Tür.

»Noch nicht fertig? Beeilen Sie sich, wir kommen sonst zu spät!«

Selma sieht ihm in die Augen.

»Gehen Sie ruhig, ich komme nicht mit.«

Er fällt aus allen Wolken. Was ist seiner Frau zu Kopf gestiegen? Man kann doch dem Gouverneur eine solche Kränkung nicht antun!

»Verstehen Sie mich denn nicht? ... Was *ich* nicht verstehe, ist, daß Sie an diesem Empfang teilnehmen können! Ach, alle Ihre Reden gegen den englischen Kolonialismus, für den Unabhängigkeitskampf, Worte, Worte, nichts als Worte! Sobald der Gouverneur pfeift, stürzen alle herbei und feiern die Krönung eines fremden Herrschers, von dem sie sich angeblich befreien wollen, mit einer Begeisterung, als würde er aus ihrem Lande stammen und von ihnen gewählt worden sein!«

Amir ist rot geworden; er geht einen Schritt auf diese Frau zu, die ihn so demütigt. Ob er sie schlagen soll? Er beherrscht sich, ballt die Fäuste.

»Sie bringen hier einiges durcheinander, Prinzessin. Indien ist nicht die besetzte Türkei. Die Engländer haben sehr viel für die Entwicklung dieses Landes getan. Wir sind lediglich der Meinung, daß wir jetzt selbständig genug sind, um uns selber regieren zu können. Wir befinden uns nicht im Kriegszustand mit England, sondern verhandeln über eine mögliche Machtübernahme unter den günstigsten Bedingungen.«

»Sie reden von Verhandlungen, und die Briten sperren Leute ein oder ermorden sie gar?«

»Daran ist nur dieser verrückte Gandhi schuld, dieser Erleuchtete, der das Volk unbedingt in den Krieg treiben will, während man doch alles in Ruhe, unter Gentlemen, erledigen könnte.«

Er schweigt einen Augenblick.

»Sie kommen also nicht mit? ... Gut!«

Er zieht sich voller Zorn zurück und fühlt sich leicht unbehaglich.

VI

Früher nahm die Reise von Lucknow bis Badalpur drei Tage in Anspruch. Drei Tage, um im langsamen Rhythmus der mit den Staatswappen behängten Elefanten die paar hundert Meilen zurückzulegen. Hinter den Elefanten folgten die Palankine, die von acht kräftigen Sklaven getragen wurden, und dann die Kamele, die unter ihrer Last fast zusammenbrachen.

Die Karawane setzte sich in der Morgendämmerung in Bewegung und rastete gegen Mittag, wenn die Hitze unerträglich wurde. Auf dem flachen Gelände wurden dann von den Dienern große Zelte aufgeschlagen, das Gras wurde mit geblümten Teppichen bedeckt. Man ruhte bis zum Sonnenuntergang und brach, wenn es kühler wurde, wieder auf, wobei die bewaffneten Wächter den Zug, der sich in wiegendem Schritt unter den Sternen voranbewegte, im Spalier umgaben.

Heute legt man die Strecke in vier Stunden im weißen Isota Fraschini zurück, der mit seiner Bar, den Tischchen aus Mahagoniholz, dem Teeservice und den mit Rosenwasser gefüllten Kristallfläschchen so komfortabel ist wie ein kleiner Salon. Selma trauert der majestätischen Poesie der früheren Reisen nach; einige Fürsten haben an ihr festgehalten, aber der Radscha ist ein moderner Mann, er will rasch und bequem reisen.

Eine Konzession macht man allerdings der Überlieferung

und dem schaulustigen Volk: Eine Meile vor der Staatsgrenze hält man an, damit die königlichen Elefanten, die in der Morgendämmerung vom Palast in Badalpur aufgebrochen sind, den Wagen abholen und eskortieren können.

Amir erklärt seiner jungen Frau stolz, Badalpur mit seiner Hauptstadt von dreißigtausend Einwohnern und lediglich etwa zweihundert Dörfern sei früher einmal ein großer indischer Staat gewesen.

»Die vielen Kriege, die meine Vorfahren den mächtigen Mahratten im Dekhan geliefert haben, und die Invasion der Engländer haben uns erschöpft. Wir sind vor der Gewalt nie zurückgewichen. Im Jahre 1857 hat mein Urgroßvater auf einer Fläche, die etwa so groß wie die Schweiz ist, zweitausendsechshundert Dörfer verloren, und der damalige englische General hat in seinen Memoiren festgehalten, man solle sich keinesfalls auf die Radschas von Badalpur verlassen: Zuerst hat man den Eindruck, sie würden unsere Autorität anerkennen, aber sie revoltieren immer wieder.«

Amir lacht, ein bißchen wehmütig.

»Das gereicht uns zu besonderer Ehre ... Aber ein paar Jahre danach sind wir unter britische Oberhoheit geraten* ... Das Auto fährt unter den mit Blumen durchflochtenen Gewölbebogen aus Laubwerk im Schrittempo, vor ihm her gehen sechs mit goldbestickten Decken behängte Elefanten; das Orchester des Radschas spielt die Staatshymne. Die zu beiden Seiten der Straße versammelte Menge, Hindus und Muslime, verneigt sich. Weder Rufe noch Hurrageschrei: In diesem Land der lärmenden Menschenmengen ist Schweigen die höchste Ehrfurchtsbezeigung.

* In der Zeit von 1857, als die erste Revolte gegen die Engländer stattfand, bis zum Jahr der Unabhängigkeit, 1947, stand ein Großteil der indischen Staaten unter britischer Oberhoheit. Sie mußten Steuern entrichten und hatten kein Recht auf eine eigene Armee. Zwar fungierten die Radschas offiziell noch als Herrscher, waren aber in Wirklichkeit lediglich verantwortlich dafür, daß in ihrem Staat alles nach dem Willen des englischen Gouverneurs verlief.

Der Radscha sitzt vorn im Wagen, reglos, mit abwesendem Blick. Im Grunde ist es belanglos, daß die Engländer seit fast einem Jahrhundert die eigentlichen Herren im Lande sind; für seine Untertanen ist *er* der allmächtige Herr, der Gnadenerweise und Strafen erteilt. Selma sitzt hinten im Wagen und beobachtet hinter den Brokatvorhängen, die so schwer sind, daß der Wind sie nicht aufwirbeln kann, dieses Volk, dessen Königin sie ist und das nicht das Recht hat, sie zu sehen.

Der Wagen fährt wieder aus der Stadt hinaus und auf den Palast zu, der zehn Meilen außerhalb liegt. Hohe Mauern schützen ihn vor neugierigen Blicken. Er erhebt sich inmitten des Mogul-Gartens über weißen Arkaden; die durchbrochenen Balkone sind oben mit einem grüngoldenen Keramikfries verziert, der steil aufgerichtete Lanzen, Füllhörner und allerlei ruhmreiche oder glückbringende Tiere wie Pfauen, Tiger und Fische darstellt. Auf allen vier Seiten ist der Palast mit Terrassen umgeben, von denen aus man Felder und Dörfer überblicken kann. In der Ferne sind die blauen Schatten der ersten Vorgebirge des Himalayas zu erkennen.

Selma ist von ihrem neuen Wohnsitz sofort sehr angetan, von dieser friedlichen Helle, von diesen Blumenbeeten, die von schmalen, mit Mosaik ausgelegten kleinen Kanälen durchzogen werden, in denen klares Wasser perlt, von diesen schattigen, mit wohlriechenden Gehölzen und hohen Palmbäumen bepflanzten Alleen, die sich wie zerzauste Vögel dem Himmel entgegenwölben.

Vor dem Palast macht die vollzählig angetretene Garde ihre Ehrenbezeigung – etwa fünfzig Männer mit indigoblauen Jacken und Turbanen und starren Schnurrbärten präsentieren ihre langen Mausergewehre aus dem vergangenen Jahrhundert. An der Freitreppe wirft sich die Dienerschar in weißer Kleidung, die zu dem indigoblauen Gürtel und dem Turban kontrastiert, auf die Knie. Auf der einen Seite stehen die Reitknechte und Elefantenführer, Köche und Küchenjungen, die Gärtner, Barbiere, Haushofmeister und Lakaien. Sogar die Straßenkehrer, Stallknechte und Putzleute sind anwesend, wenn auch etwas im Hintergrund. Auf der anderen

Seite der Freitreppe stehen die Frauen, zu Selmas großer Verwunderung mit unverschleiertem Gesicht, Es sind nur etwa zwanzig; Kammerfrauen, Zimmermädchen, Weißnäherinnen, die aber ausschließlich der neuen Rani zur Verfügung stehen.

»Hozur, was für eine Freude, was für eine Freude!«

Eine kleine, in rote Seide gehüllte Gestalt stürzt auf Selma zu, eine kleine rote Kugel, und küßt ihr die Hände. Es ist Begum Nusrat, die Gattin des Gouverneurs des Staates Badalpur, die die Prinzessin am Tage ihrer Ankunft in Indien abgeholt hatte. »Ihr Mann ist offenbar dieser würdige Herr im schwarzen Shirwani, der jetzt mit Amir spricht. Warum hat er mich nicht begrüßt?« wundert sich Selma. Sie hat den Eindruck, daß sie für die Leute Luft ist; keiner der versammelten Männer, Würdenträger oder Diener nimmt ihre Anwesenheit zur Kenntnis. Sicher ist das ein Zeichen der Achtung, aber die junge Frau hat trotzdem das unangenehme Gefühl, daß sie überhaupt nicht vorhanden ist. Sie wird sich daran gewöhnen müssen. Jedenfalls ist das noch besser, als den Burkah tragen zu müssen! In Badalpur ist dieser schwarze Sack, in den man vollkommen eingehüllt ist, nicht Vorschrift, im Gegensatz zu den großen Städten, wo Väter und Gatten ihre Frauen vor neugierigen Blicken bewahren wollen. Hier indessen würde, was ihre Person betrifft, niemand irgendeine Vertraulichkeit wagen: Hier ist sie keine Frau, hier ist sie die Rani.

Begum Nusrat drängt sie: »Kommen Sie, Hozur, Rani Saida will Sie kennenlernen. Ich soll Sie ihr vorstellen; es wäre unpassend, wenn Sie mit dem Radscha zu ihr gingen. Ein verheiratetes Paar darf nicht gemeinsam auftreten, das schickt sich nicht. Wenn eine Frau sich bei ihrer Schwiegermutter aufhält und ihr Gatte läßt sich anmelden, muß sie ihr Gesicht verschleiern und aufbrechen, bevor er eintritt.«

Rani Saida ist Amirs Großmutter, die während der fünfzehn Jahre, als er in England war, den Staat von ihrem Purdah aus gelenkt hat, während Rani Aziza sich um den Palast von Lucknow kümmerte. Eine Dame von Format, sagt man. Selma ist gespannt darauf, sie kennenzulernen.

In Begleitung der Begum geht sie die Marmortreppen hinauf – »hier entlang, Hozur!«, geht durch den kleinen, mit Sesseln und Konsolen aus vergoldetem Holz möblierten Empfangssalon, dann durch den Sitzungssaal, der mit niedrigen Sitzkissen im orientalischen Stil, Perserteppichen und Tischen aus Kaschmir ausgestattet ist, dann durch den alten Thronsaal. Stolz zeigt ihr die Begum den schweren elfenbeinernen, mit Schnitzwerk verzierten Thronsessel mit Jagd- und Kriegsszenen, der von in Torsos auslaufenden kleinen Säulen, die einen indigoblauen Samtbaldachin stützen, umgeben ist. Selma schweigt. So etwas Kitschiges hat sie noch selten gesehen. Sie richtet ihre Aufmerksamkeit lieber auf die Ahnenbilder, die an den Wänden hängen; hier sind alle Radschas von Badalpur versammelt, vom ältesten an, der im Jahre 1230 den Thron bestieg, bis zu Amirs Vater, der 1912 starb. Merkwürdig, wie sie sich alle ähnlich sehen! Selma beugt sich vor, um sie aus der Nähe zu betrachten, und muß plötzlich an sich halten, um nicht laut aufzulachen: Alle diese Herrscher über sieben Jahrhunderte hinweg sind von einem einzigen Künstler gemalt worden, von einem gewissen Aziz Khan. Entweder war dieser Mann von außergewöhnlicher Langlebigkeit, oder Amirs Vater hatte aus irgendwelchen geheimnisvollen Gründen das Bedürfnis empfunden, sich diese funkelnde Ahnengalerie zu verschaffen, wobei er leider vergessen hatte, die Signatur des Künstlers entfernen zu lassen. Stolz und entwaffnende Naivität zugleich ... Ob Amir ... Selma unterdrückt ein unbehagliches Gefühl. Nein, Amir ist dafür sicher nicht verantwortlich.

»Kommen Sie, mein Kind.«

Selma ist vom ersten Augenblick an von dieser alten Dame begeistert; sie ist weiß gekleidet und trägt als Witwe keinen Schmuck. Die einzige Koketterie: In ihrem schlohweißen, im Nacken zu einem Knoten geschürzten Haar steckt ein mit Türkisen, diesem Lieblingsstein der Schiiten, besetzter Kamm.

»Kommen Sie, umarmen Sie mich!«

Die blauen Augen in ihrem hellen, so sanften Gesicht mit seinen unzähligen Fältchen – sie sieht aus wie ein zartes

Veilchen – funkeln. Wahrscheinlich stammt sie aus Kaschmir, denkt Selma, nirgendwo sonst in Indien haben die Frauen einen so hellen Teint.

Sie verbeugt sich ehrfürchtig. Die alte Frau richtet sie auf und drückt sie an ihre breite Brust. Es geht ein Duft von Glyzinienparfüm von ihr aus; Selma fühlt sich wie zu Hause.

»Ich hatte gefürchtet, daß du nichts weiter als hübsch bist ...« – die Rani hat sie unters Kinn gefaßt und betrachtet sie lange –, »aber ich sehe, du bist mehr als nur das. Amir hat Glück. Er braucht eine Frau wie dich. Du wirst ihm helfen, nicht wahr? Du wirst ihm Mut zusprechen, wenn ich nicht mehr bin und es nicht mehr tun kann?«

Amir Mut zusprechen? Selma ist erstaunt.

»Ich weiß, was ich sage. Amir hat immer zu wenig Liebe gehabt. Seit seinem sechsten Lebensjahr, als seine Eltern starben, ist er von Höflingen umgeben gewesen, die ihm schmeichelten und sich hinter seinem Rücken über ihn lustig machten. Er verstand das zwar noch nicht genau, aber er spürte es, er war ein sensibles, frühreifes Kind. Ich war die einzige, die nichts von ihm erwartete. Selbst seine ältere Schwester Aziza achtete darauf, ihn nicht zu verärgern, weil sie fürchtete, er werde sich später daran erinnern ...

Aber der größte Schock war der Versuch seines Onkels väterlicherseits, ihn im Alter von fünfzehn Jahren zu vergiften und sich des Staates zu bemächtigen. Er war wochenlang völlig erschöpft und lehnte es ab, irgend jemanden zu sehen, mich ausgenommen. Er weinte und wiederholte immer wieder: »Ich will nicht Radscha werden, ich verreise, ganz weit weg, wo niemand mich kennt; vielleicht wird man mich dann um meiner selbst willen lieben.«

Selma läuft es kalt über den Rücken: Wie oft hat sie selbst schon gewünscht, ein Waisenkind zu sein, namenlos, von unbekannter Herkunft, damit sie »um ihrer selbst willen« geliebt würde.

»Wir haben ihn dann«, fährt die Rani fort, »nach England geschickt. Damit er in Sicherheit war, aber auch, um sein seelisches Gleichgewicht wiederherzustellen: Der Tod seiner Eltern, den er unbewußt als Vernachlässigung empfand, die

Doppelzüngigkeit der Höflinge, der Verrat seines Onkels und schließlich auch noch eine unglückliche Liebesgeschichte mit einer Kusine, die ihm schöne Augen machte und sich heimlich mit einem andern traf, hatte sein Selbstvertrauen zerstört, die Fähigkeit, zu kämpfen, selbst im Bewußtsein, daß man auch scheitern konnte, kurz, die Fähigkeit, ein Mann zu sein.

Als er uns verließ, war er ein mißtrauischer junger Mann mit empfindlichen Nerven. Dann kam er zurück, erwachsen, aktiv, ein Enthusiast und doch gelassen, vernünftig ... Ein bißchen zu vernünftig ... Ich habe ständig den Eindruck, daß er sich zu sehr im Zaum hält, daß er befürchtet, von seiner Sensibilität überwältigt zu werden. Ob der psychische Schaden noch nicht überwunden ist? Vielleicht hat er einfach gelernt, ihn zu kaschieren? Mein armer Amir, ich möchte so gern, daß er sich selber gestattet, glücklich zu sein!«

Die Rani sieht Selma mit Tränen in den Augen an.

»Versprich mir, daß du ihm helfen wirst!«

An diesen letzten Tagen im Juni ist die Hitze drückend geworden. Menschen und Tiere blicken zu dem hoffnungslos blauen Himmel empor. Er wird auch noch wochenlang so blau bleiben, man kann den Monsunregen vernünftigerweise nicht so früh erwarten. Es sei denn, daß Gott sich dieser verbrannten Felder, dieser rissigen Erde und erschöpften Kreaturen erbarmt, die sich nur noch dahinschleppen in der Sonnenglut.

Selma hat sich auf ihrem Bett ausgestreckt, darauf bedacht, sich möglichst wenig zu bewegen, und hält ihr Gesicht begierig dem leichten Windhauch entgegen, den der Panka verbreitet, ein uralter, von Hand betriebener Ventilator, den ein junger Mann, der vor der Tür kauert, mit Hilfe von Schnüren in Bewegung setzt. Es gibt zwar Elektrizität im Palast – nachdem Amir aus England zurückgekehrt war, hat er ihn mit riesigen, ganz modernen Stahlventilatoren ausstatten lassen –, aber seit sie hier sind, hat die Elektrizität lediglich einen Abend lang funktioniert, und Selma hat die Hoffnung aufgegeben, daß sich die breiten glitzernden Flügel, die an der Decke prangen, jemals zu drehen beginnen.

Aber trotz der Hundstage ist ihr Badalpur weit lieber als Lucknow. Hier ist das Leben einfach, es gibt weder Rani Azizas Bosheiten noch Geschwätz und Intrigen. Trotz seiner Staatsgeschäfte wirkt auch Amir hier entspannter. Früh am Morgen, wenn es noch kühl ist, reiten sie durch Feld und Wald. Manchmal werden sie von Zahra begleitet, deren helles Lachen im Sonnenlicht dahinperlt. Berauscht von der Freiheit, reiten sie im Galopp, so daß ihnen die Bauern erstaunt nachsehen.

Es ist das erste Mal, daß der Radscha im Sommer in Badalpur weilt. Gewöhnlich fliehen alle, die es sich erlauben können, die stickige Hitze der Indus- und Ganges-Tiefebenen, um die eleganten Bergkurorte im Himalaya aufzusuchen. Sogar der Vizekönig und seine Regierung nehmen einen Ortswechsel vor und schlagen im Sommer ihren Wohnsitz in Srinagar, der Hauptstadt von Kaschmir, auf.

Aber dieses Jahr ist es auf Grund der Aktivitäten der Kongreßpartei unruhig im Lande, und Amir hält es für klüger, bei seinen Untertanen zu bleiben und ihre Forderungen zu prüfen. Nicht als ob sich die Bauern von Badalpur besonders zu beklagen hätten; ihr Radscha ist gerecht und großzügiger als die meisten Herrscher der Nachbarstaaten: Wenn die Ernte schlecht war, fordert er nicht die gesamte Steuer, und wenn man sich wegen der Heirat einer Tochter verschuldet hat oder wegen Krankheit nicht arbeiten kann, bezahlt er oft dem Wucherer des Dorfes die Schulden aus eigener Tasche. Doch seit ein paar Monaten behaupten Herren, die aus der Stadt kommen und lesen und schreiben können, man brauche überhaupt keine Steuern mehr zu bezahlen, die Bauern hätten das Recht, ihre Ernte bis zum letzten Maiskolben, bis zum letzten Weizenkorn für sich zu behalten! Natürlich glaubt man das nicht, und niemand würde wagen, dem Herrscher gegenüber so etwas zur Sprache zu bringen, aber zu denken gibt es schon.

Vorerst begnügt man sich damit, den Regen, die Kälte, die Hitze oder die Trockenheit vorzuschützen, um darzulegen, warum man in diesem Jahr wirklich nicht zahlen kann. Deshalb hält der Radscha jeden Morgen, nachdem er den Rat versammelt und mit dem Diwan, dem Schatzmeister und dem Polizeichef diskutiert hat, öffentlich Hof. Es ist nicht nötig, um eine Audienz nachzusuchen: Alle, die wollen, Hausbesitzer, Dorfälteste oder einfache Bauern, können kommen, ihre Probleme ausbreiten und ihren Herrscher um Beistand oder Beilegung einer Streitigkeit durch Schiedsspruch ersuchen.

Selma gefällt es, wenn Amir seine Untertanen empfängt. Sie schleicht in aller Stille auf die Terrasse und schaut zu. Er sitzt in einem einfachen Kurtah aus Musselin, der mit feinen Perlen bestickt ist, unter der großen Veranda. Zwei Diener im Turban fächeln ihm Luft zu, während hinter ihm sechs bewaffnete Wächter strammstehen. Das sei eigentlich nicht notwendig, räumt Amir ein, sondern eher wegen der Etikette – man soll das Volk nicht enttäuschen, schließlich kommt es auch, um seinen Radscha zu sehen!

An diesem Morgen wundert sich Selma, daß unter den Klägern auch eine Frau ist. Was macht sie hier? Die Streitigkeiten werden immer unter Männern geregelt. Der untere Teil ihres Gesichtes ist mit einem schwarzen Tuch verhüllt, das seltsam gerade herunterhängt. Das ist um so merkwürdiger, als die Bäuerinnen gewöhnlich keinen Schleier tragen, denn sie müssen mit den Männern zusammen auf den Feldern arbeiten. Der Schleier und das Eingeschlossensein sind im Grunde soziale Statussymbole, die beweisen, daß es eine Frau nicht nötig hat, zu arbeiten,

Um die Frau herum gestikulieren Männer, die sich offenbar gegenseitig beschimpfen. Andere stoßen zu der Gruppe, jeder hat seinen Kommentar, seine Meinung abzugeben, die Frau macht sich ganz klein. Der Radscha stellt ernst ein paar Fragen und hört zu. Schließlich fällt er sein Urteil: Tin rupia, drei Rupien Strafe. Die Männer ziehen sich beruhigt zurück, schweigsam trottet die Frau hinter ihnen her.

»Worum ging es denn?« erkundigt sich Selma neugierig, als Amir endlich wieder in ihr Zimmer tritt.

»Oh, um nichts Besonderes! Der Mann wirft seiner Frau vor, sie sei ihm untreu gewesen, und um sie zu bestrafen, hat er ihr mit einem Säbel die Nase abgeschnitten. Sie schwört hoch und heilig, sie sei unschuldig, und ihre Familie hat sich jetzt beklagt.«

Selma starrt Amir entsetzt an.

»Was, nur drei Rupien für eine abgeschnittene Nase?«

»Sie ist noch gut davongekommen, denn wenn sie schuldig ist, hätte er sie töten können, ohne daß ich das Recht hätte, ihn dafür zu verurteilen; das ist hier so der Brauch.«

»Aber wenn sie unschuldig ist?«

»Sie ist auf jeden Fall insofern schuldig, als sie durch ihr Verhalten Verdacht erregt und dem Ansehen ihres Mannes dadurch geschadet hat.«

Selma betrachtet ihren Gatten fassungslos: Das ist doch nicht möglich! Er, ein so modern eingestellter Mann, der in den besten Schulen Englands erzogen und ausgebildet worden ist, billigt ein so mittelalterliches Verhalten? ... Er sieht ihre Bestürzung.

»Ich konnte kein anderes Urteil fällen. Wenn ich dem Mann gegenüber strenger gewesen wäre, würde das niemand, auch nicht die Frau und ihre Familie, verstanden haben.«

»Aber man muß sie doch gerade für gewisse Einsichten empfänglich machen, und Sie hätten als einziger die Macht, das zu tun!«

»Die Mentalität ändern! Was stellen Sie sich denn vor? Dazu werden wir noch Jahrhunderte brauchen! Im übrigen, wer bin ich, um über ihre Wertvorstellungen, ihren Ehrenkodex zu befinden und sie gewaltsam zu ändern? Ich kann lediglich versuchen, ihnen nahezulegen, sich wenigstens danach zu richten.«

»Aber Sie halten diese Einstellungen doch nicht etwa für richtig?« Selmas Stimme zittert.

»Beruhigen Sie sich, meine Liebe«, wirft der Radscha hin und sieht sie von der Seite an, »ich möchte Sie lieber tot als ohne Nase sehen, aber diese Leute haben überhaupt keinen Sinn für Ästhetik! In manchen anderen Punkten hingegen« – er spielt nachdenklich mit seiner bernsteinfarbenen Gebetskette – »bin ich mir nicht so sicher, ob sie vielleicht sogar recht haben ...«

Das Dorf Ujpal liegt kaum eine Meile vom Palast entfernt. Von den Terrassen aus kann Selma die Häuser aus Strohlehm, die strohgedeckten Dächer und die Innenhöfe sehen, wo vor dem Feuer kauernde Frauen die Chapatis zubereiten, diese Kornfladen, die zusammen mit Zwiebeln die Grundlage und oftmals den Hauptbestandteil einer Mahlzeit ausmachen.

Sie hält sich nun schon eine Woche in Badalpur auf und ist, von den Ausritten mit Amir abgesehen, noch nie über die Mauern des Palastes hinausgekommen. Sie hat den Eindruck, gleichsam ausgeschlossen zu sein vom eigentlichen Leben, dem Leben, das sich da unten abspielt, wo die Frauen zwischen den spielenden Kindern ihren Beschäftigungen nachgehen, wo die Männer bei einem Glas Tee endlose Palaver führen und anmutige junge Mädchen Wasser aus dem Ziehbrunnen schöpfen, das sie dann in Kupfergefäßen auf dem Kopf balancieren.

In den ersten Tagen war all das neu, das Landleben und dieser weiße Palast hatten ihren Reiz, auch war sie nun endlich unbestritten »die Rani« und nicht mehr die Ausländerin, deren bizarre Ideen man resigniert zur Kenntnis nahm. Das empfand sie wirklich als wohltuend. Aber jetzt wird ihr die Zeit lang, um so mehr, als Zahra abgereist ist, um ihre Studien in Lucknow wiederaufzunehmen.

Selma will etwas tun.

Aber wie?

Rani Saida, der sie sich anvertraut hat, macht den Vorschlag, sie solle damit beginnen, die Frauen zu empfangen, und zwar am Nachmittag, weil sie am Morgen im Haus und auf den Feldern beschäftigt seien.

»Sag ihnen, daß alle, die möchten, kommen können, und daß du ihnen helfen willst ...« – sie lacht –; »ich warne dich allerdings, es werden viele kommen, du wirst nicht mehr ein noch aus wissen! Aber du hast ganz recht, es ist deine Pflicht als Rani. Ich selber habe das früher auch gemacht, aber jetzt bin ich zu alt ...«

Einen Augenblick lang umwölkt Trauer ihre blauen Augen.

»Weißt du, das sind gewissermaßen unsere Kinder, und sie setzen ungeheure Hoffnungen in uns. Ich hätte gern mehr unternommen, aber zu Zeiten meines Mannes, des Radschas, kam das gar nicht in Frage, und später fehlte mir die Energie ... Aber du bist jung, hast schon etwas gesehen von der Welt, du kannst hier vieles ändern. Und ich werde ruhig sterben können, wenn ich weiß, daß die Frauen und Kinder von Badalpur nicht ohne Beistand sind.«

Wie es Rani Saida vorausgesehen hatte, ist der Salon, den Selma sich im Erdgeschoß hatte einrichten lassen, immer voller Menschen. Die Bäuerinnen kommen zu jeder Tageszeit in Begleitung ganzer Kinderscharen. Sie sitzen zu Füßen der Rani und erzählen ihr endlose Geschichten, die sie gar nicht versteht. Sie hat deshalb die ältere Tochter Begum Nusrats herangezogen, die in einer Klosterschule, dem besten Erziehungsinstitut von Lucknow, Englisch gelernt hatte. Manche kommen aus weit entfernt liegenden Dörfern. Für sie hat man den Boden eines großen Zimmers mit weißen Tüchern auslegen lassen, damit sie vor ihrer Rückreise hier übernachten können. Es gefällt ihnen da so gut, daß sie gar keine Lust haben, wieder aufzubrechen, vor allem die älteren, die keinen Mann und keine Kinder mehr haben, um die sie sich kümmern müßten. Sie richten sich sozusagen wohnlich ein. Ist die Rani nicht ihre Mutter, ihre Beschützerin? Selma sieht mit einer gewissen Unruhe, wie der Palast sich immer mehr bevölkert, Amir wird es schließlich merken, in Zorn geraten und alle nach Hause schicken. Was soll sie nur tun? Sie vertraut sich wieder Rani Saida an. Diese beginnt zu lachen.

»Aber, meine Tochter, sie können nicht aufbrechen, wenn du ihnen vorher nicht ein kleines Geschenk gemacht hast! Laß Pappschachteln mit ein paar Kebabs und Burfis* bereitstellen und leg einen 5-Rupien-Schein dazu. Und mach ihnen vor allem deutlich, daß dies dein Abschiedsgeschenk sei.«

»Aber ... werden sie dann nicht beleidigt sein?«

»Beleidigt? Wie kommst du denn darauf? Im Gegenteil, sie werden sich geehrt fühlen, da bin ich ganz sicher, und wer-

* Kleine Kuchen aus Zucker und Sahne.

den die Schachtel sorgfältig aufheben, um sie ihren Nachbarinnen zu zeigen. Achte darauf, ein hübsches rotes Band darum zu schlingen, das ist die Farbe des Glückes ...«

Das Glück ... Diese Frauen, die den ganzen Tag lang in den Palast strömen, haben sie die mindeste Vorstellung davon, was Glück sein könnte?

Sie berichten ja alle von den bejammernswerten Dramen ihrer Armut: der einzige Sohn, der sich erkältet hat und trotz der Gebete der Brahmaninnen stirbt, die Tochter, die verstoßen wurde, weil sie keine Kinder bekam – man sagt zwar, in der Stadt gebe es Frauen, die Ärztinnen seien, aber woher soll man das Geld nehmen? –, der Mann ist arbeitslos, die Kinder hungern, und dieser Wucherer, dem man schon fünfzig Rupien schuldet und der jetzt droht, ihnen das Haus wegzunehmen ... Dann sehen sie ihre Rani hoffnungsvoll an: Sie ist so gütig, sie wird ihnen sicher helfen.

In den ersten Tagen hat Selma diesen Bitten entsprochen, hier zwanzig Rupien, dort dreißig, wenig, um soviel Not zu lindern, dann merkte sie, daß die Schlange der Unglücklichen immer länger wurde, daß es ein endloses Unglück war, ein Abgrund ohne Boden, und daß selbst die Staatskasse, einmal vorausgesetzt, daß sie darüber hätte verfügen können, überfordert gewesen wäre. Machtlos! Sie begreift, daß sie nicht in der Lage ist, die unzähligen Probleme, die auf sie zugekommen sind, zu lösen. Wie soll sie den Frauen erklären, daß sie nicht allen helfen kann? Sie würden es nicht glauben, würden zwar nichts sagen, aber denken, die Rani sei wie alle Reichen, und ihre Hoffnungen seien unberechtigt gewesen. Und dann würden sie sie mit ihren traurigen Augen resigniert ansehen ... mit diesen Augen der Armen, die Armut gewohnt sind.

»Ich weiß«, sagt Amir, mit dem Selma eines Abends über diese verzweifelte Lage spricht, mit düsterer Miene. »Aber Sie werden schon damit fertigwerden, wie wir alle das müssen. Das ist ja gerade das Traurige; die besten von uns werden schließlich fühllos. Was soll man sonst tun? Sich davonmachen, sich umbringen, sich von morgens bis abends betrinken, um von einer Situation keine Kenntnis nehmen zu müssen, über der wir, wenn wir ihr ins Gesicht sähen, den Verstand verlieren würden? Keine Argumentation, nichts von alledem, was wir gelernt haben, woran wir glauben, was unsere Eigenschaft als menschliche Wesen ausmacht, nichts kann dieses Leiden, diese endlose Agonie eines ganzen Volkes rechtfertigen.

Als ich in England studierte, glaubte ich, der Sozialismus wäre eine Lösung. Meine Freunde lachten mich aus und nannten mich den ›roten Radscha‹. Als ich zurückkehrte, merkte ich bald, daß niemand die Revolution wollte, die Bauern am allerwenigsten. Jahrhundertelange Knechtschaft und Ohnmacht haben sie davon überzeugt, daß sich, was immer sie tun, nichts ändern werde.«

»Aber das stimmt doch nicht, die Bauern sind für den Mahatma!«

»In der Tat, und das ist gar nicht gut für sie; Gandhi mit seiner Doktrin der Gewaltlosigkeit ist mit Sicherheit das beste Bollwerk, das die bourgeoisen Geschäftsleute gegen eine soziale Revolution errichten konnten. Deshalb finanzieren sie ihn so großzügig, ihn und seine Partei. Deshalb und natürlich auch, um die Engländer aus dem Land zu jagen, die die Wirtschaft Indiens fest in der Hand haben und diese Baniyas* daran hindern, sich die Taschen so vollzuwirtschaften, wie sie es eigentlich möchten. Aber machen Sie sich keine Illusionen: Wenn wir die Engländer los sind, wird es dem Volk genauso schlecht gehen wie vorher, wobei ihm einzig die Befriedigung zuteil wird, daß es von den Leuten seiner eigenen Hautfarbe ausgebeutet wird.«

»Gegenwärtig sind es ja auch tatsächlich Farbige, die es ausbeuten, Großgrundbesitzer und Fürsten ...«

»So ist es«, gibt Amir zurück und kneift erbost die Augen zusammen. »Ich bin es, und Sie auch. Nun? Dann verlassen Sie doch diesen Palast, ziehen Sie sich einen leinenen Sari über und erzählen Sie den Bauern etwas von Gleichheit und Revolution! Die werden denken, Sie hätten den Verstand

* Hinduistische Großunternehmer.

verloren, und werden Sie zweifellos umbringen! ... Glauben Sie mir, es ist nicht so einfach, wie wir möchten ... Ein persönliches Opfer kann uns selber vielleicht erfreuen, aber es nützt nichts, ja es kann die Situation noch verschlimmern.«

Selma verzieht zweifelnd das Gesicht.

»Sie glauben mir nicht?« Er zuckt mit den Schultern. »Nun gut, versuchen Sie es, Sie werden schon sehen!«

Unter den Frauen, die sie regelmäßig besuchen, sind Selma zwei entzückende junge Mädchen aufgefallen. Die ältere ist vielleicht sechzehn Jahre alt; sie trägt auf der Stirn den roten Tikka* der verheirateten Frauen. Die andere, ein blutjunges Mädchen, trägt einen weißen Sari ohne irgendwelchen Schmuck, selbst ohne die üblichen gläsernen Armringe, ohne die eine Inderin eigentlich das Gefühl hat, nackt zu sein. Sie sitzen nebeneinander und verbringen Stunden damit, ihre Rani zu betrachten. Selma ist schließlich so verwirrt, daß sie sie fragt, ob sie irgendeinen Wunsch hätten.

»Nein, Hozur, wir wollen dich nur ansehen, wir freuen uns so darüber, du bist so schön.«

Sie erzählen ihr, daß die ältere, Parvati, mit einem um vierzig Jahre älteren Mann verheiratet ist; er ist gut zu ihr, schickt sie nicht zur Feldarbeit und schenkt ihr jedes Jahr zum Diwali, dem Lichtfest, einen seidenen Sari. Die jüngere, Sita, ist Witwe; sie wurde mit elf Jahren verheiratet und hat ihren Gatten nach kaum sechs Monaten verloren. Sie wohnt jetzt bei der Familie ihrer Schwiegermutter und erledigt Hausarbeiten, aber kochen tut sie natürlich nicht ... Arme Kleine! Selma sieht sie mitleidig an. Sie ist ja noch nicht lange in Indien, aber immerhin lange genug, um über das Los, das die Hindus den Witwen bescheren, Bescheid zu wissen. Wenn sie das Glück haben, dem Suttee zu entgehen, der vorschreibt, daß sie auf dem Scheiterhaufen neben der Leiche ihres Gatten verbrannt werden müssen – ein Brauch, der

* Ein Kennzeichen der Hindufrauen. Es bedeutet gleichzeitig Glück und das Auge der Weisheit und ist den verheirateten Frauen vorbehalten.

1829 von den Engländern verboten worden war, aber ein Jahrhundert später immer noch vollzogen wird –, führen sie für den Rest ihres Lebens eine Paria-Existenz. Man unterstellt ihnen nämlich Mitverantwortung am Tod ihres Gatten als Folge von Verfehlungen im libidinösen Bereich, die sie angeblich in einer früheren Existenz begangen haben. Sie sind unrein und dürfen sich der Küche nicht nähern, schon gar nicht an den Mahlzeiten teilnehmen – man gibt ihnen nur Abfälle –, sie haben nicht einmal mehr das Recht, sich um ihre Kinder zu kümmern.

»Glücklicherweise habe ich kein Kind«, lächelt Sita, »und meine Schwiegermutter ist nicht allzu schlecht zu mir; sie hat mich weder eingesperrt noch mir das Haar abrasiert, wie es sonst üblich ist. Aber was mir fehlt, sind die Feste … Ich mag Farben und Musik so gern! Ich werde nie mehr daran teilnehmen können, sie sagen, ich bringe Unglück.«

»Welch ein Unsinn!« empört sich Selma. »Komm und setz dich neben mich.«

Sita zögert und wirft den anderen Frauen einen ängstlichen Blick zu, am liebsten würde sie Reißaus nehmen, aber andererseits muß sie der Rani doch gehorchen …? Sie nähert sich zitternd.

»Armes Kind!« sagt da Selma sehr bestimmt. Bei uns werden die Witwen nicht schlecht behandelt, im Gegenteil, man ist der Meinung, sie sollten sich wieder verheiraten. Unser Prophet hat übrigens ein Beispiel gegeben: Seine erste Frau, Khadidja, war Witwe.« Unter den anwesenden Frauen erhebt sich ein Gemurmel. Niemand wagt es, sich zu äußern: Ist die Rani nicht Muslimin?

Hinter Sita hat sich ihre Gefährtin, Parvati, herangewagt.

»Hozur, warum kommst du nicht in unser Dorf? Es gibt da viele Frauen, die dich sehen möchten, aber sie trauen sich nicht in den Palast. Und dann sind da auch noch die anderen, die Unberührbaren, denen der Dorfälteste verboten hat, dich zu behelligen.«

»Die Unberührbaren?«

»Ja, diejenigen, denen man ausweichen muß; man wird selbst von ihrem Schatten beschmutzt … Natürlich kannst du sie nicht zu Hause aufsuchen, aber sie könnten dich vielleicht von weitem betrachten; sie wären so glücklich darüber!«

Wie soll sie diesem Kind erklären, daß sie, die Rani, nicht das Recht hat, die Umfriedung des Palastes zu verlassen?

»Ich komme, Parvati, ich verspreche es dir.«

»Sie werden nicht hingehen. Glauben Sie, daß Sie diesen Leuten irgendwie helfen können, wenn Sie sie besuchen? Sie werden schockiert sein, das ist alles.«

»Ich gehe.«

Amir ist weiß vor Wut, aber diesmal ist Selma entschlossen, nicht nachzugeben. Diese allerärmsten Frauen warten auf sie; sie kann sie nicht enttäuschen, kann nicht den Eindruck erwecken, ihr sei alles gleichgültig.

Amir zögert.

»Gut, wir fragen Rani Saida, wie sie darüber denkt.«

Er vertraut der alten Dame ganz. Schließlich hat sie den Staat fünfzehn Jahre lang verwaltet. Niemand kennt die Reaktionen der Bauern besser als sie, während sie für Amir, der zwischen seiner indischen Sensibilität und seiner englischen Erziehung schwankt, oft rätselhaft sind.

»Sie soll ruhig gehen«, antwortet die Rani, »die Zeiten haben sich geändert. Ich selbst hätte zweifellos weniger Irrtümer begangen, wenn ich persönlich hätte nachprüfen können, was man mir erzählte.«

Der Radscha zieht die Brauen zusammen; der Nonkonformismus seiner Großmutter versetzt ihn immer wieder in Erstaunen, um so mehr, als sie selbst den Palast ja nie verlassen hat. Aber er hat versprochen, ihre Entscheidung anzuerkennen.

»Gut«, sagt er trocken zu Selma, »dann gehen Sie, aber in Begleitung zweier bewaffneter Wächter.«

VII

»Sie können sich nicht vorstellen, wie es in einem indischen Dorf zugeht«, schreibt Selma ihrer Mutter. »Von den Terrassen des Palastes aus wirken die Piseemauern und Strohdächer sehr romantisch, aber aus der Nähe ... Ein beißender Geruch sticht einem in die Nase, der Geruch menschlicher Exkremente, in die man, wenn man nicht sehr aufpaßt, bei jedem Schritt hineingerät – die Bauern verrichten ihre Bedürfnisse an jeder beliebigen Stelle, und mit Vorliebe in der Nähe des Dorfes. Sie ziehen sich auch nicht etwa diskret zurück, denn sie finden, das sei die natürlichste Handlung von der Welt! Wenn man also im Palankin vorbeigetragen wird, hocken sie mit einem Gesichtsausdruck, als würden sie meditieren, in Gruppen am Wegrand. Bei Frauen habe ich das allerdings noch nicht erlebt.

Die Häuser haben keine Fenster, nur eine kleine Tür, die auf einen Innenhof hinausgeht, wo alle zusammen leben. Er dient als Küche, Eßraum, Empfangsraum und im Sommer als Schlafzimmer. Das Haus selbst besteht nur aus einem Raum, bei Wohlhabenderen aus zweien, in denen Männer, Frauen und Kinder eng beieinander leben, sobald es kühl wird. Aber die Räume sind recht groß, denn es gibt gar keine Möbel, von zwei geflochtenen Betten und einer Truhe abgesehen, in der die Festkleidung aufbewahrt wird.

Aus der Ferne hat mich verwundert, daß die Frauen stundenlang am Boden kauern und eine Art Schlamm kneten, aus dem sie Fladen formen, die sie dann an die Mauern der Häuser kleben. Wenn die Fladen in der Sonne getrocknet sind, stapeln sie sie im Hof zu kunstvollen Pyramiden auf. Ahnen Sie, was sie da mit bloßen Händen so sorgfältig formen? Kuhmist! Offenbar ist das ein hochwertiges Brennmaterial, man kann damit heizen und kochen. Sie lachen vielleicht darüber. Aber möglicherweise sind wir, mit unserer Abneigung gegenüber all dem, was der Körper ausscheidet, genauso lächerlich.

Die Zeitungen bringen ständig Berichte über die Auseinandersetzungen zwischen Hindus und Muslimen. Glauben Sie mir, die hiesigen Dörfer sind Musterbeispiele der Toleranz verschiedener Religionsgemeinschaften. Ujpals Bevölkerung besteht zu sechzig Prozent aus Hindus und zu vierzig Prozent aus Muslimen, und diese kleine Welt funktioniert ausgezeichnet. Häuser und Ziehbrunnen werden getrennt benutzt, die einen hat man im Umkreis der Moschee, die anderen um den Tempel herum gebaut, aber man besucht sich gegenseitig; natürlich nicht zum Essen, da die Hindus die Muslime als unrein betrachten; mich, ihre Rani, gewiß eingeschlossen. Jedenfalls gliedern sie sich in viele Kasten und betrachten sich gegenseitig als unrein, bis auf die Brahmanen, die der herrschenden Kaste angehören, an der göttlichen Substanz teilhaben und sich Pandit – Gelehrter – nennen lassen, selbst wenn sie Analphabeten sind.

Weiter unten auf der sozialen Stufenleiter gibt es unglückliche Geschöpfe, die von jedermann verachtet und kaum als menschliche Wesen behandelt werden. Das sind die »Kastenlosen«, die, wie ihr Name zum Ausdruck bringt, in der Gesellschaft keinen Platz haben. Sie werden auch die »Unberührbaren« genannt. Wem das Unglück zustößt, mit ihnen in Kontakt zu kommen, muß sich bestimmten Reinigungsriten unterziehen.

Sie leben zusammengepfercht am Ende des Dorfes in elenden Hütten und werden mit Aufgaben betraut, die als ›unehrenhaft‹ gelten, zum Beispiel mit der Reinigung von Latrinen und der Ausbesserung von Schuhwerk ... Sie dürfen nicht im Tempel beten oder Wasser aus dem gleichen Ziehbrunnen schöpfen wie die anderen. Wenn ihr Brunnen trokken ist, was in der letzten Zeit der Fall war, müssen die Frauen meilenweit laufen, um einen anderen zu finden.

Als ich das Dorf zum ersten Mal besuchte, habe ich eine richtige Revolution ausgelöst, weil ich darauf bestand, sie zu besuchen. Ich wollte ihnen eine Freude machen, aber ich glaube, sie haben vor allem Angst gehabt. Nicht vor mir, sondern weil sie fürchteten, die anderen würden sich für diese Verletzung der Regeln an ihnen rächen. Jetzt haben sie sich daran gewöhnt. Wenn Sie wüßten, wie dankbar sie sind, weniger um dessentwillen, was ich ihnen bringe, sondern einfach für meine Anwesenheit! Und ihr Zartgefühl! Sie würden mir niemals ein Glas Tee anbieten.

Damit ich die Häuser der anderen nicht verunreinige, besuche ich sie für gewöhnlich zuletzt. Ich glaube, auf diese Weise habe ich das Problem gelöst. Zum ersten Mal seit meiner Ankunft in Indien bin ich wirklich glücklich. Endlich habe ich das Gefühl, daß ich nützlich bin und daß man mich liebt.«

Seither geht Selma mehrmals die Woche ins Dorf; sie bringt Medikamente, Kleidung und auch Hefte und Bleistifte für die Kinder mit. Sie hat es so eingerichtet, daß die Wächter sie am Hauseingang allein lassen und mit den alten Leuten Tee trinken gehen. Dadurch ist sie sie los, und sie setzt sich stundenlang mit den Frauen zusammen. Sie machen einander die Ehre streitig, sie empfangen zu dürfen, sie muß sehr aufpassen, daß sie niemanden beleidigt. Aber natürlich hat sie ihre Lieblinge: die beiden jungen Hindufrauen, die ihr als erste vorgeschlagen hatten, sie solle ins Dorf kommen, vor allem Sita, die junge Witwe, die sie unter ihre Fittiche genommen hat, aber auch Kaniz Fatma, eine energische, kluge Muslimin, die mit ihren Meinungen nicht hinter dem Berg hält, auch wenn ihr das zahlreiche Feindschaften einträgt. Diese Frau von stattlichem Äußeren, deren Gesicht aber noch ganz glatt ist, hat elf Kinder zur Welt gebracht, und ihre älteste Tochter, die jetzt vierzehn ist, hat gleichfalls schon einen kleinen Jungen. Selma kann sich nicht versagen – sie ist zu neugierig –, sie nach ihrem Alter zu fragen. Kaniz Fatma denkt etwas nach.

»Ich erinnere mich, daß ich weinte, als mein Vater uns zu Beginn des Weltkrieges verließ, um in einem englischen Regiment zu dienen. Da bin ich höchstens drei Jahre alt gewesen.«

1914 drei Jahre alt! Selma betrachtet sie verblüfft: Dann sind sie also beide siebenundzwanzig Jahre alt …

Eines Tages nehmen Kaniz Fatma und ein gutes Dutzend anderer Frauen Selma mit Verschwörermiene beiseite.

»Rani Saheba, du weißt so viel, und wir sind arme, unwissende Bäuerinnen …«

Selma muß über diese Einleitung lächeln, denn es ist ihr schon lange klar, daß diese Frauen, was ihren Scharfblick und ihre Weisheit angeht, es mit vielen Intellektuellen aufnehmen könnten. Aber wenn man ihnen das sagen würde, dächten sie, man mache sich über sie lustig, denn sie bringen jedem, der lesen und schreiben kann, höchste Bewunderung entgegen.

»Wir möchten, daß unsere Töchter ein besseres Leben haben als wir selbst«, fahren sie fort; »aber wie können sie das, wenn sie nichts gelernt haben außer Jäten und Chapatis backen? Der alte Radscha hat für die Jungen eine Schule bauen lassen. Mit dem Ergebnis, daß unsere Männer uns heute verachten, auch wenn sie nichts weiter als ihren Namen schreiben können. Rani Saheba, wir möchten eine Schule für unsere Töchter.«

Sie sehen Selma mit glänzenden Augen hoffnungsvoll an. Die Schule ist für sie die Lösung allen Übels, der Eingang ins Paradies.

»Was sagen denn eure Männer dazu?«

»Wir haben ihnen nichts verraten, sonst hätten sie uns geschlagen. Sie dürfen nie erfahren, daß wir mit dir darüber gesprochen haben.

»Sind die anderen Frauen auch dafür?«

»Fast alle, aber sie behaupten, die Männer würden das niemals zulassen ... Doch wenn der Radscha es beschließt, könnten sie ja nichts dagegen machen.«

Selma verspricht ihnen, sie werde mit ihm darüber reden. Die Frauen küssen ihr begeistert die Hände: Für sie ist die Sache schon entschieden! Sie beginnen über die Einzelheiten zu diskutieren; wo soll die Schule gebaut werden? Wie viele Schülerinnen werden dann aufgenommen? Wo nimmt man die Lehrer her? Selma läßt sich darauf ein: Je mehr sie darüber nachdenkt, desto überzeugter ist sie, daß eine Schule wirklich das beste Mittel wäre, ihnen zu helfen.

Sie ist von ihren neuen Aufgaben so begeistert, daß sie am Abend, wenn sie Amir trifft und er ihr beunruhigt von den Ereignissen berichtet, die die Welt erschüttern, sich kaum dafür interessiert. Hitlers Erfolge und die Bedrohung, die er für Europa darstellt, der spanische Bürgerkrieg, der Plan der Engländer, Palästina zwischen Juden und Arabern aufzuteilen, all das spielt sich für sie gewissermaßen in einer anderen

Welt ab, in einem Universum, zu dem sie keine Beziehung mehr hat. Sie versteht übrigens nicht und hat nie verstanden, daß man sich über Ereignisse beunruhigen kann, auf die man keinen Einfluß hat. So mustert sie Amir mit einem gewissen Mitleid, während er sich seinerseits verärgert sagt, die Frauen seien in der Tat Heimchen, die einzig und allein an ihren eigenen engen Lebensraum dächten.

Aber Selmas Lebensraum ist jetzt Badalpur, ist Indien. Deshalb erwacht ihr Interesse augenblicklich, als Amir ihr seine Sorgen angesichts der neuesten Beschlüsse des Kongresses mitteilt.

»Die Anhänger der Muslim-Liga sind empört, weil der Kongreß soeben beschlossen hat, lokale Regierungen zu schaffen, die ausschließlich aus seinen eigenen Mitgliedern gebildet werden sollen. Nun haben aber in diesem Winter die beiden Parteien ein Abkommen getroffen, daß sie ihre Kräfte gegen die von den Engländern unterstützten reaktionären Bewegungen vereinen wollen. Das bedeutet natürlich, daß auch Vertreter der Liga an der Regierung beteiligt werden müssen. Was Lucknow angeht, müßten von den sieben Ministerien sechs an die Muslim-Liga gehen.

Doch jetzt behauptet der Präsident des Kongresses, Nehru, plötzlich, das sei unmöglich und verstoße gegen die Satzungen seiner Partei. Wenn sich Muslime überhaupt an der Regierung beteiligen wollten, müßten sie die Liga verlassen und der Kongreßpartei beitreten. Er hatte sogar die Stirn, folgenden berüchtigten Satz unter die Leute zu bringen. ›Es gibt nur zwei Parteien in Indien, den Kongreß und die Regierung (womit er die Engländer meinte). Die anderen müssen sich eben anpassen.‹ Er weigert sich, zuzugeben, daß die muslimische Minderheit immer unruhiger wird.

Und welches wäre der Status dieser Minderheit in einem Indien, das von den Hindus regiert wird? Jinnah fordert, das müsse von vornherein festgelegt werden. Worauf Nehru geringschätzig antwortet, es gebe überhaupt kein Problem zwischen den verschiedenen Religionsgemeinschaften, und im übrigen sei die Muslim-Liga eine mittelalterliche Organisation ohne Daseinsberechtigung.«

»Und wie stellt sich Gandhi dazu?«

»Gandhi befaßt sich nicht mit solchen Einzelheiten, er sucht *Die Wahrheit.* Er liest jeden Morgen die Bhagavadgita, die Bibel und den Koran. Für ihn sind alle Menschen Brüder. Die Schwierigkeiten werden überwunden sein, wenn sie sich nach seinen Weisungen richten und sich um moralische Reinheit bemühen.

Jinnah und eine immer größere Anzahl von Muslimen behaupten, der Mahatma sei ein Schwindler, der sich der Religion zu politischen Zwecken bediene. Das glaube ich nicht. Für mich ist Gandhi ein Verrückter, der einer vollkommen unrealistischen Utopie nachhängt. Aber diese Art von Utopie ist verführerisch, seine Macht über die Menge ist ungeheuer. Gandhi ist der Funke, der das Feuer entzündet. Der Kongreß grenzt den Weg, den dieses Feuer nehmen soll, sorgfältig ein. Im Grunde bin ich der Meinung, daß Gandhi gar nicht begriffen hat, zu welchen Zwecken man sich seiner bedient.«

An diesem Abend haben die Dorfältesten die Familienvorstände zusammengerufen. Alle, Muslime und Hindus, natürlich mit Ausnahme der Unberührbaren. Es braut sich irgend etwas zusammen, und die Frauen haben trotz aller List nicht herausgefunden, worum es geht.

Und da hocken nun die Männer nachdenklich auf ihren Jutesäcken. Der Hookah geht von Mund zu Mund. Niemand ergreift unüberlegt das Wort, die Sache ist viel zu ernst und könnte für die Zukunft des Gemeinwesens schreckliche Folgen haben.

»Die Zeiten haben sich geändert«, seufzt ein alter Mann, »ich hätte nie gedacht, daß ich so etwas noch erleben müßte.«

»Was heißt hier erleben, Baba*? Noch ist nichts beschlossen!«

»Ich hatte von Anfang an den Eindruck, daß das nicht gutgeht«, sagt ein anderer. Einfach so ins Dorf zu kommen, das hat doch bisher noch keine Rani gemacht. Wenn sie sich we-

* Onkel. In Indien vertrauliche Bezeichnung für ältere Männer.

nigstens darauf beschränkt hätte, die angesehenen Familien zu besuchen, aber sie geht ja sogar zu den Unberührbaren! Nichts als Schande macht sie uns. Alle anderen Dörfer lachen über uns.«

Die Männer pflichten ihm mit düsterer Miene bei.

»Allerdings«, fängt dann einer wieder an, »meint sie es ja nicht böse … Noch nie hat eine Rani sich so um unsere Frauen und Kinder gekümmert …«

»Sich um unsere Frauen kümmern, danke schön, und ihnen irgendwelche Flausen in den Kopf setzen! Was ist übrigens von einer Engländerin Gutes zu erwarten?«

»Sie ist keine Engländerin, sie ist Muslimin.«

»Vielleicht … aber im Grunde ist sie trotzdem Engländerin!«

Der Dorfälteste hat sich erhoben.

»Ich schlage vor, daß ich mit den Weisesten von uns eine Delegation bilde und mit dem Radscha spreche. Man muß schnell handeln, bevor eine Entscheidung getroffen ist, denn danach müssen wir einfach gehorchen.«

Alle sind einverstanden: Der Dorfälteste ist ein kluger Mann, der schwierigste Probleme zu bewältigen vermag. Man wählt ein paar Männer aus, eine Diskussion gibt es nicht, denn jeder weiß, wer die Weisesten sind. Worauf man beruhigt nach Hause geht: Natürlich wird der Radscha mit ihnen einer Meinung sein; denn schließlich ist er, trotz seiner »Ingrese«-Erziehung, einer von ihnen!

»Sie hätten mich wenigstens informieren können! Wie stehe ich jetzt da? Die Leute kommen, um mit mir über den ›Plan‹ zu sprechen, und ich habe keine Ahnung, worum es überhaupt geht!«

Amir ist außer sich; seine Autorität ist in Gefahr, und das wegen einer Frau!

»Ich habe mit Rani Saida darüber gesprochen und wollte es gerade auch mit Ihnen tun.«

Der Radscha erkundigt sich gar nicht erst, wie seine Großmutter darüber denkt; die alte Dame ist vollkommen in Selma vernarrt.

»Ich mußte den Bauern natürlich versichern, das sei einfach so eine Idee gewesen, sie sollten sich beruhigen, es komme überhaupt nicht in Frage, sie zu verwirklichen.«

Selma richtet sich auf, hochrot im Gesicht.

»Und warum eigentlich?«

»Weil unsere Gesellschaft nicht die abendländische Gesellschaft ist: Hier gehen die Mädchen nicht zur Schule.«

»Aber es war ja gar nicht mein Vorschlag; die Bäuerinnen sind an mich herangetreten.«

Der Radscha zieht erstaunt die Brauen hoch.

»Das würde allerdings bedeuten, daß Indien sich wirklich verändert, wovon mich die Reden unserer Politiker bisher nicht haben überzeugen können ...«

Er seufzt.

»Ich hätte diese Schule gern gebaut, aber obwohl ich Radscha bin, steht das nicht in meiner Macht. Ich habe aus ihren respektvollen Reden die totale Ablehnung herausgespürt. Sie sind der Ansicht, daß mit einer Ausbildung der Frauen die Rebellion, die Immoralität, die Auflösung der Familien, Unglück der Kinder, das Ende überlieferter Bräuche, kurz, der Ruin der Gesellschaft einhergehen würde. Ich könnte sie nie vom Gegenteil überzeugen! Begnügen Sie sich also damit, wohltätig zu sein, das löst zwar die Probleme nicht, ich weiß, aber ich hatte Sie ja gewarnt: Man kommt gegen ihren Willen nicht an. Und ich habe im Augenblick so viele Probleme, daß ich mir nicht noch zusätzliche verschaffen will ...«

Amir berichtet Selma, die Kongreßpartei habe gerade ein Gesetz verabschiedet, das den Fürsten und Großgrundbesitzern untersage, die Bauern, die ihre Pacht nicht bezahlen, zu vertreiben.

»Das bedeutet, daß wir kein Druckmittel mehr gegen sie haben, und daß, wenn sie sich entschließen, nicht mehr zu zahlen, von einem Tag auf den andern die Staatskassen leer sein werden. Denn die Anwendung von Gewalt lehne ich ab.«

Er streicht sich über den Schnurrbart.

»Es ist seltsam, ich bin immer für eine Agrarreform gewesen, für eine weniger skandalöse Verteilung des Besitzes, aber ich finde es unerträglich, wenn man mich dazu zwingt. Vor allem wenn diejenigen, die das tun, die großen Macher im Kongreß, Industrielle und sonstige Geschäftsleute, oft viel reicher sind als die Zamindars* und die Herrscher in den kleinen Staaten. Aber natürlich behandelt man uns als infame Ausbeuter ...«

In den folgenden Wochen tauchen in Badalpurs Dörfern, immer bei hereinbrechender Nacht, seltsame Besucher auf. Männer in Zweier- oder Dreiergruppen wollen den Dorfältesten sprechen, dessen Name ihnen bekannt ist. Sie stellen sich als Abgesandte der Kongreßpartei vor, dieser Partei der Freiheit, die die Engländer aus Indien vertreiben wird. Aus ihren ledernen Aktentaschen ziehen sie Papiere, die mit kleinen schwarzen Zeichen übersät und mit eindrucksvollen Stempeln versehen sind. Sie sagen, das seien die neuen Gesetze zugunsten des Volkes. Und sie verlangen, daß alle Männer im Dorf zusammengerufen werden, und erklären ihnen dann, die Stunde der Gerechtigkeit habe geschlagen, sie müßten sich gegen ihren Radscha, der sie schandbar ausbeute, erheben und sich weigern, Steuern zu zahlen. Es könne ihnen dabei nichts Nachteiliges passieren, denn das neue Gesetz verbiete Vertreibungen und auch Strafverfolgungen. Wenn der Radscha sie einzuschüchtern versuche, werde ihnen die mächtige Kongreßpartei zu Hilfe kommen.

Die Bauern hören erstaunt zu, die einen sind nicht abgeneigt, aber skeptisch – wie soll man Leuten trauen, die aus der Stadt kommen und die man nicht kennt? –, die anderen unverblümt feindlich: Alle diese Geschichten werden ihnen nur Ärger bereiten, ihr Radscha ist mächtiger als diese Kongreßpartei, und sie haben ihm nichts vorzuwerfen: Er hat sich immer als gerecht und verständnisvoll erwiesen.

»Gerecht, euer Radscha? Aber die Gerechtigkeit will, daß das Land euch gehört!« sagen diese Fremden. »Das hat der Kongreß versprochen. Deshalb haßt uns euer Herr und unterstützt die Engländer: Er will nicht, daß Indien unabhängig

* Großgrundbesitzer.

wird, weil er weiß, daß er dann seinen ganzen Besitz verliert und daß ihr, die Bauern, ihn bekommt. Sagt mal, würde es euch nicht Spaß machen, seinen Palast zu bewohnen?«

Die Bauern beginnen zu lachen, weil ihnen dieser Vorschlag so ungeheuerlich erscheint, aber sie finden die Argumente jetzt gar nicht mehr so schlecht.

»Ein Beweis dafür, daß euer Radscha gegen die Unabhängigkeitsbewegung ist, ist die Tatsache, daß er eine Engländerin geheiratet hat! Da will er doch die Engländer nicht aus Indien vertreiben!«

Es entsteht ein Gemurmel, und es gibt auch laute Zustimmung.

»Wer weiterhin Steuern zahlt, unterstützt die Ausländer, er ist kein Patriot, sondern verrät unsere Sache. Er verspielt nicht nur sein eigenes Glück, sondern dasjenige seiner Kinder und Kindeskinder. Also, ein wenig Rückgrat! Die Kongreßpartei wird euch helfen: Ihr müßt nur ihre Anweisung genau befolgen, schließlich hat sie eure Interessen im Auge.«

»Zuerst natürlich ihre eigenen!«

Dieser sarkastische Ausruf kam ganz aus dem Hintergrund. Ein paar Worte nur, aber sie haben den Bann gebrochen. Der Fremde, der eben gesprochen hatte, gerät aus dem Konzept, er spürt, daß die Bauern wieder mißtrauisch sind, und schlägt deshalb leisere Töne an.

»Natürlich habt ihr freie Hand! Denkt darüber nach, ich werde wiederkommen.«

So geht das wochenlang. Die Bauern hören zu, diskutieren untereinander, manchmal sehr heftig. Man schickt Kundschafter in die anderen Dörfer, weil man wissen will, was sie davon halten, gelangt aber zu keiner Entscheidung. Es hätte wenig gefehlt, und man hätte den Radscha um Rat gefragt, denn er wußte immer eine Lösung.

Amir ist auf dem laufenden über alle diese Vorgänge, er hat in jedem Dorf seine Spione, sogenannte Vertrauensleute. Aber berichten sie ihm die ganze Wahrheit? Vielleicht spielen sie die Gefahr herunter, um sich beliebt zu machen, oder aber sie übertreiben, um sich mehr Gewicht zu verschaffen? Es ist ihm zur Gewohnheit geworden, Selma zu konsultieren, die über die Frauen bessere Informationen erhält, weil sie sozusagen nicht betroffen, unparteiisch sind. Die meisten Frauen verurteilen die zögernde Haltung ihrer Männer. Sie können nichts anfangen mit dieser Kongreßpartei, von der sie nie gehört haben, auch nicht mit diesen Engländern, die sie nie gesehen haben und deren Autorität für sie etwas völlig Abstraktes ist. Ganz real in ihrer Wirkung auf ihr tägliches Leben sind dagegen die Macht des Radschas und die Güte ihrer Rani. Sie wollen ihnen die Treue halten, wie ihre Mütter und Großmütter und ihre Ahnen der Familie seit Generationen die Treue gehalten haben. Wie können ihre Männer, diese Dummköpfe, das vergessen und den Schönredereien fremder Männer Gehör schenken? Die werden wir schon wieder zur Vernunft bringen!

Der Monsun ist eingefallen, der Himmel befreit sich endlich von dieser schwülen, Menschen und Tiere seit Monaten erschöpfenden Hitze. Es ergießen sich ganze Wasserhosen über die Dörfer, sickern durch die Strohdächer, überschwemmen das Innere der Häuser. Die Frauen haben die Truhen und Getreidesäcke auf provisorische Gerüste gestellt, aber trotz dieser Vorsichtsmaßnahmen verschimmeln die Kleider und Nahrungsmittel unaufhaltsam.

Die Felder wirken düster, verlassen. Manchmal, zwischen zwei Tornados, wird der Himmel von einem großen malvenfarbenen oder rosagold getönten Regenbogen erhellt, und die Kinder klatschen vor Freude in die Hände. Dann erscheint, zärtlich und gütig, wieder die Sonne. Die von ihrem Staub befreiten Blätter leuchten auf, die Natur wird wieder farbig, und die Menschen treten aus ihren Behausungen, um die kristallklare Luft und den wohltuenden Geruch der feuchten Erde einzuatmen. Es ist wie am ersten Schöpfungstag.

Solche Atempausen benutzt Selma, um die Dörfer zu besuchen und trockene Decken und Kleider zu verteilen, die mehr denn je willkommen sind. Es kann gar nicht die Rede davon sein, auf diesen schlammigen Wegen die Kalesche zu benutzen, deshalb muß sie sich in einem Dandi fortbewegen, einer Art Tragsessel, der von vier Männern, die bis zu den Knien im Schlamm versinken, vorangeschleppt wird. Trotz der sechs Monate, die sie nun in Indien ist, empfindet sie es immer noch als Schande, daß menschliche Wesen als Lasttiere herhalten müssen, aber jedermann, und gerade diese Männer selbst, scheinen das als eine Arbeit wie jede andere auch zu betrachten, und Amir hat sie darauf hingewiesen, daß zu große Skrupel in dieser Hinsicht sie nur ihres Broterwerbs berauben würden. Sie hat sich halb und halb davon überzeugen lassen, schickt sich in die Gegebenheiten und versucht durch Lächeln und großzügige Zuwendungen ihr Schuldgefühl zu unterdrücken.

Mit dem Monsunregen sind auch Reptilien und große schwarze Ratten in den Dörfern aufgetaucht. Die Bauern vertreiben sie mit Steinen, aber es vergeht kein Tag, an dem nicht ein Kind gebissen wird, und nicht immer kann es durch Anwendung von Breiumschlägen aus Pflanzenextrakten und Hakimtränke* gerettet werden.

Eines Nachmittags, Selma wollte sich gerade ausruhen, kommt Kaniz Fatma mit verzweifelter Miene zu ihr.

»Rani Saheba, es sind zwei Frauen im Dorf gestorben. Sie haben seit einigen Tagen eine schwarze Flüssigkeit erbrochen. Allah möge uns beschützen, ich glaube, das ist die Krankheit.«

»Welche Krankheit?«

»Die Krankheit, die man nicht heilen kann.«

Selma steht beunruhigt auf. Sie läßt Amir benachrichtigen. Er ist sogleich zur Stelle, befragt die Bäuerin in allen Einzelheiten. In dem Maße, wie sie ihm Auskunft gibt, verfinstert sich seine Miene.

»Man muß augenblicklich einen Arzt aus der Stadt rufen«, entscheidet er, »ich fürchte, das ist die Pest.«

Die Pest ...?

Selma erstarrt vor Entsetzen. Die Pest ... Sie hatte geglaubt, das sei eine Krankheit längst vergangener Zeiten! Die schrecklichen Berichte von solchen Epidemien, von veröde-

* Medizin der Einheimischen auf Pflanzenbasis.

ten Städten, von Kadavern, die die Straßen zu Tausenden übersäten, kommen ihr wieder in den Sinn. Sie sieht Kaniz Fatma angstvoll an: Flüchten, man muß schnellstens flüchten! Amir sieht ihre Verstörung und versucht sie zu beruhigen.

»Es ist zwar ernst, aber wir leben nicht mehr im Mittelalter. Die Pest ist ein Übel, das man heute bekämpfen kann; was man braucht, sind Medikamente und strenge hygienische Maßnahmen. Möchten Sie nach Lucknow zurückkehren?«

»Und Sie?«

»Ich muß zuerst die nötige Vorsorge treffen, ich kann meine Bauern nicht im Stich lassen, sie hätten sonst keine Chance, der Sache zu entgehen.«

Flüchten.

Selma schließt die Augen, sie schämt sich, aber die Angst ist stärker.

»Ich glaube … ich bleibe.«

Was hatte sie veranlaßt, diese Worte auszusprechen? Eigentlich hatte sie genau das Gegenteil sagen wollen. Da hat ihr wieder einmal ihr verfluchter Stolz einen Streich gespielt! War es dieser gewisse herablassende Ton in Amirs Stimme oder Kaniz Fatmas Blick? …

Selma erinnert sich an die Tage, die dann kamen, wie an einen langen nächtlichen Alptraum. Der Arzt aus der Stadt ist ein junger Mann; seine älteren Kollegen, die bereits eine Praxis haben, sind nicht daran interessiert, sich aufs Land zu begeben, vor allem aber nicht, eine so gefährliche Epidemie zu bekämpfen. Sie sehen nicht ein, wieso sie ihr Leben riskieren sollten. Aber Doktor Rezza ist ein Original. Zweimal die Woche schließt er seine Praxis in der Stadt, setzt sich in seinen kleinen Karren, den er voller Medikamente gepackt hat, und fährt in die Dörfer. Der Radscha hatte von ihm schon gehört und ihn gebeten, zu kommen.

Nachdem er Selma ein Serum gespritzt hatte – »zu 95 Prozent sicher« –, fragte der Doktor, als sei es die natürlichste Sache von der Welt, ob sie ihm helfen wolle.

»Wenn nicht, werde ich Schwierigkeiten haben, bis zu den Bäuerinnen vorzudringen; die meisten sterben lieber, als sich von einem Mann untersuchen zu lassen, und ich habe keine Kollegin gefunden, die mich begleiten wollte …«

Selma mußte wie betäubt gewirkt haben. Er lächelte und sagte mit sehr einschmeichelnder Stimme: »Schließlich sind Sie ihre Rani, und wie sagen die Christen, wenn sie sich verheiraten: ›In guten und in schlechten Tagen‹ miteinander verbunden sein …

Und, obwohl jeder Nerv ihres Körpers sich dagegen wehrte, sagte Selma ja.

Tagelang ist sie dann mit dem Arzt unterwegs, wie im Traum, mit Handschuhen, vor dem Mund eine Mullbinde. Sie inspizieren die Behausungen. Die besonders Gefährdeten, Frauen, Kinder und Greise, sind bereits angesteckt. Ihr Gesicht hat sich violett verfärbt, sie ringen nach Atem und erbrechen eine schwarze Flüssigkeit. Der Geruch ist unerträglich, Selma ist in höchstem Maße entsetzt und hütet sich, tief einzuatmen. Der junge Arzt fühlt ruhig den Puls des Erkrankten, untersucht den Rachen, die Achselhöhlen, die Leisten, schneidet Lymphknoten auf, aus denen der Eiter quillt, reinigt die Wunden, trocknet den Schweiß ab, ermutigt, beruhigt. Kaniz Fatma und zwei andere Frauen haben sich als Hilfen angeboten. Selma sieht zu, wie sie die Becken halten, Wasser abkochen, Exkremente wegwaschen. Sie ist unfähig zu helfen. Sie erinnert sich an Istanbul, an das Haseki-Krankenhaus, wohin ihre Mutter sie mitgenommen hatte, um die verwundeten Soldaten zu besuchen, sie erinnert sich an ihren Ekel, an die Angst.

Doktor Rezza schont sie nicht.

»Helfen Sie mir bitte, reichen Sie mir das Verbandszeug.«

Er wartet. Gegen ihren Willen nähert sie sich dem Bett und hält ihm die Watte und den zugeschnittenen Verbandsstoff hin.

»Bleiben Sie bitte neben mir stehen, und reichen Sie mir jetzt die Medikamente zu.«

Sie kann nicht anders, sie muß sich fügen. Er beschäftigt sich einige Minuten, die ihr endlos lang erscheinen, gewissenhaft mit dem Kranken. Dann richtet er sich wieder auf, zum ersten Mal mit lächelnden Augen, und sieht Selma an.

»Danke«, sagt er.

Sie schüttelt, plötzlich verwirrt von dieser Güte, dieser Klugheit, den Kopf.

»Nein, ich bin *Ihnen* zu Dank verpflichtet.«

Die folgenden Tage bleibt sie an seiner Seite. Er verlangt nie von ihr, daß sie die Kranken berührt, sondern nur, daß sie da ist, daß sie mit ihnen spricht, ihnen zulächelt.

Zwei Wochen später ist die Epidemie eingedämmt. Von den zweitausend Einwohnern der Dörfer sind nur etwa fünfzig gestorben: ein Wunder! Amir findet, nun sei es Zeit, nach Lucknow zurückzukehren. Der Doktor wird noch ein paar Tage im Dorf bleiben, für alle Fälle.

Am Tag ihrer Abreise verabschiedet er sich von Selma.

»Glauben Sie mir«, sagt sie zu ihm, »ich bin fast traurig darüber, daß ich jetzt wegfahre.«

»Und ich erst! Ich verliere meine beste Krankenschwester!«

Sie scherzen, aber es ist ihnen gar nicht zum Lachen zumute. Sie waren sich so nahe, wie man sich selten kommt, und nun muß jeder in die Welt zurückkehren, der er angehört. Sie werden sich wahrscheinlich nie mehr sehen, und das ist auch besser so – was hätten sich die Rani und der kleine Doktor zu sagen?

Es regnet in Strömen, als der Wagen losfährt. Selma verfolgt durch die Vorhänge hindurch schweren Herzens die schmale, reglose Gestalt im Wind.

VIII

»Sie sind aber blaß, mein Kind!«

Rani Aziza mustert mit durchdringendem Blick Selmas Gesicht, als diese ihr bei ihrer Rückkehr von Badalpur einen Anstandsbesuch macht.

»Ich hoffe, daß Sie sich nicht angesteckt haben! Oder, vielleicht ihr Blick schweift über die schlanke Gestalt – sind Sie in anderen Umständen?«

Sie bemerkt die verwirrte Miene der jungen Frau und seufzt auf.

»Also nicht. Wie schade, Sie sind doch schon seit sechs Monaten verheiratet! Ich möchte Ihnen nur sagen, daß man bereits darüber spricht ...«

Wie kommt sie dazu, sich einzumischen? Selma sucht wütend ihr Zimmer auf. Nach der gewissen Freiheit, die sie in Badalpur hatte, ist ihr die beklemmende Atmosphäre im Palast von Lucknow und die Böswilligkeit ihrer Schwägerin unerträglich. Und diese Wohnung ohne Tür, die einzig und allein durch Bespannungen von der Wohnung der Rani getrennt ist! Das muß anders werden! Sie ruft den Eunuchen, der schläfrig am Eingang steht.

»Hol mir einen Tischler, rasch!«

Ein paar Stunden später meldet sich der Eunuch wieder: Der Tischler wartet außerhalb des Palastes, er darf das Zenana nicht betreten. Selma hatte diese Kleinigkeit in ihrer Wut vergessen. Wer kann ihr helfen? Amir ist mit seinen Räten beschäftigt, es bleibt nur Rashid Khan, dieser gute Rashid, immer bereit ihr einen Dienst zu erweisen: Die Rani soll von der Tür erst erfahren, wenn sie angebracht ist. Selma kritzelt hastig ein paar Worte nieder.

»Bring das Rashid Khan.«

Der Eunuch verbeugt sich ungerührt. Keinen Augenblick lang läßt sein Gesicht sein Erstaunen erkennen angesichts des unbeschreiblichen Skandals, daß seine Rani einem Mann schreibt! So etwas hätte zu Zeiten des verstorbenen Herrschers nie passieren können. Natürlich auch, weil man damals, gerade um solche privaten Kontakte zu unterbinden, so vorsichtig war, den Frauen das Schreiben gar nicht erst beizubringen.

»Meine Liebe, Sie haben eine richtige Palastrevolution ausgelöst«, berichtet ihr Amir, als er seine Gattin am Abend trifft. »Es gab nie Türen in diesem Palast, man hielt die Behänge immer für ausreichend ... Außerdem kann so die kühle Luft besser durchziehen. Meine ältere Schwester ist empört und versichert jedem, der es hören will, sie werde nicht zulassen, daß der Palast in ein englisches Schloß verwandelt werde.«

»Also, bekomme ich meine Tür?«

»Wenn Sie solchen Wert darauf legen … Aber lohnt es sich denn, wegen einer solchen Bagatelle alle zu brüskieren?«

»Eine solche Bagatelle! Begreifen Sie denn nicht, daß das unser Privatleben unmittelbar berührt?«

Amir scheint gerührt, aber nicht überzeugt zu sein.

»Vielleicht … Aber wissen Sie, hier gibt es kein Privatleben, wir sind eine einzige große Familie. Aber wir können ja sehen …« Ein paar Tage später hat Selma ihre Tür. Von Begum Yasmin, die sie besucht, erfährt sie, daß sie diese Tür Rashid Khan zu verdanken hat, der den Radscha davon überzeugen konnte, er solle bei einer solchen Kleinigkeit doch nachgeben, damit später nicht größere Schwierigkeiten auftauchten.

Sie sitzt in ihrem Boudoir und genießt die wiedergefundene Ruhe. Allerdings hat sie dann noch wochenlang damit zu tun, den Dienern beizubringen, zu klopfen; meistens klopfen sie zwar gewissenhaft und voll guten Willens … aber *nachdem* sie hereingekommen sind. Was Rani Aziza angeht, die diese Tür als persönliche Beleidigung empfindet, richtet sie lange kein Wort mehr an Selma, die darüber entzückt ist.

Die junge Frau hat ihre Besuche bei der Begum wieder aufgenommen; sie findet allmählich, daß diese ein wenig besitzergreifend ist, und würde es vorziehen, mit Zahra auszugehen, aber diese studiert den ganzen Tag: In ein paar Wochen hat sie ihr Schlußexamen. Zahra hat den ganzen Studiengang in ihren vier Wänden im Palast absolviert, mit Privatlehrern; ihre Examen wird sie in der Schule ablegen, in einem Burkah und von vier Anstandsdamen bewacht. Der Radscha legt Wert darauf, daß seine Schwester eine solide Ausbildung erhält, denn das gilt zwar in traditionellen Kreisen noch nicht als fein, aber in fortschrittlichen aristokratischen Familien ist es das Zeichen eines hohen sozialen Status. Dennoch käme es niemandem in den Sinn, daß diese Kenntnisse auch zu etwas dienen könnten; selbst der Begriff des Nutzens erschiene als Gipfel der Vulgarität!

Amir ist im Augenblick völlig in Anspruch genommen von der Vorbereitung einer Versammlung von Radschas, Nawabs und Großgrundbesitzern, die von den neuen Gesetzen hinsichtlich der Rechte der Bauern betroffen sind. Außerdem machen ihm in seiner Eigenschaft als Mitglied der Gesetzgebenden Versammlung eine Reihe neuer Probleme zu schaffen.

In der Euphorie ihres Sieges hat die Kongreßpartei Maßnahmen angeordnet, die für einen Teil der Bevölkerung unannehmbar sind: In den Schulen, die von Kindern aller Konfessionen besucht werden, hat sie die Fahne des Kongresses und den Bande Mataram als Nationalhymne zwingend vorgeschrieben. Das erregt den Zorn der Muslime, die diese Hymne als Beleidigung des Islams und ihrer Gemeinschaft überhaupt einstufen. Der Text des Bande Mataram stammt tatsächlich auch aus einem bengalischen Roman des 18. Jahrhunderts, in welchem die muslimischen Zamindars als Tyrannen beschrieben werden, die die Hindus ausbeuten. Der Gesang selbst ist ein an die indische Erde gerichtetes Gebet, an die Muttergöttin, was vom Standpunkt des Islams her reine Götzendienerei ist.

Deshalb finden nun gegen diese Mißbräuche in ganz Indien Demonstrationen statt. In den Schulen und Universitäten geraten die Studenten in Streit; in Madras haben muslimische Parlamentarier den Versammlungssaal verlassen.

Sollen wir auch so verfahren?

Amir hat in seinem Salon einige befreundete Abgeordnete versammelt. Die Diskussion ist sehr rege. Die einen sind gegen einen harten Kurs, weil sie sagen, die Mitglieder der Kongreßpartei wären nur allzu froh, unter sich zu sein und Gesetze verabschieden zu können, ohne sich einer Opposition gegenüberzusehen. Worauf die anderen entgegnen, die Abgeordneten des Kongresses hätten sowieso die Mehrheit und machten, was sie wollten; der einzige mögliche Druck sei demnach ein moralischer: Wenn die Parlamentarier der anderen Parteien es ablehnten, zu tagen, und öffentlich äußerten, weshalb, müßten die Mitglieder der Kongreßpartei, die ihr Image als große nationale Partei, die alle vertritt, bewahren wolle, nachgeben.

Selma sitzt in einem kleinen Salon nebenan und hört aufmerksam zu. Sie segnet die Muscharabiehs, hinter denen sie alles hören und beobachten kann, ohne selber gesehen zu werden. Plötzlich fährt sie zusammen: Die Stimmen sind so laut geworden. Erstaunt beugt sie sich vor, denn selbst bei den heftigsten politischen Diskussionen wird bei den Einwohnern von Lucknow Höflichkeit immer großgeschrieben, was die Bourgeoisie von Bombay und Delhi als Gleichgültigkeit auslegt. Sie schnappt Bruchstücke von Sätzen auf: »Schneller, aber weniger ausdauernd ... Da bin ich ganz anderer Meinung: Er ist viel zäher! Ein wundervoller Stammbaum ... Im vergangenen Jahr hat er beim Schönheitswettbewerb den ersten Preis gewonnen ... Sie haben ja keine Ahnung, mein Lieber, die ausdauerndsten sind die langhaarigen afghanischen Windhunde, aber die schnellsten sind die russischen!«

Was haben die russischen Windhunde mit der Politik des Kongresses zu tun? Selma beugt sich noch weiter vor und nimmt drei Neuankömmlinge wahr, den Radscha von Jehanrabad und zwei mit ihm befreundete Nawabs. Der Radscha von Jehanrabad, einer der reichsten Fürsten der Provinz, ist ein großer Liebhaber von Rassehunden und einer der Organisatoren des 38. Hunderennens, das in ein paar Tagen in Lucknow stattfindet. Er brauchte nur das Wort »Stammbaum« in die Diskussion zu werfen, damit die politischen Probleme vergessen waren und sich die Leidenschaften für das leuchtendrote Fell des Cockers oder die Fußwurzel des Labradors entzündeten.

»Sie haben ja den Verstand verloren«, denkt Selma und sinkt in ihrem Sessel zusammen, »genauso ahnungslos und leichtsinnig wie die osmanische Gesellschaft unmittelbar vor ihrem Sturz. Noch könnten sie, wie wir es vielleicht gekonnt hätten, die Katastrophe abwenden, aber werden sie es tun? Begreifen sie, jenseits der politischen Streitigkeiten, welche Kräfte Indien erschüttern? Wenn ja, sind sie dann fähig und, vor allem, sind sie überhaupt bereit, ihre Lebensweise zu ändern und den Problemen ins Auge zu sehen?«

Sie könnte heulen vor Wut.

In den letzten Augusttagen des Jahres 1937 erklärt der Präsident des Kongresses, Jawaharlal Nehru, offiziell, das Ziel seiner Partei sei die Abschaffung des Großgrundbesitzes und die Aufteilung des Landes an die Bauern.

Drei Wochen später versammeln sich dreitausend Delegierte im roten Palast von Lal Baraderi. Von den mächtigsten Maharadschas bis zum niederen Adel vertreten sie die aristokratischen Landbesitzer der ganzen Provinz; ja im Grunde vertreten sie die Provinz insgesamt, denn es gibt keinen Morgen Land, der ihnen nicht gehört.

Der Radscha von Jehanrabad eröffnet in seiner Eigenschaft als Gastgeber – er ist Präsident der indisch-britischen Gesellschaft – die Sitzung. Er ist ein beleibter Mann mit weißem Teint und einer Nase, die sich vornehm fast bis zum Kinn hinunterkrümmt.

»Meine Freunde«, beginnt er, »wir haben in diesem traditionsträchtigen Saal noch nie ein so ernstes Problem zu lösen gehabt. Wir haben nicht bedacht, daß mit der Demokratie und der Autonomie der Provinzen unsere Klasse zum Aussterben verurteilt sein würde. Wir waren die natürlichen Führer von Millionen von Bauern, das wird jetzt bestritten – mit Hilfe trügerischer Versprechungen – von jenen, die ihnen angeblich Gutes tun wollen. Um dieser Gefahr zu begegnen, müssen wir zusammenhalten, Streitigkeiten, die uns nur schwächen, beilegen. Um die Loyalität der Bauern wiederzugewinnen, die das Rückgrat unserer Macht darstellen, müssen wir Reformen einführen, die ihnen entgegenkommen.«

In der Versammlung erhebt sich eine Gestalt im schwarzen Burkah. Es ist eine Rani, deren Gatte verstorben ist und die rechtens anwesend ist, um ihren Staat zu vertreten.

»Sozialismus, Kommunismus und Revolution stehen vor der Tür«, klagt sie, »sie bedrohen unsere Existenz! Das einzige Mittel, unsere Identität zu bewahren, dürfte sein, daß wir uns als Klasse organisieren.«

Beifall. Jemand schlägt vor, eine Miliz junger Grundbesitzer zu gründen, die das Land in diesen Krisenzeiten verteidigen soll. Die Idee wird einstimmig begrüßt. Man schlägt auch eine Fahne vor, die dieser neuen Vereinigung als Symbol dienen soll: einen Pflug, der von zwei Büffeln gezogen wird. Alle klatschen Beifall: Eine Fahne, genau, das brauchen wir.

Aber wer ist dieser verrückte junge Kerl, der lauter Unruhe stiftet und behauptet, wir würden nichts als leere Reden führen, man müsse augenblicklich konkrete Maßnahmen ergreifen? Der Radscha von wo? Wie? Ah! von Badalpur, diesem kleinen Staat im Norden? Was sagt er? Wir liefen Gefahr, alles zu verlieren, wenn wir nicht ohne Aufschub Land an unsere Bauern verteilten? Ein Verrückter, gefährlich! Ein Kommunist! Nein? Ah, in England aufgewachsen ... es macht ja den Eindruck, daß dort bei den jungen Leuten der Sozialismus grassiert – aber das entschuldigt so abwegige Ideen keineswegs: Er ist Radscha, hat also nicht das Recht, seine Klasse zu verraten.

Amir kommt nicht dazu, zu Ende zu sprechen, er wird von empörten Rufen niedergeschrien. Er setzt sich entmutigt. In diesem Tohuwabohu, bei dieser Maskerade hatte er versucht, die Vernunft zu Wort kommen zu lassen, aber es lief lediglich darauf hinaus, daß er der allgemeinen Entrüstung anheimfiel. Um so schlimmer! Er war sich den Versuch schuldig gewesen.

Selma oben auf der Tribüne wird das Herz schwer. Sie begreift mit einemmal, daß Amir unter den Seinen ein Fremder geworden ist. Seine Aufrichtigkeit, seine Begeisterung, modernere, sozialere Ideen zu lancieren, jene Ideen, die er in Diskussionen mit seinen adligen englischen Freunden in Eton und Cambridge entwickelt hatte, sind unannehmbar für die Gesellschaft, der er entstammt und der er trotz allem angehört.

Abends, als er erschöpft nach Hause kommt, sagt sie schüchtern zu ihm, er solle sich nicht entmutigen lassen: Er habe recht, sie sei ganz auf seiner Seite. Er blickt sie sarkastisch an.

»Also werden wir zu zweit die Welt verändern? Ach! Meine Liebe, wenn man als einziger recht hat, bedeutet das, daß man unrecht hat: Das ist eine der bitteren Regeln des sozialen Lebens. Ich habe versucht, sie zu überzeugen, und bin gescheitert. Um so schlimmer für mich, um so schlimmer für uns alle. Aber um eins muß ich Sie bitten – er sieht sie zornig an –, ersparen Sie mir etwas – nämlich Ihr Mitleid.«

Er ist gegangen. *Warum bin ich so ungeschickt im Umgang mit ihm? Er ist so dünnhäutig, hart und verletzlich wie ein unglückliches Kind. Er läßt sich keinen Augenblick gehen, als ob er mir mißtraute ...*

An diesem Freitag, dem 13.Oktober 1937, kocht die sonst so friedliche Stadt Lucknow vor Erregung: Mohammed Ali Jinnah wird die außerordentliche Sitzung der Muslim-Liga eröffnen. Es sind bereits fünftausend Delegierte eingetroffen. Die wichtigsten werden in den Palästen der Fürsten untergebracht, die anderen in bunten Zelten, die in den Gärten von Kaisarbagh aufgerichtet worden sind.

Der Radscha von Mahdabad hat alles organisiert und finanziert. Selma hat ihn oft gesehen, er gehört zu den Freunden Amirs, obwohl sie nicht die gleichen Vorstellungen haben. Der Radscha ist ein frommer Mann, ein Idealist. Er lebt asketisch in einem einzigen Zimmer seines riesigen Palastes. Der Boden ist mit Bergen von Büchern bedeckt: der Koran, die Bibel, die Heiligen Schriften Indiens, aber auch die Werke von Dickens, dessen Schilderungen der Verelendung des englischen Volkes im 19. Jahrhundert ihn zum Weinen bringen, wie er eingesteht, dann auch die Werke von Tolstoi, der ihm besonders nahesteht, weil er sich, wie er selbst, gegen die feudale Klasse, der er selbst angehörte, gewendet hat. Der Radscha ernährt sich von Gerstenbrot, das seine Frau für ihn bäckt – das war die Nahrung des Propheten –, und wenn er seinen Staat besucht, hilft er auch mal seinen Bauern beim Bestellen des Landes. Er hat sogar eine Schafzucht organisiert, der er sich nach Möglichkeit widmen möchte: Sein Ideal ist die Rückkehr zu einem ländlichen Leben. Aber Jinnah, der beim Tode seines Vaters, des respektablen Maharadschas von Mahdabad, einer seiner Berater war, brachte ihn davon ab: »Du wirst mit mir zusammenarbeiten, es ist deine Pflicht, für die Emanzipation der Muslime zu kämpfen«; und so wurde der junge Mann, der von der Natur, den Künsten und Philosophie geträumt hatte, einer der wichtigsten Männer der Liga.

Heute hat er Jinnah am Bahnhof abgeholt. Als der Parteiführer erscheint, wird die Ehrengarde – Freiwillige in grünen Hemden – von der begeisterten Menge regelrecht überrannt. Unter Ausrufen wie »Jinnah Zindabad! Muslim-Liga Zindabad! – Es lebe Jinnah! Es lebe die Muslim-Liga!« wird der Wagen buchstäblich bis zu dem riesigen Pandal* getragen, das man auf dem Lal Bagh-Platz errichtet hat, wo die Konferenz stattfindet.

Der Pandal ist vollkommen überfüllt: Es sind Delegierte aus ganz Indien zusammengeströmt. Besondere Aufmerksamkeit erregt die Anwesenheit der Premierminister von Bengalen und des Pandschab, beides sind Staaten mit einer muslimischen Mehrheit, die, wie man vermutet, die Liga unterstützen wollen. Auf den Tribünen, hinter den Muscharabiehs verborgen, drängen sich die Frauen der Würdenträger; sie sind gespannt darauf, endlich diesen Rechtsanwalt von Bombay zu Gesicht zu bekommen, der in zwei Jahren der Star der Muslim-Bewegung geworden ist.

Mohammed Ali Jinnah, groß, schlank, weißhaarig, mit durchdringendem Blick, ist sehr eindrucksvoll. Er geht aufrecht der Tribüne entgegen und beginnt dann, ohne irgendeine Geste, mit einer strengen, klangvollen Stimme zu sprechen. Er hat die Anwesenden vollkommen im Griff. Ohne die Zeit mit unnötigen Einführungen zu verlieren, kommt er direkt zur Sache.

»Meine Brüder, der Kongreß hat sich durch seine ausschließlich hinduistische Politik die Muslime entfremdet. Er hat sein Wahlversprechen gebrochen, hat abgelehnt, die Existenz unserer Religionsgemeinschaft anzuerkennen und mit uns zusammenzuarbeiten. Seine Gouverneure gewähren den Minderheiten keinen Schutz, ihre Handlungen haben die Tendenz, die Streitigkeiten zwischen den Religionsgemein-

* Riesiges vielfarbiges Zelt, das bei Konferenzen oder Hochzeiten aufgespannt wird.

schaften zu fördern und die Macht der Imperialisten zu stärken. Die Muslime sollen ihr Selbstvertrauen wiedergewinnen und ihr Heil nicht in der Zusammenarbeit mit den Engländern oder dem Kongreß suchen. Wer dieser Partei beitritt, ist ein Verräter.«

Ein Bruch, der seit Monaten vorauszusehen war, ist hiermit vollzogen.

Draußen ertönen sich widersprechende Rufe.

»Jai Hind! Es lebe Indien!« schreien die einen.

»Taxim Hind! Teilen wir Indien!« antworten die anderen.

Es ist das erste Mal, daß Selma diesen Ausruf hört, der ein paar Jahre später zur Parole wird. Die Vorstellung einer Wiedervereinigung der indischen Muslims in einer autonomen geographischen Einheit, die auf den Philosophen und Dichter Mohammed Iqbal zurückgeht, hat sich noch nicht durchgesetzt. Jinnah selbst nimmt sie nicht ernst, hält sie aber für ein gutes Druckmittel angesichts der Unnachgiebigkeit des Kongresses. Schließlich wird einstimmig ein schon lange erwarteter Entschluß gefaßt: Das Ziel der Liga ist die Unabhängigkeit. Im Hinblick darauf kündigt Jinnah eine Umgestaltung der Partei auf einer demokratischen Basis an: Während sie bis dahin vor allem die städtische Elite umfaßte, soll von nun an in jedem Dorf eine Zelle der Liga geschaffen werden, der jeder für die symbolische Summe von zwei Annas* beitreten kann. Der Radscha von Mahdabad zeichnet für diese neue Volksorganisation verantwortlich. Auch die Frauen spielen dabei eine wichtige Rolle: Man wird unter der Präsidentschaft der alten Rani von Nampur eine Frauenvertretung schaffen.

Als nach zwei Tagen die Konferenz abgeschlossen wird, ist sich jedermann bewußt, einem historischen Ereignis beigewohnt zu haben: Die Umwandlung der Liga in eine Volkspartei könnte von nun an den Bestrebungen aller indischen Muslime entgegenkommen. Das neue Programm findet dann auch beim Volk ein gutes Echo: In drei Monaten sind allein schon in den Vereinigten Provinzen neunzig Zellen

* 1/16 Rupie.

mit mehr als hunderttausend Mitgliedern gebildet worden. Trotzdem behauptet Nehru weiterhin, die Muslim-Liga verteidige reaktionäre Interessen, und kanzelt sie als hysterisch ab.

IX

»Ihre Exzellenz und Euer Gnaden erweisen uns eine besondere Gunst ...«

Der große Speisesaal im Palast von Jehanrabad glänzt in all seinen Lichtern. Die Flammen der Fackeln in den Händen der Diener, die Turbane aus Brokat tragen, wetteifern mit den Hunderten von Kerzen in den silbernen Kronleuchtern und lassen Smaragde und Diamanten aufblitzen.

Die edle Blume von Oudh ist da. Radschas und Nawabs, Herrscher kleiner oder großer Staaten, sind gekommen, um dem englischen Gouverneur Sir Harry Waig und seiner Gattin zu huldigen. Sie halten sich sehr gerade, mit hoch erhobenem Kinn, und haben alle diesen Ausdruck nonchalanten Dünkels, der nur durch Jahrhunderte von Machtausübung und Langeweile entstehen kann. Aber die Macht gibt es nicht mehr; den Königstigern hat man die Fangzähne gezogen; was bleibt, ist die Langeweile und ein maßloser Stolz.

»Unsere Familie ist der Krone immer treu ergeben gewesen ...«

Nach vielen blumigen Komplimenten und Beteuerungen treuer Gefolgschaft hat der Radscha von Jehanrabad mit der Geschichte seiner illustren Ahnen begonnen. Mit Mühe verkneift sich Sir Harry das Gähnen: »Worauf will er hinaus? Sie können nie direkt um etwas bitten, er geht mir auf die Nerven!« Nach dem Aufwand zu urteilen – mehr als fünfzig fürstliche Gäste haben ihm auf dem Rücken ihrer Elefanten den Empfang bereitet, vier Orchester, eine lange Reihe von Lakaien – wird der Radscha keinen kleinen Dienst von ihm erbitten. »Hoffen wir, daß ich ihn ihm erweisen kann; es wäre schade, wenn wir einen so treuen Verbündeten verlieren würden.«

Lady Violet spürt, daß ihr Gatte ungeduldig wird. »Harry macht nicht den Eindruck, als ob er sich amüsieren würde. Mir gefällt es gut hier. Ich mag es, inmitten all dieser Männer die einzige Frau zu sein, unter ihrem respektvollen Blick spüre ich ein leichtes Zittern ... Wenn es nach ihm ginge, dürfte ich nicht mit entblößten Schultern gehen, aber ich denke nicht daran, mich auszustaffieren wie die selige Königin Victoria, nur weil die Inder ihre Frauen von der Außenwelt abgeschnitten in ihren Häusern halten! Mein Dekolleté ist schön, und es gefällt mir, wenn sie es bemerken! ... Gazelle in einem Haufen gezähmter Raubtiere ... Aber haben wir sie gezähmt, oder führen wir sie einfach nur an der Leine?«

»... Und deshalb bitten wir Sie untertänigst um die Erlaubnis und um die materielle Unterstützung des Baus dieser Straße, nur etwa ein Dutzend Meilen, die den Privatweg des Palastes mit der Landstraße Lucknow-Delhi verbinden soll. Für unsere Bauern wäre das eine unschätzbare Erleichterung.«

Sir Harry bleibt ungerührt. »Die Bauern! Sie haben doch einen breiten Rücken, diese Bauern! Die Ackerwege reichen doch für ihre Karren. Tatsächlich willst du die Straße doch für deine schönen Wagen, deine zahlreichen Rolls, Lincolns, Bentleys, gib es zu, damit sie nicht jedesmal schmutzig werden, wenn du ausfährst ... Ich weiß das, und du weißt, daß ich es weiß.« Aber Sir Harry weiß auch: Wenn er ihm die Straße nicht bewilligt, ist dieser Schurke imstande, sich auf die Seite der Kongreßpartei zu schlagen!

Lady Violet durchbohrt die »Raubtiere« mit ihren Blicken: »Dieser junge Radscha von Badalpur hat herrliche Augen; schade, daß er dieses kleine Dummchen geheiratet hat, die es wagt, uns zu schneiden. Als ob wir Wilde wären! Das ist wirklich eine verkehrte Welt. Apropos Wilde – nach dem Diner muß ich diesen armen Frauen unbedingt einen Besuch abstatten, sie müssen ja sterben vor Langeweile hinter ihrem Purdah, die Rani wird sich geehrt fühlen, daß ich sie nicht vergessen habe.« Sie beugt sich zu dem Radscha von Jehanrabad. Zusammenziehen der Brauen, dem gleich ein herzliches Lächeln folgt.

»Wie! Welch rücksichtsvolle Aufmerksamkeit! Ich werde der Rani sofort Bescheid geben lassen!«

Sir Harry hat sich erhoben. Inmitten von soviel Brokat macht er in seinem schwarzen Frack eine ungemein elegante Figur. Mit dem Champagnerglas in der Hand bringt er schweigend einen Toast aus und streift die Anwesenden dabei mit einem dieser leutseligen Blicke, einem Hauch von Hochmut, wie er jedem britischen Beamten in Indien zum Beweis seiner Überlegenheit zur Verfügung steht. Dieser Blick ist wie der Stempel auf dem Gold, er zeigt den ahnungslosen Bettlern seinen Wert.

»Hoheit, Fürsten … Mit großem Vergnügen … Ich betrachte es als eine große Gunst … das Empire … Ihre Majestät … Unser Auftrag … Ihre Loyalität …«

Lady Violet hört ihm zerstreut zu. »Harry übertreibt … immer dieselbe Rede. Ob sie es bemerkt haben? Diese Farbigen sind ja so sensibel … Obwohl der Radscha von Jehanrabad vollkommen kultiviert wirkt … Wenn er anders aussähe, könnte man ihn direkt für einen Engländer halten. Denn auch bei dieser kleinen Elite von Leuten, die in Eton und Oxford erzogen wurden, gibt es immer etwas, was nicht ganz paßt: ein zu englischer Zungenschlag, ein zu ausgeprägter Enthusiasmus für Kricket … Vor allem aber, im Verhältnis zu uns, entweder Unterwürfigkeit oder Arroganz. Sonderbar, sie wirken nie ganz natürlich!«

Der Erste Eunuch hat einige Worte ins Ohr des Radschas geflüstert, dieser reagiert mit einer ärgerlichen Geste. Kaum ist die Rede des Gouverneurs beendet, der höfliche Applaus verklungen, erhebt er sich und gibt das Signal zum Abräumen der Speisen. Die Herren begeben sich ins Rauchzimmer, die Damen …

»Können sich Eure Hoheit noch einen Moment gedulden? Die Rani freut sich so auf Euer Kommen, daß sie um einige Minuten gebeten hat, um alles für einen würdigen Empfang vorzubereiten …«

Am anderen Ende des Palastes, im Salon mit den Spitzbogen, plaudert die Rani von Jehanrabad, die sich auf einem Diwan ausgestreckt hat, mit ihren Freundinnen. Im Gegensatz zum streng geordneten Zeremoniell beim Diner des Radschas geht es hier einfach und unkompliziert zu. Die Etikette schreibt zwangloses Verhalten vor, die Gäste sind sämtlich fürstlicher Abkunft, Freundinnen, doch noch öfters Verwandte; Jahrhunderte, in denen nur innerhalb dieser Aristokratie geheiratet werden durfte, haben ein dichtes Netz komplexer Beziehungen geschaffen, das die ganze Provinz wie ein Spinnengewebe überzieht. Es gibt zwar Familien, die reicher oder von höherer Abkunft sind – jeder kennt sie –, doch es würde schlechten Geschmack verraten, wenn man sich dieses Wissen anmerken ließe. Nur die Baniyas, Händler, deren Reichtum sich dem der Fürsten annähert, würden etwas so Grobes tun, und dann natürlich ... die Engländer.

Ein Eunuch meidet das Kommen des Radschas. Wie aufgescheuchte Hühner verteilen sich die Frauen in den angrenzenden Zimmern. Nur die Rani und ihre beiden Töchter bleiben. Unter seinem Turban schwitzend, scheint der Fürst höchst erregt zu sein. »Was höre ich, Rani Saheba? Sie sind unpäßlich, Sie können Lady Violet nicht empfangen?«

»Ich versuche mein Bestes, Radscha Sahab, aber der Anblick dieser ... Lady« – sie bringt diese Silben offenbar nur mit Mühe heraus – »macht mich einfach krank.«

Der Radscha ist an die Launen seiner Frau gewöhnt. Sie ist sehr schön, und der Altersunterschied zwischen ihnen ist beträchtlich was sie ausnutzt, um sich bei jeder Gelegenheit wie ein verzogenes Kind aufzuführen; meistens kann er ihr keinen Wunsch abschlagen. An diesem Abend aber treibt sie es zu weit.

»Sie können die Frau des Gouverneurs nicht beleidigen! Er wird uns nie verzeihen.«

»Verzeihen?«

Das Wort hat die Rani ins Mark getroffen. Seit Monaten fraß sie ihre Wut in sich hinein, hielt sich zurück, um nicht zu explodieren; jetzt hat sie genug!

»Und wozu brauchen wir ihre Verzeihung? Diese Banditen haben uns die Macht entrissen, unsere Staaten unter Aufsicht gestellt, und jedes Jahr erpressen sie uns unter dem Vorwand, Steuern zu erheben; diese liederlichen Schwarzwassertrinker, Schweinefleischfresser, sie verführen unsere Frauen und verachten uns auch noch!«

Sie hat sich gerade noch zurückhalten können, um nicht zu sagen, »sie verachten Sie, Sie, den Radscha von Jehanrabad, der sich geschmeichelt fühlt, weil er unter allen Fürsten von Oudh als ihr bester Freund gilt«. Oh, wie sie die Engländer haßt! Nicht so sehr, weil sie ihr Land besetzten – die sich eben entwickelnden Unabhängigkeitsbewegungen scheinen ihr belanglos zu sein, schließlich ist Indien kaum je ein unabhängiges Land gewesen, und die Herrschaft des Großen Mogul ist nicht angenehmer gewesen als die des britischen Königs –, sondern hauptsächlich deshalb, weil sich unter ihrem Einfluß ihr Mann verändert hat. Ihr Prinz, der so stolz war auf seine Herkunft und die Erlauchtheit seiner Ahnen, der von Untertanen und Adligen gleichermaßen respektiert wurde – vor diesen hochmütigen Weißen ist er zu einem unterwürfigen, ehrfürchtigen kleinen Jungen geworden.

Warum? Sie versteht es nicht, ebensowenig wie ihre Freundinnen es verstehen, Gemahlinnen muslimischer oder hinduistischer Fürsten, die sich sprachlos vor Erstaunen und voller Bitternis eingestehen müssen, daß ihr »Herr und Meister« den Fremden den Hof macht. Schon bevor sie sie kennenlernten, hat man ihnen beigebracht, daß diese Männer als Gatten und Herrscher zu verehren seien; mit ihrer Ehre war die der Frauen und ihrer Familie untrennbar verbunden. Zweifellos haben sie ihre Gründe … Sie wollen nicht an ihnen zweifeln, das dürfen sie sich nicht erlauben. Bestimmt ist alles die Schuld dieser Engländer!

»Ich werde Lady Violet nicht empfangen!«

»Bitte, Rani Saheba, seien Sie vernünftig! Die Straße …« Blitzartig erfaßt sie die Situation.

»Ah! Radscha Sahab, warum haben Sie das nicht früher gesagt? Wenn es darum geht, sie zum Narren zu halten, haben Sie für Ihre Ehre nichts zu befürchten! Ich hatte befürchtet, es wäre, um ihr Vergnügen zu machen …«

Etwas verwirrt von dieser Moral seiner Gattin, hütet sich der Radscha gleichwohl, ihr zu widersprechen; er war froh, daß er vorerst gewonnen hatte. Wenn er ihr erklären würde, daß er keineswegs die Absicht hatte, den Gouverneur zum Narren zu halten, daß ihre Beziehungen sich auf ein wechselseitiges Interesse aneinander gründeten, aber auch auf wirkliche Freundschaft und Wertschätzung, von der er glaubte, daß sie erwidert werde – sie wäre imstande und würde ihre Zusage wieder rückgängig machen.

Beim Eintritt in den Salon der Rani fragt sich Lady Violet, warum diese einzig von älteren Frauen umgeben sei. Sie erklärt sich dieses Faktum als Respektsbezeigung: Diese Großmütter sind ausgewählt worden dem hohen Gast zu Ehren. Wie hätte sie erraten sollen, daß die Rani den Jungen befohlen hat, sich zu entfernen? Der Schatten dieser sittenlosen, halbnackten Kreatur würde auf sie fallen und ihnen Unglück bringen …

Die einzige Ausnahme bildet die Rani von Badalpur, weil sie »die Welt kennt« und als Dolmetscherin fungieren muß. Selma spricht schon beinahe fließend Urdu, und eine so schöne Gelegenheit, sich zu amüsieren, läßt sie sich nicht entgehen.

»Wie überaus aufmerksam von Eurer Hoheit, daß Eure Hoheit Eurer Dienerin in ihrer bescheidenen Wohnung einen Besuch abzustatten beliebt«, wispert die Rani. »Ich bitte untertänigst um Entschuldigung für mein Bein, das es mir nicht erlaubt, mich zu erheben, um Eure Hoheit zu begrüßen …«

»Haben sie alle wehe Beine?« fragt sich Lady Violet, als sie bemerkt, daß alle Frauen nach dem Muster der Rani sitzenbleiben. Die Rani lächelt, um Verzeihung heischend, und die hochherzige Gattin des Gouverneurs beugt sich zu ihr nieder, um sie zu umarmen. Sie nimmt wahr, daß die Rani zurückzuckt, und ihre Lippen berühren nur ihren Schleier. »Wie schüchtern diese armen Frauen sind; so wenig sind sie daran gewöhnt, daß wir Engländerinnen uns ihnen in Freundschaft nähern … Ich habe immer meine Ehre darein gesetzt, mich ihnen verständlich zu machen, ihnen zu zeigen, daß ich sie als Ebenbürtige betrachte. Harry findet, ich übertreibe, er sagt, man müsse sich Respekt verschaffen, aber sie tun mir so leid, eingeschlossen, abgetrennt von allem, wie sie sind, Sklavinnen in einer Männerwelt!«

Beim Mangosorbet entspinnt sich die Konversation: über das Wetter, wie es ist und sein wird, über die Schönheit der Roben bei Hof, die Gesundheit der Kinder. Lady Violet zermartert sich den Kopf: wovon kann man reden mit diesen ungebildeten Frauen?

»Ich liebe Ihre Dichter«, sagt die Rani dann, »besonders Lord Byron.«

»Wie, Sie verstehen Englisch?« sagt Lady Violet bestürzt.

»Ich lese es, aber ich spreche es nicht. Können Sie mir erklären, was Milton meint, wenn er im ›Verlorenen Paradies‹ sagt ...«

»Ach, das ist eine ziemlich dubiose Theorie über das Leben und den Tod«, stottert Lady Violet, die sich lieber auf der Stelle vierteilen ließe als zuzugeben, daß sie Milton nie gelesen hat. Überhaupt ist Milton doch längst aus der Mode!

»Tatsächlich?«

Die Rani sieht sie überrascht an, und die Gattin des Gouverneurs meint in ihrer Miene etwas wie Ironie zu entdekken. »Wirklich eine unverschämte Person, diese kleine Rani«, denkt sie, »ich werde ihr zeigen, wo ihr Platz ist!«

»Ihr Gatte, der Radscha, ist ein faszinierender Mann, wir unterhalten uns oft stundenlang, mein Mann interessiert sich nämlich überhaupt nicht für Literatur und läßt uns allein, wenn er Golf spielen geht ...«

»Ich weiß, der Radscha ist fast öfter bei Ihnen als bei mir, man könnte eifersüchtig werden. Er hört nicht auf, von der schönen Dame zu erzählen ...«

»Nicht doch!« protestiert Lady Violet bescheiden.

»Aber ja, die schöne Sarah! So heißt doch Ihre Nichte?«

Die Gattin des Gouverneurs ist blaß geworden. Selma beißt sich auf die Lippen, die Rani fährt fort, als wäre nichts dabei.

»Der Radscha denkt an Heirat, hat er es Ihnen gesagt?«

»Aber ... Heirat!«

Vor Schreck beginnt Lady Violet zu stottern. Sie fängt noch einmal an: »Würden Sie denn zustimmen?«

»Ach, wissen Sie, ich habe ein großes Herz! Ich glaube, es wäre eine gute Sache.«

Der Gedanke kommt der Gattin des Gouverneurs dermaßen absurd vor, daß sie lachen muß. Ihre blonde Sarah verheiratet mit einem Eingeborenen! Diese Inder schrecken wahrlich vor nichts zurück. Glücklicherweise fällt ihr eine gute Antwort ein.

»Ich fühle mich sehr geschmeichelt, daß der Radscha auf meine Nichte ein Auge geworfen hat, aber sie ist kaum zweiundzwanzig, der Altersunterschied wäre zu groß!«

»Warum? Mein Sohn ist fünfundzwanzig!«

»Ihr Sohn, aber …«

»Wie habe ich das nur vergessen können? Natürlich kennen Sie ihn nicht, Sie können nicht entscheiden, ohne ihn gesehen zu haben! Hören Sie, lassen Sie mich wissen, wann Sie nachmittags einmal Zeit haben, und lassen Sie uns ein Treffen arrangieren. Bestimmt gefällt er Ihnen … Was wäre das für ein schönes Paar, und was würde besser passen als eine Hochzeit, um den Bund der Freundschaft zwischen unseren beiden Familien zu besiegeln! Es wäre der Beweis, daß die Menschen von wahrem Wert sich über die lächerlichen Vorurteile des Pöbels hinwegsetzen können und …«

Sie unterbricht sich; Selma hat ihr einen warnenden Blick zugeworfen, sie ist zu weit gegangen, und Lady Violet wird es merken.

Diese aber ist viel zu verwirrt, um irgend etwas zu bemerken. Sie hat nur einen einzigen Gedanken: fliehen! Sie greift nach Tasche und Handschuhen und ergeht sich dabei in Dankesformeln und Versprechungen, bald wiederzukommen, um den Erbprinzen kennenzulernen; sie küßt die Rani dreimal, küßt in der Aufregung sogar Selma und tritt den Rückzug an.

Im Salon bricht Fröhlichkeit aus.

»Wenigstens können wir sicher sein, daß wir sie nie mehr wiedersehen«, erklärt die Rani.

Dann, angewidert: »Schnell, ein Handtuch und Rosenwasser! Was für eine schreckliche Manie dieser Engländerinnen, einen dauernd zu küssen!«

Als Selma sie sieht, wie sie mit aller Kraft ihre Wange massiert, um den Makel abzuwischen, denkt sie an ihre Urgroßtante, die Frau des Sultans Abdül Aziz, die sich den Kuß einer »Ungläubigen« mit einem Messer entfernen ließ. Diese Ungläubige, die damals zu offiziellem Besuch in Istanbul weilte, war die Kaiserin Eugénie ...

Der Isota Fraschini folgt der staubigen Landstraße, ihren scharfen Kurven – wer würde sich dazu herablassen, den Fuß vom Gas zu nehmen? –, den Wasserbüffel- und Kamelherden, Leichenzügen und heiligen Kühen und der fröhlichen Prozession des Bräutigams, dessen weißes Pferd ihn zum Haus der Braut bringt ... Wunderbarerweise kommt der Rennwagen überall durch, mit fünfzig Meilen pro Stunde überwindet er alle Stauungen und Ansammlungen von Tieren oder Menschen, die Reisen auf den großen Straßen Indiens zu einem wahren Hindernisrennen werden lassen.

»Jehanrabad wird eine Tigerjagd für den Gouverneur veranstalten müssen. Wenn er zu seiner Straße kommen will, ist das das mindeste!« denkt Amir lachend. »Diese Engländer glauben ja alle, wer weiß wie gute Schützen zu sein. Wenn sie wüßten, daß wir die armen Tiger betäuben! Am Vorabend lassen wir kleine Büffel, die vorher mit Opium vollgestopft wurden, in der Nähe ihrer Tränke frei ... Wenn das nicht genügt, gibt es noch den Mann, der sich in einem Busch versteckt und zu gleicher Zeit schießt wie der erlauchte Gast. So ist jede Seite zufrieden: der stolze Raubtierjäger, der sich in Erobererhaltung mit dem abgezogenen Fell fotografieren läßt – später läßt er den Kopf ausstopfen und legt es sich ins Wohnzimmer, und den Damen läuft ein Schauer über den Rücken beim Anblick der Bestie –; und ebenso zufrieden ist der fürstliche Gastgeber, der sich durch all das irgendeine kleine Gunst erwirkt ...«

»Verachtest du sie?«

Amir schreckt hoch. Er starrt seine Frau an.

»Die Engländer? Ich mag sie nicht, aber ich bewundere sie. Wenn wir die Hälfte ihrer Energie hätten, ihrer Ausdauer, ihres Pflichtbewußtseins ...«

»Pflichtbewußtsein?«

»Dem Empire gegenüber! Dem Empire zuliebe begehen sie alle möglichen Niederträchtigkeiten. Wenn sie uns entgegenkommen, so doch nie so weit, daß es die Interessen der Krone beeinträchtigt. Außerdem sind sie zur absoluten Unehrlichkeit fähig. Was die sogenannte orientalische Verstellungskunst angeht, so haben wir ihnen nichts voraus. Übrigens werden die Beziehungen dadurch … aufregend.«

»Wenn die Katze mit der Maus spielt«, fragt sich Selma, »worin liegt die Aufregung für die Maus? Sehen sie denn nicht, daß die Engländer sich über sie lustig machen, sie für ihre Zwecke benutzen? Ihre Frauen, hinter den Schleier verbannt, wissen es besser.«

»Die Rani von Jehanrabad verachtet die Engländer, an deren Stärke ihr Mann glaubt. Sie und ihre Freundinnen sagen, daß sie zu weiß sind und deshalb nicht menschlich genannt werden können. Sie versichern, daß dort auf der Insel riesige Bäume wachsen, auf denen Eier knospen: und diesen Eiern entstammen die Engländer!«

Der Radscha verdreht die Augen – die Dummheit dieser Frauen ist grenzenlos!

»Übrigens, meine Liebe, ich wollte Ihnen mitteilen, daß mir einer meiner alten Freunde aus Cambridge geschrieben hat, Lord Stiltelton. Er hat eine Vicomtesse geheiratet, Lady Grace, und sie machen ihre Hochzeitsreise durch Indien. In ein paar Tagen treffen sie in Lucknow ein und werden im Palast wohnen. Ich hoffe«, fügt Amir ironisch hinzu, »daß Ihre nationalistischen Überzeugungen Sie nicht hindern werden, sie gebührend zu empfangen …«

»Was für ein schönes Paar! Und wie verliebt sie offensichtlich sind!« Selma beobachtet sie den ganzen Abend lang mit der Sehnsucht eines Kindes vor einem Laden mit herrlichen Dingen, die ihm aber versagt bleiben. Diese blonde Sorglosigkeit, dieses Einverständnis, dieses Gelächter stimmen sie ganz traurig.

Das Diner ist indessen sehr fröhlich verlaufen. Man hat von London und Paris gesprochen, von den neuesten Theaterstücken, den schicken Restaurants, den großen Bällen der Saison, und raunt sich die neuesten Skandale zu. Amir erkundigt sich, wie es dem und jenem gehe, äußert sein Erstaunen und lacht schallend. Selma hat ihn noch nie so entspannt gesehen, und sie sagt sich verwundert, daß er offenbar alle Welt kennt.

»Ihr Gatte«, vertraut ihr Lord Stiltelton an, »war der Entertainer unserer Gruppe, wo es wahrhaftig genug lustige Leute gab. Aber Amir hatte so eine ganz besondere, poetische und ungenierte Art, noch den langweiligsten Abend in ein Abenteuer zu verwandeln. Alle haben sich um ihn gerissen, zu schweigen von den Damen, die ganz vernarrt in ihn waren!«

Amir ein Entertainer? Selma traut ihren Ohren nicht. Sie beginnt zu träumen: Wenn sie sich in London kennengelernt hätten, hätten sie sich vielleicht geliebt? Vielleicht? ... Wie soll man das Gefühl beschreiben, das sie jetzt miteinander verbindet? Wenn er sich doch entschließen könnte, seinen Panzer abzulegen ... aber er behauptet, Liebe sei eine Art Geisteskrankheit. Das einzige Mal, da sie es wagte, ihn zu fragen, was er für sie empfinde, antwortete er: »Ich bewundere und achte Sie.« Sie hat die Frage nie mehr gestellt.

Langsam geht sie auf das Klavier zu, diese willkommene Zuflucht, die es ihr ermöglicht, sich zu absentieren, ohne den Anschein zu erwecken, sich zurückziehen zu wollen. Sie verdankt das Instrument Rashid Khan, der sich dafür eingesetzt hatte, obwohl Rani Aziza darüber sehr in Zorn geriet.

Der gute Rashid Khan! Selma war überrascht und glücklich, ihn an diesem Abend das erste Mal seit ihrer Ankunft in Lucknow wiederzusehen. Obwohl älter, ist auch er mit Lord Stiltelton befreundet, der konsterniert gewesen wäre, wenn er nicht gleichfalls an dem Diner teilgenommen hätte. Und was Selma anging, hatte Amir offensichtlich nicht den Mut, seinem ehemaligen Zechkumpan zu gestehen, daß er, der rational orientierte, vorurteilslose Freidenker, seine Frau im Purdah hielt.*

* In Europa erzogene Inder verlangten oft von ihrer Frau, daß sie in Anwesenheit von Indern, nicht aber von Ausländern, den Purdah einhielt.

Sie streichelt die elfenbeinernen Tasten mit den Fingerspitzen, spielt nachdenklich die ersten Takte eines Nocturnes von Chopin, Melancholie und Hoffnung, Leidenschaft, erkaltend und wiedererwachend, feurig erzitternd, dann aufs neue wie eine Rosenblüte, wie ein Tautropfen in zarter Klage ersterbend.

Sie spürt Rashids feurigen, unendlich zärtlichen Blick auf ihren Händen, ihrem Nacken. Den ganzen Abend lang haben sie vermieden, sich anzusehen, und erst jetzt, jetzt, wo er glaubt, sie sei in ihre melodischen Träumereien versunken, wagt er es. Und sie hält den Atem an, um ein bißchen von diesem Gefühl in sich aufnehmen zu können, von dieser Verehrung, die sie erblühen, duften, wiederaufleben läßt wie ein Sonnenstrahl die Wiesenblume.

Trotzdem weiß sie, daß sie ihn nicht liebt; er ist auch bei weitem nicht so verführerisch wie ihr schöner Mann. Doch in diesem Augenblick hat sie nur einen Wunsch: sich in seine Arme zu schmiegen, sich wiegen zu lassen. Schon dadurch, daß er sie mit seinen wissenden, liebevollen Augen ansah, fand sie plötzlich zu jener Selma zurück, die sie vor knapp acht Monaten war, zu der jungen, glücklichen Frau, die er an einem Frühlingsmorgen im Hafen von Bombay abgeholt hatte.

Lord Stilteltons Stimme weckt sie aus ihrer Träumerei.

»Amir, was meinen Sie, wollen wir den Abend nicht im Klub von Chatter Manzil beschließen? Ich habe gehört, es sei ein luxuriöses Lokal, der ehemalige Palast der Könige von Oudh, nicht wahr?«

Amir ist bleich geworden.

»Ich gehöre diesem Klub nicht an.«

»Das macht nichts, ich lade Sie ein. Der Gouverneur, den ich heute morgen besucht habe, war so gütig, meinen Namen der Rezeption mitzuteilen.«

Amir lächelt.

»Sie kennen dieses Land noch nicht, Edward, aber Sie sind immerhin schon durch Kalkutta gekommen, glaube ich. Haben Sie den Yatch-Klub besucht?«

»Natürlich, er ist sehr zu empfehlen.«

»Kennen Sie den Unterschied zwischen dem Yatch-Klub und Chatter Manzil?«

Amir spricht gedehnt und dreht dabei sein Glas Brandy in der Hand, gleichsam in die bernsteinfarbene Tönung vertieft.

»Nun also, der Unterschied ist folgender: Im Yatch-Klub von Kalkutta ist Indern und Hunden der Zutritt verboten. In Lucknow ist man toleranter: Hunden ist er gestattet.«

Totenstille. Aller Augen richten sich auf Lord Stiltelton, der mit offenem Mund dasitzt. Er hat sich noch nie in seinem Leben in einer so peinlichen Situation befunden.

»Sie scherzen! Sicher gilt das nur für die Eingeborenen, äh ... ich meine ... für das Volk, aber nicht für Leute wie Sie!«

»Wie meinen Sie das? Bin ich denn in Ihren Augen kein Inder?«

»Aber sehen Sie doch, Amir, Sie gehören einer der ältesten indischen Familien an. In London nannte man Sie den ›Prinzen‹, die Herzoginnen rissen sich darum, Sie einzuladen ...«

»In London. Aber in meinem Land ist es eben anders.«

Der junge Lord stützt konsterniert den Kopf in die Hände.

»Und da wundert man sich, daß die Inder die Unabhängigkeit fordern! ... Alle diese kleinen englischen Beamten sind doch elende Wichte! Wenn ich daran denke, daß solche Leute Ihnen Geringschätzung entgegenbringen, das ist unerhört! Kommen Sie mit mir, wir werden sehen, die machen keine Einwendungen, sonst werden sie merken, wen sie vor sich haben.«

Amir sieht seinen Freund an, er zögert. Er hat nicht die mindeste Lust, einen Skandal zu riskieren, aber wenn man es richtig bedenkt, ist es vielleicht die erträumte Gelegenheit, die Autoritäten in eine schwierige Lage zu bringen. Stiltelton ist ein bekannter Mann; trotz seiner Jugend ist er ein herausragendes Mitglied des Oberhauses. Warum nicht einen Versuch unternehmen? In jedem Fall wird man etwas gewinnen: Entweder setzt sich sein Freund durch und schafft damit einen Präzedenzfall, der das bestehende Dogma der britischen Überlegenheit durchbricht, oder man zwingt sie, zu gehen, was einen Skandal zur Folge hätte. Und in diesem Stadium des Unabhängigkeitskampfes könnte sich ein solcher Skandal sehr günstig auswirken.

Eine Vollmondnacht. Der Rolls fährt im Schritt in die Hauptallee ein, zwischen den Palmen mit den silbrigen Stämmen und den dreihundertjährigen Banjansfeigenbäumen hindurch. Die lange Fassade des Chatter Manzil-Palastes ist erleuchtet; die drei Kuppeln aus vergoldeter Bronze funkeln.

»Ist das schön!« seufzt die junge Lady begeistert.

Amir verzichtet darauf, ihr zu erklären, daß diese Kuppeln früher aus Feingold bestanden, aber daß ihre Landsleute sie ... wie soll man so etwas höflich ausdrücken? – nun ja, daß sie sie gestohlen hatten.

Der Wagen hält unter dem imposanten Portalvorbau, wo bereits etwa zwanzig Wagen parken. Ein Geflecht aus Laub und Blumen bildet ein kühles, duftendes Dach und hängt bis auf den Boden herunter. Lord Stiltelton hat seinen Freund untergefaßt und geht resolut auf den Eingang zu, da tritt der Pförtner dazwischen. »Entschuldigen Sie, Sir, aber es ist verboten ...« Lord Stiltelton sieht ihn von oben herab an, ohne überhaupt stehenzubleiben.

»Wissen Sie eigentlich, mit wem Sie sprechen? Mir ist nichts verboten!«

Mit einer Handbewegung fegt er die Gesetze und diesen Pinscher, der auf sie pocht, beiseite.

»Kein schlechter Anfang!« denkt Selma; sie wendet sich um und lächelt ihm zu: Zum ersten Mal findet sie einen Engländer sympathisch. Nichts findet so sehr ihren Beifall wie eine solche Herausforderung. Sie merkt, wie Lady Grace neben ihr sich immer mehr verkrampft: Man geht auf die Salons zu, und der Schwarm von Oberkellnern, die hier die Aufsicht haben, ist ein weit ernster zu nehmender Gegner als ein einzelner Pförtner.

Der große Empfangssaal von Chatter Manzil ist an diesem Abend über und über mit Rosen geschmückt. Von einer kleinen Estrade herunter ertönt gedämpfte Orchestermusik. Schweigend schlängeln sich die Kellner in Turbanen zwischen den Tischen hindurch; auf den schweren Silbertabletts stehen vielfarbige Flaschen. Fast alle Tische sind besetzt, auch sieht man ungewöhnlich viele Damen. Von den Gesprächen vernimmt man lediglich ein leises Stimmengewirr, das zudem noch von den schweren Teppichen und der Holztäfelung der Wände gedämpft wird.

»Es findet hier heute wahrscheinlich ein Fest statt«, denkt Selma, »was für ein glücklicher Zufall: Morgen wird die ganze Stadt Bescheid wissen.« Ihr läuft ein kleiner Schauder über den Nacken; sie hat den Eindruck, in die Arena zu treten.

Bei ihrer Ankunft verstummen die Gespräche, in der Stille hört man die Musik deutlicher. Aller Augen sind auf sie gerichtet. Lord Stiltelton fragt gutgelaunt nach dem Tisch, den er reservieren ließ. Der erste Oberkellner, ein Engländer alter Schule, hat sich genähert. Wie ein Karpfen, der nach Luft schnappt, öffnet er mehrere Male den Mund, bringt aber keinen Ton heraus. Zwei Kollegen kommen ihm zu Hilfe.

»Ihr Tisch ist hier, Sir, ein bißchen hinter dem Orchester, aber ...«

»Was aber?« fällt ihm Lord Stiltelton hochmütig ins Wort, »warum führen Sie uns nicht hin? Hier herrschen wirklich merkwürdige Sitten!«

»Sir, es ist unmöglich ... Der Herr in Ihrer Begleitung ... Die Satzungen des Klubs gestatten nicht ...«

»Sie bringen mich langsam in Rage, mein Junge! Der Radscha von Badalpur ist mein Gast. Wenn Sie ihm die schuldige Achtung versagen, heißt das, daß Sie mir selbst die schuldige Achtung versagen. Haben Sie eigentlich die Absicht, mich zu beleidigen?«

Der Oberkellner ist bleich geworden und verschwindet.

Lord Stiltelton läßt einen spöttischen Blick über die Anwesenden schweifen. Kein Auge, das noch auf ihn gerichtet wäre: Jedermann hat sich abgewendet, und die unterbrochene Konversation wird um so eifriger fortgesetzt.

»Gut, Amir, setzen wir uns, die Damen sind gewiß müde.«

Einen Augenblick später kommt ein indischer Kellner, um die Bestellung aufzunehmen. Man hat sich offenbar verabredet, den Jüngsten zu schicken; der Bleistift zwischen seinen Fingern zittert, und er vermeidet es, den Radscha anzusehen. Die Gäste in ihrer Nähe verlassen allmählich ihre Tische, einige unter eisigem Schweigen, andere, indem sie ihrer Mißbilligung mit lauter Stimme Ausdruck verleihen. Aber niemand wagt eine offene Konfrontation mit diesem arroganten jungen Mann, der sich offenbar – was für eine Schande! – sehr zu amüsieren scheint, während seine Gattin mit hochrotem Gesicht die Augen niederschlägt.

Sie sitzen keine fünf Minuten, da nähert sich ein äußerst distinguierter Herr in cremefarbenem Smoking.

»Lord Stiltelton, nehme ich an? Seien Sie willkommen in Chatter Manzil, Sir. Ich bin James Bailey, der Präsident des Klubs.«

»Freut mich sehr, Herr Bailey! Darf ich Ihnen meine Gattin, Lady Grace, und meine Freunde, den Radscha und die Rani von Badalpur, vorstellen?«

Der Präsident verneigt sich respektvoll vor den Damen und ignoriert den Radscha.

»Es ist uns eine Ehre, Sie und die Damen hier bei uns zu empfangen, Milord. Aber es ist uns ganz unmöglich, den Herrn zu empfangen, unser Klub gestattet … Eingeborenen den Zutritt nicht.«

Das Wort »Eingeborenen« wurde dabei mit einer solchen Unverschämtheit ausgesprochen, daß Selma aufspringt.

»Eingeborenen? Das bin ich auch, mein Herr, durch meine Heirat mit dem Radscha. Darf ich das so verstehen, daß Sie mich ebenfalls hinausjagen wollen?«

Der Direktor preßt die Lippen zusammen.

»Nein, Madame, Sie können bleiben, wenn Sie wollen.«

»Lieber Herr Bailey«, unterbricht ihn Lord Edward eisig, »nehmen Sie zur Kenntnis, daß wir alle bleiben werden. Natürlich nur, wenn Sie uns nicht mit Gewalt hinauswerfen. Aber stellen Sie sich vor, was das für einen Skandal gäbe!«

»Es tut mir leid, Milord, aber ich bin dafür verantwortlich, daß das Reglement eingehalten wird.«

Die beiden Männer messen sich mit Blicken, keiner hat die Absicht, nachzugeben. Das ist jetzt Ehrensache. Der Radscha nippt, als ob ihn die Diskussion nichts anginge, an seinem Brandy. Aller Augen sind auf den Tisch gerichtet; in einer Ecke wartet ein halbes Dutzend Oberkellner.

In diesem Augenblick greift Lady Grace ein.

»Edward«, stöhnt sie, »mir ist schwindlig … Es ist hier so heiß … Ich bitte Sie, gehen wir doch, sonst falle ich noch in Ohnmacht …«

Lord Stiltelton unterdrückt eine Geste des Unwillens und wirft einen raschen Blick auf seine junge Frau: Sie scheint wirklich einer Ohnmacht nahe zu sein. Einen Augenblick schwankt er, ob er Selma bitten solle, sie in den Damensalon zu begleiten, aber dann zögert er und sagt sich: »Was für ein Grobian ich bin, die arme Kleine ist solche Konfrontationen nicht gewohnt. Ich habe nicht das Recht, sie auf der Hochzeitsreise hierher zu führen und in solche Geschichten zu verwickeln.«

»Kann ich Ihnen behilflich sein?« wirft Herr Bailey zuvorkommend ein.

»Nein, oder vielmehr ja, lassen Sie den Wagen vorfahren«, antwortet Lord Stiltelton, ohne ihm in die Augen zu blicken.

»Was für ein Feigling!«

Jetzt, wo sie zu Hause sind, läßt Selma ihrem Zorn freien Lauf. Sie weiß nicht, ob ihre Erbitterung oder ihr Ekel größer ist. Auf der Rückfahrt hatte man verlegen geschwiegen. Lord Stiltelton versprach hoch und heilig, er werde die Sache in London zur Sprache bringen, worauf er von niemandem eine Antwort bekam, wußten sie doch alle, daß er, zurück in London, eine Beschwerde unpassend und unerheblich finden oder daß er die Sache, die für ihn lediglich ein Zwischenfall war, dann schon lange vergessen haben würde. Man trennte sich also, indem man sich »gute Nacht« wünschte, wohl wissend, daß man eine schlechte Nacht vor sich hatte.

Amir läuft mit zusammengebissenen Zähnen im Zimmer auf und ab. Seit sie den Klub betreten haben, hat er kein einziges Wort gesprochen. Selma spürt, daß er in diesem Augenblick alle haßt, seinen Freund, der ihn in dieses Abenteuer hineingezogen und dann mit dem ersten besten Vorwand verraten hat, und auch sie, seine Frau, die ihn mit ihrer weißen Haut, die ihr ein Bürgerrecht auf der andern Seite gewährt, unwillentlich auch verrät.

Sie möchte mit ihm sprechen, ihm sagen, daß man Verachtung nur mit noch größerer Verachtung begegnen kann. Sie versteht nicht, daß Amir und die ganze indische Aristokratie nach so vielen Schikanen mit diesen Engländern weiterhin verkehrt und ihre Freundschaft sucht. Woher rührt diese seltsame Unterwürfigkeit bei so stolzen Menschen? Sehen sie denn nicht, daß sie ihre frühere Kraft erst wiedererlangen, wenn sie nicht nur die Briten, sondern deren ganzes Wertsystem verwerfen, das diese in ihrer Anmaßung anderen als weltweit gültig aufzwingen wollen?

Sie schweigt. Sie weiß, daß er ihre Anwesenheit im Augenblick nur erträgt, wenn sie schweigt. Aber vielleicht denkt er, ihr sei alles gleichgültig? Er ist so verletzt ... Sie nähert sich ihm, berührt leicht seinen Arm. Er macht sich heftig los.

»Ah, nein! Lassen Sie mich in Ruhe!«

Diese haßerfüllten Augen! Als wäre *sie* die Feindin oder Rivalin in einem absurden Wettkampf, wo jeder in seiner Angst, vernichtet zu werden, dem anderen seine Überlegenheit beweisen will. Sie ist schuldig, mitschuldig an dieser Komödie – Geburt gegen Vermögen –, die sie sich vom Beginn ihrer Ehe an aus Mangel an Vertrauen vorgespielt hatten, weil beide nicht glaubten, daß sie um ihrer selbst willen geliebt würden. Hatte er, wie sie ja auch, etwas anderes erhofft? Wenn sie ihre Schutzschichten auf wunderbare Weise abwerfen, ihre Unschuld wiederfinden würden? Er hat sie in ihre Rolle als Prinzessin und hübsche Frau, als künftige Mutter seiner Kinder eingemauert. Er will von ihr nichts anderes, vor allem kein Verständnis, das den Schutzschild, den er sich geschmiedet hat, durchstoßen könnte. Einen Schild, den er noch verstärken muß, das beweist ihm gerade der Zwischenfall von heute abend, da nur sein naiver Glaube an die Freundschaft eine solche Demütigung ermöglicht hatte.

Selma versucht in dem großen Ehebett einzuschlafen. Sie ist gerade dabei, sich etwas zu beruhigen, da kommt Amir zu ihr. Er riecht nach Alkohol. Wortlos beginnt er sie zu streicheln, berührt mit der Hand ungeschickt die Schenkel der jungen Frau. Sie verkrampft sich, er tut ihr weh, sie versucht ihn wegzustoßen.

Das hat gerade noch gefehlt, um seine Wut zum Ausbruch zu bringen. Auch sie stößt ihn zurück? Da wird sie aber etwas erleben!

Er umklammert mit seinen harten Händen ihre Arme, drückt sie auf den Rücken und dringt mit Gewalt in sie ein, als ob er sich rächen wollte. Dann dreht er sich um und schläft sofort ein.

Selma, mit weit geöffneten Augen, wundert sich, daß sie nicht weint. Vor ein paar Monaten noch hätte sie die ganze Nacht geschluchzt. Ist sie in einem solchen Maße gefühllos geworden, oder versteht sie am heutigen Abend Amirs Zorn?

Der heutige Abend ... Nie zuvor war er so aggressiv gewesen, nie hatte er sie mit Absicht verletzen wollen ... Seine Ungeschicklichkeit, sein Ungestüm, daran hat sie sich gewöhnt. Aber ganz aufgegeben hat sie es noch nicht: Wenn sie ihn in seiner ganzen Schönheit sieht, fängt sie noch immer an zu träumen, und wenn sie sich sanfte, lange Umarmungen vorstellt, überläuft sie ein Schauder. Er kann sie nicht befriedigen, hat aber ihre Sinnlichkeit geweckt. Jede Nacht hofft, jede Nacht verzweifelt sie. Sein Verlangen ist so groß, daß er ihr die Beine, die Knie und den Bauch massiert.

Sie liegt allein im Dunkeln und beherrscht sich, um nicht laut aufzuschreien.

X

Als Selma erwacht, steht die Sonne schon hoch am Himmel. Amir ist wohl schon lange aufgestanden. Aber sie hat keine Lust dazu, sie ist so niedergeschlagen.

Ein zartes Kratzen an der Tür. »Störe ich Sie?«

Es ist Zahra, die wie jeden Morgen kommt, um mit ihr zusammen zu frühstücken. Selma empfindet eine gewisse Zärtlichkeit für das junge Mädchen, dessen Unschuld sie rührt und belustigt. Dieses Frühstück ist für sie beide zu einem Ritus geworden, ohne den sie sich den Morgen nicht mehr vorstellen könnten.

Während eine Dienerin ein großes Tablett voller Töpfchen aus Silber und feinem Porzellan aufträgt, setzt sich Zahra vertraulich auf den Bettrand.

»Wenn Sie wüßten, was für einen seltsamen Traum ich gehabt habe!« beginnt sie. »Wir spazierten Hand in Hand, und plötzlich verwandelten Sie sich. Ihr Kleid überzog sich mit Edelsteinen, Sie strahlten so hell, daß ich ganz geblendet war, ich vermochte Sie nicht mehr anzublicken. Ich hielt Ihre Hand fest, aber sie war eisig kalt geworden. Ich hatte den Eindruck, daß Sie mich zurückstießen, brach in Schluchzen aus ... Dann bin ich erwacht. Stellen sie sich vor, ich weinte!«

Selma lächelt, streckt sich.

»War ich wirklich so schön?«

Zahra ergreift ihre Hände und bedeckt sie mit lauter kleinen Küssen.

»Viel weniger schön als in Wirklichkeit. Die andere blitzte wie ein totes Gestirn. Sie, Sie sind ein warmes, goldenes Licht. Übrigens«, fügt sie hinzu, indem sie in einen Toast mit Orangenmarmelade beißt, »wissen Sie ja, ich habe Ihnen schon hundertmal gesagt, Sie seien die Allerschönste.«

Beide lachen. Die bedingungslose Bewunderung des jungen Mädchens ist schon Anlaß zu Scherzen geworden; sogar Amir behauptet, wenn er etwas von seiner Schwester wolle, müsse er es über seine Frau einfädeln.

»Ich bin so glücklich«, seufzt Zahra, »mein Leben hat sich vollkommen verändert, seit Sie hier sind. Vorher fühlte ich mich allein, ich hatte niemanden, dem ich mich anvertrauen konnte; mein Bruder war selten da oder viel zu beschäftigt, als daß ich ihn mit meinen Problemen hätte behelligen können.«

Sie hat ihre Sandalen ausgezogen und sich quer übers Bett gelegt, den Kopf schmeichlerisch gegen Selmas Hüfte gestützt. Diese streichelt mechanisch die braunen Locken und die gewölbte Stirn, die der Amirs so ähnlich ist. Da gibt Zahra mit geschlossenen Augen ein kurzes, lustvolles Schnurren von sich, richtet sich ein bißchen auf und läßt ihren Kopf in die warme Höhlung der Hüfte gleiten. Selma zuckt zusammen, ein Schauder überwältigt sie, eine wahnsinnige Lust, diesen seidigen Kopf zu packen und ihn heftig gegen ihren Bauch zu drücken.

Sie macht sich jäh los.

»Genug der Kindereien! Gehen Sie jetzt, ich muß mich anziehen, um Rani Shahina zu besuchen.«

Zahra richtet sich erschrocken auf. Noch nie hat Selma in so strengem Ton mit ihr gesprochen. Ob irgend etwas sie geärgert hat?

Selma, allein vor ihrem Frisiertisch, stützt den Kopf in die Hände und atmet schwer, noch betäubt von diesem Taumel, der sie soeben fast überwältigt hätte. Sie mußte ihren ganzen Willen aufbieten, um sich von ihm nicht mitreißen zu lassen. Aber jetzt rächt sich der Körper: Ihr Bauch verkrampft sich so schmerzhaft, daß ihr die Tränen in die Augen steigen. Sie versucht, wieder zu Atem zu kommen, den Schmerz zu bändigen. Nach und nach lockert sich der Griff, aber sie ist ganz kraftlos. Als sie sich wieder aufrichtet, zeigt ihr der Spiegel das Bild einer Unbekannten mit dunklen Augenringen, deren Mund von bitteren Falten gezeichnet ist.

Am Eingang des Palastes von Nampur wird Selma von zwei Tigern empfangen; sie haben Glasaugen, und ihr Fell ist ein bißchen mottenzerfressen, trotzdem sind sie sehr stolz. Die Gesellschafterin der Rani ergeht sich in Entschuldigungen: Rani Saheba sei noch nicht ganz fertig; ob Ihre Hoheit ein paar Augenblicke im Salon warten könnte, man würde gleich einige Erfrischungen bringen ... Selma willigt ein und ist glücklich, daß sie einmal einen Augenblick allein sein kann.

Die Stille dieses großen Zimmers, dessen Fenster mit schweren Gardinen verhängt sind, ist eine Wohltat, verglichen mit dem regen Volierenleben des Palastes von Badalpur. Es herrscht in ihm eine besinnliche Schwermut, die beruhigend wirkt. Zwei Dienerinnen tragen eine leichte Zwischenmahlzeit auf, die für ein Dutzend Ausgehungerter reichen würde, und ziehen sich dann diskret zurück. Selma wundert sich: Es ist das erste Mal in Indien, daß man ihr ein bißchen Alleinsein gönnt. Sicher weil die Rani zur Hälfte Engländerin ist; sie hat es offenbar verstanden, ihrer Umgebung Respekt vor dem Privatleben einzuflößen, was in einem rein indischen Haus undenkbar wäre.

Während sie in kleinen Schlucken einen fermentierten Tee zu sich nimmt, ist ihr, als höre sie ein Geräusch hinter dem Lackwandschirm im hintersten Winkel des Salons. Sie horcht: Nichts. Sie muß sich getäuscht haben. Und doch ... Sie merkt, daß jemand da ist, sie könnte schwören, daß man sie beobachtet. »Nun ja«, denkt sie und amüsiert sich über sich selbst, »der Salon hat vielleicht einen englischen Anstrich, aber wir sind eben doch in Indien!«

Sie müßte ja nur fragen: »Wer ist da?«, damit die Neugierige die Flucht ergreifen würde, aber in einem befreundeten Haus wäre das unhöflich. Und was für ein Unterschied besteht eigentlich darin, ob sie hinter einem Wandschirm hervor beobachtet wird oder ob ihr die Leute direkt zu Füßen sitzen? Man muß sich damit abfinden: In diesem Land kann man sich der Neugier nicht entziehen.

Das Geräusch wird lauter, als ob die Betreffende sich gar nicht mehr verbergen wolle. Es rührt zweifellos von der Seide eines Ghararas her, von einem schweren Stoff, der auf eine adlige Person schließen läßt, denn die Dienerinnen tragen leichte Taftgewänder. Selma wartet neugierig. Plötzlich erscheint, weiß auf dem schwarzen Lack, eine sehr magere Hand, die sich an den Wandschirm klammert. Selma ist wie gebannt und kann die Augen nicht mehr abwenden von dieser reglosen Hand ohne Arm.

»Gehen Sie!«

Die klagende Stimme einer alten Frau, Selma springt auf. Sie glaubt nicht an Gespenster, aber diese unsichtbare, feindliche Anwesenheit, die seltsame Atmosphäre in diesem Salon ... Sie hält sich an den Sessellehnen fest und starrt in die dunkle Ecke, von woher die Stimme gekommen ist, und auf diese Hand, die ihr jetzt so hager vorkommt wie eine Gespensterhand.

»Fliehen Sie, fliehen Sie schnell!«

Eine dürre Gestalt mit schlohweißem, bis auf die Schultern fallendem Haar taucht auf. Sie schleppt sich mühsam voran, als ob das Kleid aus schwerem Brokat zu schwer sei für diesen ausgemergelten Körper. Hellblaue Augen richten sich starr auf Selma, die Lippen der Frau zittern.

»Retten Sie sich, mein Kind … Nachher ist es zu spät.«

Der Blick trübt sich, wird gleichsam von einer Wolke verschleiert. Langsam beginnt sie den Kopf von einer Seite zur anderen zu wiegen.

»Zu spät«, wiederholt sie, »zu spät …«

»Ah! Ich sehe, daß Mama Ihnen einen Besuch abgestattet hat!« Rani Shahina ist eingetreten. Ihre helle Stimme, ihr heiteres Gesicht verscheuchen die morbide Faszination, der sich Selma überlassen hatte. Die Sonne scheint wieder durch die Fenster.

Liebevoll ergreift die Rani die Hand der alten Dame.

»Nun, Mama, Sie sind müde, Sie müssen sich ausruhen.«

Sie klingelt. Sofort erscheint eine Dienerin.

»Geleiten Sie Begum Sahab in ihre Räume zurück und lassen Sie sie nicht allein, ich habe es Ihnen doch schon so oft gesagt.«

Dann kommt sie zu Selma zurück: »Es tut mir so leid, Sie sind ganz bleich. Was hat Ihnen meine Mutter gesagt, daß Sie so beeindruckt sind? Wissen Sie, sie ist nicht mehr bei Verstand.«

»Meinen Sie?« murmelt Selma nachdenklich, »sie hat mir empfohlen, aus diesem Land zu flüchten, bevor es zu spät sei …«

»Arme Mama! Sie haben sie an ihre eigene Jugend erinnert, als sie, wie Sie, als Ausländerin nach Indien kam. Sie wollte Sie warnen, damit Sie nicht dasselbe Schicksal erleiden wie sie. Aber die Verhältnisse sind heute ja ganz anders. Das ist vierzig Jahre her, und seitdem haben sich Sitten und

Bräuche gewandelt. Außerdem sind Sie eine halbe Orientalin und verstehen unsere Kultur.«

Rani Shahina fällt es offensichtlich schwer, weiterzusprechen. »Sie war eine einfache junge Engländerin aus der Londoner Bourgeoisie und hatte sich törichterweise in meinen Vater verliebt, der damals die Universität besuchte. Er war schön, reich und charmant. Sie heirateten, und ein Jahr später fuhr er mit ihr nach Lucknow zurück, wo sie von seiner Familie nie akzeptiert wurde, weil diese der Ansicht war, der älteste Sohn hätte eine Inderin heiraten sollen.

Ich nehme an, daß sie zuerst glaubte, diese Feindseligkeit durch Liebenswürdigkeit und Anpassung überwinden zu können. Aber sie mußte sehr bald einsehen, daß das unmöglich war, daß sie immer ein Eindringling bleiben würde. Warum ist sie geblieben, warum hat sie akzeptiert, daß sie eingesperrt wurde, was damals noch viel strenger gehandhabt wurde als heute? Weil sie meinen Vater liebte? Am Anfang gewiß, aber er verließ sie bald. Sie ist unseretwegen, ihrer Kinder wegen, geblieben. Mein Vater, der sie selten sah, schwängerte sie jedes Jahr, als hätte er begriffen, daß das das einzige Mittel war, sie zu halten. Sie hat siebzehn Geburten hinter sich. Überlebt haben nur sechs der Kinder.«

Die Stimme der Rani bricht fast.

»Das Schrecklichste ist, daß man ihr die Babys wegnahm, sobald sie geboren waren. Meine Großmutter lehnte es ab, daß ihre Enkel von einer Engländerin erzogen wurden. Wir wurden den Frauen im Hause, die auch unsere Ammen waren, anvertraut. Wir hatten nicht das Recht, unsere Mutter mehr als einmal im Monat zu sehen. Ich erinnere mich, wie ich als ganz kleines Kind weinte, als man mich nach einem Besuch von einigen Stunden von ihr trennte. Ich schlug um mich, brüllte, schluchzte … und sie flehte mich mit Tränen in den Augen an, brav zu sein.«

Die Frauen sehen sich bewegt und schweigend an. Haben sich die Verhältnisse so sehr geändert? Selma glaubt das nicht, aber sie wird nicht so mit sich umspringen lassen, sie wird sich Respekt verschaffen.

Um abzulenken, schlägt Rani Shahina eine Spazierfahrt

nach Hazratganj, dem hocheleganten Zentrum von Lucknow, vor, wo man sich die Weihnachtsschaufenster ansehen könnte.

»Es ist wirklich köstlich, die Engländer geben sich ungeheure Mühe, eine heimatliche Atmosphäre zu schaffen. Es fehlt nur der Schnee.«

Der Kutscher erwartet sie stehend vor der Kalesche. Die Rani will einsteigen.

»Könnten wir nicht ein Stück zu Fuß gehen? Ich möchte ein bißchen an die frische Luft«, bittet Selma.

Trotz der Proteste ihrer beiden Anstandsdamen, die ärgerlich den Schleier über Selmas Frisur, der ständig herunterrutscht, zurechtzupfen, gehen sie also ein paar Schritte. Dabei werden sie ununterbrochen von den kleinen Krämern angesprochen, die sich dicht gedrängt auf den Bürgersteigen niedergelassen haben und ihnen Süßigkeiten, Weihrauchpulver oder wohlriechende Jasmingirlanden anpreisen, vor allem aber von Scharen ausgehungerter Bettler – vorwiegend Frauen mit Kindern. Selma wundert sich, daß sie so sauber aussehen und eine Würde ausstrahlen, die ungewöhnlich ist bei denjenigen, die ausschließlich von der öffentlichen Barmherzigkeit leben.

»Das sind Bäuerinnen aus der Umgebung«, erklärt ihr Rani Shahina. »In diesem Jahr ist die Hungersnot schrecklich: Nach zu langer Trockenheit hatten wir sintflutartige Regengüsse, und der Anbau auf den Äckern, der noch nicht verbrannt war, ist dann auf dem Halm verfault. Diese Leute sind zu arm, um sich von einem Jahr zum andern Vorräte anzulegen. In guten Jahren können sie sich gerade noch durchbringen. Aber wenn die Ernte schlecht ist, was oft geschieht, können sie nur überleben, wenn sie in der Stadt durch Bettelei Unterstützung finden.«

Sie bedeutet ihrer Anstandsdame, sie solle Geld verteilen. Selma folgt ihrem Beispiel unverzüglich und schämt sich ihrer reichen, goldbestickten Kleidung. Da die Frauen ihr Mitleid spüren, scharen sie sich um diese schöne hellhäutige Dame und drängen ihr ihre Kinder entgegen. Eine von ihnen weist sogar das Geld zurück. Sie ist jung, ist sicher einmal schön gewesen, aber Erschöpfung und Entbehrungen haben ihr Gesicht gezeichnet. Sie betrachtet Selma mit verzweifelter Miene und legt ihr die Hand ihres kleinen Mädchens in die Hand.

»Warum nimmt sie kein Geld? Was will sie von mir?« fragt Selma.

»Sie möchte, daß Sie ihr Töchterchen bei sich aufnehmen, damit es zu essen hat, damit man sich um es kümmert, damit es ein Dach über dem Kopf hat. Früher nahmen die reichen Familien bei Hungersnöten gegen eine geringe Summe, die an die Eltern gezahlt wurde, Kinder bei sich auf und bildeten sie für verschiedene Arbeiten im Haushalt aus. Sie wurden im allgemeinen gut behandelt, hatten aber nicht das Recht, auf und davon zu gehen. Von Ausnahmen abgesehen, dachten sie übrigens auch nicht daran: Sie gehörten zum Haus.

Aber vor einigen Jahrzehnten wurde dieser Brauch von den Engländern verboten, weil sie ihn als Sklaverei betrachteten, und vielleicht stimmt das ja auch ... Jedenfalls sind diese Frauen ganz verzweifelt, sie verstehen nicht, warum wir ablehnen, was Brauch und in ihren Augen sogar Recht geworden war.

Lassen Sie uns jetzt gehen, bevor wir nicht mehr dazu kommen. Die Frauen werden sich an Sie klammern, weil sie spüren, daß Sie ansprechbar sind.«

Sie steigen in die Kalesche ein, die Anstandsdamen schlagen die Türen zu. Traurig sehen ihnen die Frauen nach, hatten sie doch einen Augenblick lang gehofft, diese reichen Begums könnten ihre Kinder vor dem Tod bewahren.

Zu Hause schließt sich Selma in ihr Zimmer ein. Sie will allein sein. Sie könnte das Geplapper der Frauen im Palast, die ihre Zeit damit verbringen, sich mit Halwa vollzustopfen, nicht ertragen. Sie haßt sie. Und sie haßt auch sich selbst. Denn im Grunde tut sie ja auch nichts anderes. Unglücklich ist sie – aber was ist das schon! Vor ihrer Tür sterben Frauen und Kinder vor Hunger ...

»Man gewöhnt sich daran«, sagt Amir ...

Niemals! Gott bewahre mich davor, daß ich jemals weniger unter diesem Elend leide, daß ich jemals den Blick dieser Bäuerinnen vergesse, diesen hoffnungsvollen und dann vorwurfsvollen Blick, als die Wagentüren zugeschlagen wurden. Vorwurf? Nicht einmal das, sondern Resignation – ein viel schrecklicherer Akt der Anklage als Beleidungen und Aufbegehren. Doch zum Aufbegehren hätten sie gar keine Kraft, sie würden auch überhaupt nicht darauf kommen. Wissen sie überhaupt, daß sie genausoviel Recht auf Leben haben wie alle anderen?

Hier sterben jeden Tag Tausende von Kindern den Hungertod, das ist eine Tatsache, die bekannt ist, die zum täglichen Leben gehört. Das Gegenteil würde überraschen. Wer weiß, fragt sich Selma, ob die Reichen nicht um so größeren Appetit haben, als sie sich klarmachen, daß Essen ein Privileg ist und Fettleibigkeit ein Zeichen des sozialen Status? Würde man sich freuen, reich zu sein, wenn es keine Armen gäbe, die einem das Glück, das man selber hat, jeden Augenblick vor Augen führen?

Es klopft.

»Rani Saheba, hier ist eine Bettlerin mit drei Kindern: Sie will Sie unbedingt sprechen. Wir haben gesagt, es sei unmöglich, aber sie behauptet, sie kenne Sie, und weigert sich zu gehen.«

»Sie soll hereinkommen!«

Es ist die Bäuerin, der sie begegnet war, die ihr ihr kleines Mädchen in die Arme geschoben hatte. Sie bleibt verschüchtert auf der Schwelle stehen. Selma lächelt ihr zu, ist glücklich, daß sie gekommen ist. So kann sie wiedergutmachen, was diese Frau vielleicht als Gleichgültigkeit oder Härte empfunden hatte. Sie wird dieses entzückende kleine Mädchen aufnehmen, wird es zu ihrer persönlichen Bedienung ausbilden lassen. Amir kann ihr das nicht abschlagen.

Die Bäuerin hat begriffen. Sie stürzt der Rani zu Füßen, küßt den Saum ihres Kleides. Dabei weint sie vor Freude: Ihr Kind ist gerettet!

Da erscheint der Radscha; er ist von den Eunuchen benachrichtigt worden, Selma schildert ihm die Situation: »Ich weiß, daß wir angesichts dieses ungeheuren Elends wenig vermögen. Aber wir könnten zumindest dieses Kind aufnehmen. Daß eins mehr im Palast ist, wird niemandem auffallen.«

Amir schüttelt müde den Kopf.

»Es tut mir leid, aber es geht nicht. Das englische Recht verbietet es. Es würde sich herumsprechen; ich kann mich nicht auf alle Bediensteten im Palast verlassen. Natürlich ist dieses Gesetz für mich belanglos, aber ich muß die eventuellen politischen Folgen bedenken, erst recht zu diesem Zeitpunkt, wo jedermann versucht, die Fürsten bei einer Verfehlung zu ertappen. Es wäre ein gefundenes Fressen für die Kongreßpartei, aus der Angelegenheit Kapital zu schlagen: Diese Radschas, die sich Kindersklaven halten! Die Engländer wären gezwungen, einzuschreiten, da man ihnen sonst den Vorwurf machen könnte, sie begünstigten die Aristokratie auf Kosten des Volkes. Und zumindest ein Teil der öffentlichen Meinung in England hätte damit einen Grund mehr, zu behaupten, wir seien noch nicht reif für die Unabhängigkeit ... Nein, wirklich, ich möchte Ihnen diese Freude machen, aber im Augenblick ist die Situation zu angespannt ...«

Er winkt der Bäuerin, zieht ein Goldstück aus der Tasche. Selma senkt traurig den Kopf. Sie will sie nicht weggehen sehen.

Ein paar Wochen später – Selma macht in Begleitung ihrer Anstandsdame auf dem Markt von Aminabad ihre Einkäufe – wird sie von einer alten Bettlerin angesprochen, die ein kleines Mädchen vor sich her stößt; es ist mit einem Jutesack bekleidet, aus dem zwei Ärmchen heraushängen, die in Stümpfe auslaufen. »Das arme Kind«, denkt sie schaudernd und gibt der Anstandsdame Weisung, diesmal mehr zu geben als sonst. Doch das Mädchen läßt ihr keine Zeit dazu, es stürzt sich auf Selma und stößt dabei leise, unartikulierte Schreie aus; in seinem weit aufgerissenen Mund kommt eine abgeschnittene Zunge zum Vorschein. Selma zuckt, eingeschüchtert von dem Schmerz und dem Haß, die aus diesen dunklen Augen sprechen, unwillkürlich zurück, aber sie reißt sich sogleich wieder zusammen: »Wie feige ich bin; dieses Kind scheint mir doch etwas sagen zu wollen.« Sie beherrscht sich, betrachtet das kleine Gesicht und hat plötzlich den Eindruck, es schon einmal gesehen zu haben. Aber wo?

Dann entfährt ihr ein Schreckensschrei. Sie streicht, vor Entsetzen erstarrt, das zerzauste Haar aus der Stirn: Es ist das kleine Mädchen, das sie neulich nicht hatte aufnehmen dürfen.

»Was ist geschehen? Wo ist deine Mutter?« stößt sie hervor. Das Kind starrt sie an.

Dann dreht sie sich zu der Alten um, packt sie an der Schulter und schüttelt sie: »Wer sind Sie, was ist mit diesem Kind geschehen?«

Die Bettlerin macht sich heftig los, reißt das Kind, das sich wehrt, an sich und rennt davon. Selma versucht ihnen zu folgen, aber sie sind bereits in der Menge verschwunden. Es hat keinen Sinn, weiter zu suchen, sie würde sie nicht mehr finden. Die einzige Hoffnung: die Polizei.

Der Polizeiposten befindet sich gleich in der Nähe des Marktes. Der indische Polizist vom Dienst mustert diese weiße, wie eine Inderin gekleidete Frau verwundert. Er sieht den Grund ihrer Aufregung nicht ein.

»Wenn ich Sie recht verstanden habe, Mem Sahab*, gehört das Kind Ihrer Familie an?«

»Nein, aber ...«

»Warum regen Sie sich dann so auf? Wo liegt das Problem? Wenn man sich um alle Unglücklichen in diesem Land kümmern würde, könnte man nicht mehr leben!«

»Ich frage Sie nicht nach Ihrer Meinung«, fällt ihm Selma empört ins Wort, »ich verlange, daß Sie Ihre Pflicht als Polizist erfüllen und mit ein paar Leuten den Markt absuchen, um diese Alte und das Kind ausfindig zu machen. Sie können mit einer großzügigen Belohnung rechnen.«

Der Polizist schüttelt den Kopf.

»Gut, wir werden es versuchen.«

* Anrede für weiße Frauen. Verballhornung von Madame Sahab, »Gattin des Herrn«.

Man hat keine Spur mehr von dem Kind gefunden.

»Das war vorauszusehen«, kommentiert Amir, dem Selma die Begegnung geschildert hatte, »diese professionellen Bettler bilden ein gut organisiertes Netz. Die Polizei erhält regelmäßig Zuwendungen, damit sie sie in Ruhe läßt, und hat keinerlei Lust, einzuschreiten.«

»Aber ...«

Selma wagt kaum, die Frage zu stellen, doch sie möchte es wissen.

»Was kann denn diesem Kind zugestoßen sein? Ein Unfall?«

Der Radscha sieht seine junge Frau mitleidig an.

»Warum fragen Sie mich? Sie ahnen es doch ... Es gibt viel zu viele Bettler in Indien; wer einfach die Hand aufhält, bekommt nichts. Deshalb kaufen sich manche Bettler Kinder von Eltern, die so arm sind, daß sie sie nicht ernähren können. Und um Mitleid zu erregen, verstümmeln sie sie ... Das ist ein Phänomen, das seit Abschaffung der Sklaverei immer häufiger aufgetreten ist.«

Selma ist leichenblaß geworden und hat Amirs Arm ergriffen.

»Amir, man muß etwas tun.«

Die dunklen Augen werden noch dunkler; Amir ist der Sache offenbar zutiefst überdrüssig.

»Was denn? Die Sklaverei wieder einführen? Stellen Sie sich den Skandal in der ›zivilisierten‹ Weit vor. Die Leute leben von vorgefaßten Meinungen. Für die Regierung geht es nur darum, daß Indien nach außen hin einen guten Eindruck macht.

Glauben Sie mir, die Situation ist vollkommen verfahren; man kann dagegen nichts tun.«

XI

»Haben die Engländer in der vergangenen Nacht Fieber gehabt?

Selmas Gesellschafterin, die ihr diese Frage stellt, mustert sie besorgt. Diese sieht sie ihrerseits verwirrt an. *Was soll ihre törichte Frage? Wie soll ich wissen ob die Engländer Fieber gehabt haben?*

Das ist wirklich zuviel, es wäre doch eher angebracht, daß sie sich nach meinem Befinden erkundigt!

Seit dem gestrigen Abend liegt Selma zu Bett. Die Aufregungen der letzten Wochen haben ihre Nerven angegriffen. Sie ist schweißgebadet und hat das Gefühl, der Kopf zerspringe ihr.

»Die Engländer haben gerötete Wangen«, fährt die Gesellschafterin fort, »ich habe auch gehört, wie sie gehustet haben.«

»Ah! Lassen Sie mich doch in Ruhe mit Ihren Engländern!« stößt Selma hervor. »Es ist mir gleichgültig!«

Zahra sitzt neben ihr und schüttet sich aus vor Lachen.

»Beruhigen Sie sich, Apa, diese Frau befolgt lediglich einen alten Brauch: Da man glaubt, daß man Menschen, die man liebt, Unglück bringt, wenn man zusammen mit ihrem Namen etwas Ungutes erwähnt, sagt man nie: ›Sind Sie krank?‹ sondern: ›Sind Ihre Feinde krank?‹ In Lucknow haben es sich die Frauen, die die Engländer hassen, zur Gewohnheit gemacht, das Wort ›Feind‹ durch ›Engländer‹ zu ersetzen. Deshalb fragen sie nicht: ›Haben Sie Fieber gehabt?‹, sondern: ›Haben die Engländer Fieber gehabt‹ ...«

Es klopft: Der Hakim Sahab ist gekommen, der Hausarzt der Familie. Er ist, sagt Zahra, mindestens achtzig Jahre alt. Man hatte ihn schon am Vorabend zu erreichen versucht, aber er mußte sich ausruhen. Immerhin hatte er einen seiner Assistenten mit drei in ein Stück Zeitungspapier eingewickelten Tabletten hergeschickt und seine Visite für den kommenden Tag angekündigt.

Die Dienerinnen um Selma herum sind voll beschäftigt. Zwei haben eine Decke ausgebreitet, in welche sie sorgfältig zwei Löcher verschiedener Größe schneiden. Dann stellen sie sich zu beiden Seiten des Bettes auf und entfalten die Decke in Längsrichtung, so daß Selma, Zahra und sie selbst vollkommen von ihr bedeckt sind. »Was machen sie da?« fragt Selma fassungslos.

»Aber Apa, wir müssen doch den Purdah einhalten.« »Den

Purdah? Bei einem Arzt in diesem Alter?« »Es ist dennoch ein Mann!« erwidert Zahra, erstaunt über Selmas Verwunderung.

»Und wie soll er mich denn untersuchen?«

»Ganz einfach. Durch das größere Loch schieben Sie Ihren Arm, damit er den Puls fühlen und die Reflexe überprüfen kann. Durch das kleine Loch untersucht er Ihre Zunge und den Rachen.«

Selma läßt sich in ihre Kissen zurücksinken.

»Nun, bei solchen Untersuchungsmethoden wird man schwerlich etwas Ernsthaftes feststellen können ...«

Sie beobachtet durch die Decke hindurch, wie der Hakim hereinkommt. Er hat offenbar Schwierigkeiten beim Gehen; zwei junge Burschen stützen ihn. Sie sind mit großen Weidenkörben voller Fläschchen in allen möglichen Größen und Farben beladen. Hakim Sahab heilt ausschließlich nach der wedischen Methode, dieser Kunst der Medizin Altindiens, die auf dem Einnehmen von Absuden und Auszügen von Kräutern, Rinden und Blättern beruht.

Gewissenhaft betastet er Selmas Arm, bewegt alle ihre Fingerglieder, legt den Zeigefinger auf die Arterie des Ellbogengelenkes, wobei er jedesmal ein »Hm« verlauten läßt und seinen Assistenten kurze Anweisungen gibt, die von ihnen ehrfürchtig auf einem Blatt Papier verzeichnet werden. Dann zieht er aus einer seiner unzähligen Taschen ein silbernes Abstreichmesser.

»Würde Rani Sahab geruhen, den Mund zu öffnen?«

Mit einer raschen Bewegung entnimmt er etwas von dem weißlichen Belag auf der Zunge der Kranken und atmet mit zusammengezogenen Augenbrauen den Geruch ein. Einen Augenblick lang schweigt er mit halb geschlossenen Augen. Dann verkündet er mit ernster Stimme seine Diagnose: »Infolge nervöser Erregung ist die Leber blockiert; diese Blokkierung bewirkt eine Verlangsamung des Blutkreislaufs und eine unzureichende Ausscheidung der Säfte, infolgedessen Fieber und Kopfschmerzen. Rani Sahab soll zu jeder ungeraden Stunde ein Fläschchen dieser gelben Flüssigkeit und zu jeder geraden Stunde ein Fläschchen von dieser rosa Flüssigkeit einnehmen, Sie muß sich unbedingt genau daran halten! Abends ist zudem eine Prise dieses blauen Pulvers, vermischt mit zwei Prisen dieses weißen Pulvers, einzunehmen. Am Morgen dasselbe ... Das ist eine ganz einfache Behandlung eines unerheblichen Leidens, von dem Ihre Gnaden sich völlig erholen wird, wenn der Vollmond abnimmt.«

»Was sollen mir diese Medizinmann-Rezepte?« entrüstet sich Selma, sobald der Hakim den Rücken gekehrt hat.

»Da irren Sie sich, Apa, die wedische Medizin hat sich bewährt. Oft ist sie viel wirksamer als die europäische Medizin. Im vergangenen Jahr war ich nach vierzehn Tagen von einer Gelbsucht geheilt, während andere, die sich von englischen Ärzten hatten behandeln lassen, erst nach zwei Monaten wieder aufstehen konnten.«

»Und diese Sache mit dem Vollmond?«

»Wenn der Mond abnimmt, beruhigen sich die Säfte, das ist doch bekannt«, erklärt Zahra in vollem Ernst. »Also, Apa, entspannen Sie sich. Glauben Sie mir, wir haben ja noch Glück; zu Lebzeiten meiner Mutter hatte der Hakim nicht das Recht, den Arm und die Zunge der Kranken auch nur anzusehen, geschweige denn zu berühren. Man band um das Handgelenk der Patientin einen Faden, dessen Ende er, vor der Tür sitzend, in der Hand hielt. Anhand der Vibrationen dieses Fadens mußte er die Höhe des Fiebers erraten und seine Diagnose stellen.«

»Ich nehme an, daß das nicht allzu viele Frauen überlebt haben ...«

»Ja, wir hatten viele Sterbefälle«, räumt Zahra ein, ohne Selmas Ironie zu bemerken. »Glücklicherweise haben wir seither enorme Fortschritte gemacht!«

Die Damen im Palast benutzten die Krankheit ihrer Rani, um sie in ihrem Zimmer heimzusuchen. Die Tür, die Selma zu deren großer Entrüstung sonst verschlossen gehalten hatte, schlägt im Luftzug und ist nur noch eine unnütze Einrichtung, an der sie sich rächen, indem sie ihr im Vorbeigehen mit dem Absatz verstohlen einen Tritt versetzen. Alle sind tief besorgt um das Bett der Patientin herum bemüht: Für diese untätigen Frauen ist das geringste Unwohlsein ihrer Herrin ein Glücksfall, ein Anlaß, ihre Ergebenheit und Wichtigkeit unter Beweis zu stellen. Es geht darum, wer als erste das Medikament verabreicht, die Kopfkissen aufschüttelt, wer ihr die Schläfen mit Rosenwasser besprengt oder ihr, Gedichte rezitierend, die Füße massiert. Sie machen sich wie summende Bienen um ihre Königin zu schaffen, die zu schwach ist, um sich wehren zu können.

Begum Yasmins Erscheinen rettet Selma vor diesem Übereifer. Sie hat die Begum zwei Monate lang nicht gesehen, da sie lieber mit Zahra oder der Rani von Nampur zusammen war. Natürlich hatte sie vermutet, die Begum sei wegen ihres Schweigens beleidigt, aber nun gibt diese sich so, als wären sie erst am Vorabend auseinandergegangen.

Die energische Frau schickt sofort alle hinaus.

»Eine Kranke braucht Ruhe! Sie bringen die Rani mit Ihrem unaufhörlichen Geschwätz noch um!«

Ohne viel Aufhebens zu machen, treibt sie die Dienerinnen aus dem Zimmer und verschafft der Tür wieder ihre ehemalige Funktion.

»Armes Kind, Sie sind sicher ganz erschöpft! Nun ruhen Sie sich aus ...«

Sie setzt sich ans Bett, ihre Anwesenheit, ihr Schweigen tun gut. Selma schließt die Augen; sie verspürt einen starken Druck im Nacken und im Kopf.

»Gestatten Sie, daß ich Sie massiere; manche sagen, meine Hände hätten Zauberkräfte.«

Hände, die zaubern können, ja, das stimmt, Hände, die kräftig und zart, kühl und warm zugleich sind. Allmählich verlieren sich die Kopfschmerzen und machen einem Wohlbefinden Platz. Selma gerät in einen Schwebezustand, ihr Nacken, ihr Rücken, ihre Schultern, ihr ganzer Körper, der ihr vor ein paar Augenblicken noch so weh tat, hat sich entspannt.

Die wohltuenden Hände halten inne, zu früh, ach!

»Jetzt schlafen Sie. Ich gehe jetzt; ich komme morgen wieder.«

Ein flüchtiger Kuß auf die Schläfe, die Zauberkünstlerin ist verschwunden.

Am nächsten Tag und an all den folgenden Tagen kommt sie wieder. Unter ihren kundigen Händen verflüchtigen sich die Schmerzen, selbst das Fieber liefert nur noch ein Rückzugsgefecht. Mit geschlossenen Augen überläßt sich Selma dieser unwiderstehlichen, sanften Macht, die ihren Körper erfaßt und ihn Glied für Glied massiert, erregt und anschließend beruhigt. Sie hat das Gefühl, in ihren Adern fließe Honig, weiß nicht mehr, wo sie ist und wer bei ihr ist, sie fühlt sich so köstlich wohl.

Wissend gleiten die Hände die Wirbelsäule entlang, verharren auf den Hüften, als wollten sie von ihnen Besitz ergreifen, heben dann flink einen Schenkel an, den sie mit kleinen, kurzen Schlägen beleben. Zuletzt konzentrieren sie sich auf den Plexus und das Nervenzentrum über dem Nabel.

»Hier ballt sich die Angst zusammen«, erklärt die Begum, »das spüren Sie, wenn sich bei einer heftigen Empfindung Ihr Magen zusammenzieht und Sie in Atemnot geraten.«

Nun streichen die Hände regelmäßig, kreisförmig sacht über den Bauch, werden unmerklich langsamer und verstärken gleichzeitig den Druck. Die junge Frau überläuft ein Schauder. Sie wird unruhig, läßt einen verstohlenen Blick über die Begum gleiten. Glücklicherweise hat diese nichts bemerkt. Sie fährt ernsthaft und methodisch in ihrem Bemühen fort.

Selma schämt sich ein bißchen: Wie kommt sie dazu, auf eine simple Massage so zu reagieren? Sie träumt davon, daß Amir sie so liebkose, daß es die Hände eines Mannes seien, der sie liebt … Empfindsame und kräftige Hände, die von ihrem Bauch unmerklich weiter nach unten gleiten in das dichte Wäldchen, wo der Moschusquell entspringt.

»Blick mir in die Augen, mein Liebling.«

Selma richtet sich jäh auf, ernüchtert von diesen Worten, die ihren Traum in Nichts zerrinnen lassen. Was macht sie da eigentlich halbnackt in den Armen dieser Frau, die ihren Leib mit Küssen bedeckt?

Sie wehrt sie heftig ab.

»Lassen Sie das! Was fällt Ihnen ein?«

Sie zieht ihr Nachthemd herunter und starrt bestürzt in ein aufgelöstes, flehentliches Gesicht.

»Ich bitte dich, spiel nicht mit mir, du weißt genau, daß ich dich liebe.«

Ist dieses Geschöpf, das mit einem von schamlosem Schmerz gezeichneten Gesicht ihre Arme umklammert, die stolze, sonst so beherrschte Begum?

»Selma, weißt du eigentlich, was Leidenschaft ist?«

Ihre Hände zittern, aber sie gibt sich noch nicht geschlagen. Sie hat zu lange geschwiegen, aber heute wird sie alles aussprechen, und diesmal muß ihr dieses schöne rothaarige Kind, das sie angewidert anblickt, zuhören.

»Ich habe nächtelang von dir geträumt und bin tagsüber verzweifelt, weil ich mir sagte, meine Hoffnungen seien vergeblich. Verstehst du jetzt, warum ich jedesmal, wenn du mich riefst, sofort zur Stelle war? Ich bin ja schließlich nicht gerade liebedienerisch veranlagt! Und du ... mit welcher Gleichgültigkeit du mich immer empfangen hast! ...

Erinnerst du dich an das Papierdrachenfest? Ich hatte dich spielerisch um die Taille gefaßt, und du bist zurückgezuckt; das war schlimmer für mich als eine Ohrfeige. Von diesem Augenblick an habe ich mir vorgenommen, dich zu vergessen. Als ob man auf Grund eines willentlichen Entschlusses vergessen könnte ... Wer dies glaubt, hat nie geliebt ...

Und dann, in diesen letzten Tagen, habe ich wieder Hoffnung geschöpft. Ich hatte den Eindruck, daß du dich freutest, mich wiederzusehen, und dein Körper verriet mir, was dein Geist mir verweigerte ... Ich bitte dich, widersprich mir nicht, erniedrige dich nicht so weit, zu lügen! Es steht dir frei, meine Liebe zurückzuweisen, aber du hast kein Recht, dich, diese Frau, die ich liebe, herabzuwürdigen, indem du wie eine bigotte Kleinbürgerin reagierst! Meinst du, ich hätte nicht gespürt, wie deine Brüste und dein Bauch unter meinen Händen erschauerten und sich dann sacht hingaben? Dein Körper hat meine Liebkosungen herbeigesehnt, bäumte sich mir wie ausgehungert entgegen.«

»Sie hat ja recht«, gibt Selma innerlich zu. Aber weshalb mußte die Begum all das zur Sprache bringen, warum mußte sie sie aus diesem vagen Dämmerzustand, dem sie sich überlassen hatte, reißen? Aus Stolz, weil sie nicht nur ihren Körper besitzen wollte? Oder war es Leidenschaft, die jede Einschränkung verschmähte? Aber ist nicht alle Leidenschaft Ausdruck eines unermeßlichen Stolzes, weil sie alles, alles fordert? Wenn die Begum geschwiegen hätte … Im Unbestimmten des Traums verschmolz alles, widerstandslos … Die Liebkosungen der Begum hatten Selma nicht überrascht. Sie war schon lange darauf gefaßt gewesen, hatte sie vielleicht sogar provoziert. War es Neugier gewesen, Herausforderung, oder einfach das Bedürfnis, Schranken zu durchbrechen, neue Gebiete zu erkunden? Oder ahnte sie, wie angenehm solche Liebkosungen waren? …

Aber nun ist der ganze Zauber dahin. Selma hat sich zusammengerollt und wirft mit harter Stimme hin: »Sie phantasieren! Ich liebe meinen Mann.«

»Wirklich? Und er, liebt er dich?«

Die Stimme der Begum klingt jetzt nicht mehr flehentlich; sie ist eisig geworden.

»Schau doch in den Spiegel: Du siehst aus wie eine durstige Pflanze, deine Lippen sind schon ganz welk. Ist dies das Gesicht, der blühende Körper einer Frau, die geliebt wird? Ich habe übrigens gute Gründe dafür, anzunehmen, daß Amir dich verlassen wird, daß er dich geheiratet hat, um Nachkommen zu zeugen, daß seine Liebe aber ganz andere Wege geht.«

Sie lügt, um sich zu rächen, ich werde ihr keine Fragen stellen.

»Du bist gar nicht neugierig?«

Die Begum kneift die Augen zusammen. Wie eine Schlange, die sich anschickt, ihre Beute zu beißen, starrt sie die junge Frau unverwandt an. Sie weiß, wie sie sich für diesen Hochmut rächen kann. Sie wird ihr einen Zweifel einflößen, der sie von nun an immer heimsuchen wird.

»Hast du nie daran gedacht, daß die innige Freundschaft zwischen meinem und deinem Mann mehr als Freundschaft sein könnte? Erschrick nicht, solche Neigungen sind in unseren Kreisen, die nur das Zweideutige, Unnütze, Ungewöhnliche für angenehm erachten, sehr verbreitet. Wir, die Frauen, sind die Gebärerinnen. Als Verliebte, als Geliebte wären wir nicht tragbar. Was soll man tun? Wir schweigen. Wir gehören unseren Männern, aber wir sind nicht so dumm, uns einzubilden, daß sie uns gehören. Sie gewähren uns ihren Schutz, machen uns Söhne, dulden die Mädchen. Ich habe meinen Gatten angebetet, hätte einen Mann, der mir vorgezogen worden wäre, ohne Bedenken vergiftet ... Wenn es nur *einer* gewesen wäre. Aber es waren viele, wechselnde. Ich habe mich damit abgefunden. Jetzt verfolge ich seine Abenteuer mit einem gewissen Amüsement und habe beobachtet« – sie fixiert Selma und stellt befriedigt fest, daß diese den Atem angehalten hat –, »ja, ich habe beobachtet, daß er seit einiger Zeit jemandem die Treue hält.«

»Sie lügen!«

Selma kann sich nicht mehr beherrschen, muß es einfach herausschreien: Amir in den Armen eines Mannes! Diese Vorstellung wühlt sie zutiefst auf. Die Frau erfindet etwas, um sich dafür zu rächen, daß sie abgewiesen wurde. Rache für verschmähte Liebe.

»Leiser, meine Liebe, die Dienerschaft könnte Sie hören. Bei uns herrscht die goldene Regel, daß alles erlaubt ist, sofern es heimlich geschieht. Das hatte ich Ihnen einmal zu erklären versucht, als ich sagte, der Burkah, der uns verhüllt, ermögliche uns die Freiheit. Vielleicht wissen Sie ihn eines Tages zu schätzen ...«

Ihre Stimme ist wieder ernst geworden.

»Selma, Sie sind unglücklich, und ich leide darunter, wenn ich das mit ansehen muß, weil ich weiß, wie glücklich wir zusammen sein könnten. Das ist nicht nur eine Laune von mir. Ich liebe Sie. Denken Sie darüber nach.«

Sie ist aufgestanden, hat sich wieder vollkommen gefaßt; einen Augenblick lang ruht ihr Blick in Selmas Augen, dann entfernt sie sich würdevoll.

Zahras Gesicht nähert sich, kommt näher und näher. In ihren mit goldenen Pailletten übersäten, sich erweiternden Pupillen, die unendlich groß werden, spiegelt sich – eine tanzende Flamme, die verbrennen will – Selma; sie streckt die

Hand aus, das Gesicht weicht zurück, junge Brüste, zart und frisch, streifen ihre Lippen. Sie will mit der Zunge die aufgerichtete, empfindliche, schamlose Brustwarze liebkosen, aber Zahra macht sich lachend, leichtfüßig davon, schmiegt sich an Amirs Knie und küßt ihn leidenschaftlich.

»Zahra, komm.«

Warum macht es dem Kind Spaß, sie zu quälen?

Amir sieht sie spöttisch an, es kümmert sie nicht, sie hat keine Angst mehr, ist über das Stadium hinaus, wo Sarkasmen und Drohungen einem noch etwas anhaben können. Noch nie hat sie ein solches Verlangen empfunden. Es macht sie unverletzlich. Sie wünscht sich nichts sehnlicher, als dieses Kind zu umarmen, nur einen Augenblick, in ihm aufgehen und vor Glück sterben. Sie will nur das Paradies, sonst nichts.

Zahra zögert. Für welches dieser beiden Wesen, die sie liebt, soll sie sich entscheiden? Sie sieht sie abwechselnd verzweifelt an. Langsam löst sie den Arm, den sie um die breite Brust geschlungen hat, streckt die Hand der Hand der jungen Frau entgegen, aber die Schenkel leisten Widerstand, wehren sich. Die Spannung ist unerträglich, Selma bekommt keine Luft mehr, sie erstickt beinahe. Sie kämpft, bewegt sich in dieser stockfinsteren Schwüle hin und her, ihre Kehle ist ganz ausgedörrt …

Dann erwacht sie, schweißüberströmt. Gott sei Dank, es war nur ein Traum! Wahrscheinlich das Fieber und die peinliche Szene mit der Begum am Vorabend. Ihr überanstrengter Kopf hat alles durcheinandergebracht. Wirklich? Aufs neue spürt sie auf ihren Lippen Zahras süße Brüste, überkommt sie diese sanfte Anwandlung von Verwirrung wie neulich an dem Morgen, als das junge Mädchen seinen seidigen Kopf in die Höhlung ihrer Hüfte schmiegte.

»Zahra, es ist mir jetzt klar, ich liebe dich …« Das Geständnis im Traum klingt ihr in den Ohren, als ob sie es gerade laut ausgesprochen hätte.

All das ist lächerlich, dieses Kind ist gewissermaßen meine Schwester! … Eine Schwester … natürlich … aber gestern, hätte sie gestern Zahras Händen, Zahras Mund widerstehen können?

Wütend zieht Selma an der Kordel der Glocke und herrscht die verstört herbeieilenden Dienerinnen an: »Machen Sie ein Bad für mich zurecht und benachrichtigen Sie den Radscha, daß ich ihn sprechen möchte, bevor er geht.«

Sie weiß nicht genau warum, aber sie muß Amir sehen.

»Herzliche Glückwünsche, meine Liebe. Sie sehen heute wirklich sehr gut aus. Ich nehme an, daß die Absude unseres Hakims und die Besuche Ihrer Freundinnen sich wohltuend ausgewirkt haben.«

Hat sie sich nur eingebildet, daß seine Augen spöttisch aufblitzten, als er von »ihren Freundinnen« sprach? Egal! Sie hat mit ihm etwas viel Schwererwiegendes zu besprechen. Die Idee ist ihr im Bad gekommen und hat sich ihr als die einzige Lösung, die eine Katastrophe verhindern könnte, aufgedrängt.

»Amir, ich habe heute nacht einen Traum gehabt. Ich muß unverzüglich mit Ihnen sprechen. Es handelt sich um Zahra.«

»Um Zahra? Was haben Sie denn geträumt?«

Selma schüttelt geheimnisvoll den Kopf.

»Man soll böse Träume nicht erzählen, sonst besteht die Gefahr, daß sie wirklich Gestalt annehmen. Das hat man mir in meiner Kindheit gesagt. Ich will nur soviel andeuten, daß sie in Gefahr war. Glücklicherweise tauchte da ein Mann auf, der sie gerettet hat.«

»Ein Mann? Ich?«

»Nein, ein älterer Mann, dessen Gesicht ich nicht erkennen konnte.«

Amir beginnt nervös zu werden. Er haßt diesen Glauben an warnende Träume, für ihn ist das Weiberkram. Er wundert sich, denn er hätte Selma nicht für so leichtgläubig gehalten …

»Sie sind immer noch sehr erschöpft, meine Liebe; glauben Sie mir, Zahra ist nicht in Gefahr.«

»Vielleicht haben Sie recht, aber Sie wissen, wie sehr ich an diesem Kind hänge *(wenn Sie es wüßten …)*; was mich beunruhigt, ist seine enorme Sensibilität, die Anwandlungen von

Überempfindlichkeit und Einsamkeit. Obwohl wir ja liebevoll für sie sorgen, können wir ihr die Eltern oder einen Gatten nicht ersetzen ...«

Amir springt auf.

»Einen Gatten? Was für ein Einfall, sie ist doch noch viel zu jung!«

»Zu jung? Sie ist sechzehn Jahre alt. In diesem Alter sind in Indien die meisten jungen Mädchen bereits verheiratet.«

Der Radscha geht nervös im Salon auf und ab; er weiß ja, daß er sich eines Tages von seiner entzückenden jüngeren Schwester trennen muß, aber er haßt diesen Gedanken. Sie ist das einzige Wesen, das er zärtlich liebt, an dem er durch Bindungen der Liebe und des Blutes – was selten zusammenkommt – hängt. Die Tragödien, die sich in seiner Familie abgespielt und sein Leben erschüttert haben, sind dafür Beweis genug. Natürlich muß er einräumen, daß bei seiner Zärtlichkeit für Zahra ein gewisser Egoismus im Spiel ist: Der einzige Mensch auf der Welt, der ihn ohne Vorbehalte liebt, ist dieses junge Mädchen. In ihren Augen ist er ein Gott – Schönheit, Klugheit, höchste Güte –; wenn er sich mutlos fühlt, schöpft er aus dieser Verehrung Kraft.

Seine Frau? Er liebt sie, natürlich, aber zwischen ihnen besteht nicht diese Intimität, dieses tiefe Einverständnis, das man mit einer Frau vom selben Fleisch und Blut haben kann.

»Zahra verheiraten? Wie kommen Sie nur darauf? Und mit wem? Ich kenne alle Rajkumars*, die Söhne meiner Freunde: Grünschnäbel, verzogene, eitle Herrensöhnchen. Sie sind nie über ihre Provinz hinausgekommen und halten sich für den Mittelpunkt der Welt. Kein einziger kann Zahra das Wasser reichen!«

»Ich rede ja nicht von diesen jungen Leuten. Zahra muß auf Händen getragen werden, sie würde mit einem reiferen Mann viel glücklicher sein.«

»Aber die Radschas sind fast alle verheiratet. Es kommt gar nicht in Frage, daß meine Schwester nur zweite oder dritte Ehegattin ist.«

* Ältester Sohn eines Radschas.

Er zieht die Augenbrauen zusammen.

»Es gäbe natürlich den Radscha von Larabad, aber der trinkt gern; der Radscha von Kotra ist charmant, aber schon sehr alt; der Nawab von Dalior hat offenbar ein Spatzenhirn, wie ja schon sein Vater. Wer käme da noch in Frage? Ah! ja, der Radscha von Bilinir, aber er hat ein so verschwenderisches Leben geführt, daß er heute praktisch ruiniert ist. Nein, in der Tat, es gibt niemanden, der annehmbar wäre. Und im übrigen – er schüttelt verärgert den Kopf – halte ich es nicht für eine dringende Notwendigkeit, uns von Zahra zu trennen.«

»Ich habe ja nicht davon gesprochen, daß wir uns von ihr trennen sollen.«

»Prinzessin, Sie kennen doch unsere Bräuche: Die Gattin muß in das Haus ihres Gatten ziehen.«

»Und wenn der Wohnsitz ihres Gatten ... dieser Palast wäre?«

Der Radscha sieht seine Frau prüfend an: Sollte dieses Fieber sie um den Verstand gebracht haben?

»Sehen Sie, ich habe an Rashid Khan gedacht, ich weiß natürlich, er ist kein Fürst. Aber er ist der Neffe des Maharadschas von Bipal, und das ist einer der größten indischen Staaten. Was das edle Blut betrifft, kann man wirklich keine höheren Ansprüche stellen. Doch vor allem ist er ein intelligenter, modern eingestellter Mann, der außerordentlich gütig und ehrenwert ist. Sie wissen es ja, er wäre sonst nicht ihr wichtigster Ratgeber. Diese Heirat hätte so viele Vorteile: Wir würden Zahra nicht verlieren, und Sie laufen nicht mehr Gefahr, daß Rashid uns verläßt.«

Dieses letztere Argument ist ein besonderer Trumpf, den sie noch aufgespart hatte. Selma weiß nämlich, daß Rashid Khan glänzende Angebote von anderen Staaten erhalten hat, die viel einflußreicher sind als der Staat Badalpur; und in einer so verworrenen Situation, wie sie jetzt im Lande herrscht, ist ein unbestechlicher, tüchtiger Mann unentbehrlich. Bis jetzt hat er aus Freundschaft für Amir abgelehnt, aber wie lange noch? Der Radscha, der sich vollkommen auf ihn verläßt, zittert bei dem Gedanken, auf ihn verzichten zu müssen.

Sie hat ins Schwarze getroffen. Amir wird nachdenklich, setzt sich wieder.

Selma hütet sich, zu erwähnen, daß sie selbst auch Wert darauf legt, daß Rashid dableibt: Er ist ihr einziger Verbündeter in diesem Palast. Immer wieder hat er Amir gegenüber ihre Anliegen unterstützt. Sie sieht ihn selten, aber sie weiß, daß er über sie wacht.

Ja, sie waren sich seit ihrer Verheiratung nur ein einziges Mal begegnet: An jenem dramatischen Abend zu Ehren von Lord Stiltelton. Sie hatte seine Erregung gespürt und sich über ihre Verwirrung gewundert. In diesem Augenblick war ihr klar geworden, wie liebebedürftig und in welchem Maße verletzlich sie geworden war. Auch Zahras sorglose Sinnlichkeit hatte ihr das gezeigt.

Sie hat Angst gehabt. Jetzt hat sie die Idee, diese beiden Menschen, von denen sie geliebt wird, zu vereinen. Sie behalten und gleichzeitig Distanz halten! Vielleicht ist das nichts weiter als ein ungeheuerlicher Egoismus? Verfügt sie über das Leben anderer, um selber Ruhe zu haben? Nein! Ein solcher Gedanke ist wirklich abwegig. Je mehr sie darüber nachdenkt, desto vorteilhafter erscheint ihr eine solche Eheschließung. Zahras großzügiger Charakter könnte sich frei entwickeln. Und Rashid, davon ist sie überzeugt, wäre in seine Kindfrau geradezu vernarrt. Und sie, Selma, hätte dann die Möglichkeit, ihn in aller Ruhe, als Familienangehörigen, zu sprechen; endlich hätte sie dann einen Freund, dem sie sich anvertrauen könnte.

»Was hält Zahra davon?«

Amir hat seine Gelassenheit wiedergefunden. Selma spürt, daß das Spiel schon fast gewonnen ist.

»Wie hätte ich ihr gegenüber etwas erwähnen können, ohne vorher mit Ihnen gesprochen zu haben?« argumentiert sie scheinbar entrüstet – ist sie nicht eine Mustergattin?

Amir räumt ein, die Idee sei nicht schlecht.

Selma unterdrückt ein Lächeln. In der Tat, auf einen Streich die beiden Menschen, die man mehr als alle anderen liebt, an sich zu binden …

»Man wird natürlich bemängeln«, fährt der Radscha fort,

»daß ich meine Schwester nicht mit einem Fürsten verheirate, aber schließlich ist heutzutage die Situation insgesamt so unsicher, daß man nicht weiß, was morgen geschieht. Ich werde mit Rashid sprechen. Wollen Sie sich um Zahra kümmern? Und …« – er streicht Selma ganz unerwartet über das Haar – »danke schön … Ich bin gerührt, daß Ihnen unsere Familienangelegenheiten so am Herzen liegen. Sie werden eine richtige indische Frau!«

Selma nimmt es ihm fast übel, daß er so vertrauensselig ist.

»Sie brauchen gar nichts mehr zu sagen, die Sache ist ja klar: Sie wollen mich loswerden!«

Das junge Mädchen bietet all seine Kraft auf, um seiner Stimme einen entschiedenen Ton zu verleihen, um die Tränen zurückzuhalten. Ihre Knie beginnen zu zittern, sie richtet sich kerzengerade auf: Nur Haltung bewahren, sich nicht gehenlassen in Anwesenheit dieser Frau …

»Zahra, meine Kleine!«

Das junge Mädchen sieht sie an. In seinen Augen nichts als Schmerz, Verständnislosigkeit: Was hat sie getan, daß man sie so verrät? Welchen Fehler hat sie begangen, daß sie von derjenigen, die sie als Schwester, als Mutter anerkannt hatte, zurückgestoßen wird? Sie hat das Gefühl, daß irgend etwas unwiederbringlich zerbrochen ist. Sie ist zum zweiten Mal Waise geworden.

Selma blickt sie verwirrt an. Sie hatte einen solchen Ausbruch von Verzweiflung nicht vorausgesehen, nicht voraussehen wollen.

»Zahra, Sie werden zu nichts gezwungen, Sie können frei entscheiden. Wir hatten einfach gedacht …«

Zahra hört überhaupt nicht mehr zu, sie starrt in Selmas Gesicht, in dieses Gesicht, das früher so sanft gewesen war …

»Sagen Sie mir … Haben Sie mich jemals geliebt, oder haben Sie nur so getan?«

Mein kleines Mädchen, wenn du wüßtest, wie sehr ich dich liebe, daß ich es tue, weil ich dich zu sehr liebe. Aber das würdest du nicht verstehen. Wie elend mir ist, weil ich dir Schmerz zufüge …

»Zahra, Sie wissen, wie zärtlich ich Sie liebe.«

Der Satz ist ausgesprochen, in seiner ganzen Gewichtigkeit, und klingt irgendwie falsch. Das junge Mädchen geht nicht darauf ein, schweigt mit einem bitteren Lächeln um die Lippen. Selma gäbe in diesem Augenblick alles darum, sie in die Arme nehmen, sie küssen, ihr sagen zu können, es sei alles ein böser Traum, sie liebe sie, das sei doch klar. Statt dessen hört sie sich sagen: »Ich habe eine Fotografie des Mannes, wollen Sie sie sehen?«

»Weshalb? Sie haben entschieden und meinen Bruder überredet, ich habe nichts hinzuzufügen.«

Selma spürt, daß sie allmählich ärgerlich wird. Da spielt nun dieses junge Mädchen plötzlich die Märtyrerin und verweist sie, Selma, die sich immer für die Freiheit eingesetzt hat, in die unerträgliche Rolle der Rabenmutter.

»Es ist nichts entschieden worden, und das wissen Sie auch! Sie haben die Freiheit, zu tun, was Ihnen beliebt.«

Selma hat die Stimme erhoben, gibt ihrer Verärgerung Ausdruck, klammert sich an diesen Zorn, weil sie weiß, daß er das beste Mittel gegen Rührung ist.

Zahra schweigt immer noch, aber ihr Blick drückt jetzt nicht mehr Erbitterung, sondern Verachtung aus.

Dieses Schweigen besänftigt nach und nach Selmas Zorn. Was geschehen ist, ist nicht wiedergutzumachen, kein Wort kann es ungeschehen machen. Dem jungen Mädchen die Wahl zu überlassen, bedeutete im Grunde, ihm keine Wahl zu lassen. Selma könnte von nun an sagen, was sie wollte, Zahra hätte immer das Gefühl, sie sei hier unerwünscht. Die Tür hinter Zahra hat sich geschlossen.

XII

Die Hochzeit hat stattgefunden, alles ist gut abgelaufen. Amir liegt auf einem Diwan des kleinen Salons neben dem Schlafzimmer und atmet auf. Nach diesen beiden anstrengenden Wochen, wo ununterbrochen Zeremonien und Empfänge stattfanden, genießt er die Ruhe um so mehr.

Er ist glücklich. Seine aufmerksame Gattin macht für ihn einen Pân zurecht; er betrachtet sie durch seine halb geschlossenen Lider hindurch, ganz und gar zufrieden: Sie hat sich in dieser ganzen Zeit, die doch so schlecht begonnen hatte, vorbildlich verhalten.

Wie er vorhergesehen hatte, wurde bei Bekanntgabe der Verlobung seiner jüngeren Schwester mit seinem Vertrauensmann die ganze Stadt des Schwatzens nicht müde, obwohl man dem Bräutigam seine adlige Herkunft nicht streitig machen konnte. Amir kennt diesen ganzen Klatsch, auch das Gerücht, wonach er, bevor er über diese Verbindung entschied, Wahrsager aufgesucht haben sollte. Er lacht darüber und hütet sich, zu dementieren.

Aber die schwierigste Schlacht mußte innerhalb des Palastes geschlagen werden: Es galt, Rani Aziza zu beruhigen. Selma fand es nicht der Rede wert, ihrem Gatten die Szene zu schildern, da die Rani sie rundheraus beschuldigt hatte, sie wolle ihre Schwägerin aus Eifersucht loswerden. Als Selma, um sie zu überzeugen, Rashid Khans gute Eigenschaften ins Feld geführt und die Überzeugung geäußert hatte, Zahra werde mit ihm glücklich sein, geriet die Rani völlig außer sich.

»Wer spricht von Glück? Verheiratet man sich, um glücklich zu sein? Man verheiratet sich, um einen Stammhalter zu zeugen, um dem Staat einen Erben zu schenken! Arme Zahra, darum wird sie sich keine Sorgen machen müssen!«

Dann sah sie Selma giftig an.

»Wenn ich bedenke, daß gewisse Leute, die einen Erben zur Welt bringen sollten, offenbar dazu nicht imstande sind ...«

Sie verschwand, bevor die junge Frau eine Antwort gefunden hatte. Selma war von dieser Art der Argumentation nicht überrascht; sie weiß, daß man schon darüber spricht, daß man beunruhigt ist: Wieso ist sie, nun schon fast ein Jahr lang verheiratet, noch nicht schwanger?

Selbst Amir scheint sich manchmal Sorgen zu machen. Sie

hat auch erfahren, daß Rani Aziza ihm geraten hatte, eine zweite Frau zu nehmen, worauf der Radscha sie überaus heftig zurechtwies. Selma ist ihm dankbar dafür, denn sie kann sich vorstellen, daß die Hintergedanken, das Schweigen um den Radscha herum verletzender sind als Worte.

Aber das Schlimmste in den vergangenen zwei Monaten war für Selma Zahras Kälte. Das junge Mädchen begegnete ihr nur noch mit höflicher Gleichgültigkeit. Selma wunderte sich, daß sie so sehr darunter litt, es war, als ob ohne Zahras Lachen, ohne ihr Vertrauen und ihre Zärtlichkeit die ganze Welt, auch dieser Palast, eiskalt geworden wäre.

Gestern sind sie zu ihrer Hochzeitsreise aufgebrochen. Rashid will seiner Frau Europa zeigen; sie werden drei Monate unterwegs sein. Selma ist erleichtert darüber, daß sie nicht da sind: Solange Zahra verreist ist, kann sie sich ausmalen, daß sie zu ihr zurückkehrt.

Ihre Träumerei wird von einem Eunuchen unterbrochen. Er meldet dem Herrn, der Parfümhändler sei eingetroffen.

Parfüm spielt im Leben des Radschas eine große Rolle. Es handelt sich nicht um eine oberflächliche, vorübergehende Schwärmerei, sondern um eine richtige Leidenschaft. Er hat die Begeisterung des Forschers, die Strenge des Fachmanns, das ästhetische Empfinden des Sammlers entwickelt. Deshalb empfängt er den alten Händler, der von einem Gehilfen mit zwei Lederkoffern begleitet wird, mit einem breiten Lächeln. Er kennt ihn schon seit langem; auch sein Vater war von ihm bedient worden.

»Diese Vorliebe für Parfüms liegt in der Familie«, erklärt Amir seiner Gattin, die etwas erstaunt darüber ist, weil sie findet, das wäre doch eher etwas für Frauen. »Mein Großvater, der Maharadscha, ein passionierter Jäger, der kaum lesen konnte, war völlig vernarrt in Parfüms; er hatte eine der schönsten Sammlungen ganz Indiens. Man kam von weit her, um diese göttlichen Düfte einzuatmen, die teilweise bis zu zweihundert Jahre alt waren.

Leider ist diese Sammlung verlorengegangen, durch einen Brand, der sicher gelegt worden war, weil man sich in der allgemeinen Verwirrung dieses sagenhaften Schatzes bemächtigen wollte. Ich glaube, daß der Kummer, den mein Großvater darüber empfand, seinen vorzeitigen Tod herbeigeführt hat, während er sich doch beim Tod seiner Frau so bewundernswürdig stoisch verhalten hatte.«

Der Händler präsentiert auf einem schwarzen Samttuch etwa zwanzig Fläschchen, zum Teil ganz winzige, die allesamt Kunstwerke sind. Die einen bestehen aus geschliffenem, mit Gold gehöhtem Kristallglas, die andern sind aus Jade oder Koralle gefertigt und mit feinen Skulpturen verziert.

»Das Fläschchen muß des Inhalts würdig sein«, erklärt Amir, »nicht mehr und nicht weniger. Es muß eine Harmonie zwischen außen und innen zustande kommen. Das haben uns schon unsere Weisen beigebracht; sie sprachen natürlich vom Körper und von der Seele, der Essenz des Menschen. Diese Parfüms sind die Essenz der Natur: Sie können nicht in schmucklosen Gefäßen aufbewahrt werden.«

Mit der Geste eines Oberpriesters ergreift der Händler sorgfältig ein Fläschchen nach dem andern und streicht mit einem kleinen Elfenbeinstäbchen eine winzige Menge des Inhalts auf die Hand des Radschas. Amir zieht mit geschlossenen Augen den Duft lange ein. »Oh!« murmelt er, indem er den Kopf in den Nacken legt, gleichsam überwältigt von einem zu intensiven Genuß – »oh!« Seine mit Ringen geschmückten Finger streicheln die kostbaren Phiolen, er überläßt sich dieser Wollust eine ganze Weile. Der Händler wartet ehrfürchtig, würde den ganzen Tag warten, so erfreut ist er darüber, daß seine Kostbarkeiten von einem großen Kenner derart geschätzt werden.

Dann kehrt Amir bedauernd auf den Boden der Wirklichkeit zurück. Er weist schnell, gezielt auf ein halbes Dutzend Fläschchen hin. Der alte Mann verbeugt sich mit gerührtem Lächeln.

»Seine Hoheit täuschen sich nie, Sie entführen mir meine schönsten Kinder!«

»Du alter Fuchs«, spottet Amir, »ich habe den Verdacht, daß du mir die allerbesten vorenthältst. Wenn du sie für dich behältst, verstehe ich das, da ich deine Leidenschaft teile, aber ich warne dich: Wenn du sie anderen verkaufst, werde ich dir das mein Leben lang nicht verzeihen!«

Selma wirft neugierige Blicke auf den zweiten Koffer, der größer ist als der andere und um den sich niemand zu kümmern scheint.

»Bekommen wir auch Ihre weiteren Kostbarkeiten zu Gesicht?« wagt sie schließlich einzuwerfen.

»Das, Hozur, ist Seiner Hoheit nicht angemessen. Das sind Parfüms, die lange nicht so alt sind und die ich Kunden anbiete, die nicht so anspruchsvoll sind wie der Radscha Sahab.«

»Ich wußte nicht, daß das Alter eines Parfüms mit seinem Wert zusammenhängt.«

»In gewisser Weise schon«, erwidert der Händler, entzückt darüber, daß er eine neue Adeptin darüber aufklären kann. »Natürlich sind da einerseits die Essenzen, die dem Parfüm seinen spezifischen Duft verleihen, pflanzliche Essenzen wie Iris, Jasmin, Myrrhe, Patschuli, oder tierische Essenzen wie Ambra, Zibet, Moschus … Ein Parfüm besteht selten aus einem einzigen Stoff, im allgemeinen handelt es sich um eine raffinierte Mischung verschiedener Ingredienzen. Aber diese Düfte verflüchtigen sich schnell; man muß sie fixieren, ohne sie zu verfälschen!

Es war Nur Jehan, die verehrte Gemahlin des Kaisers Jehangir, der für sie diesen Traum aus weißem Marmor, den Taj Mahal, erbauen ließ, die das Mittel erfand, solche Düfte, an denen sie sich berauschte, zu konservieren. Sie hat die Zutaten wochenlang in vollkommen reinem Öl eingeweicht. Leider ist die Methode, nach der sie verfuhr, verlorengegangen, den Fachleuten ist es nur zum Teil gelungen, sie zu rekonstruieren.

Im Grunde ist die große Tradition des Parfüms im 18. Jahrhundert zugrunde gerichtet worden, als man – wie im Abendland – begann, Alkohol beizumengen. Diese aggressive Flüssigkeit, die den Duft zuerst verstärkt, verändert ihn innerhalb von ein paar Monaten und zerstört ihn nach ein paar Jahren. Aber es wird so weitergemacht, denn man kann damit viel Geld verdienen und mengenmäßig viel mehr produzieren.«

»Aber«, fragt Selma ganz verwirrt, »wenn am Anfang der Duft fast der gleiche ist, wie kann man da unterscheiden?«

Der Händler streicht zwei Tropfen aus verschiedenen Fläschchen auf ihre Hände.

»Verreiben Sie das auf der Haut und riechen Sie dann daran. Beide sind von der Tuberose. Merken Sie den Unterschied nicht? Gut. Jetzt hauchen sie auf das Parfüm auf ihrer rechten Hand. Kalt, nicht wahr? Weil die Essenz mit Alkohol vermischt ist. Hauchen Sie jetzt auf die andere Hand. Die Temperatur bleibt unverändert. Diese Essenz ist rein, Ihre Haut wird tagelang danach duften, und die Flüssigkeit wird im Fläschchen Dutzende von Jahren, sogar jahrhundertelang ihr Aroma bewahren.«

Selma lacht. Das will sie ja gar nicht! Aber wenn sie sieht, wie beträchtlich die Börse ist, die ihr Gatte dem Händler überreichen läßt, begreift sie, daß das Geschäft von einiger Bedeutung ist: Es handelt sich um gut und gerne etwa fünfzig Goldstücke.

Noch erstaunter ist sie, als sie sieht, wie Amir, sobald sie allein sind, die Fläschchen sorgsam neben Hunderte von anderen Flacons stellt, die in einem in der Wand versteckten Panzerschrank stehen.

»Manche dieser Essenzen haben den Wert eines Diamanten«, erklärt er ihr, »und für mich sind sie noch viel kostbarer. Im Grunde haben sie etwas Magisches: Ein Tropfen genügt, um einen Tag, der trübe, schwierig oder einfach monoton beginnt, zu einem Fest zu machen. Ich nehme an, daß diese außerordentliche Sensibilität bis in meine Kindheit zurückreicht, wo Parfüms eine wesentliche Komponente meines sanft verlaufenden, glücklichen Lebens waren.«

»Glücklich? Sie haben schließlich Ihre Eltern im Alter von sechs Jahren verloren!«

»Ich kannte sie kaum. Ich bin von meiner Großmutter und von meiner Schwester Aziza, die mich beide anbeteten, erzogen worden. Da meine Mutter ihre beiden ersten Söhne verloren hatte, dachte man, sie habe den bösen Blick. Was meinen Vater anging – er war viel zu sehr von Staatsgeschäften okkupiert, als daß er sich um ein Kind hätte kümmern können. Zudem verbleiben bei uns die Jungen bis zum Alter von sieben Jahren im Zenana; erst dann übernehmen die Männer die Erziehung.«

Amir hat sich neben Selma auf den Kissen ausgestreckt. Er raucht nachdenklich seinen Hookah und sieht in die letzten Sonnenstrahlen, die die Wipfel der Zypressen in rote Glut tauchen.

»Später, als meine Eltern tödlich verunglückten, haben sich die Frauen im Palast um mich gekümmert. Bis zu meinem fünfzehnten Lebensjahr habe ich mit den Töchtern der Dienerinnen gespielt. Wir erfanden unzählige Geschichten, meistens war ich der König und sie die Tänzerinnen. Ich liebte sie in aller Unschuld.

Da ich der einzige männliche Erbe war, wurde ich unglaublich verwöhnt. Als ich einmal nicht essen wollte, wurde eine Kurtisane bestellt, die singen mußte, während ich aß. Auf diese Weise habe ich von meinem fünften Lebensjahr an einen gewissen Sinn für Musik entwickelt.

Es kam nicht in Frage, daß ich allein badete. Vier, fünf junge Frauen waren beauftragt, sich um meine Toilette zu kümmern. Sie seiften mich ein, massierten und parfümierten mich. Mir war das sehr angenehm. Das war meine Kindheit, bis ich nach England ging.«

Er lächelt, weil Selma ihn so erstaunt ansieht.

»Meine Liebe, Sie machen ein so verwundertes Gesicht. Glauben Sie mir, all das war ganz unschuldig.«

»Hm … Sie haben also Ihre Zeit damit verbracht, sich von diesen Frauen verhätscheln zu lassen. Und Ihre Studien?«

»Mit sieben Jahren bekam ich einen Hauslehrer, der mir einige Anfangskenntnisse beibringen sollte. Er durfte natürlich das Zenana nicht betreten, deshalb verbrachte ich jeden Tag ein paar Stunden im Mardan Khana, dem Teil des Palastes, der den Männern vorbehalten bleibt. Aber ich hatte nur eins im Kopf: Wieder zurück zu meinen Spielgefährtinnen. Nur sie machten mir Spaß.

Als ich etwas älter war, hegte ich für diese Mädchen gewisse romantische Gefühle, aber ich wußte immer noch nicht, was ein Kuß war. Nach meinem achten Geburtstag befand meine Großmutter, ich solle nicht nur Englisch und Mathematik lernen; es sei jetzt an der Zeit, mir gute Umgangsformen beizubringen. Also ließ man, wie das bis vor kurzem noch der Brauch war in guten Familien, Kurtisanen kommen, um mich zu erziehen.

Ich traf sie im Mardan Khana, aber ich war nie allein mit ihnen; entweder war meine Amme oder ein Diener anwesend.

Es waren Frauen, die nicht mehr ganz jung, sehr schön und von ausgesuchter Höflichkeit waren. Durch ihre Konversation, ihre ausgezeichneten Manieren brachten sie mir bei, wie man zu sprechen, wie man sich zu beherrschen hatte, kurz, wie man ein weltgewandter Mensch werden konnte. Manche waren Musikerinnen, von ihnen habe ich gelernt, die Qualität eines Ghasel*, eines Tumri** oder eines Raga*** zu beurteilen, aber es kam gar nicht in Frage, daß ich selbst singen oder ein Instrument spielen durfte: Ein Fürst soll unterhalten werden, nicht selbst unterhalten.

Es gab auch Kurtisanen, die bekannte Dichterinnen waren; sie haben mich in Poesie unterrichtet, einer Kunst, die in unserer Stadt Tradition hat und auch von adligen Personen ausgeübt werden kann, ohne daß sie sich etwas vergeben.

Mein Leben war ein Traum …

Als ich zwölf Jahre alt war, befand meine Großmutter, ich müsse nun ernsthaft geschult werden, und man schickte mich ins »Fürstengymnasium«. Jeden Morgen brachten mich mein Hauslehrer, mein Englisch- und mein Urdulehrer und der Diener, der meine Bücher trug, und natürlich der Chauffeur, zur Schule und holten mich jeden Nachmittag wieder ab. Ich hatte keine Gelegenheit, mich anderen Jungen anzuschließen. Ich hatte auch keine Lust. Ich war männliche Gesellschaft nicht gewohnt, fühlte mich in ihr nicht wohl. Ich träumte davon, wieder mit meinen Gefährtinnen zu spielen. Leider wurde ich bald von ihnen getrennt. Als ich vierzehn

* Klassisches Gedicht.

** Klassische Musik in ziemlich lebhaftem Rhythmus.

*** Musikalisches Thema, das je nach der Tageszeit variiert wird.

Jahre alt war, entschied meine Großmutter, es sei jetzt Zeit, daß mein Hauslehrer mich über die »Dinge des Lebens« aufkläre. Von diesem Tag an durfte ich meine Freundinnen nicht mehr sehen.

Wie dem auch sei, da mein Onkel mich ein paar Monate später zu vergiften versuchte, um sich des Staates zu bemächtigen, fand man, es sei besser, wenn ich meine Studien in England fortsetzte ...«

Selma sieht Amir mitleidig an.

»Das puritanische England! Eton, Cambridge! Nach dem Leben, das Sie bis dahin geführt hatten, muß das doch ein furchtbarer Schock gewesen sein!«

»Furchtbar? Ich weiß nicht. Alles war so neu, so aufregend. Aber, ja, mir war nicht mehr so recht klar, wer ich war, ein indischer Fürst oder ein englischer Lord ...«

»Armer, Lieber«, denkt Selma »Sie wissen es immer noch nicht!« Aber sie hütet sich, das auszusprechen. Sie küßt nur flüchtig Amirs Hand. Und er, der sich keine Rechenschaft darüber ablegt, daß er das erste Mal aus sich herausgegangen ist, ihr Vertrauen geschenkt hat, ist gerührt von dieser ungewöhnlichen Zärtlichkeit. Er hat eine Anwandlung von Leidenschaft, hat Lust, sie in die Arme zu nehmen, wagt es aber nicht: Er möchte, daß dieser seltene, glückselige Augenblick ungetrübt bleibt.

Schon seit langem weiß Amir, daß die Liebe für seine Frau eine Fron ist, die sie nur auf sich nimmt, um ihm entgegenzukommen. Er war zutiefst enttäuscht, deutete doch alles an seiner jungen Frau, ihr schmiegsamer Körper, ihre vollen Lippen, ihr tiefer, manchmal etwas verschwommener Blick, auf Sinnlichkeit hin ... Aber wenn er sie umarmt, wenn er sie küßt und seine Liebkosungen seine Absichten verraten, spürt er, wie sie sich verkrampft. Er hat versucht, ihre Sinnlichkeit zu erregen, ihr gewissermaßen gewaltsam Lust zu verschaffen, umsonst. Schließlich mußte er sich damit abfinden, daß seine entzückende Gattin kalt war wie eine Marmorstatue.

Wehmütig streicht er mit der Hand über die roten Locken, rollt sie um seine Finger. Selma hat den Kopf auf seine

Schulter gelegt, der Himmel ist so durchsichtig, sie erschauert, wartet.

Seine Hand gleitet über den Nacken, spielt mit dem elfenbeinfarbenen Ohrläppchen, streift über die Wange, den Mundwinkel; Selma hat sich ihm zitternd zugewandt, sucht in der fahlen Dämmerung seine Augen.

Hatte er den Eindruck, sie entziehe sich ihm? Seine Hand ist plötzlich zurückgesunken, er richtet sich auf.

»Was für eine schöne Nacht!« sagt er.

»Eine Winternacht«, antwortet sie trocken und zieht ihren seidenen Rupurtah über den Schultern zurecht.

Sie betrachtet mit heimlichem Groll seine mit Ringen geschmückten Finger; sie blitzen im Mondlicht. Und plötzlich kommen ihr die Einflüsterungen der Begum, die sie zuerst als Ausdruck der Enttäuschung gewertet hatte, wieder in den Sinn. Vielleicht war das gar nicht so falsch? Vielleicht zog ihr schöner Gatte die Umarmungen eines Mannes vor und schlief nur mit ihr, um einen Erben zu zeugen? Das wäre eine Erklärung für diesen Wechsel von Gleichgültigkeit und kurzen, heftigen Besitzergreifungen ... Nein, es ist nicht möglich! Sie schüttelt den Kopf, um die Vorstellungen, die auf sie einstürmen, zu vertreiben; sie schämt sich. Doch je mehr sie diese Gedanken zu verdrängen sucht, desto heftiger bedrängen sie sie.

Sie erhebt sich.

»Ich ersticke hier, ich brauche frische Luft.«

Selma wandelt in der hellen Nacht von Terrasse zu Terrasse bis zum »Pavillon der untergehenden Sonne« ganz im Westen des Palastes hoch über der Stadt.

Sie schaut, an eine Marmorsäule gelehnt, über diese Stadt, die ihr, von silbernen Schatten umrauscht, zu Füßen liegt. In der Ferne erhebt sich über den girlandengeschmückten Brükkenjochen und den grazilen Pfeilern der Moschee die weiße, goldgekrönte Silhouette des Immambara von Hussainabad; daneben ragt ein phantastisches Gebilde wie ein Fiebertraum in den Himmel: Die »türkische Pforte« mit ihren unzähligen Lotusblumen, diesen Friedensblumen, die im Dunkeln wie Standarten aussehen, die von Krieg, von Sieg zeugen.

Eine Stadt, barock und kitschig, eine pompöse Mischung von Mogul-Prunk, hinduistischen Massenbewegungen, französischer Preziosität und einer viktorianischen Schwerfälligkeit, die über diese eher frivole Gesellschaft, in der sie sich befindet, etwas erstaunt ist. Tagsüber, in der erbarmungslosen Sonne, wirkt sie wie eine alte Kurtisane, deren kostbarer Schmuck ihren Verfall nicht mehr verbergen kann, aber nachts findet sie zu ihrem alten Glanz, ihren raffinierten Düften, ihrer Magie, zu der berauschenden Trägheit zurück, in der sie sich für die Allerschönste hält.

Sie ist die Geliebte, von der jeder träumt, Lucknow, die Muslimin, wild, heimlich, leidenschaftlich, Lucknow, die anmutige, erotische Hindu-Frau, Lucknow, die Stadt, deren Sinnlichkeit sich bis zum Mystizismus steigert, einem Mystizismus, der höchste Genüsse verheißt, Lucknow, die geheimnisvolle Stadt ...

Selma neigt sich über die Steinbalustrade und schwingt sich in Gedanken über diese märchenhafte, extravagante Stadt hinweg der Süße, der Sanftheit einer Stadt entgegen, die azurblau und golden schimmert: Istanbul.

XIII

»Sie haben die Frauen und die Kinder umgebracht, und die, die nur verletzt waren, haben sie in die Ziehbrunnen geworfen. Dann haben sie die Häuser angezündet. Wir gehören zu den wenigen, die sich retten konnten; wir haben uns in einem Feld versteckt. Als es dunkel wurde, sind wir bis zum Wald gekrochen, und dann sind wir gelaufen, tagelang, bis hierher.«

Der Mann taumelt vor Müdigkeit, neben ihm weinen schweigend seine Frau und zwei kleine Kinder. »Hozur, was soll aus uns werden? Es gibt keinen Frieden mehr, nirgends ...«

Der Radscha fordert sie auf, sich zu setzen und veranlaßt,

daß ihnen etwas zu essen gebracht wird. Anschließend befragt er sie geduldig.

Es handelt sich wieder um die alte, schreckliche Geschichte von Auseinandersetzungen zwischen Religionsgemeinschaften, die bisher ohne große Probleme zusammengelebt hatten; um Streitigkeiten, die durch irgendeine Bagatelle ausgelöst werden und in einem durch extremistische Bewegungen geschaffenen Klima zu Massakern ausarten.

Das Drama begann während einer Trauerfeierlichkeit in der Moschee. Eine hinduistische Hochzeitsgesellschaft hatte sich vor dem Eingang versammelt und bekundete mit Hilfe von Zimbeln, Trommeln und Trompeten ihre Freude. Darauf gingen ein paar Bauern hinaus und ersuchten sie, anderswo zu spielen. Es kam zu Beleidungen, der Name des Propheten wurde gelästert. Dann flogen Steine, es wurden Messer gezogen, und beide Parteien stürzten davon, um sich mit Stöcken, Gabeln und Sensen zu bewaffnen. Die Schlägerei dauerte zwei Stunden, das ganze Dorf war daran beteiligt. Die Polizei tauchte erst auf, als alles vorbei war.

»Wir können nicht mehr, Hozur«, stöhnt der Mann händeringend, »wir sind arme Bauern, wir wollen ja nur arbeiten, warum läßt man uns nicht in Ruhe? Die Hindus sagen, die Muslime seien Verräter, unsere Radschas seien Freunde der Engländer, wir müßten für die Kongreßpartei stimmen, uns für die Unabhängigkeit einsetzen ...

Aber Politik, Hozur, ist doch nicht unsere Sache. Das ist etwas für die Städter, die reichen und gebildeten Leute. Wir sind ja nicht gegen die Unabhängigkeit, nur fällt uns auf, daß wir unter den Engländern sicherer lebten. Die Hindus hätten nie zuvor gewagt, uns so anzugreifen, wie sie es seit einem Jahr tun, weil sie die Wahlen gewonnen haben und sich als die Herren aufspielen ... Sie sind zahlreicher als wir, was soll aus uns werden?«

Mit ein paar Worten hat dieser Bauer die Situation besser beschrieben als die Politiker mit ihren Reden.

Amir macht sich keine Illusionen: Wenn die Muslime in der Mehrheit wären, würden sie sich zweifellos gegenüber einer hinduistischen Minderheit genauso verhalten. Aber es ist nicht seine Sache, über die jeweiligen Verdienste von Religionen zu befinden, die beide im Laufe der Geschichte Philosophen, Mystiker und Diktatoren hervorgebracht haben. In diesem Jahr, 1938, kommt es immer häufiger zu Aufruhr und Massakern in ganz Nordindien. Das Dorf Lakhpur, woher dieser Mann stammt, gehört nicht zum Staat Badalpur – der arme Mann hat im Palast einfach Zuflucht gesucht, weil sein Bruder hier Koch ist –; Lakhpur gehört zu einem Nachbarstaat, Kalabagh, und solche Nachrichten, die mit entsprechenden Übertreibungen von Dorf zu Dorf verbreitet werden, können jeden Augenblick auch die Nachbarstaaten anstecken.

Amir ist so besorgt, daß er die Sache mit Selma bespricht.

»Man muß unbedingt Maßnahmen ergreifen, damit sich das Feuer nicht ausbreitet, und zwar sofort, bevor man die Kontrolle darüber verliert. Vielleicht können wir heute abend beim Empfang des Radschas von Mahdabad darüber diskutieren. Alle adligen Großgrundbesitzer der Umgebung, sowohl Muslime wie Hindus, werden anwesend sein. Oh, ich weiß natürlich, daß es fast ein Verbrechen ist, bei diesen Muschairas* von Politik zu sprechen, aber ich werde es versuchen. Sie müssen endlich aufwachen!«

Diese riesigen Muschairas, wo sich der gesamte Adel von Oudh ein Stelldichein gibt, sind die einzigen Zugeständnisse ans gesellschaftliche Leben, die der Radscha von Mahdabad in seinem der Armut geweihten Leben macht. Nicht nur, weil ihm Gastfreundschaft eine heilige Pflicht ist, sondern auch weil diese poetischen Wettstreite, zu denen er die besten Künstler des Landes einlädt, für Hindus und Muslime eine Gelegenheit sind, sich zu treffen, sich zusammenzusetzen, zu träumen, zu weinen, ihre Empfindungen zu teilen, schließlich und endlich, Menschen zu sein, die gemeinsam etwas Schönes erleben.

Seit zwei Jahrhunderten schon ist Lucknow stolz darauf, das Zentrum dieser indisch-muslimischen Zivilisation, die-

* Kultureller Abend, der der Poesie gewidmet ist.

ses Synkretismus von einander scheinbar entgegengesetzten Kulturen darzustellen, das ganz Nordindien überstrahlt.

Ein ähnlich großer Wettstreit war zum ersten Mal vor dreihundert Jahren von Abkar, dem berühmtesten Mogul-Kaiser, veranstaltet worden. Er versammelte an seinem Hof in Delhi Philosophen, Gelehrte und Mystiker, die gemeinsam den Versuch einer Eroberung des Äußersten, Letzten unternehmen sollten: Im Herzen der verschiedenen Glaubensrichtungen – der Hindus, Parsen, Muslime und Christen – den Kern aus reinem Kristall, der alle vereint, zu entdecken und von daher die Din Ilahi, die »göttliche Religion« zu entwikkeln.

Ein grandioses Unternehmen, das fünfzig Jahre später von Kaiser Aurangzeb, der diesen gefährlichen Laxismus verurteilte und den Islam in seiner ganzen Strenge wiedereinführte, abgebrochen wurde. Daraufhin zogen sich Intellektuelle und Künstler aus Delhi, wo sich das trübselige Reich der Gewißheiten etabliert hatte, zurück und suchten Zuflucht in Lucknow, der Hauptstadt der Könige von Oudh, einer schiitischen Dynastie, die für ihren Glanz, ihre Extravaganz und Großzügigkeit bekannt war.

Lucknow wird dadurch zum Schmelztiegel hinduistischmuslimischer Geistigkeit, wo die köstlichsten Kleinode der Hofmusik, des Tanzes und der Poesie präsentiert werden. Hier erlangt das Urdu, die Sprache Nordindiens, seine vollendete Gestaltung, und hier wird das Ghasel, eine Gedichtform, die im 13. Jahrhundert von Persien übernommen wurde, stilistisch so ausgefeilt, daß Kritiker behaupten, das Ghasel habe die Funktion, über mangelnde Geistigkeit hinwegzutäuschen.

Es handelt sich bei diesen Gedichten um ein Gespräch mit dem, was man liebt; sie sind die Krönung der Muschairas. Selma hat sie schätzen gelernt; das Geliebte kann dabei irgend etwas sein: der Schöpfergott, die Sehnsucht nach Ruhm, das Klirren der Armbänder einer Frau oder der regenbogenfarbene Glanz eines unfaßbaren Universums.

Heute aber scheint es ihr sinnlos, ja beinahe verbrecherisch, sich an Worten zu berauschen, während in ihrer unmittelbaren Umgebung, in Dörfern und Städten blutige Fehden ausgetragen werden. Die Rani von Mahdabad, der sie ihre Bedenken mitteilt, antwortet ihr mit dem nachsichtigen Lächeln, das man überempfindlichen Kindern, die besänftigt werden müssen, schenkt.

»Was soll man machen? Meine Liebe, nichts anderes, als was wir gegenwärtig tun: sich nicht auf unfruchtbare Diskussionen einlassen, sondern auf unserer Ebene ein Beispiel der Harmonie und Toleranz geben ... Man kann nicht bestreiten, daß wir damit einigen Erfolg haben; schließlich ist Lucknow die einzige Stadt in der ganzen Gegend, wo es keine Zwischenfälle gegeben hat!«

Über die Muscharabiehs aus durchbrochenem Marmor macht sie Selma auf einen hochgewachsenen Mann aufmerksam, um den sich alle drängen.

»Das ist der Radscha von Kalabagh, in dessen Staat solche Auseinandersetzungen stattfinden. Heute ist er hier mit seinen hinduistischen und muslimischen Freunden zusammen. Glauben Sie mir, wenn man sich mit der Mentalität des anderen vertraut macht, führt das zur Achtung seiner Wertvorstellungen, und das ist die einzige wirksame Friedenswaffe ... Wenn unsere Fürsten von den Verdiensten der verschiedenen Glaubensvorstellungen nicht überzeugt wären und wenn sie ihre Überzeugungen ihren Untertanen gegenüber durch ihre unparteiische Haltung nicht Tag für Tag in die Tat umsetzten, hätten wir nicht nur ein paar Auseinandersetzungen zu beklagen; das ganze Land würde in Flammen stehen.«

Selma ist nicht überzeugt von der Allmacht des Beispiels. Diese aristokratische Auffassung war zweifellos richtig zu einer Zeit, wo die Hierarchien nicht angetastet wurden. Ist aber heutzutage ein solches Denken nicht eine Illusion, der sich eine adlige Schicht hingibt, die keine Lust und auch keine Energie mehr hat, ihre Denkungsart und ihre Lebensweise zu ändern?

Sie sieht, wie Amir sich dem Radscha von Kalabagh nähert und mit ihm zu sprechen versucht, doch dieser schüttelt unwirsch den Kopf. Amir insistiert; da führt ihn der Radscha von Kalabagh auf den Gastgeber zu, den er offenbar bittet, zwischen ihnen zu vermitteln.

Selma drückt ihr Gesicht an den Muscharabieh und versucht vergeblich, ihnen die Worte von den Lippen abzulesen. Aber die Art und Weise, wie der Radscha von Mahdabad sich verhält, läßt indessen vermuten, daß er sich bemüht, diesen jungen, noch nicht lange aus England zurückgekehrten Fürsten, der die Dinge viel zu ernst nimmt, zu beruhigen.

Amir protestiert noch ein Weilchen und schweigt schließlich. Er verbeugt sich und verliert sich in der Menge, eine schmale Gestalt in einem weißseidenen Shirwani, genauso wie alle anderen und doch ein Fremder.

Selma überläuft ein Schauder; sie hat das Gefühl, dem Ende einer Ära beizuwohnen. Im Grunde nimmt sie diesen Menschen ihre Verblendung übel, ihre Feigheit, ihr dekadentes Raffinement, das sie von der Wirklichkeit trennt und sie lähmt. Hat nicht um sie herum der Kampf gegen die britische Besatzungsmacht auf Initiative des Kongresses hin die Form eines Volksaufstandes gegen die Großgrundbesitzer und Fürsten angenommen, die als Freunde der Engländer gelten? Und da in der Gegend von Oudh die Aristokratie vorwiegend muslimisch ist, weitet sich jetzt der nationalistische Kampf, der sich zu einem sozialen Konflikt entwickelt hat, zu einem Religionskrieg aus, der die Massen mitreißt.

Plötzlich wird es still, der Muschaira beginnt. Das Publikum, auf Kissen hingelagert, die man auf dem dicken Seidenteppich verteilt hat, verfolgt gespannt, wie der Zeremonienmeister, ein Greis mit lebhaften Augen, der in der ganzen Gegend diesbezüglich als höchste Autorität gilt, auf die Estrade zugeht.

Es ist nämlich gar nicht so einfach, einen Muschaira zu leiten. Man muß eine ganze Nacht lang die Aufmerksamkeit der Zuhörer wachhalten, die Begeisterung eines Publikums schüren, das aus besonders anspruchsvollen Kennern besteht. Auch muß man bei den etwa dreißig Dichtern, die sich vom Sonnenuntergang bis zur Morgendämmerung vorstellen, die weniger guten und die besten abwechselnd auftreten lassen, um ein möglicherweise nachlassendes Interesse wieder zu wecken, man muß genug bieten, um die Sensibilität anzuregen, aber nicht zuviel, damit sie erhalten bleibt. Außerdem muß man es verstehen, einen etwas banalen Vers mit dem Lächeln eines Feinschmeckers zu bedenken, damit die Anwesenden, vom Rhythmus dahingetragen, ihn nicht als solchen wahrnehmen, worunter die Stimmung leiden würde. Dann muß allmählich das Beste, Süßeste konzentriert, die Zuhörerschaft gefesselt werden, damit man sie, wenn sie sich entzückt mitreißen läßt, jäh im innersten Herzen treffen kann, bis sie vor Lust wie gebannt ist.

Das Ghasel wird angestimmt, wollüstig, magisch, leise von einem winzigen Harmonium und dem Trommeln der Tabla* begleitet. In Delhi rezitiert man es meistens, in Lucknow pflegt man es zu singen; warum soll man auf diese zusätzliche Harmonie verzichten, auf das Vergnügen einer feinen Übereinstimmung von Reim und Klang?

Selma hatte die Absicht, unter dem Vorwand, ihr sei nicht wohl, zu verschwinden, aber der aufmerksame Blick der Rani hält sie zurück.

»Bleiben Sie, die Poesie wird Sie entspannen.«

Sie setzt sich also wieder, ganz verwirrt, daß sie so leicht zu durchschauen war. Nach und nach überläßt sie sich der Schönheit dieser Verse, deren Inhalt sie zwar kaum versteht, deren Musik sie aber beruhigt. Ihr zu Füßen wogt eine golden und silbern glitzernde Schlange, ein Blumengarten von Shirwanis im Rhythmus der Gedichte. Man genießt es, ist gerührt, entzückt. Die Ekstase erreicht ihren Höhepunkt, als eine Frau in einem schwarzen Burkah mit rauher Stimme ein Rezitativ anstimmt, so süß und sanft, daß es einem durch und durch geht. Es ist Shanaz Begum, eine der größten Künstlerinnen des Ghasels; sie tritt immer nur verschleiert auf, denn sie stammt, wie man Selma sagt, aus einer guten Familie. Aber durch den Schleier hindurch vibriert der Klang um so intensiver, als man ihn mit etwas Verbotenem,

* Eine Art Trommel, die mit beiden Händen gespielt wird.

Geheimnisvollem verbindet, und wühlt Phantasie wie Sinne zutiefst auf.

Es ist schon spät in der Nacht; auf der Galerie der Frauen sind ein paar alte Begums eingeschlafen. Selma nimmt, dahindösend, nur noch das schillernde Gemurmel eines Baches wahr, der über sein Steinbett plätschert, durch das Blattwerk rauscht, sich im Moos einer Lichtung ausbreitet, dann in kristallklaren Kaskaden weiterhüpft.

Plötzlich wird sie von einer hellen Stimme aus ihrer Träumerei gerissen.

»Ich bin das Ich, das im Herzen der Geschöpfe wohnt. Ich bin der Anfang, die Mitte und das Ende aller Wesen.«

Die Musik ist verstummt, der Meister des Muschaira verschwunden. Auf der Estrade sitzen sich zwei junge Männer in weißleinenen, schmucklosen Shirwanis gegenüber.

Selma richtet sich auf. Diesen Text kennt sie doch, er stammt von einem Sufi-Mystiker, aber von welchem? Sie erkundigt sich bei ihrer Nachbarin, die sie erstaunt anblickt: »Aber, Prinzessin, das ist doch aus der Bhagavadgita, dem großen heiligen Buch der hinduistischen Religion!«

Hinduistisch? Selma kann das kaum glauben; diese Worte sind ihr schon seit langem bekannt. Sie neigt sich hinter den Muscharabiehs etwas weiter vor; mit gleichsam in sich gekehrten Augen fährt der junge Mann fort, die heiligen Worte zu rezitieren: »Ich bin die Gewalt und die Macht all derer, die regieren, unterwerfen und siegen, und die Politik derer, die Erfolg haben und erobern. Ich bin das Schweigen der geheimen Dinge und das Wissen des Wissenden.«

Sein aufrecht dasitzender Partner, die Hände auf den Knien geöffnet, fällt ein: »Gelobt sei Allah, vor dessen Einheit es kein Früher gab, es sei denn, Er sei dieses Erste gewesen; nach seiner Einzigartigkeit gibt es kein Danach, wenn nicht Er dieses Folgende ist. Ihn betreffend, gibt es kein Vorher, kein Nachher, gibt es weder Hoch noch Tief, weder Nah noch Fern, weder ein Wie noch ein Was noch ein Wo, weder Zuständlichkeit noch eine Abfolge von Augenblicken, weder Zeit noch Raum noch das Wandelbare.

Er ist der Einzige, der Bezwinger.

Er ist der Erste und der Letzte, das Außen und das Innen.

Er erscheint in seiner Einheit und verbirgt sich in seiner Einzigartigkeit.«

Selma zuckt zusammen ... Das ist doch der »Traktat über die Einheit« von Ibn Arabi! Einer der wichtigsten mystischen Texte des Islams.

Langsam rezitieren die beiden jungen Männer die heiligen Worte, die sich wie ein Echo über Jahrhunderte und Kontinente hinweg die gleichen tiefen Eingebungen, ein und dieselbe Wahrheit zuspielen.

»Manche verehren mich in meiner Einheit und in jedem einzelnen Wesen und in allen meinen millionenfachen Erscheinungsformen im Weltall. Wisse, daß alles, was du an Ruhm und Schönheit schaust auf der Welt, daß alle Macht und Kraft ein Glanz, ein Licht, eine Energie ist, die von Mir stammt, die hervorgegangen ist aus einer fruchtbaren Parzelle und der gewaltigen Stärke Meines Daseins.«

»Denken wir etwas anderes als Ihn, ist es nicht Er. Denn wer sagen würde, ein Ding lebe aus sich selber, würde glauben, dieses Ding habe sich selber geschaffen, es verdanke sein Dasein nicht Allah, was aber nicht sein kann (da er alles ist). Hüte dich, irgend etwas neben Allah zu stellen, denn dadurch erniedrigst du dich zu schändlichstem Götzendienst.«

»Durch mich ist das ganze Universum im unsäglichen Geheimnis Meines Seins ausgedehnt worden. Der Mensch, der das Ich in allen Lebewesen sieht und alle Lebewesen im Ich, der sich auf die Einheit beruft und Mich liebt in allen seinen Träumen, wie immer er lebt und handelt, lebt und handelt immer in Mir.«

»Denn wenn du denkst, es gebe etwas außerhalb von Allah, ist es nicht außerhalb von Allah, du kennst es nur nicht. Du siehst es, weißt nur nicht, daß du es siehst. Wenn du dir klarmachst, was deine Seele ist, bist du von deinem Zwiespalt befreit und weißt, daß auch du Allah bist. Der Prophet hat gesagt: ›Wer sich selbst kennt, kennt seinen Herrn.‹«

»Die weisen Yogi, die sich darauf konzentrieren, sehen den Herrn in sich selbst.«

»Vom Augenblick an, wo dieses Geheimnis sich vor deinen Augen entschleiert hat – nämlich daß auch du Allah bist – wirst du wissen, daß du das Ziel deiner selbst bist, daß du dich nicht auslöschen mußt, daß du immer gewesen bist. Alle Eigenschaften Allahs sind deine Eigenschaften. Deshalb ist es demjenigen, der die Wirklichkeit erreicht hat, gestattet, zu sagen: ›Ich bin das eigentlich Göttliche‹ oder ›Ruhm sei mir, wie groß ist meine Zuversicht!‹«

»Wenn ein Mensch durch Andacht dahinkommt, mich zu erkennen, zu erkennen, wer ich bin und wieviel ich bin, und zwar in der ganzen Wirklichkeit und in allen Prinzipien Meines Seins, geht er, wenn er mich erkannt hat, in das höchste Ich ein. Und wenn er alle seine Handlungen so vollzieht, daß er immer in Mir wohnt, erreicht er durch meine Gnade das ewige, unvergängliche Dasein.«

Die Tränen laufen Selma über das Gesicht. Es ist ihr gleichgültig, daß man sie anstarrt, so glücklich hat sie sich schon lange nicht mehr gefühlt. Eigentlich war sie zu diesem Muschaira gekommen, weil sie gehofft hatte, unter den herrschenden angespannten Umständen könnte die künstlerische Darbietung hinausgezögert und von den Männern eine

Kampfstrategie oder zumindest eine Strategie der Selbstverteidigung vereinbart werden. Eine Hoffnung, die sich nicht erfüllte: Der Gastgeber hatte jede Diskussion abgelehnt.

Und nun, am Ende des Abends, gibt er eine einleuchtende Erklärung dafür: Diese Religionen, deren Anhänger sich gegenseitig befehden, sprechen von ein und derselben Wirklichkeit. Jenseits der Riten, der Zeremonien, die unnötig sind, die nur zur Verdunkelung der Religionen beitragen und die Menschen gegeneinander aufbringen, führen sie alle auf das Höchste Wesen zu, auf das Absolute, das in jedem Menschen ruht. Sie rufen uns in unserem zerstörerischen Wahnsinn in Erinnerung, daß wir das Unendliche in uns tragen, daß wir unermeßliche Schönheit, unermeßliches Wissen verkörpern, daß wir zwar ein Staubkorn sind, in dem sich aber, da es ein Teil Gottes ist, das Universum verbirgt. Ein Teil? Nein! Wir sind Gott; das Unendliche ist unteilbar.

Nur eins nicht vergessen: Wie kann man am Menschen verzweifeln, im anderen einen Feind sehen, den man zerschmettern muß, in diesem anderen, der ja eigentlich Ich selber ist, wie ich selber Er bin.

»Dieser arme Radscha von Mahdabad ist auf dem besten Weg, kindisch zu werden!« bemerkt Amir auf dem Rückweg. »Was für eine absurde Idee, einen Muschaira mit religiösen Sprüchen zu beschließen!«

Selma fährt auf.

»Haben Sie denn nicht begriffen?«

»Begriffen? Was?«

»Nichts … Es ist nicht so wichtig.«

Sie läßt sich in ihren Sitz zurückfallen. Sie ist nicht traurig, nicht einmal verärgert über Amirs Begriffsstutzigkeit, sie ist nur furchtbar matt. Und sie versucht, sich in Erinnerung zu rufen, was die Bhagavadgita sagt. »Mich in allen Wesen sehen, Mich in allen Lieben.«

Sie schließt die Augen. Wird ihr das jemals gelingen?

XIV

»Aber wo ist Aysha?«

Seit einer Woche hat Selma das kleine Mädchen, das ihr jeden Morgen Blumen für ihr Haar brachte, nicht mehr zu Gesicht bekommen. Es ist ein entzückendes Kind von sieben Jahren, das sich seit einem Monat mit seinen Eltern, die vor dem Aufruhr in ihrem Dorf Lakhpur flüchteten, im Palast aufhält. Der Vater hilft seinem Bruder in der Küche, die Mutter beschäftigt sich mit Näharbeiten.

Selma hatte von einer Dienerin erfahren, daß diese stolze Frau sich nicht wohlfühlte, daß sie niemandem zur Last fallen wollte und ihren Mann zu überreden suchte, in das Dorf zurückzukehren, wo inzwischen wieder Ruhe herrschte. Der Radscha von Kalabagh war nämlich in eigener Person hingereist, um mit den dortigen Vertretern der Kongreßpartei zu sprechen. Er hatte Zusagen erhalten, und die Muslime waren nach und nach in ihre Behausungen zurückgekehrt und bauten auf, was in Staub und Asche lag. Denn sie wußten nicht, wohin sie sonst hätten ziehen sollen. Ihre Familien hatten dieses Land, das dem Fürsten gehörte, seit Generationen bestellt; sie hatten das Recht, es zu nutzen, und fühlten sich da zu Hause.

»Ich verstehe das schon«, kommentiert die Dienerin, »es ist, wie wenn ich von hier weggehen müßte. Meine Familie hat seit fünf Generationen in diesem Haus gelebt, wie könnte ich es verlassen? … Aber die Mutter macht sich Sorgen um Aysha; wenn die Männer die Beherrschung verlieren, können schreckliche Dinge passieren.«

Selma hatte zerstreut zugehört. Sie sah nicht ein, wieso diese Familie zurückgehen wollte, sie hatten es hier ja gut. Ein bißchen eng vielleicht; sie wohnten bei ihren Verwandten im Flügel für die Dienerschaft neben den Vorratskammern; hatte man ihnen etwa bedeutet, sie seien hier nicht erwünscht? …

»Ich muß mich um die Sache kümmern«, dachte Selma und vertiefte sich wieder in den Text der Bhagavadgita und die Schriften von Sri Aurobindo, die sie sich am Tag nach dem Muschaira hatte kommen lassen. Sie hatte sich dann tagelang eingeschlossen und versuchte zum Ursprung zurückzufinden, die gleiche Intuition wieder zu erfahren, die sie so ergriffen hatte, als sie in Istanbul dem rituellen Tanz der Derwische beiwohnte.

Aber heute hat sie versprochen, die Maharani von Karimpur zu besuchen. Welche Gharara soll sie anziehen? Und für ihr Haar brauchte sie ein Band aus Jasminblüten: Ihre ganz besondere Koketterie ist eine Einfachheit, die jeden in Erstaunen versetzt und beeindruckt.

»Also, wo ist denn Aysha?« wiederholt sie. »Ist sie krank?«

»O nein, Hozur, ganz im Gegenteil!«

Die Dienerin, die ihr beim Ankleiden hilft, lächelt und teilt ihr, ganz entzückt, in vertraulichem Ton die gute Nachricht mit: »Man hat sie verheiratet.«

»Verheiratet?« Selma sieht sie verständnislos an. Wahrscheinlich hat sie nicht richtig gehört.

»Ja, verheiratet, und zwar sehr vorteilhaft! Mit einem etwa vierzigjährigen Witwer, einem reichen Kaufmann in Ahmedabad; er wird sich ihrer annehmen.«

»Ihrer annehmen?«

Selma verschlägt es die Sprache.

»Das ist ja ein Verbrechen! Die Kleine ist erst sieben Jahre alt!«

»Machen Sie sich keine Sorgen, Hozur«, sagt die Dienerin beruhigend. »Er läßt sie sicher weiterhin mit ihren Puppen spielen. Es kommt kaum vor, daß bei solchen Ehen ein Kind geboren wird, bevor die Frau zehn oder elf Jahre alt ist.«

Selma sieht sie entsetzt an … Aysha war ein zartes Kind, keins dieser unter südlicher Sonne frühreif gewordenen Mädchen, wie sich das die Europäer in ihren Phantasien über den Orient ausmalen …

»Ruf sofort die Mutter.«

Die Bäuerin denkt gar nicht daran, sich von den Vorwürfen, die auf sie niederprasseln, einschüchtern zu lassen. Sie sieht die Rani verstockt an. Aus ihren Augen spricht heimlicher Groll, fast eine Herausforderung.

»Warum hast du nicht mit mir darüber gesprochen?« sagt Selma schließlich fassungslos.

»Rani Saheba ist viel zu beschäftigt mit wichtigeren Dingen, als daß Leute wie wir es wagen würden, sie zu stören.«

Der Vorwurf ist deutlich: Selma hat sich in ihre mystischen Studien vergraben und ihre Pflicht, sich um diese Frauen und Kinder, die von ihr abhängen, zu kümmern, vernachlässigt. Durch ihren Egoismus, ihre Gleichgültigkeit hat sie schuld an Ayshas Schicksal.

»Häng all das wieder in den Schrank!« befiehlt sie ihrer Dienerin.

Sie könnte heulen vor Wut. Nein, sie hat diese äußerste Gelassenheit, die zu einer Verschmelzung mit dem Göttlichen führt, noch nicht erreicht, sie ist noch nicht vorgedrungen zu dieser »weiten, süßen Klarheit der Seele, wo weder Leidenschaft noch Kummer Raum haben«, und sie ist froh darüber! Sich diesem ganzen Elend entziehen, um sein persönliches Glück zu suchen? Mit welchem Recht, mein Gott, mit welchem Recht?

Sie geht nervös in ihrem Zimmer auf und ab: »Man wird sagen, ich würde nichts begreifen, ich hätte das erforderliche geistige Niveau noch nicht erlangt. Man kann zu guter Letzt alles begreifen, ich weiß schon, alles! Aber man hat auch das Recht, ein solches Begreifen abzulehnen!«

»Los, Sikander, mein Junge, gib's ihm!«

»Los, meine Schönheit, Perle meiner Augen, hau im eins drüber mit deinem Schnabel, und zwar kräftig! Noch stärker!«

Die Trainer stacheln die Kämpfer durch Worte und Gebärden an, während rundum die Begeisterung Wogen schlägt und die Wetten in die Höhe treibt. Selma hat die ansonsten so blasierte feine Gesellschaft von Lucknow noch nie so aufgelöst erlebt. Um das weiße Laken herum, auf dem zwei Wachteln mit aufgeplusterten Federn wütend aufeinander losgehen, erschallen laute Rufe; die Augen glänzen, die über und über mit Ringen geschmückten Hände verkrampfen sich, in angstvoller Erwartung pressen die Lippen sich zusammen und öffnen sich dann wieder, Freudenschreie oder Unmutsbekundungen ausstoßend. Die Summen, um die gewettet wird, sind horrend; manche werden heute abend ihre Schulden nicht bezahlen können und sind dann gezwungen, den Schmuck ihrer Gattin zu verpfänden. Was bedeutet das schon! Jetzt kümmert man sich nicht um solche Kleinigkeiten.

Im Augenblick zählt einzig der Kampf. Diese Aristokraten, die seit einem Jahrhundert nicht mehr kämpfen, die von der britischen Besatzungsmacht im Zaum gehalten und gegängelt werden, diese Fürsten, die seit Generationen in einem nur auf Vergnügungen ausgerichteten Leben verweichlicht sind, fühlen angesichts dieser Vögel, die sich auf ihre Sporen stützen und mit rasender Heftigkeit und Leidenschaft aufeinander einschlagen, in ihren Adern plötzlich das heldenhafte Blut ihrer Mogul-Ahnen aufwallen. Sie greifen den Feind unerschrocken an, stürzen sich, der Gefahr nicht achtend, auf ihn, teilen kühne, tödliche Schläge aus … Ihr Sinn ist auf Sieg oder Tod gerichtet, ihr Mut, ihr Ruhm ist unermeßlich …

Das weiße Laken ist blutbefleckt. Erschöpft wehrt sich der verletzte Vogel gegen die wilden Schläge seines Gegners, der ihn mit seinem Schnabel, der so scharf geschliffen ist wie ein Dolch, zu töten versucht.

Schmerzensschreie, rote Flecken, die immer größer werden …

Um Selma herum, auf der Tribüne der Frauen, hat die Erregung ihren Gipfel erreicht; diese sanften Geschöpfe sind von den Kämpfen mindestens genauso entzückt wie ihre Ehemänner, und da sie kein Geld haben, wetten sie um ihre goldenen Armringe.

»Wie gefallen Ihnen diese Spiele, Prinzessin?« erkundigt sich die Maharani von Karimpur. »Lucknow ist berühmt für seine Wachtelkämpfe, die viel seltener sind als die Hahnenkämpfe. Die Wachteln sind nämlich friedliche Tiere, es ist sehr schwierig, sie aggressiv zu machen, dazu ist ein langes Training und viel Geschick erforderlich. Man muß sie abwechselnd aushungern, dann wieder hätscheln, bis diese kleinen drallen Hühnervögel sich in muskulöse, kriegerische Tiere verwandeln.«

»Aber wieso denn?« wundert sich Selma. »Gibt es nicht Tiere genug, die ihrer Natur nach aggressiv sind?«

Die Maharani zieht die Augenbrauen zusammen.

»Aber, Prinzessin, die Kunst besteht doch nicht darin, es mit der Natur zu halten, sondern darin, sie zu verändern! Die Elefantenkämpfe, an denen unsere Vorfahren Gefallen fanden, waren nichts weiter als Kraftproben; dasselbe gilt für die sehr beliebten Kämpfe zwischen Tigern und Nashörnern. Was ist das schon, natürliche Feinde gegeneinander kämpfen zu lassen! Unsere Gesellschaft ist auf feinere Genüsse bedacht: Wenn man Freunde und Verbündete aufeinanderhetzt, ist das doch viel schwieriger und aufregender!«

Sie lächelt spöttisch, Selma ist sich sicher, daß ihre Gastgeberin nicht mehr von Wachteln, sondern von Menschen spricht. Ob das eine Warnung war? Oder einfach die Beschreibung der täglichen Zerstreuungen einer Gesellschaft, die sich langweilt?

»Die Einwohner von Lucknow nehmen nichts mehr ernst«, fährt die Maharani fort, »ihre Vergnügungen ausgenommen. Das kommt daher, daß wir einer sehr alten Kultur angehören, wir haben alles hinter uns und glauben kaum noch an etwas. Finden Sie das schade? Da bin ich anderer Meinung. Es hat nämlich den Vorteil, daß wir uns die Lächerlichkeit und die Abgeschmacktheit eines Kampfes für Ideen, die wir dann doch von einem Tag auf den andern wieder aufgeben, ersparen. Wir schätzen die Schönheit eines Kampfes, ohne daß wir für diesen Kampf eine Rechtfertigung suchten: Es ist ein Spiel wie jedes andere auch. Dekadenz einer verweichlichten Gesellschaft? Ganz und gar nicht! Das Volk hat die gleichen Neigungen, sogar die Armen. Doch da sie nicht Geld genug haben, um an Hahnenkämpfen teilzunehmen, haben sie die Eierkämpfe erfunden.«

»Eierkämpfe?«

»Man nimmt zwei Eier, wettet und schlägt sie gegeneinander: Das Ei, das zerbricht, hat verloren, und das Geld, das man darauf gesetzt hat, geht an die Anhänger des ganz gebliebenen Eies.

Die Engländer finden, die Leute seien verrückt, sie sollten die Eier doch essen, statt sie ›kaputtzumachen‹. Sie werden unser Volk nie verstehen. Was für ein Hochmut, diese Menschen mit der Argumentation, sie seien arm, zu bloßen Verdauungskanälen herabzuwürdigen! Sie sollen sich doch auch zerstreuen und träumen, wie es ihnen gefällt!«

Nach den Wachtelkämpfen ist die Taubenparade an der Reihe. Die Frauen drängen sich neugierig heran, um die neusten Neuigkeiten des Jahres zu bewundern. Man hat im ganzen Orient eine Leidenschaft für diese sowohl klugen als auch sanften und treuen Vögel. Selma erinnert sich an die vielfältigen, seltenen Arten, die in den riesigen Volieren der Paläste von Yildiz und Dolmabahçe für die Sultane gehalten wurden. Aber so außergewöhnliche Tauben wie diese hier hat sie noch nie gesehen: Manche sind kräftig rosa gefärbt und haben grüne Flügel, andere tragen auf ihrer stolzen Brust Blumenmotive in raffinierten Farben.

»Denken Sie nicht etwa, das sei aufgemalt«, erklärt ihr die Maharani, »das wäre banal und würde sich kaum lange halten. Um solche Wunder hervorzubringen, rupfen Fachleute der Taube eine Feder nach der anderen aus und setzen statt dessen andersfarbige Federn ein, die solide befestigt werden, Federn von Vögeln, die man tagelang in Bädern mit pflanzlichen Farben gehalten hat. Die Vögel, die man auf diese Weise behandelt, tragen ihr prunkvolles Federkleid jahrelang. Sie sind überaus teuer.«

Jetzt erscheinen zwei Sklaven mit einem großen goldenen Käfig. Mit größter Vorsicht lassen sie ein seltsames Tier heraus. Um Selma herum schreit man auf vor Entzücken. Der Vogel – oder sind es zwei Vögel? – fliegt auf und setzt sich auf die Schulter seines Herrn, des alten Radschas von Dirghpur. Da bleibt er still sitzen und gurrt genüßlich. Selma bemerkt plötzlich, daß der Vogel zwei Köpfe hat.

»Ist das nicht wunderbar?« ruft die Maharani neben ihr begeistert aus. »Haben Sie am osmanischen Hof jemals Doppeltauben gehabt?«

Die Sklaven holen aus dem Käfig ein halbes Dutzend dieser kostbaren Ungeheuer heraus. Man reicht sie von Hand zu Hand, betastet sie vorsichtig, gerät in Verzückung: »Was für ein Kunstwerk! Nie mehr seit König Nasir od-Din Haidars Zeiten gelang es, solche Wunder hervorzubringen. Man ist wirklich nur in Lucknow zu solchen Raffinements in der Lage ...«

Selma hatte gedacht, es handle sich um eine abartige Entwicklung der Natur, und merkt jetzt, daß diese Doppeltauben von Menschenhand geschaffen werden. Die Maharani erklärt ihr höflich, das Verfahren sei im Grunde einfach.

»Man nimmt zwei junge Tauben, schneidet der einen den rechten, der anderen den linken Flügel ab und näht sie fest aneinander. Jetzt kommt die kritische Zeit, denn die meisten sterben. Man muß sie äußerst sorgfältig pflegen. Wenn die Wunde vernarbt ist und die Tauben erwachsen sind, bringt man ihnen das Fliegen bei, was sehr viel Geduld und Geschicklichkeit erfordert.«

»Wie grausam!« ruft Selma empört aus.

Die Frauen sehen sie erstaunt an. Eine Hindu-Frau neigt sich zu ihr herüber: »Grausamer, als Tiere zu töten, um sie zu essen? Sind Sie wirklich dieser Meinung, Hoheit?«

Was soll man da antworten? Gibt es einen Unterschied zwischen einem Töten, das dem Gaumen Lust verschafft, und einem Verstümmeln, das den Augen Lust bereitet ... der Unterschied ... Sie weiß nicht mehr, was sie sagen soll, sie schweigt.

Amir wird morgen früh mit allen Fürsten von Oudh am großen Durbar* teilnehmen, wo der Gouverneur, Sir Harry Waig, wie jedes Jahr Titel und Auszeichnungen an die treuen Diener der englischen Krone austeilen wird ...

In dem großen, farbenprächtigen Zelt, das im Park der Residenz des Gouverneurs errichtet worden ist, führt eine sehr distinguierte Gesellschaft in Uniformen oder Brokatshirwani

* Großer Empfang, der von einem Fürsten oder – in der Zeit des Kolonialismus – vom englischen Gouverneur gegeben wird.

in Erwartung Seiner Exzellenz Gespräche in gedämpftem Ton.

Plötzlich blickt alles auf, es ertönen Trommeln und Zimbeln, das rotgoldene Orchester intoniert das »God save the King«. Es ist genau 9 Uhr 30.

Pünktlich, wie es sich für einen Vertreter Seiner Majestät geziemt, erscheint der Gouverneur, blaß in seiner schwarzen Galauniform, auf der die Orden blitzen, an seiner Seite Lady Violet mit Hut und Handschuhen, hinter ihm eine Schar glattrasierter, feierlicher Adjutanten und Beamten.

Alle haben sich erhoben, während Sir Harry und seine Gattin unter der vergoldeten Kuppel gemessen Platz nehmen, wo vor weniger als einem Jahrhundert die Könige von Oudh thronten. Es mutet an wie eine Legende, so fern erscheint diese Zeit, da Indien noch nicht von den Weißen verwaltet wurde.

Der Durbar ist eröffnet.

»Khan Bahadur … Rai Bahadur … Sardar Sahib …« Mit schallender Stimme gibt der Zeremonienmeister die Titel bekannt, die für gute, loyale Dienste verliehen werden. Die Auserwählten schreiten, in deutlich sichtbarem Bewußtsein ihrer Wichtigkeit, über den roten Teppich und verbeugen sich ehrfürchtig vor dem Thron, wo der Vertreter des Königs und Kaisers ihnen großmütig ihre Urkunde oder eine Medaille überreicht, die lebenslange Ergebenheit belohnen, Ergebenheit gegenüber der unzerstörbaren Allianz des Kaiserreichs Indien mit der britischen Krone.

Es ist kaum zu glauben, daß zur gleichen Zeit, wo diese Zeremonien der Unterwürfigkeit stattfinden, sich in ganz Indien ungeheure Massen unter der Führung von Mahatma Gandhi gegen die Besatzer auflehnen, daß britische Soldaten auf die Demonstranten schießen, daß Dutzende Millionen von Muslimen, um ihren Führer Mohammed Ali Jinnah geschart, sich mit den Hindus verbünden, um den Abzug der Besatzungsmacht und die Unabhängigkeit durchzusetzen.

Unabhängigkeit? Seit Jahren zittert das Land bei diesem Wort; es kann weder durch Gefängnisstrafen noch durch Kugeln erstickt werden und gewinnt durch das Blut, das vergessen wird, Tag für Tag an Gewicht. Unabhängigkeit! Ein Zauberwort für ein unterdrücktes Volk, noch birgt es, fern am Horizont, alle Versprechen …

Und hier, auf diesem sorgfältig geschnittenen Rasen, brav auf Stühlen zwischen den Begonienbeeten, dankbar und ehrfürchtig, die Elite …! Man traut seinen Augen nicht. Ist es Feigheit oder Ahnungslosigkeit? Selma hat plötzlich Lust, diese Männer wütend zu beschimpfen, diese gut dressierten Affen, die nur darauf bedacht sind, ihre Herren nachzuahmen. »Wie die Engländer uns verachten müssen!« Warum hat sie eingewilligt, an dieser Maskerade teilzunehmen? Warum hatte Amir darauf bestanden?

Sie folgt ihm, von der anderen Seite des Rasens her, mit den Augen. Er diskutiert mit ein paar Freunden, Fürsten, die wie er selbst die Unabhängigkeitsbewegung unterstützen und, wie sie weiß, auch finanzieren. Warum dieses Doppelspiel? Sie haben nie irgendeine Auszeichnung von Seiten der britischen Krone angenommen, unterhalten aber mit der Besatzungsmacht trotzdem beste Beziehungen. Um die Feinde in Sicherheit zu wiegen und sie sozusagen auf Umwegen zu erledigen? So argumentiert jedenfalls Amir, der wortgewandt darlegen kann, die Engländer seien zu mächtig, man könne sie nicht mit offener Gewalt vertreiben.

»Aber ist es wirklich unumgänglich«, hatte Selma eingewendet, bevor sie sich zum Durbar aufmachten, »an so würdelosen Zeremonien teilzunehmen?«

Er lächelte nur.

»Das Schauspiel der Schwäche, das einige unserer Leute bieten, und die Überheblichkeit unserer Herren sind, glauben Sie mir, äußerst nützlich; das schürt den Haß.«

Sie sah, wie dabei seine Handgelenke über dem mit Smaragden besetzten Knauf seines Galadegens weiß wurden.

An diesem Abend nach dem Durbar lädt der Gouverneur zu einem großen Ball ein; alle wichtigen Persönlichkeiten der Provinz, etwa zweitausend Leute, Engländer und Inder, sind eingeladen.

Selma hat sich, aufgeregt wie ein junges Mädchen vor seinem Debüt in der Gesellschaft, den ganzen Nachmittag über mit ihrer Toilette beschäftigt. Es ist seit ihrer Ankunft in Indien, die schon länger als ein Jahr zurückliegt, ihr erster Ball. Sie will die Allerschönste sein; diese Engländerinnen, von denen sie scheinbar nicht beachtet wird, sollen vor Neid erblassen.

Mit Bedacht hat sie einen nachtblauen, von winzigen Diamanten gesäumten Sari ausgewählt, eine dunkle Hülle, die ihre weiße Haut um so mehr zur Geltung bringt. Um ihren Hals, an den Handgelenken und im Haar funkeln Smaragde.

Amir bleibt auf der Schwelle des Salons stehen: So schön war sie noch nie. Er mustert stolz ihre unvergleichliche Anmut, ihren Adel, ihren strahlenden Glanz. An diesem Abend wird ihn die ganze Stadt beneiden. Kein Fürst, ein Engländer schon gar nicht, kann sich rühmen, ein solches Kleinod sein eigen zu nennen.

Der Palast des Gouverneurs erhebt sich als majestätische weiße Silhouette am Ende einer langen, von Palmen gesäumten Allee. Unter dem schimmernden, beleuchteten Portalvorbau erweist die Wache in ihren schwarz-roten Turbanen mit dem Monogramm der britischen Krone den Gästen unbewegten Gesichtes ihre Ehrenbezeigungen. Oben auf der Treppe begrüßen die beiden Sekretäre Seiner Exzellenz, trotz der Hitze dieses Aprilabends im schwarzen Frack mit steifem Kragen, die eintreffenden Gäste. Erst wenn alle versammelt sind, werden auch Sir Harry und Lady Violet, die Seine Majestät persönlich vertreten, erscheinen. Dutzende von Dienern bemühen sich um die Gäste. Sie geleiten sie durch das Vestibül, dessen Säulen in hellrosafarbene korinthische Kapitelle auslaufen, in den Ehrensalon, eine Märchenwelt in Türkis und Gold, die auf zarten, von Stuckgirlanden geschmückten Brückenjochen schwebt. Darüber, in gut zehn Metern Höhe, verläuft eine ringförmige Galerie mit kleinen Logen; sie sind von Kuppeln mit kunstvollen Schnitzereien überwölbt.

Obwohl sich hier so viele Menschen drängen, wirkt der Raum riesig. Schwarze Fräcke, Shirwanis, die prunkvollen Uniformen der indischen Armee, die kurzen scharlachroten

Jacken der Offiziere der Infanterie und das silbern gesäumte Königsblau der Kavallerie.

Man sieht nicht viele Saris, was Selma nicht überrascht, denn die meisten Inder lehnen es ab, ihre Frauen fremden Blicken preiszugeben. Dagegen gibt es viele manchmal überraschend bunte Abendkleider. »Seltsam«, denkt sie, »daß sich die Engländerinnen von diesem Land die starken Farben, das Giftgelb, das penetrante Rosa, die leuchtende Malvenfarbe borgen. Sollten sie damit etwa ihrer angeborenen Fadheit aufhelfen wollen?«

»Prinzessin!«

Amir stößt sie unauffällig mit dem Ellbogen an; Selma war so in Gedanken versunken, daß sie die Ankunft des Gouverneurs und seiner Gattin, die bereits auf der Ehrentribüne stehen, nicht bemerkt hat. Das Orchester spielt die Nationalhymne, Und jetzt beginnt das Vorstellungszeremoniell; das ist der wichtigste Augenblick des Abends.

Monoton liest der Ausrufer die vornehmen Namen und Titel herunter, worauf die Paare, eins nach dem andern, zwischen zwei Reihen von Schaulustigen hindurchschreiten. Manche werden mit ein paar Worten, mit einem Lächeln bedacht, was sofort von allen Anwesenden aufmerksam registriert wird und später zweifellos zu endlosen Kommentaren Anlaß gibt.

»Ihre Hoheiten, der Radscha und die Rani von Badalpur.« Während sie langsam den riesigen Salon durchqueren, wird es still. Ihre Schönheit macht Eindruck. Aller Blicke sind auf sie gerichtet, entzückt von soviel Majestät und Würde.

Als sie vor der Tribüne und dem Gouverneur stehenbleiben, mit einem ruhigen, anmutigen Lächeln, haben die Anwesenden plötzlich das Gefühl, diese beiden seien die königlichen Gastgeber und Sir Harry und seine Gattin ihre Untertanen. Amir ahnt, was da gemurmelt wird. Wenn er sich noch mehr aufrichten könnte, würde er es tun. Jetzt, in diesem Augenblick, ist er der Kaiser, und seine Sultanin ist der Schmuck, der seine Titel und seinen Reichtum krönt.

Der Gouverneur, zuerst etwas erstaunt, erholt sich schnell von seiner Überraschung.

»Mein lieber Amir, stellen Sie sich vor, ich habe zu Lady Violet gesagt, Sie und Ihre Gattin seien nicht nur schön … Sie sind die personifizierte Schönheit!«

Der Radscha ist bleich geworden. Für einen Inder ist es eine schwere Beleidigung, wenn man die Physis seiner Frau – sei es auch nur in einer Metapher – erwähnt. Natürlich weiß das Sir Harry. Mit einer typisch britischen Heuchelei rächt er sich für ihr selbstbewußtes Auftreten.

Amir sieht sich rasch um: Außer dem Adjutanten hat es offenbar niemand gehört. Er atmet auf. Aber er wird eine Lehre daraus ziehen: Der Gesellschaft dieser Barbaren wird er die Prinzessin nie mehr aussetzen!

Er hat jetzt das Gefühl, daß jeder Mann, der anwesend ist, sie mit den Augen auszieht. Er ballt die Fäuste: Er will zwar, daß alle sie sehen, aber er erträgt es nicht, daß man sie anblickt. Wütend beobachtet er ihren wiegenden Gang, ihren blühenden Körper, der sich unter dem Faltenwurf des Saris abzeichnet. Was fällt ihr eigentlich ein? Er wird ihr bedeuten müssen, sich zurückhaltender zu benehmen. Und er ertappt sich bei dem Gedanken, es wäre besser, wenn sie weniger schön wäre.

Die Zeremonie der Vorstellungen ist zu Ende; das Orchester spielt einen Walzer von Strauß. Der Gouverneur verbeugt sich vor Lady Violet und eröffnet den Ball; die ersten Paare finden sich auf der Tanzfläche ein. Amir ist zu seinen Freunden gestoßen und läßt Selma, die sich nicht von der Stelle rühren kann, in Gesellschaft irgendwelcher Witwen einfach sitzen. Sie hatte gehofft, daß er sie zum Tanzen auffordere, woran er aber nicht im Traum dachte. Seit seinen schönen Tagen in Oxford hatte er nicht mehr getanzt, und hier wäre es auch unangemessen, daß ein Mann seine Frau so zur Schau stellt. Tanzen ist für die Inder Sache von Schauspielern und Kurtisanen.

Selma sieht den Tanzenden begierig zu, sieht mit an, wie die Frauen, vom Rhythmus berauscht, lachen und sich an ihre Kavaliere schmiegen. Die Dicken, die Dünnen, die Häßlichen, die in ihrem Land keine Aussichten hätten, überhaupt aufgefordert zu werden, sind hier in Indien sehr gefragt. Sie lassen keinen Tanz aus.

Selma verfolgt sie mit den Augen. Wie ungerecht! Sie ist dazu verurteilt, mit den Alten, die nicht mehr tanzen können, zusammenzusitzen. Was nützt es ihr, daß sie die Schönste ist? Alle freuen sich, niemand beachtet sie, es sei denn irgendwelche Hausdrachen, die sich an ihre Kavaliere klammern und ihr spöttische oder mitleidige Blicke zuwerfen. Wenn sie sich dann erschöpft und entzückt in einen Sessel fallen lassen, heucheln sie Verwunderung: »Wie, Sie tanzen nicht? Aber wieso nicht?«

Sie versucht, sich gleichgültig zu geben, aber alle durchschauen sie. Sie nimmt es Amir übel, daß er sie alleingelassen, daß er sie dieser Giftigkeit, diesem Übelwollen ausgesetzt hat. Er ist einfach verschwunden. Zweifellos hält er sich im Raucherzimmer auf und diskutiert; er ist imstande, die ganze Nacht da zu verbringen, während sie in ihrer Ecke warten und die sarkastischen Bemerkungen ertragen muß.

Und wenn sie wegginge? Wäre das ein Skandal? Und wenn schon? Die Nachlässigkeit, die der Radscha ihr gegenüber an den Tag legt, ist sie nicht ebenso skandalös? Sie entspricht zwar, das weiß sie, den indischen Bräuchen, da Mann und Frau sich öffentlich nicht gemeinsam zeigen sollen, aber Amir kann nicht immer zweigleisig fahren: Wenn er sie zu den Engländern mitnimmt, sollte er doch wenigstens den Anstand haben, sich wie ein Gentleman zu benehmen! Für alle diese Ausländer ist die Art und Weise, wie er sie behandelt, ein Beweis mangelnden Interesses, eine Beleidigung.

»Darf ich Sie bitten?«

Selma zuckt zusammen. Ein junger, hellblonder Mann lächelt ihr zu. Da sie so erstaunt ist, wird er seinerseits verwirrt.

»Entschuldigen Sie, daß ich so frei bin, man hat uns ja nicht vorgestellt ... Ich heiße Roy Lindon, bin gerade in Indien eingetroffen und werde morgen meine Arbeit bei Seiner Exzellenz aufnehmen. Ich kenne hier niemanden, ich dachte, ob Sie bereit wären ...«

Selma ist drauf und dran, ihn zurechtzuweisen, aber er ist so schüchtern ... Seine Ungeschicklichkeit nötigt ihr ein Lächeln ab.

»Ich tanze nicht, Sir.«

»Wirklich nicht?«

Er ist rot geworden wie ein Kind, das man zurechtgewiesen hat. Natürlich sagt er nicht, daß er sie schon lange beobachtet und gesehen hat, daß sie große Lust hatte, zu tanzen. Was für ein Dummkopf er gewesen war, sich einzubilden, daß diese entzückende Frau ... Er stottert ein paar Entschuldigungen und will sich zurückziehen, da hält sie ihn mit einer Handbewegung zurück.

»Setzen Sie sich doch einen Augenblick.«

Die Damen um sie herum trauen ihren Ohren nicht. So etwas Schamloses, diese kleine Rani! Sie werfen sich entzückte Blicke zu, wittern einen Skandal.

»Wie wird Amir reagieren, wenn ich ja sage?« denkt Selma und läßt ihren Blick über den jungen Mann schweifen, »er wird ein Drama daraus machen, natürlich!« Sie denkt zurück an den Libanon, an diesen Abend auf der Jeanne d'Arc, und erinnert sich an Wahids Zorn, als sie mit einem französischen Offizier getanzt hatte. Aber so ein Drama wäre ihr gar nicht unangenehm; das würde dieses konventionelle Leben, an das sie sich schon beinahe gewöhnt hat, etwas auflockern.

Mehr als der Wunsch, einen Walzer zu tanzen, ist es die Angst, vereinnahmt zu werden, ist es ein Überlebensinstinkt, der sie veranlaßt, sich aufzurichten und zu sagen: »Gut, tanzen wir!«

Roy Lindon ist ein außerordentlich guter Tänzer. Oder ist dieser gestohlene Augenblick so außergewöhnlich? Egal! Mit halb geschlossenen Augen überläßt sich Selma dem Taumel, der sie dahinträgt, schnell, noch schneller, betäubt von der Musik, von all diesen Sonnen, diesen funkelnden Voluten, die sich an dem türkisfarbenen Himmel drehen.

Warum spielt das Orchester plötzlich nicht mehr? Sie öffnet erstaunt die Augen: Amir steht vor ihnen, leichenblaß.

Er schiebt sie mit dem Handrücken beiseite, ohne ihr auch nur einen Blick zu gönnen. Solche Dinge regelt man unter Männern.

»Sie werden mir für diese Beleidigung morgen früh Genugtuung gewähren, mein Herr. Ich überlasse Ihnen die Wahl der Waffen.«

Der Engländer starrt den Mann, der ihm gegenübersteht, fassungslos an. Ist er verrückt? Oder … vielleicht …? Um sie herum hat sich eine kleine Gruppe Neugieriger geschart, aber niemand wagt einzugreifen. Man begreift den Ernst der Situation und sympathisiert mit dem Radscha. Schließlich müssen die Regeln eingehalten werden: Es geht um seine Ehre, es geht um ihrer aller Ehre.

»Mein lieber Radscha…«

Die Stimme des Gouverneurs veranlaßt alle, sich umzudrehen. Sir Harry ist informiert worden und bemüht sich höchstpersönlich. Er muß verhindern, daß dieser lächerliche Zwischenfall – wie immer eine Weibergeschichte – zu einer Sache auf Tod und Leben ausartet.

Der Gouverneur ist dann fast eine Stunde lang damit beschäftigt, den Radscha zu beruhigen. Dazu muß er seine ganze diplomatische Kunst aufbieten: Einerseits gilt es darzulegen, der junge Mann habe nichts Böses im Sinn gehabt, andererseits darf der Rani nicht die Schuld zugeschoben werden. Das erfordert sehr viel Geschick. Roy Lindons Unschuld liegt auf der Hand. Er erklärt ganz naiv, er habe eine junge Frau gesehen, die allein war und sich offensichtlich langweilte. Er hätte niemals gedacht … Er ergeht sich in Entschuldigungen, was Amir nicht etwa sanfter stimmt, sondern noch mehr aufbringt, denn es muß ja einen Schuldigen geben: Sollte der junge Mann die Wahrheit sagen, müßte er, Amir, eingestehen, daß die Rani allein verantwortlich sei und daß sie ihn vor diesen zweitausend Leuten, die an diesem Abend versammelt sind, ganz bewußt lächerlich gemacht hat! Er hat keine Wahl, er muß diesen Engländer töten.

Sir Harry wird allmählich nervös: Wenn der Radscha »diese Beleidigung um jeden Preis mit Blut abwaschen« will, wäre es vernünftiger und wirksamer, wenn er seine Gattin umbrächte! Aber natürlich begnügt er sich damit, anzumerken, man befinde sich ja glücklicherweise unter zivilisierten Menschen, sonst hätte so ein Zwischenfall eine Tragödie auslösen können. Die Rani treffe sicher keine Schuld; sie sei mit ihrer abendländischen Erziehung nicht darauf vorbereitet gewesen, in Indien zu leben. Trotzdem müßte man ihr gewisse Dinge klarmachen …

Amir richtet sich gereizt auf: »Genug, Exzellenz, das ist ein Problem, das lediglich mich betrifft. Und es wird keine Probleme mehr geben: Ich werde sie im Keim ersticken.«

Sir Harry zuckt zusammen: »Ob er etwa doch imstande ist, sie umzubringen? Oh, letztlich geht mich das nichts an! Sofern nach außen hin Ruhe herrscht, ist mir alles andere gleichgültig!«

»Von heute an verlassen Sie Ihr Zimmer nicht mehr. Die Mahlzeiten werden Ihnen gebracht. Es ist Ihnen auch untersagt, im Park des Palastes spazierenzugehen und Ihre Freundinnen zu empfangen: Sie können ja schriftlich in Verbindung bleiben. Von nun an werden Sie streng im Purdah gehalten.«

Rani Aziza, die leibhaftige Verkörperung der Tugend, steht frohlockend neben ihrem Bruder: Hatte sie es nicht vorausgesagt, hatte sie nicht gewußt, daß das böse enden würde? Amir fährt mit matter Stimme fort: »Ich bin Ihnen gegenüber zu großzügig gewesen. Ich habe Ihnen vertraut, und Sie haben mich verraten und gedemütigt. Da Sie nicht in der Lage sind, sich zu benehmen, wie es sich geziemt, sehe ich mich veranlaßt, Sie dazu zu zwingen. Ich habe nicht die Absicht, mich von meiner Frau entehren zu lassen.«

Sie gehen und schließen die Tür. Selma hört, wie der Schlüssel sich im Schloß dreht.

Gefangen! Wie können sie so etwas wagen! Sie wird die Justiz zu Hilfe rufen, den Vizekönig persönlich!

Plötzlich hat sie das Bild dieser halb verrückten alten Frau wieder vor Augen, die ihr zurief: »Flüchten Sie, schnell, bevor es zu spät ist!« Sie gerät in Panik, stürzt auf die Tür zu, trommelt dagegen. Vergeblich.

Selma hat zum ersten Mal Angst. Wer wird ihr helfen? Niemand ahnt, daß sie gefangen ist. Der Radscha und Rani Aziza werden genug Gründe für ihre Abwesenheit bei öffentlichen Veranstaltungen finden; niemand wird sich darüber wundern, in Indien gehen die Frauen eben selten aus. Und selbst wenn man anfangs noch einige Fragen stellt, wird niemand darauf verfallen, nachzuforschen, was im Innern eines Palastes vorgeht. Man wird sie sehr schnell vergessen, wie man die Mutter der Rani von Nampur vergessen hat. Bei dieser Vorstellung läuft es ihr kalt über den Rücken. Niemals! Sie will lieber sterben als sich lebendig begraben lassen.

XV

»Ich kann nicht, Hozur, der Radscha würde mich töten.« Die Dienerin weicht zurück und schüttelt den Kopf, verschränkt die Hände hinter dem Rücken: Nein, sie nimmt die goldene Halskette nicht, nein, sie wird den Brief nicht befördern. Der Herr würde sich rächen, alles erraten, er ist so mächtig: Er weiß alles.

»Nein, Hozur, unmöglich …«

Selma ist so erschöpft, daß sie die Halskette fallen läßt. Nach den drei Tagen, die nun vergangen sind, verliert sie allmählich die Hoffnung. Aus den Blicken dieser jungen Frau, die noch nicht lange im Dienst ist, liest sie zwar Mitgefühl, aber die Angst ist stärker. Mit welcher furchtbaren Strafe hat Amir gedroht, da selbst der goldene Köder versagt?

Amir oder Rani Aziza? Sicher ist sie es, die glücklich darüber ist, daß sie sich endlich rächen und wieder die Herrin spielen kann. Sie nutzt den Zorn ihres Bruders aus und nimmt alles in die Hand. Amir wäre nie auf den Gedanken gekommen, Selma die Dienerinnen, die sie sonst hatte, vorzuenthalten. Und er hätte nicht die lächerliche Maßnahme ergriffen, diesen großen schwarzen Eunuchen mit seinem riesigen Säbel vor der Tür zu postieren, einen Menschenfresser, wie man sie aus der Komödie kennt, der den Auftrag hat, das kleine Mädchen einzuschüchtern.

Selma hat seit dem fatalen Abend ihren Gatten nicht wiedergesehen. Er hatte seine persönlichen Sachen ausräumen lassen und die Zimmer wieder bezogen, in denen er als Junggeselle wohnte. Wenn sie mit ihm sprechen könnte, würde sie ihn sicher umstimmen können, denn er liebt sie, trotz allem. Aber die einzigen Kontakte laufen über Rani Aziza; die Schwester des Radschas kontrolliert alle Briefe, die aus dem Zenana hinausgehen. Da liegt die Gefahr: Selma könnte sterben, ohne daß Amir etwas davon wüßte.

Am ersten Tag heulte sie vor Wut und Betroffenheit: Sie konnte sich nicht vorstellen, daß man sie wie ein wildes Tier einsperrte. Sie schrie sich heiser und schürfte sich die Hände auf an der Holztür, die sie sich nach so vielen Schwierigkeiten hatte verschaffen können, die massiv sein sollte, um ihre Intimität zu wahren, und die jetzt ihre Schreie dämpft. Durch ein Fenster fliehen? Sie sind zu hoch, außerdem von einem Eunuchen bewacht, der Tag und Nacht auf dem Balkon hin und her geht.

Selma versagt sich jede Resignation. Wenn man Widerstand leisten will, muß man mit seinen Kräften haushalten. Doch je mehr Zeit verstreicht, desto klarer wird ihr die Unerbittlichkeit der Situation, die sie zuerst für vorübergehend gehalten hatte, bewußt.

Die Tage vergehen, Selma lehnt es ab, Nahrung zu sich zu nehmen. Nicht in erpresserischer Absicht – der Rani gegenüber wäre das verlorene Liebesmüh –, sie hat einfach keinen Hunger; schon der Anblick ekelt sie an.

Rani Aziza versichert dem Radscha, der sich nach seiner Gattin erkundigt, diese erzwungene Zurückgezogenheit sei heilsam, seine Frau sei nachdenklich geworden, beginne zu begreifen. Sie jetzt herauslassen? Das wäre der reine Wahnsinn! Dann würde sie wie diese wilden Pferde, die den Zaum zu kurze Zeit getragen und sich noch nicht daran gewöhnt haben, noch rebellischer. Selma müsse das Ausmaß ihres Vergehens voll und ganz begreifen und es bereuen, sonst sei die Strafe unwirksam.

»Und wenn ich mit ihr sprechen würde?« wirft Amir ein. »Wenn ich ihr sagen würde, daß ich ihr für diesmal verzeihe, aber daß ich sie beim nächsten Seitensprung verstoße?«

Er kann sich natürlich nicht vorstellen, wie Selma lachen würde, wenn sie ihn hören könnte, denn er weiß nicht, daß innerhalb der osmanischen Familie gegebenenfalls die Prinzessinnen ihre Gatten verstoßen, sofern der Sultan eingewilligt hat. Es wäre einem Damad nie gestattet worden, sich von einer Gattin königlichen Blutes zu trennen. Das wäre für den Herrscher selbst beleidigend gewesen.

Selma ist nicht eine dieser indischen Frauen, für die eine gescheiterte Ehe den Tod bedeutet, weil ihre Familie sie nicht mehr aufnimmt. Eine verstoßene Tochter, das ist für die ganze Verwandtschaft eine Schande, ist der Beweis, daß sie die Regeln des gesellschaftlichen Zusammenlebens verletzt hat: Für sie ist nirgends mehr Raum. Deshalb ziehen es die jungen Frauen, ehe sie zu Parias werden, vor, sich ihrem Mann und seiner Familie sklavisch unterzuordnen.

Rani Aziza ist klug genug, um den unglaublichen Hochmut dieser Fremden zu durchschauen. Ihr größter Wunsch wäre, daß diese schamlose Person, die dazu nicht einmal in der Lage ist, dem Thron einen Erben zu schenken, verschwinden würde. Aber ihr ist klar, daß der Radscha sie trotz aller Drohungen nie verstoßen wird. Die einzige Lösung wäre, daß Selma krank, unheilbar krank würde. So schwierig ist das nicht, es ließe sich bewerkstelligen …

Ihr Blick schweift liebevoll über das gequälte Gesicht ihres Bruders.

»Keine Angst, ich kümmere mich um Ihre Frau. Wenn Sie jetzt etwas unternehmen würden, könnte man von vorn beginnen. Haben Sie Geduld: In zwei Wochen werden Sie die zärtlichste und gefügigste Gattin haben, die Sie sich nur erträumen können.«

Selma wird von Tag zu Tag schwächer. Trotz mangelndem Appetit versucht sie zu essen, aber ihr Magen behält nichts mehr. Selbst der Tee verursacht ihr Übelkeit. Der Nacken schmerzt, und wenn sie aufsteht, hat sie Schwindelanfälle. Deshalb verbringt sie den größten Teil der Zeit liegend. Sie, die so gern las, hat selbst dazu keine Lust. Zu nichts hat sie Lust, sie wartet. Anfangs hatte sie versucht, diese Mattigkeit, dieses Unwohlsein, das sie auf ihre Gefangenschaft zurückführte, zu bekämpfen. Jetzt läßt sie sich treiben, ist schon glücklich, wenn sie sich nicht mehr übergeben muß, weil sie das so erschöpft.

Rassulan, die junge Dienerin, hatte eines Tages, als Selma von einem besonders schmerzlichen Anfall geschüttelt wurde, angedeutet, die Nahrung würde ihr vielleicht nicht bekommen … Mehr hatte sie nicht gesagt, und Selma hielt sich selbst für verrückt, als ihr der Verdacht kam, daß möglicherweise … Aber nachdem sie zwei Tage lang alle Nahrung verweigert hatte, blieben die Brechanfälle aus.

Von nun an trinkt sie nur noch Wasser aus dem Wasserhahn und ißt ein paar Mandeln, die Rassulan ihr heimlich zusteckt. Sie fühlt sich besser, ist aber so kraftlos, daß sie nicht mehr aufstehen kann, um Toilette zu machen. Sie ist jetzt schon drei Wochen lang nicht aus ihrem Zimmer hinausgekommen. Doch nun ist ihr alles gleichgültig, sie hat den Eindruck, zu schweben; nichts mehr, was sie beunruhigen, was sie ärgern würde. Sie träumt von ihrer Mutter, von Istanbul, von ihrer Kindheit. Sie hat einen Film vor Augen in den Pastellfarben des Glücks. Endlich ist sie heiter, besänftigt.

»Das ist ja ein Verbrechen! Wer hat das angeordnet?«

Halb unbewußt nimmt Selma wahr, daß etwas um sie herum im Gange ist; schrille Stimmen gellen ihr in den Ohren. Warum läßt man sie nicht schlafen? Sie stöhnt, bewegt sich ein bißchen und überläßt sich wieder dem Schweigen, diesem warmen Kokon, in dem sie sich mit Genuß zusammenrollt.

Die schüchterne Zahra richtet sich vorwurfsvoll vor Rani Aziza auf.

»Wenn wir unsere Hochzeitsreise nicht vorzeitig beendet hätten, wäre sie gestorben!«

In der Tat hat ein junger Arzt, der sofort gerufen wurde, den Ernst der Lage bestätigt: Noch ein paar Tage ohne Nahrung, und das Herz hätte versagen können.

Der Radscha, sehr bleich, sieht seine Schwester Aziza an, die Zahras Fragen mit mürrischem Schweigen beantwortet.

Ist sie, oder ist er schuld? Er wußte, daß sie Selma haßt, und trotzdem hat er ihr die Überwachung, die gesamte Verantwortung überlassen und ihren beschwichtigenden Worten ohne Überprüfung vertraut. Vielleicht aus Furcht, den Tränen seiner Frau nicht widerstehen zu können? Oder aus Stolz, weil er sich als Ehemann lächerlich gemacht fühlte? Oder wollte er sich rächen?

Ihm ist nicht wohl, wenn er diesen abgemagerten Körper anschaut, das Vogelgesichtchen, er sieht sie bereits tot vor sich und versucht, sich den Schmerz auszumalen, der ihn dann niederwerfen würde. Doch er empfindet trotz all dieser Bemühungen nichts als Gleichgültigkeit. Er ist selber erschrocken darüber: Obwohl er dieses Übel, das man »Liebe« nennt, nie gekannt hat, hat er für seine Gattin zumindest Zärtlichkeit empfunden.

Er hat seine Gedanken nicht mehr unter Kontrolle, obwohl er doch sonst so beherrscht ist: Im Geiste sieht er schon ein grandioses Begräbnis, ist monatelang ein untröstlicher Witwer, und dann läßt er sich von seiner Familie, von seinen Freunden überreden – er muß doch für Nachkommen sorgen –, verheiratet sich wieder, diesmal mit einer Inderin, einem ganz jungen Mädchen, das ihn wie einen Gott verehrt. Sie sind glücklich und haben viele Söhne …

»Amir Bai*!«

Zahra blickt ihren Bruder, der einfältig lächelt, vorwurfsvoll an.

»Der Arzt sagt, Apa brauche eine Pflegerin, die sich Tag und Nacht um sie kümmere und wieder zum Essen ermuntere. Er ist der Meinung, bei entsprechender Pflege könnte sie in zwei Wochen wieder wohlauf sein … Aber es wäre eine Ortsveränderung angezeigt, damit sie ihre Melancholie überwinden könne. Er vermutet, daß sie sterben wollte, daß man ihr helfen müsse, das Leben wieder zu lieben.«

»Was vermutet er …?«

Der Radscha bringt vor Wut kein Wort mehr über die Lippen was hat dieser Grünschnabel zu vermuten?

* Älterer Bruder.

»Meine Gattin ist hier am allerbesten aufgehoben. Davon einmal abgesehen, wird ihr die Landluft ganz gewiß guttun. Wir werden möglichst bald nach Badalpur aufbrechen.«

Badalpur, das ist die Lösung! Wenn sie dann irgendwann nach Lucknow zurückkehren, wird der Skandal anläßlich des Balls beim Gouverneur vielleicht in Vergessenheit geraten sein.

Jeder Augenblick ein Schritt auf den Tod zu
Ihn leer erleben, damit er dauert
Sich nicht rühren, nichts unternehmen
Die verbleibende Zeit
Nicht vertun, nicht verzetteln
Vor allem das Leben nicht abtöten
Bei lebendigem Leib.

Selma hat die Feder niedergelegt. Sie sieht durchs Fenster, wie der Morgen heraufdämmert. Am Horizont, ganz fern, Nebelschwaden. Dort erheben sich die ersten Berge des Himalaya, dieses heiligen Gebirges, wohin sich diejenigen zurückziehen, die die Wahrheit suchen. Die, die sich nicht scheuen, ihr Leben in die Waagschale zu werfen, die riskieren, alles zu verlieren, ohne etwas zu gewinnen, die vielleicht sogar die Hoffnung verlieren. Diesen Mut hat sie nicht. Oder sie hätte ihn möglicherweise, wenn sie die Gewißheit hätte …

Wieder dieses Bedürfnis nach Sicherheit, diese Buchhaltermentalität bei ihr, die stolz darauf ist, daß kaiserliches Blut aus sechs Jahrhunderten in ihren Adern fließt! Sie hatte zwar keine Angst, hatte zu einer göttlichen Ruhe gefunden, als sie glaubte, nun müsse sie sterben. Sie würde gerne glauben, das sei Mut gewesen, fragt sich aber, ob es nicht vielmehr feige Erleichterung war, nach einem ermüdenden Weg einen Zustand zu erreichen, der nicht mehr in Zweifel gezogen werden konnte. Tot … Das Wort klingt für sie so köstlich rund, bruchlos, endgültig, gerade für sie, die sich nie bescheiden konnte, die ihr Leben lang ein Ziel, Gewißheit gesucht hatte. Ach, was würde sie nicht darum geben, wenn sie so wäre wie diese Romanheldinnen, die immer wissen, was sie wollen und darum kämpfen, es auch zu erreichen! Sie wundert sich über die Stärke ihres Ehrgeizes, die Heftigkeit ihres Verlangens, obwohl ihr manchmal auch alles lächerlich erscheint.

Ist ihre Gleichgültigkeit Weisheit, ist sie jene Abkehr von der Welt der Erscheinungen, die die Mystiker predigen? Sie möchte es gerne glauben, ist aber zu klug, um sich in dieser Hinsicht Illusionen zu machen. Denn ihr ist die Fähigkeit, zu glauben, sich zu begeistern, vor Jahren abhanden gekommen, an jenem Frühlingstag, als sie gleichzeitig ihr Land und ihren Vater verloren hatte. Sie kann nur aus den Bedürfnissen der anderen heraus leben, von dem Verlangen, das andere nach ihr haben. Deshalb ist Badalpur für sie nach wie vor ein Grund, weiterzuleben. Machen sich denn alle diese Armen, die sich um ihre Rani drängen, nicht klar, daß sie selber viel mehr auf sie angewiesen ist, als sie sie nötig haben? Denn für das bißchen Geld, das sie ihnen zukommen läßt, schenken sie ihr mit ihren vertrauensvollen Augen Lebenskraft.

Als sie am vergangenen Abend in Badalpur eintrafen, wurde es Selma warm ums Herz. Die Bäuerinnen hatten sich versammelt, um sie zu empfangen. Abseits, hinter dem Gitterzaun, stand Sita, die junge Witwe, sie lächelt ihr zu. Die anderen Frauen wollten sie fortjagen: Eine Witwe bringt Unglück, sie sollte sich ihrer Rani nicht nähern. Aber Sita hatte sich wieder einmal dagegen gewehrt, hatte sich schreiend an den Gitterstäben festgekrallt, und weil man ihren bösen Blick fürchtete, war sie in Ruhe gelassen worden. Selma zögerte einen Augenblick; sie hatte sie fast nicht wiedererkannt: Das kleine Gesicht wirkte zerknittert, dieses vierzehnjährige Kind, das im vergangenen Jahr noch so blühend ausgesehen hatte, war im Grunde schon eine alte Frau. Wie muß sie gelitten haben, wie schlecht muß man sie behandelt haben … Selma hatte sich überlegt, ob sie sie nach Lucknow mitnehmen solle; doch sie weiß, daß Sita nicht nur in Lucknow, sondern überall eine Witwe, also etwas Abstoßendes ist …

»Wo ist Parvati?« hatte sie gefragt, ein bißchen enttäuscht, daß ihre Freundin nicht gekommen war, sie zu empfangen.

»Ich soll Ihnen etwas ausrichten, Rani Saheba: Parvati bittet Sie inständig, ihr zu verzeihen, sie kann ihren Mann keinen Augenblick allein lassen. Er ist sehr krank: Er spuckt schon seit einem Monat Blut, und die Tränke des Hakim haben ihm nicht geholfen.«

»Das ist aber traurig«, hatte Selma gesagt und sich bei dem Gedanken gefreut, daß Parvati ihren alten Ehemann endlich los sein würde.

Es stand für sie fest, daß sie Parvati nicht in Badalpur zurücklassen, der Böswilligkeit ihrer Umgebung aussetzen konnte. Sie wollte sie, wie auch Sita, von diesem Alptraum befreien; sie würde einen Weg finden! Das Leben kann nicht zu Ende sein, wenn man vierzehn Jahre alt ist.

Den Rest des Abends verbrachte Selma damit, die Geschenke zu verteilen, die sie in riesigen Koffern von Lucknow mitgebracht hatte. Das hatte anfangs ein Tohuwabohu ausgelöst, das beinahe zu einer Schlägerei ausgeartet wäre, bis die Diener dann laut schreiend und mit Stöcken bewaffnet die Frauen und Kinder in Schach halten und ihnen begreiflich machen konnten, daß alle etwas bekommen würden. Zu guter Letzt kehrten sie dann nach Hause zurück, ihr Geschenk ans Herz drückend, während Selma erschöpft, aber mit sich selbst im Einklang allein dasaß.

Es war schon dunkel, als sie hörte, daß man einen Stein an den Bambusvorhang ihres Zimmers geworfen hatte. Zuerst achtete sie nicht weiter darauf, aber als es zum zweitenmal geschah, ging sie auf den Balkon hinaus.

»Rani Saheba?«

Sie beugte sich erstaunt über die Brüstung, um in der Dunkelheit des Parks die Stimme zu identifizieren, die sie gerufen hatte. »Rani Saheba, ich bin's, Parvati.«

Selma erspähte hinter der Säule, unmittelbar unter ihrem Fenster, die schmale Gestalt ihres Schützlings.

»Parvati? Was machst du hier um diese Zeit? Das ist doch unvorsichtig, die Wächter hätten schießen können. Komm herein, ich werde dafür sorgen, daß man dich durchläßt.«

»O nein, Rani Saheba, es darf niemand wissen, daß ich gekommen bin! Aber ich wollte Sie sehen, ich habe Angst …«

»Du brauchst keine Angst zu haben, Parvati; wenn deinem Mann etwas zustößt, werde ich mich um dich kümmern.«

»Aber, Rani Saheba, sie wollen …«

Selma erfährt nicht, was »sie wollen«, denn beim Anblick eines Wächters ist Parvati verschwunden.

Am folgenden Morgen denkt Selma an dieses Gespräch zurück und kann sich eines unguten Gefühls nicht erwehren. Parvati wirkte zutiefst verstört, und selbst die Versicherungen ihrer Rani hatten sie nicht beruhigen können. Selma sagt sich, Parvati sei doch eine ruhige, vernünftige junge Frau; sie wundert sich, daß sie so aufgeregt war. Man wird sich bei Sita erkundigen müssen, ob sie etwas weiß.

Über dem Land liegt das rosige Licht der letzten Sonnenstrahlen. Vor der kleinen Moschee ruft der Muezzin zum Gebet auf, und aus den Gäßchen eilen Schatten, um Gott für den vergangenen Tag Ehre zu erweisen.

Gegenüber, auf der höchsten Terrasse des Palastes, hat Selma, von Kühle und Frieden umgeben, neben Amir Platz genommen. Sie sind seit jenem Abend bei dem Gouverneur zum ersten Mal allein. Das Drama der vergangenen Wochen erwähnen sie beide nicht, werden es nicht erwähnen. Erklärungen, sich entschuldigen, verzeihen wäre ein unerträgliches, ihrer unwürdiges Geschwätz. Sie sitzen beide nebeneinander an diesem schönen Sommerabend und genießen still die wiedererlangte Ruhe.

In der Ferne, etwas außerhalb des Dorfes, ist die Glut eines Feuers zu erkennen; der Wind weht ihnen in Stößen scharf riechenden, dichten Rauch entgegen.

Selma stützt sich auf einen Ellbogen auf. »Amir, meinst du, sie verbrennen Unkraut, oder ist es eine Feuersbrunst?«

»Weder das eine noch das andere, meine Liebe. Dort liegt die Verbrennungsstätte. Es muß jemand gestorben sein. Man hört doch den Gesang.«

Tatsächlich, ab und zu hört man etwas. Ob es vielleicht Parvatis alter Ehemann ist? Ist die junge Frau endlich frei?

Plötzlich ertönen Stimmen im Park, Geräusche, als ob jemand durchs Gebüsch laufen würde, dann die gellenden Schreie einer Frau. Amir springt auf und ruft die Wache.

Ein paar Augenblicke später erscheinen die Wächter, vier Riesenkerle, die ihre Beute vor sich herstoßen, eine kleine weiße Gestalt, die um sich schlägt und sie beschimpft.

»Sita, was ist geschehen?« fragt Selma. Sie sieht den zerrissenen Sari und das tränenüberströmte Gesicht.

»Parvati, Rani Saheba, Parvati ...«, stößt Sita mit weit aufgerissenen Augen hervor.

»Was ist mit Parvati? Was ist los?«

Selma hat sie am Arm gepackt, bedrängt sie mit Fragen, aber das Mädchen zittert so stark, daß es kein Wort herausbringt. Man nötigt sie in einen Sessel, eine Dienerin besprengt ihr die Schläfen mit eiskaltem Wasser, Selma ergreift sanft ihre Hände.

»Beruhige dich, Sita, du mußt mir sagen, wo Parvati ist.«

Das junge Mädchen stöhnt, und Selma errät mehr, als daß sie sie versteht: »Dort, auf dem Scheiterhaufen ... mit ihrem Mann ... Verbrannt ...«

Amir springt auf.

»Eine Witwenverbrennung! Diese Barbaren wagen es immer noch! Wache, beeilen Sie sich! Versuchen Sie, sie zu retten!«

Die Wächter kommen zu spät: Auf der Verbrennungsstätte finden sie nur noch zwei schwarze Klumpen, die verkohlen, umringt von betenden Menschen.

Am nächsten Morgen hat Selma ein verweintes Gesicht.

»Ich bin sicher, daß man sie gezwungen hat. Selber umgebracht hat sie sich nicht, sie hat das Leben zu sehr geliebt! Und der Tod dieses griesgrämigen alten Mannes war für sie eine Befreiung.«

»Vielleicht, aber wie soll man das beweisen?«

Amir möchte als muslimischer Herrscher die Sitten und Bräuche seiner hinduistischen Untertanen nicht antasten.

»Parvati hat mich um Hilfe gebeten, und ich habe nicht begriffen ... Ich hätte doch niemals gedacht ...«

Selma hat die ganze Nacht kein Auge zugetan bei der Vorstellung, daß Parvati versucht hatte, ihren Henkern zu entkommen, die sie erbarmungslos auf den Scheiterhaufen zutrieben.

»Amir, man muß sie rächen, ein Exempel statuieren, verhindern, daß etwas so Entsetzliches noch einmal geschieht. Rufen Sie die beiden Familien zusammen, befragen Sie sie, irgend einer von ihnen wird schließlich aussagen. Ich flehe Sie an!«

»Ich fürchte, daß Sie sich in dieser Hinsicht Illusionen machen. Aber weil Sie unbedingt wollen, werde ich es versuchen.«

Sie sind alle vor ihrem Herrn versammelt. Einer nach dem andern hat sich ihm zu Füßen geworfen. Und jetzt warten sie stehend, mit niedergeschlagenen Augen – wenn man dem Herrn in die Augen sähe, würde das mangelnde Ehrfurcht bedeuten.

Die Rani sitzt neben dem Radscha. Ihre Anwesenheit, die allen Regeln zuwiderläuft, ist ein beunruhigendes Zeichen dafür, daß diese Vorladung nicht simple Routine ist.

Selma mustert die einzelnen Familienmitglieder genau. Parvati hatte ihr so oft von ihnen erzählt, daß sie ihre Namen nicht zu kennen braucht, um zu wissen, wer es ist. Da präsentiert sich die Schwiegermutter, eine abgemagerte Greisin mit einem Gesicht voller Fältchen; sie sieht wie eine über Hundertjährige aus, hat keine Zähne mehr und einen von Betel rot gefärbten Mund. Dann die beiden Brüder, Tölpel mit ungeschickten Händen, die nicht wissen, wohin damit. Ihre Frauen haben sie nicht mitgebracht; könnten sie etwas aussagen, was ihre Männer nicht besser auszudrücken wüßten? Da ist auch dieser ganz große Kerl, ein geistig Behinderter, der fröhlich lächelt, über den sich Parvati beklagt hatte, weil er in Abwesenheit ihres Ehemannes, seines Vaters, mehrmals versucht hatte, sie zu vergewaltigen.

Auf der anderen Seite die Familie der jungen Frau, eine kleine, gedrängte Gruppe von Eltern, Brüdern und Schwestern. Warum sehen sie so erschreckt aus? Gerade ihnen soll ja Recht widerfahren! Der Radscha hatte wissen lassen, es könnten alle kommen; sie stehen unter seinem Schutz und können sprechen, ohne etwas befürchten zu müssen.

Amir befragt sie über eine Stunde lang. Die Alte weint und schwört, sie habe alles versucht, um ihre Schwiegertochter davon abzuhalten, aber diese sei über den Tod ihres Gatten so verzweifelt gewesen – sie habe ihn ja zutiefst verehrt –, daß sie einen Augenblick, wo niemand aufpaßte, benutzt habe, um sich auf den Scheiterhaufen zu stürzen. Die Männer hätten unter Einsatz ihres Lebens versucht, sie zu retten. Umsonst. Parvati sei wie eine Fackel verbrannt. Bei dieser schrecklichen Vorstellung beginnt die Alte zu stöhnen, rauft sich das Haar und ruft die Götter an, bis ihr der Radscha unwirsch bedeutet, sie solle schweigen.

Selma verfolgt diese Komödie höchst erstaunt. Es war ja nicht zu erwarten gewesen, daß Verbrecher sich selbst bezichtigen. Die Wahrheit hätte von der Familie des Opfers ausgehen müssen. Doch zu ihrer Verwunderung schweigt die Familie beharrlich. Schließlich gesteht eine Schwester, die man mit Fragen bedrängt hat, Parvati habe ihr ihren Plan anvertraut. Die anderen brechen in Tränen aus und bekräftigen ihre Aussage.

Selma ist überzeugt, daß sie lügen. Noch Schlimmer, sie lügen und wissen, daß sie es weiß. Es ist ihr nicht entgangen, wie die Brüder des Verstorbenen sich Blicke zuwarfen: Sie machen sich über sie lustig, sie machen sich über ihren Herrn lustig.

Sie neigt sich blaß zu Amir hinüber.

»Wie kann man sie denn zum Reden bringen?«

»Sie reden nur, wenn man sie schlägt, aber das lehne ich ab. Andere Fürsten haben mir versichert, ein menschliches Verhalten und die Ausübung der Macht seien unvereinbar. Ich habe solche Ansichten immer abgelehnt; aber nach und nach frage ich mich, ob sie nicht richtig sind ... Denn heute verliere ich vor diesen Bauern das Gesicht, weil ich keine Gewalt anwende, um sie zu Geständnissen zu zwingen.«

Es kommt also nicht zu einem Urteil. Nach vielen Verbeugungen und Treuebezeigungen gehen die Bauern nach Hause.

Amir geht wütend auf und ab und spielt mit seiner Reitgerte.

»Ich wußte, daß es so abläuft, aber Sie hätten es mir ja nicht geglaubt, deshalb bin ich Ihrem Wunsch nachgekommen. Natürlich war es falsch.«

»Warum hat Parvatis eigene Familie gelogen?«

»Was hätte es der Familie genützt, wenn irgendwer zu einer Aussage bereit gewesen wäre? Die Tochter ist tot, ist durch Worte nicht mehr zum Leben zu erwecken. Von nun an ist die Erinnerung an sie geheiligt; ihr Heroismus reinigt die Ihren über sieben aufsteigende und sieben absteigende Generationen hinweg. Hätten sie zugegeben, daß sie sich nicht freiwillig geopfert hätte, würde das nicht wirksam, und sie hätten zugeben müssen, sie sei eine schlechte Ehefrau gewesen. Das hätte dem Ruf der Familie geschadet und eine Verheiratung ihrer jüngeren Schwester erschwert. Das Klügste war, den Mund zu halten. Um so mehr, als die Gegenpartei, wenn sie etwas ausgesagt hätten, nicht untätig geblieben wäre. Sie hätte sich gerächt, sobald ich ihnen den Rücken gekehrt hätte. In unseren Dörfern verstößt man nicht ungestraft gegen die Gesetze der Gemeinschaft, selbst wenn man das Recht auf seiner Seite hat.«

»Dann können Sie also ... nicht verhindern, daß andere Frauen Parvatis Schicksal erleiden?«

Amir dreht sich wütend um.

»Das sind eben hinduistische Bräuche, wer bin ich denn, daß ich sie ändern könnte? Soll ich meine Bauern quälen und zwingen, tausendjährige Traditionen aufzugeben, ihnen eine ›modernere‹ Moral verordnen? In wessen Namen?«

»Aber Amir, es ist doch klar ...«

»In diesem Land ist nichts klar. Glauben Sie denn, ich hätte nicht über all das nachgedacht? Zuerst war ich, wie Sie, der Meinung, man müsse nur ehrlich sein, dann gebe es für alle Probleme eine gerechte Lösung. Aber das stimmt eben nicht, es wäre viel zu einfach, wenn man nur zwischen Gut und Böse zu wählen hätte!«

Er stützt den Kopf in die Hände.

»Wer weiß schon, was Gut und Böse ist? Nur die Idioten … und Gott …

Aber wir, die Fürsten und Könige, die mit der Führung des Volkes betraut sind, haben wir etwa dieses Wissen? … Wir sind Hochstapler; im Grunde wissen wir überhaupt nichts.«

In den Tagen nach dieser Witwenverbrennung und dem Prozeß, der keiner war, versinkt Amir in zornige Melancholie.

Mit um so größerer Erbitterung läßt er eine Gruppe von Agitatoren verjagen, die dem Mahasabah angehören, einer extremistischen Organisation, die für die Konversion der Muslime zum Hinduismus wirbt.

Die Dorfältesten hatten ihren Radscha besorgt konsultiert, worauf dieser sehr wütend wurde.

»Politisch Militante? Ja, Verbrecher, die den Haß zwischen den beiden Glaubensgemeinschaften schüren. Bei mir wird es keinen Religionskrieg geben!«

Er gab der Wache den Befehl, die Männer, gefesselt wie gemeine Verbrecher, über die Staatsgrenze abzuschieben.

Selma hat noch nie erlebt, daß Amir so außer sich war.

»Die Kongreßpartei, die sich selbst weltlich nennt, läßt diese Leute ihr Unwesen treiben. Sie spielt mit dem Feuer. Und Gandhi ermutigt sie, ohne sich darüber Rechenschaft abzulegen, indem er die Rückkehr zur hinduistischen Religion als einzig wirksame Waffe gegen die Besatzungsmacht proklamiert. In seinem Bemühen, in Indien Ramas* Reich, das die Hindus mit dem Reich der Tugend gleichsetzen, wiederherzustellen, übersieht er die Unruhe von 85 Millionen Muslimen, die sich mehr und mehr in ihrer inneren Existenz bedroht fühlen.«

Er seufzt.

»Eine verworrene Situation! Zu Beginn der zwanziger Jahre wurde der Mahatma von den meisten Muslimen bewundert und fand ihre Zustimmung, heutzutage betrachten sie

* Der Gottkönig der brahmanischen Mythologie.

ihn als Heuchler, der zwar von Einheit redet, in Wirklichkeit aber die Herrschaft der hinduistischen Mehrheit über die muslimische Minderheit fördert.«

Selma fährt empört auf.

»Das ist doch lächerlich! Der Mahatma ist ein heiliger Mann; alle, die ihn persönlich kennen ...«

»Beruhigen Sie sich, meine Liebe. Es geht hier nicht um moralische Urteile. Auch spielt es keine Rolle, ob Gandhi sich täuscht oder ob er die anderen täuscht: Die Folgen werden in jedem Fall genauso schrecklich sein. Das Problem besteht darin, daß seine Aktivität auf Großzügigkeit, Toleranz und universale Liebe gegründet ist. Aber wo gibt es Liebe, wo gibt es Toleranz in diesem Land? Es vergeht kein Tag ohne Aufruhr, Vergewaltigungen und Morde. Die Muslime fürchten die Hindus und verachten sie; die Hindus träumen davon, sich für die seit sechshundert Jahren bestehende muslimische Herrschaft zu rächen und ihre einstigen Herren zu massakrieren ... Sogar die christliche Minderheit ist unruhig: sie spricht von Konversionen, die unter Anwendung von Gewalt vor sich gegangen sind, und ist entschlossen, nach dem Muster der Moslems ein gesondertes Wahlrecht zu fordern, damit ihre Stimmen nicht in der großen Masse untergehen.«

Die Diskussion setzt sich bis spät in die Nacht fort. Wenn Amir den Mahatma erwähnt, hört Selma am Klang seiner Stimme die enttäuschte Liebe heraus; er ist nicht der erste, bei dem sie diese Erbitterung beobachtet hat. Sie wundert sich: Haben sich diese Menschen Gandhi angeschlossen, weil sie glaubten, die Religion sei ein Mittel, politische Ziele zu erreichen? Haben sie denn nicht begriffen, daß der Mahatma nur das Höchste, Wesentliche ins Auge faßt?

XVI

Es ist noch früh am Morgen. Selma sitzt allein auf der runden Terrasse, die sich an ihr Zimmer anschließt. Amir ist vorgestern aufgebrochen, um die am weitesten entfernten

Dörfer zu besuchen. Er hatte diesen Entschluß zur großen Überraschung der öffentlichen Würdenträger und trotz der ablehnenden Haltung seiner Berater gefaßt: War das nicht unter der Würde eines Radschas? Man wird ihm keine Achtung mehr entgegenbringen! Das hat es noch nie gegeben, daß ein Herrscher sich zu seinen Untertanen begibt. Die Bauern können sich, wenn sie eine Bitte vorzubringen haben, in den Palast bemühen; sie wissen, daß tagtäglich Tür und Tor für sie offenstehen.

Aber die Ärmsten, gerade die, die wirklich Hilfe brauchen, wo sollen sie die paar Rupien für die Reise hernehmen? Und woher sollen sie die Zeit nehmen, wenn sie den ganzen Tag auf dem Land eines Nachbarn arbeiten müssen, bei dem sie sowieso in der Kreide stehen? Und im übrigen ist dieser Nachbar oft ein Wucherer und gleichzeitig Dorfvorsteher; solche Leute wissen zu verhindern, daß die anderen sich beklagen.

Deshalb tauchen auch bei den öffentlichen Audienzen des Radschas vor allem irgendwelche Notabeln auf: Lehrer, Kaufleute und Vertreter der Panchayats, des Dorfrates; fast niemals einfache Bauern und schon gar keine Landarbeiter. »Sie wollen eben keine Reise unternehmen«, argumentieren die Notabeln, »sie bitten uns darum, Ihnen ihre Probleme vorzutragen.«

Aber der Radscha hat sich entschlossen, diese Reise zu machen.

In der Morgendämmerung, noch halb im Schlaf, hört Selma, wie Amir zu Pferd aufbricht. Es hat geregnet, die Erde duftet. Amir war stolz auf sie und mit ihr zufrieden, weil sie ihn dazu ermuntert hatte, diese Rundreise zu unternehmen. Er rechnet damit, eine Woche unterwegs zu sein, und hat ihr das Versprechen abgenommen, den Palast in dieser Zeit nicht zu verlassen.

»Ich fürchte, daß die Leute vom Mahasabah sich rächen wollen. Ich habe die Wache verdoppelt, bitte Sie aber, nicht über den Park hinauszugehen.«

Das hatte sie versprochen, und er war beruhigt aufgebrochen, nachdem er dem Diwan, dem alten Rajiv Mitra, noch einige Weisungen erteilt hatte.

Es ist wunderbar kühl. Selma liegt wohlig ausgestreckt auf ihrer Chaiselongue. Im Osten wird der Himmel langsam malvenfarben. Diesen Augenblick, wo das Land in seiner Reinheit wieder aus der Nacht auftaucht, mag sie besonders. Sie will sich gar nicht bewegen. Sie atmet kaum, will diese Stille nicht stören. Plötzlich läßt ein Schrei sie auffahren, gutturale Laute. Vor der Moschee haben sich Männer versammelt und fuchteln mit erhobenen Armen wild in der Luft herum. Vom anderen Ende des Dorfes her hört man, gleichsam ein Echo, andere, gellende, wütende Schreie, der Gong des Tempels erschallt ununterbrochen.

Was ist los? Ist jemand gestorben? Ist jemand ermordet worden? Sie schickt sofort Leute aus, die sich erkundigen sollen.

Sie hat den Diwan wecken lassen und steigt mit ihm zusammen auf die höchste Terrasse. Von da aus kann man das ganze Dorf überblicken. Die Neuigkeit – ganz gewiß etwas Furchtbares – hat sich schon herumgesprochen. In wenigen Minuten haben sich die verschlafenen Strohhütten in Verschanzungen verwandelt. Die Männer machen sich in den Höfen zu schaffen, die Frauen packen sie an den Armen, scheinen sie anzuflehen, die Kinder, erschreckt von diesem ungewöhnlichen Durcheinander, hängen sich schreiend an die Röcke ihrer Mütter.

Der Wächter, der zur Erkundung ausgeschickt wurde, kommt mit weit aufgerissenen Augen zurück, im Laufschritt.

»Die Moschee ist entweiht worden: Man hat in ihr eine Sau und vier Ferkel gefunden … Das haben die Hindus, die sicher von den Mahasabah-Leuten angestiftet wurden, angerichtet … Die Männer greifen zu den Waffen, toben vor Wut und wollen sich rächen.«

Kaum hat er diese Meldung erstattet, treffen die Wachleute ein, atemlos.

»Die Hindus machen Krawall, sie haben im Tempel eine geschlachtete Kuh gefunden … Sie haben geschworen, alle Muslime zu töten!«

In der Tat formieren sich in den kleinen Gassen Gruppen,

die von Minute zu Minute größer werden. Die Männer nehmen Aufstellung um den Tempel und die Moschee: junge, alte, alle, die überhaupt in der Lage sind, einen Stock oder eine Gabel zu schwingen, sind dem Aufruf gefolgt.

»Diwan, man muß irgend etwas tun, augenblicklich, sonst schlachten sie sich ab!«

Selma hat sich dem Premierminister zugewandt. Er ist für die Ordnung verantwortlich, wenn der Radscha nicht da ist, er muß ein Mittel finden, wie man diesem Wahnsinn begegnen kann!

Der alte Mann läßt den Kopf hängen.

»Was soll man tun, Hozur? Es sind mindestens fünfhundert, und wir haben hier nur etwa vierzig Wächter, die im Palast bleiben müssen, um ihn bei Gefahr zu verteidigen.«

Selma ist empört.

»Der Palast? Wer bedroht denn den Palast? Los, schicken Sie sie ins Dorf, wie haben keinen Augenblick zu verlieren.«

Der Diwan starrt auf seine goldenen Pantoffeln.

»Es sind zu wenige, Hozur, sie würden in den sicheren Tod laufen. Nur der Radscha könnte eine solche Entscheidung treffen.«

»Und wenn Hunderte von Bauern, Frauen und Kindern sterben, bedeutet das gar nichts? Wollen Sie einfach ruhig zusehen, wie sie sich gegenseitig umbringen? Nehmen Sie sich in acht, Diwan. Ich möchte nicht an Ihrer Stelle sein, wenn der Radscha erfährt, was sich abgespielt hat ...«

Der Minister begreift die Drohung, sein Gesicht verzerrt sich.

»Ich werde die Polizei von Larimpur benachrichtigen«, stottert er, »sie ist nur fünfundzwanzig Meilen entfernt, und ...«

»Und wenn sie kommt, ist es zu spät, das wissen Sie doch. Es ist gar nicht zu überhören!«

Der Lärm nimmt immer mehr zu. Von den beiden entgegengesetzten Enden des Dorfes her setzen sich geballte Gruppen in Marsch. In ein paar Minuten werden sie sich gegenüberstehen.

»Die einzige Chance ...«, murmelt der Minister.

»Also gut, dann gehe eben ich!« schreit Selma. »Ich will versuchen, ihnen gut zuzureden. Sie mögen mich ja, vielleicht hören sie auf mich.«

»Nein, Hozur, das kommt nicht in Frage! Die Leute haben die Kontrolle über sich verloren, sie sind imstande, Sie umzubringen!«

»Ich begleite Sie, Hoheit.«

Ein großer Mann mit riesigem Schnurrbart tritt aus der Gruppe der Wachleute vor. Es ist Said Ahmad, der Hauptmann.

»Danke, Hauptmann. Nehmen Sie noch einen Ihrer Leute mit, und eine Trommel.«

»Zu Befehl.«

Er zögert einen Augenblick, dann: »Ich möchte Ihnen mitteilen, daß ich auf meine Verantwortung Boten zu dem Radscha Sahab gesandt habe. Er wird vermutlich in ein paar Stunden mit Verstärkung zurück sein.«

Die smaragdgrünen Augen lächeln ihm zu.

»Ich werde mich an Sie erinnern, Hauptmann. Und an Sie auch, Diwan!«

Die drei Pferde galoppieren durch den Staub. »Rasch, Baghira, schneller!« Selma stemmt die Sporen in die dunklen Flanken des Vollbluthengstes, der sich aufbäumt, denn er ist solche Gewalt von seiner Herrin nicht gewohnt.

Sie reiten an der Moschee vorbei, ohne einen Menschen anzutreffen. In den Gäßchen, wo es gewöhnlich von Kindern wimmelt, sitzen nur die gelben Hunde. Die Türen der Häuser sind geschlossen, man könnte denken, das Dorf sei ausgestorben, wäre nicht dieser Lärm, der immer lauter wird.

»Hoheit, wir müssen quer über die Felder, sonst verkeilen wir uns in der Menge und kommen nicht durch.«

Über die Schlammlöcher hinweg erreichen sie endlich die Hauptstraße, eine lange, gerade Strecke aus festgestampfter Erde, die den muslimischen Teil von Badalpur mit dem hinduistischen verbindet.

Gerade noch rechtzeitig.

Vor ihnen schwingen zwei Horden von Männern Kreuzhacken und Sensen, Spieße und Keulen. Sie sind zerlumpt, barfuß, haben schwielige Hände, und jetzt bricht das ganze Elend, bricht Haß, Verachtung aus ihnen heraus. Sie sind nur noch einige Schritte voneinander entfernt. Gleich werden die ersten Steine fliegen: Ja! Zertrümmert ihnen den Schädel! Ja! Rammt ihnen Pfähle in die Brust! Ja! Sie sollen krepieren! Alles egal! In diesem Augenblick sind sie keine Bettler mehr, Fürsten sind sie!

Aber was ist das für eine Trommel, die da ertönt und den Rachefeldzug stört? Ein schwarzer Teufel ist in den Raum eingedrungen, der sie noch voneinander trennt, und auf ihm sitzt eine weiße Gestalt ... Sie erstarren, erkennen ihre Rani. Ein paar Augenblicke ... Sie weiß, daß sie nur noch wenige Augenblicke hat, um sie für sich zu gewinnen, um ihr Erstaunen auszunutzen, diese Stille, die sie plötzlich gefangennimmt und stoppt.

»Hört auf!« schreit sie. »Man hat euch betrogen. Die Politiker versuchen, euch gegeneinander aufzuhetzen, sie haben Verbrecher bezahlt, die eure heiligen Stätten besudelt haben. Geht ihnen nicht in die Falle!«

Dann, mit einer Stimme, in die sie die ganze Überzeugungskraft, deren sie fähig ist, legt: »Ihr habt doch immer friedlich zusammengelebt, wie vor euch eure Väter und Ahnen. Es besteht gar kein Grund, sich jetzt zu bekämpfen. Was wird aus euren Frauen und Kindern, wenn ihr euch gegenseitig umbringt? Sie bleiben allein, im Elend, zurück. Und was wird aus euren Söhnen?«

Zögernd mustern sie die schlanke Gestalt auf dem dunklen Tier. Sie begreifen überhaupt nichts. Wovon spricht sie denn? Von welchen Politikern? Von welchen Verbrechern? Und was ihre Söhne angeht, soll sie sich nicht einmischen.

»Gerade für sie wollen wir ja kämpfen, damit sie würdig leben können, ohne immer Angst zu haben!«

Wer hat das gesagt? Ein Hindu oder ein Muslim? Von beiden Seiten ertönt Zustimmung. Unmerklich macht das Zögern dem Mißtrauen Platz. Selma versucht noch einmal zu Wort zu kommen, aber der Zauber ist gebrochen. Sie nimmt rund um sich herum lauter feindliche, ja drohende Gesichter wahr.

»Meine Freunde …«

Sie wird niedergeschrien, und dann hört sie plötzlich, lauter als alle andern, eine Stimme: »Raus, du Fremde! Wir wollen unsere Probleme selber lösen!«

»Fremd? …«

Sie hat das Gefühl, man habe ihr einen Faustschlag versetzt, es flimmert ihr vor den Augen. Ein alter Mann hat die Zügel ihres Pferdes ergriffen.

»Gehen Sie, Hoheit, Sie können nichts ausrichten. Die könnten Ihnen etwas antun.«

Ihr etwas antun … Sie möchte in Lachen ausbrechen. Ihre Augen füllen sich mit Tränen.

Sie ist später gar nicht mehr imstande, sich zu erinnern, wie sie sich aus der Menge befreit hat und in den Palast zurückgekehrt ist. Sie weiß nur noch, daß jemand die Trommel entzweigeschlagen hatte und daß der Hauptmann darüber sehr erschrocken war.

Seit Stunden tobt der Kampf. Selma, völlig erschöpft, hört in ihrem Zimmer nur mehr ein fernes Getöse, manchmal einen Schrei, einen heulenden Hund. Und dann wieder, entsetzlich, unerträglich, diese Augenblicke der Stille …

Sie hat kein Zeitgefühl mehr, zählt weder die Minuten noch die Meilen, die Amir jetzt wahrscheinlich im Galopp zurücklegt. Sie wartet nicht mehr auf ihn: Es ist zu spät. Sie will sich auf diese makabren Überlegungen nicht mehr einlassen: Wie viele sterben in jeder Stunde, wie viele leben noch …

Alles ist zerstört, das ist ihr klar, ihr Dorf, ihr Indien. Diejenigen, die sie liebte, von denen sie sich geliebt glaubte, sind nicht mehr da. Ihr ist kalt. Die Fremde …

Man hört Schüsse. Was ist denn jetzt wieder los? Der Diwan tritt mit strahlendem Gesicht ein.

»Der Herr ist zurück, Hozur.«

»Wo ist er? Wer schießt?«

Der alte Mann richtet sich auf und schenkt ihr ein breites Lächeln.

»Der Radscha Sahab schießt! Er ist mit einer Hundertschaft ins Dorf geritten. Die werden's nicht mehr lange machen!«

Selma ist aufgesprungen, bringt kaum mehr ein Wort über die Lippen.

»Was? Wieso denn? Warum auf die Leute schießen? Er hätte doch nur mit ihnen sprechen müssen, sie würden ihm zugehört haben!«

»Er hat es versucht, Hozur, aber die Bauern sind vollkommen verrückt und hören auf niemanden mehr. Man muß eben ein paar umbringen. Das ist die einzige Art und Weise, sie gefügig zu machen. «

Eine Salve nach der anderen, trocken, unerbittlich. Selma krümmt sich auf ihrem Bett zusammen und hält sich die Ohren zu. Vergeblich. Bei jedem Knall fährt sie hoch, jede Kugel durchbohrt sie. Amir, auf den sie gehofft hatte, der die Leute hätte retten können, beteiligt sich an dem Massaker, verschlimmert es. Wie grausam! Er hätte die beiden Parteien beruhigen können, sie ist überzeugt davon, aber er hat sich für ein gewaltsames Vorgehen entschieden, was einfacher und wirksamer ist ... Er, der die Gewaltsamkeit seiner fürstlichen Freunde immer kritisiert hatte, ist trotz seiner schönen Reden von Menschlichkeit, die er im Munde führt, nicht besser als sie! Sie haßt ihn. Er hat diese Menschen verraten, bei denen er Vaterstelle vertrat, er hat die Zuversicht und den Ehrgeiz, den sie beide hatten – den Staat Badalpur zu entwickeln, die mittelalterlichen Verhältnisse abzuschaffen und ihren Untertanen ein besseres Leben zu gewährleisten –, verraten.

Das wird sie ihm nie verzeihen.

An diesem Morgen bestattet das Dorf in düsterem Schweigen seine Toten. Die Gäßchen sind leer. Manchmal schleicht ein grauer Schatten von einem Haus zum andern, um sich nach einem Verletzten zu erkundigen oder einem Verstorbenen die letzte Ehre zu erweisen.

Selma blickt von ihrem Balkon reglos auf diesen Ort hinunter, den sie so geliebt hat, dessen Hütten sie kennt und in den sie, das ist ihr klar, nie mehr zurückkehren wird.

Heute abend reist sie. Rashid Khan ist von Lucknow gekommen, um sie abzuholen. Amir hat sie nicht gesehen. Am Abend hatte sie sich in ihr Zimmer eingeschlossen. Aber ihr Zorn ist jetzt verraucht, sie empfindet nur mehr eine große Müdigkeit und einen stechenden, pochenden Schmerz in den Schläfen. Raus mit der Fremden!

Sie weint nicht mehr. Schon in Beirut, im Kloster der Schwestern von Besançon, hielten die Schülerinnen Distanz, weil sie »die Türkin« war. Seit dem Exil ist sie überall ... »die Fremde«.

Aber hier, in Badalpur, war es ja anders. Sie hatte das Gefühl, wieder eine Heimat gefunden zu haben; die Bauern gehörten gewissermaßen zur Familie. Sie hatte den Eindruck, daß man sie akzeptierte ...

Sie spürt eine Hand auf ihrer Schulter.

»Seien Sie nicht traurig, Prinzessin, Sie werden sehen, alles wird sich zum Guten wenden.«

»Ich danke Ihnen, Rashid Bai«, antwortet Selma, ohne sich umzudrehen. »Wenn Sie da sind, scheint tatsächlich alles besser zu werden.«

»Sehen Sie, wir bekommen Besuch.«

Eine kleine Gruppe von alten Männern in blitzsauberen Dhotis* kommt durch den Park auf den Palast zu.

»Hindus und Muslime! Mir scheint, es ist eine Delegation. Weshalb sie wohl kommen?«

Amir ist von den Wachleuten benachrichtigt worden und steht auf der Freitreppe. Die Männer haben sich hingekniet und küssen den Boden vor den Füßen des Radschas, der sie umarmt und aufrichtet. Dann beginnt der Älteste zu reden, feierlich, während seine Gefährten beifällig murmeln und den Kopf schütteln. Er spricht eine ganze Weile, und Selma bemerkt mit Erstaunen, daß Amir bewegt ist. Er dankt ihnen ernst und läßt Tee servieren; sie trinken ihn schweigend.

* Lendenschurz aus weißer Baumwolle.

»Als ob sie ein Bündnis erneuern wollten«, sagt Selma und dreht sich zu Rashid um.

»Es sieht fast so aus.«

Auch er ist verwirrt, fast verstört.

»Sie sind gekommen, um ihrem Radscha zu danken, daß er den Aufruhr unterdrückt hat, daß er so gehandelt hat, wie sie es von ihm erwartet hatten. Sie sagen, sie seien jetzt überzeugt, einen Herrn zu haben, der beide Religionsgemeinschaften unparteiisch beschützen könne. Sie baten ihn um Verzeihung, daß sie an ihm gezweifelt hätten, daß sie manchmal gedacht hätten, seine Vorstellungen seien allzu englisch. Jetzt seien sie glücklich. Der Staat Badalpur habe einen Herrn, der sich um ihre Kinder und Enkel kümmern werde, nun könnten sie in Frieden sterben.«

Selma ist sprachlos.

»Wie! Sie sind gekommen, um ihm zu danken, daß er auf sie hat schießen lassen?«

»Prinzessin!« Rashid sieht sie vorwurfsvoll an. »Seien Sie nicht so hart. Ich weiß, was es ihn gekostet haben muß, diese Entscheidung zu treffen. Denn sie widerspricht seinen Überzeugungen, widerspricht all dem, was er immer vertreten hat. Aber um dem Gemetzel ein Ende zu bereiten, um Frauen und Kinder zu retten, mußte er die Rädelsführer erschießen lassen. Armer Amir! Es gibt nichts Schlimmeres, als wenn man gegen seine eigenen Überzeugungen, gegen das, was man für richtig erkannt hat, handeln muß. Ich bewundere seinen Mut. Ich glaube nicht, daß ich selbst soviel Mut aufgebracht hätte …«

XVII

Sie ist allein, der Sphinx gegenüber, die ihr mit gleichgültiger Stimme das letzte Rätsel vorlegt: »Was ist besser: Tot sein in einer lebendigen Welt oder in einer toten Welt leben?« Sie ist wie gebannt von diesem steinernen Gesicht, versucht sich zu sammeln, wird aber, dieser Leere ausgesetzt, immer unruhiger.

Selma wacht schweißüberströmt auf. Sie hat die Frage der Sphinx so deutlich im Ohr, daß es kein Traum sein kann. Oder es ist ein Traum, wie man ihn in der Antike verstand: Eine Botschaft der Götter.

Und plötzlich erinnert sie sich an den letzten Satz der Rani Saida, der sie ihren Kummer anvertraut hatte, bevor sie Badalpur verließ: »Glück bedeutet, daß man liebt; das ist wichtiger, als geliebt zu werden.«

Sie hatte das nicht begriffen, sie, die in jungen Jahren so darunter gelitten hatte, daß sie liebte, ohne geliebt zu werden. Die Gleichgültigkeit ihres Gatten könnte sie ja noch ertragen, aber nun ist sie auch in Badalpur gescheitert …

Sie hatte gehofft, sie könnte das Leben der Bauern zum Guten verändern. Aber sie ist abgewiesen worden.

»Was stellen Sie sich denn vor?« hatte Rani Saida in herzlichem Ton zu schimpfen begonnen. »Auch wir, Amir und ich, sind für diese Leute Fremde. Wir würden es auch bleiben, wenn wir aus unseren Palästen auszögen und leben würden wie sie, um sie besser zu verstehen und ihnen wirksamer zu helfen. In ihren Augen wäre das übrigens eine Komödie, eine Beleidigung. Auch wenn wir alles verlieren würden, könnte nichts unsere Vergangenheit auslöschen: Sie würden uns nach wie vor mißtrauen und hätten sogar recht!

Sehen Sie doch ein, mein Kind, es ist noch immer eine Art Luxus, sein Leben ändern zu wollen. Wir denken, wir seien uns das schuldig, und wundern uns, wenn wir auf Ablehnung stoßen. Denn auch als Prinzessin ohne Vermögen bleiben Sie Prinzessin, und der Bauer, der zu Geld kommt, ist nach wie vor ein armer Hund. Das wissen diese Leute ganz genau, und weil dieser Graben unüberwindlich ist, sind sie uns böse. Er könnte nur beseitigt werden, wenn sie uns alle umbrächten. Das ist das radikale Mittel, Unterschiede aufzuheben.«

Selma macht große Augen. »Rani Saheba, ich wußte nicht, daß Sie so revolutionär gesonnen sind!«

»Ach; aber ich bin entschieden konservativ! Ich bin überzeugt davon, daß der Herr uns an einer bestimmten Stelle das Licht der Welt hat erblicken lassen, damit wir eine bestimmte Rolle spielen, und daß Versuche, diesen göttlichen Plan zu durchkreuzen, zum Scheitern verurteilt sind. Ich sage ja nur, wenn das Volk die Stellung einnehmen will, die wir jetzt noch haben, müßte es gewisse Maßnahmen ergreifen und sich nicht mit Gerede und ein paar Aufständen zufriedengeben. Wenn es in der Lage ist, sich die Eigenschaften zu erwerben, die für eine Machtübernahme erforderlich sind, und wenn es sie bewahren kann, kommt ihm diese Macht auch zu. Und der Allmächtige, der allseits Gerechte, wird diese kleine Veränderung auf der unendlichen Stufenleiter universaler Variationen zur Kenntnis nehmen.«

»Aber wie können diese Menschen gewissermaßen aus dem Nichts dahin gelangen?«

Die Rani bricht in Lachen aus.

»Aus dem Nichts? Das ist die typische Herablassung der Wohltätigen! Haben Sie nicht selbst gesagt, das seien Menschen wie wir auch? Und wie haben wir erreicht, was wir erreicht haben? Ein paar Jahrhunderte früher waren wir selber arme Leute ... Die brauchen vielleicht lange, aber wenn es ihnen gelingt, ist das ein Beweis dafür, daß *sie* ein Recht auf Macht haben, ist es zudem der Beweis, daß *wir* nicht mehr über die Eigenschaften verfügen, die uns ermöglicht haben, zu siegen und zu herrschen.«

Dann hatte sie die Unterhaltung mit dem Wunsch beschlossen, daß sie diesen Tag nicht mehr erleben müsse, wo die bereits offenkundige Degeneration der Klasse, der sie angehöre, ihr letztes Stadium erreicht haben werde.

»Denn Gott ist gerecht; es fallen nur die faulen Früchte vom Baum.«

Selma hört, wie Amir im Salon nebenan mit seinem Schwager diskutiert.

»Diesmal hat Gandhi wirklich den Kopf verloren!« sagt Rashid Khan. »Wissen Sie, was er in der letzten Nummer von Harijan* über die Judenverfolgungen geäußert hat? Er

* »Kinder Gottes«. So nannte Gandhi die Unberührbaren, und das war auch der Titel der Zeitung, die seine Bewegung vertrat.

rät den Juden zur Gewaltlosigkeit, das sei das einzige Mittel, die Nazis zu besiegen!«

»Die armen Juden! Ich hoffe, sie wehren sich. Nicht auszudenken, was passiert bei einer Haltung à la Gandhi angesichts dieser Hitlerleute! Es würde ganz einfach zu einem Blutbad kommen.«

»Beunruhigend ist ja auch, daß wir selber eine Art Nazis haben ...«

Rashid Khans Stimme klingt sehr ernst.

»Haben Sie die Erklärung des Mahasabah anläßlich seines Kongresses in Nagrur gehört? Sie behaupten, die Muslime in Indien seien, wie die Juden in Deutschland, eine Minderheit, der keine Rechte zuständen. Gandhi hat sie nicht verurteilt, er wendet sich auch nicht gegen die Prozessionen, die ›Indien den Hindus‹ fordern. Ich weiß nicht, was er sich eigentlich dabei denkt, mir ist nur klar, daß die Muslime allmählich in Panik geraten, und das sind immerhin 85 Millionen, eine Menge, die man nicht einfach übergehen kann; mir scheint, das könnte ein böses Ende nehmen.«

»Könnte ...?« Selma schüttelt den Kopf. »Das nimmt mit Sicherheit ein böses Ende!« Sie hat die Gewalttätigkeiten, den Haß zwischen den Bauern, die jahrhundertelang friedlich zusammenlebten, nicht vergessen. Eine plumpe Provokation gab Anlaß zu Mord und Totschlag. Solche Provokationen wird es in zunehmendem Maße geben, weil man dadurch politische Entscheidungen entweder erzwingen oder verhindern will. Es ist einfacher, die Lage zu seinen Gunsten zu wenden, wenn man ahnungslose Menschen manipuliert. Wie sehr bietet sich eine solche Technik an!

Aber warum kümmert sie sich um all das? Sie hat darauf keinen Einfluß. Sie könnte vielleicht etwas unternehmen, wenn sie wenigstens Inderin wäre, aber – das hat man ihr ja mehr als deutlich gemacht – sie ist nur eine Fremde ... Und eine Fremde soll sich bei der jetzt herrschenden explosiven Situation in Indien nicht in die Politik einmischen, keinesfalls aber versuchen, überkommene Bräuche, die die Grundlage des sozialen Gleichgewichts darstellen, zu ändern. Nur Barmherzigkeit ist ihr erlaubt, alles andere wirkt wie Dynamit.

Sie hatte es sich nicht eingestehen wollen, aber jetzt kann sie sich der Einsicht nicht mehr verschließen: Das waren nicht nur ein paar Bauern, die etwas gegen sie hatten. Die Leute haben nur schonungslos ausgedrückt, was alle schon lange dachten. Sie ruft sich die zusammengezogenen Augenbrauen, die zusammengepreßten Lippen in Erinnerung, wenn sie – natürlich ganz behutsam – gewisse Bedenken in bezug auf diese oder jene Tendenz in der indischen Gesellschaft verlauten ließ. Es war auch einmal die Bemerkung gefallen, wenn es ihr hier nicht passe, solle sie doch nach Hause fahren. Wenn sie diese kleinen Zwischenfälle aneinanderreiht und auch Amirs Ratschläge bedenkt: sie solle sich zurückhalten – was ihr als Kleinmütigkeit erschienen war –, begreift sie, daß er sie vor ihrer Begeisterung, ihrer Aufrichtigkeit schützen wollte. Diese Eigenschaften werden in Indien als schwere Verstöße betrachtet, weil sie die von den Göttern gewollte Ordnung bedrohen.

»Rani Saheha, die Stoffverkäuferinnen sind da.«

»Wer?«

Sie braucht ein paar Augenblicke, um sich wieder zurechtzufinden.

»Ach ja! Die Stoffverkäuferinnen ... Sie sollen hereinkommen!

Der Bereich der Frau! Sie hatte ihn beinahe vergessen ... Nun gut, wenn man ihr sonst alles versagt, wird sie sich eben für diesen ... Putz, die Mode, interessieren!

In ein paar Minuten ist der Boden von unzähligen Mustern aus Organdy, Satin und durchwirktem Samt bedeckt – das Beste vom Besten, was es in Europa gibt. Denn in Indien sind die Werkstätten, in denen Stoffe hergestellt wurden, die als hervorragend galten, schon seit langer Zeit geschlossen: Die englischen Spinnereien duldeten keine Konkurrenz.

Die Rani von Nampur, die gerade von einer Reise zurückgekehrt ist, ist gekommen, um ihre Freundin bei der Auswahl zu beraten. Auswahl? Selma zeigt mit glänzenden Augen auf diesen und jenen Stoff, auf so viele, daß sie alle Damen im Palast einkleiden kann. Die Rani hat sie noch nie so erregt erlebt; Selma zögert keinen Augenblick, bestellt fieberhaft, und auf den Ruhebetten häufen sich zur großen Freude der Verkäuferinnen Berge von Seidenstoffen.

»Was wollen Sie denn mit all dem anfangen?«

»Kleider werden daraus geschneidert. Was gibt es in diesem Land sonst anderes zu tun?«

Rani Shahina kommt nicht dazu, ihr zu antworten, denn jetzt werden die Juweliere gemeldet. Die besten, die es hier gibt. Die Qualität ihrer Edelsteine und vor allem die vortreffliche Verarbeitung sind in ganz Indien berühmt. Die vornehmen Damen von Delhi kommen sogar hierher, um bei ihnen einzukaufen.

Die Rani von Badalpur hatte sie wissen lassen, sie wolle nur Stücke von höchster Qualität. Die Juweliere breiten auf einem großen weißen Tuch sorgfältig die mit Samt gefütterten Schmuckkästchen aus. Die Stoffverkäuferinnen drängen sich entzückt herbei: So prächtigen Schmuck haben sie in ihrem ganzen Leben nicht gesehen. Selma wirft einen flüchtigen Blick über diese Wunderwerke. Dann zeigt sie auf ein paar Schmuckkästchen. Rani Shahina hat den Eindruck, daß sie sie nicht einmal richtig angesehen hat. Sie beugt sich zu der jungen Frau hinüber: »Selma, fühlen Sie sich nicht wohl?«

Zwei traurige Augen sehen sie an; Selma schweigt.

Die Juweliere verabschieden sich mit unzähligen Verbeugungen von der Prinzessin, dann gehen auch die Stoffverkäuferinnen, die ganz entsetzt sind: Schmuck zu kaufen ist eine sehr ernsthafte Sache, die man nicht in einigen Minuten erledigt; selbst die Maharani von Jehanrabad, die reichste von allen, widmet sich mehrere Stunden der Auswahl eines neuen Schmucks.

Dank dieser Klatschbasen kennt an diesem Abend die ganze Stadt die Extravaganz dieser kleinen Rani. Was man allerdings nicht weiß, ist die Tatsache, daß der Radscha recht erstaunt war, als ihm die drei Juweliere ihre Aufwartung machten ... und die Rechnung präsentierten. Seit die vom Kongreß verabschiedeten Gesetze in Kraft sind, ist die Staatskasse nahezu leer, denn die Bauern zahlen ihre Pachtzinsen für das Land nur noch zögernd. Manche Fürsten rufen die Polizei und wenden Gewalt an, damit sie zu ihrem Geld kommen; Amir hat das immer abgelehnt.

Er beherrschte sich schnell, aber die Juweliere hatten seine Verlegenheit bemerkt.

»Es ist gar nicht eilig! Seine Hoheit kann diese Bagatellen irgendwann später erledigen, wir wissen doch, daß er ganz andere Sorgen hat … Aber wenn er geruhte … Sie verstehen, wir sind ganz einfache Leute, und für uns ist selbst eine geringe Summe, wenn sie festliegt, ein Verlust …«

Der Radscha unterbricht sie trocken.

»Wieviel wollen Sie?«

»Gar nichts, Hoheit!« Darüber sind sie sich einig. »Sie haben bei uns unbegrenzt Kredit, das ist Ehrensache! Nur eine kleine Entschädigung, sagen wir zehn Prozent … im Monat natürlich.«

»Zehn Prozent!« rechnet der Radscha durch. Diese Halsabschneider! Dadurch verdoppeln sich in zehn Monaten die Preise …

»Einverstanden«, sagt er. »Jetzt muß ich Sie leider verabschieden. Ich habe wichtige Dinge zu erledigen …«

Er entläßt sie mit einer herablassenden Geste, die niemanden zu täuschen vermag: Der Radscha von Badalpur ist zum ersten Mal auf Wucherer angewiesen.

Selma sitzt vor ihrem Spiegel und trällert vor sich hin, sie fühlt sich wohl und denkt nicht weiter darüber nach, ob die halb geleerte Flasche Champagner auf dem Frisiertisch das ihrige dazu beigetragen haben könnte. Ihr Leben hat sich seit Wochen ganz verändert. Seit Amir …

Sie hat es nicht vergessen: Es war der Abend, wo sie all diesen Schmuck bestellt hatte. Amir war vollkommen aufgelöst in ihr Zimmer gekommen. Natürlich war sie ihrerseits explodiert, hatte geschrien, sie wolle sich scheiden lassen, unverzüglich nach Beirut zurückkehren, und wenn er sie daran hindern sollte, werde sie sich umbringen; sie ertrage dieses Leben, zu dem er sie zwinge, nicht mehr. Er blieb wie erstarrt stehen.

»Wie? Sie haben doch alles, was Sie wünschen! Nur was den Schmuck angeht, muß ich Sie bitten, sich zurückzuhalten.«

In diesem Augenblick hatte sie ihn gehaßt.

»Sie werden es niemals begreifen! Ich mache mir nichts aus dem Schmuck, den Kleidern und Ihrem Palast! Ich möchte leben, ja, leben! Ich hatte mich damit abgefunden, nicht auszugehen, es sei denn, um an diesen stupiden Zusammenkünften der Ranis teilzunehmen, die ihre Zeit damit verbringen, sich vollzustopfen und zu klatschen, ich hatte mich damit abgefunden, meine Tage damit verbringen zu müssen, diesen Flitterkram einzukaufen und auf Sie zu warten. Der einzige Ort, wo ich Atem schöpfen konnte und das Gefühl hatte, etwas Nützliches zu tun, war Badalpur, und das ist mir nun auch verwehrt ...«

Sie brach in Tränen aus, konnte sich nicht mehr beherrschen. Er versuchte sie zu trösten, vergeblich. Er wußte nicht mehr, was er sagen sollte. Es war ihm klar, daß da nicht ein kleines Mädchen weinte, das man mit ein paar Worten beruhigen kann. Selma hatte sich in Badalpur so engagiert wie er selbst. Er hatte ihren Einsatz, ihre Beharrlichkeit bewundert. Doch sie war zu schnell vorgegangen. Zu schnell? ... Sie hätten sie in jedem Fall abgewiesen.

»Man muß ihr unbedingt Ablenkung verschaffen. Amüsieren Sie sich, gehen Sie aus«, hatte Rashid Khan geraten, als Amir ihm Selmas Verzweiflung geschildert hatte.

Der Radscha fuhr auf.

»Ausgehen? Unmöglich. Nur die Kurtisanen ...«

»Ich sage doch nicht, sie sollen Sie zu unseren Landsleuten ausführen, denn hierzulande werden die Frauen ja leider lediglich als sexuelle Objekte betrachtet ... Gehen Sie zu Ihren englischen Freunden! Manche sind doch ganz charmant und nicht ausgesprochen rassistisch eingestellt. Sie werden entzückt sein, wenn Sie kommen! Und die Rani wird etwas von der Atmosphäre in Beirut wiederfinden. Das hilft ihr vielleicht, die schwarzen Gedanken zu verdrängen.«

Seither gehen sie fast jeden Abend aus, nicht zu großen Empfängen, sondern zu Diners, wo man sich trifft, weil man sich kennt und mag. Selma hat ihre Vorurteile gegenüber den Engländern überwunden und gibt zu, daß sie angenehm, interessant und manchmal auch unterhaltsam sein können. Manche Freunde Amirs, die in Indien geboren sind, lieben dieses Land leidenschaftlich und betrachten es als das ihre, oft kennen sie es auch viel besser als die Inder selbst.

Das gilt auch für den Major Rawstick, bei dem sie diesen Abend zu Gast sind. Der Major und der Radscha verstehen sich gut, jeder kennt die Ansichten des andren und anerkennt sie angesichts der bestehenden Situation.

An diesem Abend ist eine unglaubliche Neuigkeit in aller Munde: Zum ersten Mal hat die Muslim-Liga in der Provinz Sind die Teilung Indiens in zwei föderativ verbundene Staaten gefordert, mit anderen Worten, ein unabhängiges Land für die Muslime.

»Dazu war die Zustimmung Jinnahs erforderlich«, kommentiert der Major. »Halten Sie das für einen Test oder für eine Drohung?«

»Ich glaube, es ist einfach eine Reaktion auf die Erregung des Volkes, mit der Jinnah jetzt rechnen muß. Die Muslime haben kein Vertrauen mehr in ihre hinduistischen Brüder. Es gibt immer mehr, die der Meinung sind, daß die Idee eines ›Pakistan‹, eines ›Landes der Reinen‹, die der Dichter Iqbal schon vor Jahrzehnten propagiert hatte und die damals als absurd betrachtet wurde, vielleicht die einzige Lösung wäre.«

»Und Sie verlangen von uns die Unabhängigkeit! Aber, mein lieber Amir, an dem Tag, an dem wir abziehen, würde der Bürgerkrieg ausbrechen! Geben Sie doch zu, daß Ihre Landsleute dazu noch nicht reif sind. Zuerst müssen sie sich einig sein, dann kann man diskutieren.«

Amir erwähnt nicht, daß diese Uneinigkeit von den Engländern wenn nicht geschaffen, so zumindest gefördert wurde, um die Unabhängigkeitsbewegung zu schwächen. Er zuckt die Schultern.

»Lassen Sie uns unsere Probleme doch allein lösen. Ist das wirklich zuviel verlangt?«

Selma stimmt ihm innerlich zu: Die Europäer sind immer davon überzeugt, daß sie, besser als die Betroffenen selbst, wissen, was für diese gut ist. Sie zwingen ihnen nicht nur ihre politischen, wirtschaftlichen und sozialen Gepflogenheiten auf, sondern auch ihre Denkungsart. Am gefährlichsten sind im Grunde diejenigen, die – wie dieser Major Rawstick – Indien lieben; im Gegensatz zu den Realisten, die sich zurückziehen, wenn die Situation sich zu ihren Ungunsten entwickelt, kämpfen sie unentwegt weiter und opfern sogar ihr Leben, um jemandem etwas aufzudrängen, was gar nicht erwünscht ist.

Im Grunde habe ich in Badalpur dasselbe gemacht ... Auch ich war davon überzeugt, daß ich recht hatte, daß es Wertvorstellungen gebe, die überall gültig sind. Jetzt bin ich mir da nicht mehr so sicher ... Gibt es irgendeinen von allen anerkannten Ausgangspunkt, von dem aus man alles wiederaufbauen könnte? ... Aber welchen? Selbst die Ehrfurcht vor dem Leben kann unheilbringende Folgen haben ...

»Die Arme soll Depressionen haben, man sagt sogar, sie habe an Selbstmord gedacht ...«

Selma zuckt zusammen, beobachtet die Frauen, die sich ihr gegenüber unterhalten. Nein, man spricht nicht von ihr. Selbstmord ... Sie hat in der letzten Zeit oft daran gedacht, hat sich mit schmerzlicher Intensität ihre letzten Stunden, ihre letzten Minuten vorgestellt, hat diese Agonie mehrmals durchlebt; aber ob sie wirklich jemals daran gedacht hatte, ihrem Leben ein Ende zu setzen? Im Grunde ist ihr der Gedanke an den Tod vertraut, sie ist geradezu in ihn verliebt, will sich in ihn verlieren, auch wenn sie weiß, daß sie sich dabei selber etwas vormacht.

»Ich schlage vor, daß wir in den Salon hinübergehen und die Herren weiter über Politik diskutieren lassen.«

Die Damen sind einverstanden; endlich wird man sich über etwas Interessanteres unterhalten können. Selma mag Lucie, die Gastgeberin, sehr. Eine kleine, lebhafte Französin, die ihre Ansichten freimütig äußert; mit ihr zusammen langweilt man sich nie.

Sie nimmt Selma vertraulich beim Arm.

»Meine Liebe, ich muß Ihnen gestehen, daß ich eifersüchtig bin.«

»Eifersüchtig?«

»Ich bin nicht die einzige! Ihr Gatte ist einer der verführerischsten Männer, die ich jemals kennengelernt habe. Was für ein Glück Sie haben: Zweifellos macht er es wunderbar!«

Alle lachen, sind entzückt über diese etwas anzügliche Bemerkung. Während des Diners hatte man viel Champagner getrunken; die Frauen sind zu vertraulichen Mitteilungen geneigt, und wer wäre dazu besser geeignet als Lucie? Diese Französin beherrscht die Kunst, zu animieren, sie verheimlicht auch keineswegs, daß sie mehrere Liebhaber hatte, ist sie doch der Meinung, wer die Liebe verschmähe, beleidige den Schöpfer.

»Hatte nicht sogar Christus eine Schwäche für Maria Magdalena?«

Die Frauen lächeln über Selmas verlegene Miene. Diese hübsche Rani ist so charmant, schüchtern wie ein junges Mädchen … Natürlich nehmen sie nicht an, daß das, was sie für Schüchternheit halten, Ahnungslosigkeit ist. Sind die Orientalen nicht für ihre Liebeskunst bekannt? Insbesondere die Muslime – ihr Prophet ist ja ein Beispiel dafür.

»Stimmt es, daß bei Ihnen unter Ehegatten alles erlaubt ist, absolut alles?«

Selma sieht die hübsche Brünette, die ihr diese seltsame Frage stellt, groß an. Was meint sie damit?

»Armande, bedrängen Sie unsere Freundin nicht so«, greift die Gastgeberin ein, »erzählen Sie doch lieber von Ihrem sagenhaften Vetter, der offenbar in bezug auf Sie gewisse Absichten hat …«

Absichten? Es wird wieder gelacht. Lucie weist den Oberkellner an, den Champagner einfach stehenzulassen, sie würden sich schon selber bedienen. Dann können sie ungestört schwatzen.

Sie sind ein bißchen angeheitert, was sie als sehr angenehm empfinden. Ihre gewagten Äußerungen verschaffen ihnen die Illusion, sie seien stark, unabhängig, seien Verbündete gegen ihre Ehemänner, die sich, sobald sie unter sich sind, natürlich über ihre neuesten Eroberungen unterhalten. Die Männer kämen allerdings nie auf die Idee, daß ihre

Frauen, wie sie ja auch … Und warum sollten sich die Frauen nicht schadlos halten? Verlassen würden sie ihre Männer ja nie, aber sie zu betrügen, tatsächlich oder zumindest durch Worte, ist … wie soll man sagen? … Ehrensache!

Um ihre Verlegenheit zu verbergen, spricht Selma dem Champagner zu und läßt sich kein Wort entgehen. Sie hatte nicht gewußt, daß Frauen so schamlos sein können. Sie erinnert sich an den Hammam, das Badehaus im Palast von Ortaköy, an das Gelächter und die Andeutungen, die ihre Phantasie aufreizten; aber nie wurde etwas deutlich gesagt. Es war nichts gegen diese spärlich bekleideten Damen mit den langen Handschuhen … Und plötzlich packt sie eine Art Groll: Soll sie denn alt werden, ohne diese Lust erfahren zu haben, von der die anderen mit Tränen in den Augen sprechen, als ob sie das höchste Glück auf Erden wäre? Wie ungerecht! Sie ist doch schön und weiß, daß sie begehrenswert ist, und sie begehrt Amir, ihren schönen Mann, um den sie alle beneiden. Muß sie ihm das einmal klarmachen? Sie wird sich nicht trauen, nie …

Sie schenkt sich noch ein Glas Champagner ein.

Worte sind nicht nötig. In dieser Nacht wird Amir von einem unbekannten Wesen in einer Weise verführt, die seine kühnsten Träume übertrifft, von einer begierigen, großzügigen Frau, die abwechselnd hingebungsvolle Sklavin und Priesterin ist und um dunkle Opfer, um geduldig ertragenen Wahnsinn weiß. Sie erfindet unzählige Liebkosungen, vergißt, wohin ihre Hände, ihre Lippen, ihr Geschlecht sich verirren; die Klagelaute, die ihr dabei tief aus der Brust dringen, sind ihr selber fremd. Sie lassen sich zusammen verströmen, zittern und versinken aufs neue in verschwommene Tiefen, weit, weit unten im Innersten der Erde, mitgerissen von einem blinden Fluß, der je nachdem, ob man sich sträubt oder sich treiben läßt, töten oder Leben schenken wird. Eins im andern, schaudernd, durchqueren sie Böen und Stürme, lassen sich überschwemmen, fliegen dann der Sonne entgegen, die jäh emporschnellt und sie in unzählige Meteore, in einen Sternenregen zerstäubt.

... Mein Geliebter, du mein Geliebter ... Wieso habe ich dich, der du dich hinter dem gräßlichen Namen eines Ehemannes verbargst, nicht schon eher erkannt? Meine Hände erahnten dich, aber ich wagte nicht ... Alles wäre so einfach gewesen ohne diese Achtung, ohne diese Mißachtung unserer Körper ...

Das Licht flutet ins Zimmer. Mit noch geschlossenen Lidern breitet sie die Arme aus, hofft, daß er noch da ist – denn an diesem Morgen ist doch alles ganz anders! Es ist ihr erster Morgen ... – aber sie findet nur das kühle Laken und legt ihren Arm wieder unters Kopfkissen; weiterträumen.

Von dem dunkelhäutigen Radscha träumen, in den sie sich heute nacht verliebt hat, von dem Herrn und Meister, dessen Begierden sie mehr als erfüllt, dessen Zittern, dessen Erwartungen sie gespürt hatte, als wären es ihre eigenen Gefühlsregungen. Wenn sie sich gewisse Liebkosungen, die sie gewährt oder empfangen hat, in Erinnerung ruft, fühlt sie, wie ihr Körper sich erwärmt und ihr eine Art Schauder über den Leib läuft ... Ihr ganzer Körper blüht auf ... Sie schläft wieder ein.

Sie steht erst kurz vor Mittag auf und ruft ihre Dienerinnen. Rasch, man soll ihr ein Bad bereiten, sie frisieren und parfümieren. Sie hat das Gefühl, Amir würde bald erscheinen. Eine Einladung bei der Rani von Jadbar sagt sie ab – sie hat Lust, allein zu sein, um an ihn, an sie beide zu denken. Dann wartet sie den ganzen Nachmittag auf ihn, aber zum ersten Mal wartet sie gern; Amir ist dadurch gewissermaßen schon anwesend. Sie genießt die neue Empfindung, unterworfen, befriedet zu sein, ist glücklich, jemandem zu gehören.

Amir ist auch zum Abendessen nicht da. Selma wird allmählich unruhig: Er hat sie sonst immer benachrichtigen lassen, wenn er abends nicht kam. Um ihre Nervosität zu unterdrücken, setzt sie sich ans Klavier und spielt die ersten Takte der »Miroirs«; Ravels schwermütiger Charme überwältigt sie. Nicht nur ihre Hände, nicht nur ihre Träume erwecken seine Musik zum Leben, sondern ihr ganzer Körper, in welchem jeder Ton wie eine Liebkosung widerhallt; sie gibt sich diesen kristallklaren, erhabenen Aufschwüngen hin.

»Hallo, meine Kleine!«

Amir steht auf der Schwelle und starrt sie ganz merkwürdig an. Selma kommt es vor – obwohl sie es kaum glauben kann –, als seien seine Augen haßerfüllt.

»Wie? Steht man nicht auf, um seinen Herrn und Meister zu küssen?«

Er packt sie bei den Schultern, sucht ihre Lippen; er riecht nach Alkohol, ist betrunken. Sie wehrt sich angewidert, versucht sich ihm zu entwinden, aber er hat sie fest im Griff.

»Ach was! Nur nicht so zimperlich! Die gekränkte Prinzessin können Sie anderen gegenüber spielen! ...«

Sie ist fassungslos, wehrt sich nicht mehr: Ist er verrückt geworden?

»Ich beklage mich ja nicht über Ihr Raffinement. Ich mag Frauen, die so hemmungslos sind, wie du in der vergangenen Nacht. Ich muß ziemlich betrunken gewesen sein, denn ich habe geglaubt, ich sei mit einer andren zusammen, einer dieser Dirnen, deren Aufgabe es ist, Lust zu verschaffen. Stellen Sie sich meine Überraschung vor, Prinzessin, als ich heute morgen entdeckte, daß diese Frau meine Ehefrau war ...«

Er verneigt sich sarkastisch.

»Ich muß zugeben, daß Sie sich glänzend verstellt haben: Wenn ich daran denke, daß ich mich zwei Jahre lang beherrscht habe, um Ihre Unschuld nicht zu kränken! Was für ein Dummkopf ich gewesen bin!«

Sie starrt ihn entgeistert an, hat keine Kraft mehr, findet keine Worte ...

Dann nimmt er sie leidenschaftlich, versucht sie zu demütigen, und sie läßt es sich, wie betäubt, gefallen; er muß sie nicht einmal zwingen, sie beugt sich, erschreckend gefügig, allen seinen Wünschen.

XVIII

»Hozur, Hozur, bitte stehen Sie auf!«

Rassulan hat vergeblich die Markisen hochgezogen, gehustet, die Türen der Wandschränke geräuschvoll zugeschlagen, die Wannen und Wasserkannen auf dem Marmorboden des Badezimmers gegeneinandergestoßen; sie hat mit ihrer piepsigen Stimme sogar gesungen, wobei sie sich über das Bett ihrer Herrin beugte – aber diese hatte lediglich gestöhnt und ihr Gesicht noch tiefer ins Kopfkissen vergraben. Rassulan ist schon ganz verängstigt, es ist über zwölf Uhr mittags, und der Radscha hat vor mehr als einer Stunde befohlen, man solle die Prinzessin rufen. Die Dienerin weiß nicht, was schlimmer ist: wenn der Herr sich erzürnt oder die Herrin tobt.

Sie kniet am Fußende des Bettes und betrachtet verärgert und verzweifelt die roten Locken. Plötzlich hat sie eine Eingebung.

»Hozur, hören Sie doch, eine furchtbare Nachricht« – sie betont jede einzelne Silbe: »Der König der Türkei ist gestorben!«

Das Kopfkissen fliegt ihr ins Gesicht, und zwei grüne Augen starren sie an.

»Was sagst du da? Welcher König?«

»Der König der Türken, Hozur. Hören Sie den Muezzin? Seit dem Morgengrauen rufen alle Moscheen der Stadt zum Gebet auf.«

Selma ist jetzt hellwach und richtet sich auf: Also ist der Kalif Abdül Mecid gestorben? Sie erinnert sich nachdenklich an seinen schneeweißen Bart und die violetten Augen, vor denen sie als Kind Angst hatte. Es sind vierzehn Jahre her, daß sie ihn nicht gesehen hat, denn er lebt in Frankreich, in Nizza, im Exil und hält dort Hof. Sie ist nicht traurig – sie mochte ihn nie besonders –, aber doch etwas wehmütig, weil mit dem Tod des letzten Kalifen das Reich gewissermaßen gänzlich zusammengebrochen ist ... Leuchtend weiß spiegelt sich Dolmabahçe im Bosporus. Durch die Salons, wo Tausende von Kristallblättern rauschen, geht ein kleines Mädchen in einer Schar prunkvoll uniformierter und glänzend geschmückter Menschen auf den Thron zu, wo der Beherrscher der Gläubigen, der Schatten Gottes auf Erden ...

»Sie sind heute so verträumt ...«

Amir ist eingetreten; er trägt einen strengen schwarzen Shirwani.

»Ah, ich sehe, Sie wissen es schon. Die Trauerfeier findet in der großen Moschee statt. Möchten Sie daran teilnehmen?«

»Was für eine Frage! Natürlich! Warum machen Sie ein so erstauntes Gesicht?«

»Oh, nichts, ich dachte nur ... Ich weiß zwar, daß Sie patriotisch denken, aber ich wußte nicht, daß Sie dem General solche Achtung entgegenbringen!«

»Dem General?«

»Oder dem Präsidenten, wenn Sie so wollen, Mustafa Kemal.«

»Kemal! Tot!«

Selma läßt sich mit einem nervösen, gellenden Lachen wieder in ihre Kissen fallen.

»Der König der Türken! ... Und ich glaubte ... Das ist zu komisch! Natürlich komme ich nicht mit, ich werde doch nicht etwa noch für Kemal beten!«

Sie wirft einen Blick auf den schwarzen Shirwani.

»Und Sie auch nicht, hoffe ich.«

Der Blick des Radschas wird eisig.

»Sie vergessen, Prinzessin, daß für uns Inder der General Mustafa Kemal ein Held ist; er hat verwirklicht, wovon wir erst träumen: Er hat die Engländer aus seinem Land verjagt. In allen indischen Städten sind heute die Moscheen von Gläubigen, die weinen und für die Ruhe seiner Seele beten, überfüllt.«

Selma sieht ihn mißbilligend an.

»Aber Sie, mein Herr, wie verbinden Sie Ihre Begeisterung für Kemal eigentlich mit ihrer Anhänglichkeit an die osmanische Familie?«

Deutlicher kann man nicht mehr werden: Sie wirft ihm vor, zweigleisig zu fahren. Er würde sie mit Freuden ohrfeigen, verfügt aber über eine wirksamere Waffe.

»Ich dachte, Sie als osmanische Prinzessin seien dem General wenigstens dankbar dafür, daß er Ihr Land gerettet hat! Vergessen Sie nicht, daß die Türkei ohne ihn überhaupt nicht mehr existieren würde.«

»Das stimmt nicht! Der Sultan persönlich hatte Kemal beauftragt ...«

Oh, wozu eigentlich? ... Wie soll sie ihm klarmachen, daß der Herrscher dem General die Organisation des Widerstandes in Anatolien anvertraut hatte, während er selbst als Geisel der Engländer in Istanbul zurückblieb, die gedroht hatten, die Stadt den Griechen auszuliefern, wenn er nicht »Vernunft annehme«? Wie soll sie ihm erklären, daß Kemal, der die Massen zuerst im Namen des Sultans in Bewegung gesetzt hatte, angesichts des bevorstehenden Sieges diesen Sieg lieber für sich allein haben wollte? Es war kein Kunststück, die geheime Abmachung zu verschweigen und dem Padişah vorzuwerfen, er habe vor dem Feind die Waffen gestreckt! Jedesmal, wenn Selma den Versuch unternommen hatte, in dieser Angelegenheit, die die Geschichte ihres Landes betraf, die Wahrheit ins Licht zu rücken, hatte sie nur mitleidige Blicke oder ein geniertes Lächeln geerntet; man glaubte ihr nicht, man dachte, sie versuche, die Ehre ihrer Familie zu retten. Sie mußte erbittert feststellen, daß einzig der Sieger die Mittel hat, seine Version der Wahrheit zu verbreiten.

Aber Amir? Sie hätte nie gedacht, daß selbst er, ihr Gatte, den Sultan für einen Verräter und die Ihren und sie selbst für Feiglinge hielt ... Ihr ist ganz übel, sie findet diese ironischen Blicke, diese Lüge, die er ihr unterstellt, unerträglich! Ah, jetzt hat er ein Mittel gefunden, sie einzusperren, sie, die Rebellin! Was sind die Mauern des Zenanas schon angesichts dieses Blickes, der sie einkerkert, angesichts dieser kalten Überzeugung, an der sich jeder Protest bricht!

Sie schweigt erschöpft. Diese Vorstellung, die er von ihr hat, diese Schande, der er sie überantworten will ...

Und wenn ... wenn sie ihm das Recht verweigern würde, sie zu verurteilen? ... Wenn der Verbrecher und der Verrückte in ihren Zellen die beruhigenden Ketten der Schuld und der Reue zurückweisen würden, wenn sie es wagen würden, ihre tugendhaften Ankläger anzuklagen? ... Der Blick der Medusa kann nur denjenigen versteinern, der an ihre Macht glaubt.

Dann hebt sie langsam wieder den Kopf, sieht Amir an. Nach und nach überkommt sie ein Gefühl des Triumphes, und ruhig lächelnd sagt sie: »Gut. Während Sie beten gehen, werde ich meine Freunde zu Champagner einladen, um das freudige Ereignis zu feiern!«

Amirs schlanke Finger ballen sich zu Fäusten, er wendet sich wortlos ab. Vielleicht denkt er, sie meine es nicht ernst ...

Sie hat Diener ausgeschickt, Boten an Lucie und ihren Gatten, den Major, an die Rani von Nampur und Rashid Khan und Zahra. Dann hat sie im Salon einen blumengeschmückten Tisch aufstellen lassen, auf dem in silbernen Kübeln sechs Flaschen Rosé Roederer stehen; das war in ihrer Beiruter Zeit ihr Lieblingschampagner. Wie könnte man den Toten würdiger ehren – es ist gewissermaßen ein Zeichen der Hochachtung ...

Hochachtung demjenigen gegenüber, der sie verraten hat? Und mit welcher Geschicklichkeit, mit welcher Kaltblütigkeit! Sie haßt ihn, diese Goldene Rose, an dem sie in ihren Träumen so hing, und trotzdem bewundert sie seine Kühnheit, seine Skrupellosigkeit, Eigenschaften, die man haben muß, wenn man siegen will.

»Man kann nicht gleichzeitig ein Kind bekommen und Jungfrau bleiben.« Der Satz klingt in Selmas Ohren nach. Sie erinnert sich an ihre Mutter im Palast von Ortaköy, als der Sultan Abdül Hamid gestorben war: Vor versammelter Familie ehrte sie damit denjenigen, der sie immerhin mehr als dreißig Jahre lang eingesperrt hatte, und riet ihren Neffen, sich an ihm ein Beispiel zu nehmen, nicht an ihrem Großvater, dem Sultan Murad V., der zu sensibel, zu ehrenhaft gewesen war, um dem Spiel mit der Macht gewachsen zu sein.

»Prinzessin?«

Rashid Khan steht auf der Schwelle. Sie war so versunken in ihre Erinnerungen, daß sie ihn nicht hatte eintreten hören. Siehe da, auch er trägt einen schwarzen Shirwani! Sie schenkt ihm ihr bezauberndes Lächeln.

»Lassen Sie doch diese Formalitäten, Rashid Bai; sind wir jetzt nicht Bruder und Schwester? Wo ist Zahra?«

»In der Moschee ... Ich selbst komme gerade von dort. Ich

wollte Ihnen nur sagen, im Vorbeigehen, daß wir an Ihrem Fest nicht teilnehmen.«

»Und weshalb?«

»Selma, ich bitte Sie, beharren Sie nicht auf diesem Spiel, es paßt nicht zu Ihnen.«

Rashid hat sich neben sie gesetzt und betrachtet sie besorgt.

»Sie sehen seit einiger Zeit so unglücklich aus. Was fehlt Ihnen?«

Oh!, sich in seine Arme schmiegen, sich wiegen lassen, wieder das kleine Mädchen sein, das man tröstet ... Sie gibt sich noch charmanter.

»Das ist reine Einbildung! Sie sehen doch, daß ich die verwöhnteste, geliebteste Frau der Welt bin!«

Rashid ergreift ihre Hände und drückt sie heftig. Sie sieht ihn ganz erstaunt an; das hatte er zuvor noch nie gewagt, er wirkt verstört.

»Wie Sie sich verändert haben ... Wo ist das begeisterte junge Mädchen, das ich vor knapp zwei Jahren in Bombay abgeholt habe? Selma, Sie müssen etwas tun! Sie sind auf dem besten Weg, sich zu zerstören ...«

»Und wenn schon!«

»Ich flehe Sie an, wenn Sie mich ein bißchen lieben ...«

Er verstummt. Sie schweigt, sieht ihn prüfend an: Glaubt er wirklich, daß er sie wie eine Schwester liebt? Sie könnte ihn mit einer kleinen Geste eines Besseren belehren und sich an Amir und Zahra zugleich rächen. An Zahra? ... Sie wundert sich, daß in ihrem Innern eine leise Stimme spricht: Ja, vor allem an Zahra. Amir ist nur ein Mann, und Männer können sie nicht mehr enttäuschen, während Zahra! ... Der Schmerz, der sie plötzlich überwältigt, macht ihr wieder einmal bewußt, wie sehr sie dieses junge Mädchen, seine Intensität, die unschuldigen, begeisterten Augen geliebt hat, und wie sehr sie ihr jetzt ihre Befriedigung, ihre idiotische Zuversicht einer verheirateten Frau, ihr stilles Glück übelnimmt, das sich auf einen Bauch konzentriert, der dicker wird.

Sie lehnt ihre Wange an Rashids breite Schulter.

»Bringen Sie mich irgendwohin, Rashid Bai, ich halte es nicht mehr aus.«

Hat sie es ausgesprochen? Hat sie es gedacht? Eine Hand streicht ihr übers Haar, besänftigt sie, eine Hand, die an diese andere Hand vor langer Zeit erinnert. Sie schluchzt und drückt sich an ihn, umarmt ihn.

»Verlassen Sie mich nie mehr!«

Sie verbirgt ihr tränenfeuchtes Gesicht an seinem Hals, sie hat nur noch einen Wunsch: daß er sie mit sich fortnimmt und nichts von ihr verlangt.

»Ich liebe Sie«, sagt sie zu ihm, worauf sie diese Worte, die ihr in der Verwirrung entschlüpft sind, sofort bereut.

Er greift ihr unters Kinn und wischt ihr mit einem großen Taschentuch ungeschickt die Tränen ab; er ist sehr bleich.

»Selma, ich liebe Sie auch, schon seit ich Sie aus diesem großen Dampfer aussteigen sah, so verloren, so zart; aber es war nicht möglich: Sie kamen, um meinen Freund zu heiraten. Und jetzt ...«

»Jetzt?«

»Jetzt liebe ich Sie vielleicht noch mehr, aber ...«

»Aber Sie lieben mich nicht genug!«

Sie lächelt bitter.

»Das passiert mir in meinem Leben immer wieder: Alle lieben mich, aber niemand liebt mich genug, um mich schützen zu können ... vor anderen ... vor mir selbst ...«

»Und Amir?«

Selma rückt ein bißchen von ihm ab. Sie ist plötzlich sehr müde.

»Sie wissen doch, daß Amir meine Familie geheiratet hat.«

Rashid verabschiedet sich verzweifelt. Sie ist sich selber böse, daß sie ihn unglücklich gemacht hat, denn er ist hier doch der einzige, der ihr immer nur Gutes tut.

Sie schaut in den Spiegel, erblickt ein hageres Gesicht mit Augenringen. Es stimmt, sie hat sich verändert. Ist sie gealtert? Vielleicht. Die vollen Wangen, über die sie sich in Beirut, als sie davon träumte, zum Film zu gehen, geärgert hatte, sind eingefallen, das Gesicht ist spitz geworden, wirkt wie aus Holz geschnitzt, während die Lippen, die sie zu schmal gefunden hatte, voller geworden sind; im Grunde mag sie dieses ihr nettes Aussehen, dieses Bild einer … Femme fatale … eines schönen Tieres, sagt Amir.

Es ist schon sechs Uhr abends, keiner der Eingeladenen ist gekommen. Sie weiß nun, sie werden nicht mehr kommen. Wahrscheinlich waren sie der Meinung, es handle sich um eine Provokation, um einen unschicklichen Racheakt, hielten es gar für Feigheit, einen Verstorbenen zu verhöhnen. Sie hatten eins nicht begriffen: Ein Mensch ist nie so lebendig, wie wenn er gerade gestorben ist. Hat er jemals mehr Ansehen, als wenn Tränen den geringsten seiner Siege, seine banalste menschliche Geste aufwerten, und all das auslöschen, woran er scheiterte, seine schäbigen Taten, seine Lügen?

Genau in diesem Augenblick, wo Mustafa Kemal zwangsläufig verklärt wurde, wollte sie sich ihm stellen – vor Zeugen, die über das Duell befinden sollten, ja, über dieses so skandalös ungleiche Duell! Demjenigen die Stirn bieten, der sie in die Welt hinausgetrieben hat, der wie ein Demiurg, ohne sich über ihr Dasein Rechenschaft abzulegen, ihr Leben bis in die kleinsten Einzelheiten hinein verändert, vor allem aber auch ihr Empfinden und ihr Denken beeinflußt hat. Manchmal dachte sie, sie müßte ihm eigentlich dafür dankbar sein; schließlich hatte er ihr Nest zerstört und sie dadurch zum Fliegen gezwungen. Aber gleichzeitig hatte er ihr, indem er ihr ihren Teil des Himmels raubte, die Flügel gebrochen …

Das Exil … Hatte er solche Angst vor dieser Familie, daß er sie verbannen mußte? Er war doch stark, verfügte über diese Kraft, die typisch ist für diejenigen, die nichts zu verlieren, die keine Vergangenheit haben und sich um jeden Preis Gegenwart verschaffen müssen. Um diese Machtgier beneidet sie ihn: Sie führt, weit eher als Mut und Intelligenz, zum Sieg. Sie fehlte den letzten osmanischen Herrschern, wie sie jetzt diesen indischen Fürsten fehlt, die es von sich weisen, zu kämpfen, und sich allmählich verdrängen lassen: Im Laufe der Jahrhunderte ist ihre Machtgier gestillt worden.

So erneuert sich die Gesellschaft, so wechselt die Macht.

Diese Macht erkämpft man sich im Grunde nicht, sondern sie wird einem von denjenigen überlassen, die ihrer irgendwie müde sind und nicht mehr richtig an sie glauben.

Auch Kemal war, mehr als der Sultan, darauf erpicht, zu herrschen. Aber mußte man sie deshalb vertreiben? Ihnen verbieten, den Boden ihrer Heimat jemals wieder zu betreten? Die klaren Morgen in Istanbul, die engen Gassen mit ihren von Hecken umgebenen Gärten und Holzhäuschen, die weißen Moscheen, deren Spiegelbild im Wasser des Goldenen Horns flimmerte ... Mit welchem Recht hat Kemal sie von all dem ausgeschlossen? Wovor hatte dieser starke Mann so Angst? Fürchtete er, der sich »Atatürk«, Vater der Türken, nennen ließ, daß das Volk diese neue Vaterschaft ablehnen könnte?

Diese ganz einfache Frage hatte Selma ihm stellen wollen, hätte vor Augenzeugen den verstorbenen General zu Tisch bitten wollen wie seinerzeit Don Juan den Komtur. Sie hätte eine Antwort von ihm erzwungen. Tote brauchen nicht mehr zu lügen.

Noch ein Glas von diesem wunderbaren Champagner. Selma hat die zweite Flasche geöffnet. Mit einer Art Zärtlichkeit sieht sie zu, wie die goldene Flüssigkeit in den Kelch rinnt; sie hat ihr geholfen, ihr Scheitern in Badalpur zu vergessen und den Ekel zu überwinden, der sie manchmal überkommt, wenn Amir ...

Sie sprechen kaum noch miteinander. Sie hat das Gefühl, daß er sie zerstören, zugrunde richten will. Jede Nacht, wenn sie von diesen Soupers zurückkehren, wo sie sich daran berauscht hatte, eine schöne, begehrenswerte Frau zu sein, bestraft er sie dafür. Lange, schweigend, kämpft er verbissen mit ihrem Körper.

Sie hat nach und nach an dieser Knechtschaft Gefallen gefunden, hat mit Verwunderung festgestellt, daß sie es mag, unterworfen zu werden; diese Gefügigkeit verschafft ihr einen bislang unbekannten Genuß, der sie völlig erschöpft. Zuerst war sie entsetzt darüber, wollte nicht wahrhaben, daß sie von ihrem Körper so verraten wurde. Von ihrem Körper? Nein, nicht nur von ihm, von allen ihren Träumen, ihrem

Stöhnen, ihren Schreien ... Woher stammt sie, diese nächtliche Frau, die eine Sklaverei genießt, welche sie sich am Morgen schaudernd, mit tiefstem Abscheu in Erinnerung ruft?

Selma stellt sich vor den Spiegel und erhebt feierlich ihr Glas. »Ach, mein ruhmvolles Schicksal.« Dann lacht sie, lacht ... Ach, wie herrlich dieser Champagner schäumt! Wie wohl er dem Kopf tut! Er ist ein Gentleman; wenn man ihn trinkt, hat man keine Probleme mehr, er macht sich lustig über Tragödien, wendet ernste Dinge ins Lächerliche, er ist ihr Komplize, hüllt sie in Samt und Seide, gewährt ihr Schutz und bringt ihr nach und nach bei, daß eigentlich nichts von Bedeutung ist. Nichts. Nicht einmal der Tod ihres schlimmsten Feindes. Wie dumm von ihr, daß sie Mustafa Kemal hatte herausfordern wollen! Immer wieder dieses Bedürfnis, sich zu rechtfertigen, den anderen zu beweisen, daß ... Jetzt sind ihr die anderen gleichgültig, ist ihr egal, was sie denken, diese Dummköpfe, die sich einbilden, sie zu verstehen, während sie selbst doch schon Mühe hat ... Sie schaut prüfend in den Spiegel: Prinzessin Kurtisane? Prinzessin – Dirne? ... Warum eigentlich nicht? Ihre Mutter ausgenommen, die die Tochter eines Sultans war, waren ihre weiblichen Vorfahren ja allesamt Sklavinnen, die schönsten im Harem, diejenigen, die am geschicktesten Lust zu wecken wußten! Nur dadurch konnten sie ihren Herrn und Meister erobern und Ehegattinnen werden! Man hat ihre Intelligenz, ihre Diplomatie, ihre Fähigkeit, zu intrigieren, hervorgehoben, sicher Eigenschaften, die sie haben mußten, um ganz nach oben zu kommen und diese Stellung auch zu halten! Aber vor allem mußten sie verführerisch sein: Am osmanischen Hof war die Erotik die erste Kunst, in der man sich auszuzeichnen hatte. In Selmas Adern fließt das Blut von achtunddreißig Sultanen – sechshundert Jahren absoluter Macht –, aber auch das Blut ihrer Kurtisanen. Sie ist zu gleichen Teilen Frucht dieser beiden Ahnenreihen, ist Königin und Sklavin zugleich.

Eine Hand streift das Musselinhemd zurück, zwei weiße Brüste erscheinen im Spiegel, die zarten Hüften zittern unter Liebkosungen, ein Bächlein Champagner rieselt über den

Bauch, löst sich auf in leuchtende Tropfen, während nervöse Hände die schlanke Taille durchbeugen, dann wieder die Brüste berühren, die Schultern, diese Kühle, diese Wärme, diese berauschende Süße betasten, Hände, die sich anschmiegen können, Hände, denen sie sich atemlos überläßt ...

Aber da sind diese traurigen Augen, die sie anstarren, diese mandelförmigen, smaragdgrünen Augen! Sie möchte sie auslöschen, sie nicht mehr sehen – nur dieser begehrenswerte Körper sollte bleiben –; die erbitterten Augen, die so gar nichts Festliches haben, bleiben aber auch. Loswerden kann sie sie nur durch diesen goldenen Zaubertrank.

Sie trinkt, den Kopf in den Nacken zurückgebogen, in langen Zügen und wirft dabei flüchtige Blicke in den Spiegel. Die Augen sind immer noch da. Sie sind beharrlich, das weiß sie. Damit sie sich endlich schließen, muß sie noch mehr hinunterstürzen. »Selma, Sie sind auf dem besten Weg, sich zu zerstören ... Aber, Rashid Bai, ich lebe! Sehen Sie, wie ich lache! Ich habe keine Angst, ich schäme mich nicht, ich bin eine Frau, sehen Sie mich an!«

Die Augen im Spiegel verschwimmen, ein Mund deutet einen Kuß an, ein nackter Körper sinkt zusammen.

... Wie wohl ich mich fühle ... Bin ich tot? Es ist so dunkel, haben sie mich schon begraben? Amir war irgendwie zerstört, als er mich fand, da war Blut ... Wahrscheinlich habe ich im Fallen das Champagnerglas zerschlagen und mich verletzt ... Danach weiß ich nichts mehr ... Amir hat sicher geweint ... Er muß mich lieben, trotz allem – schade ...

»Nehmen Sie ihr die Binde von den Augen, ich glaube, sie erwacht!«

Eine zarte Hand stützt sie im Nacken und wickelt unendlich vorsichtig die dunklen Binden ab; Selma kann wieder sehen. Wie schwer die Augenlider sind ...

Durch die halb geschlossenen Augen nimmt sie am Fußende Rani Shahina wahr, die ihr zulächelt.

»Sie wirken so frisch wie eine Rose. Ganz erstaunlich nach der Nacht, die wir an Ihrem Bett verbracht haben! Ach, meine Liebe, haben Sie uns einen Schrecken eingejagt! Amir war ganz außer sich! Was für ein Wahnsinn, sich in seinem Zimmer einzuschließen! Man mußte über den Balkon. Sie lagen ohnmächtig am Boden ... Ihr armer Gatte glaubte, Sie hätten einen Herzanfall erlitten. Was das betraf, habe ich ihn darauf aufmerksam gemacht, daß da drei leere Champagnerflaschen standen. Man hat Ihnen ein Brechmittel gegeben und Sie ins Bett gelegt, dann wurde ein Breiumschlag aus Eis und Kräutern über die Stirn gemacht, der sehr wirksam ist bei solchem ... Unwohlsein. Wie fühlen Sie sich jetzt?«

»Leicht ... so rein ... wie neugeboren! Oh, Rani Shahina, es ist ganz herrlich, ich habe das Gefühl, alles um mich herum lebt auf!«

Die Rani setzt sich neben sie.

»Selma, Sie müssen ihr Leben ändern; diese durchwachten Nächte und die im Bett verbrachten Tage tun Ihnen gar nicht gut; Sie sind schrecklich abgemagert: Amir hat mir berichtet, daß Sie nichts mehr essen, nur noch trinken; Sie sind drauf und dran, sich ...«

»Mich zu ruinieren, ich weiß, das habe ich schon öfter zu hören bekommen!«

»Selma, verreisen Sie für ein paar Wochen, besuchen Sie Ihre Mutter in Beirut, versuchen Sie, sich selbst wiederzufinden, sich zu entscheiden, was Sie wirklich wollen.«

»Was ich wirklich will? ... Habe ich denn die Wahl?«

Rani Shahina legt ihr sacht den Arm um die Schultern.

»Man hat immer die Wahl. Die Frage ist vielmehr, ob Sie den Mut haben, zu wählen, und zu dieser Entscheidung dann auch zu stehen? Auf jeden Fall können Sie nicht so weitermachen. Nutzen Sie diese Krise und den offenbar damit verbundenen Aufschwung Ihrer Energie: Verreisen Sie für einige Zeit.«

Selma mustert im Spiegel ihr leichenblasses Gesicht und seufzt: »Ich könnte mich in diesem Zustand nie vor meiner Mutter sehen lassen, sie würde sofort begreifen ...«

»Sie würde begreifen und Ihnen helfen.«

»Sie kennen meine Mutter nicht. Sie hat die schlimmsten Schicksalsschläge erhobenen Hauptes hingenommen, sie verachtet jede Art von Schwäche. Ich wage nicht, mir auszudenken, wie sie mich anblicken würde, wenn sie mich so sähe.«

»Aber Selma, es ist doch Ihre Mutter, und sie liebt Sie!«

»Ich glaube, sie liebt eher das Bild, das sie sich von ihrer Tochter macht ...«

»Einer für alle, alle für einen!« Rote Lettern auf weißem Grund. Feierlich wird das Banner durch die Hauptstraße von Kaisarbagh getragen, während von allen Seiten Fanfaren ertönen. Diener in Livree treiben die Leute beiseite und zwingen die kleinen Krämer, ihre Auslagen einzupacken: Die Prozession kommt, macht den Herren Platz! Nur die Kühe käuen, auf der Straße liegend, nach wie vor ruhig wieder, ohne auf die demütigen Bitten einzugehen.

Neugierig gemacht durch den Lärm, schleicht Selma sich auf die Terrasse: Der Horizont strotzt von Wimpeln, in der Ferne wiehern Pferde, erklingen lange Trompetenstöße, und in der Sonne schwanken goldene und silberne Schirme über einer sich gemessen nähernden Woge. Jetzt erscheinen die mit Brokatdecken behängten königlichen Elefanten, angeführt von dem weißen Elefanten des Radschas von Bampur, der auf seinem mit Amethysten übersäten Howdah* thront. Um ihn herum Banner mit Aufschriften wie »Hand in Hand gegen die Bolschewisten«, »Radschas und Maharadschas vereinigt zum Schutze des Volkes«. Hinter ihm seine fürstlichen Freunde und die aus der ganzen Provinz herbeigeeilten Zamindars: Sie veranstalten einen pompösen Umzug, um gegen die von der Kongreßpartei, diesen Kommunisten, die ihre ergebenen Untertanen aufhetzen wollen, verabschiedeten, ihrer Meinung nach ungerechten Gesetze zu protestieren. Diese pompöse Demonstration war vom »Syndikat der Radschas« organisiert worden, um die Bevölkerung, die durch arglistige Propaganda schwankend geworden war, wieder zur Vernunft zu bringen.

Das »Syndikat der Radschas«, das ein paar Monate zuvor anläßlich einer Versammlung mehrerer hundert kleinerer

* Tragsessel.

Herrscher in Lucknow gegründet worden war, hatte sich zum Kampf entschlossen. Sein Präsident, der Radscha von Bampur, hielt eine Rede, die mit großem Beifall bedacht wurde, wobei er die Notwendigkeit einer einheitlichen Front gegenüber der neuen Regierung betonte: »Wir müssen unsere Meinungsverschiedenheiten vergessen, damit wir unsere traditionelle und allseits respektierte Führungsstellung erhalten können.« Daraufhin fielen alle zusammen wieder in den Slogan ein, dessen revolutionäre Kühnheit ihnen gefiel, ja sie in gewisser Weise schockierte: »Einer für alle, alle für einen!« Eigentlich glaubte niemand daran, aber was ist schließlich ein Slogan? Er muß vor allem gut klingen.

»Die Narren!«

Amir steht hinter Selma auf der Terrasse. Mit verzerrtem Gesicht sieht er zu, wie die Fürsten, seine Freunde, vorbeidefilieren.

»Daß sie nicht einsehen, wie lächerlich es ist, einen solchen Luxus zu entfalten, während sie sich gleichzeitig darüber beklagen, der Staat ruiniere sie! Eine richtiggehende Provokation! Ich habe es ihnen zu erklären versucht, aber sie wollten nichts davon wissen: ›Unser Volk‹ haben sie mir geantwortet, ›ist wie ein Kind. Es läßt sich einzig von Macht und Glanz beeindrucken. Wenn wir schwach auftreten, überrollt es uns. Wenn wir hingegen unsere Stärke zur Schau stellen, wagt es nicht, uns den Gehorsam zu verweigern, und wird die Weisungen des Kongresses nur zögernd befolgen.‹ Ich konnte ihnen noch so sehr versichern, das Volk sei in Veränderung begriffen, es werde sich seiner Rechte bewußt, ich habe mir nichts als Beleidigungen eingehandelt. Man hat mir wieder einmal vorgeworfen, ich sei im Grunde ja Engländer!«

Amirs Stimme klingt so verbittert, daß Selma gerührt ist. Seit Monaten hat er sich ihr zum ersten Mal wieder anvertraut. Sie möchte ihm sagen, daß sie ihn verstehe, wagt es aber nicht. Seit dem Abend, wo sie sich betrunken hatte, sind sie zu einer Art Status quo übergegangen: Sie leben höflich, aber fremd aneinander vorbei. Er hatte ihr keine Vorwürfe gemacht, keine Fragen gestellt, sich aber in seine Junggesellengemächer zurückgezogen und nie mehr versucht, sie zu berühren. Sie war darüber erleichtert gewesen; die rasende Sinnlichkeit, mit der sie sich gegenseitig gequält hatten, in der sie gleichsam versunken waren, hatte plötzlich, wie ein seltsames Fieber, an das sie sich nicht mehr erinnern konnten, nachgelassen.

Amir fährt fort – er hält diesen Druck, diese Verbitterung nicht mehr aus: »Manche Fürsten grüßen mich nicht mehr; sie finden, wenn ich Konzessionen an die Bauern machen wolle, verrate ich ihre Sache und arbeite mit dem Kongreß zusammen. Sogar mit alten Freunden komme ich nicht mehr zurecht. Ist es denn so falsch, wenn ich die Meinung vertrete, die einzige Chance für Indien, sich zu entwickeln, sei die Demokratie?«

Er ballt die Fäuste und geht mit großen Schritten im Zimmer auf und ab.

»Ich frage mich manchmal, ob diese Jahre, die ich in England verbracht habe, nicht ein Unsegen waren. Zuerst wollte ich mir die Vorstellungen der Engländer aneignen, um sie besser bekämpfen zu können, und habe mich dabei unbewußt verändert. Sie haben mich schließlich davon überzeugt, daß ihre Wertvorstellungen universale Geltung hätten, daß es eine ›weiße‹ Moral gebe! Und jetzt, jetzt weiß ich nicht mehr ... Ich hasse sie, und gleichzeitig habe ich das Gefühl, sie seien im Recht gegenüber unseren Leuten ... Das ist ihr eigentlicher Sieg. Sicher werden sie bald abziehen, aber im Grunde sind sie noch weiter präsent – er schlägt sich an die Stirn – hier, in unseren Köpfen, in denen ihr Denken herumspukt. Wir alle, die im Begriff sind, die Führung dieses Landes zu übernehmen, weil wir modern erzogen worden sind, wer sind wir eigentlich? Inder, die in der Lage sind, den Willen unseres Volkes zu erfassen und zu verwirklichen? Oder schlechte Kopien von Engländern, die sich rühmen, die Unabhängigkeit herbeigeführt zu haben, im Grunde aber die Sklaverei weitertreiben?«

... Du also auch, du fühlst dich auch fremd?

In dieser Nacht bleiben Amir und Selma beisammen. Sie lieben sich sehr sanft, als wollten sie sich trösten ...

XIX

»Nein, meine Liebe, ausgehen können Sie nicht, in ganz Aminabad finden Demonstrationen statt!«

Seit mehr als einem Monat hat die Regierung eine Art Notstand verhängt, damit Hindus und Muslime nicht handgemein werden. Bis dahin ging es in Lucknow einigermaßen friedlich zu, aber die Massaker in den umliegenden Städten und Dörfern haben die Spannung verschärft. Trotz der polizeilichen Gegenmaßnahmen demonstriert alle Welt: Die muslimischen Studenten, weil man auf den Dächern der Schulen die Flagge des Kongresses hißt und diejenige der Muslim-Liga verbietet, die Bauern, damit die Regierung die Fürsten veranlaßt, die neuen Gesetze zu ihren Gunsten auch zu befolgen, die Fürsten, um ihre Ablehnung zu verstehen zu geben, die Unberührbaren, um die Erlaubnis zu erwirken, im Tempel zu beten – ein Recht, das ihnen die Hindus, die einer Kaste angehören, verweigern –, die Muslime, weil man ihnen ein Schulsystem nach hinduistischem Muster aufzwingen will, und die Hindus, weil die Muslime nach wie vor Kühe schlachten und verzehren.

Bis jetzt sind handgreifliche Auseinandersetzungen vermieden worden, aber wie lange geht es noch gut? Im Augenblick beschränken sich die Unzufriedenen darauf, zu demonstrieren, wobei sie gegen den Kongreß seine eigene, gegenüber der britischen Besatzungsmacht so wirksame Strategie der Gewaltlosigkeit anwenden – von Tag zu Tag werden die Gefängnisse voller; die Polizei weiß nicht mehr aus noch ein.

Selma ist ungeduldig.

»Ich muß ausgehen! Vergessen Sie nicht, daß ich in einer Woche nach Beirut fahre; ich muß Geschenke für meine Mutter besorgen.«

Es ist das erste Mal seit ihrer Heirat, daß sie in den Libanon zurückkehrt und die Sultanin wiedersieht. Sie ist darüber so glücklich, daß es sie nicht lange an einem Platz hält. Die Alpträume der letzten Monate sind vergessen. Sie ißt wieder normal und trinkt keinen Champagner mehr. Nach und nach hat sich auch ihr ängstlicher Blick verloren, und sie sieht nicht mehr aus wie eine Katze, der man das Fell über die Ohren zieht.

Ihre Beziehungen zu Amir haben sich verändert: Sie sind weder leidenschaftlich, noch kommt es zu Dramen. »Wie bei einem alten Ehepaar«, sagt sie sich ironisch, wobei sie sich wundert, eine gewisse Erleichterung zu empfinden. Sie kostet diese Gleichgültigkeit, die so bequem ist, aus, ist indessen ein bißchen erstaunt, daß ihr Gatte sie so ohne weiteres akzeptiert. Aber sie hat jetzt keine Lust, sich irgendwelche Gedanken zu machen. Sie denkt nur noch an Beirut, an das angenehme weiße Haus, an das Lächeln ihrer Mutter, an die Kalfalar, die sie verwöhnen werden, an Zeynel, der sie vergöttert, an ihre Freunde, an ihre Jugend, die sie wiederfinden wird!

»Hozur, eine Nachricht für Sie«, verkündet die säuerliche Stimme des Eunuchen.

Auf dem silbernen Tablett liegt ein kleiner blauer Briefumschlag. Ein Telegramm aus Beirut.

Sie sieht Amir unentschlossen an.

»Nun, Prinzessin, machen Sie ihn doch auf! Sicher bestätigt Ihnen die Sultanin, daß man Sie abholen werde, wenn der Dampfer anlegt.«

Bestätigen? Wieso? Natürlich wird sie abgeholt! Man wird sogar ein Fest veranstalten zu ihrem Empfang, das ist dort so üblich. Die Gastfreundschaft ist eine heilige Pflicht: Die Freunde werden alles stehen- und liegenlassen und mit großen Blumensträußen in den Hafen eilen.

Selma dreht und wendet das Telegramm in den Händen. Dem Poststempel nach hat es elf Tage gebraucht bis Lucknow, und sie hat vor genau zwei Wochen geschrieben, um ihr Kommen anzukündigen …

Sie holt tief Atem und reißt mit einer entschlossenen Geste den blauen Umschlag auf.

»SULTANIN HEUTE MORGEN GESTORBEN STOP VERZWEIFELT STOP DENKEN AN SIE STOP ERGEBENST ZEYNEL«

Viel später berichtet Zahra ihrer Schwägerin, sie habe eine Art Geheul vernommen und sei sofort herbeigestürzt. Selma habe sich das Gesicht zerkratzt und sei mit der Stirn gegen die Wand gerannt. Amir und eine Dienerin versuchten, sie davon abzuhalten, aber sie stieß sie zurück und trat nach ihnen. Zahra dachte an einen Anfall von Wahnsinn; Selmas Gesicht war blutüberströmt, sie hörte auf niemanden.

Dann hatte Zahra, der es den Atem verschlug, gesehen, wie ihr Bruder den Kodak zur Hand nahm, der auf einem Tisch lag, und Fotos zu machen begann. Da sei sie, Selma, von der man annehmen mußte, sie sei blind und taub gegenüber allem, was nicht ihren Schmerz betraf, plötzlich erstarrt, worauf sie sich wie eine Löwin auf ihren Mann stürzte; aber bevor sie ihn erreicht hatte, brach sie bewußtlos zusammen.

Eine Woche lang fürchtete man für ihren Verstand. Die besten Hakims der Stadt hatten sich an ihrem Bett abgelöst. Unter Zuhilfenahme von Opium und Kräutern, die nur sie selbst kannten, hatten sie sie Tag und Nacht schlafen lassen. »Ein allzu großer Schmerz soll nicht direkt bekämpft werden«, erklärten sie, »sonst revoltiert der Geist und flieht.« Um die seelischen Leiden zu lindern, müsse man für eine gewisse Zeit das Bewußtsein ausschalten und den Körper in einen gewissermaßen pflanzenhaften Zustand versetzen, ja ihn sogar schwächen, damit beim Erwachen der Schmerz keine Kraft mehr habe, wiederaufzuleben.

»Wie hat er das nur tun können? Das werde ich ihm nie verzeihen.«

Langsam taucht Selma aus dem bedrückenden Nebel, in dem sie sich seit Tagen müht, wieder auf, und ihre erste Regung ist Empörung über das Verhalten dieses Ungeheuers, das sie nicht mehr ihren Gatten nennen will!

Wie hat er, statt ihr zu helfen, sich über sie lustig machen können? Er wußte doch, wie sehr sie ihre Mutter verehrte.

Selma hat den Eindruck, mit Annecim sei ihre eigene Kindheit, ihre Jugend gestorben, ihre ganze Vergangenheit vom Tode bedroht; es gibt jetzt niemanden mehr, der sich mit ihr zusammen erinnern, durch ihre Person hindurch erinnern wird – das eigene Fleisch und Blut, gemeinsame Erlebnisse, Augen, die ihre Augen waren, ein Atem, der die Welt einsog und sie ihr gebändigt und warm wieder schenkte ... Sie wird von Weinkrämpfen geschüttelt, kann diesen Verlust nicht verwinden. Dabei fällt nicht ins Gewicht, daß sie die Sultanin seit zwei Jahren nicht mehr gesehen hat: Sie wußte, daß sie lebte, und das tröstete sie. »Was würde sie von mir halten? Was täte sie an meiner Stelle?« fragte sie sich; ihre Mutter war ihr immer zur Seite. Die letzten Monate ausgenommen, wo sie versucht hatte, sie zu vergessen, denn sie hätte ihren Blick nicht ertragen. Oder war es ihr eigener Blick, den sie nicht ertragen konnte? Aber im Grunde war das dasselbe, denn auch wenn sie manchmal rebellierte, bestand zwischen ihrer Mutter und ihr ein enger Austausch, ein Einverständnis in allen wesentlichen Dingen.

Sie hat sie umgebracht ... ja, sie, Selma, hat sie getötet; in diesen verrückten Monaten, wo sie sich zu zerstören suchte, hat sie die Sultanin zerstört! Und die Verbindung, die sie mit ihrer Mutter hatte, diese lebensnotwendige, über alle Entfernung hinweg wirksame, aber von Gleichgültigkeit bedrohte Verbindung ist abgerissen. Daran ist ihre Mutter gestorben ...

Schon früher hatte sie sie mit kleinen Schlägen getötet oder vielmehr verletzt, wie einen Baum, den man ausästet, weil er zuviel Schatten wirft. Das hatte vor langer Zeit begonnen ... Schon in Istanbul, sie erinnert sich: Dieser Groll, den sie empfunden hatte, als sie den Sultan spielte und Ahmet, der den griechischen General verkörperte, verprügelt hatte; die Sultanin war so entrüstet gewesen, daß sie es ablehnte, ihre Erklärungen überhaupt anzuhören, und hatte sie in ihr Zimmer eingesperrt. Eine Strafe, die nicht zählte im Vergleich mit der Verzweiflung, die das Kind über die Ungerechtigkeit ihrer doch so wunderbaren Mutter empfunden hatte.

Und im Libanon ... die Briefe ihres Vaters, die die Sultanin ihr »zu ihrem Besten« vorenthalten hatte; und dann die stumme, aber beharrliche Forderung, ihre Tochter solle einen Fürsten heiraten. Und Selma hatte immer gehorcht. Aber trotz – oder wegen? – dieses Gehorsams hatte sie in ihrem tiefsten Innern immer aufbegehrt. Ob Amir es erkannte, bevor sie selbst es erfaßt hatte? Hat er sich deshalb so seltsam verhalten? ... Hat er vielleicht gespürt, daß sich hinter ihrem Schmerz eine Erleichterung verbarg, die sie selbst nicht wahrhaben wollte, weshalb sie ihre Verzweiflung besonders laut herausschrie? Hatte er mit einer Klarsicht, die man sich nur auf Grund langer Erfahrung in der Ambivalenz der Gefühle oder in ihrer Unterdrückung erwirbt, hinter Selmas Besessenheit, sich zu verletzen, ihr Bedürfnis geahnt, sich selbst zu bestrafen, weil sie nicht genug litt?

»Apa ...« Zahras Stimme zittert leicht.

»Apa, Amir Bai möchte Sie sprechen ... Gestern haben Sie abgelehnt, und ich habe ihm gesagt, Sie seien noch zu erschöpft. Aber heute ... Apa, er wird es mir nicht glauben ... Er sieht so unglücklich aus, er sagt immer wieder, er habe schuld, daß Sie krank geworden sind ... Ich bitte Sie, Apa, er liebt Sie doch!«

»Er liebt mich? ... Gut, wenn er mich liebt, wird er so lange warten, bis ich Lust habe, ihn zu sehen.«

Sie läßt den Kopf wieder auf das Kopfkissen sinken, schließt die Augen: sich nicht rühren lassen, nicht nachgeben. Wenn sie hier leben muß – und wo sollte sie jetzt hin –, muß sie ihren Willen durchsetzen. Ihr ganzes Leben lang hat sie versucht, zu gefallen, wollte das kleine Mädchen sein, das man anbetet, wollte die geliebte Gattin sein, die Rani, der man Achtung entgegenbringt. Von jetzt an ist Schluß! Mit der Sultanin ist das einzige Wesen dahingegangen, das ihr Vorschriften machen konnte.

Ein tiefer Seufzer dringt aus ihrer Brust: Frei! Zum ersten Mal fühlt sie sich vollkommen frei.

Nach einer Woche ist die Übelkeit, um derentwillen sie das Bett hüten mußte, immer noch nicht verschwunden. Hakim Sahib hat eine strenge Diät verordnet, denn er befürchtet eine Gelbsucht: Es herrscht zur Zeit in der Stadt eine Epidemie.

»Eine Gelbsucht? Dieser Dummkopf! Sie haben noch nie so blühend ausgesehen!«

Lucie hat Selma besucht, und als diese ihr von ihren Beschwerden berichtete, bemerkte sie mit Kennermiene: »Ist es vielleicht nicht eher ... ein freudiges Ereignis?«

Selma fährt auf.

»Ein ...? Ganz sicher nicht, das ist unmöglich!«

Angesichts der überraschten Miene ihrer Freundin beißt sie sich auf die Lippen: Sie kann ihr schließlich nicht erklären, daß Amir und sie seit zwei Monaten, genauer gesagt von dem Tag an, als sie sich betrunken hatte, um Kemals Tod zu feiern, nicht mehr ... Das heißt, doch ... einmal! An jenem Abend, als die Fürsten ihren Demonstrationszug veranstaltet hatten und er so traurig war, hatten sie sich wiedergefunden ... wie zwei verirrte Kinder. Ob ausgerechnet in dieser Nacht? ...

Da Selma so fassungslos ist, beschließt Lucie, die Sache in die Hand zu nehmen.

»Ich schicke heute nachmittag meine Ärztin zu Ihnen, eine außerordentlich tüchtige Frau. Und ich bitte Sie, keine solche Jammermiene aufzusetzen: Es ist schließlich kein so großes Unglück, wenn man ein Kind erwartet!«

Sie schließt Selma in die Arme und verschwindet lachend.

Kaum hat die Ärztin das Zimmer verlassen, strömen die Frauen herein. Wie ein summender Bienenstock drängen sie sich um das Bett, beglückwünschen ihre Rani. Nach den zwei Jahren des Wartens, in denen sie die leichteste Blässe, das leiseste Zeichen einer Mattigkeit registrierten, hatten sie die Hoffnung beinahe schon verloren. »Was für ein Unglück«, klagten sie, »eine so schöne und vornehme Frau, die nicht in der Lage ist, ihre Pflicht zu erfüllen! ... Was soll der Herr machen? Er kann sie ja nur verstoßen!« Es standen auch schon zahlreiche Kandidatinnen zur Wahl, um die Prinzessin zu ersetzen, alle jung, gesund und aus besten Familien, lauter Inderinnen – Rani Aziza wollte keine Fremde mehr.

Aber jetzt ist er da, der Erbe, der künftige Herr ... fast schon da. Und in ihrer Freude, in ihrer Dankbarkeit küssen sie die Hände ihrer Prinzessin und beten ihre Gebetsketten herunter, wobei sie Segnungen und rituelle Formeln vor sich hin murmeln.

Selma hat sich in ihrem Bett aufgesetzt und beachtet sie nicht, hört sie gar nicht; sie starrt auf eine Kerzenflamme am andren Ende des Zimmers, die am Verlöschen ist. Das ist der Augenblick, der ihr besonders gefällt, der mutige Kampf des Feuers, das nicht sterben will. Als Kind hielt sie dann stets den Atem an, betrachtete es schweigend, um ihm Kraft zu schenken, und wenn es doch erlosch, weinte sie manchmal!

Die Kerze ist erloschen, Selma spürt auf ihren Wangen eine feuchte Kühle. *Tot … Annecim ist am Tage, als ich Leben schenkte, gestorben, als ob sie erloschen sei, um mir Raum zu gewähren, oder als ob ich auf ihren Tod gewartet hätte, um ihren Platz einzunehmen …*

Sie hat wieder und wieder gerechnet, und es gibt keinen Zweifel: Es war am gleichen Abend, als ihre Mutter gestorben war … Der Körper hat solche Vorahnungen … Er hat, bevor sie wußte, gewußt … Plötzlich leuchtet es ihr ein, daß sie, Selma, nichts als Tochter sein konnte, solange ihre Mutter lebte. »Die Mutter«, das war die Sultanin; sie hätte nie gewagt, ihre Stelle einzunehmen.

Verliert sie jetzt schon wieder den Verstand? Glauben, daß ihr Körper sich weigerte, ein Kind zu empfangen, bis zu dem Tage, wo er über Tausende von Meilen hinweg das Zeichen erhielt, er könne nun erblühen? Und trotzdem, die Wirklichkeit …

Zögernd, schüchtern fährt sie sich mit der Hand über den Bauch. Die Wirklichkeit, das ist jetzt das, und diesmal kann sie, will sie sich ihr nicht entziehen! Sie horcht, nimmt unter ihrer Handfläche einen Schauder wahr, sie hat den Eindruck, eine erwachende Welt zu erkunden. Sie schließt glücklich die Augen.

»Meine Liebe, wie wunderbar!«

Strahlend nähert sich Amir dem Bett; er scheint verstört. Selma betrachtet ihn erstaunt: Sie hatte ihn falsch beurteilt, hätte niemals gedacht, daß er so an ihrem Glück teilnehmen würde.

»Sie müssen jetzt sehr auf sich achten, ich will, daß mein Sohn …«

»Mein Sohn ...?« Selma hat das Ende des Satzes nicht mehr gehört, verkrampft sich jäh. Was bildet er sich ein? Er hat nichts zu tun mit ihrem Bauch, niemand hat etwas damit zu tun, es ist *ihr* Kind! Vor Schreck beginnt sie zu zittern: Sie läßt sich ihr Kind nicht wegnehmen! Nur weil dieser Mann mit ihr geschlafen hat, kann er noch lange keine Rechte anmelden! Sie betrachtet ihn feindselig: Er ist allerhöchstens ein passabler Ehemann und ein schlechter Liebhaber gewesen, aber ein Vater? Vater ihres Kindes? Instinktiv legt sie die Arme um ihren Bauch, eine Festung, die sich isoliert, sich verbarrikadiert und den kostbaren Schatz, den dieser Fremde da begehrt, vor ihm schützt.

Denn plötzlich ist sie nicht mehr »die Fremde«; sie fühlt sich nicht mehr fehl am Platz, sie ist da, fest verbunden mit diesem Land; sie hat jetzt den Eindruck, daß sie ein Teil von ihm, durch tausend Wurzeln mit ihm verbunden ist. Sie ist die braune, schwere, lehmige Erde und das Gras, das sich im Wind wiegt, sie ist der majestätische Wald und die friedliche Hitze dieses Spätnachmittags.

Nach und nach beruhigt sie sich, wundert sich, daß sie solche Angst gehabt hat: Wer könnte ihr dieses Leben tief in ihrem Bauch rauben? Ihr Blick streift den Mann neben ihr, sie lächelt ihm gleichgültig zu.

»Essen Sie vor allem keinen Fisch, das ist schlecht für die Haut der Babys! Auch dürfen Sie sich weder parfümieren noch schminken und auch keine Blumen ins Haar flechten, denn das erweckt den Neid der Dschinns: Sie könnten das Kind verhexen.«

In belehrendem Ton zählt Begum Nimet Empfehlungen und Verbote auf – jede schwangere Frau muß sie kennen –, und ihre Aussagen werden um sie herum mit Kopfschütteln bekräftigt. Wer könnte die Rani besser beraten als diese alte Frau? Sie hat eine ganze Schar von Enkeln und Urenkeln, alle sind gesund und wohlgeraten, ein Beweis dafür, daß ihre Mütter sich genau an die Ratschläge dieser Greisin gehalten haben.

Zu jeder Tageszeit, in jeder Lebenslage sind genaue Vorschriften zu befolgen. Man braucht nur ein bißchen über sie nachzudenken, dann versteht man sie auch. Aber heutzutage vertrauen die jungen Leute nur noch dieser Ingrese-Medizin, sie meinen, die alten Rezepte seien überholt! Man sieht ja die katastrophalen Folgen: Es gibt immer mehr Fehlgeburten, und alle diese Kinder, die halb verkrüppelt geboren werden, und das Kind der Nishat, dessen Gesicht zur Hälfte von einem rotvioletten Mal verunstaltet ist dabei hatte man ihr doch gesagt, sie solle von der elften Woche an keine roten Rüben mehr essen.

Selma hört zu und stellt aus Höflichkeit ein paar Fragen. Die Besorgnis dieser Frauen rührt sie. Seit sich die Neuigkeit herumgesprochen hat, sind aller Augen auf sie gerichtet, ist sie Mittelpunkt aller Gespräche, Hoffnungen und Befürchtungen. Dieser ganze Trubel, der sie sonst gestört hätte, ist jetzt für sie eine Bestätigung. Ohne ihn wäre sie nicht überzeugt, schwanger zu sein; sie mustert zwar jeden Abend vor dem Spiegel ihren Bauch und die Brüste, aber sie spürt nichts. Selbst die Übelkeit tritt nur noch selten auf. Hat sich die Ärztin vielleicht geirrt? Selma ist beunruhigt, und das geringste Unwohlsein versetzt sie in Entzücken.

Sie verbringt jetzt den größten Teil des Tages auf ihrer Hollywoodschaukel in ihrem wieder in ein Boudoir umgewandelten Salon. Von da aus sieht sie nur noch die Wipfel der Bäume und, durch das Blattwerk hindurch, ab und zu ein Stück Himmel. Sie hat keine Lust mehr, auszugehen, schon gar nicht, irgend jemanden zu besuchen; sie träumt vor sich hin.

Wenn es ein Junge ist, wird sie ihn Suliman nennen, nach ihrem Ahnen, dem berühmten Sultan. Und sie wird ihn zu einem großen Herrscher erziehen. Er wird kühne Reformen einführen; das Volk wird begreifen, daß er ihm helfen will, und mitmachen. Nach und nach sollen die Frauen befreit werden; sie wird ihn auf deren Not aufmerksam machen. Alles, was Amir, der zwischen feudalen Reaktionen und liberalen Überzeugungen schwankt, alles, was sie als Fremde nicht verwirklichen konnte, wird ihr Sohn vollenden. Sie wird ihm beratend zur Seite stehen. Sie werden zusammen Badalpur verändern, werden einen modernen Staat aufbauen, dem die anderen Staaten voller Neid nachzueifern versuchen. Sie werden Pioniere sein und beweisen, daß Indien, ohne sein eigenes Wesen aufzugeben, ohne sich gewaltsam zu anglisieren, sich zu einem mächtigen Land entwickeln kann.

Und wenn es ein Mädchen ist? ...

Wenn Selma daran denkt, zögert sie ... Ein Mädchen ... Das Eingesperrtsein, die schwarzen Burkahs, die Kinderheiraten sind Vorstellungen, die sie verfolgen. Ein Mädchen ... verschleiert, verkauft ... Es läuft ihr kalt über den Rücken.

An den folgenden Tagen denkt sie immer wieder daran, es quält sie. Wieso hat sie nicht schon früher daran gedacht? Jedermann im Palast ist davon überzeugt, es könne nur ein Junge sein, so daß auch sie davon überzeugt war. Aber wie wird Amir reagieren, wenn es ein Mädchen ist?

Um ihm diese Frage zu stellen, hat sie einen Abend gewählt, wo er offenbar besonders guter Laune ist. Er springt auf, als ob sie ihm etwas Beleidigendes gesagt hätte, beherrscht sich aber sofort.

»Ein Mädchen? Nun gut, dann werde ich für sie den reichsten, vornehmsten Gatten ganz Indiens ausfindig machen!«

»Und wenn sie nicht heiraten will?«

Er sieht sie verblüfft an und bricht in Lachen aus.

»Wie meinen Sie das? Hat man schon jemals erlebt, daß ein Mädchen sich nicht verheiraten will? Die Ehe ist das Ziel aller Frauen, die Voraussetzung, daß sie glücklich sind, denn sie sind dazu geschaffen, Kinder zu haben. Sie selbst, meine Liebe, sind ein Beispiel dafür: Seit Sie schwanger sind, strahlen Sie!«

Selma widerspricht nicht. Sie will ihn im Augenblick nicht verärgern, sie will nur wissen ...

»Wenn es ein Mädchen ist«, fährt sie beharrlich fort, »wird sie dann eingesperrt, muß sie einen Schleier tragen?«

Amir schüttelt verzweifelt den Kopf.

»Selma, warum stellen Sie mir solche Fragen? Sie wissen genau, daß sie das muß. Andernfalls wären mein und ihr Ruf ruiniert. Niemand würde sie einladen; unsere Gesellschaft nimmt es mit der Tugendhaftigkeit der Frauen genau. Aber beruhigen Sie sich, sie wird darunter nicht leiden, denn sie wird etwas anderes nie gekannt, wird dazu gar keine Möglichkeit haben.«

»Beruhigen Sie sich« … Diese Bemerkung, die Selma beruhigen sollte, erschreckt sie: Ihre Tochter wird nicht einmal imstande sein, sich vorzustellen, was Freiheit ist! Unmöglich! Sie will keine Gefangene zur Welt bringen. Ihr Kind soll nicht eines dieser beschränkten Wesen werden, dessen Gesichtskreis einzig das Wohlergehen seiner Familie ist. Sie soll eine Frau sein, die handelt, soll ihren Gefährtinnen helfen, sich von den Zwängen zu befreien, die seit Jahrhunderten ihre Intelligenz und ihren Willen zu unterdrücken versuchen. Ihre Tochter wird kämpfen … Man wird sie auch nicht als Fremde behandeln können, zumindest *sie* wird das Recht haben, zu kämpfen!

Aber ob sie Lust dazu hat? Kann Selma ihr ihr eigenes rebellisches Wesen vermitteln? Kann man jemandem, der Gerechtigkeit nie kennengelernt hat, klarmachen, was Ungerechtigkeit ist?

Die Trägheit Indiens erschreckt sie. Sachte, Tag für Tag, stumpft sie Begeisterung wie Empörung ab, macht langsam, ganz undramatisch, Entschlüsse zunichte, indem sie den Trieb dazu zerstört.

»Wie soll meine Tochter die Kraft dazu haben?« fragt sie sich. »Ich selbst, und ich weiß doch, was Freiheit ist, habe manchmal den Eindruck …« Selma zögert bei dem Wort, das sie haßt, und trotzdem … wirklich, seit einiger Zeit beginnt sie sich … anzupassen! Die junge, ungeduldige, beharrliche Frau ist jetzt beinahe bereit, das unbeschwerte Leben, das sie umgibt, zu schätzen; sie fühlt sich geborgen. Sie hat sich unmerklich dem Wohlleben überlassen, wobei sie sich der Illusion hingab, immer noch dieselbe zu sein …

Die Bemerkung einer Dienerin hatte sie alarmiert. Die Frau sagte, sicher um ihr Freude zu bereiten, laut zu einer Freundin: »Wie schön, unsere Rani hat sich so verändert, sie ist eine richtige Inderin geworden!«

Da hatte sie wieder Rani Shahinas Mutter vor Augen, ein

Bild des Scheiterns, des Unglücks, diese einstmals unternehmungslustige und begeisterte Frau, die Verzicht geleistet hatte, um bei ihren Kindern zu bleiben. Aber sie hatte diesen Verrat ihrer selbst nie akzeptiert und sich schließlich in den Wahnsinn geflüchtet.

»Gehen Sie! Retten Sie sich, noch können Sie es!« Die rauhe Stimme hallt in Selmas Ohren nach. Damals hatte sie diese Warnung nicht ernst genommen und geglaubt, sie könne jedem Druck Widerstand leisten.

Zwar kann man der Gewalt Widerstand leisten, aber dem süßen Leben? Selma hat plötzlich Angst; sie weiß, daß nichts gefährlicher ist als dieses angenehme, schlaffe Dahindämmern, dieses Befriedigtsein, das die Menschen Glück nennen. Aus Mattigkeit, aus Feigheit oder vielleicht aus Hoffnungslosigkeit ist sie auf dem besten Weg, sich darauf einzulassen. Sie muß gehen, fliehen, bevor es zu spät ist! Dem Kind zuliebe, vielleicht, aber auch – vor allem? – ihretwegen. Fliehen, nicht weil sie unglücklich ist, aber weil sie ein solches Glück nicht will.

XX

»Also, wofür haben Sie sich entschieden? Paris oder Lausanne?« Selmas Finger erstarren auf den Tasten des Klaviers; sie wendet sich sprachlos zu Lucie um: Wieso hat diese Teufelin alles erraten? Um ihre Verwirrung zu verbergen, tut sie so, als sei sie in die Betrachtung eines Rubins versunken, den Amir ihr vor kurzem geschenkt hat, und stottert: »Reisen? Davon kann doch in meinem Zustand gar keine Rede sein!«

»In ihrem Zustand!«

Die Französin hat die Augen zum Himmel erhoben, um ihrer tiefen Entrüstung Ausdruck zu verleihen.

»Man könnte glauben, Sie seien die erste Frau auf der Welt, die ein Kind erwartet! Genau zu diesem Zeitpunkt müssen Sie verreisen, später wäre es riskant. In diesem Punkt sind sich die Ärzte glücklicherweise einig: vor dem dritten Monat. Sie werden doch Ihr Kind nicht etwa hier zur Welt bringen wollen?«

»Aber … wieso denn nicht?«

»Sie ist ja so lieb, aber vollkommen verrückt! Hören Sie, meine Gute, in diesem kleinen Nest bringt man kein Kind zur Welt! Glauben Sie, daß Ihr alter Hakim, der eine Schwangerschaft nicht von einer Gelbsucht unterscheiden kann, Ihnen im Falle einer Komplikation zu helfen vermag? Es gibt gegenwärtig nur zwei Orte, wo man ein Kind zur Welt bringen kann: Paris und Lausanne.«

Selma unterdrückt ein Lächeln; sie denkt an alle diese ahnungslosen Frauen überall auf der Welt, die es wagen, ihr Kind anderswo zu gebären; aber Lucies Snobismus ist auch zu etwas gut, denn sie hilft ihr vielleicht, ohne es zu wissen, das Problem zu lösen …

Sie kann seit einigen Nächten nicht schlafen und fragt sich: Bleiben oder gehen? Wenn es ein Junge ist, steht ihr das Recht nicht zu, ihm die Stellung, die er später einmal übernehmen soll, vorzuenthalten; aber wenn es ein Mädchen ist? … Es ist nicht schwierig, den Palast in Lucknow zu verlassen – sie muß nur ein paar Dienerinnen bestechen –, aber Indien verlassen? Sie hat alle möglichen Mittel und Wege in Betracht gezogen – auch Verkleidung und falsche Pässe –, aber sie weiß, daß Amir Himmel und Hölle in Bewegung setzen würde, um sie ausfindig zu machen, daß ihre Personenbeschreibung an allen Grenzen deponiert wäre.

Wenn sie aber offiziell wegführe, um ihr Kind in Frankreich zur Welt zu bringen, und dann einfach nicht mehr zurückkäme, wer könnte sie zwingen? Frankreich ist ein Land, das leicht Asyl gewährt, ein freies Land, da könnte der Radscha nichts gegen sie unternehmen.

»Die Ranis von Badalpur haben ihre Kinder immer im Palast zur Welt gebracht. Was für die Frauen unserer Familie jahrhundertelang gut war, ist sicher auch recht und billig für Sie … Prinzessin!«

Der Titel klang in Rani Azizas Mund wie eine Beleidigung: Die Unverschämtheit dieser Fremden ist grenzenlos! Glücklicherweise hatte ihr eine Dienerin hinterbracht, was sich da anbahnte, und sie war rechtzeitig gekommen, denn ihr Dummkopf von Bruder wäre imstande, nachzugeben.

Der Radscha seinerseits wünscht sich ans andere Ende der Welt. Ihm ist klar, daß er in jedem Falle, ob er nun seiner Gattin oder seiner Schwester recht gibt, monatelang Klagen und Spannungen ertragen muß. Aber im Grunde ist er nicht unglücklich darüber, daß seine ältere Schwester eingegriffen hat; schließlich ist das Frauensache! Er selbst war auch gegen diese Reise, aber er hätte sich vielleicht überzeugen lassen, denn Selma hatte ihn beunruhigt ...

Dann kam ihm eine glänzende Idee, die jedermann befriedigen mußte: »Wir rufen einen englischen Arzt in den Palast. Wenn es in Lucknow keinen besonders guten gibt, lassen wir einen aus Bombay oder Kalkutta kommen. Auf diese Weise sind wir gegen alle Eventualitäten gewappnet und werden gleichzeitig der Tradition gerecht. Ich muß gestehen, daß ich auch der Meinung bin, ein Herrscher von Badalpur sollte nicht im Ausland geboren werden. In diesen schwierigen Zeiten könnte man das vielleicht zum Vorwand nehmen, um ihm seine Legitimität streitig zu machen.«

Befriedigt über diese Lösung, die er nicht weiter diskutiert wissen will, zieht sich Amir zurück, ohne der entsetzten Miene seiner Gattin oder dem Protest seiner Schwester, ein muslimischer Fürst dürfe nicht mit Hilfe eines Ungläubigen zur Welt gebracht werden, Beachtung zu schenken.

Erst schwerwiegende Ereignisse konnten den Radscha von seiner Entscheidung abbringen. In diesem März 1939, da Hitler die Tschechoslowakei annektiert und die europäischen Demokratien zaudern, während der Mahatma Gandhi ihnen zu »einer umfassenden Abrüstung« rät, »die Herrn Hitler sicher die Augen öffnen und entwaffnen werde«*, wird in Lucknow die Spannung zwischen den muslimischen Glaubensgemeinschaften – den Sunniten und den Schiiten, die sich von jeher befehdet hatten – immer größer.

* Interview der *New York Times* vom 24. März 1939.

Der Zankapfel ist der Mad e Sahabah, eine Apologie der drei ersten Kalifen, die die Sunniten öffentlich rezitieren wollen, was die Schiiten als Provokation empfinden: Für sie waren diese Kalifen Usurpatoren, und einzig der Schwiegersohn des Propheten, Ali, sein legitimer Nachfolger.

Im Jahre 1905, nach Aufständen, bei denen es Dutzende von Toten gab, hatte der englische Gouverneur die Rezitation des Mad e Sahabah verboten. Aber seit die Kongreßpartei an der Macht ist, beharren die Sunniten darauf, diese »ungerechte« Maßnahme müsse rückgängig gemacht werden. Sie führen an, die Schiiten würden ihrerseits ja den Tabarrah rezitieren, was für sie, die Sunniten, eine Beleidigung ihrer Kalifen darstelle.

Manche hinduistischen Politiker unterstützen – in der Hoffnung, Stimmen für den Kongreß zu gewinnen – die Sunniten, die dreimal zahlreicher sind als die Schiiten. Daß das zu Aufruhr führt, kümmert sie nicht im mindesten: Schwächt doch der Kampf zwischen Muslimen die Muslim-Liga und ihren verhaßten Führer, Jinnah. Da die Regierung nichts unternahm, haben die Sunniten in den letzten Wochen immer wieder Demonstrationen veranstaltet. Sie werden zu Hunderten festgenommen, und die Polizei, die nun auch noch mit diesen Unzufriedenen konfrontiert ist, von allen anderen abgesehen, weiß nicht mehr, wie sie vorgehen soll.

Am 31. März gibt die Regierung zur allgemeinen Verblüffung nach: Der Mad e Sahabah darf überall und zu jedem Zeitpunkt rezitiert werden, sofern man die Behörden verständigt hat. Alsbald bricht eine Panik aus. Die Schiiten gehen auf den Straßen von Lucknow mit Gebeten und Steinwürfen gegen die Sunniten vor. Vor dem großen Immambara kommt es zu überaus gewaltsamen Auseinandersetzungen, die Polizei schießt, es gibt Tote und Verletzte. Die Regierung verhängt eine Ausgangssperre, die aber nicht befolgt wird. Die Geschäfte haben die Rolläden heruntergelassen, und die meisten Einwohner bleiben zu Hause. Bewaffnete Kolonnen ziehen durch die Stadt. Innerhalb von wenigen Tagen werden Tausende von Muslimen festgenommen, was weiter nichts bewirkt als neuen Aufruhr. Einer Gruppe gelingt es, ins Rathaus einzudringen und sich des Premierministers zu bemächtigen, der dann letztlich mit dem bloßen Schrecken davonkommt. Die Frauen sind der Meinung, nun sei der Zeitpunkt gekommen, wo sie ihre Männer unterstützen und verschleiert in ihrem schwarzen Burkah öffentlich auf der Straße demonstrieren müßten. Siebentausend Schiiten sitzen schon im Gefängnis, ein paar hundert Sunniten auch; wenn sich jetzt noch die Hindus einmischen – in dieser gespannten Atmosphäre kann alles ein Vorwand sein –, ist nichts mehr auszuschließen, und selbst die Armee wäre nicht in der Lage, Brandstiftungen und Massaker zu verhindern.

In diesen ersten Frühlingstagen kann in Lucknow niemand vorhersehen, wie sich diese Dinge entwickeln. Amir will kein Risiko eingehen: Er muß dableiben, aber seine junge Frau soll verreisen. Sie ist nervös; er fürchtet, daß ihre Schwangerschaft gefährdet sein könnte. Und wenn es im friedlichen Lucknow nicht mehr sicher ist, dürfte das für ganz Indien gelten. Im Grunde ist es keine so schlechte Idee, Selma nach Frankreich zu schicken. Er wird sie von Zeynel begleiten lassen, der jetzt, wo die Sultanin gestorben ist, in Beirut nichts mehr zu tun hat.

Der Bahnhof von Lucknow ist jetzt, Mitte April, mit seinen Scharen ausgehungerter Träger und Bettler, die in der riesigen roten Sandsteinhalle die mit Blumenhalsketten geschmückten Reisenden eskortieren, wie immer von Staub und trockener Hitze erfüllt.

Vor dem imposanten viktorianischen Eingangstor, das von Mogul-Pavillons flankiert wird, hält der weißgoldene Isota Fraschini. Wächter, die das Wappen des Staates Badalpur tragen, umringen ihn; sie schützen Selma vor der Neugier der Menge, die durch die Damastvorhänge hindurch die Rani mit dem goldenen Haar zu erspähen versucht.

Denn seit der Morgendämmerung, als die Palastdiener erschienen waren, um den langen Brokatgang zu errichten, damit die Prinzessin unbeobachtet in den königlichen Wagen steigen konnte, hat sich die Neuigkeit verbreitet. Ihre Schönheit ist in der Stadt sprichwörtlich geworden; zwar haben sie nur wenige gesehen, aber die Beschreibungen der Dienerinnen haben die Phantasie beflügelt. Auch ist ihre Freigebigkeit bekannt; wer weiß, vielleicht wird anläßlich ihrer Abreise etwas verteilt? Aus der sich drängenden Menschenmenge ertönen Hochrufe und Glückwünsche …

Selma sitzt neben Amir, der sehr nervös ist, und kämpft gegen ihre Rührung. Sie weiß nicht mehr, warum sie unbedingt wegfahren wollte. Der Abschied vom Palast war ihr unerwarteterweise schwer gefallen, obwohl sie doch so lange davon geträumt hatte, ihn zu verlassen. Alle Gründe, die ihr einleuchtend erschienen waren, kommen ihr jetzt lächerlich vor. Die Herzlichkeit, mit der man ihr in den letzten Tagen begegnet war, die Zuneigung der Frauen und Kinder, die aus allen Ecken des Palastes aufgetaucht waren und sich weinend an ihren Rocksaum klammerten, war aufrichtig. Sie wollten nicht, daß sie verreise, und als sie endlich begriffen hatten, daß sie nicht umzustimmen war, als der Radscha streng erklärt hatte, die Prinzessin verreise »aus Gesundheitsgründen«, hatte ihr jede dieser Frauen ein kleines Geschenk gemacht, gewissermaßen ein Teilchen ihrer selbst, das ihre Rani mitnehmen, von dem sie beschützt werden sollte in einer Welt, die sie sich nicht vorstellen und in der sie sie nicht mehr selbst beschützen konnten. Trotz Amirs Ratschlägen, der sich über diese Kinkerlitzchen aufregte, lehnte es Selma ab, sich von ihnen zu trennen. Dadurch würde sie das Vertrauen, das man in sie gesetzt hatte, enttäuschen, und das würde ihr Unglück bringen. Also ließ sie die Spitzentaschentücher, die seltsamen farbigen Steine und Holzschnitzereien in einen Koffer packen, den sie nach Paris mitnimmt. Sollte sie sich dort einmal einsam fühlen, wird sie ihn öffnen, um diese Liebesbeweise zu betasten und an ihnen zu riechen.

»Es ist alles bereit, wir können aussteigen!«

Amir ist aus dem Wagen gesprungen. »Wie ungeduldig er ist«, wundert sich Selma, »als ob er es nicht erwarten könnte, daß ich abreise …« Sie weiß natürlich, daß das nicht zutrifft;

er ist im Gegenteil ganz verwirrt und tut sein möglichstes, um das zu verbergen. Aber sie nimmt ihm übel, daß er sich so beherrscht, daß er sich ihr gegenüber so unbeschwert gibt wie gegenüber irgendwelchen Fremden. Die seltenen Male, wo er sich ohne diese Maske gezeigt hatte, hatte er es sie an den folgenden Tagen durch doppelte Kälte büßen lassen.

Leichtfüßig geht ihr der Radscha in dem mit Seide bespannten Gang voraus, den sie vor zwei Jahren in umgekehrter Richtung durchschritten hatte. Hier war sie, die Verlobte, strahlend vor Hoffnung angekommen und hatte sich selbstbewußt aufgemacht, ihren schönen Mann und ihr neues Vaterland zu erobern.

Und jetzt ... Sie geht auf den Waggon aus Metall und Holz zu, der sie von all denen entfernen wird, die sie kennen und auf ihre Weise lieben. Hinter ihr Zahra, Zahra, das zarte junge Mädchen, das sie so bewundert hatte und dem sie nicht verzeiht, daß es sich zu einer ruhigen, beleibten Matrone entwickelt hat. Aber vielleicht sollte sie ihr im Gegenteil dankbar sein, weil sie ihr eine Warnung war, was das Glück in diesem Land aus den Frauen macht ... Hinter Zahra Rashid Khan, ihr getreuer Rashid, der seit ihrer Ankunft über sie gewacht und sie verstanden hat. Ahnt er, daß sie vielleicht für immer wegfährt? ...

Sie wird durch einen starken Jasmingeruch von ihren Gedanken abgelenkt. Sie stehen vor dem indigoblauen Waggon in den Staatsfarben. Am Fuße des Einstiegs ein riesiger, duftender Aufbau aus weißen Blumengebinden. Wer ist auf den Gedanken gekommen, ihr zum Abschied ihre Lieblingsblumen mitzugeben? »Amir«, beantwortet Zahra lächelnd die stumme Frage. Selma steigen die lange zurückgehaltenen Tränen in die Augen. Amir? ... Warum so spät? Ist er jetzt, da sie wegfährt, endlich in der Lage, ihr ein bißchen Liebe entgegenzubringen? ...

Verstört betritt sie das Abteil und geht auf ihn zu. Wenn er sie in diesem Augenblick bäte, dazubleiben, würde sie ihm in die Arme sinken.

Aber er sieht sie nur an und weicht unmerklich zurück.

Später wird er oft an diesen Augenblick denken. Er hatte

Lust, seine kontrollierte Reaktion zu überwinden, diese goldene Regel, die muslimischen Ehegatten verbietet, in der Öffentlichkeit das geringste Zeichen von Vertraulichkeit zu zeigen. Es ist zwar nur die Familie anwesend, und Zeynel, ein paar Dienerinnen sind da … und seine junge Frau, die ihn schweigend um eine Geste bittet.

Zitternd ergreift Selma den Champagnerkelch, den er ihr als aufmerksamer Gatte anbietet. Er hat seine Selbstbeherrschung wiedergewonnen und bringt Trinksprüche aus auf die Gesundheit der Prinzessin, auf eine gute Reise, auf einen angenehmen Aufenthalt in Frankreich. Nicht ein einziges Mal erwähnt er, daß er sie vermissen werde und wann sie sich wiedersehen würden. Aus seinem Gesicht läßt sich nicht die geringste Gefühlsregung ablesen.

Dieser merkwürdige Abschied wird vom Pfeifen des Bahnhofsvorstehers unterbrochen, das die unmittelbare Abfahrt anzeigt. Außer Zeynel sind alle auf den Bahnsteig zurückgekehrt, Amir ist als letzter geblieben. Wird er sie umarmen?

Er verbeugt sich galant, als würden sie sich nur für ein paar Tage trennen.

»Bis bald, Prinzessin.«

»Amir!«

Er hört ihren Aufschrei, dreht sich um. Sie sehen sich lange, schmerzlich an. Sie hat plötzlich die Vorahnung, daß sie sich nie mehr wiedersehen, daß sie Indien nie mehr wiedersehen wird.

Sie beugt sich aus dem Fenster des anfahrenden Zuges und starrt durch die Rauchfahnen hindurch auf die schmale weiße Gestalt, die reglos auf dem Bahnsteig zurückbleibt: Sie rückt ferner, immer ferner, verschwindet …

VIERTER TEIL

Frankreich

I

2. April 1939

Ich schreibe Dir aus Paris, mein Mahmud, wo wir beide, die Prinzessin Selma und ich, uns vor zwei Wochen niedergelassen haben. Gewiß doch! Du träumst nicht, es ist wirklich Dein Zeynel, der nach fünfzehn Jahren sein Stillschweigen bricht und sich anschickt, wieder auf der Bildfläche zu erscheinen …

Sei mir nicht böse, wenn ich Dir auf die zärtlichen Briefe, die Du mir zu Beginn unserer Trennung geschrieben hast, nicht geantwortet habe. Es geschah nicht aus Gleichgültigkeit. Mein Gefühl sagte mir, es sei vergeblich, die Erinnerungen an das Glück von einst wieder wachzurufen. Vor allem für Dich, der Du noch so jung warst: Du solltest mich vergessen und ein neues Leben anfangen.

Was mich angeht, so stand mir der Sinn nicht danach. Meine Zeit, meine Energie, meine Gedanken, alles widmete ich der unglücklichen Familie, deren Schicksal mir Verantwortung auferlegte, und vor allem … widmete ich mich der Sultanin Hatice, der es trotz aller Courage nicht gelang, den Schock des Exils zu überwinden …

Meine Sultanin … Ich kann nicht von ihr sprechen, ohne daß mir Tränen in die Augen steigen. Es sind jetzt einige Monate her, daß sie uns verlassen hat, sie ist ohne Klage verschieden, ganz die große Dame, die sie stets gewesen ist … Ich hätte vor Schmerz fast den Verstand verloren! Seit Ausbruch ihrer Krankheit waren wir uns noch nähergekommen; sie gewährte mir nicht nur ihr Vertrauen, sondern machte mir das unschätzbare Geschenk ihrer Zuneigung.

Ihr Hinscheiden bedeutete für mich, ich kann es Dir heute gestehen, das Ende einer langen Liebesgeschichte. Aber sicher hast Du dies seit langem schon geahnt …

Als ich in ihre Dienste trat, in jenem Palast von Şeragan, in dem sie zusammen mit ihrem Vater gefangengehalten wurde, war ich ihr augenblicks zutiefst ergeben. Ich war erst fünfzehn Jahre alt, sie hätte meine Mutter sein können, aber ich hatte das Gefühl, ich sei es, der sie beschützen müsse. Sie war so traurig! Jahrelang hatte sie auf die Freiheit gehofft, schließlich hatte sie es aufgegeben. Die Mauern dieses Palastes würden ihr Grab sein. Sie ertrug ihre Gefangenschaft nicht länger; sie hatte einen solchen Lebenshunger, daß ich begriff, sie werde sich eines Tages umbringen ...

Ich teilte diese Beobachtung dem Arzt mit, den Sultan Abdül Hamid einmal in der Woche entsandte. Meine Kühnheit erstaunte ihn über die Maßen, doch er mußte Seine Majestät darüber unterrichtet haben, denn einige Monate später wurde die Entscheidung getroffen, die Sultanin zu verehelichen.

Damals stand ich unsägliche Ängste aus, mußte ich doch befürchten, von ihr getrennt zu werden; glücklicherweise gehörte ich zu ihren Brautgeschenken. Seither habe ich sie nicht mehr verlassen.

War ich deshalb schon glücklich? Nein, ich platzte vor Eifersucht. Ich war eifersüchtig auf ihren Ehegemahl, bis ich begriff, daß sie ihn, noch mehr als ich, verabscheute; und ich war auch eifersüchtig auf den schneidigen Pascha, den Gatten der Sultanin Naime, dem sie schöne Augen machte, bis ich herausfand, daß sie nur auf Rache an Sultan Abdül Hamid sann. Und dabei bin ich ihr, das kannst du mir glauben, mit Begeisterung behilflich gewesen. Ihre Rache war meine Rache, denn beide waren wir Opfer dieses Herrschers, den die Christen den »roten Sultan« nannten.

Aber wen ich niemals akzeptieren konnte, das war ihr zweiter Gatte, der verführerische Hayri Rauf Bey. Wie konnte sich eine so zarte, kluge Frau in einen solchen selbstgefälligen Laffen verlieben?

Ich habe Qualen ausgestanden wie ein Verdammter. Und trotzdem behandelte sie mich liebenswürdiger als je zuvor. Das Glück machte sie leutselig. Ich haßte diese Güte, diese Vertraulichkeiten, die sie sich herausnahm, Zeichen von Vertrauen, wie sie vielleicht dachte, in Wirklichkeit jedoch Zeichen von Gleichgültigkeit. Wenn zum Beispiel ihr Gatte einmal abwesend war, so ließ sie es für gewöhnlich zu, daß ich zusammen mit ihren Frauen im Harem an ihrer Seite weilte. Sie lagerte sich hin, schnürte ihr Mieder auf, ließ sich ihr prächtiges Haar kämmen und bat mich, sie bis in alle Einzelheiten über den Hofklatsch zu unterrichten. Und sie brach in Lachen aus, sie lachte mit in den Nacken geworfenem Kopf, vollkommen hingegeben ... sie merkte es gar nicht! Als ob ich, trotz allem ein Mann, gar nicht da wäre, als ob ich kein Verlangen empfände. Ihr Benehmen und das ihrer Zofen, die bei dieser Hitze halb entblößt waren, empörte mich derart, daß mir fast der Schädel zersprang: »Du bist ein Kastrierter, bloß ein Kastrierter!«

Damals habe ich sie gehaßt und Allah darum gebeten, Er möge sie für ihr unverschämtes Glück bestrafen. Er hat mich erhört ... mehr als ich mir vorstellen konnte. Was für eine Grausamkeit! Im tiefsten Innern habe ich den Fluch auf jene herabgefleht, die ich mehr als mein Leben geliebt habe; ein Zurück war nicht mehr möglich.

Immerhin, in Beirut bin ich glücklich gewesen: Das Exil hatte uns zu einer Familie vereint, und meine Sultanin suchte immer mehr Halt an mir, dem einzigen Mann im Hause.

Ich sehe Dein Lächeln voraus, aber glaubst Du armer Kerl, der von nichts eine Ahnung hat, daß die Männlichkeit von dem lächerlichen Erguß einiger trüber Tropfen abhängig sei? ... Und vor allem, woher weißt Du denn, daß ich dazu unfähig bin? Es ist so manches Mal geschehen, daß die Hand eines Hakim bei der Ausführung seines unheilvollen Geschäftes zitterte, daß er Mitleid empfand ...

Wie dem auch sei, ich war ein hübscher Bengel und keine dreizehn Lenze alt. Ich erinnere mich noch an den damaligen Frühling, an ein dunkles Schmachten für eine Blondine aus der Nachbarschaft, an Träumereien und seltsame, ungeschickte Liebkosungen dieses Teils meiner selbst, der zu leben anfing und meinen ganzen Körper mit köstlichen Schaudern überflutete.

Wir wohnten auf dem Land. Meine Eltern waren Kleinbauern. Nach mir kamen noch sechs Geschwister. Als die Emissäre des Sultans in jenem Jahre eintrafen, wie es alljährlich geschah, bestimmte mich mein Vater – Gott möge es ihm niemals verzeihen! –, mit ihnen zu gehen. Er dachte sich wohl, sein Ältester könne es zum Großwesir, zumindest zum höheren Beamten der Hohen Pforte bringen, so daß die Familie nichts mehr vom Elend zu befürchten habe. Ach, er war nicht der einzige, der so handelte! Seit Jahrhunderten wurden die schönsten, intelligentesten Knaben im Namen des Osmanischen Reiches rekrutiert und, jeder nach seinen Fähigkeiten, in den verschiedenen Palastschulen erzogen.

War er der Meinung, daß es unter den ruhmreichen Stellungen, die er sich für mich erhoffte, eine von allergrößter Macht gebe denn wer über die Frauengemächer wacht, wacht über Herz und Kopf seines Herrn? Doch um welchen Preis! Er mußte ihm klar sein, und ich höre noch das Wehgeschrei meiner Mutter, als ahnte sie die Verstümmelung ihres Fleisch und Blutes.

Warum soll ich Dir heute von alledem reden, wo Du mich doch so oft, zärtlich mir zur Seite ausgestreckt, darum gebeten hast, Dir von mir zu erzählen, und meine Weigerung Dich wie ein Mangel an Vertrauen traf? Vielleicht, weil ich mich für alt halte und in dieser großen Stadt niemanden habe, mit dem ich mich aussprechen kann. Meine Prinzessin ist viel umworben, sie geht alle Tage aus. Ich freue mich darüber, denn als ich ihr in Indien wiederbegegnete, nach zwei Jahren, hat mich ihre Traurigkeit erschreckt. Ich hingegen fühle mich, zum ersten Mal, seitdem ich Istanbul verlassen mußte, sehr einsam.

Auch kann ich mich Dir jetzt anvertrauen, weil ich mir darüber im klaren bin, daß wir für immer getrennt sind und daß meine Schwäche für Dich von nun an nichts mehr über Dich vermag ... Jawohl, auf meine Weise habe ich Angst vor Dir gehabt, vor Deiner zarten Jugend, Deiner Schönheit, die mir in Erinnerung rief, was ich einst gewesen war. Ich hatte Angst, mich in meinem wiedergefundenen Bild zu verlieren, mich von ihm bezaubern zu lassen. Mitleid mit Dir haben, hätte bedeutet, Mitleid mit mir selbst zu haben; das konnte ich mir nicht durchgehen lassen. Wie habe ich denn, was glaubst Du, meinen Weg in dieser grausamen Hofgesellschaft finden können? Natürlich durch unbarmherziges

Ausmerzen aller Träumereien und Gewissensbisse. Denn zunächst, als mir aufging, was sie aus mir gemacht hatten, ein Objekt des Spottes, der Mißachtung, schlimmer noch, des Mitleids, da wollte ich wie so viele, die mein Schicksal teilen, nichts als sterben.

Das Mitleid ... jedesmal war es, als ob man mich erwürgen würde, als ob man mich von neuem kastrierte, wenn man in mir den armen Kastrierten sah. Oftmals gefiel ich mir darin, meinerseits unglücklich zu machen, um selber Mitleid haben zu können, um die Beleidigung zurückzugeben ... Ich verabscheute glückliche Menschen, die ihrer selbst und des Lebens mit allen seinen Möglichkeiten sicher waren ... Darum haßte ich auch die Jungen; Sympathie empfand ich nur für diejenigen, die auf dem Wege zum Tod waren und es wußten, weil sie in ihrem ganzen Körper das Fortschreiten der Eiseskälte verspürten ...

Habe ich Dich geliebt, weil Du unglücklich warst? Gewiß. Hätte ich einen strahlenden Jüngling zu lieben vermocht? ... Weil Du von Kindheit an kastriert warst, kanntest Du die Welt des Begehrens nicht. Auf Deine dringenden Bitten hin mußte ich es Dir erklären. Und je länger ich sprach, desto mehr verdüsterte sich Dein Antlitz, denn Du begriffst, daß Du ein Gut verloren hattest, von dem Du nicht einmal eine Vorstellung besaßt. Voller Neid und Traurigkeit hörtest Du mir zu, wie ein von Geburt an Blinder jemanden beneidet, der durch einen Unfall blind geworden ist und sich, wenn er die Verzweiflung einmal überwunden hat, wenigstens eine Welt vorstellen kann, die viel schöner ist als diejenige, die er gekannt hat.

In den verführerischsten Farben schilderte ich Dir das Anwachsen des Verlangens, seine Fülle an Kraft, das Lächeln des Fleisches, das sein Erblühen vorausahnt, das zu Kopf steigende Blut, das die Wangen rötet, die Augen erglänzen läßt, das heimlich die Lippen benetzende Naß, das die Haut geschmeidiger macht und die Glieder bis zum Taumel löst: jene Gewißheit, mit der Welt in der Epiphanie ihrer Schönheit eins zu sein, das Leben selber zu sein, zugleich das Erschaffene und der Schöpfer, ja sogar Gott selbst ... für einen Augenblick.

Gott? Du dachtest wohl, ich würde übertreiben. Vielleicht tat ich es auch, denn all dies hatte ich nicht empfunden, sondern in jugendlichen Spielen nur vorausgeahnt. Da ich jedoch von jenem Zeitpunkt an auf Vorstellungen beschränkt war, malte ich mir den letzten und höchsten Genuß aus, in dem ich aufgehen und mit der Unendlichkeit verschmelzen würde. Vielleicht habe ich gerade deshalb um so mehr Qualen ausgestanden ... Hätte ich die Möglichkeit gehabt, wie ein normaler Mann zu genießen, hätte ich sie sicherlich auf banale Weise, in mäßigen Rationen, ausgeschöpft, so wie man die täglichen Mahlzeiten einnimmt, so wie es alle unbewußt tun.

Sie wissen ja nichts. Ich aber bin wissend. Weil mir der Genuß versagt geblieben ist, kennt ihn mein Inneres, so wie man oftmals die Frau, die man begehrt, besser kennt als diejenige, die man besitzt.

Wer behauptet, das Begehren mache blind, versteht nichts von ihm: er redet von einem vergänglichen Trieb, nicht von unergründlichem Begehren, das vollständigere Besitzergreifung sein kann als der Besitz selbst.

Sicher denkst Du, daß ich mich Überspanntheiten hingebe, um mich darüber hinwegzutrösten, daß ich nicht besitzen kann. Du solltest aber wissen, daß ich nicht einmal mehr Verlangen danach habe. Ich habe besessen! Die schönste, edelste, tugendhafteste Frau, kraft ihres Geistes und Herzens eine Königin.

Ich habe sie in höherem Maße besessen als irgendein anderer, ich nahm jede bebende Regung an ihr wahr, ich erzitterte mit ihr, meine Stimmungen folgten den ihren, als sei ich ein Teil ihrer selbst und kein selbständiges Individuum ... sondern als sei ich in ihr, als bewohnte ich ihren Körper.

Ihr Tod hat mich in Stücke gerissen. Aber mach Dir keine Sorgen, ich lasse mich nicht gehen: Von nun an habe ich meine Prinzessin zu beschützen.

Wenn Du wüßtest, wie schön sie geworden ist, meine Selma ... Manchmal glaube ich in ihr die Sultanin in den Zeiten ihres größten Glanzes zu erblicken, obgleich sie in Wirklichkeit recht verschieden von ihr ist. Sie hat etwas Zerbrechliches an sich, was mich bewegt, etwas Unvollendetes, das zwischen Lachen und Schluchzen zu schwanken scheint. Selbst wenn sie bisweilen ihre Unabhängigkeit hervorkehrt, so merke ich doch, wie sehr sie im Grunde auf ihren alten Zeynel angewiesen ist. Ich bin von nun an der einzige Mensch, der sie mit ihrer Vergangenheit verbindet. Und sie weiß, daß ich ihr bis in den Tod treu bleiben werde.

Was nun Dich angeht, mein Mahmud, so habe ich ein Anliegen: Bitte schreibe mir nicht wieder, falls Du diesen Brief erhältst, und schicke mir vor allem nicht etwa ein Foto. Ich möchte mir die Frische Deines Körpers und Deiner jungen Seele bewahren. Das wird Dir vielleicht wie der Ausdruck eines ungeheuerlichen Egoismus vorkommen ... Wenigsten dann, wenn Du nicht begreifen solltest, daß es, auf meine Weise, der Beweis dafür ist, daß ich Dich noch immer liebe.

Dein Zeynel

II

»Die Verkäuferin der Maharanée*, bitte!«

In dem weiß-goldenen Salon des Hauses Nina Ricci, in dem die Damen darauf warten, daß die Frühlingskollektion eröffnet wird, und dabei den neuesten Klatsch austauschen, haben sich alle Köpfe umgedreht: Eine junge Frau ist eingetreten, bleich in ihrem türkisfarbenen Sari, gefolgt von einem alten Mann in langer schwarzer Tunika. Eine Maharanée? ... Man war auf eine düstere Schönheit gefaßt, wie es die Herrscherinnen von Jodhpur oder Kapurthala waren, aber diese Maharanée sah beinahe wie eine Französin aus, hätte sie nicht Schlitzaugen und hervortretende Backenknochen gehabt; vielleicht eine Russin?

* Im allgemeinen nannten die Franzosen die indischen Fürsten und Fürstinnen Maharadscha und Maharanée, selbst wenn sie Radscha und Rani oder sogar Nawab waren.

»Nicht doch, meine Liebe«, flüstert eine höchst distinguierte Dame der neben ihr Sitzenden zu, »stellen Sie sich vor: Sie ist Türkin! Wir sind ihr beim letzten Diner der Noailles begegnet. Ihr Mann ist der Maharadscha von Badalpur, einem Staat in Nordindien.«

»Er ist ein bißchen betagt für sie!«

»Sie verstehen nicht! Der ... nun, ihr Begleiter ist nicht ihr Mann ...«

Die Dame spricht noch leiser, während die Nachbarinnen neugierig die Ohren spitzen.

»Das ist ... das ist ihr Eunuch!«

Auf diese Enthüllung hin erfolgt ein ungläubiges Gemurmel: »Was für eine Barbarei!« Man schaudert vor Entsetzen und vergißt alle Zurückhaltung, starrt das skandalöse Paar mißbilligend an.

»Dabei sieht sie so liebenswürdig aus! Und er scheint keineswegs unglücklich zu sein! Sicher merkt er gar nichts von seiner Erniedrigung, diese Orientalen sind daran gewöhnt. Aber sich in aller Öffentlichkeit mit ihrem Eunuchen bei uns zu zeigen – schüchtern ist die jedenfalls nicht!«

Doch hinter den Kritteleien regt sich neidische Bewunderung: Man bekommt nicht alle Tage eine so ungewöhnliche Erscheinung zu Gesicht, nicht einmal in Paris, wo man doch alles zu sehen kriegt ... Und mehr als eine dieser eleganten Damen träumt von dem Erfolg, den sie haben würde, wenn sie auf einer ihrer Soireen diese hübsche Maharanée zur Schau stellen könnte – natürlich in Begleitung ihres Eunuchen!

Selma sitzt ein wenig abseits und scheint die Neugier, die sie erregt, nicht zu bemerken; in Wirklichkeit amüsiert sie sich über die Maßen. Seitdem sie in Paris ist, einen Monat ist es erst her, hat sie sich daran gewöhnt, daß aller Augen auf sie gerichtet sind, und sie muß zugeben, daß sie das ungeheuer mag! Es kommt ihr so vor, als sei sie wieder in Beirut, aber die mondäne Welt des Libanon, die ihr damals so brillant vorkam, ist im Vergleich zur hiesigen nur Provinz. Hier sind Raffinement und Verschiedenartigkeit der Zerstreuungen so groß, daß sie nicht weiß, womit sie beginnen soll. Sie möchte alles auskosten, alles kennenlernen. Und wenn es den Leuten Spaß macht, in ihre Saris und ihren Ennuchen vernarrt zu sein, so ist das ihre Sache! Sie ist kein schüchternes junges Mädchen mehr, das um jeden Preis geliebt werden möchte, jetzt ist sie eine Frau, eine reiche Frau! Und nach zwei Jahren eines beinahe klösterlichen Daseins in Indien hat sie geradezu einen Heißhunger auf das Leben.

Seit sie in Paris ist, bewohnt sie eine Suite im Plaza Athénée, eine gewisse Visitenkarte, sicher, aber nicht ausreichend – das hat sie schnell gemerkt – für jemanden, der sich in die Eroberung der Pariser Gesellschaft stürzen will.

»Blaue Stunde«, »Zephir«, »Sandrose« ... Die Vorführung hat begonnen. Über das Podium huschen die Mannequins und drehen sich um sich selbst, ätherisch oder katzenhaft. Selma schaut ihnen voller Bewunderung zu und denkt dabei an Marie-Laure zurück, ihre einstige Intimfeindin im Kloster der Schwestern von Besançon. Ihr hat sie es zu verdanken, daß sie hier gut ankommt. In Beirut hatten die beiden Mädchen kaum Verbindung miteinander; im Libanon, wo die Franzosen trotz allem noch die Herren waren, trennte sie zu vieles.

Marie-Laure hatte das Land als erste verlassen. Nach einem Aufenthalt in Argentinien war sie nach Frankreich zurückgekehrt und hatte sich schon bald mit dem Comte de Sierres verheiratet. Aber sie hatte »die kleine Türkin« nicht vergessen und schickte ihr regelmäßig zu Neujahr eine Postkarte aus Paris. Also war es ganz natürlich, daß Selma, als sie in Paris eintraf, wo sie niemanden kannte, Maire-Laure angerufen hatte. Seit zehn Jahren hatten sie einander nicht gesehen, und nun war es, als seien sie alte Freundinnen, was sie nie gewesen waren.

Mit dem Stolz einer geborenen Pariserin hatte sie dann Selma »ihre Stadt« gezeigt, vor allem aber mit diesen Nichtigkeiten bekanntgemacht, ohne die einem die Pforten der High-Society unerbittlich verschlossen bleiben. Denn es genügt nicht, reich oder berühmt zu sein, man muß wissen, an welchem Abend und an welchem Tisch man bei Maxim's keine lästigen Eindringlinge antrifft, sondern Freunde wie die Rothschilds oder die Windsors, »die die Einfachheit selbst sind«. Nach einem solchen Spektakel kann man dann, richtig sorglos und entspannt, einen Snack bei Wéber zu sich nehmen, einem Restaurant, wo sich häufig der romantische Einzelgänger Charles Boyer blicken läßt. Und wenn man nicht gerade sterbenskrank darniederliegt, hat man sich unbedingt bei den Pferderennen in Chantilly zu zeigen, den letzten und elegantesten der Saison, und zwar mit dem exzentrischsten Hut von Rose Valois oder Suzy Reboux auf dem Kopf! Übrigens gibt es nur zwei Gegenden, wo man seine Einkäufe erledigen kann: die Rue de la Paix und die Place Vendôme. Am Abend hingegen ist es keineswegs verboten, sich in der Boule blanche als Grüppchen unter die schlechte Gesellschaft zu mischen und zu den Klängen eines Negerorchesters die Biguine zu tanzen, diesen Volkstanz von den Antillen – aber selbst dort, vor allem dort!, hat man seine Würde zu wahren. Doch all dies würde zu nichts nütze sein, wenn man nicht bei einem Empfang den Zeitpunkt seines Eintreffens sorgfältig nach der Bedeutung der übrigen Gäste kalkulieren würde; und natürlich darf man die Gastgeberin nicht etwa zu ihrem Diner beglückwünschen, da es ja ohnehin vollkommen ist, sondern muß ihr am folgenden Tag drei Dutzend Rosen von Lachaume überbringen lassen. Tausend ungeschriebene Konventionen dienen als Losungsworte und bilden eine peinlich genaue Etikette, die man unter keinen Umständen verletzen darf, weil man sonst als Provinzlerin oder, schlimmer noch, als Neureiche eingestuft wird, was sich trotz aller Bemühungen nie wieder gutmachen läßt.

Nicht wenige hätten die Hälfte ihres Vermögens hingegeben, wenn sie, wie Selma von Marie-Laure, in ein paar Wochen auf diese Weise eingeführt worden wären. Aber eine solche Unterweisung muß man auch verdienen! Um so etwas zu verstehen, muß man es im Grunde schon vorher kennen. Und wenn sich Marie-Laure Selma gegenüber so großherzig zeigte, so nur deshalb, weil sie wußte, daß sie mit ihrer Schülerin Ehre einlegen würde, besaß diese doch, was niemals erlernbar ist, leicht distanzierte Freundlichkeit, erlesene Höflichkeit bei gleichzeitiger Ungezwungenheit und die unnachahmliche Reserviertheit der Hochgeborenen. Also nahm sie ihre »Perle aus dem Orient«, ihre »Maharanée«, wie sie sie vorstellte, überallhin mit. Von einer osmanischen Prinzessin war nicht mehr die Rede – wer erinnerte sich noch an den Glanz dieses Reiches? Indien dagegen mit seinen märchenhaften Reichtümern und der Extravaganz seiner Fürsten lud zum Träumen ein, und die Wunderlichkeiten dieses kleinen, halbnackten Mannes, der den Engländern so unnachahmlich die Stirn bot, diesen Engländern, die von allen richtigen Franzosen – trotz derzeitiger Bündnisse – verachtet wurden, taten dem keinen Abbruch.

Die Vorführung der Kleider nimmt ihren Fortgang, »Wildwuchs«, »Mondtraum«, die graziösen Mannequins scheinen zu tanzen. Wie hübsch sie sind mit ihren Glockenröcken mit den etwas längeren Spitzenunterröcken! Eifrig notiert sich Selma ein paar Modelle auf ihrem Notizblock; wenn sie im Augenblick wählen sollte, würde sie in Verlegenheit geraten ... Oder soll sie einfach alle nehmen? Das wäre eine Verrücktheit, aber gerade darauf hat sie Lust! Die letzten Monate in Indien war sie nahe daran gewesen, sich umzubringen; jetzt möchte sie vergessen und sich von der Heiterkeit des Pariser Frühlings berauschen lassen, in dem jeder nur daran denkt, sich trotz der alarmierenden Nachrichten aus dem Osten zu amüsieren.

Die Invasion Albaniens durch die italienischen Truppen und die Flucht von König Zogu und Königin Geraldine nach Griechenland haben ihr nur einen spöttischen Gedanken entlocken können: Es hat also wenig gefehlt, daß sie selbst wieder ins Exil hätte gehen müssen! ... Was den Krieg angeht, so verkündigen ein paar Schwarzseher zwar, er stehe unmittelbar bevor und werde ganz Europa überrollen, aber niemand schenkt ihren Worten Glauben. Sicher, wenn Präsident Daladier nicht so umsichtig gewesen wäre, mit Hitler in München einen Pakt zu schließen, dann hätte man so etwas befürchten müssen ... Aber zum Glück ist jetzt alles geregelt! Und man kann sich ohne Hintergedanken für die prächtigen Schau-Spiele der Haute Couture entflammen, die Paris wirklich zur glänzendsten Metropole der Welt machen.

»Nun, Ihre Hoheit, wie finden Sie unsere Kollektion?«

Mademoiselle Armande, die Erste Verkäuferin, hat sich ihrer illustren Kundin genähert: Sie kommt ihr im Augenblick etwas verträumt vor, es wird Zeit, die Dinge wieder in die Hand zu nehmen. Überschwenglich preist sie die feinen Stickereien, die Schönheit der Verarbeitung von Einsätzen, vor allem die Kühnheit der neuen Linie, welche die Weiblichkeit begeistere.

»Anders als gewisse Couturiers mag Madame Nina Ricci die Frauen, sie macht keine Karikaturen aus ihnen, nur um der Originalität willen!«

Selma hört ihr nicht zu. Ihre Augen folgen der Braut, die in weißem Tüll und Spitzen einherschreitet, während Beifall aufbrandet. Ihre Augen sind fasziniert von dem strahlenden Weiß, und sie beweint in ihm ein junges Mädchen im rotgoldenen Gharara, dessen Gesicht hinter einem Rosenschleier verborgen ist, eine kleine Braut, die bei Zimbelklang und Gelächter erzittert und den Unbekannten erwartet, der ihr Herr sein wird.

An diesem Nachmittag hat Selma mit Marie-Laure eine Verabredung bei Madame Cadolle, der besten Korsettmacherin von Paris. Sie ist die Schöpferin der »corbeille Récamier«, des ersten Büstenhalters mit Verstärkung, der den Busen fest und rund erscheinen läßt.

Obwohl Selma im dritten Monat schwanger ist, braucht sie solche Kunstgriffe nicht, sie ist noch schlank und rank; sie hat ihre Freundin aus Neugier begleitet und weil sie damit rechnet, in absehbarer Zeit allein hierher zu kommen ... Niemand weiß hier, daß sie ein Kind erwartet; ohne sich erklären zu können, warum, hat sie Marie-Laure nichts davon gesagt. Sie fühlt sich tatsächlich so wohl, daß sie es selber beinahe vergessen hat; selbst die Übelkeit der ersten Wochen ist verschwunden.

Indien und Amir sind ihr sehr fern. Manchmal ist es ihr, als habe sie diese zwei Jahre nur geträumt. Sie hat den Eindruck, als sei sie zwanzig und das Leben beginne wieder von neuem.

Nachdem die beiden Freundinnen ihre Einkäufe erledigt haben, nehmen sie den Tee im Ritz, das wie üblich überfüllt ist, aber Antoine, der Oberkellner, findet für seine Stammgäste immer einen Tisch.

Während Marie-Laure ihr Törtchen verspeist, macht sie sich Gedanken darüber, welchen Sari Selma heute tragen sollte. »Es wird höchst elegant zugehen«, insistiert sie. »Lady Fellows ist eine raffinierte Gastgeberin. Sie ist im Besitz eines großen herrschaftlichen Hauses. Es wird Musik da sein, und nach dem Diner wird man tanzen.«

»Ich möchte mein Kleid von Lanvin einweihen«, sagt Selma, »der Faltenwurf ist exzellent.«

»Ein Kleid, meine Liebe?« unterbricht Marie-Laure. »Sie sind nicht gescheit! Lanvin können Sie in Lucknow tragen, wenn Ihnen gerade danach ist, aber hier müssen Sie sich als Maharanée kleiden, sonst stoßen Sie die Leute vor den Kopf. Und ich? Wie stehe ich da? Eine rotblonde Maharanée im Abendkleid ... Lady Fellows würde denken, daß ich ihr einen Streich spiele.«

Selma, enttäuscht: »Gerade in Paris, habe ich gehofft, könnte ich sein wie alle anderen ...«

»Aber begreifen Sie denn nicht, daß alle Frauen Sie deshalb beneiden, weil Sie anders sind als sie? Sie würden alles darum geben, um nicht ›wie alle anderen‹ zu sein! Sehen Sie, Selma, seit einem Monat sind Sie nun schon in Paris, und alle Welt spricht nur von Ihnen; glauben Sie denn, daß eine Europäerin, selbst wenn sie sehr schön ist, zu solcher Berühmtheit gelangen könnte? Die Pariser Gesellschaft ist grausam. Will man seinen Platz in ihr behaupten, muß man hier geboren oder aber amüsant sein, oder zum Träumen Anlaß geben wie Sie!«

Marie-Laure erhob sich und drückte ihr einen Kuß auf die Stirn.

»Ich muß zum Friseur. Bis heute abend! Lassen Sie nicht etwa Ihren Eunuchen zu Hause, er wird Sie zwar nur bis in die Halle begleiten können, aber sehen lassen muß er sich.«

Selma gab keine Antwort und ließ sich wieder in ihren Sessel fallen.

»Armer Zeynel! Zum Glück ist sein Französisch zu schlecht, als daß er die Rolle durchschauen könnte, die man ihm hier aufnötigt ... Diese Pariser sind wirklich unglaublich!« Ihr wäre niemals der Gedanke gekommen, daß ein Eunuch sie derart beflügeln könnte. Es ärgert und beschämt sie gleichermaßen, doch was soll sie machen? Zeynel ist mit seinen sechzig Jahren eine stattliche Erscheinung; als sie ihn zu Beginn ihres Aufenthaltes als ihren Sekretär vorstellte, wurde dies mit vielsagendem Lächeln quittiert. Um die »Reputation« ihres Schützlings zu retten, mußte sich Marie-Laure beeilen, die Wahrheit zu verbreiten.

Marie-Laure ... Allmählich wird Selma ihrer anmaßenden Fürsorglichkeit überdrüssig. Schließlich hat sie Indien und die beklemmende Atmosphäre des Palastes nicht verlassen, um sich den Konventionen und Launen der vornehmen Pariser Gesellschaft unterzuordnen. Heute abend wird sie Zeynel nicht mitnehmen – um so schlimmer für ihre Freundin und Lady Fellows.

»Was für ein Flegel!«

Ostentativ wendet Selma das Gesicht von dem Mann ab, der ihr gegenüber sitzt und sie fixiert. Sie widmet sich ihrem Tischherrn zur Rechten, dem jungen Marquis de Bélard, und interessiert sich zum Schein dafür, was er vom letzten Pferderennen in Longchamp zu berichten weiß, wo sein reinrassiger Rakkam beinahe gewonnen hätte. Zu ihrer Linken frischt der Prince de Faucigny-Lucinge, Großritter des Malteserordens, die Schlachten seiner Vorfahren gegen die Ungläubigen auf. Nicht einen Augenblick wäre er auf die Idee verfallen, daß die entzückende Maharanée neben ihm eine Prinzessin jenes Osmanischen Reiches sein könnte, das die Seinen so erbittert bekämpft hatten, und niemals würde er sich von seiner Ungeschicklichkeit erholen, wenn er es erführe. So ein Gentleman ist er!

Hingegen ist der Mann, der sie seit Beginn des Diners nicht aus den Augen läßt, aber nicht einmal das Wort an sie richtet, ganz gewiß kein Gentleman. Inmitten dieses erlesenen Publikums ist er offenbar ganz fehl am Platze. Vierschrötig, mit eigenwilligen Kinnbacken, ist er sicher weniger für die Sticheleien eines Pariser Banketts als für die Seefahrt oder für Wildschweinjagden geeignet.

Ein Amerikaner, wie Selma bei der flüchtigen Vorstellung herausbekommen hat. Verächtlich rümpft sie die Nase über diesen Cowboy. Genau die Sorte, mit der sie nichts anfangen kann. Das einzige, was ihrer beruhigenden Überzeugung widerspricht, sind die langen, schmalen Aristokratenhände und die grauen, respektlosen Augen eines Mannes, der gewohnt ist, Befehle zu erteilen.

»Eine Million, das steht fest, ihre Beine sind für eine Million versichert!«

»Und ihre Brust?«

»Für zehn Francs ...«

Die Damen lächeln boshaft. Mistinguett, denn von ihr ist die Rede, feiert zur Zeit Triumphe im Moulin Rouge; hier hat zwar niemand etwas gegen den Star, aber es geht darum, daß man über etwas lachen kann, und um eines geistreichen Wortes willen würde man den besten Freund verraten.

Selma bleibt zurückhaltend, es gelingt ihr nicht, sich an den lockeren Umgangston zu gewöhnen, der bei diesen Pariser Soireen vorherrscht, auch findet sie es erstaunlich, mit welcher Leichtfertigkeit diese vornehmen Damen es zulassen, daß man ihresgleichen taxiert und bloßstellt.

Sie sieht vor sich hin auf ihren Teller und spürt von neuem, wie der Blick der grauen Augen auf ihr verweilt. Das Orchester – mit Schwalbenschwanz und gestärkter Hemdenbrust – hat endlich auf dem provisorischen Podium im großen runden Salon Platz genommen, Lady Fellows hatte einen »intimen Abend« angekündigt: Tatsächlich sind auch nur etwa hundert Leute da, die sich fast alle untereinander kennen, sozusagen von Kindesbeinen an. Man bleibt heute »unter sich«.

Die Musiker beginnen mit einem »Chamberlain« benannt nach dem britischen Premierminister. Er ist eine Kreation des Orchesters Ray Ventura. Man tanzt mit einem Regenschirm, eben dem »Chamberlain«, den man jemand anderem an den Arm hängt, wenn man ihm die Dame ausspannen will. Aber die Neuigkeit, die alles schlägt, ist der »Lambethwalk«, der gerade aus Amerika herübergekommen ist. In diesem Frühjahr 1939 tanzt man ihn im deutschen Stil, indem man den Paradeschritt nachahmt, sich in den Hüften wiegt und dabei skandiert: »Ein Volk, ein Reich, ein Führer!«

Selma und ihr Kavalier haben sich sehr amüsiert. Sie lassen sich, ein wenig außer Atem, in die Sessel fallen, die um die mit Orchideen geschmückten Tischchen herumstehen; man fühlt sich köstlich leicht, das Leben ist schön und Paris eine Stadt, die die Götter lieben.

»Machen sie mir das Vergnügen, Madame?«

Das Vergnügen? ... Selma braucht nicht einmal aufzusehen, um zu erraten, wer sie da mit solcher Unverschämtheit anspricht. Sie hätte nicht übel Lust, abzulehnen, aber mit Rücksicht auf die Gastgeber möchte sie kein Aufsehen erregen. Außerdem ist sie doch neugierig auf diesen Mann. Sie möchte gern wissen, wer sich hinter diesem Blick verbirgt.

Er ist noch größer, als sie dachte; sie fühlt sich lächerlich klein und schwach in seinen Armen, ein Anflug von Verletzbarkeit, der sie so beunruhigt, daß sie sich steif macht. Wenn er sie wenigstens nicht so sehr an sich drücken würde; diese Art und Weise, sie völlig zu umschlingen, als ob er sie auffressen wollte, gehört sich nicht! Vergeblich macht sie den Versuch, von diesem Körper, der sich an den ihren drängt, Abstand zu gewinnen, von diesem breiten Brustkorb, dessen Formen sie durch ihren Musselinsari hindurch spürt. Er tanzt, ohne ein Wort zu sprechen, Selma spürt die Wärme seines ganzen Körpers und merkt, daß er immerzu auf sie heruntersieht. »Wie idiotisch«, denkt sie, »ebensogut könnte er vor aller Augen mit mir schlafen!«

Mit einem Ruck befreit sie ihr Gesicht, das er an seine Schulter gedrückt hat; reden, irgend etwas sagen, damit er sie anschauen und seine Umarmung lockern muß.

»Sind Sie noch länger in Frankreich?«

Die grauen Augen starren sie spöttisch an.

»Warum fragen Sie, edle Frau? Möchten Sie, daß ich bleibe?«

Selma versucht mit aller Gewalt, sich von ihm loszumachen, aber er schließt sie noch enger in die Arme; sie hat das Gefühl, zu ersticken, sie ist wütend. Mit aller Kraft bohrt sie ihm den Absatz in den Fuß.

Er läßt sie so plötzlich los, daß sie beinahe hinfällt; jetzt sehen sie sich in die Augen. Sie blickt ihn ängstlich an: Was wird er tun? Er begnügt sich mit einem sarkastischen Lächeln.

»Was für ein Temperament!«

Mit dem verblüfften Gesichtsausdruck eines Forschers, der sich vor ein Problem gestellt sieht, das er unbedingt lösen muß, fragt er sie dann: »Gestatten Sie einem simplen Sterblichen, Madame, daß er Ihnen eine Frage stellt, die ihn seit Stunden beschäftigt. Während des ganzen Diners habe ich beobachtet, wie Sie Ihre Gunst an die Trottel verschwendeten, die um Sie herumsaßen. Ich hätte gern gewußt, ob es Ihnen wirklich Spaß macht, hier die Prinzessin zu spielen?«

Selma ist im Begriff, mit den gleichen Waffen zurückzuschlagen: »Aber ich bin …« Doch sie hält rechtzeitig inne, von dem spöttischen Gesichtsausdruck gewarnt, den der Mann nicht einmal zu verheimlichen sucht. Puterrot im Gesicht, stottert sie, um ihn durch ein hartes Wort zurechtzuweisen: »Monsieur, Sie sind ein … ein …«

Das rechte Wort fällt ihr nicht ein. Lächerlich! Sie ist lächerlich! Mit aller Hochmütigkeit, deren sie fähig ist, läßt sie ihn einfach stehen, doch sie spürt sein lautloses Lachen in ihrem Rücken.

Sie tanzt den ganzen Abend über und gibt sich Mühe, die Verführerischste von allen zu sein, überwacht dabei aber aus den Augenwinkeln ununterbrochen die hohe Silhouette des Ausländers. Er scheint ihr keine Aufmerksamkeit mehr zu schenken, aber sie ist davon überzeugt, daß er sie beobachtet, Irgendwann wird er sie schließlich doch zum Tanzen auffordern. Und dann wird sie *ihn* demütigen!

Aber er kommt nicht mehr auf sie zu. Er ist am Arm einer üppigen Brünetten verschwunden und hat sie nicht einmal beachtet.

»Wer war denn dieser Cowboy?« fragt sie am nächsten Tag Marie-Laure und setzt dabei eine gleichgültige Miene auf.

Auf einem Kanapee zusammengerollt, vergnügen sie sich seit einer Stunde damit, den vergangenen Abend in allen Einzelheiten Revue passieren zu lassen; sie unterziehen das Kleid von dieser da, die affektierte Miene von jenem dort der Kritik; ihre Freundin ist nicht zu schlagen darin, Lächerliches aufs Korn zu nehmen. Ihr durchdringender Blick spürt selbst die kleinsten Schwächen auf.

Deshalb hat sich Selma, obwohl sie vor Neugierde brennt, davor gehütet, die Unterhaltung schon am Anfang auf den Amerikaner zu lenken.

»Der Cowboy? Ach so, der Doktor Kerman, der Sie so innig in die Arme geschlossen hat? Es war komisch, Sie schienen ganz empört zu sein! Aber unangenehm kann es ja nicht gerade gewesen sein, er ist ja eher ein schöner Mann.«

Selma atmet auf: die Hypersensible hat nichts gemerkt.

»Kerman war einer der gefragtesten Chirurgen von New York«, fährt Marie-Laure fort, »und nimmt hier an einem internationalen Kongreß teil. Aber es ist schon zwei Jahre her, daß er auf seinen Status als Kapazität verzichtete; er kümmert sich jetzt um Indianer in den finstersten Winkeln von Mexiko. Seine Frau nimmt ihm das offenbar übel. Sie ist die Tochter eines bedeutenden Unternehmers und hat ihn gegen den Willen ihrer Familie geheiratet, er kommt nämlich aus ziemlich bescheidenen Verhältnissen. Man weiß offenbar nicht einmal, wer sein Vater ist, und seine Mutter war Serviererin in einer Kleinstadt im Mittelwesten!«

»Aber wieso ist er dann eingeladen worden«, wundert sich Selma, »Lady Fellows hält doch sehr darauf, was die Herkunft betrifft?«

»Sie ist ihm in New York begegnet, und dort gilt er als Persönlichkeit. Wahrscheinlich hat sie angenommen, daß er der Soiree zusätzliche Würze verleiht, und da hat sie sich ja nicht getäuscht, die Damen sind wie Fliegen um ihn herumgeschwirrt. Die Welt ändert sich, meine Liebe. Bei dem, was heute so vor sich geht, müssen wir uns mit den Vergnügungen beeilen, vielleicht können wir sie nicht mehr lange genießen; manche behaupten, daß die gewerkschaftlichen Unruhen ganz sicher zu einer Revolution führen werden, andere sagen einen Krieg voraus. Natürlich ist das alles übertrieben, aber es zeigt doch, wie das Fieber ansteigt. Jeder will nur vom gegenwärtigen Augenblick profitieren, dabei wird eben so manches Vorurteil umgestoßen! Was mich angeht, so finde ich das alles höchst vernünftig: Man muß immer so leben, als stünde eine Katastrophe bevor.«

Diese Mischung von Leidenschaft und Zynismus hat Selma an Marie-Laure schon immer fasziniert. In früheren Zeiten wäre die junge Frau wohl keine Dame von Welt, sondern eine große Abenteurerin gewesen.

Marie-Laure streckt sich auf dem Diwan aus und erhebt ihr Glas Orangeade.

»Laß uns auf den Krieg anstoßen, nur er rettet uns vor der Langeweile!«

Lachend bringen sie den Toast aus.

III

Zeynel steckt dem Pagen, der ihm auf einem silbernen Tablett den Umschlag mit dem Wappen von Badalpur präsentiert, fünf Francs zu. Endlich ein Brief vom Radscha. Seit drei Wochen sind sie ohne Nachricht gewesen, und er ist schon unruhig geworden. Seine Hoheit hat versprochen, Anfang Juni einzutreffen; dieses Schreiben enthält sicher das genaue Datum. Zeynel erwartet Amirs Ankunft voller Ungeduld: Wenn jemand Selma zur Vernunft bringen kann, dann Amir! In ihrem Zustand sollte sie ein ruhiges Leben führen, aber sie läßt keine Party aus. Zu Beginn ihres Aufenthaltes in Paris hat er kein Wort darüber verloren, so glücklich war er darüber, daß sie wieder lachen konnte, aber sie kennt keine Grenzen, sie tanzt die ganze Nacht durch und kommt erst gegen Morgen nach Hause … Und wenn er sie, beunruhigt darüber, zur Rede stellt, spottet sie sanft: »Mein lieber Zeynel, davon verstehst du nichts! Für die Gesundheit des Babys ist nur wichtig, daß ich glücklich bin!«

Und um ihn davon noch mehr zu überzeugen, gibt sie ihm einen leichten Kuß. Da vergißt er die Argumente, die er während Stunden des Wartens angesammelt hat; erst wenn er wieder allein ist, ärgert er sich darüber, daß sie ihn wieder einmal um den kleinen Finger gewickelt hat! Solange er zurückdenken kann, ist sie immer so gewesen: Schon als kleines Mädchen in Istanbul hat sie es stets fertiggebracht, alles von ihm zu bekommen, was sie nur wollte …

Sie hat »Herein« gerufen, aber Zeynel ist auf der verbotenen Schwelle des Zimmers stehengeblieben: Vor dem weit offenen Fenster bewegt Selma, mit einer gestreiften Tunika aufgeputzt und in weiten Hosen, Arme und Beine.

»Mach die Tür zu, Zeynel. Du siehst doch, daß ich gerade Gymnastik treibe!«

»Auch so eine Mode aus Amerika!« brummt er vor sich hin. »Weder Ihre Mutter, die Sultanin, noch ihre Schwestern haben sich jemals mit so dummem Zeug abgegeben, und sie waren – Allah ist mein Zeuge – doch schön! Legen Sie denn wirklich Wert darauf, wie ein Mann auszusehen?«

Sie lacht und nimmt ihm den Brief aus den Händen, während er in der Hoffnung, sie werde ihn zum Bleiben auffordern, in der Mitte des Zimmers stehenbleibt. Aber sie zieht die Brauen zusammen und sieht ihn an, genau wie die Sultanin es tat, und so zieht er sich unwillig zurück.

Selma hat den Umschlag aufgerissen. Einen Augenblick überfliegt sie die steile, zügige Schrift.

2. Mai 1939

Meine Liebste,

anders als ich gehofft hatte, muß ich Ihnen eine schlechte Nachricht mitteilen: Ich kann nächsten Monat nicht, wie es beabsichtigt war, zu Ihnen kommen. Sie werden den Zeitungen entnommen haben, daß sich Indien in heller Aufregung befindet, weil die Briten die Mobilmachung angeordnet haben, ohne die heimische Regierung zu befragen. In allen Kreisen wird leidenschaftlich darüber diskutiert, ob wir England unterstützen oder, im Gegenteil, die Situation nutzen sollten, um endlich jene Unabhängigkeit zu erlangen, die wir seit Jahren vergebens fordern. Der Kongreß ist geteilter Meinung, die Arabische Liga jedoch ist der Ansicht, man müsse die Demokratie unbedingt gegen die von den Nazis drohende Gefahr unterstützen. Was uns selbst, die Fürsten, angeht, so hat uns der Vizekönig, Lord Lilingtow, persönlich aufgefordert, ein gewisses Kontingent von Männern einzuberufen, damit sie jederzeit an die Front geschickt werden können. Es ist eine heikle Angelegenheit, und ich habe noch keinen Entschluß getroffen; aber im Staate Badalpur gibt es bereits an die dreitausend Freiwillige! Es ist erstaunlich, wie eilig es unsere Bauern haben, sich umbringen zu lassen, falls es nicht das Prestige der Uniform ist oder aber der Sold, der für diese armseligen Helden ein Vermögen bedeutet.

Aber kommen wir zu Ihnen, meine Liebe. Ich bin beunruhigt. Man spricht davon, Herr Hitler wolle »die durch den Vertrag von Versailles festgelegten ungerechten Grenzen« berichtigen. In diesem Falle befände sich Frankreich in vorderster Linie. Ich empfehle Ihnen wärmstens, sich in die Schweiz abzusetzen. Lausanne ist eine reizende Stadt; dort werden Sie Ruhe und Frieden finden.

In Ihrem letzten Brief ersuchen Sie mich, Ihnen Geld zu übersenden; ich muß gestehen, daß es mir unerfindlich ist, wie Sie innerhalb eines Monats haben ausgeben können, was mich der Unterhalt des Palastes von Lucknow mit seinen zweihundert Bewohnern in sechs Monaten kostet. Ich werde das Notwendige veranlassen, aber ich bitte Sie darum, vernünftig zu sein: Ich bin leider nicht der Nizam von Hyderabad, der sich, wie mein Freund, der Ağa Khan, behauptet, das Schwimmbad mit Edelsteinen zuschütten lassen kann … Hätten meine Vorfahren mit den Engländern paktiert, wie die seinen es getan haben, so hätten wir nicht zwei Drittel unseres Staates verloren und Sie könnten jetzt sämtliche Pariser Modehäuser aufkaufen! Aber ich bin stolz darauf, daß sie sich dem Kampf gestellt haben, und ich finde, auch Sie sollten es sein.

Selma unterbricht ihre Lektüre: »Schon wieder Moral! Mein Gott, wie langweilig sind doch Pflichtmenschen!« Im Grunde weiß sie aber, daß sie gar nicht so denkt; Begriffe wie Mut und Ehre sind ihr viel zu wertvoll, als daß sie den Stolz ihres Ehegatten nicht verstehen könnte. Sie gehören sogar zu den Vorzügen, die sie an ihm besonders schätzt. Hingegen kann keine Rede davon sein, daß sie sich in der Schweiz vergraben wird.

Jedenfalls besteht überhaupt keine Gefahr. Die Fachleute sind einhellig der Meinung, daß Deutschland, geschwächt von der Weltwirtschaftskrise, überhaupt nicht in der Lage wäre, sich mit der französischen Armee zu messen, und wenn es Hasard spielen sollte, so wäre sein Schicksal in nicht einmal vierundzwanzig Stunden besiegelt.

Sie erzählen mir wenig von dem, was Sie treiben, außer von Kinobesuchen und den Unternehmungen mit Ihrer Freundin Marie-Laure. Überanstrengen Sie sich bitte nicht: Die Ärzte sind der Ansicht, daß eine Frau in Ihrem Zustand mindestens die Hälfte des Tages liegen sollte. Begum Nimet läßt Ihnen die Empfehlung ausrichten, keine Melonen zu verspeisen, denn das sei für die Lungen des Kindes schädlich.

Sie müssen sich recht einsam fühlen, meine Liebste ... Ich will hoffen, daß Sie sich nicht allzu sehr langweilen. Der Palast ist leer ohne Sie, Sie werden vermißt.

Ich küsse Ihnen die Hände.

Ihr Amir

Selma legt den Brief beiseite: »Armer Amir, er wagt es nicht einmal, mir zu sagen, oder sich selbst einzugestehen, daß ich ihm fehle und daß er sich Sorgen um mich macht! Er würde sich noch mehr Sorgen machen, wenn er wüßte, wie ich mich hier amüsiere ... Aber schließlich tue ich nichts Böses. Ich halte Abstand zu den Männern, die mir den Hof machen; das ist ja nicht einmal ein großes Verdienst, denn es sind alles ... Wie drückte sich dieser Amerikaner aus? Ach ja, ›Trottel‹!«

Sie hat ihn seit dem Ball bei Lady Fellows nicht wiedergesehen, diesen »Cowboy«. Er muß in seine Heimat zurückgekehrt sein. Um so besser! Sie hat sich an diesem Abend so dumm benommen, daß sie wirklich keine Lust hat, ihm wiederzubegegnen ...

Auf der Bühne des Théâtre de La Madeleine ist der schwere Vorhang gefallen; tosender Beifall im Publikum. An diesem Abend hat sich die ganze vornehme Pariser Gesellschaft hier eingefunden; »Ein paar Ohrfeigen«, das neue Stück von Sacha Guitry, wurde gespielt.

Im Saal gehen die Kristallüster wieder an und beleuchten das elegante Premierenpublikum. Vom Orchestersitz aus richten die Herren ein letztes Mal ihre Operngläser auf die Logen, wo sich die hübschesten Frauen von Paris sehen lassen.

»Sacha ist wirklich ein Meisterstück gelungen!« flüstert ein temperamentvoller junger Mann seinem Nachbarn zu.

»Ja, wirklich, ein amüsantes Stück.«

»Ich spreche nicht von dem Stück. Schauen Sie einmal hin. Es ist ihm gelungen, seine sämtlichen Ehefrauen von einst um sich zu versammeln: Yvonne Printemps, begleitet von ihrem jetzigen Mann, Pierre Fresnay, und die schöne Jacqueline de Lubac, von der er sich getrennt hat, um Geneviève de Séréville zu heiraten. Wissen Sie eigentlich, wie er es ihr beigebracht hat, daß er sie verläßt? Es geschah während des dritten Aktes eines Stückes, in dem sie gemeinsam auftraten. ›Madame‹, hat er ihr da erklärt, ›ich möchte Ihnen ein unschätzbares Geschenk machen: Ich schenke Ihnen ... Ihre Freiheit!‹«

»Einfallsreich! Vermutlich beten die Frauen ihn an?«

»Sie sind verrückt nach ihm. Männer hingegen irritiert er ungemein; ich habe einen Freund, der mir sagte, selbst wenn Sacha auf dem Balkon einmal Luft schnappe und es laufe unten ein Hund vorbei, setze er sich in Pose!«

Die Damen in den Logen erheben sich allmählich. Man erkennt die Begum, ehemalige Miss France und heute die würdige Gemahlin des Ağa Khan, des religiösen Oberhauptes der Ismaeliten, sowie Marcelle Margot Noblemaire, die reizende Frau des Direktors von Wagon-Lits, und dann noch die kleine Maharanée mit den grünen Augen, Maharanée wovon eigentlich? Na, ist ja nicht so wichtig! Sie sieht exquisit aus in ihrem schwarzen Spitzensari mit Goldborte, der ihren lilienweißen Teint zur Geltung bringt.

»Sie soll völlig unzugänglich sein, ein wahres Musterbild an Sittsamkeit!« flüstert der junge Mann seinem Gefährten ins Ohr. »Sogar bei den harmlosesten Scherzen, wenn sie auch nur ein wenig locker sind, soll sie erröten. Charmant, nicht wahr? Heute abend soupiert sie im Maxim's mit dem Fürsten und der Fürstin de Broglie, deshalb habe ich einen Tisch reservieren lassen. Die Broglies sind alte Freunde von mir, und Albert, der Oberkellner, hat mir versichert, daß wir an benachbarten Tischen sitzen. Ich muß Sie unbedingt kennenlernen; haben Sie Lust, mich zu begleiten?«

Sein Freund klimpert träumerisch mit den Wimpern.

»Ich habe ihre Bekanntschaft schon gemacht. Ich fürchte, daß sie mich nicht sonderlich schätzt ...«

»Um so besser, dann steche ich vorteilhaft gegen Sie ab!«

Er nimmt seinen Gefährten bei den Schultern, und sie brechen lachend auf.

Selma kann sich nur dunkel an die Ereignisse dieses Abends erinnern, sie weiß nur noch, daß sie ihn eintreten sah und daß plötzlich etwas wie ein Wirbel von Leben durch den Saal wehte. Sie fühlte sich ganz glücklich. »Jetzt werde ich mich revanchieren«, war es ihr durch den Kopf gegangen, und dabei konnte sie einen maliziösen Blick nicht unterdrücken. Hatte er das als Ermunterung aufgefaßt? Er war zu ihr gekommen.

Und dann ... Es war ihr völlig unverständlich. Ohne daß sie es wollte, fand sie sich in seinen Armen, und sie tanzten lange miteinander. Er drückte sie nicht mehr an sich, als gehöre sie ihm, sondern mit viel Taktgefühl, als fürchte er, sie zu zerbrechen, und seine Augen lächelten ihr unendlich liebevoll zu. Sie merkte, daß sie beobachtet wurden, daß sich rings um sie ein Tuscheln erhob, doch das war ihr gleichgültig, sie konnte nichts dafür. Er hätte sie fast geküßt, dort, mitten auf der Tanzfläche, und sie hätte nicht einmal versucht, sich ihm zu entziehen. Willenskraft und Prinzipien waren ihr abhanden gekommen, nur eines zählte, die Wärme seines Blickes und seiner Arme, in denen sie sich schmelzen fühlte.

Und dann war es plötzlich sehr spät geworden; er hatte ihr vorgeschlagen, sie bis zu ihrem Hotel zu begleiten, und obwohl die Fürstin de Broglie, von der sie ja zu Tisch geladen worden war, ein vorwurfsvolles Gesicht aufsetzte, hatte sich Selma, auf einen Schlag ihren Ruf der Seriosität ruinierend, den sie sich in Wochen untadeligen Benehmens erworben hatte, einverstanden erklärt. Man würde tuscheln? Und wennschon! Sie war erstaunt, ja verwundert darüber, wie unabhängig sie sich von ihrem Leumund fühlte.

Von der Rue Royale bis zur Avenue de Montaigne flimmerte Paris vor ihren Augen. Die Place de la Concorde war menschenleer; er fuhr langsam, im Einklang mit dem Geräusch des Wassers, das als feiner Regen auf die Einfassung der Fontänen niederfiel; sie bewegten sich wie durch ein Kirchenschiff durch die Champs-Élysées, er sagte kein Wort; sie saß neben ihm, betrachtete sein scharfes, von Licht und Schatten durchfurchtes Profil und stellte sich vor, sie würden zu einer langen, langen Reise aufbrechen. Vor dem Plaza Athénée hielt er und wandte sich ihr zu. Wieder fühlte sie sich überwältigt von der Kraft, von der Sanftheit, die er ausstrahlte. In diesem Augenblick hätte sie ihm nichts verweigern können; die spielerischen Ausflüchte, die ihr so geläufig waren, kamen ihr nicht zu Hilfe, und um nichts in der Welt hätte sie ihren Beistand gewollt. Er nahm ihr Gesicht in die Hände und betrachtete sie forschend, als wolle er sich jeder Regung in ihr vergewissern, dann drückte er ihr einen flüchtigen Kuß auf die Stirn.

»Bis morgen«, murmelte er.

Und dann war er weg und ließ sie zitternd, mit halb geschlossenen Lidern in ihrem Traum zurück, den sie zu verlieren fürchtete.

H ... Zwei Arme, die den Himmel umarmen, zwei Beine, die fest auf dem Erdboden stehen, ein beruhigendes Gleichgewicht, keine Rundungen, doch vollkommene Symmetrie, klare, nüchterne Linien, kraftvoll in ihrer Ablehnung aller Künsteleien, ihre ruhige Einfachheit, ihre etwas herbe Strenge … H. für Harvey.

Selma hält die Visitenkarte, die ihr das Zimmermädchen zusammen mit Blumen von wilder Schönheit gerade hereingebracht hat, krampfhaft zwischen den Fingern. »Harvey Kerman«. Harvey … Stumm wiederholt sie diesen Namen, der ihr ganz unbekannt ist und der ihr dennoch so vertraut vorkommt wie diese Blumen, die sie nicht kennt und deren purpurne, von Indigo marmorierten Kelche hochmütig die langen purpurvioletten Stempel schützen. Das Telefon klingelt, und Selma nimmt schnell ab.

»Störe ich Sie?« sagt eine Stimme.

Es ist nur Marie-Laure, die neugierig ist.

»Überhaupt nicht, ich bin gerade erst aufgestanden.«

»Nun?«

Die Stimme zittert vor Aufregung.

»Wie bitte?«

»Ach, spielen Sie jetzt nicht die Unschuldige. War Ihr schöner Cowboy tatsächlich so außerordentlich, wie es den Anschein hat?«

»… Aber … Was stellen Sie sich vor, wir haben uns ganz brav vor dem Hotel verabschiedet.«

Ein kleines, verärgertes Auflachen am anderen Ende der Leitung. Offensichtlich glaubt Marie-Laure ihr kein Wort und gestattet Selma auch keine Heimlichkeiten vor ihr; daß sie diesen Amerikaner kennengelernt hat, verdankt sie schließlich ihr, genau wie die Begegnungen mit allen anderen hier.

»Wenn Sie das Geheimnis für sich behalten wollen, bitte schön«, sagt sie ein wenig pikiert, »aber dann seien Sie auch ein bißchen diskreter! Sie haben sich gestern ins Gerede gebracht, ich habe schon vier Telefonanrufe deswegen bekommen.«

»Die Leute haben wohl nichts anderes zu tun?«

»In Paris kann man sich alles erlauben, vorausgesetzt, man wahrt den Schein … Also, wenn Ihre große Liebe abgereist

ist – in einer Woche fährt er offenbar zu seiner Frau zurück –, dann rufen Sie mich mal wieder an. Aber ich sag's Ihnen gleich, Tränen trocknen, das ist nicht meine Stärke.«

Damit hat sie aufgehängt. Selmas Freude ist verflogen; Marie-Laures schlechte Laune beunruhigt sie zwar nicht, aber sie muß einsehen, daß sie im Grunde vielleicht gar nicht so unrecht hat: Sie ist im Begriff, sich in einen verheirateten Mann zu verlieben, der auf die andere Seite der Erdkugel verschwindet und den sie ganz sicher nie wiedersehen wird.

Mechanisch steckt sie sich eine Zigarette an, sie, die doch das Rauchen verabscheut; verwundert stellt sie fest, daß ihre Hand dabei zittert. Warum setzt sie sich wegen eines Mannes, dem sie zufällig begegnet ist, solchen Aufregungen aus? Weil er so anders ist als all die andern, die ihr behutsam, sozusagen Schritt für Schritt den Hof machen? Er aber kam im Galopp daher, davon ist sie noch ganz benommen, als habe ihr ganzer Körper in ihm den Herrn und Meister gespürt und sich nach vergeblichem Aufbäumen streicheln lassen … Sie hat ihm in ihren Träumereien alle möglichen Vorzüge angedichtet, sicher nur deswegen, um die merkwürdige Anziehungskraft zu rechtfertigen, die sie überwältigt hat. Aber jetzt, wo sie, dank Marie-Laure, ihre fünf Sinne wieder beisammen hat, muß sie sich eingestehen, daß sie sich hat täuschen lassen: Dieser Amerikaner ist zwar verführerisch, aber doch nicht ihr Fall; nach einem Tag hätten sie sich bestimmt nichts mehr zu sagen! Entschlossen richtet sie sich auf: Sie muß mit diesem Abenteuer Schluß machen.

Das Telefon klingelt von neuem. Selma ist es, als würde ihr Herz stillstehen … Diesmal ist er es, das spürt sie. Sie stürzt zum Telefon.

»Guten Morgen, meine Göttin!« begrüßt er sie mit unbekümmerter Stimme, »ich hole Sie in einer Stunde ab. Wir gehen in ein richtiges Pariser Bistro Mittag essen, in so ein Etablissement haben Sie ganz bestimmt noch keinen Fuß gesetzt.«

»Aber ich kann nicht …«

»Sie sind noch nicht soweit? Also dann in eineinhalb Stunden. So long!«

La Fontaine de Mars an der Ecke der Rue Saint-Dominique ist ein kleines Restaurant mit rot-weiß karierten Tischtüchern, und die Menus schreibt der Sohn des Hauses, ein Zwölfjähriger, in Schönschrift, ohne Rechtschreibungsfehler, wie Harvey Selma unterwegs erklärt. Temperamentvoll ahmt er den Patron nach, der es ablehnt, einen anderen Wein auszuschenken als seinen Cahors, oder mit der Bemerkung »Sie werden sehen, wie gut das schmeckt« ein Cassoulet anpreist.

Als Selma im Sari eintritt, erregt sie Aufsehen: Im Abendkleid Mittag essen, das hat man im Quartier noch nicht erlebt! Eine Mutter bringt ihr Söhnchen zum Schweigen, das die Frage stellt: »Warum hat sich die Dame denn so verkleidet?«, während der Patron, ein rotblonder Bursche, sich eilfertig um die Gäste kümmert – schließlich ist »der Amerikaner« ein Stammgast. Zum Beweis dafür, daß er sich in der großen Welt auskennt, ergreift er Selmas Hand und drückt einen schmatzenden Kuß darauf, dann geleitet er die beiden, trotz seiner Leibesfülle leichtfüßig wie ein Tänzer, mit breitem Lächeln zu jenem Tisch im Hintergrund des Raumes, der hohen Gästen vorbehalten bleibt. Die gewöhnlichen Kunden werden schon merken, daß beim Père Boulac vornehme Leute verkehren, was sie daran hindern dürfte, dagegen zu protestieren, wenn ihnen die Rechnung ein bißchen gesalzen erscheint.

Selma kommt es so vor, als befinde sie sich in einem Film von Marcel Carné; daß die Franzosen noch heutzutage so sehr ihrer eigenen Legende ähnlich sehen, hätte sie nicht gedacht: diese beleibten Messieurs, welche mit umgebundener Serviette, glänzenden Augen und genießerischen Lippen ihr Mahl verspeisen, die in ihrem Sonntagsstaat ein bißchen dicklich wirkenden Kinder und diese Liebespaare, die sich nach jedem Bissen um den Hals fallen, während der vorwurfsvolle Blick von Monsieur Boulac auf ihnen ruht, der darüber indigniert ist, daß die kleinen Gedecke der Patronin kalt werden, und sich nicht scheut, laut zu verkünden: »Wenn gegessen wird, wird gegessen!« Gern würde sie an den Unterhaltungen teilnehmen, aber sie merkt, daß sie nur stören würde; das nächste Mal wird sie ein Kleid anziehen.

Das nächste Mal … Aber es darf kein nächstes Mal geben!

Genau das muß sie Harvey erklären. Bis jetzt hat er ihr noch keine Zeit dazu gelassen; er schäumt über vor Fröhlichkeit und ist in einem fort zu Scherzen aufgelegt. Sie muß das Mißverständnis aufklären, und zwar sofort, denn sonst würde alles noch komplizierter. Dennoch zögert sie, er sieht so glücklich aus …

»Harvey, ich muß mit Ihnen sprechen.«

Sie wundert sich über ihre eigene Stimme, ihr überstürztes Sprechen – und noch mehr darüber, daß sie diesen Mann, der ihr nahezu unbekannt ist, mit Vornamen anredet. Soll diese Vertraulichkeit die verletzende Wirkung dessen, was sie zu sagen hat, ein bißchen abschwächen, oder ist es einfach der Wunsch, den Namen auszusprechen, von dem sie den ganzen Morgen über geträumt hat?

Aufmerksam schaut er sie an und zwinkert ein bißchen, als wolle er sagen: »Ich weiß schon, was du sagen willst, hab keine Angst, alles wird sich von alleine finden«, aber er wirft einfach hin: »Natürlich, meine Göttin, aber wollen Sie vorher nicht bestellen? Dieses Etablissement sieht nach nichts aus, aber lassen Sie sich dadurch nicht beirren, es zählt zu den besten Restaurants von Paris. Glücklicherweise ist es noch nicht in Mode gekommen, und Sie müssen mir versprechen, daß Sie nicht Ihre Freunde hierher mitnehmen. Die haben ihr Laurent, ihr Tour d'Argent, ihr heißgeliebtes Maxim's, das reicht doch! Ich möchte nicht, daß die sich hier sehenlassen und bei diesen braven Bürgern, für die Essengehen keine Angeberei, sondern etwas Solides ist wie andere Dinge auch, nur Unruhe stiften.«

Selma nimmt sich der Speisekarte an, eifrig, als handle es sich um ein kniffliges mathematisches Problem; aber sie kann sich noch so sehr Mühe geben, sie begreift nicht, was die *confits d'oie*, die *poulardes truffées, die terrines de foi aux cèpes* sind, die Ausdrücke flimmern ihr vor den Augen, sie stammelt: »Monsieur« … Nein, »cher Monsieur« … Nein, es ist wohl besser, ohne Erklärung hier wieder wegzugehen – ist ein Abschiedsbrief nicht eher eine Aufforderung? Abschied? Wie kommt sie nur darauf? Wie kann es einen Abschied geben, wo es doch zwischen ihnen gar nichts gibt?

»Gar nichts!« hört sie sich sagen. »Wie bitte?«

Sie wird rot und stottert, sie habe an etwas anderes gedacht. Um sie aus ihrer Verlegenheit zu befreien, übernimmt er selbst die Bestellung, ohne sie nach ihren Wünschen zu fragen.

»Und nun sagen Sie mir bitte einmal, was es mit diesem ›gar nichts‹ auf sich hat, das Sie eben mit so großer Entschiedenheit vorgebracht haben.«

Selma schweigt. Kann sie ihm sagen, daß sie nichts von ihm will, wo er ihr doch gar nichts angetragen hat?

»Sie haben recht«, nimmt er die Unterhaltung wieder auf. »Man sieht doch, daß wir zu verschiedenartige Menschen sind. Sie haben wohl etwa folgendes gedacht: Was soll ich, die Prinzessin Selma, mit diesem Yankee anfangen?«

Er greift nach ihrer Hand, um ihrem Protest zuvorzukommen. »Im Grunde genommen sind nicht *Sie* es, die so etwas denken; es sind die anderen, die an Ihrer Stelle so denken. Glauben Sie nicht, daß es an der Zeit wäre, selber zu denken?«

»Wer erlaubt Ihnen eigentlich, so mit mir zu reden?«

Sie ist offenbar wirklich betroffen und versucht sich loszumachen, aber Harvey hält sie fest.

»Natürlich bin ich ungerecht: Sie haben damit angefangen. Sonst hätte es den gestrigen Abend ja nicht gegeben, sonst wären wir jetzt nicht zusammen. Aber Sie sind es so wenig gewohnt, etwas zu tun, worauf Sie Lust haben, daß Sie in diesem Augenblick nur den einen Gedanken haben: zu fliehen.«

Er läßt ihre Hand los.

»Sie sind frei, Selma. Aber denken Sie einmal darüber nach: Wenn Sie vor mir fliehen, ist das wahrscheinlich nicht so wichtig; aber was Sie betrifft, wollen Sie denn Ihr ganzes Leben damit verbringen, vor sich selber zu fliehen?«

Selma ist verblüfft. Dieser Mann ist gefährlich, sie kennt ihn kaum, und schon prescht er wie ein Stier in ihre geheimsten Gärten vor. Aber statt aufzustehen und einfach zu gehen, hört sie, wie sie mit der Stimme eines eigensinnigen kleinen Mädchens sagt: »Sie irren sich, ich bin nicht auf der

Flucht vor mir selbst. Im Gegenteil, ich habe lange Zeit versucht, zu verstehen, wer ich bin, was ich will. Aber je länger ich das versucht habe, desto mehr habe ich mich verloren. Also habe ich darauf verzichtet, ich habe mich entschlossen, zu leben.«

»Das bedeutet, daß Sie darauf verzichtet haben, zu leben! Es sei denn, Sie würden den eitlen Ringelreihen mechanischer Puppen als Leben bezeichnen! Selma, wovor haben Sie Angst?« Er beugt sich zu ihr hinüber und schaut sie intensiv an.

Warum läßt sie sich ausfragen? Sie möchte auf und davon, aber sie bleibt unbeweglich sitzen. Unwillkürlich bringt sie heraus: »Es kommt mir oft vor, als sei ich gar nichts und gleichzeitig alles. Ich weiß nicht, was mich mehr in Schrekken versetzt, denn in beiden Fällen bin ich es, die verschwindet ...«

Was bewegt sie eigentlich, sich diesem Fremden, diesem Ausländer anzuvertrauen, während sie ihren besten Pariser Freunden gegenüber mißtrauisch bleibt? Ist es seine Gelassenheit, die sie dazu treibt? Eine Gelassenheit, die mehr noch an einen Himmel nach dem Gewitter als an einen unbewegten See erinnert.

»Nichts und alles«, wiederholt er und sieht sie mit ernster Miene an, »genau das sind wir alle! Das ist erschreckend für unser kleines Ich, darin stimme ich Ihnen zu!«

Und wie sie ihn so anblickt, verwundert über diese Worte, die etwas gespreizt klingen, aber in ihrem Innersten widerhallen, nimmt er sie bei den Schultern.

»Wachen Sie aus Ihren Träumen auf, Selma. Sie sind eine Frau, wissen Sie eigentlich, was das bedeutet? Das ist der schönste Adelstitel, alles andere ist bloß lächerliches Gehabe, das dem Strom des Lebens im Wege steht. Haben Sie sich einmal gefragt, warum ich Sie ›Göttin‹ und nicht ›Prinzessin‹ genannt habe? Weil ich Sie von diesem Titel befreit sehen möchte, der Sie nur einschränkt, denn Sie sind weit mehr als eine Prinzessin, Sie sind ein menschliches Wesen mit all seinen unendlichen Möglichkeiten.

Aber das soll Ihren Appetit nicht beeinträchtigen«, schließt er mit lautem Lachen und lädt ihr ein prächtiges Stück Poularde auf den Teller.

Er bewohnt eine Absteige in der Nummer 20 der Rue Montpensier, die auf den Garten des Palais-Royal hinausgeht, genau der Fontäne gegenüber. Nach dem Mittagessen hatte er sie dahin mitgenommen, ohne sie groß zu bitten, als verstünde sich das, was sie miteinander verband, von selbst. Und dann küßte und streichelte er sie den ganzen Nachmittag über auf dem großen Bett, ohne mit ihr zu schlafen, obwohl ihr angespannter Körper ihn darum bat.

Als der Sonnenuntergang das Zimmer mit seinem Purpurlicht überflutete, standen sie auf und gingen hinaus, um den Duft des Abends einzuatmen, der vom Rasen aufstieg, den der alte Gärtner sorgfältig sprengte. Sie gingen in eine kleine Bar unter den Arkaden und ließen sich eine Flasche Wein und Pistazien bringen, mit denen sie die Tauben fütterten.

Es war noch nicht ganz dunkel, als er sie in ihr Hotel zurückbrachte. Sie zitterte, ihre Beine wollten sie nicht mehr tragen, und als er sich zum Abschied über sie beugte und sie küßte, schloß sie die Augen, damit er ihre Tränen nicht sähe.

»Selma, schauen Sie mich an!«

Die graue Woge hüllte sie mit unendlicher Zärtlichkeit ein.

»Ich liebe dich«, murmelte sie.

Er stieß sie zurück und musterte sie streng, aber als er sah, wie bestürzt sie war, hellte sich seine Miene auf.

»Selma, begreif doch, du kannst alles tun, was dir beliebt, aber flüchte dich nicht in großartige Gefühle. Ich akzeptiere alles an dir, außer daß du dich belügst.«

»Aber ich habe nicht gelogen ...«

»Du hast *dich* belogen! Nur dir selbst, und niemandem sonst, bist du die Wahrheit schuldig. Ich weiß, du möchtest lieben, vielleicht mich lieben, aber selbst in dem Augenblick, wo du glaubst, daß du dich hingibst, behältst du dich im Auge, um zu sehen, welche Wirkung es ausübt. Ich mache dir das nicht zum Vorwurf; von Kindheit an hat man dich dazu dressiert, anderen zu gefallen; alles Spontane an dir hat man abgeschliffen, geglättet, wieder in Form gebracht, damit du deine Rolle als Prinzessin problemlos spielen konntest. Solange du dich davon nicht befreien kannst, wirst du auch nicht lieben können.«

Er näherte sich ihr wieder, nahm sie in die Arme und wiegte sie zärtlich.

»Das ist alles nicht einfach, aber hab keine Angst, ich will alles tun, um dir dabei zu helfen« — hier lachte er –, »natürlich aus Eigennutz, denn ich mag dich, und ich hoffe sehr, daß du mich eines Tages lieben wirst und nicht mehr das Bild einer verliebten Selma …«

Am nächsten Tag ging sie wieder in die Rue Montpensier. Sie hatte nicht angerufen, sie hätte nichts sagen können. Wie im Traum stieg sie die Treppe hinauf; bei jeder Stufe kam es ihr vor, als ob ihr Fetzen von abgenutzten Kleidern von den Schultern glitten, und je höher sie stieg, desto erleichterter fühlte sie sich. Als sie jedoch klingeln wollte, überfiel sie einen Augenblick lang Panik: Was würde er von einer Frau denken, die sich auf diese Weise … anbot? Doch als er die Tür öffnete, begrüßte er sie mit so erstauntem, zärtlichem Lächeln, daß sie sofort wußte, dies war ihre Wahrheit, und alles übrige zählte nicht. Beinahe ängstlich begann er sie zu entkleiden, und ihr war, als betrachte ein Mann sie zum ersten Male; und als seine Lippen ihre Brüste streiften, als er vor ihr kniete und mit kraftvollen Händen von ihren Hüften, den Rundungen ihrer Lenden Besitz nahm, da begriff sie in einer Aufwallung, daß sie nie zuvor jemandem gehört hatte.

In einer stillen, inbrünstigen, Stunden währenden Beschwörung liebkosten sie sich, zitternd bedacht darauf, sich zu erkennen, nicht einfach zu entblößen, als hätten sie sich einst, in einer vergessenen Welt, schon einmal geliebt. Und als ihre Körper ineinander verschmolzen, da gab es keinen Raum, keine Zeit mehr – nur noch Ewigkeit in jedem Augenblick.

Früh am Morgen wurde Selma vom Gepiepse der Vögel geweckt, und sie blieb lange reglos liegen, die fahlen Sonnenstrahlen durch ihre Wimpern filternd und darauf bedacht, den nackten Arm, der auf ihrem Bauch lag, nicht zu verscheuchen. Sie genoß das Gefühl, diesem Mann zu gehören, sie war ihm dankbar dafür und flüsterte leise, daß sie ihn liebe.

Lange blieb sie in den Anblick seiner vollen Lippen versunken und betrachtete die rührenden Fältchen um seine Augenwinkel. Liebte dieser Mann sie, Selma, wirklich? Er sagte, er wolle sie nackt haben, wie eine richtige Frau, er sagte zu ihr: Du kannst Vertrauen haben. Er machte ihr zum Geschenk, was sie schon nicht mehr erhofft, was sie schon seit langem in die Illusionen der Kindheit verwiesen hatte: Er gab ihr das kleine Mädchen wieder zurück, das noch Lust und Neugier hat, für das die Welt ein unerschöpflicher Quell von Erfahrungen ist und dem nichts unmöglich zu sein scheint.

Von diesem Augenblick an waren sie immer zusammen. Selma hatte unter dem Vorwand, sie müsse verreisen, alle Einladungen abgesagt; am Telefon sollte Zeynel die Auskunft geben, er wisse nicht, wann sie zurückkehre. Der Eunuch hatte vergeblich versucht, seine Prinzessin zur Vernunft zu bringen – dieser Amerikaner taugte seiner Meinung nach nichts –, aber mit völlig ungewohnter Brüskheit hatte sie ihm das Wort abgeschnitten; sie gestattete niemandem, sich in ihr Glück einzumischen.

Tagelang wanderten sie Hand in Hand durch die Stadt, Harvey zeigte Selma ein Paris, das sie zuvor nicht gekannt hatte. Sie gingen unter den Kastanien der Ile de la Jatte spazieren, die sich zierlich zwischen den Seinearmen dahinschlängelt, und hingen auf der Place de Fürstenberg, im Lichte der Laterne mit vier Kandelabern, auf einer Bank ihren Träumen nach.

Eines Morgens weckte er sie in aller Frühe, und sie gingen zum Quai aux Fleurs, zu der Stunde, wo im Schatten von Notre-Dame die Lastwagen ihre Schätze an zarten, duftenden Blumen preisgeben; dann begaben sie sich ein paar Schritte weiter zum Vogelmarkt, wo er eine Meise in einem weißen Käfig für sie erstand.

Abends bei Sonnenuntergang schweiften sie öfters ziellos

über den kleinen Friedhof Montmartre, und Selma erinnerte sich sehnsüchtig des heiteren Friedhofes von Eyub oberhalb des Bosporus, den sie als Kind besucht hatte. Um sie ein wenig zu zerstreuen, führte Harvey sie dann ins Lapin Agile, wo sie unter schmächtigen jungen Leuten mit glühenden Augen, wahrscheinlich Dichter und Musiker, dichtgedrängt um einen Tisch den Schlagern von Freddy lauschten. Statt der Saris trug sie jetzt Jackenkleider mit Faltenrock, die sie beide zusammen ausgewählt hatten. Endlich wurde sie nun von niemandem mehr angestarrt.

Eines Tages, auf einer Bank unten an der Seine, erzählte Harvey ihr von seiner Kindheit in einer Kleinstadt des Staates Ohio und von der Kutscherkneipe, in der seine Mutter Serviererin war, denn die Familie mußte ja ernährt werden. Sein Vater war Künstler. Wenn die Inspiration über ihn kam, schleuderte er grelle Farben auf die Leinwand, die, wie er sich ausdrückte, Augen und Herzen schockieren sollten. »Nur darauf kommt es an«, rief er aus, »man muß diese Wiederkäuer aufrütteln, ihnen eins drüberziehen, sie sollen nicht mehr ruhig schlafen können!« Seine Bilder waren in der Tat dazu angetan, Alpträume hervorzurufen; deshalb fand er auch keine Käufer für sie.

Harveys Bewunderung für seinen Vater war grenzenlos, häufig schlug er sich mit älteren Jungen, weil sie den Maler einen Taugenichts nannten. Diesen Stolz hatte er von seiner Mutter, für die kein Bauer aus der Umgegend, und sei er noch so reich, ihrem Mann das Wasser reichen konnte, und die mit Verwunderung zur Kenntnis genommen hätte, daß man sie bemitleidete.

Eines Morgens, als er zur Schule mußte, hatte ihn sein Vater angekleidet, wie er es immer tat, denn die Mutter ging schon bei Tagesanbruch zur Arbeit. Dann hatte er ihn in die Arme geschlossen; Harvey erinnerte sich an jede Einzelheit, so an das Tweedjackett, das ihn an der Wange kratzte und dessen intensiver Geruch nach Terpentin sich für ihn mit der Vorstellung von Genie verband, und er hörte, als sei es gestern gewesen, die rauhe Stimme murmeln: »Versprich mir, daß ich immer stolz auf dich sein kann.«

Sein Vater war auf und davon gegangen und nie wieder zurückgekommen. Seine Mutter hatte Himmel und Hölle in Bewegung gesetzt, denn sie war davon überzeugt, daß ihm etwas zugestoßen sein müsse; aber man war nicht auf die geringste Spur von ihm gestoßen. Auch heute noch, nach dreißig Jahren, wußte Harvey nicht, ob sein Vater noch lebte.

»Ich habe wie ein Verrückter zu arbeiten begonnen, um mein Versprechen zu halten. Überall mußte ich der Beste sein. Ich war überzeugt davon, er werde eines Tages zurückkommen und mir die Hand auf die Schulter legen, wie er es jedesmal tat, wenn er mit mir zufrieden war.«

Harvey versank einen Augenblick in Nachdenken.

»Als ich mein Diplom als Chirurg erhielt und er immer noch nicht auftauchte, begriff ich, daß ich ihn nie mehr wiedersehen würde ... Trotzdem ... Vor ein paar Jahren habe ich in New York eine Ausstellung seiner Bilder veranstaltet. Die Kritiker haben von Genialität gesprochen, von vorweggenommenem Expressionismus. Meiner Mutter sind die Tränen gekommen, und ich war glücklich über diese Huldigung. Sollte er noch leben, sagte ich mir, würde ihn die Ausstellung vielleicht dazu bewegen, zu uns zurückzukehren. Man gibt die Hoffnung, seinen Vater wiederzufinden, nie auf ...«

Selma wandte den Kopf ab, um ihre Verwirrung zu verbergen. Sie sah Hayri Rauf Bey in seinem perlgrauen Gehrock, der ihm so gut stand, wieder vor sich, sie dachte daran, wie sie es ihm übelgenommen hatte, daß er die Seinen im Stich ließ, wie sie sich in ihrem Kummer verschlossen hatte und ihr Leben als Frau von ihm geprägt worden war; während dieser kleine Junge, dem ein ähnlicher Verlust widerfahren war, eine solche Kraft entwickelt hatte ... Woran lag das? Könnte es sein, daß man zwischen Glücklichsein und Unglücklichsein eine Wahl trifft? Vergeblich versuchte sie, diese Vorstellung zu unterdrücken; ihr jetziges Glück wurde von Nostalgie getrübt. Es fehlte nicht viel, und sie hätte es Harvey übelgenommen, daß er sie glücklich machte; denn das ließ sie das ganze Ausmaß der vergeudeten Zeit erkennen. Aber schließlich hatte auch er einen Teil seines Lebens dadurch vertan, daß er die Tochter eines Großunternehmers aus dem Internat weg geheiratet hatte. Am folgenden Tag entschloß sie sich, nach einigem Zögern, mit ihm darüber zu reden.

Harvey sah sie erstaunt an.

»Was möchtest du wissen? Wir waren sehr jung und sehr verliebt. Die Leute sagten, diese Heirat sei für mich eine unverhoffte Chance, und ich in meiner Einfalt begriff nicht, was sie damit sagen wollten. Das klingt unglaubhaft, doch ich war so stolz auf mich, so selbstsicher – stell dir den Weg vor, den ich ganz allein zurückgelegt hatte! –, ich legte mir nicht Rechenschaft darüber ab, daß vom gesellschaftlichen Standpunkt aus ein Abgrund zwischen uns klaffte. Ursula war schön, intelligent, begeisterungsfähig, das genügte, damit ich sie auch für großzügig und idealistisch hielt. Unglücklicherweise ...«

Er unterbrach sich plötzlich.

»Warum erzähle ich dir eigentlich das alles?«

Selma besteht darauf; nur keine Diskretion.

»Ich habe gehört, daß sie deine dauernde Abwesenheit, deine Reisen zu den Indianern ins hinterste Mexiko oder ins Amazonasgebiet nicht mehr erträgt und daß sie die Scheidung eingereicht hat, aber daß du ablehnst.«

Harveys Augen blitzten.

»Man sagt so manches ... Und selbst wenn es stimmte, warum sollte ich ablehnen? ... Prinzessin, Sie enttäuschen mich, Sie sind herablassend. Sie nehmen also Anteil an einem Erbarmungswürdigen, der angeblich um des Geldes willen bei seiner Frau bleibt? Sie glauben doch sicher, etwas Besseres zu sein als so einer? Sie verdienen das Beste, Göttin, und Sie haben ganz recht, daß Sie mich auserwählt haben ... denn ich bin ›der Beste‹!«

Er setzt wieder sein ironisches Lächeln auf, aber sie ist ganz sicher, daß er wortwörtlich denkt, was er sagt.

»Und was nun?«

»Wenn du unbedingt Wert darauf legst, es zu wissen: Ich habe vor einem Jahr die Scheidung eingereicht, obwohl Ursula dagegen ist. Ich habe die Sache dann laufen lassen, denn ich hatte keinerlei Absicht, mich wieder zu verheiraten … Aber …«

Er schaut sie merkwürdig an.

»Manchmal frage ich mich, ob du nicht eines Tages deine Titel wie Prinzessin und Mahanarée ablegen könntest, um ganz einfach Frau Harvey Kerman zu werden …«

Sie versucht zu verbergen, daß sie zusammengezuckt ist, aber es ist ihm nicht entgangen. Er sieht ein bißchen traurig aus und sagt mit einem Anflug von Ironie: »Genau das habe ich erwartet … Du mußt noch erwachsen werden.«

Selma beißt sich auf die Lippen. Warum dieser Augenblick des Zögerns? Wo sie doch ein solches Verlangen hat, ja zu sagen, alles zu vergessen, mit ihm zu gehen. Sie ist sich im klaren darüber, daß dies ihre Chance ist, sie weiß, das ist das Leben. Er hat völlig recht, wenn er sie damit aufzieht, daß »ihre Krone ihr den Kopf einschnüre und sie am Denken hindere«. Aber sie mag sich dagegen sträuben wie sie will, das dauert schon achtundzwanzig Jahre lang, das lastet seit Generationen; als ob es ihr im Gehirn festgewachsen wäre.

Und ihr kommt wieder ein Bild vor Augen, als Amir ihr eines Tages verzweifelt zurief: »Was nützt uns die Unabhängigkeit, wir müssen nicht nur die Engländer vertreiben, wir müßten dieses Hirn aus unseren Köpfen herausreißen, dieses von ihnen gemodelte Hirn, dieses Gehirn der Weißen!« Jetzt begreift sie haargenau, was er damit sagen wollte. Auch sie ist die Gefangene von Ideen, an die sie nicht mehr glaubt. Jeder Tag mit Harvey beweist ihr, daß sie daran gehindert wurde, richtig zu leben.

Er nimmt sie in die Arme und streicht ihr zärtlich über das Haar. »Ja, meine Liebe, leben, unverzüglich leben«, murmelt er, als könne er ihre Gedanken lesen. »Nicht wenige Menschen erkennen zu spät, daß sie sich über das Leben getäuscht haben, und dann brechen sie in Verzweiflung aus.«

Er schüttelt den Kopf.

»Ich habe so viele arme Teufel kennengelernt, die nicht sterben wollten, weil sie gar nicht gelebt hatten. Aber uns stehen alle Pforten offen, meine Göttin, wenn du nur willst!«

Drei Wochen sind verstrichen, und jeder Augenblick hat sich in sie eingegraben. Nie hätte Selma sich vorstellen können, das Glück könnte so stark und so heiter sein.

Heute abend wollte Harvey wieder einmal in die Fontaine de Mars gehen. Es ist Montag, das Restaurant ist fast leer. Der Patron weist ihnen »ihren« Tisch an, und Selma gibt ihm die Hand, als sei er ein alter Freund. Dann wendet sie sich fröhlich an Harvey: »Glaubst du nicht auch, daß er unser guter Geist ist?« Er stimmt ihr zu.

»Ihr solltet manchmal hier essen gehen, Zeynel und du ...«

»Zeynel und ich?«

»Wenn ich weggefahren bin ...«

Er versucht zu lächeln, will sie ermutigen.

»Selma, ich muß unbedingt nach New York zurück, um meine Angelegenheiten zu ordnen. Und dann muß ich nach Mexiko, als Leiter einer Delegation ... Ich habe mich vor mehr als einem halben Jahr dazu verpflichtet ... Aber ich werde Anfang September zurück sein, das verspreche ich dir. Du wartest doch auf mich, nicht wahr?«

Plötzlich dieser Kälteschauer ... Natürlich weiß sie schon, daß er weg muß, daß er ihretwegen seine Abreise bereits ein paar Wochen hinausgeschoben hat. Sie weiß, daß er sie liebt, aber sie kommt nicht an gegen die aufsteigende Panik.

»Harvey, nimm mich mit!«

Sie hat das fast herausgeschrien. Er mustert sie, überrascht von dieser kindlichen Angst: »Das ist unmöglich, Liebling! Außerdem solltest du allein sein, um über alles nachzudenken. Was ich dir bieten kann, ist eine Existenz, die ganz anders ist als deine bisherige. Ich führe ein unstetes Leben, das ist nicht immer so einfach ...«

Und da sie nichts sagt, fügt er hinzu: »Zum Glück haben wir beide keine Kinder ... Unsere Entscheidungen betreffen nur uns selbst.«

Selma ist leichenblaß geworden. Seitdem sie sich kennen, will sie es ihm sagen, aber einen Tag um den andern hat sie es hinausgeschoben. Das raubt ihr den Schlaf. Gewiß, er ist nicht so wie andere Männer, doch gilt das auch in diesem Punkt? Würde er es akzeptieren, daß die Frau, die er liebt, ein Kind von einem anderen bekommt? Sie hat Angst. Die Vorstellung, ihn zu verlieren, ist ihr unerträglich. Ach, wenn er begreifen könnte, daß dieses Kind nur *ihr* Kind ist und daß es nichts, oder nur wenig, mit Amir zu tun hat.

Sie fängt an zu weinen. Er beobachtet sie verwirrt. Er hätte niemals angenommen, daß sie auf die bloße Erwähnung eines Kindes hin so empfindlich reagieren würde.

»Selma, möchtest du ein Baby?« fragt er zärtlich.

Sie hebt den Kopf und sieht ihn durch ihre Tränen hindurch an. Jetzt muß sie sprechen. Aber sie findet nicht den Mut dazu und flüstert nur: »Und du, Harvey?«

»Bei dem Leben, das ich führe, habe ich das noch nie ernstlich in Betracht gezogen … Aber wenn ich mir vorstelle, ein Kind von dir und von mir, das wäre schon ein kleines Wunder!«

Sein Gesicht leuchtet auf. Warum fängt Selma nun wieder an zu schluchzen? Er bedrängt sie mit Fragen. Es sei nichts, nur Rührung, entgegnet sie … Sie will nicht reden, nicht ihre wenigen letzten Tage verderben. Später, wenn er in Amerika ist, wird sie ihm schreiben; brieflich sind ihr Erklärungen schon immer leichter gefallen.

IV

Über die mit Tausenden von Fahnen geschmückten Champs-Élysées braust eine Staffel von Jägern mit eindrucksvollem Donnern, gefolgt von einem Geschwader britischer Spitfire mit einem weißen, einem blauen Flügel; dann verdunkeln Dutzende von Breguet 690, Marcel Bloch 151 und Lioré-Olivier 45 den Himmel. Die Blicke zum Himmel gerichtet, wird die seit dem frühen Morgen hier versammelte Menge von Schauern des Stolzes durchrieselt: Man hat die furchteinflößende Macht der französischen Luftwaffe zwar schon immer hoch gelobt, aber jetzt wird sie sichtbare Wirklichkeit.

Auf der offiziellen Tribüne sitzt Präsident Lebrun, umgeben von seinen Ministern im schwarzen Cut. Dahinter drängen sich, in goldbestickten Dschellabas oder langen Gewändern mit Rankenmustern, die Häuptlinge der Eingeborenen, die die Kolonien und Protektorate vertreten.

Die Parade des 14. Juli 1939, des hundertfünfzigsten Jahrestages des Sturms auf die Bastille kann beginnen.

In der dichtgedrängten Menge werden Tausende von Ferngläsern an die Augen gehoben. Dank Zeynels Eilfertigkeit hat Selma, die zu spät daran dachte, für zwanzig Francs noch einen Stehplatz bekommen. Auf den Zehenspitzen nimmt sie die blankgewienerten Helme der Republikanischen Garde wahr, die den Vorbeimarsch eröffnet, gefolgt von den schneeweißen Federbüschen der Saint-Cyriens und den schwarzen, rotgesäumten Zweispitzen der Absolventen der École polytechnique. Wie schön sie sind! Militärparaden haben Selma schon immer beeindruckt; Nationalhymnen mit Trommelwirbel, aus welchem Erdteil sie auch stammen mögen, jagen ihr seltsame Schauder übers Zwerchfell und Tränen in die Augen.

Jetzt kommen die Engländer. Geradewegs alten Kupferstichen entsprungen, nähern sich die steifen Grenadiere in ihren hohen schwarzen Pelzmützen mit rhythmischem Schritt, während die schottische Garde in ihren Röckchen zum Klang der Dudelsäcke zu tanzen scheint. »Hoch lebe England!« ruft die von ihrem neuen Verbündeten begeisterte Menge. Beim Vorbeimarsch der Infanterie kann man sich ein bißchen ausruhen. Die Matrosen mit ihren Kragen haben hingegen ein Recht auf Beifall, und gleich wird man auf den Straßen ihre glückbringenden Troddeln anfassen.

Zuletzt tauchen, vom oberen Ende der Avenue kommend, die Franzosen aus allen Ecken und Enden der Welt auf: MG-Schützen aus Indochina und Madagaskar, Schützen aus Algerien, majestätische Senegalesen ... Und zum Abschluß dieses exotischen Aufzuges die Fremdenlegionäre in langsamem Schritt, mit dem Strahlenkranz des Prestiges jener, die der Wüste und dem Tode getrotzt haben.

Die Augen sind noch geblendet von all diesen Abenteuern, da jagt die Kavallerie daher, die stampfende, prächtige Aristokratie der Husaren, Dragoner und Spahis; alle Dupins und Duponts, die nicht einmal wagen würden, einen Esel zu besteigen, recken sich um so stolzer. Hinter ihnen die »mechanische Kavallerie«, das Rückgrat der unbesiegbaren französischen Armee. Bedrohlich rollen die Panzer über die Champs-Élysées, als ob nichts sie jemals aufhalten könnte. »Das sind die Panzer der Maginotlinie, davon haben wir Tausende«, flüstert man ringsum, irgendwie verschreckt von den Monstern aus Stahl, während ein überaus würdiger Herr mit lauter Stimme ausspricht, was jeder heimlich denkt: »Damit jagen sie die Boches zum Teufel!«

Es ist schon drei Wochen her, daß Harvey abgereist ist. Selma, die sich vor seinem Wegbleiben fürchtete, wundert sich darüber, daß sie nicht traurig ist. Natürlich fehlt er ihr, aber sie empfindet es nicht als Belastung, denn es zeigt ihr, wie sehr sie ihn liebt. Zum ersten Mal jagt ihr Liebe keine Furcht ein: Sie hat Vertrauen zu ihm, weil er ihr Selbstvertrauen geschenkt hat. Sie hat die Gewißheit, nach langen Irrwegen endlich ihren Platz gefunden zu haben.

Um Mitte Juli herum ist Paris ausgestorben, seine schönen Vögel sind alle zu den Badeorten an der Küste oder in die Kurorte entflogen, Selma freut sich darüber, daß sie frei über ihre Zeit verfügen kann, als sei sie eine Touristin, die eine Stadt besucht, wo sie keinen Menschen kennt und ihren Tageslauf nach Belieben gestalten kann. Marie-Laure hat sie auf ihr Anwesen Eden Rock eingeladen, aber sie hat abgelehnt. Sie möchte gern allein sein. Allein mit dieser seltsamen Wärme und Schwere, die sich, das fühlt sie seit Wochen, in ihrem Bauch ausbreitet. Sie hat ein Bedürfnis nach Sammlung, sie möchte auf ihren Körper horchen und in Ruhe überlegen. In der letzten Zeit hat sie die Veränderungen verdrängt, die in ihr vor sich gehen, hat nur die Haken an ihren Röcken versetzt, als sie merkte, daß sie dicker wurde. Harvey hatte nichts bemerkt, er hielt sie für mollig, und sie hatte es auf die gute französische Küche geschoben.

Harvey … Sie hatte sich vorgenommen, ihm zu schreiben,

es ihm zu sagen … Aber sie war so beschäftigt … so beschäftigt damit, dieses Versprechen zu vergessen, daß sie jetzt zögerte, daran festzuhalten. Würde er begreifen, warum sie geschwiegen hatte? Je mehr Zeit verging, desto schwieriger fand sie es, ihr Schweigen zu rechtfertigen. Es war falsch gewesen, vor einer Aussprache zurückzuweichen, als sich die Gelegenheit dazu bot: In den Armen einer geliebten Frau läßt sich ein Mann leichter überzeugen, aber auf einem Blatt Papier, mit ein paar Sätzen, welche Macht blieb ihr da? Sie mußte befürchten, daß Harvey ihr Schweigen auf ein Zögern zwischen Amir und ihm zurückführen und, davon verletzt, hart reagieren und alles tun würde, um sie zu vergessen. Dazu wäre er fähig … Nein, sie will nicht schreiben. Im September, wenn er wiederkommt, wird er alles verstehen, wenn er sie wirklich liebt.

Jetzt, wo Selma ihren Entschluß gefaßt hat, fühlt sie sich ruhiger und hat keine Mühe, die leise Stimme zum Schweigen zu bringen, die ihr zuflüstert: »Und wenn es ein Junge sein sollte, wie entscheidest du dich dann? Verleiht dir die Liebe das Recht, deinem Sohn die Erbfolge von Badalpur zu verweigern?«

Sich den Kopf mit diesem »Wenn« zu zerbrechen, führt zu nichts. Harvey hat ihr immer wieder gesagt: »Man muß den Augenblick leben.«

Die ersten Augustwochen gehen wie im Traum dahin. Paris ist gleichsam ausgestorben, die Conciergen haben ihren Stuhl auf die Straße gestellt und schauen wohlwollend den seltenen Passanten nach, als ob die Tatsache, daß sie geblieben sind, sie zur Gemeinde der wahren Pariser zusammenschließen würde. In den Pavillons der öffentlichen Parkanlagen spielen die städtischen Orchester Stücke von Gounod und Bizet, aber keine deutschen Komponisten; selbst Beethoven steht auf dem Index.

Auf Zeynels dringendes Anraten, der sich beunruhigt zeigt, weil ihre Mittel zusammenschmelzen – die Überweisungen aus Indien lassen auf sich warten –, hat Selma die Suite im Plaza Athénée aufgegeben. Sie hat der Concierge

Bescheid gesagt, daß sie Paris für einige Zeit verlassen würde, und darum gebeten, daß man ihre Post aufbewahrt.

Sie brauchten nur die Seine zu überqueren, um in der Avenue Rapp ein Hotel ausfindig zu machen, das zwar ein bißchen provinziell anmutete, aber komfortabel war. Es war die Nähe zum Champ-de-Mars, die den Ausschlag gab; Selma konnte dort jeden Tag spazierengehen, das würde dem Baby guttun. Von jetzt an, das ist ihre feste Absicht, will sie sich nur noch ihm widmen; sie fühlt sich schuldig, daß sie es vernachlässigt, vielleicht sogar seine kleinen Lungen geschädigt hat, weil sie sich derart die Taille schnürte. Aber hat es denn schon Lungen? Sie hat keine Ahnung, wie weit sich das fünfeinhalb Monate alte Baby in ihrem Bauch schon entwickelt hatte.

Zeynel ist selig. Zum ersten Mal hat er Selma ganz für sich allein.

Das Abenteuer mit dem Amerikaner, den er vom ersten Augenblick an nicht mochte, hatte er schroff mißbilligt, obwohl Harvey, der seine Feindseligkeit spürte, besonders zuvorkommend ihm gegenüber gewesen war. Aber genau diese Vertraulichkeit eines Fremden hatte den Eunuchen am meisten angewidert! Diese Amerikaner haben keine Manieren: »Er gehört nicht in unsere Kreise, Prinzessin«, sagte er wiederholt zu Selma, »man merkt genau, daß er nie bedient worden ist.« Als Zeynel erkannte, daß es mit ihrer Beziehung ernst wurde, hatte er sogar damit gedroht, dem Radscha zu schreiben; schließlich war ihm von Amir die Verantwortung für seine Gemahlin übertragen worden. Schon beim ersten Wort strafte ihn Selma mit wütenden Blicken und hielt ihm eine Schreibfeder hin.

»Schreib ihm, dann hast du meinen Tod auf dem Gewissen, denn du weißt genau, daß mich der Radscha töten wird! Und ganz gewiß wird er auch dich töten, weil du mich aus den Augen gelassen hast!«

Zeynel ließ den Kopf hängen; er ahnte, daß es ihm nicht gelingen würde, Selma zu beeinflussen. Schon als sie ein Kind war, konnte nur die Sultanin sie zum Nachgeben bewegen. Zumindest war er nun mit sich selbst im reinen. Er hatte sein Bestes versucht. Und sein Zorn wandte sich gegen den Radscha und die Unvorsichtigkeit, seine junge Frau in Paris allein zu lassen, nachdem er sie zwei Jahre lang eingesperrt hatte. Als wenn sie seine Gedanken lesen könnte, fügte Selma mit einer Kälte, die ihn entsetzte, weil sie so viel Bitterkeit verriet, hinzu: »Für meinen lieben Gemahl ist nicht meine Treue, sondern sein guter Ruf das Wichtigste. Ihn zu bewahren, hat er dir aufgetragen. Deine Pflicht besteht also darin, mir dabei zu helfen, daß es geheim bleibt. Ich hatte dich für schlauer gehalten, Zeynel!«

Übrigens warf er ihr nicht etwa ihr Abenteuer vor, denn schließlich war sie kein junges Mädchen mehr, und wenn der Radscha sie nicht glücklich machte ... Ihn beunruhigte vielmehr, daß sie offenbar wirklich verliebt war; denn bei ihrem Charakter, das wußte er, war sie imstande, alles aufzugeben.

Doch jetzt, wo der Amerikaner abgereist war, stand alles zum besten. Nun war Zeynel mit seiner Prinzessin allein, er konnte sie verhätscheln, sich um sein kleines Mädchen kümmern ... In ihrem Zustand war sie ja so zerbrechlich, hatte sie liebende Fürsorge nötig; sie hatte niemanden außer ihm. Er war ihr zugleich Vater, Mutter, Bruder und Ehemann. Er wünschte fast eine Katastrophe herbei, aus der er sie retten könnte, damit sie endlich begriffe, wie sehr sie ihn brauchte, ihn, den einzigen Getreuen, der sie ihr Leben lang begleitet hatte und immer bei ihr bleiben würde, was auch immer geschehen sollte.

Jeden Morgen bringt das Zimmermädchen den *Figaro* zum Frühstück, und während Selma ihre Croissants knabbert, informiert sie sich darüber, was in der Welt vor sich geht. Seit ein paar Tagen spricht man von nichts anderem als von der nach Moskau entsandten Militärdelegation, und das wohlinformierte Blatt schreibt, Stalin lege größten Wert darauf, mit Großbritannien und Frankreich zu einem Abkommen zu gelangen.

Gute Nachrichten, und die Sonne strahlt! Fröhlich steht Selma auf und hört beim Ankleiden Radio, den neuesten

Schlager: »Tout va très bien, madame la marquise!« Ja, alles geht gut, in ein paar Tagen kommt Harvey zurück. Seit er weg ist, hat sie nur zwei kurze Karten von ihm erhalten; aber er hatte ihr schon im voraus gesagt, daß er ihr aus dem hintersten Winkel Mexikos nicht werde schreiben können. Wie dem auch sei, Anfang September wird er zurück sein.

Am nächsten Tag, als Selma ihr Zimmer verläßt, erfährt sie eine bestürzende Neuigkeit, die alles verändert. Stalin hat nicht mit Großbritannien und Frankreich, sondern mit Hitler einen Pakt geschlossen! Der Schock geht tief: Wird sich unter diesen Umständen ein Krieg vermeiden lassen?

Während Edouard Daladier, der Vorsitzende des Ministerrates, im Radio den Friedenswillen Frankreichs verkündet, bedecken sich die Hauswände von Paris mit Bekanntmachungen, die die Reservisten einberufen. Binnen vierundzwanzig Stunden werden Verteilungsstellen für die Ausgabe von Gasmasken eingerichtet: Jeder Einwohner von Paris bekommt eine und hat sie bei sich zu führen; noch ist die große Menge der Gasvergifteten des Ersten Weltkrieges in lebhafter Erinnerung. Über Rundfunk und Zeitungen werden Anweisungen verbreitet, wie die Keller einzurichten, die Kellerfenster abzudichten, die Eingänge mit feuchten Laken und Decken zu verhängen seien; alles Vorsichtsmaßnahmen, die bestimmt unnötig sind, wird die Regierung doch alles tun, um auf dem Verhandlungswege einen Krieg zu vermeiden – aber man muß sich auf alles gefaßt machen.

Für Selma ist es eine merkwürdige Woche; sie vermag nicht zu beurteilen, ob nun wirklich Gefahr besteht oder nicht, denn in ihrer Umgebung vermischen sich Aufregung und Angst auf unglaubliche Weise. In langen Wagenkolonnen kehren die Urlauber, früher als geplant, nach Paris zurück, während andere wiederum die Hauptstadt verlassen. Arbeiter haben damit begonnen, die Meisterwerke des Louvre zu verpacken und die Glasfenster der Sainte-Chapelle auszuhängen, die in den Kellern der Bank von Frankreich verwahrt werden sollen. Aus dem zoologischen Garten von Vincennes werden die Tiere evakuiert, ein paar Tage später dreißigtausend Kinder verschickt. Die Bahnhöfe quellen über von Passagieren: Schulkinder, die in die Provinz verlegt werden, kreuzen verängstigte Gruppen jüdischer Flüchtlinge aus Polen und Deutschland.

Am 2. September schließlich trifft die unglaubliche Nachricht ein: Hitler hat Polen überfallen! Wird Frankreich in den Krieg eintreten? Viele sind der Meinung, daß es diese Pflicht habe. Im *Figaro* schreibt Wladimir Ormesson: »Unser Gewissen ist rein, unsere Aufgabe klar: Der Sieg wird unser sein.«

Wie Millionen Franzosen verbringt Selma eine schlaflose Nacht. Sie dreht und wendet sich in ihrem Bett und fragt sich, ob sie das Land verlassen soll. Seit einer Woche drängt Zeynel, sie sollten auf dem schnellsten Wege nach Lausanne. Wenn sie sich schon nicht um ihre eigene Sicherheit sorge, dann sollte sie zumindest an ihr Kind denken! Aber Selma kommt zu keinem Entschluß; Harvey muß heute oder morgen eintreffen, sie will auf ihn warten. Sollten die Dinge sich zum Schlimmen wenden, könnten sie das Land zusammen verlassen.

Am folgenden Sonntag reißen sich die Pariser schon seit dem frühen Morgen die Zeitungen aus den Händen: Großbritannien hat Deutschland ein Ultimatum gestellt! Was wird Frankreich tun? Fast schon mit Erleichterung erfährt man um die Mittagszeit, daß Frankreich an der Seite Englands in den Krieg eingetreten ist. Nach langen Tagen des Zweifelns und Bangens ist die Situation endlich klar.

In wenigen Tagen hat sich das Gesicht von Paris verändert. Man hat die Denkmäler zum Schutze mit Sandsäcken umhüllt und die Fensterscheiben der Häuser blau angestrichen. Überall sind Frauen mit betreßten Schirmmützen, die Armbinden und Umhängetaschen tragen, an die Stelle der Männer getreten, die an die Front versetzt worden sind; sie wurden zu Tausenden einberufen und regeln nun den Verkehr, versehen ihren Dienst als Postbeamte, Kassierer im Autobus, selbst als Lokomotivführer und Lastkraftwagenfahrer.

Ganz besonders bei Nacht ist die Ville Lumière nicht wiederzuerkennen. Ab 21 Uhr herrscht totale Finsternis, aus Furcht vor Bombenangriffen gibt es keine Straßenbeleuchtung mehr; selbst die Autos dürfen die Scheinwerfer nicht einschalten. Selma, die seit Harveys Abreise manchmal mit Zeynel essen gegangen war, geht kaum noch aus. Die Restaurants sind nur noch bis 23 Uhr geöffnet, Theater und Music-Halls haben ihre Pforten geschlossen. In allen Vierteln sind Männer mit gelben Armbinden aufgetaucht: Zu alt für den Dienst an der Front, versehen sie den Zivilschutz und patrouillieren die ganze Nacht durch die Straßen, wobei sie immer dann ihre Trillerpfeifen zücken, wenn Unbekümmerte das Licht angelassen haben. Auch am Tage sorgen sie für Einhaltung der Disziplin, insbesondere wachen sie darüber, daß jeder ins Haus verschwindet, wenn die Sirenen heulen.

Den ersten Luftalarm wird Selma so bald nicht vergessen. Es war kurz vor Morgengrauen. Die Bewohner des Hotels, aus dem Schlaf gerissen, stürzten lärmend aus ihren Zimmern und stießen einander auf den engen Treppen, die zum Keller führten. Im Morgenrock drängte sich alles in den Luftschutzräumen, die man einfach mit alten Stühlen ausgestattet hatte. Die Kinder weinten. Eine Frau mit energischem Gesichtsausdruck forderte die Leute zum Beten auf, und während man voller Angst auf das Heranbrausen der Bomber wartete, hatte man mit einer von den meisten längst vergessengeglaubten Inbrunst das »Vater unser« und »Gegrüßet seist du, Maria« aufgesagt. Als endlich Entwarnung kam, kehrte jeder in dem Gefühl, dem Tode entronnen zu sein, in sein Zimmer zurück.

Selma hatte die restliche Nacht mit Zeynel beim Kartenspiel verbracht; eine Gewohnheit, die ihr seit einiger Zeit half, die Schlaflosigkeit zu überwinden. Selbst wenn sie ihn dazu weckte, war er stets glücklich über diese Stunden, die sie gemeinsam verbrachten, als mache sie ihm ein Geschenk. In dieser Nacht hatten sie eine lange Diskussion, und Selma mußte einräumen, daß es klüger wäre, in die Schweiz aufzubrechen. Sie bat Zeynel, Fahrkarten zu besorgen.

Am nächsten Tag stand dann aber in der Zeitung, es sei nur ein Probealarm gewesen, die Bevölkerung habe zur völligen Zufriedenheit reagiert, und kein deutsches Flugzeug sei, Gott sei Dank, in den französischen Luftraum eingedrungen. Der Eunuch mochte murren und betteln, wie er wollte, Selma entschloß sich, zu bleiben.

An den folgenden Tagen heulten die Sirenen zu jeder Tages- und Nachtstunde, und während anfangs jeder überstürzt nach Hause gerannt war und die Straßen sich leerten, gewöhnte man sich schließlich daran; sehr zur Verzweiflung der Blockwarte, welchen es nicht mehr gelang, die Disziplin aufrechtzuerhalten. Aber schließlich wollte man sich nicht das tägliche Leben schwermachen, wo Zeitungen und Rundfunk doch darin übereinstimmten, daß überall Ruhe herrschte!

Die kriegerischen Auseinandersetzungen spielten sich an der Ostfront ab. Am 9. September begann die Schlacht um Warschau. Achtzehn Tage lang wurde die Hauptstadt belagert und bombardiert, dann ergab sie sich. Zum fünften Male kam es zu einer polnischen Teilung, diesmal zwischen Deutschland und der Sowjetunion.

Man vergoß ein paar Tränen über das unglückliche Land, das der »Umarmung von Schakal und Schwein« zum Opfer gefallen war, wie eine Schlagzeile des *Matin* es ausdrückte, und man beglückwünschte sich dazu, daß Frankreich mit seiner hundertundfünfzig Kilometer langen Maginotlinie nichts zu befürchten hatte. War die Wehrmacht des Dritten Reiches der deutschen Armee von 1914 nicht weit unterlegen? Man wußte doch, daß die deutschen Soldaten nur höchst unzulänglich verpflegt und ausgerüstet wurden.

Die Pariser, die bei der Kriegserklärung aus der Hauptstadt geflohen waren, kehrten wieder zurück, und im sonnigen Monat Oktober normalisierte sich das Leben. Die meisten Theater öffneten wieder, und die Modehäuser stellten ihre Winterkollektion vor. Um den Soldaten, die sich auf Urlaub befanden, zu schmeicheln, gab es keinen Firlefanz mehr: Schlichte Eleganz herrschte vor. Wie hieß es doch im *Jardin des modes:* »Sie sollten so schön bleiben, wie jene, die an der Front Dienst tun, es wünschen. Ausgaben für den Konsum sind eine patriotische Pflicht. Nur Sie allein können der wichtigen Aufgabe nachkommen, der Luxusgüter-Industrie zum Überleben zu verhelfen!«

Selma kann dieser edlen Kriegsanstrengung nicht nachkommen, sie hat fast kein Geld mehr. Trotz aller Telegramme an Amir hat sie seit einem Monat nichts mehr erhalten. Dem beunruhigten Zeynel versichert sie, das sei bei den gestörten Postverhältnissen normal, und schon bald werde sich alles wieder einrenken. Im stillen aber fragt sie sich, ob ihr Gemahl nicht etwa Wind von ihrem Verhältnis mit Harvey bekommen habe.

Wie dem auch sei, sie möchte ihn nicht um Geld bitten. Das kann sie nicht machen mit einem Mann, den sie betrügt und den sie verlassen wird. Amir ist ihr gegenüber immer ehrlich gewesen; sie schuldet ihm zumindest dasselbe.

Nun gut, sie wird sich allein durchschlagen müssen, sie wird ihren Schmuck verkaufen wie einst ihre Mutter.

Sie sieht wieder vor sich, wie sie im Gelben Salon zu Beirut mit der Sultanin und Suren Ağa zusammensaß und wie die üppigen Geschmeide eins nach dem andern in der Ledertasche des kleinen Armeniers verschwanden. Damals hatte sie sich geschworen, das sollte ihr niemals passieren, ihr werde das Geld nie ausgehen!

Und nun fängt die Geschichte von vorne an …

Am nächsten Tag begaben sich Selma und Zeynel in die Rue Cadet, wo man seine Schmuckstücke zu Geld machen kann. Sie traten in jene düsteren Läden ein, wo Männer in abgewetzten Anzügen, die Lupe vor dem Auge, den Schmuck mit argwöhnischer Miene begutachten. Ach, wie fern sind sie, jene Tage mit dem höflichen Suren Ağa! Diese mürrischen Händler gehen mit der jungen Frau um, als sei sie eine Diebin, die ihre Beute flüssig zu machen versucht. Zwei oder drei erklären sogar, die meisten der Steine seien unecht oder von minderer Qualität. Zum Glück ist Zeynel dabei! Er wird zornig, haut auf den Tisch und droht damit, die Polizei zu rufen. Daraufhin werden diese undefinierbaren Gestalten etwas freundlicher, und einer von ihnen macht das Angebot für 50 000 Francs das Ganze zu übernehmen, »um der Dame aus der Verlegenheit zu helfen«. Selma denkt zuerst, er wolle sich über sie lustig machen: »Das ist nicht einmal ein Zwanzigstel des ursprünglichen Wertes!«

»Sind Sie einverstanden oder lassen Sie es bleiben?« gibt er trocken zurück und verschwindet im Hinterraum seiner Boutique.

Selma möchte zur Tür hinausrennen, aber dann wird ihr klar, daß ihr keine Wahl bleibt: In ein paar Wochen wird das Kind kommen, und sie braucht unbedingt Geld. Sie überschlägt die Sache rasch: Mit der Summe, die der Halunke ihr bietet, können sie acht, vielleicht sogar zehn Monate auskommen, wenn sie vernünftig leben. Bis dahin wird Harvey zurück sein. Sie schiebt dem Händler mit einer Handbewegung den ganzen Schmuck hin. Sie behält nur das Perlenhalsband, das sie von der Sultanin geerbt hat, und den Smaragdring, den Harvey so mag, weil er dieselbe Farbe hat wie ihre Augen.

Harvey ... Sie setzt ihre Hoffnung immer noch in ihn. Sie hat ihm mehrere Briefe geschrieben, die ohne Antwort geblieben sind, aber das beunruhigt sie nicht; wenn sie schreibt, verbringt sie ein Stündchen mit ihm; über die postalischen Verbindungen zwischen Paris und mexikanischen Indianerdörfern macht sie sich keine Illusionen. In der Zwischenzeit des Wartens spricht sie mit der Meise, deren Käfig sie neben ihrem Zimmerfenster aufgehängt hat, über ihren Geliebten, und nachts, vor dem Einschlafen, hält sie sein Feuerzeug aus Perlmutt, das er ihr dagelassen hat, ganz fest in der Faust. Er wird schon bald eintreffen, davon ist sie überzeugt, zumal Amerika sich für neutral erklärt hat. Er muß nur erst einmal ein Schiff ausfindig machen, was nicht ganz einfach ist: Nur wenige Reedereien riskieren noch die Überfahrt, seit die Athenia, ein englischer Dampfer, der Zivilisten an Bord hatte, am 5. September von einem deutschen U-Boot versenkt worden ist. Ihr ganzes Leben lang hat Selma immer nur Zweifel gehabt, dieses Mal weist sie sie von sich. Harvey hat von ihr verlangt, sie solle Vertrauen haben; seine Liebe in Frage stellen, hieße bereits, sie zu verraten.

Bis jetzt hatte Zeynel immer die Post vom Plaza Athénée für sie geholt. Aber es sind ihr Zweifel gekommen. Sollte der Eunuch Briefe aus Amerika vorgefunden haben, wäre er imstande, sie verschwinden zu lassen. Deshalb hatte sie sich entschlossen, nun selbst in das Hotel zu gehen, wobei sie dem Lächeln des Pförtners trotzen mußte, das ihr ungeachtet aller Höflichkeit von Mal zu Mal ironischer zu werden schien. Vor allem seit dem Tage, an dem er ihr nahegelegt hatte, sich nicht länger zu bemühen, sondern ihm eine Adresse zu nennen, an die er die Post schicken könne.

Es gibt keine schlimmeren Snobs als diejenigen, welche den Reichen zu Diensten stehen, aber für Harvey ist Selma bereit, selbst die Mißachtung eines Domestiken zu ertragen.

Aber um sich zu rächen, steckt sie ihm ein königliches Trinkgeld zu, und er bringt nicht die Courage auf, es nicht anzunehmen; es ist das ganze Geld, das ihr Zeynel für die Anschaffung der Babywäsche gegeben hat.

Sie besitzt keinen Centime mehr, sie muß zu Fuß ins Hotel zurück. Langsam überquert sie den Pont de l'Alma, sie geht vorsichtig, um das Kind nicht durchzurütteln, das sich fühlbar in ihrem Bauch bewegt. Der erste Fußtritt von innen – am Vortag der Parade vom 14. Juli – hatte ihr einen solchen Schrecken eingejagt, daß sie zum Arzt gegangen war, der ihr lachend versicherte, das gehe allen künftigen Müttern so. Sie hatte sich bei ihm bedankt, glaubte jedoch kein Wort. Ihr Baby war natürlich kräftiger als andere; und wenn sie ganz ruhig blieb, wurde sie von ihm durch einen tüchtigen Stoß zur Ordnung gerufen, als wenn es über diesen friedlichen Bauch, der es trug, ungeduldig würde und zumindest wollte, daß die Welt, die es nicht zu Gesicht bekam, sich bewegte. Sie hatte sich auch angewöhnt, lange durch die Parks und Museen spazierenzugehen, überzeugt davon, daß die Gefühle, die sie angesichts solcher Schönheit empfand, für das Kind ebenso notwendig seien wie die Luft und die Nahrung, die sie ihm auf eine Weise zukommen ließ, die sie sich gar nicht zu erklären wünschte.

An diesem Tag, als sie vom Plaza Athénée zurückging, sagte sie sich, daß ihre Geste des Stolzes, die Zeynel für unsinnig halten würde, für das Kind von größerer Bedeutung sei als alle Babywäsche der Welt; denn wenn es, eingerollt in ihren Körper, so innig mit ihr zusammenhing, mußte es von ihrer Auflehnung und ihrem Stolz durchtränkt werden.

»Sie sind Vater geworden, Monsieur, es ist ein hübsches kleines Mädchen!«

Strahlend ist die Hebamme aus dem Zimmer gekommen, vor dem Zeynel seit den Morgenstunden auf und ab geht und die neunundneunzig Namen Allahs vor sich hin murmelt. Die Sonne ist schon lange untergegangen. Die Frau seufzt vor Erleichterung, wischt sich den Schweiß von der Stirn und ist fast genauso erschöpft wie die junge Mutter, deren Herz mehrmals stillzustehen drohte. Die Entbindung war besonders schwierig: Sie ist so zierlich und das Baby so kräftig. »Sieben Pfund wiegt es, Monsieur, Sie können stolz sein!«

Zeynel schlich auf Zehenspitzen in Selmas Zimmer, wo die Wöchnerin bleich wie eine Grabfigur in ihrem Bett lag. Durch seine Tränen hindurch kommt es ihm vor, als sei er wieder in Istanbul, als sei diese unbewegliche Gestalt auf dem Bett die Sultanin und das rote, wimmernde Ding Selma, ihr Kind ...

»Gratulierst du mir denn gar nicht, Zeynel?«

Die müde, ein wenig spöttische Stimme riß ihn aus seiner Träumerei.

Selma! Was ist er doch für ein alter Dummkopf, daß er sich die Vergangenheit in Erinnerung ruft, wo hier doch sein kleines Mädchen liegt, das so sehr leiden mußte. Von Reue erfaßt, stürzt er auf das Bett zu, nimmt ihre beiden Hände und bedeckt sie lange mit Küssen, wobei er ihr flüsternd dankt, was sie nicht versteht.

Diskret läßt die Hebamme verlauten, sie ziehe sich jetzt zurück und werde morgen früh wiederkommen: »Denken Sie bis dahin darüber nach, welchen Namen das Kind bekommen soll; denn ich muß es auf dem Standesamt anmelden.«

»Unterziehen Sie sich dieser Mühe nicht, Zeynel wird das übernehmen«, antwortet Selma mit einem undefinierbaren Lächeln.

Die Bettlampe erfüllt das Zimmer mit rötlichem Licht. Vor Stunden schon ist Zeynel, benommen von den Aufregungen dieses Tages, schlafen gegangen. Selma ist allein mit dem Kind, das neben ihr schlummert.

Ein kleines Mädchen: Das Schicksal hat entschieden. Gott weist ihr den Weg. Jetzt ist alles so einfach: Ihr Kind wird frei sein! Und wenn sich Selma versteckt halten müßte, sie wird nicht nach Indien zurückkehren. Sie schwört es sich bei der Wiege ihres Kindes.

V

1. Dezember 1939

Hoheit,

wir erwachen aus einem langen Alptraum, deshalb haben wir Ihnen seit einiger Zeit keine Nachricht zukommen lassen. Die Rani ist schwerkrank gewesen, wir mußten annehmen, sie zu verlieren; aber – Allah sei gelobt! – jetzt ist sie gerettet, obwohl noch sehr schwach. Leider hat sich etwas Schreckliches zugetragen, Sie werden es schon erraten haben … Am 14. November ist die Prinzessin niedergekommen …

Zeynel hielt inne, die Feder in seiner Hand zitterte: Es ist unmöglich, er kann diese schrecklichen Worte nicht zu Papier bringen, das ist unheilvoll für das Kind, Gott wird sie strafen! Ein langes Erschauern überläuft seinen Körper; er hat Angst, Angst vor dem Verbrechen, das er gleich begehen wird. Aber er schreckt davor zurück, er kennt seine Selma, nie wird sie ihm vergeben, sie wird stets der Ansicht sein, daß er sie verraten habe; statt sich ihm anzuvertrauen, wie sie es doch, mehr und mehr, getan hat, seit sie beide in Paris allein zusammen sind, wird sie ihn wie einen Fremden behandeln. Diese Vorstellung ist ihm unerträglich. Vielleicht hat sie ja recht damit, daß sie den Radscha verlassen will, wenn er sie nicht glücklich macht. Hat er sie nicht zwei Wochen lang eingesperrt, nur weil sie eine Aufforderung zum Tanz angenommen hat? Wäre sie nicht beinahe daran gestorben? Zeynel ist es sich schuldig, sie zu beschützen, wie er es der Sultanin auf dem Sterbebett versprochen hat.

Er beißt die Zähne zusammen und fährt mit festerer Hand fort:

Am 14. November ist die Prinzessin mit einem tot geborenen Kind niedergekommen.

Es ist heraus! Mit einer Art von Benommenheit starrt der Eunuch auf die schwarzen Schriftzeichen, die mit einemmal das Geschick eines Menschenwesens verändern. Für den Radscha existiert das Kind von nun an nicht mehr: Mit einem einzigen Satz hat er es verschwinden lassen.

Als Selma mit ihm einige Tage zuvor von ihrer Absicht gesprochen hatte, war er zunächst der Meinung gewesen, die Ängste vor der Niederkunft hätten ihr den Geist verwirrt; aber dann mußte er sich wohl oder übel in die Tatsachen schicken: Das war keine vorübergehende Laune, was manchmal vorkam, sondern ein reiflich überlegter Entschluß: Sie befürchtete, man werde sie wegen des Kindes erpressen und zur Rückkehr nach Indien zwingen.

Er hatte glatt abgelehnt, entsetzt von diesem Vorhaben, das er kriminell nennen mußte. Wie konnte eine Mutter ihr Baby für totgeboren erklären? Das kam ihm fast ebenso abscheulich vor, als wenn man es tatsächlich umgebracht hätte. Als er sah, daß sie sich seiner Ansicht widersetzte, hatte er versucht, sie mit praktischen Argumenten zur Vernunft zu bringen: Sie hatte ja kein persönliches Vermögen, wovon sollten sie drei denn leben? Selma hatte zur Antwort gegeben, mit dem Erlös ihres Schmuckes sollten sie wenigstens ein halbes Jahr durchkommen. Nachher würde das Öl Geld abwerfen.

»Das Öl?«

»Das weißt du doch! Die Ölquellen von Mossul, im Irak, die Sultan Abdül Hamid aufgekauft hat. Sie sind Privateigentum unserer Familie! Vor unserer Abreise aus Indien habe ich einen Brief von Onkel Selim erhalten, der mir mitteilte, die irakische Regierung habe sich zu einer Entschädigung bereitgefunden. Dieser ärgerliche Krieg hat alles verzögert, aber er wird nicht ewig dauern. Bald werden wir reich sein, Zeynel!«

Lachend ergriff sie seine Hände, und er brachte es nicht über sich, ihr seine Zweifel darzulegen: Die irakische Regierung konnte ja schließlich die Ölfelder einfach besetzen lassen, ohne die geringste Entschädigung zu leisten. Wer würde dagegen einschreiten und die Rechte einer Familie im Exil verteidigen, die in politischer Hinsicht nichts mehr darstellte?

»Nun gut«, hatte er vor sich hin gebrummt, »vielleicht werden Sie eine Erbschaft machen. Aber das wird meine Haltung nicht beeinflussen: Ich werde mich niemals zu einer so ungeheuerlichen Tat hergeben!«

»Du verstehst aber auch gar nichts!« hatte Selma unter Tränen ausgerufen. »Und ich, ich hatte geglaubt, daß du mich liebst! Es ist also dein Wille, daß ich wieder zur Gefangenen werde? Daß meine Tochter vom Leben lediglich den Schleier, das Eingesperrtsein und die Unterwerfung unter einen alten Radscha kennenlernt, mit dem man sie im Alter von zwölf Jahren vermählen wird, nur weil er reich ist? Das werde ich niemals zulassen! Wenn du mich im Stich läßt, um so schlimmer, ich werde allein mit dem Kind hierbleiben … Aber es verletzt mich«, fügte sie hinzu, »daß deine Treue gegenüber dem Radscha größer ist als gegenüber unserer Familie …«

Damit wandte sie ihm den Rücken zu. Tagelang hatte sie kein Wort mit ihm gesprochen, nur geweint und kein Essen zu sich genommen; er wußte, das geschah nur, um ihn zum Nachgeben zu zwingen, aber ihm war auch klar, daß sie imstande war, durch eigene Schuld krank zu werden. Was sollte er dann mit dem Kind machen? Als Selma merkte, daß Zeynel wankend wurde, änderte sie ihre Taktik. Sie malte ihm das idyllische Leben aus, das sie zu dritt in einem Lande führen würden, wo es keine uralten Vorurteile gab, die sie behinderten. Sie würden gewissermaßen eine Familie bilden.

Sie ließ sich zwar auf nichts Genaueres ein, aber was sie

damit meinte, war unschwer zu verstehen: Sie spiegelte ihm eine Ausflucht, ein Ausbrechen vor, von dem er oftmals geträumt hatte, obwohl er genau wußte, daß es unmöglich war, denn sein persönliches Gefängnis war sein Körper. Zumindest hatte er dies so lange geglaubt, bis sie nach Europa gekommen waren. Doch seitdem er gemerkt hatte, daß die Leute hier ihn für Selmas Vater oder gar für ihren Mann hielten, sah er die Welt in rosigeren Farben. Plötzlich war er kein Eunuch mehr, sondern ein Mann, der sich gut gehalten hatte und mit dem man respektvoll umging. In Indien dagegen, wo man wußte, wie es um ihn stand, kannte er das Lachen, das die Frauen und jungen Männer hinter den Händen verbargen. Dort wie überall war die Tradition der großen Eunuchen verlorengegangen. Es gab nur noch ein paar Neger ohne jede Kultur oder Erziehung, die gerade noch imstande waren, an den Pforten des Harems Dienst zu tun und für die Zeynel die größte Verachtung hegte. In der Türkei war das etwas anderes gewesen! Die Eunuchen des Palastes waren bei den Frauen gefürchtet, besaßen sie doch das Ohr ihres Herrn und dienten ihm als Vertrauenspersonen oder sogar als Ratgeber. Der große Kislar Ağa, das Oberhaupt der schwarzen Eunuchen des Palastes, war einer der mächtigsten Leute im Kaiserreich und hatte manchmal mehr Einfluß als die Minister ... Diese Zeiten waren leider vorbei! Vom Ruhm und der Macht war nichts geblieben, nichts als die grausame Verstümmelung, die einen Eunuchen zum Gespött machte.

Nachdem sie tage- und nächtelang miteinander debattiert hatten, war Zeynel schließlich zu Selma gegangen und hatte ihr gesagt, er ertrage es nicht, sie unglücklich zu sehen, und werde so handeln, wie sie es wünsche. Er wußte nicht, daß sie an Harvey geschrieben hatte und daß die Familie zu dritt, die sie ihm vorgegaukelt hatte, in Wahrheit eine Familie zu viert sein sollte. Sie hatte sich gehütet, ihm das zu sagen: Es wäre das sicherste Mittel gewesen, den Eunuchen in seiner Ablehnung zu bestärken.

Denn ihr war eine verrückte Idee gekommen, die sie anfangs zurückwies, die sich aber allmählich in ihrem Kopf festgesetzt hatte. Es geschah, als sie ihre Tochter wiegte und ihr dabei in die braunen Augen schaute, die sich mit Gold zu sprenkeln begannen. Sie hatte sich bei dem Gedanken überrascht, daß es eigentlich Harvey ähnlich sehe, so als ob ihr Wunsch, daß das Kind von ihm sei, seine Gesichtszüge geprägt hätte.

Und wenn sie ihm sagen würde … daß es *sein* Kind sei? Dieses kleine Mädchen brauchte einen Vater, und konnte es einen besseren haben als Harvey? Und er, wie könnte er das schon beurteilen? Bei der unsicheren Lage, die jetzt herrschte – Anfang November nahm man noch an, die Deutschen würden in Frankreich einfallen –, konnte Harvey bestimmt nicht vor Ablauf einiger Monate eintreffen. Bei seiner Ankunft würde er ein hübsches kleines Mädchen vorfinden, genau so eins, wie er es sich gewünscht hatte; ein bißchen aufgeweckt für sein Alter, das war alles!

Selma schaudert es. Das ist unmöglich, so kann sie den Mann, der sie liebt, nicht belügen … Aber ist es eine Lüge? … Gehört dieses Kind nicht eher Harvey als Amir? … Amir, der so weit weg ist, daß sie ihn fast schon vergessen hat… Dieses Kind ist in ihrem Bauch mit den Liebkosungen Harveys herangewachsen; die Wärme, die sie empfand und ihm mitteilte, rührte von seiner Zärtlichkeit her. Wenn sie in Indien geblieben wäre, angsterfüllt, verzweifelt über diese Schwangerschaft, gefangen von einem Ehemann, der ihr keine Liebe entgegenbrachte, so wäre das Kind, davon ist sie überzeugt, vom Unglück seiner Mutter durchdrungen, höchst schwächlich zur Welt gekommen, sofern sie während der Schwangerschaft nicht überhaupt allen Mut verloren hätte.

So aber ist dieses schöne kleine Mädchen ein Bild des Glücks, jenes Glückes, das Harvey ihr geschenkt hat. Wenn sie ihm sagt, das Kind sei von ihm, wird dann nicht im Gegenteil eine tiefere Wahrheit wiederhergestellt als jene, die aus zufälligen Ereignissen herrührt, in die man zwar verstrickt ist, doch ohne wirklich an ihnen teilzuhaben? Sie weiß nicht, wie sie es erklären soll; sie weiß nur, daß Zeitrechnung und Logik keine Maßstäbe sind, die von dem Rechenschaft ablegen können, was sie im tiefsten Innern als Wahrheit fühlt. Eine Wahrheit, befreit von einer Vergangenheit, in der sie als eine Fremde gelebt hat, und tief verankert in einer Gegenwart, in der ihr ganzes Wesen lebt.

In Frieden mit sich schreibt Selma an Harvey, daß sie ein Kind von ihm erwartet.

»Noch immer keine Post?«

»Nein, Madame, keine.«

Es ist bereits Ende Januar, und Selma hat keinerlei Antwort von Harvey. Immerhin hat sie ihm seit der Geburt des Kindes vier Briefe an seine New Yorker Adresse geschickt und dabei absichtlich ihre Schrift verstellt, um nicht die Aufmerksamkeit einer eifersüchtigen Ehefrau zu erregen. Sie weiß nichts von seiner gegenwärtigen Lage: Ist seine Scheidung rechtskräftig geworden? Lebt er immer noch mit Ursula zusammen? Die Störungen des Postverkehrs können zwar das Verlorengehen einiger, doch nicht aller Briefe erklären!

Allmählich wird sie unruhig; jetzt ist sie schon fünf Monate ohne Nachricht. Sollte Harvey etwa so krank sein, daß er nicht schreiben kann? Sollte ihm ein Unglück zugestoßen sein?

Zum Glück gibt es das Kind, das Selma beschäftigt und sie daran hindert, vor Ungeduld zu vergehen. Wie süß es ist! Sobald es die Stimme seiner Mutter vernimmt, lächelt es, weint auch ein bißchen, denn jetzt ist es fast drei Monate alt; die ersten Zähnchen kommen.

»Madame!«

Der Inhaber des Hotels hat sie in dem Augenblick angesprochen, als sie den Fahrstuhl betreten wollte: »Könnten Sie mir sagen, Madame, wie lange Sie noch zu bleiben gedenken?«

»Ich weiß nicht genau ... Ich denke, zwei oder drei Monate.«

»Es ist nur, weil ... Ich könnte diese Zimmer gut brauchen, wir haben Gäste, die ...«

Selma mustert ihn verwundert.

»Das Hotel ist, soweit mir bekannt, nicht voll besetzt, Touristen dürften unter den jetzigen Umständen in Paris nicht gerade zahlreich sein!«

»Das nicht, aber ... Nun also: Ihr Baby weckt unsere Gäste auf. Ein paar sind schon umgezogen. Es tut mir leid, Madame, aber Sie müssen sich nach einem anderen Hotel umsehen, nach einer Familienpension ... Ich kenne eine, Rue Scribe, in der Nähe der Oper, da haben Sie allen Komfort.«

Selma ist niedergeschlagen; hier war sie so gut aufgehoben, mit dem Garten ... Der Mann, der kein Unmensch ist, bemerkt ihre Ratlosigkeit und sucht sich zu rechtfertigen.

»Wir haben unser möglichstes getan, denn es wäre uns peinlich gewesen, einer jungen Dame keine Gastfreundschaft zu gewähren. Über die Niederkunft haben wir kein Wort verloren; aber wir hätten niemals angenommen, daß sie bei uns im Hause stattfinden würde! Wäre Ihnen oder dem Kind dabei etwas zugestoßen – was Gott sei Dank nicht der Fall war –, stellen Sie sich vor, was wir in dieser Situation für Schwierigkeiten gehabt hätten ...«

Selma rafft sich zu ganzer Größe auf.

»Natürlich hätten wir sterben können. Glauben Sie mir, Monsieur, daß ich um Ihretwillen untröstlich darüber gewesen wäre! Aber keine Sorge, wir verlassen Sie, und zwar noch heute nachmittag. Bitte rufen Sie doch das Hotel in der Rue Scribe an, ob dort noch etwas frei ist.«

»Das habe ich bereits getan ... Es gibt noch Zimmer.«

»Also gut. Die Rechnung, bitte.«

Der Mann windet sich, peinlich berührt: »Auf einen Tag kommt es nicht an, ich bitte Sie ...«

»Für mich kommt es auf eine Stunde an, Monsieur.«

Das Hotel in der Rue Scribe, das sich großspurig Hôtel du Roy nennt, ist ein drittklassiges Etablissement, das von Kleinbürgern aus der Provinz, die nach Paris umziehen, sowie von Pärchen, die auf Wohnungssuche sind und monatlich zahlen, benutzt wird. Es verfügt zwar nicht über einen Salon, doch gibt es einen kleinen Speisesaal, wo man ein Tagesmenü bekommen kann. Als der Pförtner die elegante Dame hereinkommen sieht, glaubt er zunächst, sie habe sich wohl geirrt; als er aber den zugehörigen Herrn mit dem Baby erblickt, wird ihm klar, daß es die avisierten Ausländer sind.

»Bitte hier entlang, Madame, wir haben Ihnen die beiden besten Zimmer reserviert, mit Bad!«

An der Art und Weise, wie er »mit Bad!« sagt, merkt Selma, daß sie die einzigen sind, die über diesen Luxus verfügen. Sie dreht sich zu Zeynel um: »Ich hoffe, du bist zufrieden«, zischelt sie ihm maliziös zu, »diese Art von Hotel dürfte unser Budget nicht überbeanspruchen!«

Aber Zeynel hört ihr gar nicht zu. Er ist überglücklich, denn auf dem Korridor macht ihm ein Zimmermädchen Komplimente über »sein Baby«.

Der Hotelwechsel bietet einen weiteren Vorteil: Sie kann die indiskrete Fürsorge der Hebamme, die das Kind zur Welt gebracht hat, abschütteln. Selma hat die Geburt nicht gemeldet und hat nicht die Absicht, es vor dem 15. Februar zu tun; an diesem Tag erlöschen alle Rechte, die der Radscha, falls er nach ihnen suchen lassen sollte, an dem Kind geltend machen kann – seine Gemahlin hat es schließlich nicht zwölf Monate lang austragen können –, wogegen die Vaterschaft Harveys glaubwürdig erscheint.

Sie hat sich ohne große Schwierigkeiten an ihr neues Quartier gewöhnt, eigentlich ist es sympathischer als das aristokratische und etwas steife VII. Arrondissement. Das Leben in Paris geht fast wieder seinen üblichen Gang. Theater und Kinos sind nicht gerade leer, und die Tanzlokale, die aus Mitgefühl mit der kämpfenden Truppe drei Monate lang geschlossen waren, haben im Dezember wieder aufgemacht, denn schließlich wird ja gar nicht gekämpft! Man könnte fast annehmen, man lebe weiterhin in Friedenszeiten, wenn nicht dieser Mangel an Taxis wäre, von denen man die Hälfte beschlagnahmt hat, und wenn nicht die festgelegten Tage wären, an denen es kein Backwerk, keinen Alkohol und kein Fleisch gibt: Wenn kein Fleisch da ist, essen wir eben Langusten! Die Regierung hat sogar das Sirenengeheul einstellen lassen, das nur noch, wie in Friedenszeiten auch, probeweise am Donnerstagnachmittag zu hören ist.

Einzig nachts, auf den Straßen mit ihren fahlen, blaugestrichenen Laternen, erinnert man sich wieder an den Krieg. Aber man gewöhnt sich daran wie an alles; man darf nur seine Taschenlampe nicht vergessen. Die Modeschöpfer haben außerdem eine »erleuchtende« Idee gehabt: in Mode sind Hüte mit phosphoreszierenden Blumen – ein raffiniertes Signal, am Abend auf sich aufmerksam zu machen.

Tatsächlich nimmt diesen Krieg, den man »la drôle de guerre« nennt, niemand ernst, und die Tagespresse trägt dazu bei, den vorherrschenden Optimismus noch zu verstärken. Am 1. Januar bietet *Le Matin* seinen Lesern den Sieg als Neujahrsgeschenk an: »Moralisch sind unsere Feinde geschlagen. Politisch ist der Krieg gewonnen. Nur der militärische Sieg ist noch zu erringen: Das werden wir bald besorgt haben.«

Aber man zweifelt immer mehr daran, daß Deutschland es wagen wird, dieses Frankreich anzugreifen, dessen Tag für Tag in der Wochenschau demonstrierte Macht einem wirklich angst und bange machen kann. Und außerdem gibt es noch England, hinter dem das Empire mit seinem unerschöpflichen Reservoir an Soldaten steht. Der Patron des Hôtel du Roy, der Selma für eine englische Prinzessin hält, seitdem er ihren britischen Paß eingesehen hat, befragt sie jedesmal, wenn er sie zu Gesicht bekommt, nach den Absichten Winston Churchills und Seiner Majestät des Königs, mit denen sie seiner Ansicht nach verwandt sein oder zumindest gesellschaftliche Beziehungen haben muß. Selma hütet sich davor, ihn zu enttäuschen, und profitiert von ihrem Ansehen, indem sie sich einige Privilegien verschafft, zum Beispiel, was die Einrichtung ihres Zimmers betrifft oder daß sie das Frühstück im Bett einnehmen kann.

Unter den Dauergästen des Hotels hat Selma die Bekanntschaft einer brünetten Frau gemacht, einer Schauspielerin, die, wie sie selber lachend sagt, so etwas wie eine Zauberin ist. Ihre Sehergabe verschafft ihr ein gewisses Ansehen. Sie empfängt am späten Nachmittag in einem Winkel des Speisesaales, wo sie mit Zustimmung des Patrons, der es nicht ungern sieht, wenn auf diese Weise Leute aus dem Quartier zum Tee oder Aperitiv zu ihm kommen, ihr »Sprechzimmer« eingerichtet hat.

Doch wie es ja oft geschieht, daß jemand die natürlichen Gaben, die er besitzt, mißachtet, so strebt auch Joysane einzig und allein nach dem Ruhm auf der Bühne. Von der Welt des Theaters ist ihr nichts unbekannt; sie kennt die Eigenheiten der Schauspieler, ihre intriganten Liebschaften, und um Klatschgeschichten ist sie nie verlegen. Damit ist es ihr gelungen, Selma zu verführen, deren Neugier für die Bretter, die die Welt bedeuten, noch immer so stark ist wie in den Mädchenjahren. Joysane hat ihr angeboten, sie mit jungen Künstlern bekannt zu machen. Zum ersten Mal seit ihrer Niederkunft überläßt Selma das Baby Zeynel, der die »Theatralische« nicht besonders mag. Aber sie ist daran gewöhnt: Neue Freunde mag Zeynel nicht. Eine ganze Nacht lang schleppt Joysane sie in obskure Kabaretts am Montparnasse und im Quartier Latin, wo die Berühmtheiten von morgen deklamieren und ihre Gitarre bearbeiten. Selma findet das zwar nicht sonderlich beeindruckend, aber sie amüsiert sich doch. Solche Zerstreuungen sind ihr willkommen, denn allmählich nagt eine gewisse Nervosität an ihr: Der Februar geht zu Ende, und sie hat immer noch keine Nachricht von Harvey.

Sie sitzt neben ihrem schlafenden Töchterchen und verbringt ganze Stunden damit, die vier Wochen an sich vorbeiziehen zu lassen, die Harvey und sie miteinander verbracht haben. Sie erinnert sich an jeden Augenblick – seine Worte, sein Lächeln, seine Liebkosungen – mit einer Deutlichkeit, die sie selbst in Erstaunen versetzt. Sie ist sicher, daß auch Harvey sie nicht vergessen hat ... Und sie wundert sich über diese Gewißheit, sie, die doch nie Vertrauen fassen konnte! Heute, wo aller Anschein gegen ihre Liebe spricht – wenn ihr eine Freundin eine solche Geschichte erzählt hätte, würde sie sie voller Mitleid betrachten, überzeugt davon, daß ihr Geliebter sie einfach hatte sitzenlassen –, zweifelt sie keinen Augenblick an Harvey. Was ihnen geschehen ist, das weiß sie, ist etwas anderes: Sie haben ihre Wahl nicht selbst getroffen. Sie sind von einer Gewißheit ergriffen worden, die ihnen nicht die geringste Möglichkeit des Widerstandes ließ. Sie hat die Empfindung einer Fülle, die sie sich nicht erklären kann, sie sagt sich, daß man, wenn man mit solcher Ausschließlichkeit gelebt hat, und sei es auch nur einige Augenblicke, die Erfahrung der Ewigkeit gemacht hat, und daß der Tod dann keinerlei Macht mehr besitzt.

Das Kind in seiner Wiege seufzt. Selma betrachtet es unruhig und streicht ihm über das seidige Haar. Wie kann sie nur an den Tod denken, wo doch ihr Töchterchen da ist, das seine Mutter unbedingt braucht? Ihre kleine Tochter, die Harvey immer ähnlicher sieht … Die Zeit ist gekommen, wo sie angemeldet werden müßte, aber wie soll das geschehen? Wie soll sie vor den Behörden einen Aufschub von drei Monaten rechtfertigen? Seit Tagen schon sucht Selma vergeblich nach einem Ausweg.

Joysane, die besorgte Seherin, bietet ihre Dienste an.

»Ich möchte nicht indiskret sein, aber wenn ich Ihnen behilflich sein kann … Ich kenne Paris wie meine Tasche, ich bin hier geboren.«

Selma hat keine andere Wahl, sie offenbart sich ihr schließlich. Aber sie erwähnt Harvey mit keinem Wort, sondern schiebt die Tatsache, daß sie das Baby nicht sofort nach der Geburt angemeldet hat, auf ihre Unkenntnis der französischen Gesetze.

Joysane mustert sie mit ironischen Blicken.

»Nun gut! Sie haben das Kind nicht angemeldet. Die Gründe dafür sind Ihre Angelegenheit, aber jetzt muß eine Hebamme gefunden werden, die bestätigt, daß sie Sie entbunden hat. Das ist nicht einfach, obgleich ich eine kenne, die vielleicht … Aber sie geht ein großes Risiko ein, denn wenn sie erwischt wird, verliert sie die Berechtigung zur Ausübung ihres Berufes. Sicher wird sie nicht wenig dafür verlangen …«

Als sie sieht, daß Selma zögert, fährt sie fort: »Im Grunde täten Sie besser daran, mit Ihrer Hebamme aufs Rathaus zu gehen und zu sagen, Sie hätten nicht Bescheid gewußt, hätten es vergessen, oder einfach irgend, etwas!«

»Unmöglich!«

Joysane prüft Selmas puterrotes Gesicht eingehend. Jetzt weiß sie, was sie herausbekommen wollte: Diese kleine Prinzessin mit ihrer Unschuldsmiene hat die Absicht, eine falsche Anmeldung abzugeben, deshalb kann sie ihre eigene Hebamme nicht dafür in Anspruch nehmen.

»Machen Sie doch kein solches Gesicht, das läßt sich arrangieren. Ich werde alles tun, um Ihnen aus der Patsche zu helfen, das wissen Sie doch. Ich werde morgen diese Frau aufsuchen.«

Am nächsten Tag kommt Joysane mit bestürzter Miene zurück. »Diese Person ist übergeschnappt! Sie verlangt viel zuviel, es lohnt sich nicht, darüber ein Wort zu verlieren.«

»Wieviel denn?« fragt Selma mit eisiger Stimme.

»Nein, davon kann keine Rede sein, es ist wirklich zuviel ... Sie verlangt 20 000 Francs!«

»20 000! Das ist enorm!«

»Das ist irrsinnig, und dabei sagt sie noch, sie täte es nur mir zu Gefallen. Ich glaube, Sie tun besser daran, das Kind überhaupt nicht anzumelden, schließlich verlangt es niemand von Ihnen. Natürlich, wenn es eines Tages zu einer Kontrolle käme – und in Kriegszeiten werden Ausländer ja öfters kontrolliert –, dann müßten Sie mit Unannehmlichkeiten rechnen. Man könnte Ihnen unterstellen, daß Sie das Kind gestohlen haben, und es Ihnen wegnehmen. Man hat mir erzählt ...«

»Genug!« fällt Selma ihr ins Wort. »Ich werde zahlen. Können wir die Sache morgen nachmittag erledigen, wenn ich ohnehin zur Bank gehe?«

»Wir?« spielt Joysane die Erstaunte. »Daran ist nicht zu denken! Sie möchte nie mit Ihnen zusammengetroffen sein. Sie ist mißtrauisch und akzeptiert mich nur deshalb als Vermittlerin, weil sie mich seit langem kennt.«

Selma ist widerwillig damit einverstanden. Sie hat den Eindruck, daß Joysane ihr nicht die ganze Wahrheit sagt und die Summe erhöht hat, um einen Teil davon für sich einzustreichen. Aber sie sieht keine andere Lösung.

Am nächsten Tag übergibt sie Joysane die vereinbarte Summe und geht mit Zeynel und dem Baby spazieren, um sich zu entspannen. Als sie ins Hotel zurückkehrt, erfährt sie, daß die junge Frau das Hotel ohne Angabe einer neuen Adresse verlassen hat.

Die Nachricht, daß die Deutschen den U-Boot-Krieg entfesselt haben, um die Versorgung Englands mit Lebensmitteln und Rüstungsgütern durch die Vereinigten Staaten zu unterbinden, ist für Selma die beste Neuigkeit des ganzen Jahres: Jetzt wird ihr klar, warum sie keinen Brief von Harvey bekommen hat. Sie fühlt sich von neuem erleichtert, und das um so mehr, als der Krieg seinem Ende entgegengeht: Es ist nur noch eine Frage von Monaten, nicht etwa wie beim Krieg von 14–18! Selma war damals noch sehr jung, aber sie erinnert sich noch, als sei es erst gestern gewesen, an die Traurigkeit, die in Istanbul herrschte, an die mit Verwundeten überfüllten Krankenhäuser, an die Familien in Trauer. Hierzulande scheint niemand die Ereignisse ernst zu nehmen. Im Gegenteil. Man spottet über die militärische Schwäche der Sowjetunion, die mehr als drei Monate gebraucht hat, um das kleine Finnland zu überrennen, und spricht von den Entbehrungen der deutschen Soldaten, die mit hungrigem Magen und in Lumpen gekleidet kämpfen müssen. Trotzdem hat die Wehrmacht Dänemark besetzt, das keinen Widerstand zu leisten vermochte, und trotz des britisch-französischen Expeditionskorps hat sie Norwegen unterworfen …

Selma liest, um sich eine genauere Vorstellung von der Lage zu machen, täglich zwei oder drei Zeitungen und hört Radio, aber da wird nur von der Hungersnot gesprochen, die im Reich wütet, von der wachsenden Unzufriedenheit mit dem Nazi-Regime und der schweren Krankheit Hitlers, die ihn dazu zwingen könnte, sich von der Macht zurückzuziehen. Was die Politiker angeht, so erklären sie weiterhin unverdrossen, es bestehe kein Grund zur Beunruhigung.

Eines Tages sonnt sich Selma in Begleitung Zeynels, der das Baby im Arm hält, auf der Terrasse des Café de la Paix, als sich plötzlich zwei Hände von hinten über ihre Augen legen und ihr ein klangvolles »Wer ist das?« in den Ohren tönt. Sie springt auf und macht sich los ...

»Orkhan!«

»Selma!«

Überrascht und vergnügt fallen sie einander in die Arme. Das letzte Mal haben sie sich im Libanon gesehen.

»Was machst *du* denn hier? Ich habe gedacht, du würdest in deinem goldenen Palast im hintersten Winkel von Indien thronen.«

»Und du?«

»Ich? Nun, ich bin König Zogu ins Exil gefolgt. Allmählich gewöhne ich mich daran! Weißt du, ich weine Albanien keine Träne nach; es war ein nettes Land, aber ein bißchen zu bäurisch für meinen Geschmack. In der Zwischenzeit habe ich geheiratet, mich dann wieder scheiden lassen, und im Augenblick bin ich frank und frei. Ich habe mich übrigens auch von dem König getrennt: Er hat sich auf dem Lande niedergelassen, und du weißt ja, *ich* auf dem Lande ... Also habe ich meinen alten Beruf wiederaufgenommen, nur ein bißchen nobler: Ich begleite Wagen durch ganz Europa!«

Sie lachen; wie schön, daß sie sich wiedergefunden haben.

Orkhan wendet sich Zeynel zu, der ganz glücklich zugehört hat.

»Guten Tag, Ağa! Sie sehen ausgezeichnet aus! Aber ...«

Mit erstaunter Miene deutet er auf das Baby. »Was ist denn das?«

»Das? Das gehört mir«, entgegnet Selma stolz. »Und wo ist der Papa dazu?«

»Das erkläre ich dir ein bißchen später.«

»Immer diese Geheimnisse, daran erkenne ich meine kleine Kusine wieder!«

Er schaut auf die Uhr.

»Du entschuldigst mich, ich bin schon zu spät dran, ich habe ein Rendezvous mit einer Frau, die ich ... wahnsinnig liebe!«

»Wie üblich«, spottet nun Selma, »daran erkenne ich meinen Kusin wieder!«

»Gib mir deine Telefonnummer, ich rufe dich in ein paar

Tagen an. Jetzt, wo ich dich wiedergefunden habe, lasse ich dich nicht wieder los.«

Er schiebt ihr die Hand in den Lockenschopf wie damals, als sie noch Halbwüchsige waren, und murmelt halb im Ernst, halb im Scherz: »Eigentlich hätte ich *dich* heiraten sollen!«

Damit drückt er ihr einen Kuß auf die Nasenspitze, schwenkt seinen Hut und eilt davon.

Am übernächsten Tag, dem 10. Mai, mußten die Franzosen verblüfft zur Kenntnis nehmen, daß die deutsche Wehrmacht in Holland, Luxemburg und ... in Belgien eingerückt war! Allen gegenteiligen Annahmen zum Trotz hatten die Deutschen die Maginotlinie umgangen und waren unter Mißachtung des Völkerrechts in ein neutrales Land eingefallen. Zudem nutzten sie für ihren Angriff noch das Pfingstfest aus, diese Feiglinge! Aber man beruhigt sich schnell wieder: Die französische Armee ist, unterstützt von ein paar englischen Bataillonen, den belgischen Nachbarn zu Hilfe geeilt. Die werden sie zur Strecke bringen, diese Boches!

In den folgenden Tagen lassen die Nachrichten kein klares Bild von der Lage an der Front erkennen; aber als Holland am 13. Mai kapituliert, geraten die Pariser allmählich in Unruhe. Und das um so mehr, als vor ihren erstaunten Augen die ersten belgischen Flüchtlinge in Wagen, die mit allem vollgestopft sind, was sie nur mitschleppen können, durch Paris ziehen. Die Regierung ruft General Weygand, der das Oberkommando der Armee übernehmen soll, aus Beirut zurück, und ernennt Marschall Pétain zum Vizepräsidenten des Ministerrates. Dankbar und erleichtert heißt die Bevölkerung den Sieger von Verdun willkommen: Von nun an ist das Land in guten Händen. Am 26. Mai bringt *Le Matin* die Schlagzeile: »Die alliierten Truppen fügen dem Feind schwere Verluste zu. Die französische Infanterie hat nichts von ihren hervorragenden Eigenschaften eingebüßt.« Als am nächsten Tag bekannt wird, daß Belgien sich ergeben hat, bricht der Zorn los: Dieser Verräter von König hat kapituliert, ohne zuvor das französische und englische Oberkommando zu verständigen! Die Situation ist ernst: Die alliierten Verbände werden zurückgenommen, um die Zufahrtsstraßen nach Paris zu verteidigen, dessen Bewohnern allmählich dämmert, daß die Wehrmacht nicht so geschwächt sein kann, wie man ihnen weisgemacht hat.

Selma sitzt mit Zeynel und ihrem Töchterchen in ihrem Hotelzimmer zusammen. Den ganzen Abend lang führen sie erregte Gespräche: Noch ist es Zeit, nach Lausanne zu fliehen, aber ist es auch angebracht? Die Nazis haben die belgische Neutralität verletzt, warum sollten sie mit der schweizerischen nicht bald ebenso verfahren? Die Schweiz verfügt ja nicht über eine solche Verteidigungskapazität wie Frankreich. Selma zögert, sie kann die Gefahr nicht abschätzen. Was sie weiß, stammt aus den Zeitungen, und daß die falsch berichten, hat sie verärgert feststellen müssen. Trotzdem muß sie einen Entschluß fassen, und zwar schnell.

Besorgt blickt sie auf den alten Mann und das kleine Mädchen, das sich lachend an seine Knie klammert. Sie vertrauen ihr. Ihr Schicksal hängt vielleicht von ihrem Entschluß ab. Ach, wenn doch Harvey da wäre! Oder wenigstens Orkhan ... Sie weiß nicht, wo sie ihn erreichen soll. Er hat sich nicht gemeldet, was sie nicht verwundert: Sicher ist er gerade dabei, seiner idealen Liebe den Hof zu machen, und selbst wenn die Welt rings um ihn herum zusammenstürzte, er würde nichts davon merken.

Auf einmal kommt ihr Mademoiselle Rose wieder in den Sinn, ihre französische Gouvernante, die ihr manchmal in den Libanon und sogar nach Indien geschrieben hat. Sie hatte ihr seinerzeit mitgeteilt, daß sie sich in Paris niedergelassen habe und dort Privatstunden erteile. Aber keiner ihrer neuen Zöglinge hatte Selmas Platz in ihrem Herzen einnehmen können, und sie flehte den Himmel an, Selma möge sie eines Tages besuchen. Liebe Mademoiselle Rose! Warum hat sie sich nicht eher an sie erinnert? Sicher wird diese arme Seele auch keine hilfreiche Idee haben – sie schwebte schon immer in den Wolken –, aber vielleicht würden die Familien, bei denen sie ihre Arbeit versieht, einen Rat geben können.

Am nächsten Tag begab sich Selma in die Rue des Abesses, zu der Adresse, die Mademoiselle Rose in ihrem letzten Brief angegeben hatte. Welche Freude, sie wiederzusehen; etwas von der Istanbuler Kindheit kehrt mit ihrer Person zurück ... Sie muß lachen, wenn sie an die Hüte der Gouvernante denkt, welche die Kalfas in helle Aufregung versetzten, und an ihre legendär gewordenen Ausrutscher bei den Umgangsformen. Aber sie war so gütig, daß alle Welt sie mochte. Selma schämt sich, daß sie ihr erst jetzt, ein Jahr nach ihrer Ankunft in Paris, einen Besuch abstattet. Aus Reue ist sie in den Laden Marquise de Sévigné gegangen und hat die größte Schachtel Pralinen erstanden – Mademoiselle Rose war schon immer eine Feinschmeckerin.

Vor der Nummer 12, Rue des Abbesses, bleibt sie zögernd stehen. Ist es möglich, daß Mademoiselle Rose hier wohnt? Das Gebäude, von Rissen durchzogen, scheint vor dem Einsturz zu stehen, und die Farbschicht der Fassade blättert in grauen Schuppen ab. Mit angehaltenem Atem geht Selma durch den Hausflur, wo sich überquellende Mülltonnen drängen; ihr Gestank verfolgt sie bis ins Treppenhaus. Langsam steigt sie die schmierigen Stufen empor: Wie ist Mademoiselle Rose, die in puncto Sauberkeit so korrekt war, in dieses Dreckloch geraten? Offensichtlich hat sie kein Geld mehr, warum hat sie in ihren Briefen nie ein Wort davon gesagt?

Im zweiten Stock klingelt Selma aufs Geratewohl an einer der vier Wohnungstüren des Treppenabsatzes. Die Frau, die ihr öffnet, ist zwar nicht Mademoiselle Rose, aber sie kennt sie, das heißt, sie hat sie gekannt.

»Ach so, sie ist ausgezogen?« fragt Selma.

»Wenn man so sagen will ... Die Ärmste ist vor drei Monaten gestorben.«

Selma spürt, daß ihr übel wird.

»Gestorben ... Woran denn?«

»Oh, an allem, an Tuberkulose, vor Elend ... Als ihre Arbeitgeber gemerkt haben, daß sie krank war, haben sie sie entlassen ... Wegen der Kinder, verstehen Sie! Da ist sie hierher gezogen, genau vor einem Jahr. Sie hatte keine Arbeit mehr und kein Geld, um sich kurieren zu lassen; sie lebte von ihren kleinen Ersparnissen. Sie war sehr höflich und liebenswürdig. Wir haben sie sonntags manchmal zum Essen eingeladen, sie war so allein ... Aber Sie wissen ja, wie das ist, jeder hat seine Sorgen, man kann nicht viel helfen ...«

Während die Frau spricht, mustert sie Selma neugierig. Plötzlich schlägt sie sich vor die Stirn: »Jetzt weiß ich, wer Sie sind! Sie hatte ein großes Foto von Ihnen im Zimmer aufgehängt. Sie sind also die Prinzessin? Wie oft hat sie nicht von Ihnen gesprochen! Die Arme, man kann wohl sagen, daß sie Sie geliebt hat ...«

Selma kamen die Tränen, sie drückte der Frau die Bonbonnière in die Hand und suchte das Weite. Schluchzend ging sie die Straße entlang. Wenn sie eher gekommen wäre, hätte sie sie retten, zu den besten Spezialisten bringen können, hätte sie pflegen lassen ... Vielleicht wäre sie dann noch am Leben ... Und selbst wenn es keine Hoffnung gegeben hätte, so hätte sie ihr doch ein bißchen menschliche Wärme, ein wenig Glück schenken können.

Selma wußte nicht, wie sie wieder ins Hôtel du Roy gekommen war. Zeynel trocknete ihr den ganzen Nachmittag die Tränen ab und wiederholte immer wieder, nein, sie sei nicht daran schuld, im Leben eines jeden gäbe es Vergeßlichkeit, Egoismus ... Und als sie mit den Selbstanklagen nicht aufhören wollte, drückte er ihr das Töchterchen in die Arme, das zu schreien anfing, als es seine Mutter so weinen sah, und sagte in absichtlich barschem Ton: »Für die sind Sie jetzt verantwortlich. Was wollen wir machen? Haben Sie sich entschieden?«

»Zeynel«, sagte sie seufzend, »ich bin so erschöpft. Warten wir noch ein paar Tage ab. Die Leute bleiben ja alle.«

Doch am 3. Juni, als die Luftwaffe Paris bombardierte und Selma die Nacht mit den übrigen Hotelgästen im Keller verbringen mußte, bereute sie ihre Unentschlossenheit.

Am nächsten Tag packten die Gäste aus der Provinz ihre Koffer und verließen das Hotel. Man sah herrschaftliche Wagen aus den vornehmen Vierteln, die unter der Last riesiger Koffer fast zusammenbrachen und bestimmt nicht nur zu einem Wochenende in Fontainebleau unterwegs waren. Doch die Regierung, die befürchtet, die Hauptstadt werde sich von Menschen leeren und dem Feind um so schneller in die Hände fallen, veröffentlicht immer aufs neue beruhigende Kommuniqués und schmeichelt dem »Volk von Paris, das keine Furcht kennt«. Radio-Cité schildert den heroischen Widerstand der alliierten Kräfte im Norden, die den Angriff der deutschen Armee ins Wanken bringen: Der Sieg ist nur noch eine Frage von Tagen.

»Ich habe es Ihnen ja gleich gesagt«, freut sich der Patron des Hotels. »Wenn ich an die Angsthasen denke, die sich aus dem Staub gemacht haben, weil es ihnen an Vertrauen in unsere Armee fehlt!«

Er sagt es zwar nicht offen, aber jeder versteht es auch so, daß er solche Leute nicht nur für Feiglinge, sondern für Verräter hält.

Am folgenden Tage ist es mit seiner Großspurigkeit vorbei. In dicken schwarzen Schlagzeilen verkünden die Zeitungen die Katastrophe: »Die Front an der Somme ist zusammengebrochen.«

»Ist das schlimm?« fragt Selma, die keine Ahnung hat, was die Somme bedeutet, aber vom Gesichtsausdruck der anderen beunruhigt wird.

»Schlimm?« grinst ein alter Herr hämisch und mustert sie feindselig. »Das heißt, liebe Frau, daß denen die Straße nach Paris jetzt offensteht!«

Selma wird bleich.

»Die Deutschen in Paris? Aber man hat doch gesagt, daß die Armee ...«

»Man hat gesagt ...«

»Die Politiker sagen, was ihnen paßt. Ich muß es wissen, ich habe den Krieg von 14 bis 18 mitgemacht, Madame; wenn man die so hört, muß es sich damals um einen Spaziergang gehandelt haben!«

In den folgenden Tagen suchen Radio und Zeitungen die Pariser zu beruhigen: »Unsere Truppen haben den Feind im Griff, Zehntausende errichten uneinnehmbare Befestigungen rund um die Hauptstadt. Paris braucht keine Angst zu haben, es wird verteidigt, komme was da wolle.« Am 8. Juni erklärt General Weygand: »Der Feind hat beträchtliche Verluste erlitten. Es ist fünf Minuten vor zwölf. Haltet aus!« Aber die ersten Trupps fliehender Soldaten sind nicht mehr zu übersehen. Fix und fertig gemacht, bringen sie verbittert hervor, sie seien belogen und betrogen worden, der Unterschied der Kräfte sei gewaltig, es sei alles verloren.

Die Eisenbahn hat immer mehr Züge eingesetzt, damit diejenigen abhauen können, die es wollen; aber die meisten zögern noch: Abreisen bedeutet, alles den Dieben überlassen, von denen es nur so wimmelt. Und wohin soll man gehen? Die wenigsten Pariser haben eine Zweitwohnung oder Freunde auf dem Lande, die sie aufnehmen könnten, und Hotels sind teuer. Jetzt möchte Selma auf einmal wegfahren, doch Zeynel liegt mit einem heftigen Rheumaanfall darnieder. Er hat sie gebeten, sie solle doch abreisen, er werde so bald wie möglich nachkommen.

Erst einmal müßte man einen Wagen auftreiben. Da kann nur Marie-Laure helfen. Selma gelingt es, ihren Stolz zu überwinden, und begibt sich in die Avenue Henri-Martin, wo die Concièrge ihr mitteilt, »die Gräfin ist seit einer Woche verreist«. Bei ihrer Rückkehr ins Hotel hat sie Zeynel zur Beruhigung gesagt, Marie-Laure habe sich über sie lustig gemacht: Es bestünde keinerlei Gefahr, die Deutschen würden nicht bis nach Paris vorstoßen.

Diesmal hat sie genau nachgedacht, bevor sie sich entscheidet. In den Monaten, in denen sie allein sind, hat sie Tag für Tag die Ergebenheit des Eunuchen aufs neue geschätzt; es kann keine Rede davon sein, daß sie ihn im Stich läßt. Wenn er in diese Wirren verwickelt ist, statt im Libanon oder in Indien friedlich dahinzuleben, so um ihretwillen! Aber wenn sie in Paris bleibt, setzt sie das Kind Gefahren aus ... Was hätte ihre Mutter an ihrer Stelle getan? Sie hätte Zeynel niemals alleingelassen. Selma natürlich auch nicht. Sie werden allen Gefahren gemeinsam ins Auge sehen.

In den Morgenstunden des 10. Juni wird Selma von einem unbestimmten Lärm aufgeweckt, der von der Straße heraufdringt. Sie stürzt auf den Balkon und sieht unten auf dem

Bürgersteig Gruppen von Menschen, die sich höchst aufgeregt gebärden und schreiend vorbeilaufen. Was da geschrien wird, kann sie nicht verstehen. Im Handumdrehen hat sie ihr Kleid übergezogen, das Töchterchen ins Zimmer des Eunuchen gebracht und stürzt zur Treppe. Dort stößt sie auf ihre Zimmernachbarn, die einen zum Bersten vollen Koffer schleppen.

»Die Regierung hat sich in der Nacht aus dem Staub gemacht«, schreien sie. »Hauen Sie ab, die Boches kommen!«

Auf der Straße rufen sich die Leute zu: »Von welchem Bahnhof aus fahren Sie? Austerlitz? Schnell! Die Züge sind völlig überfüllt!«

»Ich ziehe mit dem Fahrrad los«, sagt jemand, »die Züge bombardieren sie sowieso.«

Von ihrem Fenster aus betrachtet Selma die in Panik geratene Menschenmenge. In dramatischen Augenblicken behält sie stets einen klaren Kopf, als sei es ein Luxus, sich der Angst zu überlassen, wenn die Situation wirklich ernst wird. Was soll sie bloß tun, mitten unter diesen verstörten Leuten, dieser Menschenflut, mit ihrem sieben Monate alten Baby und mit Zeynel, der kaum kriechen kann?

Die beiden folgenden Tage sind ein richtiger Alptraum. General Weygand hat Paris zur offenen Stadt erklärt, und all diejenigen, die sich nicht zur Flucht entschließen konnten, packt das Grauen. Offene Stadt, das bedeutet, daß Paris nicht verteidigt, sondern den Siegern überlassen wird – den Boches also, und die kennt man: Sicher werden sie unter denjenigen, die so dumm gewesen sind, zu bleiben, ein Blutbad anrichten.

Aber Selma und dem halben Dutzend älterer Leute, die – aus Fatalismus oder aus Angst, auf der Landstraße vor Erschöpfung umzukommen – lieber im Hotel geblieben sind, kommt das eher wie eine gute Nachricht vor. Wenn Paris nicht verteidigt wird, will sagen: kapituliert, warum sollten die Deutschen dann diese herrliche Stadt, die ihnen auf einem silbernen Tablett überreicht wird, zerstören?

Sie haben sich alle in dem kleinen Speisesaal versammelt, um sich gegenseitig Mut zu machen, und der Patron hat –

völlig gegen seine Gewohnheit – eine Flasche Armagnac angebrochen. Man ist ihm dankbar dafür, daß er das Hotel weiterhin offenhält, und er erklärt, sein Leben lang habe er sich abgerackert, um es zu erwerben. Sollte er es nun den Plünderern überlassen?

»Ich werde mein Eigentum schützen«, verkündet er und drückt den Brustkorb heraus, »sogar gegen die Boches!«

In Paris herrscht jetzt eine seltsame Stille, drei Viertel seiner Bewohner sind fort. Selma war den ganzen Nachmittag auf der Suche nach Milch für ihr Töchterchen, aber alle Läden hatten geschlossen; zu guter Letzt ist es ihr doch gelungen, einen Kolonialwarenhändler aufzutreiben, der ihr für ein Irrsinnsgeld Kekse und zwei Dosen Kondensmilch verkauft hat. Als sie durch die menschenleeren Boulevards zum Hotel zurückging, staunte sie über das ungewohnte Geräusch ihrer Stöckelschuhe auf dem Staßenpflaster: Alle Fensterläden sind geschlossen, man hat den Eindruck, daß die Stadt aufgehört hat, zu atmen. Am kommenden Tag sollen die Deutschen einrücken.

Die ganze Nacht wacht sie bei Kerzenlicht neben ihrem schlafenden Kind.

Ein dumpfes Grollen; sie fährt auf. Offenbar war sie eingeschlafen; die Kerze ist erloschen und das Sonnenlicht dringt durch die Läden. Mit einem Satz ist sie am Fenster und späht durch die Jalousien … Da sind sie!

Eine Kolonne von Panzern, die im Morgenlicht schimmern, als seien es riesige Skarabäen, hat gerade die Place de l'Opéra umrundet. Mit vorausfahrenden Motorrädern, denen Wagen mit aufgepflanztem Maschinengewehr folgen, setzen sie sich umständlich in Richtung Concorde in Bewegung.

Den ganzen Vormittag sieht Selma die Deutschen vorbeimarschieren, wie hypnotisiert von dieser Gelassenheit, dieser Macht. Allmählich kommt ihr wieder das Bild eines kleinen rothaarigen Mädchens in Erinnerung, das sich an die Röcke seiner Mutter klammert und durch die Maueröffnungen des Palastes von Ortaköy die großen, mit Kanonen gespickten Schiffe betrachtet, die in die stillen Wasser des Bosporus einfahren. Sie schließt ihr Kind fest in die Arme und begibt sich hinunter in den Speisesaal zu den anderen Gästen.

An die Fenster gedrängt, beobachten sie wortlos den in die Stadt einrückenden Feind. Gegen Mittag sehen sie, wie eine Gruppe von Luftwaffenoffizieren in ihren tadellosen grauen Uniformen das Grand Hotel auf der anderen Seite der Place de l'Opéra besetzt. »So gut haben wir's selten getroffen«, brummt der Patron vor sich hin, »wenn die Engländer ein Bombardement veranstalten wollen, können wir aus der Loge zugucken.«

Niemand antwortet ihm, bekümmert sehen alle zu, wie die Hakenkreuzfahne langsam in die Höhe geht. Selma hört ein seltsames Geräusch hinter sich und dreht sich um: Der alte Kriegsteilnehmer von 14–18 fängt an zu schluchzen.

VI

Am 14. Juni fahren Lautsprecherwagen durch die Straßen und fordern die Pariser auf, die Häuser nicht zu verlassen: »Alle Kundgebungen sind verboten. Auf alle Angriffe gegen deutsche Soldaten steht die Todesstrafe.« Aber schon am nächsten Tag wird das Ausgehverbot aufgehoben; die von der Niederlage demoralisierte Bevölkerung denkt nicht im Traum an Widerstand. Damit die Besatzungsarmee sich einrichten kann, muß das öffentliche Leben wieder in Gang kommen. Bäcker, Kaufleute und Wirte werden dazu verpflichtet, offenzuhalten, desgleichen haben die Verwaltungen ihren Dienst zu versehen. »Jeder hat auf seinem Posten zu bleiben und seine Pflicht zu erfüllen«, ordnet der Präfekt des Departements Seine an. Schlecht und recht geht alles wieder seinen normalen Gang, die Metro, ein paar Einrichtungen der Post, die Banken und sogar die Gerichte.

Selma hat in den letzten Nächten wenig geschlafen, und so vergräbt sie am 17. frühmorgens, als Zeynel unaufgefordert in ihr Zimmer stürmt, weil er sie dringend sprechen möchte, die Nase gleich wieder ins Kopfkissen. Aber er läßt nicht locker. Mit Verschwörermiene teilt er ihr mit, die Rathäuser hätten wieder geöffnet und das Durcheinander dort sei gewaltig. Selma stützt sich auf den Ellbogen und sieht ihn verblüfft an: Nur um das zu erzählen, hat er sie aus dem Schlaf geholt! Ohne sich beirren zu lassen, erklärt der Eunuch, jetzt oder nie müsse das Baby angemeldet werden.

»Die eine Hälfte der Angestellten ist nicht da und die anderen erledigen die Sachen mit der linken Hand, weil sie über die Ereignisse diskutieren. Heute morgen bin ich auf dem Rathaus des IX. Arrondisssements gewesen : Wir müssen die Gelegenheit nutzen, ich werde sagen, das Kind sei in der Nacht vom 14. zum 15. auf die Welt gekommen, die Hebamme habe völlig den Kopf verloren und sei weggerannt, ohne den Geburtsschein auszustellen. Im jetzigen Augenblick haben sie weder Lust noch die Möglichkeit, das nachzuprüfen. Schnell, geben Sie mir Ihre Papiere, ich werde sie Ihnen schon beschaffen, diese Geburtsurkunde!«

Die Angelegenheit spielte sich genauso ab, wie Zeynel es vorausgesehen hatte. Angesichts dieses alten Herrn, der so höflich ist und sie mit flehenden Augen anschaut, als sei sie der liebe Gott persönlich, hat die Rathausangestellte Mitleid. Außerdem spricht er so schlecht Französisch, daß sie seinen Erklärungen nicht zu folgen vermag – damit wird sie ihren Vormittag bestimmt nicht vertun! Heute ist kein Tag wie jeder andere, da kann man vom Geburtsschein einmal absehen.

»Na schön, geben Sie mir den Ausweis der Mutter, wenn Sie schon nichts anderes haben. Vorname: Selma. Ehefrau von: Amir, Radscha von Badalpur.«

In Schönschrift trägt sie, den Vornamen für den Familiennamen haltend, Amir ein. Zeynel hält den Atem an.

»Gut. Und jetzt: Radscha von Badalpur, was bedeutet das? Ist das der Beruf des Vaters? Was heißt das: Radscha?«

Zeynel zögert ein bißchen. Wenn er »König« sagt, hält sie ihn für verrückt.

»Also was ist«, drängt die Angestellte ungeduldig, »er wird doch einen Beruf haben! Ist er Kaufmann?«

»Genau das, Kaufmann«, pflichtet der Eunuch ihr bei und senkt den Kopf, während die Angestellte gewissenhaft mit dem Schreiben fortfährt.

Damit hat er noch größeren Verrat am Radscha begangen als in dem Brief, mit dem er ihm mitgeteilt hat, sein Kind sei tot geboren. Er mag sich gar nicht ausdenken, wie die Prinzessin darauf reagieren wird.

Zu seiner großen Überraschung findet Selma die Sache ungeheuer spaßig.

»Wenn das Amir eines Tages erfahren würde, ließe er dich aufhängen!« Sie bricht in schallendes Gelächter aus, aber als sie merkt, wie blaß er wird, fügt sie hinzu: »Mach dir nur keine Sorgen, bei einer solchen Geburtsurkunde käme kein Mensch auf den Gedanken, daß das Kind von ihm sei! Und nur darauf kommt es an.«

Sie ist guter Laune, nach den Ängsten der letzten Tage nehmen die Dinge jetzt eher einen guten Gang. Sie wird das Töchterchen Zeynels Obhut überlassen und ein bißchen spazierengehen.

Sie bevorzugt Querstraßen, weil sie die Place de l'Opéra umgehen will, die jetzt, mit den neuen Straßenschildern »Capucine Straße« und »Concorde Platz«, ein deutscher Platz geworden ist. Aber sie muß rasch feststellen, daß die meisten Pariser solche Skrupel nicht haben. Um die deutschen Soldaten, die sich auf den Terrassen der Cafés sonnen, bilden sich lebhafte Gruppen. Neugierig darauf, was sie sich wohl zu sagen haben, kommt Selma näher. Zwei große, blonde, frisch rasierte Burschen in Uniform lächeln den Gaffern zu.

»Ihr habt nichts zu befürchten, wir tun euch nichts Böses. Ihr habt euch von den Engländern irreführen lassen, sie haben euch in den Krieg hineingezogen, der für euch von vornherein verloren war. Aber das wird alles sehr bald ein Ende haben. Sie möchten Ihre Männer wiedersehen, meine Damen? Nun, auch wir möchten nach Hause zu unseren Frauen!«

Die Leute sind verdutzt, doch auch erleichtert: Diese Deutschen sind so liebenswürdig, dabei war man auf Barbaren gefaßt, die die Stadt in Brand stecken und ein Blutbad anrichten würden. Es sind disziplinierte Soldaten, die, wenn sie außer Dienst sind, wie Touristen auftreten, mit umgehängten Kameras, und in den Läden Parfüms und Seidenstrümpfe aufkaufen, die sie sofort bar bezahlen.

Es ist schönes Wetter, und Selma ist bis zu den Tuilerien weitergegangen. Die Leute sitzen in der Sonne und diskutieren, während fünfzig Meter entfernt ein Militärorchester Beethovens Fünfte spielt. Man tut so, als ob man nicht hinhören würde: »Denen sitzt die Musik im Blut, diesen Kerlen, das muß man schon sagen!« Soeben hat Marschall Pétain im Radio erklärt, alle Kämpfe sollten eingestellt werden, ein Waffenstillstand stehe bevor, und wenn man recht begreift, wieso manche in Tränen ausbrechen, so tun sie es wohl eher aus Freude als aus Scham.

»Gott sei Dank, der Krieg ist zu Ende! Man hätte ihn gar nicht erklären sollen. Wenn es jetzt so ist, wie es ist, so liegt's an der Regierung, an diesen Halunken und ihrer Propaganda, die uns irregeführt hat!«

»Sie haben uns versichert, die deutschen Truppen seien zerlumpt, es fehle ihnen an allem! Haben Sie jemals eine so stattliche Armee zu Gesicht bekommen?«

»Sie haben uns gesagt: Es besteht keine Gefahr, es ist nichts zu befürchten! Aber als die Sache schiefgegangen ist, haben sie sich davongemacht wie Diebe in der Nacht, und nun sollen wir selber damit fertig werden.«

Die Bitterkeit darüber, daß man von den eigenen Leuten über den Löffel halbiert worden ist, läßt den Gegner nicht so feindselig erscheinen. Und der nutzt die Ernüchterung aus. überall an den Mauern kann man Anschläge lesen: »Volk von Paris, man hat dich im Stich gelassen! Schenk der deutschen Wehrmacht Vertrauen!« Und durchs Radio kommen beruhigende Nachrichten: »Den Parisern wird es an nichts fehlen, dafür werden die deutschen Behörden sorgen.«

Nachdenklich schlendert Selma durch die Alleen. Vor ihren Augen steht das Bild einer anderen besetzten Stadt und einer trauernden Bevölkerung; sie denkt an jene Männer und Frauen zurück, welche die Überwachung durch die Besatzungstruppen überlisteten, um sich weit drinnen im Kernland der Türkei einem jungen General anzuschließen, der den Waffenstillstand ablehnte und das Volk zum Weiterkämpfen aufrief. Würde Frankreich seinen Mustafa Kemal bekommen?

Bei der Rückkehr ins Hotel überraschte sie den Patron und seine Frau bei einer hitzigen Diskussion, die offenbar sie selbst betraf, denn sobald sie hereingekommen war, schwiegen beide, und die Frau verschwand achselzuckend in der Küche.

Am nächsten Morgen kam der Patron zu Selma.

»Es tut mir leid, aber ich muß Ihnen sagen ... Meine Frau möchte, daß ich Sie bei der Kommandantur melde.«

»Bei der Kommandantur?«

»Eine Bekanntmachung besagt, daß alle diejenigen, welche Ausländer beherbergen, sie zu melden haben, andernfalls würden strenge Strafen erlassen. Außerdem sind Sie ja Engländerin, also ...«

Sie versteht schon. Gestern war sie noch eine Verbündete, aber heute, wo Frankreich kapituliert hat, während England weiterkämpft, ist sie auf einmal eine ... Gegnerin.

»Ich habe ihr darauf geantwortet, Sie könnten doch bei uns bleiben, und wenn wirklich eine Kontrolle käme, wäre es ein leichtes, Sie zu verstecken. Aber davon will sie nichts wissen. Ich kenne sie, sie hat eine solche Angst, daß sie es fertigbringt und Sie anzeigt!«

Dem Mann steht der Schweiß auf der Stirn. Er schaut ihr nicht ins Gesicht.

»Es wäre am besten, wenn Sie ausziehen würden.«

Selma spürt, wie ihr das Blut in den Adern erstarrt. Ihr wird schwarz vor Augen, sie muß sich an einer Stuhllehne festhalten.

»Aber wo soll ich denn hin?«

Der Patron atmet auf, er hatte schon eine Szene befürchtet. Natürlich weiß er eine Lösung; für andere weiß man immer eine Lösung.

»Bleiben Sie nicht in der Innenstadt, da wimmelt es von Deutschen! Ziehen Sie in den Norden, Nähe Pigalle oder Clichy ... Dort gibt es kleinere Hotels, wo man keine Fragen stellt.«

Innerhalb eines Monats muß Selma dreimal umziehen. Nirgendwo fühlt sie sich sicher. Sobald man sie anblickt, beginnt sie zu zittern, überall glaubt sie Leute zu bemerken, die sie denunzieren könnten. Und für die Zimmer muß sie das Doppelte des offiziellen Preises zahlen – »Das ist doch klar, man geht schließlich ein Risiko ein; alles nur wegen des Babys« –, aber wer weiß, ob nicht eine Hausfrau, ein Zimmernachbar ... Die Deutschen haben Belohnungen für die Anzeige Verdächtiger ausgesetzt, und ist sie als Engländerin nicht höchst verdächtig?

Ihre Ängste steigern sich zur Panik, als sich die Nachricht verbreitet, alle britischen Staatsangehörigen seien festgenommen und in Lager verbracht worden. Sie denkt an den Stacheldraht, die getrennten Familien, an die Kinder, die man den Müttern weggenommen hat ... Sie drückt ihr Töchterchen ans Herz: Um keinen Preis wird sie es hergeben, dafür wird sie kämpfen.

In dieser Atmosphäre des Mißtrauens und der Denunziation erhöhen ihre Schönheit, ihre Haltung, ihr so »anderer« Gesichtsausdruck, die sonst ihre Trümpfe gewesen sind, die Gefahr, in der sie ist. Was sie auch immer versucht, um so auszusehen »wie jedermann«, sie fällt dennoch auf. Als sie eines Tages einen Mann, der sie belästigt, abweist, platzt der wütend heraus: »Soso, die Stolze spielen! Wenn ich die Deutschen unterrichten würde, wer du eigentlich bist, würdest du dich nicht so haben, was?«

Selma war dieses Risiko nicht eingegangen; Zeynel mußte die Rechnung begleichen, und eine halbe Stunde später verließen sie, das kleine Mädchen in einen Schal gewickelt, das Hotel.

Schließlich landeten sie in der Rue des Martyrs, in einem elenden Gebäude, auf das man sie aufmerksam gemacht hatte, weil die Besitzerin alle Ausländer aufnahm, sofern sie zahlten. Als Selma die fast leeren, schmutzigen Zimmer sah, begriff sie: Nur wer es absolut nötig hatte, nahm mit so einem Loch vorlieb. Und dabei hatte die Eigentümerin, eine stattliche Matrone, keinerlei Skrupel, dieselbe Miete wie in einem komfortablen Hotel zu verlangen. Warum sollte sie sich genieren? Man zahlt, weil das Etablissement für sicher gilt und die Polizei – wohl dank einem Wunder in klingender Münze – sich niemals dort sehen läßt. Noch weniger die »Feldgrauen«, die sich sonst sogar in den lautesten, übelriechendsten Vierteln blicken lassen. Nur abends fahren sie in ihren Wagen hier vorbei, um das Vergnügungsviertel in der Nähe von Pigalle und an der Place Blanche aufzusuchen. Kaum jemals haben die Music-Halls und die Kabaretts so gute Geschäfte gemacht.

Selma wagt sich nur noch höchst selten in die vornehmen Viertel, sie hat Angst, ein Polizist könnte ihre Papiere kontrollieren. Aber manchmal kann sie der Versuchung eines heimlichen Ausflugs dorthin nicht widerstehen, einfach um des Vergnügens willen, inmitten von eleganten, fröhlichen Menschen eine Tasse Kaffee zu trinken und für ein, zwei Stunden die Rue des Martyrs zu vergessen.

Eines Tages jedoch bekommt sie Angst: Die Schauspielerin Annabella, mit der sie – in einem anderen Leben – ein paarmal gespeist hatte, betrat den Teesalon. Eine Sekunde lang schauten sie sich in die Augen, dann wandte Annabella sich ab. Einige Augenblicke später aber drängte sie sich, als ob sie zur Toilette wollte, an Selmas Tisch vorbei und flüsterte ihr zu: »Sie sind wohl wahnsinnig, hier wimmelt es von Spionen, gehen Sie sofort!«

Wäre Selma ungebunden gewesen, hätte sie dem besonderen Kitzel, der Gefahr zu trotzen, vielleicht nicht widerstehen können. Aber das kann sie sich nicht erlauben: Was sollte aus ihrem Kind werden, wenn sie festgenommen würde?

Ihr Kind, das zu einem hübschen kleinen Mädchen heranwächst und dessen Fröhlichkeit die Wanderungen von einem Hotel zum anderen und zuletzt in dieses düstere Loch nichts anhaben. Es läßt Selma alle Sorgen vergessen. Nie hätte sie gedacht, daß sie sich so sehr an dieses kleine Wesen gebunden fühlen könnte. Es ist ein Teil ihrer selbst, so sehr, daß Selma, wenn sie die Kleine in die Arme nimmt und dabei die Augen schließt, das Gefühl hat, sie rolle sich wieder in ihrem Bauch zusammen, als würden sie eins.

In solchen Augenblicken empfindet sie tiefen Frieden, ein Gefühl intensiver Zugehörigkeit. Sie spürt, wie in ihr eine Kraft im Wachsen ist, mit der sie die ganze Welt herausfordern könnte.

Das Leben, so entdeckt sie jetzt, ist dieses Kind, das die Gegenwart für sich beansprucht, das sich noch keine Vergangenheit zurechtgemacht hat, um sich selber zu rechtfertigen, und erst recht keine Zukunft, um sich zu beruhigen. Wird sie ihm ihre eigenen Irrtümer ersparen und ihm beibringen können, daß beim Spiel des Glücks nur derjenige gewinnt, der bereit ist, sich zu verlieren?

»Sie werden sie noch krank machen, unsere kleine Prinzessin, sie hätte schon längst die Flasche bekommen müssen!«

Zeynel ist der Tadel in Person. Seit der Geburt hat sich der Eunuch in eine richtige Kinderfrau verwandelt; was das Füttern und Wickeln des Kindes angeht, hat er nicht seinesgleichen. Selma hat mit einer gewissen Schmerzlichkeit feststellen müssen, daß ihr Töchterchen ihm manchmal mehr zugetan ist als ihr.

Wenn sie sich verspätet hat, so weil sie heute den ganzen Nachmittag nach einem halben Liter Milch Schlange stehen mußte, der das Fünffache wie früher kostet. »Greifen Sie zu oder lassen Sie's bleiben«, hatte die Milchfrau mürrisch erklärt.

Die Krämer sind jetzt die wahren Könige, und die Leute ziehen den Kopf ein und erdulden für ein Stück Butter oder ein Kilo Zucker jede Erniedrigung. Denn allmählich mangelt es an allem und jedem. In den Markthallen machen die Besatzer jeden Morgen Razzias. Außerdem ist Frankreich zweigeteilt, und Paris wird nicht mehr normal versorgt. Man spricht davon, daß Lebensmittelkarten ausgegeben werden sollen. Als Ausländerin wird Selma keine bekommen; sie fragt sich ängstlich, wie lange sie noch durchhalten kann.

Das Geld für den Schmuck ist aufgebraucht; sie hat ihre Perlen verkaufen müssen. Nur der Smaragd ist ihr noch geblieben. Morgen wird sie Zeynel zu dem Juwelier in die Rue Cadet schicken. Das wird noch einmal für zwei Monate reichen. Aber was kommt danach? Wenn sie allein wäre, könnte sie sich stärker einschränken, und Zeynel braucht nicht viel. Aber die Kleine? Die Vorstellung, daß sie Hunger leiden muß, ist schrecklich. Man hat ihr zwar das Schweizerische Konsulat empfohlen, das sich jener Ausländer annimmt, die in Schwierigkeiten geraten sind, aber sie wagt nicht, es aufzusuchen, weil sie befürchtet, die Deutschen könnten die Besucher überwachen; dann droht ihr die Festnahme.

Seit der Geburt des Kindes – für den Vater ein »tot geborenes« Kind – hat Selma nichts mehr aus Indien gehört. Manchmal stellt sie sich den Palast von Lucknow vor, in dem Frauen ein und aus gehen, die sie mit ihrer geräuschvollen Fürsorge bedrängten, vor allem aber das Dorf Ujpal mit dem warmherzigen Lachen seiner Bäuerinnen. Sie bereut zwar nichts, kann sich jedoch eines gewissen Heimwehs nicht erwehren, so wie man sich nach der Jugendzeit zurücksehnt, selbst wenn sie nicht immer glücklich war …

Sie fragt sich, was aus Amir geworden ist. Jetzt, da sie sich nicht mehr gegen jene Selma verteidigen muß, die er in ihr gesehen hat, denkt sie mit einer gewissen Zärtlichkeit an ihn zurück. In den zwei Jahren hatten sie vergeblich versucht, sich näherzukommen. Sie unternahm den Versuch, ihn zu lieben, diesen seltsamen Menschen, der sie faszinierte und gleichzeitig zutiefst verletzte. Und auch er hatte versucht, das macht sie sich jetzt klar, sie zu verstehen und Verhaltensweisen zu unterdrücken, die einer jahrhundertealten Gesellschaftsordnung entstammten, in der die Frau nur für den Mann da war. Oftmals gingen sie aufeinander zu, aber der Graben, der sie trennte, war zu tief. Amirs Bemühungen, ihn zuzuschütten, reichten nicht aus. Sie kann jetzt ermessen, wie sehr sie ihn verletzt haben mußte. Aus Hochmut, aus Mangel an Vertrauen in den anderen sahen sie die Hände nicht, die sie sich gegenseitig entgegenstreckten. Sie lebten zwar in verschiedenen Welten, aber sie selbst glichen sich nur allzusehr.

Einige Tage später, als Selma an dem Tisch vorbeigeht, hinter dem Madame Emilie, die Patronin, den ganzen Tag über thront, hält diese sie mit argwöhnischem Blick auf.

»Sind Sie eigentlich Jüdin?«

»Nein«, antwortet sie verwirrt. »Warum?«

»Na schön, ist auch besser für Sie, die haben mir nämlich gesagt, daß sie in einer Viertelstunde vorbeikommen. Haben Sie denn nicht von dem Krawall auf den Champs-Élysées gehört?«

Und sie schildert mit leuchtenden Augen – wie alle diese Leute, die nichts so sehr lieben wie das Unglück der anderen, nicht etwa weil die anderen ihre Feinde wären, sondern einfach deshalb, weil sie anders sind –, wie eine Gruppe junger Leute die Avenue vom Étoile bis zum Rond-Point herabgekommen sei, wie sie »Tod den Jidden« geschrien und die Schaufenster aller Läden eingeworfen hätte, die Juden gehören. Ihre dicken Lippen lassen mit Genugtuung renommierte Namen fallen: Cédric, Vanina, Brunswick, als würde es sich um gefährliche Verbrecher handeln.

»Das geschieht ihnen ganz recht«, beschließt sie ihre Rede würdevoll, »die haben auf Kosten anständiger Leute ihr Schäfchen ins trockene gebracht!«

Selma bemüht sich, ihren Abscheu zu verbergen, sie versteht diese Gehässigkeit nicht. In der Türkei waren Juden Bürger wie alle anderen auch, sie wurden um ihres Fleißes und ihrer Intelligenz willen geschätzt. Doch in den Äußerungen der Patronin erkennt sie die Anschuldigungen wieder, die in letzter Zeit von gewissen Zeitungen erhoben worden waren.

Sie erscheinen jetzt nämlich wieder in dem besetzten Paris und haben sich, aus Eigennutz oder Überzeugung, dem Geschmack der neuen Herren angepaßt. Selma schaut manchmal in *Le Matin* hinein, der ins Hotel kommt; er bringt zwar selten politische Nachrichten, doch zumindest informiert er darüber, an welchen Tagen auf dem Markt Eier, Kartoffeln oder Kaffee eintreffen, alles Lebensmittel, die kaum noch zu haben sind.

Sie hatte bemerkt, daß diese Zeitung anhand einer Beschreibung des Quartiers Marais eine wilde antisemitische Kampagne gestartet hatte: »Diese bärtigen Männer in schmutzigen Überziehern, Kinder mit niedriger Stirn, langer Nase und krausem Haar, die im Rinnstein mit Abfällen spielen; Kaufleute, die achtzig Prozent auf die Preise aufschlagen ... Hier ist alles jüdisch«, schloß der Journalist angewidert. »Wie kann man, wenn man sich für hygienischere Verhältnisse einsetzt, mitten in Paris diesen Schandfleck dulden?«

In diplomatischerem Tonfall erläutert ein anderer Journalist, weshalb alle Übel Frankreichs von den Juden herrührten: »1936 haben sie die sogenannten Sozialgesetze eingebracht, welche die Beziehungen zwischen Unternehmern und Arbeitnehmern vergiftet und zu Pleiten und Arbeitslosigkeit geführt haben.«

Manche Läden tragen schon das Schild: »Juden unerwünscht«, was eher eine Beleidigung als »effektiv« ist, es sei denn, man verlangte die Ausweispapiere jedes einzelnen Kunden. Doch am 27. September wird der erste besorgniserregende Schritt getan: Eine Anweisung der Deutschen macht es allen Juden zur Pflicht, sich in ein spezielles Personenregister einzutragen.

»Das kommt nicht in Frage, das mache ich nicht«, hatte Charlotte mit entschlossener Miene gesagt.

Charlotte war Näherin bei Maggy Rouff und hatte ein Zimmer im Hotel der Rue des Martyrs. Sie bewunderte Selmas Eleganz. Die beiden jungen Frauen hatten an dem Tage Freundschaft geschlossen, als Charlotte sie von oben bis unten gemustert und dann erklärt hatte: »Dieses Kleid habe ich genäht!« Sie hatte sich vor der verdutzten Selma hingekniet, den Saum ihres Kleides umgeschlagen und bestätigt: »Jawohl, es ist von mir, mein Chef im Schneideratelier sagt immer, daß ich die einzige bin, die so kleine Stiche fertigbringt!« Sie strahlte vor Stolz.

In der Folgezeit hatte ihr Selma ihre Abendkleider zum Weiterverkaufen anvertraut, was sie zur vollen Zufriedenheit erledigt hatte. Da sie jede Belohnung für ihre Mühe energisch von sich wies, lud Selma sie manchmal zum

Abendessen ein, und das junge Mädchen erzählte ihr mit dem ganzen Charme einer Pariserin vom Klatsch und den Skandalen einer Welt, mit der sie selbst nichts mehr zu tun hatte, Selma war ihr vor allem dankbar dafür, daß sie ihr, seitdem es Lebensmittelkarten gab, ihre Milchabschnitte schenkte. »Milch bekommt mir nicht«, hatte sie gesagt.

Charlotte beschloß also, sich nicht einzutragen. »Wie sollten sie das rausbekommen? Ich habe einen französischen Namen. Was das gewisse andere angeht, so bin ich zum Glück eine Frau!« Sie fing an zu lachen, begeistert über ihren eigenen Scherz.

Drei Wochen später verkündete die Vichy-Regierung das sogenannte »Statut für Juden«. Von nun an war es Juden aus »Gründen der nationalen Sicherheit« verboten, Berufe wie Beamter, Rechtsanwalt, Richter, Lehrer, Offizier, Journalist aller Berufssparten, Film- oder Theaterschauspieler, Apotheker, ja sogar Dentist auszuüben …

»Sehen Sie, ich hatte recht«, sagte Charlotte zu Selma. »Es war zwar nicht gerade meine Absicht, Minister zu werden, aber trotzdem, sind wir etwa Aussätzige?«

An jenem Tage verkündete Madame Emilie in ihrer Eigenschaft als richtige Französin von der Höhe ihres Stuhles herab: »Da gibt's nichts dran zu rütteln: Der Marschall ist ein großer Mann!«

Und sie benutzte die Gelegenheit, zwei jüdischen Familien, die bei ihr wohnten, die Miete zu erhöhen. Von Charlotte verlangte sie keinen Aufschlag. War ihr entgangen, daß sie Jüdin war? Das wäre erstaunlich gewesen, denn die Patronin wußte alles über ihre Schutzbefohlenen. Vielleicht wußte sie aber auch, daß es nutzlos war, mehr zu verlangen, denn das junge Mädchen verfügte nur über seinen Lohn, der gerade zum Leben reichte.

»Im Grunde habe ich sie falsch eingeschätzt«, sagte sich Selma.

Das stimmte wirklich. Ein paar Tage später kamen zwei Polizisten und verhafteten Charlotte. Vor den Augen der entgeisterten Hotelgäste setzte sie sich schreiend zur Wehr: »Das muß ein Irrtum sein! Ich bin Französin!«

»Das wirst du uns auf dem Kommissariat beweisen«, grinsten die beiden spöttisch und zerrten sie mit Gewalt hinaus.

Bevor sie in den Polizeiwagen gebracht wurde, gelang es dem jungen Mädchen noch, Selma zuzuflüstern: »Vorsicht vor der Alten!«

Charlotte kam nicht mehr zurück, und am nächsten Tag thronte die Patronin mit zufriedenem Gesicht in einem neuen Kleid hinter ihrem Tisch.

Als sie noch ein bißchen Geld hatte, verbrachte Selma manchmal den Abend im Lapin Agile, um auf andere Gedanken zu kommen. Sie amüsierte sich über die komischen, fröhlichen Typen, die in dem Kabarett verkehrten. Eigentlich suchte sie aber die Erinnerung an Harvey und ihre dortigen gemeinsamen Stunden.

Nun machte sie die Bekanntschaft einer Gruppe von jungen Leuten, die sie in ihre Runde aufnahmen. Da gab es Spanier, die vor Franco geflohen waren, Tschechen und ein paar Polen, alles Flüchtlinge, die in Paris von den Deutschen überrascht worden waren. Die einzige Verhaltensregel bei diesen temperamentvollen, warmherzigen Menschen war die Verschwiegenheit. In diesem etwas zwielichtigen Milieu, wo ständig neue Gesichter auftauchten und alte verschwanden, stellte niemand Fragen. Und die Namen stimmten natürlich nicht. Wovon lebten sie eigentlich? Ganz sicher von dunklen Geschäften. Selma konnte sich von ihrer Gewieftheit überzeugen, als sie ihr nach kurzer Zeit – sie »gehörte nun dazu« – falsche Lebensmittelkarten verschafften und für sie, zu einem wirklich angemessenen Preis, ihr langes weißes Nerzcape sowie ein paar Handtaschen von Hermès und einige zwanzig Paar Schuhe verkauften; letztere waren überaus begehrte Artikel, weil es Leder nicht mehr zu kaufen gab.

Über Politik wurde nie gesprochen, aber Selma merkte, daß sie, schon vor anderen, auf dem laufenden waren. So wußten sie zum Beispiel von der Kundgebung vom 11. November vor dem Arc de Triomphe, wo deutsche Soldaten Studenten über den Haufen geschosssen hatten. Ein oder zweimal wurde Selma Zeuge merkwürdiger Gespräche, und sie fragte sich, ob diese verrückten Kerle, die so aussahen, als kümmerten sie sich nur ums Geldverdienen und ihr Vergnügen, nicht mit der Résistance in Verbindung stünden, die sich, wie man munkelte, zu organisieren begann.

Manchmal fand sich die Gruppe zum Tanzen in einem Keller zusammen, dessen Fenster zugemauert worden waren, damit kein Licht herein- und kein Lärm hinausdringen konnte. So etwas war verboten und daher nicht ungefährlich. Und weil ab Mitternacht Sperrstunde war, tanzte man einfach bis zum Morgengrauen, und das um so hingebungsvoller, als man nicht wußte, ob man am nächsten Tag noch in Freiheit war.

Als Selma zum ersten Mal bei Tagesanbruch ins Hotel zurückkehrte, traf sie Zeynel angekleidet in einem Sessel sitzend vor. Vor Unruhe hatte er die ganze Nacht nicht geschlafen. Er schaute sie nur an und sagte kein Wort, seine beredeste Art, Mißbilligung zum Ausdruck zu bringen. Beschämt nahm sie neben ihm Platz.

»Ağa, versteh mich doch. Ich ersticke in diesem Zimmer. Am Tage vergesse ich über der Freude an dem Kind unsere Sorgen. Aber abends, wenn es eingeschlafen ist, und ich allein in diesem Loch sitze, kommen mir düstere Gedanken, dann kann ich nicht schlafen.«

Zeynel führte Selmas Hand an die Lippen.

»Vergeben Sie mir, meine Prinzessin. Ich hin ein alter Egoist. Sie sind ja noch so jung, und diese Existenz ist wirklich zu hart für Sie. Natürlich brauchen Sie ein bißchen Zerstreuung ... Sie wissen, ich würde mein Leben hingehen, nur damit Sie glücklich sind, aber ...« seine Stimme fängt an zu zittern und es steigen ihm Tränen in die Augen, »ich habe einfach Angst ... Wenn Ihnen nun etwas zustieße, was würde dann aus unserem kleinen Mädchen?«

Sie bricht in Lachen aus, um ihn zu beruhigen.

»Da ist keine Gefahr. Ich passe schon auf!«

Aber sie weiß, daß er recht hat. Sie geht nicht mehr so häufig aus und hat ihn gebeten, ihr beim Verkleiden der Wände und Lampen mit ihren Saris behilflich zu sein. Nun sieht es bei ihr mit diesen bunten Seidenstoffen ein bißchen wie in einer Zigeunerhöhle aus, aber wenigstens stimmt es irgendwie fröhlich. Von nun an fühlt sie sich wohler.

Der Patronin, die giftige Bemerkungen darüber fallen läßt, daß »all dieser schöne Stoff einfach vergeudet wird, während es Leute gibt, die nichts auf den Leib zu ziehen haben«, gibt Zeynel zur Antwort, daß »die Prinzessin niemandem Rechenschaft schuldig« sei. Er nennt sie hartnäckig weiterhin »Prinzessin«, obwohl Selma, die befürchtet, ihr Titel könnte die Miete in die Höhe treiben, es ihm untersagt hat.

»Davon verstehen Sie nichts«, hatte er ihr auseinandergesetzt, »ich kenne diese Leute: Wenn man denen nicht imponiert, versuchen sie, einem den Hut einzudrücken.«

Er hat recht: Nicht nur der Mietpreis ist gleichgeblieben, die Alte ist sich auch im klaren darüber, daß Selma nicht mehr viel Geld hat; aber statt ihr das Leben schwerzumachen, geht sie behutsam mit ihr um und gibt ihr mit dick aufgetragenem Lächeln zu verstehen, daß »Madame sich schon daran erinnern wird, was für Opfer man für gebracht hat«, wenn die Lage sich wieder normalisieren werde. Angewidert stimmt Selma ihr zu und verspricht ihr, sie gut zu belohnen – für welche Opfer eigentlich, fragt sie nicht zurück. Vielleicht ist schon die Tatsache, daß diese Frau ihr keine Beleidigung zufügt, ein enormes Opfer für sie …

Trotz der falschen Lebensmittelkarten wird das Verpflegungsproblem immer schwieriger. Es gibt beinahe gar nichts mehr, es sei denn auf dem schwarzen Markt, wo man alles bekommen kann, allerdings zu unerschwinglichen Preisen. Selma kauft dort das Notwendigste für ihr Kind, während Zeynel und sie selbst sich mit Erdbirnen und Steckrüben begnügen. Selbst Kartoffeln sind ein derartiger Luxus geworden, daß die Zeitungen schon drei Wochen im voraus ankündigen, wann welche eintreffen. Anrecht hat man auf 28 Gramm Fleisch und 50 Gramm hartes Schwarzbrot am Tage. Zucker gibt es ein Pfund pro Monat, Kaffee gehört zu den Erinnerungen an die Vergangenheit. Das ist nicht weiter schlimm, denn die Zeitungen liefern Rezepte, wie man aus gebrannter Gerste und Eicheln, die sonst an die Schweine verfüttert werden, ganz »köstlichen« zubereiten kann. Was den Tabak angeht, den Zeynel in Mengen konsumiert, so muß er mit solchem aus Maiskolben vorliebnehmen.

Der Eunuch hat die Einkäufe übernommen, denn um die schmalen Rationen zu bekommen, muß man den ganzen Tag Schlange stehen. Das sei seine Aufgabe, sagt er, nicht die der Prinzessin. Noch in ihrem Elend hält er an solchen Kleinigkeiten aus einer anderen Zeit fest, und Selma hat schließlich nachgegeben, weil sie merkt, daß er sich an Wertvorstellungen klammert, die ihm ebenso nötig sind wie die Luft zum Atmen. Er sagt ihr aber nicht, daß er sich um sie Sorgen macht. Sie ist zwar immer schlank gewesen, aber jetzt könnte sie ein Luftzug umpusten. Schon ein paarmal ist ihr mitten auf der Straße schlecht geworden, sehr zum Erstaunen der Leute, die sich nicht vorstellen können, daß eine so gut gekleidete Dame ganz einfach Hunger leidet. Aber sie hat gar keinen Hunger mehr, ihr Magen hat sich an die Entbehrungen gewöhnt. Nur die Kälte verträgt sie schlecht. Der Winter des Jahres 1940 ist fürchterlich. Man schlottert draußen und drinnen; es gibt keine Kohlen mehr zum Heizen. Selma kann nicht einmal die Fenster ihres Zimmers öffnen, um zu lüften, die Eisschicht außen an den Fensterscheiben verhindert es. Eines Morgens liegt die Meise erfroren im Käfig. Selma, die bisher alles ertragen hat, bricht in Tränen aus. Wieder geht etwas von Harvey dahin … Sie wehrt sich dagegen, den Tod des Vogels als Vorzeichen zu deuten, trotzdem, als Orientalin reagiert sie empfindlich darauf …

Zeynel versteht ihre Trauer um diesen Vogel nicht. Dagegen sorgt er sich um das kleine Mädchen; es ist ja so empfindlich in seinem Alter! Selma hat sich angewöhnt, in Kleidern schlafen zu gehen und das Kind an sich zu drücken. Wenn sie daran denkt, dem kleinen Wesen könnte etwas zustoßen, wird sie fast verrückt. Es ist ihr zwar gelungen, für seine Ernährung zu sorgen, weil sie selbst sich einschränkt; aber was kann sie gegen diese durchdringende, feuchte Kälte tun, die um so schlimmer für sie ist, als Mers el-Kebir sie ihren letzten Pelzmantel gekostet hat …

Als die Royal Air Force im Juli 1940 die Hälfte der französischen Flotte versenkte, die in Algerien stationiert war, um sie dem Zugriff der Deutschen zu entziehen, hatte das bei den Anhängern Pétains, und überhaupt bei den Parisern, große Aufregung hervorgerufen.

Von diesem Ereignis an ließ Madame Emilie keine Gelegenheit aus, sich über »die Engländer, miese Verräter«, empört zu zeigen, wobei sie Selma jedesmal tückische Blicke zuwarf. Deshalb hat die junge Frau Zeynel empfohlen, sie durch kleine Geschenke milde zu stimmen, einen handgestickten Schal, ein buntes Perlenhalsband, alles Geschenke, welche die Frauen von Badalpur liebevoll für ihre Rani hergestellt hatten und die sie in einem Koffer mitgeschleppt hat, als seien sie indische Erde. Wenn die Patronin manchmal mit dem prunkt, was Selma »meinen exotischen Flitterkram« nennt, wird es der Prinzessin schwer ums Herz, aber sie weiß, daß ihre Freundinnen daheim sie verstehen würden.

Bis zu jenem kühlen Oktobervormittag, an dem Selma sich zum Ausgehen fertigmachte und ihren Fischottermantel überzog ... Madame Emilie hielt sie auf, indem sie ihr Komplimente machte, wobei sie mit falschem Lächeln bemerkte: »Ich wußte gar nicht, daß Engländerinnen so elegant sind!«

Es war das erste Mal, daß sie Selmas Staatsbürgerschaft direkt erwähnte, so schneidend wie eine Messerklinge. Ohne ein Wort zu sagen, hatte Selma den Pelzmantel ausgezogen, ihn ihr hingehalten und war rasch wieder die Treppe hinaufgestiegen, um sich nicht ihr scheinheiliges Dankeschön anhören zu müssen.

Nun muß sie also in ihrem Wollmantel ausgehen, der eher für die Übergangszeit geeignet ist als für Temperaturen unter fünfzehn Grad minus. Die einfachste Lösung wäre, schnell zu gehen oder sogar zu laufen, aber das schafft sie nicht mehr. Seit einiger Zeit ist sie sehr abgespannt ... Manchmal spürt sie einen stechenden Schmerz in der rechten Seite, der zwar nur ein paar Sekunden anhält, aber in den letzten Wochen kommen diese Anfälle häufiger. Sie sagt Zeynel nichts davon: Er würde sich nur noch mehr Sorgen machen, ohne ihr helfen zu können. Der Arme ist sowieso nicht mehr fröhlich; seine Leibesfülle ist geschrumpft; er ist nur noch ein Schatten seiner selbst. Selma ist klar, daß sie einen guten Arzt konsultieren sollte, der ihr die erforderlichen Medikamente verschreibt; aber das würde viel Geld kosten, und sie haben so gut wie nichts mehr. Außerdem glaubt sie fest daran, daß sich alles wieder geben würde, wenn sie nur ein bißchen besser zu essen bekäme. Es muß von dem Schwarzmarktöl herrühren, mit dem sie kocht, ihre Leber war immer schon empfindlich.

»Das ist nicht so schlimm, mein Schätzchen, nicht wahr?«

Mit plötzlicher Zärtlichkeit drückt sie das Kind an die Brust. »Zumindest du hältst dich wacker, als sei Zauberei im Spiel. Du bist das hübscheste kleine Mädchen auf der Welt. Das sagt dir deine Mama, und die lügt nicht ... das heißt, selten! Du wirst sehen, wie schön wir es haben werden, wir beide, wenn der Krieg erst einmal vorbei ist!« Sie hat das Kind auf ihre Knie gesetzt und spielt mit ihm Hoppe-hoppe-Reiter; entzückt stößt es Freudenschreie aus und wird erst ungeduldig, als sein Pferd außer Atem kommt und langsamer galoppiert. »Ach so, das Fräulein hat seinen eigenen Willen! Du hast recht. Ich will niemals versuchen, dich zurechtzustutzen und ein vornehmes junges Ding aus dir zu machen. Du hast das Recht dazu, das zu sein, was du bist. Du brauchst dich nicht dafür zu rechtfertigen, daß du lebst. Wenn ich daran denke, daß deine Mama so dumm gewesen ist, das erst mit neunundzwanzig Jahren zu begreifen ...«

Hätte sie es ohne Harvey jemals begriffen? Harvey ...

Weiß Gott, sie war ihm am Anfang böse gewesen, als er sie dazu zwingen wollte, frei zu sein, und weil er ihr, als sie ihn um Rat anging, zur Antwort gab, auf Zielsetzungen komme es nicht an, sobald man richtig lebe; das Wichtigste sei nicht das Ankommen, sondern das Unterwegssein, ja sogar das Straucheln, denn nur so könne man sich in Frage stellen. Er sagte auch, Ideale seien Särge, die uns handlungsunfähig machten, uns am Sehen und Begreifen hinderten, und nur Schwache und Dummköpfe würden im Namen eines – geborgten oder selbstgeschmiedeten – Ideals handeln, weil sie nicht den Mut aufbrächten, ihren Weg ohne Anleitung zu gehen. Und dann redete er vom Glück das nicht von diesem oder jenem Ereignis abhänge, sondern von unserer Fähigkeit, den Augenblick zu leben, wie immer er sei, denn wir allein gäben den Dingen eine triste oder fröhliche Farbe.

Und ich begreife erst jetzt, was er mir damit sagen wollte, es mußten erst Krieg, Elend und Einsamkeit kommen, damit ich das Glück in mir selber fand. Denn ich bin glücklich. Niemals habe ich das Leben so sehr geliebt, nie ist mir die Welt so strahlend vorgekommen, trotz der Entbehrungen und der Angst!

Doch seit dem Tod ihrer Meise quält Selma die Vorahnung, sie werde Harvey nicht wiedersehen; irgend etwas kündigt sich an, das sie, unabhängig von dem, was sie ersehnen, für immer zu trennen droht. Noch vor einigen Wochen wäre sie bei dieser Vorstellung verzweifelt. Heute empfindet sie eine gewisse Gelassenheit. Was auch immer geschehen mag, sie wird es bewältigen. Sie ist nicht mehr die zarte, zerquälte Selma, sie ist die Frau, der Harvey das schönste Geschenk auf Erden gemacht hat: Er hat ihr beigebracht, sich selbst zu vergessen und zu lieben.

»Oh, du mein Schatz, mein einziger Schatz!« Selma dreht sich im Takt eines Walzers von Johann Strauß, der aus dem Radio erklingt, und hält das Kind in den Armen. »Du wirst sehen, das Leben ist schön! Jetzt weiß ich um das Geheimnis, und ich verspreche dir, wir werden nie mehr unglücklich sein!«

Das kleine Mädchen legt ihr die Arme um den Hals und lacht, während Selma sich dreht, erst langsam, dann immer schneller, bis die roten Blumen der Tapete eine nach der anderen in eine lebhafte Sarabande geraten.

Plötzlich schwankt sie unter einem Schmerz, der so heftig ist, als bohre sich ein Dolch in ihren Leib. Sie bekommt keine Luft mehr, sie möchte schreien … Das Kind, mein Gott, nur das Kind nicht fallen lassen … Mit allen Kräften versucht sie, sich am Tisch anzuklammern, da, schon ganz nah, taumelt sie … Ein unerträglicher Wundschmerz zerreißt sie … eine Feuersglut, ein Schleier aus Asche … Sie kann nichts mehr sehen … Sie stürzt, stürzt endlos …

Der fröhliche, mitreißende Walzer geht weiter, während

das Kind neben der ohnmächtig gewordenen Mutter zu weinen, zu schreien beginnt.

Zeynel findet sie erst später, als er vom Einkaufen zurückkommt. Selma liegt kreidebleich auf dem Fußboden, doch im Fallen hat sie ihr Töchterchen, das herzzerreißend schluchzt, noch festhalten können.

VII

Im Hôtel-Dieu geht der Chirurg in seinem Zimmer auf und ab. Mit Bitterkeit betrachtet er seine geschickten Hände, von denen man wahre Wunder zu berichten weiß: Diesmal haben sie nicht helfen können.

Sofort, nachdem Selma, schon halb im Koma, eingeliefert worden war, hat man sie in den Operationssaal gebracht. Akute Bauchfellentzündung. Zwei Stunden lang hat er mit dem Skalpell gearbeitet, Gefäße abgebunden, wieder zusammengenäht; umgeben von schweigenden Schwestern, hat er einen verbissenen Kampf gekämpft. Sie ist noch so jung, sie muß davonkommen! Und als er endlich ihren zarten Bauch wieder zugenäht hat, stößt er einen Seufzer der Erleichterung aus und trocknet sich den Schweiß von der Stirn: Diesmal wird der alte Widersacher nicht den Sieg davontragen.

Doch am Abend trat Fieber auf, und er begriff, daß es sich um eine Blutvergiftung handelte. Nur diese neuen Medikamente, die man in Amerika herstellte, die sogenannten Antibiotika, hätten sie retten können; aber in Frankreich gab es noch keine.

Ohnmächtig hatte er dem Ansteigen des Fiebers zusehen müssen, das unerbittlich von diesem bleichen Körper, den er dem Tod hatte entreißen wollen, Besitz ergriff.

Nun ist alles vorbei. Es hat kaum vierundzwanzig Stunden gedauert. Die Infektion breitete sich rasch aus; der Organismus, zweifellos durch Entbehrungen geschwächt, leistete keinen Widerstand. Der Professor ringt die Hände; zwanzig Jahre lang schon operiert er, und jedesmal, wenn er den

Kampf um das Leben verliert, nimmt es ihn so mit. Vor allem dann – und er macht es sich zum Vorwurf –, wenn es sich um einen jungen Menschen handelt, der dahingeht, wie diese junge Frau in der Blüte ihrer Schönheit; denn dann tritt noch die unerträgliche Empfindung hinzu, ein Leben sei vergeudet worden.

Jetzt muß er mit dem Vater sprechen, der seit dem Vorabend reglos im Korridor sitzt. Nach der Operation hatte er ihm zugelächelt: »Es wird wieder gut.« Das faltige Gesicht hatte vor Dankbarkeit gestrahlt, und bevor der Professor begriff, was da vor sich ging, hatte sich der Alte vor ihm niedergeworfen und ihm, Freudentränen vergießend, die Hände geküßt. Verwirrt hatte ihm der Professor wieder auf die Beine geholfen und ihn für ein paar Minuten ins Krankenzimmer eintreten lassen. Die gerade Operierte schlief noch; er war bestürzt gewesen von dem Ausdruck der Verehrung, der von dem Mann ausging, von der heißen Liebe, die das kalte Hospitalzimmer zu erwärmen schien. Und er hatte unwillkürlich gedacht, daß es wohl niemals Krieg geben würde, wenn die Menschen auch nur einen Teil dieser Liebe empfänden. Mit Bedauern hatte er schließlich den Vater der Betrachtung seiner so sehr Geliebten entrissen und ihm empfohlen, sich schlafen zu legen. Von den Krankenschwestern hatte er dann erfahren, daß er die ganze Nacht im Korridor auf dem Boden sitzend verbracht hatte.

Am nächsten Tag wurde die Türe des Zimmers verschlossen. Im Innern machten sich Ärzte und Krankenschwestern zu schaffen. Der Chirurg selber war zwischen seinen Operationen zwei- oder dreimal erschienen. Jedesmal begegnete ihm der flehentliche Blick des Mannes; er zwang sich, ihm zuzulächeln: »Wir tun alles, was wir können.«

Was soll er ihm jetzt sagen?

Er braucht nichts zu sagen. Zeynel weiß Bescheid. Er hat es schon im Augenblick gewußt, als sein kleines Mädchen den letzten Seufzer aushauchte. Seinen ganzen Körper durchfuhr ein Stoß, es zerriß etwas, er ließ sich zu Boden gleiten, seine Stirn schlug gegen die Zimmertür.

Eine Krankenschwester fand ihn, er war halb ohnmächtig.

Sie richtete ihn auf und besprengte ihm die Schläfen, um ihm wieder aufzuhelfen. Denn jetzt mußte gehandelt, mußten Beschlüsse gefaßt werden. Was soll mit dem Leichnam geschehen? Sie sind Ausländer und haben sicher keine Familiengruft. Wo soll sie beerdigt werden?

Solche Fragen gehen den Professor nichts mehr an, damit wird sich die Krankenhausverwaltung befassen. Aber er hat Mitleid, wenn er den Schmerz dieses Vaters sieht, er hat sich ein paar Worte überlegt, um ihn zu trösten. Doch angesichts seines leeren Blickes, der ein Anderswo, etwas sehr Fernes anzustarren scheint, kommt er sich überflüssig vor. Er drückt dem alten Mann wortlos die Hand und geht.

Zeynel erinnert sich nicht mehr daran, was in den folgenden Stunden geschehen ist; eine Frau in Weiß hat ihm Fragen gestellt, die er nicht verstand; schließlich hat er ihr seine Brieftasche hingehalten und erklärt, sein kleines Mädchen müsse in muslimischer Erde bestattet werden.

Am Nachmittag kam dann der Leichenwagen, der von einem mageren Gaul gezogen wurde; ein paar Männer luden eine Truhe aus weißem Holz auf und bedeuteten ihm, er solle mitkommen.

Wie lange ist er hinter seiner Selma hergelaufen? Der eisige Januarregen ging ihm durch die Kleider, er merkte es nicht; er dachte zurück an die langen Spaziergänge, die sie einst zusammen unternahmen, und an ihr betörendes Lächeln, als sie ihm das Versprechen abnahm, ihr bis ans Ende der Welt zu folgen.

Endlich kamen sie auf einem großen, unbebauten Gelände an, das von zerfallenden Mauern eingschlossen war; endlose Reihen von Grabsteinen ragten aus dem Gestrüpp hervor: Es war der muslimische Friedhof von Bobigny. Beim Gedanken an die schönen Friedhöfe oberhalb des Bosporus, wo Selma so gern spazierenging, konnte Zeynel ein Seufzen nicht unterdrücken.

Aber der zuständige Imam wird ungeduldig; es ist schon spät, das Totengebet muß rasch rezitiert werden. Außerdem hat dieser armselige Mann sicher kein Geld, um eine richtige Zeremonie bezahlen zu können. Er hat nicht einmal genug für einen Grabstein mit dem Namen der Verstorbenen aufbringen können. So wird er also auf einem Stück Holz vermerkt, damit die Gräber nicht verwechselt werden, wenn das Gras wieder gewachsen ist. Die Familien mögen das nicht. Was für ein Elend!

Zeynel starrt auf das schwarze Loch, das zwei Männer im Karree für Frauen ausgehoben haben, dann auf den Sarg, den sie an Seilen hinablassen. Warum hat man sein kleines Mädchen in diese Kiste eingeschlossen? Sie muß drin erstikken, sie, die es nie ertragen konnte, eingeschlossen zu sein. In islamischen Ländern wickelt man den Leichnam in ein weißes Laken und übergibt ihn direkt der Erde. Aber in Frankreich, sagt man, ist das nicht erlaubt.

Als die Totengräber ihre Arbeit verrichtet haben, ist es fast dunkel. Der Leichenwagen ist schon lange fortgefahren. Zeynel ist allein auf dem Friedhof, inmitten von Tausenden von Gräbern, allein mit seiner Selma. Angesichts dieses Vierecks aus festgestampfter Erde denkt er an die stolzen Marmormonumente in Istanbul, die Jahrhundert für Jahrhundert den Ruhm der großen Sultaninnen verewigen. Er schaudert ... Wer wird jemals vermuten, daß in diesem Armengrab seine Prinzessin ruht? Wer wird sich überhaupt erinnern?

Er streckt sich auf der frisch umgegrabenen Erde aus. Er deckt sein kleines Mädchen mit seinem Körper zu, versucht, ihm ein bißchen von seiner Wärme, seiner Liebe zu geben. Jetzt hat sie niemanden mehr, nur ihn, er wird sie nicht verlassen, das hat er der Sultanin versprochen.

»Ağa!«

Aus dem hinteren Teil des Gartens läuft Selma auf ihn zu, so hübsch in ihrem blauseidenen Kleid, ihre rotblonden Locken wehen im Wind.

»Ağa, nimm mich mit, ich möchte das Feuerwerk über dem Bosporus sehen!«

Sie hat die Arme um seinen Hals geschlungen; es macht ihr Spaß, ihn an den Haaren zu ziehen.

»Komm schnell, Ağa, es muß sein. Ich will es!«

»Aber es ist nicht erlaubt, den Park zu verlassen, kleine Prinzessin!«

»Ach, Ağa, du magst deine Selma nicht mehr! Was heißt denn das: nicht erlaubt? Ağa, willst du, daß ich unglücklich bin?«

Wieder einmal gibt er nach, er kann ihr einfach nicht widerstehen … Hand in Hand schlendern sie die Alleen hinab, die nach Mimosen und Jasmin duften, dem Ufer entgegen, wo der weißgoldene Kajik auf sie wartet.

Mit einem Satz springt sie schnell an Bord, das Feuerwerk versengt ihr das Haar. Und während er Platz nimmt, flüstert sie ihm mit leuchtenden Augen zu: »Und jetzt, Ağa, brechen wir beide zu einer ganz langen Reise auf.«

Zeynel wacht auf, weil ihn jemand an der Schulter rüttelt. Es ist Morgen. Ein Mann beugt sich über ihn und schaut ihn neugierig an.

»Hier sollten Sie nicht bleiben, Sie werden sich was holen!«

Er hilft ihm beim Aufstehen, klopft ihm die Erde von den Kleidern und nimmt ihn in den Werkzeugschuppen am Friedhofseingang mit. Dort setzt er ihm einen Becher mit kochend heißem Kaffee vor. Er heißt Ali und ist der Wächter. Wie ein guter Kamerad nimmt er neben Zeynel Platz.

»Na, das ist wohl deine Frau, die gestorben ist, Bruder?«

»Meine Tochter«, bringt Zeynel stotternd hervor, wobei ihm die Zähne klappern.

»Und du hast ihr keinen Grabstein mit ihrem Namen gesetzt, deiner Tochter?«

Zeynel schüttelt den Kopf, plötzlich fühlt er sich schwach, er hat seit drei Tagen nichts gegessen, von dem Augenblick an, wo er Selma aufgefunden hat …

Mit entschlossener Gebärde schneidet Ali ihm ein Stück Brot ab: »Hier, iß. Und was den Grabstein angeht, der Steinmetz nebenan ist mein Freund, vielleicht überläßt er dir einen kleinen, nicht zu teuren.«

Mit klammen Fingern zieht Zeynel umständlich seine Uhr aus der Tasche seiner Hose. Das ist alles, was ihm von den schönen Zeiten in Ortaköy geblieben ist. Er hat sie für den

Tag aufgehoben, an dem sie gar nichts mehr haben würden. Aber nun …

»Ich habe nur noch das. Ob er sie annehmen wird?«

»Behalt deine Uhr, du wirst sie noch brauchen. Mach dir keine Sorgen, ich werde mich um den Stein kümmern. Muslime müssen einander beistehen.«

Trotz Zeynels Einwänden ging er hinaus. Nach einiger Zeit kam er mit einem kleinen weißen, spitzbogig zugehauenen Stein unter dem Arm zurück. Nach den Angaben des Eunuchen gravierte er in ungeschickten Buchstaben ein:

SELMA
13.4. 1911–13.1.1941

Aber Zeynel quält noch etwas.

»Sie haben sie nicht nach muslimischem Brauch bestattet, sie haben sie in eine Kiste gelegt. Glaubst du, man könnte sie …«

Alis Gesicht beginnt zu leuchten: Er mag die wahrhaft Gläubigen. Er springt auf und holt zwei Hacken sowie ein weißes Laken. Und die beiden gehen zurück zum Grab. Sie brauchen nur eine Viertelstunde, um die frische Erde wieder auszuheben, den Sarg hochzuziehen und die Nägel zu entfernen.

»Ich laß dich jetzt allein«, sagt Ali und zieht sich diskret zurück; Zeynel hebt den Deckel an. »Sag mir Bescheid, wenn du fertig bist, dann schaufeln wir wieder zu.«

Langsam öffnet Zeynel den Sarg. Es ist das erste Mal, daß er sie wiedersieht, seit … Wie schön sie ist in ihrem langen weißen Nachthemd; die goldenen Locken sind ihr über die Schultern gefallen, sie sieht wie ein ganz junges Mädchen aus … Zitternd beugt er sich über sie und drückt ihr einen hauchzarten Kuß auf die Wangen.

Er steht auf; seine Augen sind trocken. Plötzlich hat ihn alles Gefühl verlassen: Diese eisige Tote ist ihm fremd. Sein kleines Mädchen ist nicht mehr da … Ist fort, mit ihrem Lachen, ihren Launen, ihrer Begeisterung, ihrer Großherzigkeit – mit allem, was sie zur Selma machte. Sie hat sich davongestohlen.

Er hatte den Leichnam mit vorsichtigen Händen in das weiße Laken gewickelt und ihn ganz sanft in das Erdloch zurückgleiten lassen, damit er nicht Schaden nehme. Selma liebte den Geruch der Erde, und nun empfängt die Erde ihre Schönheit, nimmt sie als ihr Eigentum entgegen. Ihre Arme, ihre Lippen, ihre Brüste, ihr ganzer, so vollkommener Körper wird langsam in ihr zergehen und zu tausend Blumen und Früchten auferstehen.

Zeynel hat den Eindruck, daß Selma lächelnd hinter ihm steht und ihm zusieht: Genau so hat sie es gewollt. In kurzer Zeit wird er wieder bei ihr sein, sie werden zu dritt vereint leben, sein kleines Mädchen, die Sultanin und er, in einem Palast wie aus geklöppelter Spitze, dem von Ortaköy ähnlich, umspült von klaren Wassern wie denen des Bosporus …

Plötzlich stockt sein Atem, und vor Schreck treten ihm die Augen aus den Höhlen.

Das Kind! … Er hat das Kind vergessen! Seit drei Tagen ist es allein, niemand füttert es, niemand kümmert sich um es … vielleicht ist es schon tot …

»Allah! Allah!« schluchzt er auf, »beschütze es!«

Er weiß nicht mehr, wie er ins Hotel gelangt ist; wenn er sich recht erinnert, hat Ali einen Leichenwagen angehalten, der nach Paris zurückfuhr, und man hat ihn statt des Sarges mitgenommen; dann ist er losgestürzt wie ein alter Idiot, der er ja auch war, und hat unterwegs den Himmel um Erbarmen angefleht.

Als er die Zimmertür öffnete, lag die Kleine entkräftet auf dem Bett. Ihre Augen waren geschlossen. Mit hintenübergeneigtem Kopf und weit offenem Mund atmete sie schwer.

Er schrie so laut auf, daß eine Zimmernachbarin herbeistürzte; sie sagte, man dürfe das Kind nicht bewegen, nur den Kopf etwas anheben, damit es einen Schluck Wasser trinken könne. Aber das kleine Mädchen nimmt nichts zu sich …

Da nimmt Zeynel sie in seine Arme: Sie ist eiskalt. Er hüllt sie in eine Decke ein, steigt die Treppe hinunter und stürzt wie ein Wirbelwind an Madame Emilie vorbei, die ihn aufzuhalten versucht.

»Heda! Sie sind mir noch zwei Wochen Miete schuldig!«

Eilig läuft er die Rue des Martyrs entlang, die Beine tragen ihn kaum mehr. Unterwegs kommt er an mehreren Arztpraxen vorbei, er klingelt, schlägt mit der Faust gegen die Türen, niemand macht auf. Es ist Sonntag. Schließlich wendet er sich ganz verzweifelt an einen Polizisten, der ihn an das Schweizerische Konsulat verweist, wo eine Stelle für Ausländer täglich geöffnet hat.

Der Eunuch schleppt sich bis zur Rue de Grenelle, sein Herz macht nicht mehr mit. Es muß durchhalten; er hat kein Recht, zu sterben, bevor Selmas Kind nicht gerettet ist.

Als er im Konsulat ankommt und eine blonde Sekretärin ihn fragt, womit sie dienen könne, findet er nur noch Zeit, ihr das Kind in die Arme zu drücken, dann bricht er zusammen, unfähig, ein Wort herauszubringen.

An diesem Nachmittag ging Madame Naville, die Gattin des Konsuls, eine Adressenliste für die nächste Wohltätigkeitsveranstaltung des Roten Kreuzes durch. Kaum hatte sie das Kind gesehen, griff sie zum Telefon und rief ihren Hausarzt an. Dann ließ sie dem alten Muselman ein Glas Wodka bringen. Zeynel bleibt der Atem weg, er will das Zeug wieder ausspucken, aber sie beruhigt ihn.

»Das ist kein Alkohol, sondern ein Medikament.«

Er fühlt sich rasch besser und erzählt dieser wohlwollenden Dame seine ganze Geschichte: daß seine Prinzessin gestorben sei und das Kind drei Tage allein im Hotel gelegen habe. Ein paar Minuten später traf der Arzt ein.

»Es war höchste Zeit«, murmelte er, als er sah, in welchem Zustand sich das Kind befand.

Er holte eine lange Spritze aus seiner Ledertasche und gab ihm eine Injektion, dann begann er es vorsichtig zu untersuchen.

»Es ist sehr schwach. Die Lungen sind offenbar angegriffen ... es muß seit ein paar Tagen nichts gegessen und getrunken haben.«

Ein Ächzen und Stöhnen, und er dreht sich um. Mitleidig betrachtet er den alten Mann, der auf seinem Stuhl zusammengesunken ist.

»Keine Sorge, Alterchen, wir bringen es wieder auf die Beine. Aber es braucht intensive Pflege«, murmelt er – Madame Naville hat ihn veranlaßt, leise zu sprechen –, »und die Assistance publique ist derart mit Kriegswaisen und Findelkindern überbelegt ... Wenn das Kind nicht ständige Pflege bekommt, dann, fürchte ich ...«

Die Gattin des Konsuls unterbricht ihn: »Ich werde es aufnehmen, Doktor, so lange es nötig ist. Dieses kleine Mädchen hat mir der Himmel geschickt, ich kann es nicht sterben lassen.«

Ein paar Wochen lang kommt Zeynel jeden Tag und erkundigt sich nach dem Kind. Dank der Pflege und der gesunden Ernährung im Schweizerischen Konsulat, dieser Insel des Überflusses im besetzten Paris, erholt es sich sehr schnell. Jetzt ist es ein rundliches kleines Mädchen, das den Eunuchen mit Freudenschreien empfängt und ihn »Zezel« nennt.

Er hat der Frau des Konsuls alles berichtet, allerdings die Episode mit dem Amerikaner und den Brief an den Radscha verschwiegen. Er hofft, daß der Brief nie angekommen ist, was sehr wohl sein könnte, denn es ist nie eine Reaktion darauf erfolgt. Wenn der Krieg zu Ende sein wird, kann der Radscha das Kind haben. Das ist die einzige Lösung, jetzt, wo Selma nicht mehr lebt. Die kleine Prinzessin wird im Zenana heranwachsen, wird vermählt werden und das bequeme, unproblematische Leben aller indischen Frauen ihres Standes führen.

Hat Selma auf dem Sterbebett nicht eben das sagen wollen? Der Eunuch erinnert sich wieder an die Krankenschwester, die ihm nachlief, als er gerade das Krankenhaus verlassen wollte.

»Monsieur! Einen Augenblick! Ich war bei ihr, bei Ihrer Tochter, als sie ... das heißt, kurz vorbei ... Sie hat meine Hand umklammert und gemurmelt: ›Verzeihung, Amir ... das Kind ... ich habe gelogen ...‹ Das waren ihre letzten Worte.«

Zeynel schaudert es. Er stellt sich vor, von welcher Angst die junge Frau gepackt war, als ihr bewußt wurde, daß sie sterben mußte, ohne daß ihr Kind einen Vater haben würde ... Sie hatte alles daran gesetzt, damit ihre Tochter einmal in Freiheit würde leben können; aber daß sie selbst sterben würde und das Kind dann völlig allein auf der Welt wäre, daran hatte sie nicht einen Augenblick gedacht.

... Meine hübsche Prinzessin, mein armes kleines Mädchen ... Zeynel fühlt sich sehr müde. Auf der anderen Seite des Zimmers spielt das Kind mit seinen Puppen. Jetzt ist es in Sicherheit und braucht ihn nicht mehr. Schlecht und recht hat er getan, was seine Pflicht war. Nun hat auch er den Wunsch, sich auszuruhen.

Er küßt das Kind auf die Stirn, ganz sacht, um es nicht zu stören, und geht langsam hinaus.

Man hat ihn nie wiedergesehen.

Epilog

So endet die Geschichte meiner Mutter.

Kurze Zeit nach ihrem Hinscheiden kam ein Besucher ins Schweizerische Konsulat. Es war Orkhan, Selmas Vetter. Auf seine Visitenkarte hatte er einfach geschrieben: »Im Namen der toten Prinzessin.«

Dann wurde auf diplomatischem Wege der Radscha verständigt, daß er eine Tochter habe. Die Verbindungen zwischen Indien, der englischen Kolonie, und dem besetzten Frankreich waren unterbrochen, und so konnte er sie nicht nach Badalpur kommen lassen. Erst lange nach dem Krieg kamen sie zusammen. Aber das ist eine andere Geschichte.

Von Zeynel ging jede Spur verloren. Ist er vor Kummer gestorben oder im Elend, oder ist er – ein Ausländer unter anderen – in einen plombierten Eisenbahnwagen verfrachtet worden?

Harvey hatte nicht vergessen. Aber er erfuhr erst nach dem Tod seiner Frau von Selmas Briefen: Ursula hatte sie drei Jahre lang vor ihm versteckt.

Sofort nach Frankreichs Befreiung reiste er nach Paris. Als ihm Selmas Tod mitgeteilt wurde, wollte er sich um das Kind kümmern; aber kaum hatte er die schwierigen Formalitäten eingeleitet, starb er an einem Herzanfall.

Später, sehr viel später habe ich versucht, meine Mutter zu verstehen. Ich habe alle befragt, die sie kannten, habe Geschichtsbücher, Zeitungen und verstreute Familienarchive zu Rate gezogen; ich habe mich überall aufgehalten, wo sie einmal gelebt hat, ich habe den Rahmen und die Umstände ihres Lebens, die so völlig anders sind als die heutigen, zu rekonstruieren versucht, ja sogar zu leben versucht, was sie gelebt hat.

Und um mich ihr noch mehr anzunähern, habe ich mich schließlich meiner Eingebung, meiner Phantasie anvertraut.

Zur Aussprache türkischer Namen und Begriffe

Kadın	Plural: Kadınlar; die türkische Sprache hat sechs Vokale, das ı liegt in der Aussprache zwischen e und i, etwa wie im deutschen »Ute«
Annecim	das c wird wie dsch stimmhaft gesprochen, wie in »James«
Çarşaf	das ç wird wie tsch stimmlos gesprochen, das ş entspricht dem deutschen sch
Ağa	das ğ wird nur als Dehnung gesprochen, also »aa«

DIE LETZTEN HERRSCHER DES OSMANISCHEN REICHES

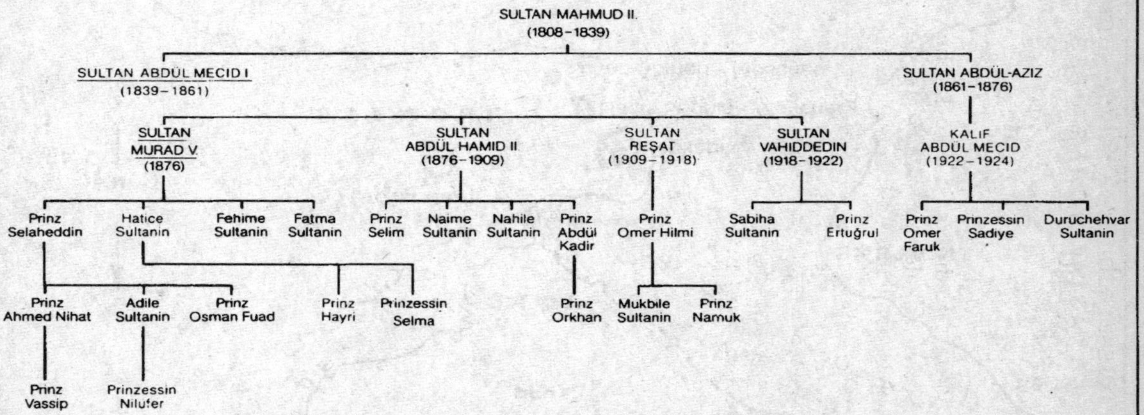

– Es sind nur jene Personen angegeben, die im Roman eine Rolle spielen –

– Die in Klammern stehenden Daten beziehen sich auf die Regierungszeit der Herrscher –

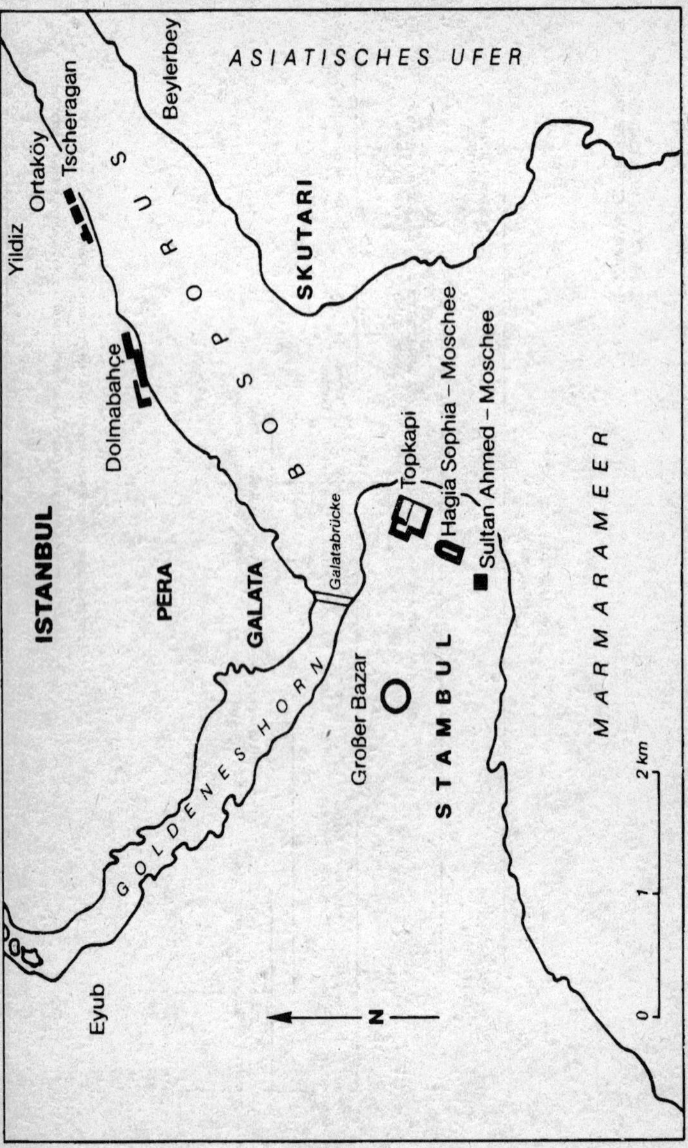

ISTANBUL
PERA
GALATA
Galatabrücke
Dolmabahçe
Yildiz
Ortaköy
Tscheragan
Beylerbey
ASIATISCHES UFER
BOSPORUS
SKUTARI
Topkapi
Hagia Sophia – Moschee
Sultan Ahmed – Moschee
Großer Bazar
STAMBUL
MARMARAMEER
GOLDENES HORN
Eyub
N
0
1
2 km